LETTRES DE MADA

Madame de SÉVIGNÉ

LETTRES

Introduction, chronologie, notes
et archives de l'œuvre

par

Bernard Raffalli,

GF Flammarion

© 1976 GARNIER-FLAMMARION, Paris
ISBN 2-08-070282-3

CHRONOLOGIE

5 février 1626 : Naissance, place Royale, à Paris, de
Marie de Rabutin Chantal. Par son père, elle appartient à une très ancienne et très noble famille de
Bourgogne. Sa grand-mère, Jeanne de Chantal, sera
plus tard canonisée par l'Eglise.
Sa mère, Marie de Coulanges, est fille d'un financier
récemment anobli.

1627 : Mort du père, au siège de l'île de Ré.

1633 : Mort de la mère, dont Mme de Sévigné ne parle
jamais.

1637 : Son oncle et sa tante, Philippe et Marie de Coulanges sont ses tuteurs. La famille est nombreuse.
Entourée de ses cousins, de ses oncles et tantes,
l'enfance de Marie se déroule entre Paris et la maison
de campagne des Coulanges à Sucy-en-Brie. Peu de
contacts avec la famille paternelle. Elle reçoit une
éducation brillante : elle apprend le chant, la danse,
l'équitation, les belles lettres, un peu de latin, d'espagnol et surtout l'italien. Son éducation littéraire sera
perfectionnée par la suite, grâce à l'amitié de Ménage et
de Chapelain.

1644 : Mariage de Mlle de Chantal et du baron Henri
de Sévigné (né en 1623), de bonne noblesse bretonne.
Parmi les biens de la famille, le château des Rochers
dont il est si souvent question dans la correspondance.
Un mari séduisant, mais querelleur, dépensier et trop
galant.

10 octobre 1646 : Naissance à Paris de Françoise-Marguerite de Sévigné, qui deviendra la comtesse de
Grignan.

12 mars 1648 : Naissance aux Rochers, de Charles de Sévigné, le « frater ». C'est le début de la Fronde. Henri de Sévigné est du parti du duc de Longueville. Selon Conrart, « il était étrangement frondeur, comme parent du coadjuteur » (Retz).

1650 : Grâce à la dot de sa femme, Henri de Sévigné achète la charge de gouverneur de Fougères.
Mme de Sévigné est éconduite de l'hôtel d'Harcourt pour s'être montrée trop « guillerette ».

1651 : Henri de Sévigné se bat en duel pour sa maîtresse, Mme de Gondran. Il est tué.
« Ce Sévigné n'était point un honnête homme et il ruinait sa femme qui est une des plus aimables et des plus honnêtes personnes de Paris » (Tallemant des Réaux).
Mme de Sévigné, à vingt-six ans, se trouve veuve avec deux enfants à élever. Heureusement une bonne partie de sa fortune a été préservée grâce au « bien Bon », l'abbé de Coulanges. Une séparation de biens entre époux était d'ailleurs intervenue peu après le mariage.

1652 : Violente dispute du duc de Rohan et du chevalier de Tonquedec, dans la ruelle même de Mme de Sévigné. « La véritable cause du malentendu du duc de Rohan et de Tonquedec, est qu'ils étaient tous deux amoureux de la marquise de Sévigné » (Conrart).
Mme de Sévigné est très entourée, très célébrée pendant cette période par les poètes Saint-Pavin, Marigny, Montreuil. Parmi ses amis, Mlle de Montpensier (la Grande Mademoiselle), Mlle de la Vergne (qui devient en 1655 comtesse de La Fayette), la veuve du poète Scarron (qui deviendra Mme de Maintenon), Mlle de Scudéry, la romancière qui, en 1657, donne dans la *Clélie* un portrait de Mme de Sévigné, sous le nom de Clarinte.

1661 : Véritable prise du pouvoir par Louis XIV.
Arrestation de Fouquet, grand ami de Mme de Sévigné. A l'ouverture de la cassette du Surintendant, on trouve, entre autres documents, des lettres de Mme de Sévigné, que le roi lit et trouve « très plaisantes ».

1663 : Françoise-Marguerite de Sévigné danse à la Cour, dans *Le Ballet des Arts*. L'année suivante, dans *Le Ballet des Amours*. Elle semble avoir été un temps l'objet de l'attention du Roi.

1664 : Fouquet est condamné à l'emprisonnement à vie.

1665 : Publication de *L'Histoire amoureuse des Gaules*, où l'auteur, Bussy-Rabutin, fait un portrait cruel de sa cousine, coupable d'avoir refusé de lui prêter de l'argent nécessaire à une campagne militaire.
Début d'une longue querelle entre les deux cousins. Plusieurs seigneurs et grandes dames ont été compromis par le livre de Bussy. Celui-ci, en 1666, est exilé en Bourgogne. Il y restera dix-huit ans.

1669 (janvier) : « La plus jolie fille de France épouse, non pas le plus joli garçon, mais un des plus honnêtes hommes du royaume. » Mariage à Paris, de Françoise-Marguerite de Sévigné avec le comte de Grignan, trente-sept ans, deux fois veuf, chef d'une vieille famille provençale. Mme de Sévigné achète, pour son fils, la charge de guidon (porte-enseigne) des gendarmes-Dauphin.
M. de Grignan, nommé lieutenant général du Roi en Provence, quitte le premier Paris pour prendre possession de sa charge.

1670 : Naissance à Paris, de Marie-Blanche, fille de Mme de Grignan. A 5 ans, elle entrera au couvent pour toujours.

4 février 1671 : Mme de Grignan part seule rejoindre son époux. « Comprenez-vous bien ce que je souffris ? » Marie-Blanche reste à Paris. C'est le début de la correspondance entre la mère et la fille.
« Il faut se consoler et s'amuser en vous écrivant. » En novembre, naissance de Louis-Provence de Grignan.

1672-1673 : Mme de Sévigné rend visite à sa fille, en Provence. Rentre à Paris l'année suivante.

1674-1675 : Mme de Grignan à Paris.
Naissance de Pauline de Grignan.
En Bretagne, insurrections et répression brutale.

1676 : Mme de Sévigné aux Rochers. Sa « triomphante santé » atteinte pour la première fois. Elle a un rhumatisme qu'elle va soigner à Vichy.
Mme de Grignan retrouve sa mère à Paris. Elles sont ensemble jusqu'en 1679, à peu près sans interruption ; Mme de Grignan n'est retournée que quelques mois en Provence, dans le courant de 1677.

1679 : Mort du cardinal de Retz, parent et ami de Mme de Sévigné. Mme de Grignan retourne en Provence.

1681-1684 : Mère et fille ensemble à Paris.
Mariage de Charles de Sévigné, en Bretagne, avec Marguerite de Mauron. Ils n'auront pas d'enfants. Ses affaires appellent Mme de Sévigné aux Rochers, où elle demeure un an.

1685 : Retrouvailles de la mère et de la fille.
Mme de Sévigné prend les eaux à Bourbon.

1687 : Mort du « bien Bon », oncle et homme d'affaires de Mme de Sévigné.

1688 : Mme de Grignan revient en Provence.

1689 : De Bretagne, Mme de Sévigné va rejoindre sa fille à Grignan. Elle séjourne en Provence jusqu'en 1691, date de son retour à Paris avec les Grignan.

1694 : Retour de Mme de Grignan en Provence. C'est la dernière séparation. Elle est rejointe par sa mère quelques mois plus tard.

1695 : Mariage de Louis-Provence de Grignan avec Anne-Marguerite de Saint-Amans, fille d'un riche intendant.
Saint-Simon prête à Mme de Grignan, présentant sa bru, ce mot cruel : « Il faut du fumier sur les meilleures terres. »
Mariage de Pauline de Grignan avec le marquis de Simiane.

17 avril 1696 : Mort de Mme de Sévigné au château de Grignan.
« C'est une femme forte qui a envisagé la mort avec une fermeté et une soumission étonnantes » (M. de Grignan).

1704 : Mort de Louis-Provence, marquis de Grignan. Il a trente-trois ans et ne laisse pas d'enfants. Le nom des Grignan s'éteint avec lui.

1705 : Mme de Grignan meurt, épuisée par le chagrin et de nombreuses maladies.

1713 : Mort de Charles de Sévigné. Le « sémillant compère » de jadis était devenu un grave janséniste et vivait à Paris, avec sa femme, une existence d'ermite.

1714 : Mort de M. de Grignan, dans une auberge, à Lambesc.

1725 : Première édition des *Lettres* de Mme de Sévigné (quelques lettres seulement).

1737 : Mort de Pauline de Simiane. Le château des Rochers, le château de Grignan, avec le mobilier et même les portraits de famille sont vendus pour éteindre les dettes des Grignan.

INTRODUCTION

Rien n'a plus nui à Mme de Sévigné que sa gloire. Réputée parmi ses contemporains pour ses qualités d'esprit, elle demeure aujourd'hui pour beaucoup le symbole d'une femme brillante plutôt superficielle, qui sait lestement trousser une anecdote de cour (la mort de Vatel ou le mariage de Mademoiselle) et surprendre le lecteur en lui apprenant qu'un printemps n'est point vert mais rouge. Comme les autres femmes célèbres de l'imagerie d'Epinal, elle a ses mots et ses attitudes fixés depuis longtemps par la tradition : mère éplorée parce que sa fille vit trop loin d'elle, Niobé quelque peu raffinée dans sa douleur : « la bise de Grignan me fait mal à votre poitrine ». Selon Jules Lemaitre « Mère la joie » à peu près incapable d'idées générales. Selon Napoléon, aussi inconsistante que « des œufs à la neige ». L'humoriste Chaval la représente aujourd'hui sur un de ses dessins « donnant un gros pourboire au facteur ».

Marcel Proust s'est, le premier, insurgé contre cette « Sévigné de tout le monde » née de lectures rapides, de souvenirs d'école ou d'une absence totale de lecture. Bien des personnages mondains de *la Recherche du temps perdu*, loin de se complaire à imiter les tons ou les mots exquis de Mme de Sévigné, doutent plutôt de la réputation littéraire de la « divine marquise ».

« Croyez-vous qu'elle soit vraiment si talentueuse ? » s'écrie Mme de Cambremer. Et Mme de Villeparisis : « Vous ne trouvez pas que c'est exagéré ce souci constant de sa fille ?... Elle manque de naturel. » Mais M. de Charlus, pour sa part, est convaincu qu'il entre dans les sentiments de Mme de Sévigné pour Mme de Grignan autant de passion que dans les plus belles tragédies de Racine. Quant au narrateur, sur la foi de sa mère et de sa grand-mère, il s'attache à découvrir Mme de Sévigné « du dedans ».

Où trouver cette Sévigné-là ? Proust s'enchantait de ses *Lettres* et pouvait percevoir dans ce livre involontaire et sans construction la matière potentielle d'un *Côté de Guermantes*, d'un *Côté de chez Swann*, où Swann pourrait s'appeler Corbinelli, d'une *Prisonnière* qui serait Mme de Grignan, d'un *Temps retrouvé* qui serait la victoire sur le temps par la lettre.

Mais peut-on parler d'œuvre au sujet de cette mondaine, qui ne voulut jamais, en tout cas le prétendait-elle avec insistance, se placer en situation d'auteur ? « Etre dans les mains de tout le monde, se trouver imprimée... quand je me vis donnée au public et répandue dans les provinces, je vous avoue que je fus au désespoir », écrit en 1668 la marquise de Sévigné à propos de l'ironique portrait qu'a tracé d'elle son cousin Bussy-Rabutin dans *L'Histoire amoureuse des Gaules*.

Dans la lettre, disait Gustave Lanson, le style est nu, dans le livre, il est habillé. Il est sûr que la Marquise ne s'est pas préparée à affronter le grand public, qu'elle n'a pas connu son « livre », que c'est pieds et mains liés qu'elle a été livrée à la littérature. Se plaindrait-elle vraiment de son sort posthume ? « Elle aime l'encens, elle aime d'être aimée », écrivait Bussy, qui le premier recueillit de ses lettres pour les joindre aux siennes et les présenter à Louis XIV, promu ainsi premier lecteur de Mme de Sévigné. Elle s'inquiéta aussitôt. « Toute mon espérance, c'est que vous les aurez raccommodées... Croyez-vous aussi que mon style, qui est toujours plein d'amitié, ne se puisse mal interpréter ? » Et Bussy, en connaisseur, la rassure : « Je n'ai pas touché à vos lettres, Madame, Le Brun ne toucherait pas à un ouvrage de Titien. »

Le personnage, pourtant, s'est imposé plus que l'œuvre. On continue à s'interroger sur le mystère de son charme, à reconstituer sa vie à grands coups d'hypothèses. Virginia Woolf a bien vu que pour cet écrivain qui ne sert que du présent, on persiste, du côté des lecteurs, à répondre au présent. Mme de Sévigné est *ceci*, aime *cela*, etc. Poursuivons au passé. Fut-elle bonne ? Fut-elle méchante ? Aima-t-elle sa fille d'une véritable passion ? Sa fille était-elle froide, méfiante, hostile ou bien plutôt excédée d'un amour maternel envahissant ? Pourquoi n'a-t-elle pas visité Mme de Sévigné sur son

lit de mourante au château de Grignan ? Ces questions
ont longtemps occupé l'essentiel de la critique sévigniste.
Mais de quelles preuves décisives disposerait-on pour
rendre compte des mouvements secrets de cœurs arrê-
tés depuis près de trois siècles ?

Peut-être une approche psychanalytique serait-elle
susceptible d'apporter un éclairage nouveau à ces lettres
d'une femme qui, orpheline de mère dès l'âge de trois
ans, a fait de l'essentiel de sa correspondance l'exaltation
d'une tendresse maternelle où se profilent partout les
exigences d'une nature frustrée. Les progrès de l'histoire
littéraire elle-même, depuis les savants travaux de
J. Lemoine, au début du siècle, n'ont guère bouleversé
ce que l'on savait déjà de l'éducation de cette femme. Rien
de très neuf n'est intervenu pour expliquer par des
sources ou des influences cette singulière expérience
littéraire. Ménage et Chapelain ont peut-être été « ses
bons maîtres », ou de simples amis-conseillers de lecture.
On voit mal dans les lettres volubiles et « négligées » de
la Marquise, ce qui pourrait venir du grave auteur de
La Pucelle ou du docte auteur des *Poemata*.

Mme de Sévigné, quant à elle, estimait que l'art
d'écrire n'était qu'une sorte de disposition familiale,
qu'on écrivait comme un Arnauld ou comme un Rabutin
ou comme un Coulanges. Cet art d'écrire procède assez,
selon elle, d'un art de vivre et de réfléchir sur la vie, et
s'accompagne d'un art de lire qui lui aussi reste « dans
la famille » ou dans le cercle restreint des proches et
d'amis capables de comprendre et d'apprécier les nuances
et les allusions. « Il est vrai, mande-t-elle à Coulanges
en 1691, que mes pauvres lettres n'ont de prix que celui
que vous y donnez en les lisant comme vous faites, car
elles ont des tons et ne sont pas supportables quand elles
sont anonnées ou épelées. »

Le monde lui-même, pour la Marquise, se définit
comme un ensemble de groupes si nettement cloisonnés
qu'ils permettent sans peine à l'observateur attentif et
bien né d'identifier et de replacer dans son contexte un
mot, un livre, ou une personne. Savoir le monde, c'est
avant tout le reconnaître à travers ses signes, et pour
l'épistolière le faire reconnaître à un public non averti,
ou lointain comme Mme de Grignan. « Hélas, ma fille,
écrit en 1671 Mme de Sévigné obligée à une retraite
bretonne, que mes lettres sont sauvages ! où est le temps
que je vous parlais de Paris, comme les autres ? » Ce

Paris l'avait fêtée, jeune fille et jeune femme; ce Paris fait de « polisseurs et de polisseuses » lui aurait donné le sel de son esprit. Les « comme disait... » abondent sous la plume de Mme de Sévigné. On ne manque pas non plus dans le Paris littéraire et mondain du temps de lui renvoyer un écho plutôt favorable. La rumeur des chroniques, les lettres de Bussy, *La Muze historique* de Loret esquissent d'elle le portrait d'une femme à la mode. Elle a « ses » poètes qui se font ses adorateurs officiels et la mettent en vers sous le nom d'Iris : Saint-Pavin, Marigny, Montreuil; Bussy laisse entendre qu'elle doit, jeune veuve, soutenir le siège d'amoureux aussi illustres que Fouquet, Turenne, le Prince de Conti! L'abbé Arnauld dans la prose de ses *Mémoires*, la compare, dans sa calèche, accompagnée de son fils et de sa fille, à rien moins que Latone flanquée de Diane et d'Apollon.

Elle figure dans le *Dictionnaire des Précieuses* de Somaize; son portrait littéraire, dû à Mme de La Fayette est dans la *Galerie* de Mlle de Montpensier, son personnage romancé dans la *Clélie* de Mlle de Scudéry. Célèbre sans être auteur, Mme de Sévigné dès sa jeunesse se voit de toutes parts cernée par la littérature. Sa grand-mère paternelle, Jeanne de Chantal, a laissé une abondante correspondance. Son père, trop tôt disparu, n'est pour Mme de Sévigné que le souvenir d'un brillant billet : des félicitations en épigramme à un favori d'Henri IV promu maréchal : « Monseigneur, Barbe Noire, Qualité, Familiarité, Chantal. » Mme de Sévigné commente : « Il était joli, mon père! » Son cousin Coulanges fut un chansonnier et un poète très goûté. On sait que le chef-d'œuvre de la littérature méchante et brillante, *L'Histoire amoureuse des Gaules* est de son autre cousin, Bussy-Rabutin. Ses meilleurs amis enfin se trouvent être le cardinal de Retz, La Rochefoucauld, Mme de La Fayette. Il apparaît, dans un tel voisinage, bien difficile de reconnaître en Mme de Sévigné, un écrivain tout à fait aveugle sur son propre talent. Sans doute, l'ambiguïté du genre épistolaire de la lettre familière en particulier, lui permit-elle d'opposer au fatal dilemme de l'écrivain : l'écriture ou la vie, une solution originale : l'écriture de la vie. Cette solution appartient aussi à la littérature, quand bien même elle affiche l'écriteau bien connu : « Je ne suis pas une page de littérature. » Ce n'est le fait ni d'un écrivain honteux ni d'un écrivain manqué, mais seulement d'un écrivain plus subtil.

A s'en tenir à l'harmonieuse relation d'une personnalité polie et vigoureuse et d'un « monde » qui lui ressemble, nous n'aurions sans doute pas une très grande Sévigné. Les billets à Ménage, les relations de l'affaire Fouquet à Pomponne. Le duel de mots avec Bussy ne représente jamais que de très brillants exercices, l'heureux échantillonnage des prouesses d'expression d'une société privilégiée. Claudel a raillé ce bonheur d'expression qu'il assortit a un pur bonheur d'être. « Comme on était heureux en cet heureux siècle! Quelle conviction! quel appétit! Pas le moindre doute n'importe où et sur n'importe quoi! Mascaron, Bourdaloue, M. de Condom peuvent prêcher tant qu'ils veulent, on va les écouter avec plaisir et componction, mais chacun sait qu'il n'y a vraiment qu'un devoir dans la vie, ma foi, je ne trouve pas d'autre expression, c'est de s'en fourrer jusque-là! »

On risque bien de se trouver déçu à chercher dans les *Lettres* de Mme de Sévigné une exception à cet ordre général. L'amitié pour Pilois, jardinier des Rochers, loin de marquer une réelle simplicité, l'ouverture à d'autres milieux que ceux de l'aristocratie, ne signifie en fait que le dédain souligné pour la bonne compagnie locale : « Fouesnellerie », chevaliers sans manières, vieilles filles empressées mais ridicules. Les atrocités de la répression bretonne de 1675 n'entraînent guère que l'occasion de plaisanteries d'un goût douteux sur pendaisons et autres supplices. Passe encore que la prudence ait conduit au silence la belle-mère d'un lieutenant général du Roi en Provence, à propos de cette dure manifestation de l'autorité royale. Il y a pourtant des assertions gênantes pour qui songerait à s'attendrir sur la « belle âme » de Mme de Sévigné : « On commence demain à pendre. Cette province est un bel exemple pour les autres, et surtout de respecter les gouverneurs et les gouvernantes, de ne leur point dire d'injures, de ne point jeter des pierres dans leur jardin » (30 octobre 1675).

Hors l'intérêt, toujours sous-entendu, de sa bien-aimée fille, Mme de Sévigné ne voit réellement dans l'histoire que l'accomplissement d'un ordre immuable. Au moindre hiatus, invoquer la Providence. Mais jamais le moindre coup d'œil de génie qui permettrait d'accorder à son œuvre la valeur de chronique perspicace. Sitôt qu'il est question dans les *Lettres* de Paris ou de la Cour, ce n'est plus comme l'écrit Claudel, « la Marquise seule qui a la parole ». Autour d'elle : les siens, ses amis, sa petite fille, les Coulanges, Bussy-Rabutin, les de Chaulnes, la duchesse *(sic)* de La Fayette, tout cela, chacun avec sa propre voix, en un brouhaha de volière, parle, raconte, décrit, pince, caresse, demande, élude, reproche, excuse, poursuit sans fin, au milieu des larmes, des exclamations, des chansons, des éclats de rire, un récit vif qui se faufile à travers le lourd dessin de l'histoire officielle ».

Point d'autre loi ici que celle de l'opportunisme, point d'hypocrisie non plus dans l'aveu de tant de fidélités successives et parfois contradictoires. L'amie de Fouquet fait sa cour à Mme Colbert. L'ancienne frondeuse (mais fut-elle frondeuse bien convaincue ?) applaudit aux décisions les plus arbitraires du Roi comme la révocation de l'Edit de Nantes. La sagesse apparente de son détachement à l'égard de la Cour : « J'étais bien servante, à mon âge et sans affaires, dans ce bon pays-là » (29 mars 1680), recouvre mal l'amertume d'autres propos : « Nous serons toujours de pauvres chiens... » (4 juillet 1679). Assez tard dans sa vie, Mme de Sévigné reconnaît avoir poursuivi certaines ambitions, comme tout un chacun, et tâché de réussir et de se plaire dans un monde dont par ailleurs elle dénonce les mensonges et les laideurs : c'est à Retz, Fouquet, Bussy qu'elle songe en écrivant : « Pour moi, j'ai vu des moments où il ne s'en fallait rien que la fortune ne me mît dans la plus agréable situation du monde et puis tout à coup, c'étaient des prisons, des exils... » (31 mai 1680).

Il y a bien plus de singularité dans la position religieuse de Mme de Sévigné. « Cœur de glace » et « esprit éclairé » selon ses propres expressions, elle voue à Port-Royal un attachement passionné. Le Père Rapin, dans ses *Mémoires*, la situe dans la cabale mondaine des Plessis-Guénégaud, en leur hôtel de Nevers où le jansénisme prend couleur de distance plutôt que d'opposition réelle par rapport à l'autorité civile et religieuse. De ces Guénégaud, Mme de Sévigné ne se déclare, il est vrai, l'amie que « par réverbération ». L'amitié pour les Pomponne et surtout l'admiration continue pour les écrivains de Port-Royal témoignent davantage de sa sincérité. Mais on est en droit de se demander si, pendant longtemps du moins, le jansénisme de Mme de Sévigné ne procède pas surtout d'un certain goût de la singularité : « Nos frères », « Nos messieurs », « Nos amis » sont d'excellents psychologues, de séduisants polémistes aux yeux de la Marquise :

une manière de parti intellectuel associant le goût de la
rigueur et l'exigence de la passion, un christianisme
héroïque réservé à de grandes âmes : de quoi fasciner
en Mme de Sévigné la mondaine déçue.

Or, la volonté de surprendre et d'impressionner,
l'appel constant à l'imagination, la complaisance à bien
dire qui constituent les plus évidentes caractéristiques
des *Lettres* de la Marquise, appartiennent plutôt à une
forme d'esprit que condamne Port-Royal : le triomphe
par la parole souveraine d'un moi séducteur qui veut se
faire « tyran » des autres moi. Le commerce épistolaire
avec Mme de Grignan, art subtil de retenir à jamais une
âme difficile, bonheur avoué d'une relation exceptionnelle, vient précisément s'opposer aux opinions religieuses
de Mme de Sévigné. Dieu est *aussi* dans les *Lettres* ; il
n'est pas tout, il est loin de constituer l'essentiel. Du
moins l'épistolière n'est-elle pas dupe de cette contradiction. Elle l'assume au contraire et ne cesse de l'appro-
fondir, apportant ainsi à la *Correspondance* certains de ses
accents les plus pathétiques. « Fiez-vous un peu à moi,
et me laissez la liberté de vous aimer jusqu'à ce qu'il ait
plu à Dieu de vous ôter de mon cœur pour s'y mettre »
(3 juin 1675). Du même coup, l'aveu d'amour terrestre
y gagne en puissance. Car c'est bien d'amour qu'il s'agit
et du sujet premier des *Lettres* sans cesse repris et débattu,
à savoir le conflit entre l'amour pour la créature et l'amour
pour le créateur. Car l'univers de Mme de Sévigné fut,
bien plus qu'on ne serait tenté de le croire, celui de la
solitude. La fameuse représentation d'*Esther* est une
image exceptionnelle de la parisienne à la Cour. A-t-elle
trouvé la paix dans son jardin ?

Ce jardin est loin de représenter dans la littérature
française la première approche sensible du paysage pour
lui-même. Jardin clos, îlot dans l'îlot de la demeure, il
n'est guère que réceptacle de souvenirs et tremplin de
désirs. Il est illusion de mouvement dans un espace
ouvert qui se borne à prolonger les obsessions de l'épistolière, « en tête à tête avec (elle) même ». Ce banc, ces
grands arbres, Mme de Grignan les a connus enfant,
puis jeune fille. Ils portent en eux la marque visible d'un
passé qui ne doit jamais signifier le songe. Une allée
porte le nom « d'humeur de ma mère », l'autre celle
« d'humeur de ma fille ». La promenade solitaire de
Mme de Sévigné aux Rochers « avec (sa) canne et Louison », jusqu'à la brune, plutôt que de dissoudre la per-

sonne dans un ailleurs apaisant, renforce au contraire l'analyse de soi. En marchant, se prépare la lettre. C'est-à-dire que se poursuit imaginairement le dialogue avec Mme de Grignan; et que Mme de Sévigné trouve « sa *Maison du Berger* » dans un « brandebourg » isolé où elle convoque tendrement l'image de sa fille. D'ailleurs les images et les mots envahissent le paysage vrai. Les arbres se couvrent de devises, des nymphes les habitent, des vers les font parler.

On attendrait peut-être de cette présence de la nature, un entraînement au pur abandon, à cette transparence d'expression toujours prétendue. Jamais la parole ne fut plus qu'ici détournée et voilée. L'évocation d'un violent orage survient à point quand l'excès du désarroi risque de déséquilibrer le contenu d'une lettre et de nuire à l'échange délicat et feutré de la correspondance. Jamais effort pour sortir de soi-même ne fut plus manqué. Il faut bien à la Marquise reconnaître cet échec, et vérifier à l'occasion l'ampleur d'une passion et du besoin de la dire qui recouvrent tout l'éventail des lieux, jusqu'à en faire éclater la hiérarchie : « Vous me disiez l'autre jour que vous étiez bien aise que je fusse dans ma solitude et que j'y penserais à vous. C'est bien rencontré : c'est que je n'y pense pas toujours au milieu de Vitré, de Paris, de la Cour, et du Paradis si j'y étais ? » (16 septembre 1671).

Sans songer à mettre en doute l'intensité du sentiment maternel de Mme de Sévigné, nourri d'inquiétude et de suspicion, il est peut-être bon de se rappeler que la Marquise connaissait pour l'expression de l'amour et des sentiments tendres un goût assez vif pour l'exercer sur d'autres personnes que sa fille.

En 1673, se trouvant en Provence auprès de Mme de Grignan, c'est à son amie Mme de La Fayette qu'elle adresse ses plaintes. Mme de La Fayette lui a-t-elle écrit que ses journées sont « remplies » ? La Marquise s'inquiète et se croit oubliée. L'exploration de l'absence à laquelle elle doit alors se livrer s'accompagne de tant de défiance que sa correspondante s'en irrite quelque peu. Et la romancière qui ne confondit jamais, pour elle, la littérature et la vie, de lui répondre : « Hé bien, ma belle, qu'avez-vous à crier comme un aigle ?... Vous êtes en Provence... Vos heures sont libres et votre tête encore plus, le goût d'écrire vous dure encore pour tout le monde. Si j'avais un amant qui voulût de mes lettres chaque matin, je romprais avec lui. Ne mesurez donc point notre amitié sur l'écriture ; je vous aimerai autant, en ne vous écrivant qu'une page en un mois, que vous, en m'écrivant dix en huit jours » (30 juin 1673).

Les lettres de jeunesse à Bussy-Rabutin disent assez comment on peut avoir le ton et les exigences des amants sans en posséder le statut réel : « Ce ne sont pas les choses, ce sont les manières », estime Mme de Sévigné. La lettre se plaît à jouer avec les mots, à faire glisser par exemple la dispute galante sur le terrain du duel : « Levez-vous Comte, c'est bien battre un homme à terre, etc. » Mme de Merteuil reprendra dans *Les Liaisons dangereuses*, ce badinage guerrier avec Valmont pour lui donner bientôt le tour cruel qu'on sait, non sans rappeler avec ironie que « nous ne sommes plus au temps de Mme de Sévigné ». Cent ans ont passé ; la langue de la belle société, avec sa rhétorique éprouvée, ne se contente plus de séduire et de jouer : elle veut agir et peut perdre et tuer.

Les jeux de l'esprit, pour Mme de Sévigné, nourrissent d'abord une vocation d'écrivain révélée par l'événement aux environs de sa quarante-cinquième année. L'esprit pour la Marquise n'est plus alors simple chant de l'oiseau : il est la littérature, seule arme de séduction pour cette femme séparée de l'objet aimé : « Je ne sais où me sauver de vous... », écrit-elle en 1671, lors de la première séparation d'avec sa fille. Et la passion dès lors s'installe en elle. La frivole Sévigné de la jeunesse, celle qui selon la *Gazette* avait été éconduite de l'hôtel d'Harcourt pour s'être montrée « trop guillerette », la trop libre jeune femme dont parle Tallemant des Réaux, est morte à jamais. Celle qu'avaient célébrée les poètes à la mode, doute soudain d'elle-même : « Embarquée dans la vie sans mon consentement... » » « Il faut se consoler et s'amuser en vous écrivant... » Tel est le projet. Mais bien vite, Mme de Grignan rejoint les images anciennes de la Princesse Lointaine, et Mme de Sévigné trouve pour s'adresser à elle la plus éprouvée rhétorique de l'amour. Le monde entier s'organise autour de cette passion déchirante : sur le paysage réel de Paris ou des Rochers vient se superposer le paysage d'abord imaginé de la Provence. Le temps, comme chez Proust, éclate et illumine un univers jusqu'alors opaque ; univers trop protégé que la fêlure de la séparation amène à la conscience de Mme de Sévigné pour être exploré et dit. Le texte retourne sans fin à sa propre durée et se nourrit de lui-même.

Le premier effet de l'absence révèle à Mme de Sévigné son temps intérieur : « Je dois à votre absence le plaisir de sentir la durée de ma vie en toute sa longueur » (15 septembre 1679). C'est alors qu'elle mesure tout ce qui la sépare d'un monde dont, auparavant et de façon si naturelle, elle faisait partie intégrante. Bientôt, elle se découvre elle-même et jusqu'en sa douleur prend conscience de façon aiguë de sa propre singularité. Mieux, dans cet apprentissage de soi-même, qui est le support de toute grande œuvre égotiste, Mme de Sévigné se prévoit, s'imagine et se représente. Très vite, si Mme de Grignan constitue le centre apparent des *Lettres*, c'est Mme de Sévigné qui en est le centre réel. « Cette douleur que je sens pour vous, c'est *ma* douleur. » Et Mme de Sévigné se complaît à détailler ce retour sur soi d'où elle ressort si exceptionnelle. « J'ai passé ici le temps que j'avais résolu, de la manière dont je l'avais imaginé, à la réserve de votre souvenir, qui m'a plus tourmentée que je ne l'avais prévu. C'est une chose étrange qu'une imagination vive, qui représente toutes choses comme si elles étaient encore : sur cela on songe au présent, et quand on a le cœur comme je l'ai, on se meurt » (26 mars 1671).

Ecrire des lettres, c'est aussi recevoir celles que l'on attend. Peu de temps après la séparation, Mme de Sévigné découvre, comme lectrice, cet autre piège de l'écriture, exaltant et décevant à la fois : Mme de Grignan aime mieux lui *écrire* ses sentiments que les lui dire! Une autre vie serait donc possible, où l'harmonie serait créée... Aux incertitudes de la présence vraie se substituent les triomphants simulacres de l'écriture. Un jour vient, où non sans effroi, Mme de Sévigné s'étonne d'un tel pouvoir. « Eh quoi, ma fille, j'aime à vous écrire, cela est épouvantable, c'est donc que j'aime votre absence! »

Un roman d'amour par lettres pouvait alors s'édifier dans le mouvement vrai d'une vie : un roman à coups de phrases et de mots, où règne l'amour mais surtout la manière de le dire. Il va sans dire que ce « livre » de Mme de Sévigné, restitué par le lecteur moderne et même fabriqué par lui, c'est-à-dire par les éditeurs, son auteur ne l'a jamais lu. D'abord, parce que ses lettres ne peuvent prendre fin qu'avec les retrouvailles et la mort et que cette œuvre sans clôture est pour elle secrète jusqu'au bout. C'est sa fille, seule destinataire, seul public voulu des lettres, qui rappelle à la Marquise, la littérarité de ses textes. Du moins, puisque les lettres de

Mme de Grignan sont perdues, en avons-nous l'écho à travers les protestations coquettes de sa mère : « Je vous ai ouï dire que j'avais une manière de tourner les moindres choses ; vraiment, ma fille c'est bien vous qui l'avez... » (8 janvier 1674). Ses propres compliments à sa fille laissent assez entendre que loin de troubler l'expression, la douleur inspire de beaux morceaux : « Vous étiez dans les bouffées d'éloquence que donne l'émotion de la douleur » (16 août 1675).

La plus grande originalité de ce « roman d'amour » tient peut-être à l'impossibilité pour le lecteur de le dégager des lettres sans recourir à un choix plus ou moins arbitraire. Il y a bien sûr, et surtout dans la privation où nous sommes des lettres de la fille, ce ton passionné et plaintif qui évoque la Religieuse portugaise. C'est, parfois, presque de l'élégie : « Et plus que tout cela, ma bonne, admirez la faiblesse d'une véritable tendresse, c'est qu'effectivement votre présence, un mot d'amitié, un retour, une douceur me ramène et me fait oublier » (août 1678 ?). Une élégie qui peut se retourner en défi : « Quand c'est au contraire de vous trouver trop dure sur mes défauts dont je me plains, je dis " Qu'est-ce que c'est que ce changement ? " et je sens cette injustice, et je dors mal, mais je me porte fort bien et prendrai du café, ma bonne, si vous le voulez bien. »

Mais près du roman d'amour, coexiste la matière d'un journal intime, d'un roman de l'argent, et aussi d'une gazette, sinon de *Mémoires*. Ne s'agit-il pas souvent de voir les choses « par le petit bout de la lorgnette », de révéler « le dessous des cartes » de ce monde conçu comme contrepoint d'une si belle et si incomparable passion car : « S'est-il jamais vu commerce comme le nôtre ? » On pourrait aussi dégager les éléments d'un itinéraire spirituel, un recueil d'historiettes piquantes, les aphorismes d'un moraliste : livre multiple et mobile qui ne s'arrête jamais à un type d'écriture. Chaque lettre en particulier obéit à cette loi unique de n'en connaître aucune : élans du cœur, commérages, cris d'angoisse et badinage, méditation religieuse et critique littéraire, comptes, recettes de cuisine, conseils de médecine, tout le tissu de la vie pénètre dans la libre forme de la lettre, mais d'une lettre qui se moque bien des règles épistolaires : « Il faut un esprit naturel et du monde pour pouvoir s'accommoder de mes lettres. »

La thématique des lettres à Mme de Grignan est cependant assez nettement perceptible : la poste, les compliments sur le style et la conduite, les ridicules d'une société privée de Mme de Grignan, le prestige d'une Cour où il faut venir quêter les faveurs, l'appel aux retrouvailles... Cet art subtil des transitions ou de leur supression pure et simple se calque exactement sur celui de la conversation tel que La Rochefoucauld lui-même l'évoque dans ses *Maximes et Réflexions diverses* : écouter, faire parler, mais pour parler à son tour ni plus ni moins qu'une figure familière du ballet de l'Amour-Propre et de l'Amour qui est la grande affaire du siècle. « Vous dites fort bien... » « Les réflexions que vous faites sur la mort... » écrit la Marquise, et Mme de Grignan paraît du coup la véritable instigatrice du dialogue établi, le texte d'origine auquel la Marquise raccorde le sien. Mme de Sévigné ne perfectionne pas de prétendus modèles épistolaires qu'elle aurait eus sous les yeux. Elle transforme le genre, le fait éclater comme plus tard Laclos fait éclater le roman par lettres avec *Les Liaisons dangereuses* ou Flaubert le roman d'une éducation avec *L'Éducation sentimentale*.

On connaissait avant Mme de Sévigné la lettre « sur » ou la lettre « de », la lettre à titre, la lettre-relation. Il en demeure quelques traces chez Mme de Sévigné : on citait « la lettre des foins » ou la mort de Vatel comme on citait de Voiture « la lettre du brochet ». Devant les lettres à Mme de Grignan, ces morceaux séduisants apparaissent, en comparaison, dérisoires ; ces lettres à la mode, destinées au monde, proposaient à celui-ci des modèles agréables, ouverts à l'imitation, et plus encore des miroirs où le monde reconnaissait sans peine ses airs et ses tons favoris. Tout ceci ne disparaît sans doute pas tout à fait des lettres de la Marquise à sa fille, mais son goût n'a retenu que le meilleur des propositions mondaines. La même exigence d'une esthétique du naturel qui la pousse à tout dire, ne la fait reculer devant aucune audace linguistique. Les expressions du beau monde et de bien-dire côtoient dans la lettre de Mme de Sévigné des dictons, des expressions populaires, des termes dialectaux (les « pichons » pour les enfants), et jusqu'à la transcription phonétique de certains accents : « Zésu ! Matame te Grignan, l'étranse sose d'être zetée toute nue dans la mer ! »

Les éditeurs élégants du XVIIIe siècle ont eu beau effacer, travestir, maquiller, adoucir. Le « torrent » de

Mme de Sévigné charrie généreusement les « culs sur la selle », les « pétoffes », les « guimbardes », les « bobilloner », les « brilloter ». Parlant de sa douleur même, la Marquise n'hésite pas à évoquer des consommés qui ont mijoté dans sa tête pendant la nuit ; les soucis de Mme de La Fayette sont comparés à des bouillons de vipère...

Marcel Jouhandeau sait bien que ce qui séduit le plus en elle le lecteur moderne, « ce n'est pas son conformisme mais plutôt l'audace de l'expression et l'impertinence de la curiosité ». Enfin, avec l'amour qui est le lien de tous ces éclats brillants et leur justification géniale, la part d'invention la plus belle des lettres tient sans doute à cette distance de Mme de Sévigné par rapport à son propre texte et à l'humour avec lequel cette fausse naïve laisse apparaître combien sa lettre, de toutes parts, à toute occasion, est travaillée par la littérature des autres. L'intertextualité, loin de se camoufler, s'exhibe. « Je fis l'autre jour une maxime tout de suite sans y penser, et je la trouvai si bonne que je crus l'avoir retenue par cœur de celles de M. de La Rochefoucauld... Je disais, comme si je n'eusse rien dit que l'*ingratitude attire les reproches comme la reconnaissance attire de nouveaux bienfaits*. Dites-moi ce que c'est que cela ? L'ai-je lu ? L'ai-je rêvé ? L'ai-je imaginé ? » (28 juin 1671).

Tout lui est bon qui correspond à son humeur du moment et qui l'aide à exprimer plus précisément ce moment qui ne ressemble à aucun autre : « La lecture apprend aussi ce me semble, à écrire... C'est pourtant une jolie chose que de savoir écrire ce que l'on pense » (17 juillet 1689). Pascal, les romans de Mlle de Scudéry, La Fontaine, une *Histoire des Croisades*, le protestant Abbadie, le janséniste Nicole, les chansons de Coulanges, Molière, tout peut faire la matière d'une réflexion et d'un retour sur soi : « Il semble qu'on n'ait eu que moi en vue en écrivant cela ! » s'exclame Mme de Sévigné, un livre à la main.

Et de citer et « d'avaler » ces livres pour lesquels, comme l'écrivit M. de Grignan après la mort de sa belle-mère, celle-ci avait une « avidité surprenante ». Les livres se fondent à la vie quotidienne et lui donnent relief et profondeur, les choses retournent aux mots et les mots aux choses : « C'est un tissu, C'est une vie entière... » (8 janvier 1674). Rien d'étonnant à ce que des rapports si faciles avec l'écriture apparaissent à la Marquise comme un bonheur vite devenu indispensable :

« Si l'on pouvait écrire tous les jours, je le trouverais fort bon; et souvent je trouve invention de le faire, quoique mes lettres ne partent pas » (28 août 1675). L'épistolière si attentive aux écrits d'autrui, peut librement s'arrêter sur sa propre lettre, apprécier l'effet des « interlignes » ou des « petites raies » marginales destinées à souligner certains passages. Elle va même jusqu'à suggérer une lecture critique d'elle-même : « Il y a beaucoup de landes dans mes lettres avant que de trouver la prairie » (14 juillet 1685).

On voit assez combien ce serait médire du talent de Mme de Sévigné que de faire de ses *Lettres* la transcription d'une tendresse maternelle. Encadré, nourri de littérature, le texte de Mme de Sévigné dans ses moments de plus grand dépouillement, n'en ressort qu'avec davantage de force : « Pour moi je vois (le temps) courir avec horreur et m'apporter en passant l'affreuse vieillesse, les incommodités et enfin la mort » (8 janvier 1674). Si bien que sa propre vie peut, à la limite, se faire, selon l'expression de Flaubert, « la matière d'une illusion à décrire », objet de représentation, tout prêt à se déverser dans un symbole : « J'ai vu une devise qui me conviendrait assez; c'est un arbre sec et comme mort, et autour ces paroles « fin che sol ritorni » (jusqu'à ce que le soleil revienne) » (15 décembre 1676).

Cependant, l'expression si impérieuse d'un moi ne saurait se passer d'un dialogue qui rétablit, à l'insu de Mme de Sévigné, le rapport souhaité de l'auteur et de son public, celui-ci fût-il réduit à une seule personne. C'est seulement dans l'échange de la parole que peut se dégager la vérité. On sait tout le parti que Diderot romancier se souciera de tirer de ce rapport. Ici, le lecteur est réel et non fictif.

Le postulat de base repose sur une confiance absolue dans le pouvoir spécifique des mots : « Il faut parler », « ne pas étouffer ses sentiments ». « J'honore tant la communication des sentiments à ceux que l'on aime que je ne penserais jamais à épargner une inquiétude au préjudice de la consolation que je trouverais à faire part de la peine à quelqu'un que j'aimerais » (1er décembre 1679). Il faut, par la parole, combler le fossé qui sépare, anéantir le silence de la mésentente ou de l'éloignement par un discours volubile qui nomme les choses, les êtres, les sentiments, et du même coup leur arrache leurs douloureux secrets.

Parole souveraine qui exige de cet auteur sans livre de
ne jamais s'arrêter — hormis dans la présence apaisante,
et peut-on même l'assurer ? — dans cet effort à dominer
le réel.

Il faut tout dire et toujours, faire la succession des
instants, éphémères et discontinus, passe dans la lettre,
et les instants de vide eux-mêmes, et l'indicible et le fou :
« car je suis folle quelquefois ». On trouvera donc dans
la *Correspondance* des lettres qui ne sont qu'une excuse
pour n'avoir rien à dire de nouveau ni d'extraordinaire :
« Il pleut. Nous sommes seuls. En un mot, je vous
souhaite plus de joie que nous n'en avons. » Là où l'événement est défaillant, c'est la construction de la lettre
qui prend alors soin de retenir l'attention en faisant
briller le terne, et par le seul jeu relationnel des mots,
supplée au vide de l'existence : on pourrait relever des
lettres en spirales ou en tourbillon, à méandres sinueux,
où digressions violentes et accumulées succèdent à un
aveu trop vif... L'événement, c'est le mouvement de la
phrase ou du paragraphe qui le constitue.

Une si complexe expérience de l'écriture se situe aux
antipodes du bavardage frivole où la tradition a trop souvent enfermé Mme de Sévigné : expérience douloureuse
et ambitieuse à la fois. Tout l'être de la Marquise est
suspendu dans l'attente des lettres de Grignan. Par
inquiétude réelle sans doute pour cette idole précieuse
menacée par le temps, par la maladie ou par les soucis
d'argent; mais surtout afin que partent « les réponses ».
Même privée de la lecture désirée, Mme de Sévigné
ne peut s'empêcher de composer une « lettre de provision »; dans la crainte d'une lettre perdue, il lui faut
aussitôt exprimer son vertige dans une lettre au bon
d'Hacqueville : c'est que le silence s'associe pour elle à
la mort et, pour ainsi dire, la préfigure. Ce sont précisément ces aléas inévitables attachés à toute correspondance qui forment pour la Marquise l'essentiel de son
mal d'écrire, et lui fournissent le thème majeur des
Lettres, l'histoire des *Lettres* elles-mêmes dans leur agen-
cement et dans leur continuité. Il y a déjà un phénomène
unique à prétendre faire pénétrer tout le flot d'une vie
intérieure dans le cadre étroit et grevé de convenances
de la lettre. Mais c'est encore compliquer la difficulté de
cette sorte de journal que de la soumettre aux modalités
du dialogue. C'est vouloir que le contenu de la lettre
réponde à l'attente du lecteur, qui est ici Mme de Gri-

gnan. C'est doubler le besoin de se dire de celui de
séduire. La séduction ne va pas sans techniques. Ainsi
Mme de Grignan se voit isolée dans « son château
d'Apollidon », transformé épistolairement en rêve de
Provence, exaltée dans ses charges écrasantes de mère et
d'épouse de lieutenant général, débrouillant les affaires
de toute sa Cour. La traversée du Rhône, un voyage à
Lambesc ou Aix prennent figure d'événements prodigieux. Les associations littéraires, les souvenirs de la
fable enrichissent ce grandissement de tout ce qui touche
de près ou de loin la bien-aimée. Il semble même que
Paris tout entier, dans ses conversations ne soit occupé
que de la santé de « la belle Provençale ». La caricature,
les procédés de l'ironie procèdent indirectement du
même souci de plaire. On médit de « Mélusine », la comtesse de Marans, parce que la lectrice ne l'aime pas et
prend plaisir à rire d'elle ; ou de la pauvre Mlle du Plessis,
trop attachée à la Marquise et à qui la Marquise ne doit
point paraître attachée. Le brusque intérêt pour une
bohémienne tient seulement à ce que sa danse rappelle
à Mme de Sévigné la danse de sa fille. Les lieux, les
objets n'apparaissent que chargés de souvenirs afin de
provoquer chez la lectrice une « imagination » de la lettre
au sens précis du mot, destinée à créer l'illusion de la vie.
On serait moins sévère pour l'indignation de Mme de Sévigné devant les révoltes bretonnes de 1675, si l'on son-
geait qu'elle n'a en vue que le danger couru par les
gouverneurs et que pareille situation pourrait, en Provence, menacer Mme de Grignan.

Il n'est pas jusqu'aux inquiétudes sur les soucis
d'argent et la mauvaise santé de sa fille qui ne témoignent
à leur manière de ce soin abusif d'écarter de l'idole tout
ce qui pourrait nuire à son accomplissement héroïque.
Un rêve d'absolu anime cet amour, et Lamartine n'a pas
tort en ce sens de parler de Mme de Sévigné comme du
« Pétrarque en prose » des lettres françaises. Toutes les
lettres de Mme de Grignan s'articulent en hymne
d'amour où le langage de l'amour (et non l'amour même)
prend tous les tons et tous les chemins pour exalter l'objet
d'un amour voulu comme éternel et absolu.

A l'encontre du *Canzoniere* de Pétrarque, l'irréel
poétique ne se confine pas dans l'air raréfié d'une phraséologie galante et de ses images précieuses. Il se fond
à l'existence et se nourrit de toute son épaisseur. Dans
l'universalité du propos de la lettre entre plus que de

vraie curiosité, le besoin profondément littéraire, d'organiser le monde autour d'un centre qui lui est reconnu. Nulle chronique de l'époque qui soit plus truquée que celle de Mme de Sévigné. Un historien pourrait à juste titre s'irriter des désinvoltures de la Marquise ou de ses omissions volontaires et estimer que les *Lettres* ne constituent pas une contribution bien sérieuse à l'histoire du XVIIᵉ siècle. Selon les besoins précis du contexte, la Cour se fait le lieu le plus glorieux, le plus propre à dispenser le bonheur, ou « l'iniqua corte », l'enfer où grouillent dans l'ombre et dans la lumière les plus affreux scandales ; la salle des pas perdus où l'on parle et où l'on ne répond point, où il faut deviner, où l'on ment, où les mots confondent, brouillent et perdent. En contraste, le « commerce » de Mme de Sévigné et de sa fille échappe aux classifications traditionnelles du monde et se pare d'un éclat renforcé. C'est que grâce à ce commerce, Mme de Sévigné invente en même temps qu'un rapport humain, un type unique de littérature, rêve secret de bien des écrivains : écrire sans avoir à faire de livre. Il est certain que Mme de Sévigné plaisante lorsqu'elle évoque pour sa fille le livre qu'elle veut écrire sur l'ingratitude ou sur l'amitié, ou les sollicitations de l'éditeur Barbin, pour qu'à son tour elle produise des *Princesse de Montpensier*. Ces doctes traités, ces dissertations brillantes, si fort à la mode de son temps, elle ne se soucie ni de les répéter ni de les imiter. Elle en possède largement la matière, mais l'écrit autrement et à travers d'autres matières, par variations, reprises, exemples, citations, en évitant la vanité du discours général qui prétend à l'intemporalité.

Le livre qu'a laissé Mme de Sévigné n'a pas été connu d'elle. Pouvait-elle douter, comme l'écrit le prince de Ligne, « que la postérité est une grande ouvreuse de lettres » ? Aucun livre, on le sait, ne peut se borner à être « livre-écrit » et n'existe que par être « livre-lu ». Tel qu'il se présente, c'est le seul livre possible pour la mondaine qui ne veut pas faire profession d'auteur (ce marchand de mensonges).

C'est le livre possible pour la chrétienne, dont le propos renvoie aux livres des autres, aux actions des autres, aux guerres des autres, aux amours des autres et recueille de toute cette vie racontée les aphorismes et les vérités générales susceptibles de trouver place dans un livre de Raison comme la duchesse de Liancourt par exemple pouvait en rédiger un à l'usage de sa petite-fille.

C'est enfin le livre possible pour la femme de passion qui ne voit et ne vit l'expérience du monde et celle de la morale que par rapport à l'être aimé : une mort, un mariage, l'état d'une fortune, et c'est en filigrane, la mort possible de Mme de Grignan privée de soins adaptés, un mariage ou une fortune qui auraient pu mieux illustrer « la belle Maguelonne ». Ainsi, de bien des manières, la lettre fait l'écrivain et assure la bonne conscience.

Mais la plus grande ambition de cet art ambigu consiste à vouloir atteindre la transparence absolue de la communication en refusant les « effets » de la littérature. De toute évidence, Mme de Sévigné cherche à convaincre que son écriture est celle de la spontanéité pure, d'une spontanéité qui rendrait parfaitement compte de sa sincérité profonde : « On croit quelquefois que les lettres qu'on écrit ne valent rien parce qu'on est embarrassé de mille pensées différentes ! mais cette confusion est dans la tête tandis que la lettre est nette et naturelle » (8 décembre 1673). Mme de Sévigné ne veut pas écrire un texte, composer, « traduire » ses états d'âme dans une lettre mais *être* cette lettre même. Plutôt que de rendre compte du vécu, vivre dans l'échange épistolaire. Nulle frontière ne doit exister entre l'écrit et le vécu dès lors qu' « il n'y a plus de pays fixé par moi que celui où vous êtes » (29 avril 1671). Tout se mêle et se compénètre pour créer l'illusion de la présence : « un souvenir, un lieu, une parole, une pensée un peu trop arrêtée, vos lettres surtout, les miennes même en les écrivant... » (18 février 1671).

Mais Mme de Sévigné ne se prive pas de recourir à différents styles, y compris celui de la parodie ; elle multiplie portraits, maximes, saynètes, quitte à dénoncer du doigt la littérature : « Voilà une belle digression... » ou « Mais je reviens... » Ce « style naturel » ne saurait passer pour innocent que pour des yeux naïfs. Il n'existe en fait, plus « d'intériorité » du tout dans la lettre, tout se trouvant placé au même niveau, l'angoisse d'un cœur privé de la présence aimée, l'incendie des Guitaut, la lecture des *Pensées*, un mot plaisant de Mme Cornuel, ou une méditation sur la mort qui guette l'écrivain lui-même... Mouvement dense, mais toujours et seulement en surface. Rien d'étonnant que l'aspect le plus vanté de l'art de Mme de Sévigné soit précisément cette valeur « picturale » de son écriture.

Peut-être même ce qui nous touche le plus aujourd'hui

ne serait autre que cette histoire d'une expérience littéraire qui a fait l'écrivain, un peu comme le « journal »
d'une œuvre qui par le rappel de la « différence » de la vie
et de la littérature, dégage la grandeur de la création.

Les lettres à Mme de Grignan s'affirment comme un
combat contre une vie injuste qui impose la séparation et
l'inharmonie. La régularité de la correspondance comme
l'importance des sujets prosaïques traduisent l'impérieux
besoin pour Mme de Sévigné d'installer solidement l'art
dans le réel.

Il n'en est pas de même dans les lettres aux correspon-
dants autres que Mme de Grignan, où Mme de Sévigné
se borne le plus souvent à rendre au monde ce qu'elle a
reçu de lui de meilleur, où le monde reste seul juge et
créateur de ses propres valeurs, y compris les valeurs
d'esthétiques. Son vrai langage, Mme de Sévigné ne le
trouve guère que dans les lettres à sa fille à partir d'une
idée de séparation qui joue chaque fois pour elle le rôle
de la tasse de thé ou du fameux pavé disjoint de Proust :
l'épreuve d'une distanciation et la découverte d'une
conscience.

Aussi si certains schémas ou certains tours de la lettre
mondaine subsistent, ils sont sans cesse compromis et
battus en brèche par le trop-plein d'un moi toujours prêt
à déborder les jolis morceaux réguliers. Tout le prix des
lettres est dans cet *écart*. Le rêve vient parfois jouer avec
les catégories de l'espace et du temps, se mêler au souvenir
et à la culture pour tisser un autre espace, un autre
temps. Mme de Sévigné lit-elle aux Rochers, seule, dans
un cabinet de verdure, voici le livre qui lui suggère une
rencontre idéale aux Rochers de la mère et de la fille :
« l'hippogriphe » ou « l'homme noir » amènerait miraculeusement Mme de Grignan. Celle-ci rejoindrait son
château, la lecture commune terminée. Par la complicité
de l'Arioste, qu'elle aime tant, la Marquise n'hésite pas
à recourir à l'extraordinaire et au féerique pour satisfaire, ne serait-ce que l'espace d'une phrase, à un besoin
d'élargir son ciel. Soudain la littérature se découvre, et
après ses prestiges, révèle ses limites : l'espoir fragile
n'est lié qu'à l'art et à ses artifices. A ce seul prix peut
s'envisager la rencontre qui était l'enjeu. Et le rêve se
heurte à son implacable fin : Mme de Grignan doit
retourner à son château. La distance reparaît, et l'imagination doit se tourner ailleurs pour éviter le piétine-
ment. Cependant les réunions inspirées sont toujours

plus sûres que les réelles : « Mon cœur est en repos quand il est auprès de vous », écrit Mme de Sévigné le 5 octobre 1673, mais ce que nous devinons, à travers les lettres, des rencontres réelles des deux femmes, semble bien laisser à entendre que l'harmonie épistolaire leur accordait plus d'apaisement : « J'étais le désordre de votre vie », assurait Mme de Grignan. Des amis répétaient chaque jour, après une nouvelle séparation : « Ah! que vous voilà bien, à cinq cents lieues l'une de l'autre, voyez comme Mme de Grignan se porte; elle serait morte ici; vous vous tuez l'une l'autre! » (27 juin 1677).

Les retrouvailles parisiennes de 1678 semblent avoir été particulièrement pénibles. Le désaccord prend dans l'affrontement réel la forme de souffrance la plus vive pour la Marquise : l'absence de communication : « J'accorde avec peine l'amitié que vous avez pour moi avec cette séparation de toute sorte de confidences... » (août 1678).

L'union tendre se reforme sitôt que les « revoilà dans l'écriture ». C'est dire que la Mme de Grignan des *Lettres* comme la Mme de Sévigné des *Lettres* ne sont sans doute pas exactement celles que leurs contemporains ont pu connaître.

Une liberté s'instaure dans la lettre qui constitue, pour la Marquise, le champ de tous les possibles. Rien n'est subi, tout est créé. C'est alors qu'on peut se complaire sous la joie de cette révélation, à la réussite d'un mot ou d'une tournure, à l'effet d'une phrase, à ce qu'il faut bien appeler le métier d'écrivain. Et ce, jusqu'aux formules les plus traditionnelles, par exemple celles des fins de lettres : « Adieu, ma très chère et très loyale, j'aime fort ce mot : ne vous ai-je point donné du cordialement ? Nous épuisons tous les mots » (4 juillet 1680).

Tant de liberté ne va pas sans contrainte. L'éparpillement même de la lettre, la curiosité et le prodigieux pouvoir de distraction qu'elle exprime, plutôt que de la légèreté ou de l'impuissance à se fixer correspondant à une faculté rare de la littérature : éprouver la multiplicité des lieux, des temps et des êtres, la retenir et la fixer dans la forme verbale. Morceaux brillants et morceaux atones se soutiennent mutuellement. « Prairies » et « landes » ne peuvent être séparées; leur décalage a cependant servi de prétexte pour contester à Mme de Sévigné sa qualité d'auteur à part entière. Comme si, pour appartenir à la littérature, il suffisait de recourir à un langage fictif tel que le roman, la tragédie, l'ode et peut-être le genre épistolaire lui-même. Comme si le seul fait de la publication constituait l'écrivain.

Mme de Sévigné ne publia pas en effet, et n'écrivit que pour une lectrice, avec tout au plus l'idée d'un public d'*happy few*. Mais quel écrivain n'a rêvé d'écrire pour ce lecteur idéal qui saurait comprendre que sa propre littérature est autre chose, en deçà ou au-delà de la littérature ?

L'expérience de Mme de Sévigné rejoint davantage celle de Stendhal, de Virginia Woolf ou de Proust que celle de Voiture ou de Guez de Balzac. C'est en se riant que Mme de Sévigné associe à propos de ses lettres, l'éloge d'une « voiture » ou d'une « portugaise ». On ne trouve d'esquisse de Mme de Sévigné ni dans les *Lettres galantes* de Pellisseri, ni dans Deimier, ni dans La Serre, ni dans Boursault, autres *Secrétaires* à la mode, ni même dans les *Amitiés*, *Amours et Amourettes* de M. le Pays, où l'on rend compte par exemple d'un voyage, d'un bal ridicule, où l'on trouve des « plaintes pour ne pas recevoir de réponse », où l'on répond « un jour de médecine », où l'on remercie de « protestations d'amitié », où l'on se plaint d'un départ, où l'on remercie d'une tendresse : exercices d'esprit taillés en modèles, anonymes, simplement juxtaposés, ils se proposent comme instruments de polissage d'une société, mais un Rabutin n'aurait rien à apprendre d'eux.

Mme de Sévigné apprécie bien plutôt les nuances imperceptibles et les sous-entendus des grandes âmes qui sont souvent de grands princes et ont de grands mots à double entente : ainsi la duchesse de La Vallière, devenue Sœur Louise de la Miséricorde, et répondant à Mme de Montespan venue la voir : « Je ne suis pas aise, je suis " contente ". » Partout, Mme de Sévigné laisse paraître un goût très vif pour l'allusion et toutes les formes que prend une pensée pour signifier qu'elle n'est dupe ni des hommes ni de leurs institutions et qu'on ne saurait trouver dans des manuels. Pellisseri lui-même dans ses *Lettres galantes*, après avoir cité un impromptu du duc de Saint-Aignan, nomme Mme de Sévigné parmi les dames qui assurent à Paris la prééminence en matière d'esprit. Tout naturellement, le XVIIe siècle avait conscience de cette « littérature » hors les textes qui nourrissait et inspirait l'autre. D'autres rapports avec les mots et l'écriture existent donc hors des circuits traditionnels de composition et de diffusion des livres. Il n'en existe pas sans lecteur. Mais le fait que Mme de Grignan soit un lecteur réel ne change pas le rapport : il l'enracine seulement dans l'expérience quotidienne. Et aussi, imprime à la lettre son rythme singulier, ouverture et dissimulation, élan et retenue, exhibition et repli : la pulsation d'une sincérité difficile; la peur de ne pas tout dire et celle de trop dire. L'art de plaire n'est souvent qu'angoisse de déplaire, suspension entre le besoin d'être vu et celui d'être pleinement soi-même. L'ensemble des *Lettres* reconstitué en chaîne, par le soin des éditeurs, raconte l'histoire d'un paradis perdu. Mais ce paradis à conquérir par des retrouvailles sans cesse souhaitées, ne nous intéresse plus guère sitôt qu'il est atteint. Lorsque les deux femmes se retrouvent finalement en 1693, il ne reste plus de place que pour le silence et pour la mort. Comme le retour d'Ulysse à Ithaque marque la fin du voyage, l'errance des mots s'achève, une autre histoire commence qui n'est plus la nôtre, n'appartenant plus à la littérature. Il fallait bien pour la Marquise régler ses comptes avec Dieu et songer à un autre salut que celui de l'écriture.

Restent les *Lettres* qui sont, en prose, poème de désir et d'attente. La conversation à distance, pour ne pas devenir dialogue de sourds, doit « glisser sur certaines pensées », feindre de se trahir; les méandres du discours personnel laisser pour un temps place au discours général. Le poète disparaît devant la journaliste, ou plutôt se cache derrière elle. La même pudeur faisait un jour écrire à Stendhal dans un de ses écrits intimes : « l'extrême des passions étant niais à noter, je me tais ». « Mais parlons d'autre chose... » écrit Mme de Sévigné sur le bord d'un aveu trop vif. Et parfois au contraire, elle revendique l'audace de telle ou telle expression : « Cela est un peu poétique mais cela est vrai. »

Force est de reconnaître que cet art du portrait, ce sens du trait, cette technique aisée du dialogue, ces parures du discours général ne représentent pour l'écrivain que l'apaisement causé par la mise à l'écart du discours personnel.

L'allégresse apparente du ton ne saurait faire oublier à la Marquise ses obsessions. Le mouvement lyrique se poursuit parfois à travers une représentation satirique du monde en sous-entendant l'image, idéale, de Mme de Grignan. L'épistolière elle-même se dédouble et se voit vivre et écrire : « Je fis fort bien mon personnage... »

Ce théâtre de marionnettes dont elle manœuvre si bien les fils a pour seul effet d'accroître encore l'impression de trompe-l'œil des passages « d'ouverture de cœur » réservés à l'analyse de ses sentiments pour sa fille. Mais ici encore la sincérité est piège à double fond : plutôt que de rendre compte d'un état précis, « instantané », la Marquise a recours à des images, à des associations qui visent à la représentation et à l'interprétation qu'en devra tirer la lectrice. « Je suis méchante aujourd'hui, je suis comme quand vous disiez " vous êtes méchante... " » Un tel mode d'écriture s'approche assez de certaines expériences modernes où le rôle du lecteur, appelé par l'auteur, est représenté comme complémentaire de celui de l'écrivain, et aussi important que lui. « Mes lettres sont ce que vous les faites... »

Les *Lettres* de Mme de Sévigné relèvent ainsi moins de la littérature autobiographique et introspective que d'une littérature de dialogue, quand bien même ne s'agirait-il que d'un dialogue substitutif. Lorsque la littérature risque par trop de présence de gêner l'heureuse communication, la Marquise n'hésite pas à la souligner justement pour en désamorcer l'effet : « La parfaite amitié n'est jamais tranquille. Maxime. » En même temps, le texte relâche sa tension, le propos trop personnel rentre dans le domaine des relations traditionnelles et rejoint le discours qu'autrui peut tenir.

On ne cherchera pas dans les *Lettres* de grands épisodes ni de folles amours, ni de surprenants coups de fortune. Mme de Sévigné ne fut ni Ninon de Lenclos ni Mme de Maintenon. L'événement, pour elle, n'est que dans la réussite ou l'échec d'une lettre. Pour le reste, le jardin des Rochers, celui de l'Abbaye de Livry, celui de Mme de La Fayette au faubourg Saint-Germain, l'amitié des grands arbres, la conversation désabusée d'amis choisis, quelques religieuses, quelques abbés, quelques veuves, une ou deux visites d'affaires, les Grands, les livres, tout cela n'est que la toile de fond d'une vie dont le meilleur tient dans la paix d'une pièce fermée : « Me voici toute à la joie de mon cœur, seule dans ma chambre, occupée à vous écrire. Rien n'est préférable à cet état. »

Dans cette chambre, à cette écritoire, le monde n'est plus que rumeur et s'accomplit gravement la métamorphose d'un discours privé en fiction. Aux mots est délégué tout le pouvoir de suppléer au vide cruel d'une existence ressentie comme une vacuité. Alors qu'il s'agirait d'éblouir, d'étonner toujours la belle absente, ne se présente à l'esprit de l'épistolière qu'un rhumatisme, une visite de fâcheux, la couleur des feuilles, le livre-remède destiné à s'oublier ou à se retrouver. Chaque paragraphe qui se clôt est une mort provisoire qu'il faut aussitôt déjouer par le renouvellement du propos. Chaque lettre attend la suivante. Le plein aspire à remplir tout le creux du réel.

Finalement, tel qu'il se présente, dans ses lacunes et dans son inachèvement, le livre des *Lettres* se lit comme une des plus belles tragédies de la parole qui soient. Et l'on se prend à penser que dans la fameuse antipathie de Mme de Sévigné pour Racine, en particulier pour *Bérénice*, cette autre histoire de séparation, entre surtout de la gêne devant un texte qui ressemble trop au sien.

Que Mme de Grignan reste silencieuse, ou que ses réponses n'aient pas correspondu toujours à l'attente de sa mère importe peu; « le courage » de la Comtesse, sa fermeté « admirable » ne sont sans doute que des mots où il faut comprendre « froideur » et « indifférence ». Mais c'est grâce à cette inaccessible Grignan que Mme de Sévigné choisit de ne vivre sa vie que pour l'écrire ou plutôt pour ne faire de sa vie qu'un tissu de mots. Il faut faire « voir » une réalité imaginaire, et dans les réponses, puiser assez de foi pour continuer toujours à « voir » et faire voir.

Alors seulement l'espace et le temps ne sont plus écrans mais transparence, et la dispersion du regard seulement preuve d'ubiquité. Par cette emprise sans cesse prouvée sur le monde visible et concret, par cette diversité unifiée dans la durée, Mme de Sévigné approfondit jusqu'au bout ce pouvoir de fascination qui répond à la fascination de l'absence. Elle enchaîne après Mme de Grignan, le lecteur moderne qui la remplace. Un ordre souverain lancé contre le désordre de la vie, c'est la plus haute réponse que puisse fournir la littérature. Bien malgré elle, c'est celle de Mme de Sévigné.

BERNARD RAFFALLI

BIBLIOGRAPHIE

A. — *Les Lettres*.

1697. — Edition des *Lettres* de Bussy-Rabutin, renfermant les réponses de Mme de Sévigné à son cousin.

1725. — Publication de *Lettres* de Mme de Sévigné, « contenant plusieurs particularités sur le règne de Louis XIV » (31 lettres).

1726. — 2 éditions subreptices éditées à Rouen et à La Haye.

1734. — Première édition des *Lettres* par le chevalier Perrin, sur les indications de Mme de Simiane.

1754. — Seconde édition du chevalier Perrin. Au total 8 volumes de *Lettres*.

1820. — Découverte du manuscrit Grosbois, une des copies tirées des autographes confiés par Mme de Simiane au fils de Bussy-Rabutin.

1862. — L'édition Hachette des Grands Ecrivains de la France (14 volumes) avec une longue notice de Paul Mesnard, et des notes de Monmerqué. Cette édition se fonde sur le manuscrit Grosbois.

1873. — Découverte par Charles Capmas d'une autre copie des *Lettres* de la Marquise. 6 in-quarto, un texte de meilleure qualité que le manuscrit Grosbois. Deux volumes de *Supplément* paraissent à la suite de l'édition Hachette.

1953-1957. — Première édition des *Lettres* dans la Bibliothèque de la Pléiade, par M. Gérard-Gailly (3 volumes).

1973. — Nouvelle édition, à la Bibliothèque de la Pléiade, due à M. Roger Duchêne. Cette édition est établie à partir d'une confrontation de tous les états connus du texte. Le présent choix de *Lettres* reproduit le texte des Grands Écrivains de la France, corrigé à la suite de la consultation du manuscrit Capmas et de quelques lettres autographes.

* *Dans la présente édition, l'orthographe a été corrigée conformément à l'usage moderne.*

B. — *Monographies.*

WALCKENAER (baron).
Mémoires touchant la vie et les écrits de Marie de Rabutin-Chantal (Paris, 1842-1852, 5 volumes). La source principale de toutes les biographies de la Marquise.
SAPORTA (marquis de).
La famille de Madame de Sévigné en Provence (Paris, Plon, 1889).
J. LEMOINE.
Madame de Sévigné, sa famille et ses amis (Paris, Hachette, 1926).
Le tome I (Enfance et Jeunesse) seul paru.
Des documents inédits.
M. HÉRARD.
Madame de Sévigné, demoiselle de Bourgogne (Dijon, 1959).
R. DUCHÊNE.
Affaires d'argent et affaires de famille (XVIIe siècle, 1961).
Madame de Sévigné et les Grignan (Provence historique, 1966-1967).
J. CORDELIER.
Madame de Sévigné par elle-même (Éditions du Seuil, 1967).
GÉRARD-GAILLY.
Madame de Sévigné (Hachette, 1971).

C. — *L'Œuvre.*

Si la personne de Mme de Sévigné a inspiré un grand nombre d'ouvrages et d'articles, ses *Lettres* en tant qu'œuvre littéraire n'ont qu'assez peu suscité une véritable critique. Il faut toutefois citer :

Sainte-Beuve.
Port-Royal (Bibliothèque de la Pléiade, 3 volumes).
G. Lanson.
Choix de Lettres du XVIIe siècle (Hachette, 1918).
A. Adam.
Histoire de la littérature française au XVIIe siècle (Tome IV, Domat, 1954).
L. Kaufmann.
Die Briefe der Mme de Sévigné (Cologne, 1954).
B. Bray.
Le système épistolaire de Madame de Sévigné (Revue d'Histoire Littéraire de la France, mai-août 1961).
R. Duchêne.
Madame de Sévigné (« Les écrivains devant Dieu », Desclée de Brouwer, 1968).
Madame de Sévigné et la lettre d'amour (Bordas, 1970).

D. — *Points de vue d'écrivains.*

Sans doute les plus éclairants sur l'univers littéraire de Mme de Sévigné. En France : ʹ

M. Proust.
A la recherche du temps perdu.
Très nombreuses références à travers toute l'œuvre (Bibliothèque de la Pléiade, 3 tomes).
P. Claudel.
« La dame en rouge » dans *Approximations* (Œuvres en prose, Bibliothèque de la Pléiade). Article paru dans *Le Figaro littéraire* (17 octobre 1942).
F. Mauriac.
« La dame au nez carré » (in *Figaro littéraire*, 12 janvier 1957).

A l'étranger :

T. Wilder.
The Bridge of San Luis Rey (New York, 1929), traduit en France, sous le titre : *Le pont du Roi Saint-Louis* dans « Le Livre de Poche » (1973).
V. Woolf.
The Death of the Moth (London, 1942).

LETTRES

1. — A MÉNAGE

Aux Rochers, ce 19e août (1652 ?).

Je suis bien obligée au plus paresseux de tous les hommes de m'écrire avec tant de bonté et de soin. Il y a eu un désordre à notre poste de Vitré, qui certainement est cause que je n'ai pas reçu vos dernières lettres, car je n'ai eu que celle d'Angers ; mais dans la pensée que ce n'est pas votre faute, je ne fais simplement que me plaindre de l'infidélité de nos courriers et me loue si fort de votre tendresse et de votre amitié, que je veux prendre à tâche désormais d'en dire autant de bien que j'en ai dit de mal. Pour moi, j'ai bien de l'avantage sur vous ; car j'ai toujours continué à vous aimer, quoi que vous en ayez voulu dire, et vous ne me faites cette querelle d'Allemand que pour vous donner tout entier à Mlle de La Vergne [1]. Mais enfin, quoiqu'elle soit mille fois plus aimable que moi, vous avez eu honte de votre injustice, et votre conscience vous a donné de si grands remords, que vous avez été contraint de vous partager plus également que vous n'aviez fait d'abord. Je loue Dieu de ce bon sentiment et vous promets de m'accorder si bien avec cette aimable rivale, que vous n'entendrez aucune plainte ni d'elle ni de moi, étant résolue en mon particulier d'être toute ma vie la plus véritable amie que vous ayez. Il ne tiendra qu'à vous désormais d'être bizarre et inégal, car je me sens résolue à vous mettre toujours dans votre tort, par une patience admirable. Faites, je vous supplie, que je n'en aie pas besoin, et continuez-moi toujours votre amitié, dont vous savez bien que je fais un cas tout particulier.

Je vous supplie de remercier pour moi Monsieur votre frère, le lieutenant particulier d'Angers : je lui ai depuis des obligations toutes particulières, par la peine qu'il a prise d'une chose dont je l'avais prié. Il s'en est acquitté avec tant de civilité; que je serai bien aise qu'il sache encore par vous que je n'en perdrai jamais le souvenir ni le désir de lui rendre service.

Je vous rends mille grâces de toutes vos nouvelles. J'ai été fort surprise de la mort de Mme l'abbesse du Pont.

Je suis ici fort embarrassée de la maladie de Mme la comtesse de Montrevel, qui lui prit le lendemain qu'elle y arriva; c'est aujourd'hui le septième de son mal, qui est une fièvre.

2. — AU COMTE DE BUSSY-RABUTIN

A Paris, ce 25ᵉ novembre 1655.

Vous faites bien l'entendu, Monsieur le Comte. Sous ombre que vous écrivez comme un petit Cicéron, vous croyez qu'il vous est permis de vous moquer des gens. A la vérité, l'endroit que vous avez remarqué m'a fait rire de tout mon cœur; mais je me suis étonnée qu'il n'y eût que cet endroit-là de ridicule; car de la manière dont je vous écrivis, c'est un miracle que vous ayez pu comprendre ce que je vous voulais dire, et je vois bien qu'en effet vous avez de l'esprit, ou que ma lettre est meilleure que je ne pensais : quoi qu'il en soit, je suis fort aise que vous ayez profité de l'avis que je vous donnais.

On m'a dit que vous sollicitiez de demeurer sur la frontière cet hiver. Comme vous savez, mon pauvre cousin, que je vous aime un peu rustaudement, je voudrais qu'on vous l'accordât; car on dit qu'il n'y a rien qui avance tant les gens, et vous ne doutez pas de la passion que j'ai pour votre fortune. Mais, quoi qu'il puisse arriver, je serai contente. Si vous demeurez sur la frontière, l'amitié solide y trouvera son compte, et si vous revenez, l'amitié tendre sera satisfaite.

On dit que Mme de Châtillon est chez l'abbé Foucquet², cela paraît fort plaisant à tout le monde.

Mme de Roquelaure est revenue tellement belle, qu'elle défit hier le Louvre à plate couture : ce qui donne une si terrible jalousie aux belles qui y sont, que par dépit on a résolu qu'elle ne sera point des après-soupers, qui sont gais et galants, comme vous savez. Mme de Fiennes voulut l'y faire demeurer hier; mais on comprit par la réponse de la Reine qu'elle pouvait s'en retourner.

Le prince d'Harcourt et la Feuillade eurent querelle avant-hier chez Jeannin [3]. Le prince disant que le chevalier de Gramont avait l'autre jour ses poches pleines d'argent, il en prit à témoin la Feuillade, qui dit que cela n'était point, et qu'il n'avait pas un sou. « Je vous dis que si. — Je vous dis que non. — Taisez-vous, la Feuillade. — Je n'en ferai rien. » Là-dessus le prince lui jeta une assiette à la tête, l'autre lui jeta un couteau; ni l'un ni l'autre ne porta. On se met entre-deux, on les fait embrasser; le soir ils se parlent au Louvre, comme si de rien n'était. Si vous avez jamais vu le procédé des académistes [4] qui ont *campos*, vous trouverez que cette querelle y ressemble fort.

Adieu, mon cher cousin, mandez-moi s'il est vrai que vous vouliez passer l'hiver sur la frontière, et croyez surtout que je suis la plus fidèle amie que vous ayez au monde.

3. — A MÉNAGE

Vendredi, 23e juin (1656 ?).

Votre souvenir m'a donné une joie sensible, et m'a réveillé tout l'agrément de notre ancienne amitié. Vos vers m'ont fait souvenir de ma jeunesse, et je voudrais bien savoir pourquoi le souvenir de la perte d'un bien aussi irréparable ne donne point de tristesse. Au lieu du plaisir que j'ai senti, il me semble qu'on devrait pleurer; mais sans examiner d'où peut venir ce sentiment, je veux m'attacher à celui que me donne la reconnaissance que j'ai de votre présent. Vous ne pouvez douter qu'il ne me soit agréable, puisque mon amour-propre y trouve si bien son compte, et que j'y suis célébrée par le plus bel esprit de mon temps. Il faudrait pour l'honneur de vos vers que j'eusse mieux mérité tout celui que vous me faites. Telle que j'ai été, et telle que je suis, je n'oublierai jamais votre véritable et solide amitié, et je serai toute ma vie la plus reconnaissante comme la plus ancienne de vos très humbles servantes.

LA M. DE SÉVIGNÉ.

4. — A S. A. R. MADEMOISELLE

Aux Rochers, ce 30ᵉ octobre 1656.

O belle et charmante princesse
Vos adorables qualités,
Et plus encor vos extrêmes bontés
Font qu'à vous on pense sans cesse,
Que toujours l'on voudrait se trouver près de vous,
Que l'on voudrait toujours embrasser vos genoux.

C'est donc avec justice, Mademoiselle, que Votre Altesse Royale fut persuadée que j'aurais bien voulu être du nombre de celles, à Chilly, à Saint-Cloud et dans les autres lieux, qui se trouvèrent sur son passage, en allant à Forges... Le mien sans doute eût été des plus zélés, mais ma joie eût été parfaite si j'eusse été assez heureuse pour me trouver à point :

Car vous, grandes Divinités,
Vous vous rendez plus familières
A nous autres humbles bergères,
Dans les lieux du monde écartés,
Parmi les bois et les fougères,
Que vous ne faites pas dans les grandes cités.

C'est sans doute où vous m'eussiez fait l'honneur de me dire vos sentiments de cette reine du Nord, dont vous témoignez être si satisfaite [5]. J'ai reçu vingt-cinq ou trente lettres qui m'ont dit vingt-cinq ou trente fois la même chose : la belle réception qu'on lui a faite et celle qu'elle a faite aux autres.

Pour moi, Mademoiselle, je ne vous manderai point de nouvelles de ce pays dont vous puissiez être importunée de redites; car je m'assure que je suis la seule qui vous puisse apprendre la cavalcade qu'ont faite à Nantes quelques dames du quartier Saint-Paul, en habit d'Amazones. Mme de Creil était la principale, et M. de Brégis conduisait cette belle troupe.

Tout ce qu'on voit dans les romans
De pompeux et de magnifique,
Tout ce que le moderne, aussi bien que l'antique,
A jamais inventé pour les habillements,
N'approche point des ornements
Dont cette troupe est parée,
Et je suis bien assurée
Qu'autrefois Thalestris,
Quand elle vint trouver, de lointaine contrée,
L'illustre conquérant dont son cœur fut épris,
N'était point si divine
Que de Creil, la divine,
Auprès du comte de Brégis.

Elles étaient parties en cet équipage des Sables d'Olonne, pour rendre visite à Mme la maréchale de la Meilleraye, qu'elles ne trouvèrent point; mais leur peine ne fut pas tout à fait perdue, car elles furent régalées de force cris de carême-prenant, après quoi elles s'en retournèrent fort satisfaites.

Je m'assure aussi que vous n'aurez jamais ouï parler de la cane de Montfort, laquelle tous les ans, au jour Saint-Nicolas, sort d'un étang avec ses canetons, passe au travers de la foule du peuple, en canetant, vient à l'église et y laisse de ses petits en offrande.

> Cette cane jadis fut une damoiselle
>> Qui n'allait point à la procession,
> Qui jamais à ce saint ne porta de chandelle;
>> Tous ses enfants, aussi bien qu'elle,
>> N'avaient pour lui nulle dévotion,
>> Et ce fut par punition
> Qu'ils furent tous changés en canetons et canes,
> Pour servir d'exemple aux profanes;

Et si, Mademoiselle, afin que vous le sachiez, ce n'est pas un conte de ma mère l'oie,

>> Mais de la cane de Montfort,
>> Qui, ma foi, lui ressemble fort.

Vous voyez, Mademoiselle, que je vous ai donné parole; ces nouvelles assurément n'auront point leurs pareilles. Mais parlant plus sérieusement, trouvez bon qu'avec tout le monde je souhaite avec passion le retour de Votre Altesse Royale à Paris, et que je l'assure que je suis plus que jamais sa très humble et très obéissante servante,

Marie de RABUTIN CHANTAL.

5. — A MADAME DE LA FAYETTE

A Paris, le mardi 24ᵉ juillet 1657.

Vous savez, ma belle, qu'on ne se baigne pas tous les jours; de sorte que pendant les trois jours que je n'ai pu me mettre dans la rivière, j'ai été à Livry, d'où je revins hier, avec dessein d'y retourner quand j'aurai achevé mes bains, et que notre abbé aura fait quelques petites affaires qu'il a encore ici.

La veille de mon départ pour Livry, j'allai voir Mademoiselle, qui me fit les plus grandes caresses du monde; je lui fis vos compliments, et elle les reçut fort bien; du moins ne me parut-il pas qu'elle eût rien sur le cœur. J'étais allée avec Mlle de Rambouillet, Mme de Valençay et Mme de Lavardin. Présentement elle s'en va à la cour, et cet hiver elle sera si aise, qu'elle fera bonne chère à tout le monde.

Je ne sais point de nouvelles pour vous mander aujourd'hui, car il y a trois jours que je n'ai vu la Gazette. Vous saurez pourtant que Mme des N*** est morte, et que Trévigny, son amant, en a pensé mourir de douleur; pour moi, j'aurais voulu qu'il en fût mort pour l'honneur des dames.

Je suis toujours couperosée, ma pauvre petite, et je fais toujours des remèdes; mais comme je suis entre les mains de Bourdelot [6], qui me purge avec des melons et de la glace, et que tout le monde me vient dire que cela me tuera, cette pensée me met dans une telle incertitude, qu'encore que je me trouve bien de ce qu'il m'ordonne, je ne le fais pourtant qu'en tremblant. Adieu, ma très chère : vous savez bien qu'on ne peut vous aimer plus tendrement que je fais.

6. — A M. DE POMPONNE

Paris, 17e novembre 1664.

Aujourd'hui lundi 17e novembre, M. Foucquet [7] a été pour la seconde fois sur la sellette. Il s'est assis sans façon comme l'autre fois. M. le chancelier a recommencé à lui dire de lever la main : il a répondu qu'il avait déjà dit les raisons qui l'empêchaient de prêter le serment; qu'il n'était pas nécessaire de les redire. Là-dessus M. le chancelier s'est jeté dans de grands discours, pour faire voir le pouvoir légitime de la chambre; que le Roi l'avait établie, et que les commissions avaient été vérifiées par les compagnies souveraines. M. Foucquet a répondu que souvent on faisait des choses par autorité, que quelquefois on ne trouvait pas justes quand on y avait fait réflexion. M. le chancelier a interrompu : « Comment! vous dites donc que le Roi abuse de sa puissance ? » M. Foucquet a répondu : « C'est vous qui le dites, Monsieur, et non pas moi : ce n'est point ma pensée, et j'admire qu'en l'état où je suis, vous me vouliez faire une affaire avec le Roi; mais, Monsieur, vous savez

bien vous-même qu'on peut être surpris. Quand vous
signez un arrêt, vous le croyez juste ; le lendemain vous
le cassez : vous voyez qu'on peut changer d'avis et
d'opinion. — Mais cependant, a dit M. le chancelier,
quoique vous ne reconnaissiez pas la chambre, vous lui
répondez, vous présentez des requêtes, et vous voilà sur
la sellette. — Il est vrai, Monsieur, a-t-il répondu, j'y
suis ; mais je n'y suis pas par ma volonté ; on m'y mène ;
il y a une puissance à laquelle il faut obéir, et c'est une
mortification que Dieu me fait souffrir, et que je reçois
de sa main. Peut-être pouvait-on bien me l'épargner,
après les services que j'ai rendus, et les charges que j'ai
eu l'honneur d'exercer. » Après cela, M. le chancelier a
continué l'interrogation de la pension des gabelles, où
M. Foucquet a très bien répondu.

Les interrogations continueront, et je continuerai à
vous les mander fidèlement. Je voudrais seulement savoir
si mes lettres vous sont rendues sûrement.

Madame votre sœur qui est à nos sœurs du faubourg
a signé [8] ; elle voit à cette heure la communauté, et paraît
fort contente. Madame votre tante ne paraît pas en
colère contre elle. Je ne croyais point que ce fût celle-là
qui eût fait le saut ; il y en a encore une autre.

Vous savez sans doute notre déroute de Gigeri [9], et
comme ceux qui ont donné les conseils veulent jeter la
faute sur ceux qui ont exécuté : on prétend faire le procès
à Gadagne pour ne s'être pas bien défendu. Il y a des
gens qui en veulent à sa tête : tout le public est persuadé
pourtant qu'il ne pouvait pas faire autrement.

On parle fort ici de M. d'Aleth, qui a excommunié
les officiers subalternes du Roi qui ont voulu contraindre
les ecclésiastiques de signer. Voilà qui le brouillera avec
Monsieur votre père, comme cela le réunira avec le
P. Annat [10].

Adieu, je sens que l'envie de causer me prend, je ne
veux pas m'y abandonner : il faut que le style des relations
soit court.

7. — A M. DE POMPONNE

Jeudi 27ᵉ novembre [1664].

On a continué aujourd'hui les interrogations sur les
octrois. M. le chancelier avait bonne intention de pousser M. Foucquet aux extrémités, et de l'embarrasser ;

mais il n'en est pas venu à bout. M. Foucquet s'est fort
bien tiré d'affaire. Il n'est entré qu'à onze heures, parce
que M. le chancelier a fait lire le rapporteur, comme je
vous l'ai mandé; et malgré toute cette belle dévotion, il
disait toujours tout le pis contre notre pauvre ami. Le
rapporteur prenait toujours son parti, parce que le
chancelier ne parlait que pour un côté. Enfin il a dit :
« Voici un endroit sur quoi l'accusé ne pourra pas
répondre. » Le rapporteur a dit : « Ah! Monsieur, pour
cet endroit-là, voici l'emplâtre qui le guérit, » et a dit
une très-forte raison, et puis il a ajouté : « Monsieur,
dans la place où je suis, je dirai toujours la vérité, de
quelque manière qu'elle se rencontre. » On a souri de
l'*emplâtre* [11], qui a fait souvenir de celui qui a tant fait de
bruit. Sur cela on a fait entrer l'accusé, qui n'a pas été
une heure dans la chambre; et, en sortant, plusieurs ont
fait compliment à T*** [12] de sa fermeté.

Il faut que je vous conte ce que j'ai fait. Imaginez-vous
que des dames m'ont proposé d'aller dans une maison qui
regarde droit dans l'Arsenal, pour voir revenir notre
pauvre ami. J'étais masquée, je l'ai vu venir d'assez loin.
M. d'Artagnan était auprès de lui; cinquante mousquetaires derrière, à trente ou quarante pas. Il paraissait
assez rêveur. Pour moi, quand je l'ai aperçu, les jambes
m'ont tremblé, et le cœur m'a battu si fort, que je n'en
pouvais plus. En s'approchant de nous pour rentrer dans
son trou, M. d'Artagnan l'a poussé, et lui a fait remarquer
que nous étions là. Il nous a donc saluées, et a pris
cette mine riante que vous connaissez. Je ne crois pas
qu'il m'ait reconnue; mais je vous avoue que j'ai été
étrangement saisie, quand je l'ai vu rentrer dans cette
petite porte. Si vous saviez combien on est malheureuse
quand on a le cœur fait comme je l'ai, je suis assurée que
vous auriez pitié de moi; mais je pense que vous n'en
êtes pas quitte à meilleur marché, de la manière dont je
vous connais.

J'ai été voir votre chère voisine [13] je vous plains autant
de ne l'avoir plus, que nous nous trouvons heureux de
l'avoir. Nous avons bien parlé de notre cher ami, elle
avait vu Sapho, qui lui a redonné du courage. Pour moi
j'irai demain en reprendre chez elle; car de temps en
temps je sens que j'ai besoin de réconfort. Ce n'est pas
que l'on ne dise mille choses qui doivent donner de
l'espérance; mais, mon Dieu! j'ai l'imagination si vive
que tout ce qui est incertain me fait mourir.

Dès le matin, on est entré à la chambre. M. le chancelier a dit qu'il fallait parler des quatre prêts; sur quoi T*** a dit que c'était une affaire de rien, et sur laquelle on ne pouvait rien reprocher à M. Foucquet; qu'il l'avait dit dès le commencement du procès. On a voulu le contredire : il a prié qu'il pût expliquer la chose comme il la concevait, et a prié son camarade de l'écouter. On l'a fait, et il a persuadé la compagnie que cet article n'était pas considérable. Sur cela on a dit de faire entrer l'accusé : il était onze heures. Vous remarquerez qu'il n'est pas plus d'une heure sur la sellette. M. le chancelier a voulu parler de ces quatre prêts. M. Foucquet a prié qu'on voulût lui laisser dire ce qu'il n'avait pu dire la veille sur les octrois; on l'a écouté, il a dit des merveilles; et comme le chancelier lui disait : « Avez-vous eu votre décharge de l'emploi de cette somme ? » il a dit : « Oui, Monsieur, mais ç'a été conjointement avec d'autres affaires, » qu'il a marquées, et qui viendront en leur temps. « Mais, a dit M. le chancelier, quand vous avez eu vos décharges, vous n'aviez pas encore fait la dépense ? — Il est vrai, a-t-il dit, mais les sommes étaient destinées. — Ce n'est pas assez, a dit M. le chancelier. — Mais, Monsieur, par exemple, a dit M. Foucquet, quand je vous donnais vos appointements, quelquefois j'en avais la décharge un mois auparavant; et comme cette somme était destinée, c'était comme si elle eût été donnée. » M. le chancelier a dit : « Il est vrai, je vous en avais l'obligation. » M. Foucquet a dit que ce n'était point pour le lui reprocher, qu'il se trouvait heureux de le pouvoir servir en ce temps-là; mais que les exemples lui revenaient selon qu'il en avait besoin.

On ne rentrera que lundi. Il est certain qu'il semble qu'on veuille tirer l'affaire en longueur. *Puis* [14] a promis de ne faire parler l'accusé que le moins qu'il pourrait. On trouve qu'il dit trop bien. On voudrait donc l'interroger légèrement, et ne pas aller sur tous les articles. Mais lui, il veut parler sur tout, et ne veut pas qu'on juge son procès sur des chefs sur quoi il n'aura pas dit ses raisons. *Puis* est toujours en crainte de déplaire à *Petit*. Il lui fit excuse l'autre jour de ce que M. Foucquet avait parlé trop longtemps, mais qu'il n'avait pas pu l'interroger. Ch*** est derrière le paravent quand on interroge; il écoute ce que l'on dit, et offre d'aller chez les juges leur rendre compte des raisons qu'il a eues de faire ses conclu-

sions si extrêmes. Tout ce procédé est contre l'ordre, et
marque une grande rage contre le pauvre malheureux.
Pour moi, je vous avoue que je n'ai plus aucun repos.
Adieu, mon pauvre Monsieur, jusques à lundi ; je voudrais que vous pussiez connaître les sentiments que j'ai
pour vous, vous seriez persuadé de cette amitié que vous
dites que vous estimez un peu.

8. — A M. DE POMPONNE

Mardi 9ᵉ décembre [1664].

Je vous assure que ces jours-ci sont bien longs à passer,
et que l'incertitude est une épouvantable chose : c'est
un mal que toute la famille du pauvre prisonnier ne
connaît point. Je les ai vus, je les ai admirés. Il semble
qu'ils n'aient jamais su ni lu ce qui est arrivé dans les
temps passés. Ce qui m'étonne encore plus, c'est que
Sapho est tout de même, elle dont l'esprit et la péné-
tration n'a point de bornes. Quand je médite encore
là-dessus, je me flatte, et je suis persuadée, ou du moins je
me veux perduader qu'elles en savent plus que moi.
D'autre côté, quand je raisonne avec d'autres gens moins
prévenus, dont le sens est admirable, je trouve les
mesures si justes, que ce sera un vrai miracle si la chose
va comme nous la souhaitons. On ne perd jamais que
d'une voix, et cette voix fait le tout. Je me souviens de
ces récusations, dont ces pauvres femmes pensaient être
assurées : il est vrai que nous ne les perdîmes que de
cinq à dix-sept. Depuis cela, leur assurance m'a donné
de la défiance. Cependant, au fond de mon cœur, j'ai un
petit brin de confiance. Je ne sais d'où il vient ni où il
va, et même il n'est pas assez grand pour faire que je
puisse dormir en repos. Je causais hier de toute cette
affaire avec Mme du Plessis ; je ne puis voir ni souffrir
que les gens avec qui j'en puis parler, et qui sont dans
les mêmes sentiments que moi. Elle espère comme je
fais, sans en savoir la raison. « Mais pourquoi espérez-
vous ? — Parce que j'espère. » Voilà nos réponses : ne
sont-elles pas bien raisonnables ? Je lui disais avec la
plus grande vérité du monde que si nous avions un
arrêt tel que nous le souhaitons, le comble de ma joie
était de penser que je vous enverrais un homme à
cheval, à toute bride, qui vous apprendrait cette agréable

nouvelle, et que le plaisir d'imaginer celui que je vous ferais, rendrait le mien entièrement complet. Elle comprit cela comme moi, et notre imagination nous donna plus d'un quart d'heure de *campos*.

Cependant je veux rajuster la dernière journée de l'interrogatoire sur le crime d'Etat. Je vous l'avais mandé comme on me l'avait dit; mais la même personne s'en est mieux souvenue, et me l'a redit ainsi. Tout le monde en a été instruit par plusieurs juges. Après que M. Foucquet eut dit que le seul effet qu'on pouvait tirer du projet, c'était de lui avoir donné la confusion de l'entendre, M. le chancelier lui dit : « Vous ne pouvez pas dire que ce ne soit là un crime d'Etat. » Il répondit : « Je confesse, Monsieur, que c'est une folie et une extravagance, mais non pas un crime d'Etat. Je supplie ces Messieurs, dit-il se tournant vers les juges, de trouver bon que j'explique ce que c'est qu'un crime d'Etat : ce n'est pas qu'ils ne soient plus habiles que moi, mais j'ai eu plus de loisir qu'eux pour l'examiner. Un crime d'Etat, c'est quand on est dans une charge principale, qu'on a le secret du prince, et que tout d'un coup on se met à la tête du conseil de ses ennemis; qu'on engage toute sa famille dans les mêmes intérêts; qu'on fait ouvrir les portes des villes dont on est gouverneur à l'armée des ennemis, et qu'on les ferme à son véritable maître; qu'on porte dans le parti tous les secrets de l'Etat : voilà, Messieurs, ce qui s'appelle un crime d'Etat. » M. le chancelier ne savait où se mettre, et tous les juges avaient fort envie de rire. Voilà au vrai comme la chose se passa. Vous m'avouerez qu'il n'y a rien de plus spirituel, de plus délicat, et même de plus plaisant.

Toute la France a su et admiré cette réponse. Ensuite il se défendit en détail, et dit ce que je vous ai mandé. J'aurais eu sur le cœur que vous n'eussiez point su cet endroit comme il est : notre cher ami y aurait beaucoup perdu.

Ce matin, M. d'Ormesson a commencé à récapituler toute l'affaire; il a fort bien parlé et fort nettement. Il dira jeudi son avis. Son camarade parlera deux jours : on prétend quelques jours encore pour les autres opinions. Il y a des juges qui prétendent bien s'étendre, de sorte que nous avons encore à languir jusques à la semaine qui vient. En vérité, ce n'est pas vivre que d'être en l'état où nous sommes.

Mercredi 10ᵉ décembre.

M. d'Ormesson a continué la récapitulation du procès; il a fait des merveilles, c'est-à-dire il a parlé avec une netteté, une intelligence et une capacité extraordinaires. Pussort l'a interrompu cinq ou six fois, sans autre dessein que de l'empêcher de si bien dire. Il lui a dit sur un endroit qui lui paraissait fort pour M. Foucquet : « Monsieur, nous parlerons après vous, nous parlerons après vous. »

9. — A M. DE POMPONNE

Jeudi 11ᵉ décembre [1664].

M. d'Ormesson a continué encore. Quand il est venu sur un certain article du marc d'or, Pussort a dit : « Voilà qui est contre l'accusé. — Il est vrai, a dit M. d'Ormesson, mais il n'y a pas de preuve. — Quoi! a dit Pussort, on n'a pas fait interroger ces deux officiers-là ? — Non, a dit M. d'Ormesson. — Ah! cela ne se peut pas, a répondu Pussort. — Je n'en trouve rien dans le procès, » a dit M. d'Ormesson. Là-dessus Pussort a dit avec emportement : « Ah! Monsieur, vous deviez le dire plus tôt : voilà une lourde faute. » M. d'Ormesson n'a rien répondu; mais si Pussort lui eût dit encore un mot, il lui eût répondu : « Monsieur, je suis juge, et non pas dénonciateur. » Ne vous souvient-il point de ce que je vous contai une fois à Fresnes ? Voilà ce que c'est : M. d'Ormesson n'a point découvert cela que lorsqu'il n'y a plus eu de remède.

M. le chancelier a interrompu plusieurs fois encore M. d'Ormesson. Il lui a dit qu'il ne fallait point parler du projet, et c'est par malice; car plusieurs jugeront que c'est un grand crime, et le chancelier voudrait bien que M. d'Ormesson n'en fît point voir les preuves, qui sont ridicules, afin de ne pas affaiblir l'idée qu'on en a voulu donner. Mais M. d'Ormesson en parlera, puisque c'est un des articles qui composent le procès. Il achèvera demain. Sainte-Hélène parlera samedi. Lundi, les deux rapporteurs diront leur avis, et mardi ils s'assembleront tous dès le matin et ne se sépareront point qu'après avoir donné un arrêt. Je suis transie quand je pense à ce jour-là. Cependant la famille a de grandes espérances. Foucaut va sollicitant partout, et fait voir un écrit du Roi, où on lui fait dire qu'il trouverait fort mauvais qu'il y eût des juges qui appuyassent leur avis sur la soustraction des papiers; que c'est lui qui les a fait prendre; qu'il n'y en a aucun qui serve à la défense de l'accusé; que ce sont des papiers qui touchent son Etat, et qu'il le déclare afin qu'on ne pense pas juger là-dessus. Que dites-vous de tout ce beau procédé ? N'êtes-vous point désespéré qu'on fasse entendre les choses de cette façon-là à un prince qui aimerait la justice et la vérité s'il les connaissait ? Il disait l'autre jour à son lever, que Foucquet était un homme dangereux : voilà ce qu'on lui met dans la tête. Enfin nos ennemis ne gardent plus aucunes mesures : ils vont présentement à bride abattue; les menaces, les promesses, tout est en usage. Si nous avons Dieu pour nous, nous serons les plus forts. Vous aurez peut-être encore une de mes lettres, et si nous avons de bonnes nouvelles, je vous les manderai par un homme exprès à toute bride. Je ne saurais dire ce que je ferai si cela n'est pas. Je ne comprends moi-même ce que je deviendrai. Mille baisemains à notre solitaire et à votre chère moitié. Faites bien prier Dieu.

Samedi 13e décembre.

On a voulu, après avoir bien changé et rechangé, que M. d'Ormesson dît son avis aujourd'hui, afin que le dimanche passât par-dessus, et que Sainte-Hélène, recommençant lundi sur nouveaux frais, fît plus d'impression. M. d'Ormesson a donc opiné au bannissement perpétuel et à la confiscation de biens au Roi. M. d'Ormesson a couronné par là sa réputation. L'avis est un peu sévère, mais prions Dieu qu'il soit suivi. Il est toujours beau d'aller le premier à l'assaut.

10. — A M. DE POMPONNE

Vendredi 19e décembre [1664].

Voici un jour qui nous donne de grandes espérances; mais il faut reprendre de plus loin. Je vous ai mandé comme M. Pussort opina mercredi à la mort; jeudi, Noguez, Gisaucourt, Fériol, Héraut, à la mort encore. Roquesante finit la matinée; et après avoir parlé une heure admirablement bien, il reprit l'avis de M. d'Ormesson. Ce matin, nous avons été au-dessus du vent, car

deux ou trois incertains ont été fixés, et tout d'un article
nous avons eu la Toison, Masnau, Verdier, la Baume et
Catinat, de l'avis de M. d'Ormesson. C'était à Poncet à
parler; mais jugeant que ceux qui restent sont quasi tous
à la vie, il n'a pas voulu parler, quoiqu'il ne fût qu'onze
heures. On croit que c'est pour consulter ce qu'on veut
qu'il dise, et qu'il n'a pas voulu se décrier et aller à la
mort sans nécessité. Voilà où nous en sommes, qui est
un état si avantageux que la joie n'en est point entière;
car il faut que vous sachiez que M. Colbert est tellement
enragé, qu'on attend quelque chose d'atroce et d'injuste
qui nous remettra au désespoir. Sans cela, mon pauvre
Monsieur, nous aurons le plaisir et la joie de voir notre
ami, quoique bien malheureux, au moins avec la vie
sauve, qui est une grande affaire. Nous verrons demain
ce qui arrivera. Nous en avons sept, ils en ont six. Voici
ceux qui restent : le Feron, Moussy, Brillac, Benard,
Renard, Voisin, Pontchartrain et le chancelier. Il y en a
plus qu'il ne nous en faut de bons à ce reste-là.

Samedi 20e décembre.

Louez Dieu, Monsieur, et le remerciez : notre pauvre
ami est sauvé. Il a passé de treize à l'avis de M. d'Ormesson, et neuf à celui de Sainte-Hélène. Je suis si aise
que je suis hors de moi.

11. — A M. DE POMPONNE

Dimanche au soir 21e décembre [1664].

Je mourais de peur qu'un autre que moi vous eût
donné le plaisir d'apprendre la bonne nouvelle. Mon
courrier n'avait pas fait une grande diligence; il avait
dit en partant qu'il n'irait coucher qu'à Livry. Enfin il est
arrivé le premier, à ce qu'il m'a dit. Mon Dieu, que cette
nouvelle vous a été sensible et douce, et que les moments
qui délivrent tout d'un coup le cœur et l'esprit d'une si
terrible peine, font sentir un inconcevable plaisir! De
longtemps je ne serai remise de la joie que j'eus hier;
tout de bon, elle était trop complète; j'avais peine à la
soutenir. Le pauvre homme apprit cette bonne nouvelle
par l'air, peu de moments après, et je ne doute point
qu'il ne l'ait sentie dans toute son étendue. Ce matin le

Roi a envoyé le chevalier du guet à Mmes Foucquet, leur commander de s'en aller toutes deux à Montluçon en Auvergne, le marquis et la marquise de Charost à Ancenis, et le jeune Foucquet à Joinville en Champagne. La bonne femme a mandé au Roi qu'elle avait soixante et douze ans, qu'elle suppliait Sa Majesté de lui donner son dernier fils, pour l'assister sur la fin de sa vie, qui apparemment ne serait pas longue. Pour le prisonnier, il n'a point encore su son arrêt. On dit que demain on le fait conduire à Pignerol, car le Roi change l'exil en une prison. On lui refuse sa femme, contre toutes les règles. Mais gardez-vous bien de rien rabattre de votre joie pour tout ce procédé : la mienne en est augmentée s'il se peut, et me fait bien mieux voir la grandeur de notre victoire. Je vous manderai fidèlement la suite de cette histoire ; elle est curieuse :

> *Non da vino in convito*
> *Tanto gioir, qual de'nemici il lutto* [15].

Voilà ce qui s'est passé aujourd'hui ; à demain le reste.

Lundi au soir.

Ce matin à dix heures on a mené M. Foucquet à la chapelle de la Bastille. Foucaut tenait son arrêt à la main. Il lui a dit : « Monsieur, il faut me dire votre nom, afin que je sache à qui je parle. » M. Foucquet a répondu : « Vous savez bien qui je suis, et pour mon nom je ne le dirai non plus ici que je ne l'ai dit à la chambre ; et pour suivre le même ordre, je fais mes protestations contre l'arrêt que vous m'allez lire. » On a écrit ce qu'il disait, et en même temps Foucaut s'est couvert et a lu l'arrêt. M. Foucquet l'a écouté découvert. Ensuite on a séparé de lui Pecquet et Lavalée [16], et les cris et les pleurs de ces pauvres gens ont pensé fendre le cœur de ceux qui ne l'ont pas de fer. Ils faisaient un bruit si étrange que M. d'Artagnan a été contraint de les aller consoler ; car il semblait que ce fût un arrêt de mort qu'on vînt de lire à leur maître. On les a mis tous deux dans une chambre à la Bastille ; on ne sait ce qu'on en fera.

Cependant M. Foucquet est allé dans la chambre d'Artagnan. Pendant qu'il y était, il a vu par la fenêtre passer M. d'Ormesson, qui venait de reprendre quelques papiers qui étaient entre les mains de M. d'Artagnan. M. Foucquet l'a aperçu ; il l'a salué avec un visage

ouvert et plein de joie et de reconnaissance. Il lui a même
crié qu'il était son très humble serviteur. M. d'Ormesson
lui a rendu son salut avec une très grande civilité, et s'en
est venu, le cœur tout serré, me raconter ce qu'il avait vu.

A onze heures, il y avait un carrosse prêt, où M. Foucquet est entré avec quatre hommes; M. d'Artagnan à
cheval avec cinquante mousquetaires. Il le conduira jusques à Pignerol, où il le laissera en prison sous la conduite
d'un nommé Saint-Mars, qui est fort honnête homme,
et qui prendra cinquante soldats pour le garder. Je ne
sais si on lui a donné un autre valet de chambre. Si vous
saviez comme cette cruauté paraît à tout le monde, de lui
avoir ôté ces deux hommes, Pecquet et Lavalée : c'est
une chose inconcevable; on en tire même des conséquences fâcheuses, dont Dieu le préservera, comme il a
fait jusqu'ici. Il faut mettre sa confiance en lui, et le laisser
sous sa protection, qui lui a été si salutaire. On lui refuse
toujours sa femme. On a obtenu que la mère n'ira qu'au
Parc, chez sa fille, qui en est abbesse. L'écuyer suivra
sa belle-sœur; il a déclaré qu'il n'avait pas de quoi se
nourrir ailleurs. M. et Mme de Charost vont toujours
à Ancenis. M. Bailly, avocat général, a été chassé pour
avoir dit à Gisaucourt, devant le jugement du procès,
qu'il devrait bien remettre la compagnie du grand conseil
en honneur, et qu'elle serait bien déshonorée si Cha-
millard, Pussort et lui allaient le même train. Cela me
fâche à cause de vous; voilà une grande rigueur.

Tantæne animis cœlestibus iræ [17] ?

Mais non, ce n'est point de si haut que cela vient. De
telles vengeances rudes et basses ne sauraient partir d'un
cœur comme celui de notre maître. On se sert de son
nom, et on le profane, comme vous voyez. Je vous
manderai la suite : il y aurait bien à causer sur tout cela;
mais il est impossible par lettre. Adieu, mon pauvre
Monsieur, je ne suis pas si modeste que vous; et sans me
sauver dans la foule, je vous assure que je vous aime et
vous estime très fort.

J'ai vu cette nuit la comète : sa queue est d'une fort
belle longueur; j'y mets une partie de mes espérances.

Mille baisemains à votre chère femme.

12. — A M. DE POMPONNE

A Fresnes, ce 1ᵉʳ d'août 1667.

N'en déplaise au service du Roi, je crois, Monsieur l'Ambassadeur, que vous seriez tout aussi aise d'être ici avec nous, que d'être à Stockholm à ne regarder le soleil que du coin de l'œil. Il faut que je vous dise comme je suis présentement. J'ai M. d'Andilly à ma main gauche, c'est-à-dire du côté de mon cœur; j'ai Mme de la Fayette à ma droite; Mme du Plessis devant moi, qui s'amuse à barbouiller de petites images; Mme de Motteville un peu plus loin, qui rêve profondément; notre oncle de Cessac, que je crains parce que je ne le connais guère, Mme de Caderousse; sa sœur [18], qui est un fruit nouveau que vous ne connaissez pas, et Mlle de Sévigné sur le tout, allant et venant par le cabinet comme de petits frelons. Je suis assurée, Monsieur, que toute cette compagnie vous plairait fort, et surtout si vous voyiez de quelle manière on se souvient de vous, combien l'on vous aime, et le chagrin que nous commençons d'avoir contre Votre Excellence, ou pour mieux dire contre votre mérite, qui vous tient longtemps à quatre ou cinq cents lieues de nous.

La dernière fois que je vous écrivis, j'avais toute ma tristesse et toute celle de mes amis. Présentement, sans que rien soit changé, nous avons toutes repris courage : ou l'on s'est accoutumé à son malheur, ou l'espérance nous soutient le cœur. Enfin nous revoilà tous ensemble avec assez de joie pour parler avec plaisir des Bayards et des comtesses de Chivergny, et même pour souhaiter encore quelque nouvel enchantement. Mais les magies d'Amalthée ne sont pas encore en train, de sorte que nous remettons l'ouverture du théâtre pour la Saint-Martin.

Cependant le Roi s'amuse à prendre la Flandre, et Castel Rodrigue à se retirer de toutes les villes que Sa Majesté veut avoir. Presque tout le monde est en inquiétude ou de son fils, ou de son frère, ou de son mari; car, malgré toutes nos prospérités, il y a toujours quelque blessé ou quelque tué. Pour moi, qui espère y avoir quelque gendre, je souhaite en général la conservation de toute la chevalerie.

13. — AU COMTE DE BUSSY-RABUTIN

A Paris, ce 6e juin 1668.

Je vous ai écrit la dernière, pourquoi ne m'avez-vous point fait de réponse ? Je l'attendais, et j'ai compris à la fin que le proverbe italien disait vrai : *Chi offende, non perdona* [19].

Cependant je reviens la première, parce que je suis de bon naturel, et que cela même fait que je vous aime, et que j'ai toujours eu une pente et une inclination pour vous qui m'a mise à deux doigts d'être ridicule à l'égard de ceux qui savaient mieux que moi comme j'étais avec vous.

Mme d'Epoisse [20] m'a dit qu'il vous était tombé une corniche sur la tête, qui vous avait extrêmement blessé. Si vous vous portiez bien, et que l'on osât dire de méchantes plaisanteries, je vous dirais que ce ne sont pas des diminutifs qui font du mal à la tête de la plupart des maris : ils vous trouveraient bien heureux de n'être offensé que par des corniches. Mais je ne veux point dire de sottises; je veux savoir auparavant comment vous vous portez, et vous assurer que, par la même raison qui me rendait faible quand vous aviez été saigné, j'ai senti de la douleur de celle que vous avez eue à la tête. Je ne pense pas qu'on puisse porter plus loin la force du sang.

Ma fille a pensé être mariée. Cela s'est rompu, je ne sais pourquoi. Elle vous baise les mains, et moi à toute votre famille.

14. — AU COMTE DE BUSSY-RABUTIN

A Paris, ce 26e juillet 1668.

Je veux commencer à répondre en deux mots à votre lettre du 9e de ce mois, et puis notre procès sera fini.

Vous m'attaquez doucement, Monsieur le Comte, et me reprochez finement que je ne fais pas grand cas des malheureux; mais qu'en récompense je battrai des mains pour votre retour; en un mot, que je hurle avec les loups, et que je suis d'assez bonne compagnie pour ne pas dédire ceux qui blâment les absents.

Je vois bien que vous êtes mal instruit des nouvelles de ce pays-ci. Mon cousin, apprenez donc de moi que ce n'est pas la mode de m'accuser de faiblesse pour mes amis. J'en ai beaucoup d'autres, comme dit Mme de Bouillon, mais je n'ai pas celle-là. Cette pensée n'est que dans votre tête, et j'ai fait ici mes preuves de générosité sur le sujet des disgraciés, qui m'ont mise en honneur dans beaucoup de bons lieux, que je vous dirais bien si je voulais. Je ne crois donc pas mériter ce reproche, et il faut que vous rayiez cet article sur le mémoire de mes défauts. Mais venons à vous.

Nous sommes proches, et de même sang; nous nous plaisons, nous nous aimons, nous prenons intérêt dans nos fortunes. Vous me parlez de vous avancer de l'argent sur les dix mille écus que vous aviez à toucher dans la succession de M. de Chalon[21]. Vous dites que je vous l'ai refusé, et moi, je dis que je vous l'ai prêté; car vous savez fort bien, et notre ami Corbinelli en est témoin, que mon cœur le voulut d'abord, et que lorsque nous cherchions quelques formalités pour avoir le consentement de Neuchèse, afin d'entrer en votre place pour être payé, l'impatience vous prit; et m'étant trouvée par malheur assez imparfaite de corps et d'esprit pour vous donner sujet de faire un fort joli portrait de moi[22], vous le fîtes, et vous préférâtes à notre ancienne amitié, à votre nom, et à la justice même, le plaisir d'être loué de votre ouvrage. Vous savez qu'une dame de vos amies vous obligea généreusement de le brûler; elle crut que vous l'aviez fait, je le crus aussi; et quelque temps après, ayant su que vous aviez fait des merveilles sur le sujet de M. Foucquet et le mien[23], cette conduite acheva de me faire revenir. Je me raccommodai avec vous à mon retour de Bretagne; mais avec quelle sincérité! vous le savez. Vous savez encore notre voyage de Bourgogne, et avec quelle franchise je vous redonnai toute la part que vous aviez jamais eue dans mon amitié. Je reviens entêtée de votre société. Il y eut des gens qui me dirent en ce temps-là : « J'ai vu votre portrait entre les mains de Mme de la Baume[24], je l'ai vu. » Je ne réponds que par un sourire dédaigneux, ayant pitié de ceux qui s'amusaient à croire à leurs yeux. « Je l'ai vu », me dit-on encore au bout de huit jours; et moi de sourire encore. Je le redis en riant à Corbinelli; je repris le même sourire moqueur qui m'avait déjà servi en deux occasions, et je demeurai cinq ou six mois de cette sorte, faisant pitié

à ceux dont je m'étais moquée. Enfin le jour malheureux
arriva, où je vis moi-même, et de mes propres yeux
bigarrés, ce que je n'avais pas voulu croire. Si les cornes
me fussent venues à la tête, j'aurais été bien moins
étonnée. Je le lus, et je le relus, ce cruel portrait; je
l'aurais trouvé très joli s'il eût été d'une autre que de moi,
et d'un autre que de vous. Je le trouvai même si bien
enchâssé, et tenant si bien sa place dans le livre, que je
n'eus pas la consolation de me pouvoir flatter qu'il fût
d'un autre que de vous. Je le reconnus à plusieurs choses
que j'en avais ouï dire, plutôt qu'à la peinture de mes
sentiments, que je méconnus entièrement. Enfin je vous
vis au Palais-Royal, où je vous dis que ce livre courait.
Vous voulûtes me conter qu'il fallait qu'on eût fait ce
portrait de mémoire, et qu'on l'avait mis là. Je ne vous
crus point du tout. Je me ressouvins alors des avis qu'on
m'avait donnés, et dont je m'étais moquée. Je trouvai
que la place où était ce portrait était si juste, que l'amour
paternelle vous avait empêché de vouloir défigurer cet
ouvrage, en l'ôtant d'un lieu où il tenait si bien son
coin. Je vis que vous vous étiez moqué et de Mme de
Montglas, et de moi; que j'avais été votre dupe, que
vous aviez abusé de ma simplicité, et que vous aviez eu
sujet de me trouver bien innocente, en voyant le retour
de mon cœur pour vous, et sachant que le vôtre me
trahissait : vous savez la suite.

Etre dans les mains de tout le monde; se trouver
imprimée; être le livre de divertissement de toutes les
provinces, où ces choses-là font un tort irréparable; se
rencontrer dans les bibliothèques, et recevoir cette
douleur, par qui ? Je ne veux point vous étaler davantage
toutes mes raisons : vous avez bien de l'esprit, je suis
assurée que si vous voulez faire un quart d'heure de
réflexions, vous les verrez, et vous les sentirez comme
moi. Cependant que fais-je quand vous êtes arrêté ? Avec
la douleur dans l'âme, je vous fais faire des compliments,
je plains votre malheur, j'en parle même dans le monde,
et je dis assez librement mon avis sur le procédé de
Mme de la Baume pour en être brouillée avec elle. Vous
sortez de prison, je vous vais voir plusieurs fois; je vous
dis adieu quand je partis pour Bretagne; je vous ai écrit,
depuis que vous êtes chez vous, d'un style assez libre
et sans rancune; et enfin je vous écris encore quand
Mme d'Epoisse me dit que vous vous êtes cassé la tête.

Voilà ce que je voulais vous dire une fois en ma vie,

en vous conjurant d'ôter de votre esprit que ce soit moi
qui ait tort. Gardez ma lettre, et la relisez, si jamais la
fantaisie vous prenait de le croire, et soyez juste là-dessus, comme si vous jugiez d'une chose qui se fût passée
entre deux autres personnes. Que votre intérêt ne vous
fasse point voir ce qui n'est pas ; avouez que vous avez
cruellement offensé l'amitié qui était entre nous, et je
suis désarmée. Mais de croire que si vous répondez, je
puisse jamais me taire, vous auriez tort ; car ce m'est une
chose impossible. Je verbaliserai toujours : au lieu d'écrire
en deux mots, comme je vous l'avais promis, j'écrirai en
deux mille ; et enfin j'en ferai tant, par des lettres d'une
longueur cruelle, et d'un ennui mortel, que je vous obli-
gerai malgré vous à me demander pardon, c'est-à-dire
à me demander la vie. Faites-le donc de bonne grâce.

Au reste, j'ai senti votre saignée. N'était-ce pas le
17e de ce mois ? Justement : elle me fit tous les biens du
monde, et je vous en remercie. Je suis si difficile à saigner,
que c'est charité à vous de donner votre bras au lieu
du mien.

Pour cette sollicitation, envoyez-moi votre homme
d'affaires avec un placet, et je le ferai donner par une
amie de ce M. Didé (car pour moi, je ne le connais
point), et j'irai même avec cette amie. Vous pouvez vous
assurer que si je pouvais vous rendre service, je le ferais,
et de bon cœur, et de bonne grâce. Je ne vous dis point
l'intérêt extrême que j'ai toujours pris à votre fortune :
vous croiriez que ce serait le Rabutinage qui en serait
la cause ; mais non, c'était vous. C'est vous encore qui
m'avez causé des afflictions tristes et amères en voyant
ces trois nouveaux maréchaux de France [25]. Mme de Villars, qu'on allait voir, me mettait devant les yeux les
visites qu'on m'aurait rendues en pareille occasion, si
vous aviez voulu.

La plus jolie fille de France vous fait des compliments.
Ce nom me paraît assez agréable ; je suis pourtant lasse
d'en faire les honneurs.

15. — AU COMTE DE BUSSY-RABUTIN

A Paris, ce 28e août 1668.

Encore un petit mot, et puis plus : c'est pour commencer une manière de duplique à votre réplique.

Où diantre vouliez-vous que je trouvasse douze ou quinze mille francs ? Les avais-je dans ma cassette ? Les trouve-t-on dans la bourse de ses amis ? Ne m'allez point dire qu'ils étaient dans celle du surintendant : je n'y ai jamais rien voulu chercher ni trouver; et à moins donc que l'abbé de Coulanges ne m'eût cautionnée, je n'aurais pas trouvé un quart d'écu, et lui ne le voulait pas sans cette sûreté de Bourgogne, ou nécessaire ou inutile : tant y a qu'il la voulait; et pour moi, je fus au désespoir de n'avoir pu vous faire ce plaisir. Mais enfin voilà ce chien de portrait fait et parfait. La joie d'avoir si bien réussi, et d'être approuvé, vous fit trouver que j'avais tous les torts du monde, et vous les augmentâtes beaucoup par l'envie de vous ôter tous les remords. Mme de Montglas vous oblige donc de le rompre, et puis son mari rejoint tous les morceaux ensemble, et il le ressuscite. Quelle niaiserie me contez-vous là ? Est-ce lui qui est cause que vous le placez dans un des principaux endroits de votre histoire ? Eh bien, s'il vous l'avait rendu, vous n'aviez qu'à le remettre dans votre cassette, et ne le point mettre en œuvre comme vous avez fait : il n'aurait pas été entre les mains de Mme de la Baume, ni traduit en toutes les langues. Ne me dites point que c'est la faute d'un autre, cela n'est point vrai, c'est la vôtre purement; c'est sur cela que je vous donnerais un beau soufflet, si j'avais l'honneur d'être auprès de vous, et que vous me vinssiez conter ces lanternes. C'est ma grande douleur : c'est de m'être remise avec vous de bonne foi, pendant que vous m'aviez livrée entre les mains des brigands, c'est-à-dire de Mme de la Baume; et vous savez bien même qu'après notre paix vous eûtes besoin d'argent; je vous donnai une procuration pour en emprunter; et n'en ayant pu trouver, je vous fis prêter sur mon billet deux cents pistoles de M. le Maigre, que vous lui avez bien rendues. Quant à ce que vous dites, que d'abord que j'eus vu mon portrait, je vous revis, et ne parus point en colère, ne vous y trompez pas, Monsieur le Comte, j'étais outrée; j'en passais les nuits entières sans dormir. Il est vrai que, soit que je vous visse accablé d'affaires plus importantes que celles-là, soit que j'espérasse que la chose ne deviendrait pas publique, je n'éclatai point en reproches contre vous. Mais quand je me vis donnée au public, et répandue dans les provinces, je vous avoue que je fus au désespoir, et que ne vous voyant plus pour réveiller mes faiblesses,

et mes anciennes tendresses pour vous, je m'abandonnai
à une sécheresse de cœur qui ne me permit pas de faire
autre chose pendant votre prison que ce que je fis : je
trouvais encore que c'était beaucoup. Quand vous
sortîtes, vous me l'envoyâtes dire avec confiance; cela
me toucha : bon sang ne peut mentir; le temps avait un
peu adouci ma première douleur; vous savez le reste.
Je ne vous dis point maintenant comment vous êtes avec
moi; le monde me jetterait des pierres, si je faisais de
plus grandes démonstrations. Je voudrais qu'à cela près
vous fussiez en état par votre présence de me redonner
encore la qualité de votre dupe. Mais sans pousser cet
endroit plus loin, je vous dirai pour la dernière fois que
je ne vous donne pour pénitence, c'est-à-dire pour
supplice, que de méditer sur toute l'amitié que j'ai
toujours eue pour vous, sur mon innocence à l'égard
de cette première offense prétendue, sur toute ma
confiance après notre raccommodement, qui me faisait
rire de ceux qui me donnaient de bons avis, et sur
les crapauds et les couleuvres que vous nourrissiez
contre moi pendant ce temps-là, et qui sont écloses
heureusement par Mme de la Baume. *Basta*, je finis ici le
procès.

Pour la plaisanterie des corniches, je n'y veux pas
entrer. Je crois qu'on me doit être obligé de cette retenue,
et encore plus de vouloir bien traiter de diminutif une
chose qui pourrait l'être de superlatif.

J'ai reçu ce que vous m'avez envoyé touchant notre
maison; je suis entêtée de cette folie [26]. M. de Caumartin
est très curieux de ces recherches. Il y a plaisir en ces
occasions de ne rien oublier, elles ne se rencontrent pas
tous les jours. M. l'abbé de Coulanges verra M. du Bouchet, et moi j'écrirai aux Rabutins de Champagne, afin
de rassembler tous nos papiers. Ecrivez-lui aussi qu'il
m'envoie l'inventaire de ce qu'il a; mon oncle l'abbé en a
aussi quelques-uns. Il y a plaisir d'étaler une bonne
chevalerie, quand on y est obligé.

La plus jolie fille de France est plus digne que jamais
de votre estime, et de votre amitié; elle vous fait des
compliments. Sa destinée est si difficile à comprendre
que pour moi je m'y perds.

Je crois que vous ne savez pas que mon fils est allé en
Candie avec M. de Roannès et le comte de Saint-Paul.
Cette fantaisie lui est entrée fortement dans la tête. Il l'a
dit à M. de Turenne, au cardinal de Retz, à M. de la Ro-

chefoucauld : voyez quels personnages. Tous ces messieurs l'ont tellement approuvé, que la chose a été
résolue et répandue avant que j'en susse rien. Enfin il
est parti : j'en ai pleuré amèrement, j'en suis sensiblement
affligée ; je n'aurai pas un moment de repos pendant tout
ce voyage. J'en vois tous les périls, j'en suis morte ; mais
enfin je n'en ai pas été la maîtresse ; et dans ces occasions-là les mères n'ont pas beaucoup de voix au chapitre.
Adieu, Comte, je suis lasse d'écrire, et non pas de lire
tous les endroits tendres et obligeants que vous avez
semés dans votre lettre : rien n'est perdu avec moi.

16. — AU COMTE DE BUSSY-RABUTIN

A Paris, ce 4ᵉ septembre 1668.

Levez-vous, Comte, je ne veux point vous tuer à
terre ; ou reprenez votre épée pour recommencer notre
combat. Mais il vaut mieux que je vous donne la vie, et
que nous vivions en paix. Vous avouerez seulement la
chose comme elle s'est passée : c'est tout ce que je veux.
Voilà un procédé assez honnête : vous ne me pouvez plus
appeler justement une petite brutale.

Je ne trouve pas que vous ayez conservé une grande
tendresse pour la belle qui vous captivait autrefois. Il
en faut revenir à ce que vous avez dit :

> A la cour,
> Quand on a perdu l'estime,
> On perd l'amour.

M. de Montausier vient d'être fait gouverneur de
Monsieur le Dauphin :

> Je t'ai comblé de biens, je t'en veux accabler [27].

Adieu, Comte. Présentement que je vous ai battu, je
dirai partout que vous êtes le plus brave homme de
France, et je conterai notre combat le jour que je parlerai
des combats singuliers.

Ma fille vous fait ses compliments. L'opinion que vous
avez de sa fortune nous console un peu.

17. — AU COMTE DE BUSSY-RABUTIN

A Paris, ce 16ᵉ avril 1670.

Je reçois votre lettre; vous êtes toujours honnête et très aimable; je ne vais guère loin chercher dans mon cœur pour y trouver de la douceur pour vous :

> Enfin n'abusez pas, Bussy, de mon secret,
> Au milieu de Paris il m'échappe à regret;
> Mais enfin il m'échappe, et cette retenue
> Ne peut plus contenir la lettre que j'ai lue.

Je vous remercie donc de m'avoir rouvert la porte de notre commerce qui était tout démanché. Il nous arrive toujours des incidents, mais le fond est bon; nous en rirons peut-être quelque jour. Revenons à M. Frémyot. N'est-il pas trop bon, ce président, d'avoir pensé à moi lorsque j'y pensais le moins ? Je l'aimais fort, et j'y joins présentement une grande reconnaissance; de sorte que ma douleur a été véritable. Cela est honteux, comme vous dites, que Mme la présidente survive à un si admirable mari. C'est tout ce que je puis faire, moi qui vous parle. Adieu, je vous souhaite une patience qui triomphe de vos malheurs.

Vous ne voulez pas que je vous parle de Mme de Grignan, et moi je vous en veux parler. Elle est grosse [28], et demeure ici pour y faire ses couches. Son mari est en Provence, c'est-à-dire, il s'y en va dans trois jours.

18. — AU COMTE DE BUSSY-RABUTIN

A Paris, ce 6ᵉ juillet 1670.

Je me presse de vous écrire, afin d'effacer promptement de votre esprit le chagrin que ma dernière lettre y a mis. Je ne l'eus pas plutôt écrite que je m'en repentis. M. de Corbinelli me voulut empêcher de vous l'envoyer; mais je ne voulus pas perdre ma lettre, toute méchante qu'elle était, et je crus que je ne vous perdrais pas pour cela, puisque vous ne m'aviez pas perdue pour quelque chose de plus. Nous ne nous perdons point, de notre race : nos liens s'allongent quelquefois, mais ils ne se rompent jamais. Je sais ce qu'en veut l'aune : après mon expérience, je pouvais bien hasarder le paquet. Il est

vrai que j'étais de méchante humeur d'avoir retrouvé
dans mes paperasses ces lettres que je vous dis. Je n'eus
pas la docilité de démonter mon esprit pour vous écrire.
Je trempai ma plume dans mon fiel, et cela composa une
sotte lettre amère, dont je vous fais mille excuses. Je le
dis à notre homme. Si vous fussiez entré une heure après
dans ma chambre, nous nous fussions moqués de moi
ensemble. Nous voilà donc raccommodés. Vous seriez
bien heureux si nous étions quittes; mais, bon Dieu!
que je vous en dois encore de reste, que je ne vous payerai
jamais!

Vous me donnez un trait en me disant que j'ai des
ennemis et qu'on vous a mandé que ma conduite était
dégingandée. Vous feignez qu'on vous l'a écrit; je parie
que cela n'est pas vrai. Hélas! mon cousin, je n'ai point
d'ennemis, ma vie est tout unie, ma conduite n'est point
dégingandée, puisque dégingandée y a. Il n'est point
question de moi : j'ai une bonne réputation, mes amis
m'aiment, les autres ne songent pas que je sois au monde.
Je ne suis plus ni jeune ni jolie, on ne m'envie point;
je suis quasi grand-mère, c'est un état où l'on n'est guère
l'objet de la médisance : quand on a été jusque-là sans
se décrier, on se peut vanter d'avoir achevé sa carrière.

M. de Corbinelli vous dira comme je suis, et malgré
mes cheveux blancs, il vous redonnera peut-être du goût
pour moi. Il m'aime de tout son cœur, et je vous jure
aussi que je n'aime personne plus que lui. Son esprit,
son cœur et ses sentiments me plaisent au dernier point.
C'est un bien que je vous dois : sans vous je ne l'aurais
jamais vu. Vous l'aurez bientôt; vous serez bien aise de
causer avec lui. Il vous dira la mort de Madame [29], c'est-à-
dire, l'étonnement où l'on a été en apprenant qu'elle
a été malade et morte en huit heures, et qu'on perdait
avec elle toute la joie, tout l'agrément et tous les plaisirs
de la Cour. Je crois que vous aurez été aussi surpris que
les autres.

Adieu, Comte, point de rancune; ne nous tracassons
plus. J'ai un peu de tort; mais qui n'en a point en ce
monde ?

Je suis bien aise que vous reveniez pour ma fille.
Demandez à M. de Corbinelli combien elle est jolie. Mon-
trez-lui ma lettre, afin qu'il voie que

Si je fais les maux, je fais les médecines [30].

19. — A COULANGES

A Paris, ce lundi 15ᵉ décembre [1670].

Je m'en vais vous mander la chose la plus étonnante,
la plus surprenante, la plus merveilleuse, la plus miraculeuse, la plus triomphante, la plus étourdissante, la
plus inouïe, la plus singulière, la plus extraordinaire, la
plus incroyable, la plus imprévue, la plus grande, la plus
petite, la plus rare, la plus commune, la plus éclatante, la
plus secrète jusqu'aujourd'hui, la plus brillante, la plus
digne d'envie : enfin une chose dont on ne trouve qu'un
exemple dans les siècles passés, encore cet exemple n'est-il
pas juste ; une chose que l'on ne peut pas croire à Paris
(comment la pourrait-on croire à Lyon ?) ; une chose qui
fait crier miséricorde à tout le monde ; une chose qui
comble de joie Mme de Rohan et Mme d'Hauterive ;
une chose enfin qui se fera dimanche, où ceux qui la
verront croiront avoir la berlue ; une chose qui se fera
dimanche, et qui ne sera peut-être pas faite lundi. Je ne
puis me résoudre à la dire ; devinez-la : je vous la donne
en trois. Jetez-vous votre langue aux chiens ? Eh bien !
il faut donc vous la dire : M. de Lauzun épouse dimanche
au Louvre, devinez qui ? Je vous le donne en quatre, je
vous le donne en dix ; je vous le donne en cent. Mme de
Coulanges dit : Voilà qui est bien difficile à deviner ;
c'est Mme de la Vallière. — Point du tout, Madame. —
C'est donc Mlle de Retz ? — Point du tout, vous êtes
bien provinciale. — Vraiment nous sommes bien bêtes,
dites-vous, c'est Mlle Colbert ? — Encore moins. —
C'est assurément Mlle de Créquy ? — Vous n'y êtes
pas. Il faut donc à la fin vous le dire : il épouse, dimanche,
au Louvre, avec la permission du Roi, Mademoiselle,
Mademoiselle de... Mademoiselle... devinez le nom :
il épouse Mademoiselle, ma foi ! par ma foi ! ma foi
jurée ! Mademoiselle, la grande Mademoiselle ; Mademoiselle, fille de feu Monsieur ; Mademoiselle, petite-
fille de Henri IV ; mademoiselle d'Eu, mademoiselle de
Dombes, mademoiselle de Montpensier, mademoiselle
d'Orléans ; Mademoiselle, cousine germaine du Roi ;
Mademoiselle, destinée au trône ; Mademoiselle, le seul
parti de France qui fût digne de Monsieur. Voilà un
beau sujet de discourir. Si vous criez, si vous êtes hors
de vous-même, si vous dites que nous avons menti,

que cela est faux, qu'on se moque de vous, que voilà
une belle raillerie, que cela est bien fade à imaginer ; si
enfin vous nous dites des injures : nous trouverons que
vous avez raison ; nous en avons fait autant que vous.

Adieu ; les lettres qui seront portées par cet ordinaire
vous feront voir si nous disons vrai ou non.

20. — A COULANGES

A Paris, ce vendredi 19ᵉ décembre [1670].

Ce qui s'appelle tomber du haut des nues, c'est ce qui
arriva hier soir aux Tuileries ; mais il faut reprendre
les choses de plus loin. Vous en êtes à la joie, aux transports, aux ravissements de la princesse et de son bienheureux amant. Ce fut donc lundi que la chose fut déclarée,
comme vous avez su. Le mardi se passa à parler, à
s'étonner, à complimenter. Le mercredi, Mademoiselle
fit une donation à M. de Lauzun, avec dessein de lui
donner les titres, les noms et les ornements nécessaires
pour être nommés dans le contrat de mariage, qui fut
fait le même jour. Elle lui donna donc, en attendant
mieux, quatre duchés : le premier, c'est le comté d'Eu,
qui est la première pairie de France et qui donne le premier rang ; le duché de Montpensier, dont il porta hier
le nom toute la journée ; le duché de Saint-Fargeau,
le duché de Châtellerault : tout cela estimé vingt-deux
millions. Le contrat fut fait ensuite, où il prit le nom de
Montpensier. Le jeudi matin, qui était hier, Mademoiselle espéra que le Roi signerait, comme il l'avait dit ;
mais sur les sept heures du soir, Sa Majesté étant persuadée par la Reine, Monsieur, et plusieurs barbons, que
cette affaire faisait tort à sa réputation, il se résolut de la
rompre, et après avoir fait venir Mademoiselle et M. de
Lauzun, il leur déclara, devant Monsieur le Prince, qu'il
leur défendait de plus songer à ce mariage. M. de Lauzun reçut cet ordre avec tout le respect, toute la soumission, toute la fermeté, et tout le désespoir que méritait
une si grande chute. Pour Mademoiselle, suivant son
humeur, elle éclata en pleurs, en cris, en douleurs violentes, en plaintes excessives ; et tout le jour elle n'a pas
sorti de son lit, sans rien avaler que des bouillons.
Voilà un beau songe, voilà un beau sujet de roman ou
de tragédie, mais surtout un beau sujet de raisonner et

de parler éternellement : c'est ce que nous faisons jour
et nuit, soir et matin, sans fin, sans cesse. Nous espérons
que vous en ferez autant, *e fra tanto vi bacio le mani*[31].

21. — AU COMTE DE GRIGNAN

A Paris, vendredi 16e janvier [1671].

Hélas! je l'ai encore, cette pauvre enfant; et quoi
qu'elle ait pu faire, il n'a pas été en son pouvoir de partir
le 10e de ce mois, comme elle en avait le dessein. Les
pluies ont été et sont encore si excessives, qu'il y aurait
eu de la folie à se hasarder. Toutes les rivières sont
débordées; tous les grands chemins sont noyés; toutes
les ornières cachées; on peut fort bien verser dans tous
les gués. Enfin la chose est au point que Mme de Rochefort, qui est chez elle à la campagne, qui brûle d'envie
de revenir à Paris où son mari la souhaite et où sa mère
l'attend avec une impatience incroyable, ne peut pas se
mettre en chemin, parce qu'il n'y a pas de sûreté et
qu'il est vrai que cet hiver est épouvantable. Il n'a pas
gelé un moment, et il a plu tous les jours comme des
pluies d'orage. Il ne passe plus aucun bateau sous les
ponts; les arches du Pont-Neuf sont quasi-comblées.
Enfin c'est une chose étrange. Je vous avoue que l'excès
d'un si mauvais temps fait que je me suis opposée à son
départ pendant quelques jours. Je ne prétends pas qu'elle
évite le froid, ni les boues, ni les fatigues du voyage;
mais je ne veux pas qu'elle soit noyée.

Cette raison, quoique très-forte, ne la retiendrait pas
présentement, sans le Coadjuteur qui part avec elle, et
qui est engagé de marier sa cousine d'Harcourt. Cette
cérémonie se fait au Louvre; M. de Lyonne est le procureur. Le Roi lui a parlé (je dis à M. le Coadjuteur) sur
ce sujet. Cette affaire s'est retardée d'un jour à l'autre,
et ne se fera peut-être que dans huit jours. Cependant
je vois ma fille dans une telle impatience de partir, que
ce n'est pas vivre que le temps qu'elle passe ici présentement; et si le Coadjuteur ne quitte là cette noce, je la vois
disposée à faire une folie, qui est de partir sans lui. Ce
serait une chose si étrange d'aller seule, et c'est une
chose si heureuse pour elle d'aller avec son beau-frère,
que je ferai tous mes efforts pour qu'ils ne se quittent
pas. Cependant les eaux s'écouleront un peu.

Je veux vous dire de plus que je ne sens point le plaisir de l'avoir présentement : je sais qu'il faut qu'elle parte; ce qu'elle fait ici ne consiste qu'en devoirs et en affaires. On ne s'attache à nulle société; on ne prend aucun plaisir; on a toujours le cœur serré; on ne cesse de parler des chemins, des pluies, des histoires tragiques de ceux qui se sont hasardés. En un mot, quoique je l'aime comme vous savez, l'état où nous sommes à présent nous pèse et nous ennuie. Ces derniers jours-ci n'ont aucun agrément.

Je vous suis très-obligée, mon cher Comte, de toutes vos amitiés pour moi, et de toute la pitié que je vous fais. Vous pouvez mieux que nul autre comprendre ce que je souffre, et ce que je souffrirai. Je suis fâchée pourtant que la joie que vous aurez de la voir puisse être troublée par cette pensée. Voilà les changements et les chagrins dont la vie est mêlée. Adieu, mon très-cher Comte, je vous tue par la longueur de mes lettres; j'espère que vous verrez le fonds qui me les fait écrire.

22. — AU COMTE DE BUSSY-RABUTIN

A Paris, ce 23ᵉ janvier 1671.

Voilà, mon cousin, tout ce que l'abbé de Coulanges sait de notre maison, dont vous avez dessein de faire une petite histoire. Je voudrais que vous n'eussiez jamais fait que celle-là. Nous sommes très-obligés à M. du Bouchet : il nous démêle fort et nous fait valoir en des occasions qui font plaisir. En vérité, c'est peu de n'avoir que moi pour représenter ici le corps des Rabutins. Je suis transplantée, et ce que l'on dit soi-même, outre qu'on ne voudrait guère souvent parler sur ce chapitre, ne fait pas un grand effet.

On me vient de conter une aventure extraordinaire qui s'est passée à l'hôtel de Condé, et qui mériterait de vous être mandée, quand nous n'y aurions pas l'intérêt que nous y avons. La voici : Madame la Princesse ayant pris il y a quelque temps de l'affection pour un de ses valets de pied nommé Duval, celui-ci fut assez fou pour souffrir impatiemment la bonne volonté qu'elle témoignait aussi pour le jeune Rabutin, qui avait été son page. Un jour qu'ils se trouvaient tous deux dans sa chambre, Duval ayant dit quelque chose qui manquait de respect à la princesse, Rabutin mit l'épée à la main pour l'en châtier; Duval tira aussi la sienne, et la princesse se mettant entre-deux pour les séparer, elle fut blessée légèrement à la gorge. On a arrêté Duval, et Rabutin est en fuite; cela fait grand bruit en ce pays-ci. Quoique le sujet de la noise soit honorable, je n'aime pas qu'on nomme un valet de pied avec Rabutin. Je vous avoue que je ne suis guère humble, et que j'aurais eu une grande joie que vous eussiez fait de notre nom tout ce qui était en vos mains.

Adieu, mon pauvre Rabutin, non pas celui qui s'est battu contre Duval, mais un autre qui eût bien fait de l'honneur à ses parents, s'il avait plu à la destinée. Je vous souhaite la continuation de votre philosophie, et à moi celle de votre amitié; elle ne saurait périr, quoi que nous puissions faire. Elle est d'une bonne trempe, et le fond en tient à nos os. Ma fille vous fait mille compliments, et mille adieux : elle s'en va au diantre en Provence; je suis inconsolable de cette séparation. J'embrasse mes chères nièces.

23. — A MADAME DE GRIGNAN

A Paris, vendredi 6ᵉ février [1671].

Ma douleur serait bien médiocre si je pouvais vous la dépeindre; je ne l'entreprendrai pas aussi. J'ai beau chercher ma chère fille, je ne la trouve plus, et tous les pas qu'elle fait l'éloignent de moi. Je m'en allai donc à Sainte-Marie [32], toujours pleurant et toujours mourant : il me semblait qu'on m'arrachait le cœur et l'âme; et en effet, quelle rude séparation! Je demandai la liberté d'être seule; on me mena dans la chambre de Mme du Housset, on me fit du feu; Agnès me regardait sans me parler, c'était notre marché; j'y passai jusqu'à cinq heures sans cesser de sangloter : toutes mes pensées me faisaient mourir. J'écrivis à M. de Grignan, vous pouvez penser sur quel ton. J'allai ensuite chez Mme de la Fayette, qui redoubla mes douleurs par la part qu'elle y prit. Elle était seule, et malade, et triste de la mort d'une sœur religieuse : elle était comme je la pouvais désirer. M. de la Rochefoucauld y vint; on ne parla que de vous, de la raison que j'avais d'être touchée, et du dessein de parler comme il faut à *Merlusine* [33]. Je vous réponds qu'elle

sera bien relancée. D'Hacqueville vous rendra un bon
compte de cette affaire. Je revins enfin à huit heures de
chez Mme de la Fayette; mais en entrant ici, bon Dieu!
comprenez-vous bien ce que je sentis en montant ce
degré ? Cette chambre où j'entrais toujours, hélas! j'en
trouvai les portes ouvertes; mais je vis tout démeublé,
tout dérangé, et votre pauvre petite fille [34] qui me représentait la mienne. Comprenez-vous bien tout ce que je
souffris ? Les réveils de la nuit ont été noirs, et le matin
je n'étais point avancée d'un pas pour le repos de mon
esprit. L'après-dînée se passa avec Mme de La Troche
à l'Arsenal. Le soir, je reçus votre lettre, qui me remit
dans les premiers transports, et ce soir j'achèverai celle-ci
chez M. de Coulanges, où j'apprendrai des nouvelles; car
pour moi, voilà ce que je sais, avec les douleurs de tous
ceux que vous avez laissés ici. Toute ma lettre serait
pleine de compliments si je voulais.

Vendredi au soir.

J'ai appris chez Mme de Lavardin les nouvelles que
je vous mande; et j'ai su par Mme de la Fayette qu'ils
eurent hier une conversation avec *Merlusine*, dont le
détail n'est pas aisé à écrire; mais enfin elle fut confondue et poussée à bout par l'horreur de son procédé, qui
lui fut reproché sans aucun ménagement. Elle est fort
heureuse du parti qu'on lui offre, et dont elle est demeurée d'accord : c'est de se taire très-religieusement, et
moyennant cela on ne la poussera pas à bout. Vous avez
des amis qui ont pris vos intérêts avec beaucoup de chaleur; je ne vois que des gens qui vous aiment et vous
estiment, et qui entrent bien aisément dans ma douleur.
Je n'ai voulu aller encore que chez Mme de la Fayette.
On s'empresse fort de me chercher, et de me vouloir
prendre, et je crains cela comme la mort.

Je vous conjure, ma chère fille, d'avoir soin de votre
santé : conservez-la pour l'amour de moi, et ne vous
abandonnez pas à ces cruelles négligences, dont il ne me
semble pas qu'on puisse jamais revenir. Je vous embrasse
avec une tendresse qui ne saurait avoir d'égale, n'en
déplaise à toutes les autres.

Le mariage de Mlle d'Houdancourt et de M. de Ventadour a été signé ce matin. L'abbé de Chambonnas a
été nommé aussi ce matin à l'évêché de Lodève. Madame
la Princesse partira le mercredi des Cendres pour Châteauroux, où Monsieur le Prince désire qu'elle fasse

quelque séjour. M. de la Marguerie a la place du conseil
de M. d'Estampes qui est mort. Mme de Mazarin [35]
arrive ce soir à Paris ; le Roi s'est déclaré son protecteur,
et l'a envoyé quérir au Lys avec un exempt et huit
gardes, et un carrosse bien attelé.

Voici un trait d'ingratitude qui ne vous déplaira pas,
et dont je veux faire mon profit quand je ferai mon
livre sur les grandes ingratitudes. Le maréchal d'Albret a convaincu Mme d'Heudicourt, non-seulement
d'une bonne galanterie avec M. de Béthune, dont il avait
toujours voulu douter ; mais d'avoir dit de lui et de
Mme Scarron tous les maux qu'on peut s'imaginer. Il
n'y a point de mauvais offices qu'elle n'ait tâché de
rendre à l'un et à l'autre, et cela est tellement avéré,
que Mme Scarron ne la voit plus, ni tout l'hôtel de
Richelieu. Voilà une femme bien abîmée ; mais elle a
cette consolation de n'y avoir pas contribué !

24. — A MADAME DE GRIGNAN

A Paris, lundi 9ᵉ février [1671].

Je reçois vos lettres, ma bonne, comme vous avez
reçu ma bague ; je fonds en larmes en les lisant ; il semble
que mon cœur veuille se fendre par la moitié ; il semble
que vous m'écriviez des injures ou que vous soyez
malade ou qu'il vous soit arrivé quelque accident, et
c'est tout le contraire : vous m'aimez, ma chère enfant,
et vous me le dites d'une manière que je ne puis soutenir sans des pleurs en abondance. Vous continuez votre
voyage sans aucune aventure fâcheuse ; et lorsque j'apprends tout cela, qui est justement tout ce qui me peut
être le plus agréable, voilà l'état où je suis. Vous vous
avisez donc de penser à moi, vous en parlez, et vous
aimez mieux m'écrire vos sentiments que vous n'aimez
à me les dire. De quelque façon qu'ils me viennent, ils
sont reçus avec une tendresse et une sensibilité qui n'est
comprise que de ceux qui savent aimer comme je fais.
Vous me faites sentir pour vous tout ce qu'il est possible
de sentir de tendresse ; mais si vous songez à moi, ma
pauvre bonne, soyez assurée aussi que je pense continuellement à vous : c'est ce que les dévots appellent une
pensée habituelle ; c'est ce qu'il faudrait avoir pour Dieu,
si l'on faisait son devoir. Rien ne me donne de distrac-

tion; je suis toujours avec vous; je vois ce carrosse qui
avance toujours et qui n'approchera jamais de moi : je
suis toujours dans les grands chemins; il me semble
même que j'ai quelquefois peur qu'il ne verse; les pluies
qu'il fait depuis trois jours me mettent au désespoir; le
Rhône me fait une peur étrange. J'ai une carte devant
les yeux; je sais tous les lieux où vous couchez : vous
êtes ce soir à Nevers, et vous serez dimanche à Lyon,
où vous recevrez cette lettre. Je n'ai pu vous écrire qu'à
Moulins par Mme de Guénégaud. Je n'ai reçu que deux
de vos lettres; peut-être que la troisième viendra; c'est
la seule consolation que je souhaite; pour d'autres, je
n'en cherche pas. Je suis entièrement incapable de voir
beaucoup de monde ensemble; cela viendra peut-être,
mais il n'est pas venu. Les duchesses de Verneuil et
d'Arpajon me veulent réjouir; je les prie de m'excuser :
je n'ai jamais vu de si belles âmes qu'il y en a en ce
pays-ci. Je fus samedi tout le jour chez Mme de Villars
à parler de vous, et à pleurer; elle entre bien dans mes
sentiments. Hier je fus au sermon de M. d'Agen et au
salut; chez Mme de Puisieux, chez M. d'Uzès, et chez
Mme du Puy-du-Fou, qui vous fait mille amitiés. Si
vous aviez un petit manteau fourré, elle aurait l'esprit
en repos. Aujourd'hui je m'en vais souper au faubourg,
tête à tête [36]. Voilà les fêtes de mon carnaval. Je fais
tous les jours dire une messe pour vous : c'est une dévotion qui n'est pas chimérique. Je n'ai vu Adhémar qu'un
moment; je m'en vais lui écrire pour le remercier de
son lit; je lui en suis plus obligée que vous. Si vous voulez me faire un véritable plaisir, ayez soin de votre santé,
dormez dans ce joli petit lit, mangez du potage, et ser-
vez-vous de tout le courage qui me manque. Je ferai
savoir des nouvelles de votre santé. Continuez de m'écrire.
Tout ce que vous avez laissé d'amitié ici est augmenté :
je ne finirais point à vous faire des baisemains et à vous
dire l'inquiétude où l'on est de votre santé.

Mlle d'Harcourt fut mariée avant-hier; il y eut un
grand souper maigre à toute la famille; hier un grand
bal et un grand souper au Roi, à la Reine, à toutes les
dames parées : c'était une des plus belles fêtes qu'on
puisse voir.

Mme d'Heudicourt est partie avec un désespoir inconcevable, ayant perdu toutes ses amies, convaincue de
tout ce que Mme Scarron avait toujours défendu, et de
toutes les trahisons du monde.

Mandez-moi quand vous aurez reçu mes lettres. Je fermerai tantôt celle-ci, avant que d'aller au faubourg.

Lundi au soir.

Je fais mon paquet, et l'adresse à M. l'intendant à Lyon. La distinction de vos lettres m'a charmée : hélas! je la méritais bien par la distinction de mon amitié pour vous.

Mme de Fontevrault fut bénite hier; MM. les prélats furent un peu fâchés de n'y avoir que des tabourets.

Voici ce que j'ai su de la fête d'hier [37], toutes les cours de l'hôtel de Guise étaient éclairées de deux mille lanternes. La Reine entra d'abord dans l'appartement de Mlle de Guise, fort éclairé, fort paré; toutes les dames parées se mirent à genoux autour d'elle, sans distinction de tabourets : on soupa dans cet appartement. Il y avait quarante dames à table; le souper fut magnifique. Le Roi vint, et fort gravement regarda tout sans se mettre à table; on monta en haut, où tout était préparé pour le bal. Le Roi mena la Reine, et honora l'assemblée de trois ou quatre courantes, et puis s'en alla souper au Louvre avec la compagnie ordinaire. Mademoiselle ne voulut point venir à l'hôtel de Guise. Voilà tout ce que je sais.

Je veux voir le paysan de Sully qui m'apporta hier votre lettre; je lui donnerai de quoi boire : je le trouve bien heureux de vous avoir vue. Hélas! comme un moment me paraîtrait, et que j'ai de regret à tous ceux que j'ai perdus! Je me fais des dragons aussi bien que les autres. D'Irval a ouï parler de *Merlusine* : il dit que c'est bien employé, qu'il vous avait avertie de toutes les plaisanteries qu'elle avait faites à votre première couche; que vous ne daignâtes pas l'écouter; que depuis ce temps-là il n'a pas été chez vous. Il y a longtemps que cette créature-là parlait très-mal de vous; mais il fallait que vous en fussiez persuadée par vos yeux. Et notre Coadjuteur, ne voulez-vous pas bien l'embrasser pour l'amour de moi ? N'est-il pas encore Seigneur Corbeau pour vous ? Je désire avec passion que vous soyez remise comme vous étiez. Hé, ma pauvre fille! hé! mon Dieu! a-t-on bien du soin de vous ? Il ne faut jamais vous croire sur votre santé : voyez ce lit que vous ne vouliez point; tout cela est comme Mme Robinet.

Adieu, ma chère enfant, l'unique passion de mon cœur, le plaisir et la douleur de ma vie. Aimez-moi tou-

jours, c'est la seule chose qui peut me donner de la
consolation.

25. — A MADAME DE GRIGNAN

A Paris, mercredi 11ᵉ février 1671.

Je n'en ai reçu que trois de ces aimables lettres qui
me pénètrent le cœur; il y en a une qui me manque.
Sans que je les aime toutes, et que je n'aime point à
perdre ce qui me vient de vous, je croirais n'avoir rien
perdu : je trouve qu'on ne peut rien souhaiter qui ne soit
dans celles que j'ai reçues. Elles sont premièrement très-
bien écrites; et de plus si tendres et si naturelles qu'il est
impossible de ne les pas croire; la défiance même en
serait convaincue : elles ont ce caractère de vérité que je
maintiens toujours, qui se fait voir avec autorité, pendant
que le mensonge demeure accablé sous les paroles sans
pouvoir persuader; plus elles s'efforcent de paraître,
plus elles sont enveloppées. Les vôtres sont vraies et le
paraissent. Vos paroles ne servent tout au plus qu'à vous
expliquer; et dans cette noble simplicité, elles ont une
force à quoi l'on ne peut résister. Voilà, ma bonne,
comme vos lettres m'ont paru. Mais quel effet elles me
font, et quelle sorte de larmes je répands, en me trouvant persuadée de la vérité de toutes les vérités que je
souhaite le plus sans exception! Vous pourrez juger par
là de ce que m'ont fait les choses qui m'ont donné autrefois des sentiments contraires. Si mes paroles ont la
même puissance que les vôtres, il ne faut pas vous en
dire davantage : je suis assurée que mes vérités ont fait
en vous leur effet ordinaire; mais je ne veux point que
vous disiez que j'étais un rideau qui vous cachait; tant
pis si je vous cachais, vous êtes encore plus aimable
quand on a tiré le rideau; il faut que vous soyez à découvert pour être dans votre perfection; nous l'avons dit
mille fois. Pour moi, il me semble que je suis toute nue,
qu'on m'a dépouillée de tout ce qui me rendait aimable.
Je n'ose plus voir le monde, et quoi qu'on ait fait pour
m'y remettre, j'ai passé tous ces jours-ci comme un
loup-garou, ne pouvant faire autrement. Peu de gens
sont dignes de comprendre ce que je sens; j'ai cherché
ceux qui sont de ce petit nombre, et j'ai évité les autres.
J'ai vu Guitaut et sa femme; ils vous aiment : mandez-

moi un petit mot pour eux. Deux ou trois Grignans me vinrent voir hier matin. J'ai remercié mille fois Adhémar de vous avoir prêté son lit. Nous ne voulûmes point examiner s'il n'eût pas été meilleur pour lui de troubler votre repos, que d'en être cause; nous n'eûmes pas la force de pousser cette folie, et nous fûmes ravis de ce que le lit était bon.

Il nous semble que vous êtes à Moulins aujourd'hui; vous y recevrez une de mes lettres. Je ne vous ai point écrit à Briare; c'était ce cruel mercredi qu'il fallait écrire; c'était le propre jour de votre départ : j'étais si affligée et si accablée, que j'étais même incapable de chercher de la consolation en vous écrivant. Voici donc ma troisième, et ma seconde à Lyon; ayez soin de me mander si vous les avez reçues : quand on est fort éloignés, on ne se moque plus des lettres qui commencent par *J'ai reçu la vôtre (etc.).* La pensée que vous aviez de vous éloigner toujours, et de voir que ce carrosse allait toujours en delà, est une de celles qui me tourmentent le plus. Vous allez toujours, et, comme vous dites, vous vous trouverez à deux cents lieues de moi. Alors, ne pouvant plus souffrir les injustices sans en faire à mon tour, je me mettrai à m'éloigner aussi de mon côté, et j'en ferai tant, que je me trouverai à trois cents : ce sera une belle distance, et ce sera une chose digne de mon amitié, que d'entreprendre de traverser la France pour vous aller voir.

Je suis touchée du retour de vos cœurs entre le Coadjuteur et vous : vous savez combien j'ai toujours trouvé que cela était nécessaire au bonheur de votre vie. Conservez bien ce trésor, ma pauvre bonne; vous êtes vous-même charmée de sa bonté, faites-lui voir que vous n'êtes pas ingrate.

Je finirai tantôt ma lettre. Peut-être qu'à Lyon vous serez si étourdie de tous les honneurs qu'on vous y fera, que vous n'aurez pas le temps de lire tout ceci; ayez au moins celui de me mander toujours de vos nouvelles, et comme vous vous portez, et votre aimable visage que j'aime tant, et si vous vous mettez sur ce diable de Rhône. Vous aurez à Lyon M. de Marseille.

Mercredi au soir.

Je viens de recevoir tout présentement votre lettre de Nogent. Elle m'a été donnée par un fort honnête homme,

que j'ai questionné tant que j'ai pu; mais votre lettre
vaut mieux que tout ce qui se peut dire. Il était bien
juste, ma bonne, que ce fût vous la première qui me
fissiez rire, après m'avoir tant fait pleurer. Ce que vous
mandez de M. Busche est original : cela s'appelle des
traits dans le style de l'éloquence; j'en ai donc ri, je vous
l'avoue, et j'en serais honteuse, si depuis huit jours j'avais
fait autre chose que pleurer. Hélas! je le rencontrai dans
la rue, ce M. Busche, qui amenait vos chevaux; je l'ar-
rêtai, et toute en pleurs je lui demandai son nom; il me
le dit. Je lui dis en sanglotant : « Monsieur Busche, je
vous recommande ma fille, ne la versez point; et quand
vous l'aurez menée heureusement à Lyon, venez me voir
et me dire de ses nouvelles; je vous donnerai de quoi
boire. » Je le ferai assurément, et ce que vous m'en mandez augmente beaucoup le respect que j'avais déjà pour
lui. Mais vous ne vous portez point bien, vous n'avez
point dormi. Le chocolat vous remettra; mais vous n'avez
point de chocolatière, j'y ai pensé mille fois; comment
ferez-vous ?

Hélas! ma bonne, vous ne vous trompez pas, quand
vous pensez que je suis occupée de vous encore plus que
vous ne l'êtes de moi, quoique vous me le paraissiez
beaucoup. Si vous me voyiez, vous me verriez chercher
ceux qui m'en veulent parler; si vous m'écoutiez, vous
entendriez bien que j'en parle. C'est assez vous dire que
j'ai fait une visite d'une heure pour parler seulement des
chemins et de la route de Lyon. Je n'ai encore vu aucuns
de ceux qui veulent, disent-ils, me divertir; parce qu'en
paroles couvertes, c'est vouloir m'empêcher de penser
à vous, et cela m'offense. Adieu, ma très-aimable bonne,
continuez à m'écrire et à m'aimer; pour moi, mon ange,
je suis tout entière à vous. Ma petite Deville, ma pauvre
Golier bonjour. J'ai un soin extrême de votre enfant.
Je n'ai point de lettres de M. de Grignan; je ne laisse
pas de lui écrire.

26. — A MADAME DE GRIGNAN

Vendredi 20ᵉ février [1671].

Je vous avoue que j'ai une extraordinaire envie de
savoir de vos nouvelles; songez, ma chère bonne, que
je n'en ai point eu depuis la Palice. Je ne sais rien du

reste de votre voyage jusqu'à Lyon, ni de votre route jusqu'en Provence : je me dévore, en un mot; j'ai une impatience qui trouble mon repos. Je suis bien assurée qu'il me viendra des lettres; je ne doute point que vous ne m'ayez écrit; mais je les attends, et je ne les ai pas : il faut se consoler, et s'amuser en vous écrivant.

Vous saurez, ma petite, qu'avant-hier, mercredi, après être revenue de chez M. de Coulanges, où nous faisons nos paquets les jours d'ordinaire, je revins me coucher. Cela n'est pas extraordinaire; mais ce qui l'est beaucoup, c'est qu'à trois heures après minuit j'entendis crier au voleur, au feu, et ces cris si près de moi et si redoublés, que je ne doutai point que ce ne fût ici; je crus même entendre qu'on parlait de ma petite-fille; je ne doutai pas qu'elle ne fût brûlée. Je me levai dans cette crainte, sans lumière, avec un tremblement qui m'empêchait quasi de me soutenir. Je courus à son appartement, qui est le vôtre : je trouvai tout dans une grande tranquillité; mais je vis la maison de Guitaut toute en feu; les flammes passaient par-dessus la maison de Mme de Vauvineux. On voyait dans nos cours, et surtout chez M. de Guitaut, une clarté qui faisait horreur : c'étaient des cris, c'était une confusion, c'étaient des bruits épouvantables, des poutres et des solives qui tombaient. Je fis ouvrir ma porte, j'envoyai mes gens au secours. M. de Guitaut m'envoya une cassette de ce qu'il a de plus précieux; je la mis dans mon cabinet, et puis je voulus aller dans la rue pour bayer comme les autres; j'y trouvai M. et Mme de Guitaut quasi nus, Mme de Vauvineux, l'ambassadeur de Venise, tous ses gens, la petite Vauvineux qu'on portait toute endormie chez l'ambassadeur, plusieurs meubles et vaisselles d'argent qu'on sauvait chez lui. Mme de Vauvineux faisait démeubler. Pour moi, j'étais comme dans une île, mais j'avais grand'pitié de mes pauvres voisins. Mme Guéton et son frère donnaient de très-bons conseils; nous étions tous dans la consternation : le feu était si allumé qu'on n'osait en approcher, et l'on n'espérait la fin de cet embrasement qu'avec la fin de la maison de ce pauvre Guitaut. Il faisait pitié; il voulait aller sauver sa mère qui brûlait au troisième étage; sa femme s'attachait à lui, qui le retenait avec violence; il était entre la douleur de ne pas secourir sa mère et la crainte de blesser sa femme, grosse de cinq mois : il faisait pitié. Enfin il me pria de tenir sa femme, je le fis : il trouva que sa mère avait passé au

travers de la flamme et qu'elle était sauvée. Il voulut
aller retirer quelques papiers; il ne put approcher du
lieu où ils étaient. Enfin il revint à nous dans cette rue
où j'avais fait asseoir sa femme. Des capucins, pleins de
charité et d'adresse, travaillèrent si bien, qu'ils coupèrent
le feu. On jeta de l'eau sur les restes de l'embrasement,
et enfin

Le combat finit faute de combattants [38];

c'est-à-dire après que le premier et le second étage
de l'antichambre et de la petite chambre et du cabinet, qui sont à main droite du salon, eurent été entièrement consommés. On appela bonheur ce qui restait
de la maison, quoiqu'il y ait pour le pauvre Guitaut
pour plus de dix mille écus de perte; car on compte
de faire rebâtir cet appartement, qui était peint et doré.
Il y avait aussi plusieurs beaux tableaux à M. le Blanc, à
qui est la maison : il y avait aussi plusieurs tables, et
miroirs, miniatures, meubles, tapisseries. Ils ont grand
regret à des lettres : je me suis imaginée que c'étaient
des lettres de M. le Prince. Cependant, vers les cinq
heures du matin, il fallut songer à Mme de Guitaut : je
lui offris mon lit; mais Mme Guéton la mit dans le sien,
parce qu'elle a plusieurs chambres meublées. Nous la
fîmes saigner; nous envoyâmes quérir Boucher : il craint
bien que cette grande émotion ne la fasse accoucher
devant les neuf jours, c'est grand hasard s'il ne vient.
Elle est donc chez cette pauvre Mme Guéton; tout le
monde les vient voir, et moi je continue mes soins, parce
que j'ai trop bien commencé pour ne pas achever.
    Vous m'allez demander comment le feu s'était mis à
cette maison : on n'en sait rien; il n'y en avait point dans
l'appartement où il a pris. Mais si on avait pu rire dans
une si triste occasion, quels portraits n'aurait-on point
faits de l'état où nous étions tous ? Guitaut était nu en
chemise, avec des chausses; Mme de Guitaut était nue-
jambe, et avait perdu une de ses mules de chambre;
Mme de Vauvineux était en petite jupe, sans robe de
chambre; tous les valets, tous les voisins, en bonnets de
nuit. L'ambassadeur était en robe de chambre et en perruque, et conserva fort bien la gravité de la Sérénissime.
Mais son secrétaire était admirable; vous parlez de la
poitrine d'Hercule! Vraiment, celle-ci était bien autre
chose; on la voyait tout entière : elle est blanche, grasse,
potelée, et surtout sans aucune chemise, car le cordon

qui la devait attacher avait été perdu à la bataille. Voilà
les tristes nouvelles de notre quartier. Je prie M. Deville
de faire tous les soirs une ronde pour voir si le feu est
éteint partout; on ne saurait avoir trop de précaution
pour éviter ce malheur. Je souhaite, ma bonne, que l'eau
vous ait été favorable; en un mot, je vous souhaite tous
les biens, et prie Dieu qu'il vous garantisse de tous les
maux.

M. de Ventadour devait être marié jeudi, c'est-à-dire
hier; il a la fièvre : la maréchale de la Mothe a perdu
pour cinq cents écus de poisson.

Mérinville se marie avec la fille de feu Launay Gravé
et de Mme de Piennes. Elle a deux cent mille francs :
M. d'Alby nous assurait qu'il en méritait cinq cent
mille; mais il est vrai qu'il aura la protection de M. et
de Mme de Piennes, qui assurément ne se brouilleront
pas à la cour.

J'ai vu tantôt M. d'Uzès [39] chez Mme de Lavardin,
nous avons parlé sans cesse de vous; il m'a dit que votre
affaire aux États serait sans difficulté : si cela est, M. de
Marseille ne la gâtera pas. Il faut en venir à bout, ma
petite; faites-y vos derniers efforts, ménagez M. de Marseille. Que le Coadjuteur fasse bien son personnage; et
me mandez comment tout cela se passera : j'y prends un
intérêt que vous imaginez fort aisément.

Tantôt, à table chez M. du Mans, Courcelles a dit
qu'il avait eu deux bosses à la tête, qui l'empêchaient
de mettre une perruque : cette sottise nous a tous fait
sortir de table, avant qu'on eût achevé de manger du
fruit, de peur d'éclater à son nez. Un peu après, d'Olonne
est arrivé [40], M. de la Rochefoucauld m'a dit : « Madame,
ils ne peuvent pas tenir tous deux dans cette chambre »;
et en effet, Courcelles est sorti.

Au reste, cette vision qu'on avait voulu donner au
Coadjuteur, qu'il y aurait un diamant pour celui qui
ferait les noces de sa cousine, était une vision fort creuse;
il n'a pas eu davantage que celui qui a fait les fiançailles.
J'en ai été fort aise. D'Hacqueville avait oublié de mettre
ceci dans sa lettre.

Je ne puis pas suffire à tous ceux qui vous font des
baisemains; cela est immense, c'est Paris, c'est la Cour,
c'est l'univers; mais la Troche veut être distinguée, et
Lavardin.

Voilà bien des lanternes, ma pauvre bonne; mais toujours vous dire que je vous aime, que je ne songe qu'à

vous, que je ne suis occupée que de ce qui vous touche,
que vous êtes le charme de ma vie, que jamais personne
n'a été aimée si chèrement que vous, cette répétition
vous ennuierait. J'embrasse mon cher Grignan et mon
Coadjuteur.

Je n'ai point encore reçu mes lettres; M. de Coulanges a les siennes; et je sais, ma bonne, que vous êtes
arrivée à Lyon en bonne santé et plus belle qu'un ange,
à ce que dit M. du Gué.

27. — A MADAME DE GRIGNAN

Mardi 3ᵉ mars 1671.

Si vous étiez ici, ma chère bonne, vous vous moque-
riez de moi; j'écris de provision, mais c'est une raison
bien différente de celle que je vous donnais pour m'excuser : c'était parce que je ne me souciais guère de
ces gens-là, et que dans deux jours je n'aurais pas autre
chose à leur dire. Voici tout le contraire; c'est que je
me soucie beaucoup de vous, que j'aime à vous entretenir à toute heure, et que c'est la seule consolation que
je puisse avoir présentement. Je suis aujourd'hui toute
seule dans ma chambre par l'excès de ma mauvaise
humeur. Je suis lasse de tout; je me suis fait un plaisir
de dîner ici, et je m'en fais un de vous écrire hors de
propos : mais, hélas! ma bonne, vous n'avez pas de ces
loisirs-là. J'écris tranquillement, et je ne comprends pas
que vous puissiez lire de même : je ne vois pas un moment
où vous soyez à vous. Je vois un mari qui vous adore,
qui ne peut se lasser d'être auprès de vous, et qui peut
à peine comprendre son bonheur. Je vois des harangues,
des infinités de compliments, de civilités, des visites; on
vous fait des honneurs extrêmes, il faut répondre à tout
cela, vous êtes accablée; moi-même, sur ma petite boule,
je n'y suffirais pas. Que fait votre paresse pendant tout
ce tracas ? Elle souffre, elle se retire dans quelque petit
cabinet, elle meurt de peur de ne plus retrouver sa place :
elle vous attend dans quelque moment perdu pour vous
faire au moins souvenir d'elle, et vous dire un mot en
passant. « Hélas! dit-elle, mais vous m'oubliez : songez
que je suis votre plus ancienne amie; celle qui ne vous
ai jamais abandonnée, la fidèle compagne de vos plus
beaux jours; celle qui vous consolais de tous les plaisirs,

et qui même quelquefois vous les faisais haïr; celle qui vous ai empêchée de mourir d'ennui et en Bretagne et dans votre grossesse. Quelquefois votre mère troublait nos plaisirs, mais je savais bien où vous reprendre; présentement je ne sais plus où j'en suis; la dignité et l'éclat de votre mari me fera périr, si vous n'avez soin de moi. » Il me semble que vous lui dites en passant un petit mot d'amitié, vous lui donnez quelque espérance de la posséder à Grignan; mais vous passez vite, et vous n'avez pas le loisir d'en dire davantage. Le devoir et la raison sont autour de vous, qui ne vous donnent pas un moment de repos. Moi-même, qui les ai toujours tant honorées, je leur suis contraire, et elles me le sont; le moyen qu'elles vous donnent le temps de lire de telles lanterneries? Je vous assure, ma chère bonne, que je songe à vous continuellement, et je sens tous les jours ce que vous me dîtes une fois, qu'il ne fallait point appuyer sur ces pensées. Si l'on ne glissait pas dessus, on serait toujours en larmes, c'est-à-dire moi. Il n'y a lieu dans cette maison qui ne me blesse le cœur. Toute votre chambre me tue; j'y ai fait mettre un paravent tout au milieu, pour rompre un peu la vue d'une fenêtre sur ce degré par où je vous vis monter dans le carrosse de d'Hacqueville, et par où je vous rappelai. Je me fais peur quand je pense combien alors j'étais capable de me jeter par la fenêtre, car je suis folle quelquefois; ce cabinet, où je vous embrassai sans savoir ce que je faisais; ces Capucins, où j'allai entendre la messe; ces larmes qui tombaient de mes yeux à terre, comme si c'eût été de l'eau qu'on eût répandue; Sainte-Marie, Mme de la Fayette, mon retour dans cette maison, votre appartement, la nuit et le lendemain; et votre première lettre, et toutes les autres, et encore tous les jours, et tous les entretiens de ceux qui entrent dans mes sentiments : ce pauvre d'Hacqueville est le premier; je n'oublierai jamais la pitié qu'il eut de moi. Voilà donc où j'en reviens : il faut glisser sur tout cela, et se bien garder de s'abandonner à ses pensées et aux mouvements de son cœur. J'aime mieux m'occuper de la vie que vous faites présentement; cela me fait une diversion, sans m'éloigner pourtant de mon sujet et de mon objet, qui est ce qui s'appelle poétiquement l'objet aimé. Je songe donc à vous, et je souhaite toujours de vos lettres; quand je viens d'en recevoir, j'en voudrais bien encore. J'en attends présentement, et reprendrai ma lettre quand j'en aurai reçu. J'abuse de vous, ma chère bonne : j'ai voulu aujourd'hui me permettre cette lettre d'avance; mon cœur en avait besoin, je n'en ferai pas une coutume.

Mercredi 4ᵉ mars.

Ah! ma bonne, quelle lettre! quelle peinture de l'état où vous avez été! et que je vous aurais mal tenu ma parole, si je vous avais promis de n'être point effrayée d'un si grand péril! Je sais bien qu'il est passé. Mais il est impossible de se représenter votre vie si proche de sa fin, sans frémir d'horreur. Et M. de Grignan vous laisse conduire la barque; et quand vous êtes téméraire, il trouve plaisant de l'être encore plus que vous; au lieu de vous faire attendre que l'orage fût passé, il veut bien vous exposer, et vogue la galère! Ah mon Dieu! qu'il eût été bien mieux d'être timide, et de vous dire que si vous n'aviez point de peur, il en avait, lui, et ne souffrirait point que vous traversassiez le Rhône par un temps comme celui qu'il faisait! Que j'ai de la peine à comprendre sa tendresse en cette occasion! Ce Rhône qui fait peur à tout le monde! Ce pont d'Avignon où l'on aurait tort de passer en prenant de loin toutes ses mesures! Un tourbillon de vent vous jette violemment sous une arche! Et quel miracle que vous n'ayez pas été brisée et noyée dans un moment! Ma bonne, je ne soutiens pas cette pensée, j'en frissonne, et m'en suis réveillée avec des sursauts dont je ne suis pas la maîtresse. Trouvez-vous toujours que le Rhône ne soit que de l'eau ? De bonne foi, n'avez-vous point été effrayée d'une mort si proche et si inévitable ? avez-vous trouvé ce péril d'un bon goût ? une autre fois ne serez-vous point un peu moins hasardeuse ? une aventure comme celle-là ne vous fera-t-elle point voir les dangers aussi terribles qu'ils sont ? Je vous prie de m'avouer ce qui vous en est resté; je crois du moins que vous avez rendu grâce à Dieu de vous avoir sauvée. Pour moi, je suis persuadée que les messes que j'ai fait dire tous les jours pour vous ont fait ce miracle.

C'est à M. de Grignan que je me prends. Le Coadjuteur a bon temps : il n'a été grondé que pour la montagne de Tarare; elle me paraît présentement comme les pentes de Nemours. M. Busche m'est venu voir tantôt et rapporter des assiettes; j'ai pensé l'embrasser en songeant comme il vous a bien menée; je l'ai fort entre-

tenu de vos faits et gestes, et puis je lui ai donné de quoi
boire un peu à ma santé. Cette lettre vous paraîtra bien
ridicule; vous la recevrez dans un temps où vous ne
songerez plus au pont d'Avignon. Mais j'y pense, moi,
présentement! C'est le malheur des commerces si éloignés : toutes les réponses paraissent rentrées de pique
noire [41], il faut s'y résoudre, et ne pas même se révolter
contre cette coutume : cela est naturel, et la contrainte
serait trop grande d'étouffer toutes ses pensées. Il faut
entrer dans l'état naturel où l'on est, en répondant à une
chose qui vous tient au cœur : résolvez-vous donc à
m'excuser souvent. J'attends des relations de votre séjour
à Arles; je sais que vous y aurez trouvé bien du monde;
à moins que les honneurs, comme vous m'en menacez,
changent les mœurs, je prétends de plus grands détails.
Ne m'aimez-vous point de vous avoir appris l'italien ?
Voyez comme vous vous en êtes bien trouvée avec ce
légat : ce que vous dites de cette scène est excellent;
mais que j'ai peu goûté le reste de votre lettre! Je vous
épargne mes éternels recommencements sur le pont
d'Avignon : je ne l'oublierai de ma vie et suis plus obligée à Dieu de vous avoir conservée dans cette occasion
que de m'avoir fait naître, sans comparaison.

28. — A MADAME DE GRIGNAN

A Paris, ce vendredi 13ᵉ mars 1671.

Me voici à la joie de mon cœur, toute seule dans ma
chambre à vous écrire paisiblement; rien ne m'est si
agréable que cet état. J'ai dîné aujourd'hui chez Mme de
Lavardin, après avoir été en Bourdaloue, où étaient les
Mères de l'Église : c'est ainsi que j'appelle les princesses
de Conti et de Longueville. Tout ce qui est au monde
était à ce sermon, et ce sermon était digne de tout ce
qui l'écoutait. J'ai songé vingt fois à vous, et vous ai
souhaitée autant de fois auprès de moi; vous auriez été
ravie de l'entendre, et moi encore plus ravie de vous le
voir entendre.

M. de la Rochefoucauld a reçu très-plaisamment, chez
Mme de Lavardin, le compliment que vous lui faites;
on a fort parlé de vous. M. d'Ambres y était avec sa cousine de Brissac; il a paru s''intéresser beaucoup à votre
prétendu naufrage. On a parlé de votre hardiesse; M. de

la Rochefoucauld a dit que vous aviez voulu paraître brave, dans l'espérance que quelque charitable personne vous en empêcherait; et que n'en ayant point trouvé, vous aviez dû être dans le même embarras que Scaramouche.

Nous avons été voir à la foire une grande diablesse de femme, plus grande que Riberpré de toute la tête; elle accoucha l'autre jour de deux gros enfants qui vinrent de front, les bras au côté : c'est une grande femme tout à fait.

J'ai été faire des compliments pour vous à l'hôtel de Rambouillet; on vous en rend mille. Mme de Montausier est au désespoir de ne vous pouvoir venir voir. J'ai été chez Mme du Puy-du-Fou; j'ai été pour la troisième fois chez Mme de Maillanes. Je me fais rire en observant le plaisir que j'ai de faire toutes ces choses.

Au reste, si vous croyez les filles de la Reine enragées, vous croirez bien. Il y a huit jours que Mme de Ludres, Coëtlogon et la petite de Rouvroy furent mordues d'une petite chienne, qui était à Théobon. Cette petite chienne est morte enragée; de sorte que Ludres, Coëtlogon et Rouvroy sont parties ce matin pour aller à Dieppe, et se faire jeter trois fois dans la mer [42]. Ce voyage est triste; Benserade en était au désespoir. Théobon n'a pas voulu y aller, quoiqu'elle ait été mordue. La Reine ne veut pas qu'elle la serve, qu'on ne sache ce qui arrivera de toute cette aventure. Ne trouvez-vous point, ma bonne, que Ludres ressemble à Andromède ? Pour moi, je la vois attachée au rocher, et Tréville sur un cheval ailé, qui tue le monstre. « *Ah, Zésu! matame te Crignan, l'étranse sose t'être toute nue dans la mer.* »

En voici une à mon sens, encore plus étrange : c'est de coucher demain avec M. de Ventadour, comme fera Mlle d'Houdancourt. Je craindrais plus ce monstre que celui d'Andromède, *contra il qual non val' elmo ne scudo* [43].

Voilà bien des lanternés, et je ne sais rien de vous. Vous croyez que je devine ce que vous faites; mais j'y prends trop d'intérêt, et à votre santé, et à l'état de votre esprit, pour n'en savoir que ce que je m'imagine. Les moindres circonstances sont chères de ceux qu'on aime parfaitement, autant qu'elles sont ennuyeuses des autres : nous l'avons dit mille fois, et cela est vrai. La Vauvineux vous fait cent compliments; sa fille a été bien malade; Mme d'Arpajon l'a été aussi : nommez-moi tout cela, à votre loisir, avec Mme de Verneuil. Voilà une lettre de

M. de Condom, qu'il m'a envoyée avec un billet fort
joli. Votre frère entre sous les lois de Ninon [44], je doute
qu'elles lui soient bonnes. Il y a des esprits à qui elles ne
valent rien; elle avait gâté son père. Il faut le recommander à Dieu : quand on est chrétienne, ou du moins qu'on
le veut être, on ne peut voir ces dérèglements sans
chagrin.

Ah! Bourdaloue [45], quelles divines vérités nous avez-
vous dites aujourd'hui sur la mort! Mme de la Fayette
y était pour la première fois de sa vie, elle était transportée d'admiration. Elle est ravie de votre souvenir et vous
embrasse de tout son cœur. Je lui ai donné une belle
copie de votre portrait; il pare sa chambre, où vous
n'êtes jamais oubliée. Si vous êtes encore de l'humeur
dont vous étiez à Sainte-Marie, et que vous gardiez mes
lettres, voyez si vous n'avez pas reçu celle du 18e février.
Adieu, ma très-aimable bonne. Vous dirai-je que je vous
aime ? C'est se moquer d'en être encore là; cependant,
comme je suis ravie quand vous m'assurez de votre tendresse, je vous assure de la mienne, afin de vous donner
de la joie, si vous êtes de mon humeur. Et ce Grignan,
mérite-t-il que je lui dise un mot ?

29. — A MADAME DE GRIGNAN

A Livry [46], ce mardi saint 24e mars 1671.

Il y a trois heures que je suis ici, ma pauvre bonne.
Je suis partie de Paris avec l'abbé et mes filles dans le
dessein de me retirer ici du monde et du bruit jusqu'à
jeudi au soir. Je prétends être en solitude; je fais de ceci
une petite Trappe; je veux y prier Dieu, y faire mille
réflexions. J'ai dessein d'y jeûner beaucoup par toutes
sortes de raisons; marcher pour tout le temps que j'ai
été dans ma chambre, et sur le tout m'ennuyer pour
l'amour de Dieu. Mais, ma pauvre bonne, ce que je
ferai beaucoup mieux que tout cela, c'est de penser à
vous. Je n'ai pas encore cessé depuis que je suis arrivée,
et ne pouvant tenir tous mes sentiments, je me suis
mise à vous écrire au bout de cette petite allée sombre
que vous aimez, assise sur ce siège de mousse où je
vous ai vue quelquefois couchée. Mais, mon Dieu, où
ne vous ai-je point vue ici ? et de quelle façon toutes ces
pensées me traversent-elles le cœur ? Il n'y a point

d'endroit, point de lieu, ni dans la maison, ni dans l'église, ni dans le pays, ni dans le jardin, où je ne vous aie vue; il n'y en a point qui ne me fasse souvenir de quelque chose de quelque manière que ce soit; et de quelque façon que ce soit aussi, cela me perce le cœur. Je vous vois, vous m'êtes présente; je pense et repense à tout; ma tête et mon esprit se creusent : mais j'ai beau tourner, j'ai beau chercher; cette chère enfant que j'aime avec tant de passion est à deux cents lieues de moi; je ne l'ai plus. Sur cela je pleure sans pouvoir m'en empêcher; je n'en puis plus, ma chère bonne : voilà qui est bien faible, mais pour moi, je ne sais point être forte contre une tendresse si juste et si naturelle. Je ne sais en quelle disposition vous serez en lisant cette lettre. Le hasard peut faire qu'elle viendra mal à propos, et qu'elle ne sera peut-être pas lue de la manière qu'elle est écrite. A cela je ne sais point de remède; elle sert toujours à me soulager présentement; c'est tout ce que je lui demande. L'état où ce lieu ici m'a mise est une chose incroyable. Je vous prie de ne me point parler de mes faiblesses; mais vous devez les aimer et respecter mes larmes, qui viennent d'un cœur tout à vous.

A Livry, jeudi saint 26e mars.

Si j'avais autant pleuré mes péchés que j'ai pleuré pour vous depuis que je suis ici, je serais fort bien disposée pour faire mes pâques et mon jubilé. J'ai passé ici le temps que j'avais résolu, de la manière dont je l'avais imaginé, à la réserve de votre souvenir, qui m'a plus tourmentée que je ne l'avais prévu. C'est une chose étrange qu'une imagination vive, qui représente toutes choses comme si elles étaient encore : sur cela on songe au présent, et quand on a le cœur comme je l'ai, on se meurt. Je ne sais où me sauver de vous : notre maison de Paris m'assomme encore tous les jours, et Livry m'achève. Pour vous, c'est par un effort de mémoire que vous pensez à moi : la Provence n'est point obligée de me rendre à vous, comme ces lieux-ci doivent vous rendre à moi. J'ai trouvé de la douceur dans la tristesse que j'ai eue ici : une grande solitude, un grand silence, un office triste, des ténèbres chantées avec dévotion (je n'avais jamais été à Livry la semaine sainte), un jeûne canonique, et une beauté dans ces jardins, dont vous seriez charmée : tout cela m'a plu. Hélas! que je vous y

ai souhaitée! Quelque difficile que vous soyez sur les
solitudes, vous auriez été contente de celle-ci; mais je
m'en retourne à Paris par nécessité; j'y trouverai de vos
lettres, et je veux demain aller à la Passion du P. Bourdaloue ou du P. Mascaron; j'ai toujours honoré les belles
passions. Adieu, ma chère Comtesse : voilà ce que vous
aurez de Livry; j'achèverai cette lettre à Paris. Si j'avais
eu la force de ne vous point écrire d'ici, et de faire un
sacrifice à Dieu de tout ce que j'y ai senti, cela vaudrait
mieux que toutes les pénitences du monde; mais, au lieu
d'en faire un bon usage, j'ai cherché de la consolation à
vous en parler : ah! ma bonne, que cela est faible et
misérable!

A Paris, ce vendredi saint.

J'ai trouvé ici un gros paquet de vos lettres; je ferai
réponse aux hommes quand je ne serai pas du tout si
dévote : en attendant, embrassez votre cher mari pour
l'amour de moi; je suis touchée de son amitié et de sa
lettre.

Je suis bien aise de savoir que le pont d'Avignon soit
encore sur le dos du Coadjuteur; c'est donc lui qui vous
y a fait passer; car pour le pauvre Grignan, il se noyait
par dépit contre vous; il aimait autant mourir que d'être
avec des gens si déraisonnables. Le Coadjuteur est perdu
d'avoir encore ce crime avec tant d'autres. Je suis très-
obligée à Bandol de m'avoir fait une si agréable relation.
Mais d'où vient, ma bonne, que vous craigniez qu'une
autre lettre efface la vôtre ? Vous ne l'avez pas relue; car
pour moi, qui les lis avec attention, elle m'a fait un
plaisir sensible, un plaisir à n'être effacé par rien, un
plaisir trop agréable pour un jour comme aujourd'hui.
Vous contentez ma curiosité sur mille choses que je
voulais savoir. Je me doutais bien que les prophéties
auraient été entièrement fausses à l'égard de Vardes; je
me doutais bien aussi que vous n'auriez fait aucune
incivilité. Quelque aversion que je vous aie toujours vue
pour les narrations, j'ai cru que vous aviez trop d'esprit
pour ne pas voir qu'elles sont quelquefois agréables et
nécessaires. Je crois aussi qu'il n'y a rien qu'il faille
entièrement bannir de la conversation, et qu'il faut que
le jugement et les occasions y fassent entrer tour à tour
ce qui est le plus à propos.

Je ne sais pourquoi vous nous dites que vous ne
contez pas bien; je ne connais personne qui attache plus

que vous : ce n'est pas une sorte de tour dans l'esprit à souhaiter uniquement; mais quand cela y est attaché, et qu'on le fait agréablement, je pense qu'on doit être bien aise de s'en acquitter comme vous faites.

Je tremble quand je songe que votre affaire pourrait ne pas réussir. Ah! ma bonne, il faut que M. le premier président fasse l'impossible. Je ne sais plus où j'en suis de M. de Marseille; vous avez très-bien fait de soutenir le personnage d'amie, il faut voir s'il en sera digne. Il me vient une pointe sur le mot de digne; mais je suis en dévotion.

Si j'avais présentement un verre d'eau sur la tête, il n'en tomberait pas une goutte. Si vous aviez vu notre homme de Livry le jeudi saint, c'est bien pis que toute l'année. Il avait hier la tête plus droite qu'un cierge, et ses pas étaient si petits qu'il ne semblait pas qu'il marchât.

J'ai entendu la Passion du Mascaron, qui en vérité a été très-belle et très-touchante. J'avais grande envie de me jeter dans le Bourdaloue; mais l'impossibilité m'en a ôté le goût : les laquais y étaient dès mercredi, et la presse était à mourir. Je savais qu'il devait redire celle que M. de Grignan et moi entendîmes l'année passée aux Jésuites; et c'était pour cela que j'en avais envie : elle était parfaitement belle, et je ne m'en souviens que comme un songe. Que je vous plains d'avoir eu un méchant prédicateur! Mais pourquoi cela vous fait-il rire ? J'ai envie de vous dire encore ce que je vous dis une fois : « Ennuyez-vous, cela est si méchant. »

Je n'ai jamais pensé que vous ne fussiez pas très-bien avec M. de Grignan; je ne crois pas avoir témoigné que j'en doutasse. Tout au plus je souhaitais d'en entendre un mot de lui ou de vous, non point par manière de nouvelle, mais pour me confirmer une chose que je souhaite avec tant de passion. La Provence ne serait pas supportable sans cela, et je comprends bien aisément les craintes qu'il a de vous y voir languir et mourir d'ennui. Nous avons, lui et moi, les mêmes symptômes. Il me mande que vous m'aimez : je pense que vous ne doutez pas que ce ne me soit une chose agréable au-delà de tout ce que je puis souhaiter en ce monde; et par rapport à vous, jugez de l'intérêt que je prends à votre affaire. C'en est fait présentement, et je tremble d'en apprendre le succès.

Le maréchal d'Albret a gagné un procès de quarante mille livres de rente en fonds de terre. Il rentre dans tout

le bien de ses grands-pères, et ruine tout le Béarn. Vingt
familles avaient acheté et revendu ; il faut rendre tout
cela avec tous les fruits depuis cent ans : c'est une épouvantable affaire pour les conséquences. Adieu, ma très-
chère ; je voudrais bien savoir quand je ne penserai plus
tant à vous et à vos affaires. Il faut répondre :

> Comment vous le pourrais-je dire ?
> Rien n'est plus incertain que l'heure de la mort [47].

Je suis fâchée contre votre fille ; elle me reçut mal hier ;
elle ne voulut jamais rire. Il me prend quelquefois envie
de la mener en Bretagne pour me divertir. J'envoie
aujourd'hui mes lettres de bonne heure, mais cela ne fait
rien. Ne les envoyiez-vous pas bien tard quand vous écriviez à M. de Grignan ? Comment les recevait-il ? Ce doit
être la même chose. Adieu, petit démon qui me détour-
nez ; je devrais être à ténèbres il y a plus d'une heure.

Mon cher Grignan, je vous embrasse. Je ferai réponse
à votre jolie lettre.

Je vous remercie, ma bonne, de tous les compliments
que vous faites ; je les distribue à propos ; on vous en fait
toujours cent mille. Vous êtes encore toute vive partout.
Je suis ravie de savoir que vous êtes belle ; je voudrais
bien vous baiser ; mais quelle folie de mettre toujours cet
habit bleu !

30. — A MADAME DE GRIGNAN

A Paris, 30e mars 1671.

Je vous écris peu de nouvelles, ma chère Comtesse ;
je me repose sur M. d'Hacqueville, qui vous les mande
toutes. D'ailleurs je n'en sais point ; je serais toute
propre à vous dire que M. le chancelier a pris un lave-
ment.

Je vis hier une chose chez Mademoiselle qui me fit
plaisir. La Gêvres arrive, belle, charmante et de bonne
grâce ; Mme d'Arpajon était au-dessus de moi. Je pense
qu'elle s'attendait que je lui offrisse ma place ; mais je
lui en devais de l'autre jour, je lui payai comptant, et
ne branlai pas. Mademoiselle était au lit ; elle fut donc
contrainte de se mettre au bas de l'estrade ; cela est
fâcheux. On apporte à boire à Mademoiselle, il faut
donner la serviette. Je vois Mme de Gêvres qui dégante

sa main maigre; je pousse Mme d'Arpajon : elle m'entend
et se dégante; et d'une très-bonne grâce, elle avance un
pas, coupe la Gêvres, et prend, et donne la serviette. La
Gêvres en a toute la honte, et est demeurée fort penaude.
Elle était montée sur l'estrade, elle avait ôté ses gants,
et tout cela pour voir donner la serviette de plus près
par Mme d'Arpajon. Ma bonne, je suis méchante, cela m'a
réjouie; c'est bien employé[48]. A-t-on jamais vu accourir
pour ôter à Mme d'Arpajon un petit honneur qui lui
vient tout naturellement ? La Puisieux s'en est épanoui
la rate. Mademoiselle n'osait lever les yeux; et moi,
j'avais une mine qui ne valait rien. Après cela on a dit
cent mille biens de vous, et Mademoiselle m'a commandé
de vous dire qu'elle était fort aise que vous ne fussiez
point noyée, et que vous fussiez en bonne santé.

Nous fûmes de là chez Mme Colbert, qui me demanda
de vos nouvelles. Voilà de terribles bagatelles; mais je ne
sais rien. Vous voyez que je ne suis plus dévote. Hélas!
j'aurais bien besoin des matines et de la solitude de
Livry. Si est-ce que je vous donnerai ces deux livres de
La Fontaine, quand vous devriez être en colère. Il y a
des endroits jolis et très-jolis, et d'autres ennuyeux : on
ne veut jamais se contenter d'avoir bien fait; en croyant
mieux faire, on fait mal.

31. — A MADAME DE GRIGNAN

A Paris, mercredi 1er avril 1671.

Je revins hier de Saint-Germain. J'étais avec Mme
d'Arpajon. Le nombre de ceux qui me demandèrent de
vos nouvelles est aussi grand que celui de tous ceux qui
composent la Cour. Je pense qu'il est bon de distinguer la
Reine, qui fit un pas vers moi, et me demanda des nouvelles de ma fille, et qu'elle avait ouï dire que vous aviez
pensé vous noyer. Je la remerciai de l'honneur qu'elle
vous faisait de se souvenir de vous. Elle reprit la parole,
et me dit : « Contez-moi comme elle a pensé périr. » Je
me mis à lui conter cette belle hardiesse de vouloir traverser le Rhône par un grand vent, et que ce vent vous
avait jetée rapidement sous une arche, à deux doigts du
pilier, où vous auriez péri mille fois, si vous y aviez
touché. Elle me dit : « Et son mari était-il avec elle ? —
Oui, Madame, et M. le Coadjuteur aussi. — Vraiment

ils ont grand tort, » et fit des hélas, et dit des choses
très-obligeantes pour vous.

Il vint ensuite bien des duchesses, entre autres la jeune
Ventadour, très-belle et jolie. On fut quelques moments
sans lui apporter ce divin tabouret. Je me tournai vers
le grand maître, et je dis : « Hélas! que l'on le lui donne,
il lui coûte assez cher. » Il fut de mon avis.

Au milieu du silence du cercle, la Reine se tourne, et
me dit : « A qui ressemble votre petite-fille ? — Madame,
lui dis-je, elle ressemble à M. de Grignan. » Elle fit un
cri : « J'en suis fâchée, » et me dit doucement : « Elle
aurait mieux fait de ressembler à sa mère ou à sa grand-
mère. » Voilà comme vous me faites faire ma cour, ma
pauvre bonne.

Le maréchal de Bellefonds m'a fait promettre de le
tirer de la presse. M. et Mme de Duras, à qui j'ai fait vos
compliments, MM. de Charost et de Montausier, et *tutti
quanti*, vous les rendent au centuple. J'ai donné votre
lettre à M. de Condom. J'oubliais M. le Dauphin et
Mademoiselle. Je lui ai parlé de Segrais [49], à la romaine,
prenant son parti; mais elle n'est pas traitable sur ce qui
touche à neuf cents lieues près de la vue d'un certain
cap, d'où l'on découvre les terres de Micomicon [50].

J'ai vu Mme de Ludres; elle me vint aborder avec
une surabondance d'amitié qui me surprit; elle me parla
de vous sur le même ton; et puis tout d'un coup, comme
je pensais lui répondre, je trouvai qu'elle ne m'écoutait
plus, et que ses beaux yeux trottaient par la chambre :
je le vis promptement, et ceux qui virent que je le voyais
me surent bon gré de l'avoir vu, et se mirent à rire. Elle
a été plongée dans la mer, la mer l'a vue toute nue, et
sa fierté en est augmentée : j'entends de la mer; car pour
la belle, elle en est fort humiliée.

Les coiffures hurlubrelu m'ont fort divertie, il y en a
que l'on voudrait souffleter. La Choiseul ressemblait,
comme dit Ninon, à un printemps d'hôtellerie comme
deux gouttes d'eau : cette comparaison est excellente.

Mais qu'elle est dangereuse, cette Ninon! Si vous
saviez comme elle dogmatise sur la religion, cela vous
ferait horreur. Son zèle pour pervertir les jeunes gens
est pareil à celui d'un certain M. de Saint-Germain, que
nous avons vu une fois à Livry. Elle trouve que votre
frère a la simplicité de la colombe; il ressemble à sa mère.
C'est Mme de Grignan qui a tout le sel de la maison, et
qui n'est pas si sotte que d'être dans cette docilité.

Quelqu'un pensa prendre votre parti, et voulut lui ôter
l'estime qu'elle a pour vous : elle le fit taire, et dit qu'elle
en savait plus que lui. Quelle corruption! Quoi! parce
qu'elle vous trouve belle et spirituelle, elle veut joindre
à cela cette autre bonne qualité, sans laquelle, selon ses
maximes, on ne peut être parfaite ? Je suis vivement touchée du mal qu'elle fait à mon fils sur ce chapitre : ne lui
en mandez rien; nous faisons nos efforts, Mme de la
Fayette et moi, pour le dépêtrer d'un engagement si
dangereux. Il y a de plus une petite comédienne [51], et les
Despréaux et les Racine avec elle; ce sont des soupers
délicieux, c'est-à-dire des diableries. Il s'étourdit sur les
sermons du P. Mascaron; il lui faudrait votre minime.
Je n'ai jamais rien vu de si plaisant que ce que vous
m'écrivez là-dessus : je l'ai lu à M. de la Rochefoucauld;
il en a ri de tout son cœur. Il vous mande qu'il y a un
certain apôtre qui court après sa côte, et qui voudrait
bien se l'approprier comme son bien; mais il n'a pas l'art
de suivre les grandes entreprises. Je pense que *Merlusine*
est dans un trou; nous n'en entendons pas dire un seul
mot. Il vous dit encore que s'il avait seulement trente
ans de moins que ce qu'il a, il en voudrait fort à la
troisième côte de M. de Grignan [52]. L'endroit où vous
dites qu'il a deux côtes rompues le fit éclater. Nous vous
souhaitons toujours quelque sorte de folie qui vous divertisse; mais nous craignons bien que celle-là n'ait été
meilleure pour nous que pour vous. Après tout, nous
vous plaignons de n'entendre parler de Dieu que de cette
sorte. Ah! le Bourdaloue. Il fit, à ce qu'on m'a dit, une
Passion plus parfaite que tout ce qu'on peut imaginer :
c'était celle de l'année passée, qu'il avait rajustée, selon
ce que ses amis lui avaient conseillé, afin qu'elle fût
inimitable. Comment peut-on aimer Dieu, quand on
n'en entend jamais bien parler ? Il vous faut des grâces
plus particulières qu'aux autres. Nous entendîmes l'autre
jour l'abbé de Montmor; je n'ai jamais ouï un si beau
jeune sermon; je vous en souhaiterais autant à la place
de votre minime. Il fit le signe de la croix, il dit son texte;
il ne nous gronda point, il ne nous dit point d'injures; il
nous pria de ne point craindre la mort, puisqu'elle était
le seul passage que nous eussions pour ressusciter avec
Jésus-Christ. Nous le lui accordâmes; nous fûmes tous
contents. Il n'a rien qui choque : il imite M. d'Agen
sans le copier; il est hardi, il est modeste, il est savant,
il est dévot; enfin j'en fus contente au dernier point.

Mme de Vauvineux vous rend mille grâces ; sa fille a
été très-mal. Mme d'Arpajon vous embrasse mille fois,
et surtout M. le Camus vous adore ; et moi, ma pauvre
bonne, que pensez-vous que je fasse ? Vous aimer, penser
à vous, m'attendrir à tout moment plus que je ne voudrais, m'occuper de vos affaires, m'inquiéter de ce que
vous pensez ; sentir vos ennuis et vos peines, les vouloir
souffrir pour vous, s'il était possible ; écumer votre cœur,
comme j'écumais votre chambre des fâcheux dont je la
voyais remplie ; en un mot, ma bonne, comprendre vivement ce que c'est d'aimer quelqu'un plus que soi-même :
voilà comme je suis. C'est une chose qu'on dit souvent
en l'air ; on abuse de cette expression. Moi je la répète,
et sans la profaner jamais, je la sens tout entière en moi,
et cela est vrai.

Je reçois, ma bonne, votre grande et très-aimable
lettre du 24e. M. de Grignan est plaisant de croire qu'on
ne les lit qu'avec peine ; il se fait tort. Veut-il que nous
croyions qu'il n'a pas toujours lu les vôtres avec transport ? Si cela n'était pas, il en était bien indigne. Pour
moi, je les aime jusqu'à la folie ; je les lis et les relis ; elles
me réjouissent le cœur ; elles me font pleurer ; elles sont
écrites à ma fantaisie. Une seule chose ne va pas bien :
il n'y a pas de raison à toutes les louanges que vous me
donnez ; il n'y en a point aussi à la longueur de cette
lettre ; il faut la finir, et mettre des bornes à ce qui n'en
aurait point, si je me croyais. Adieu, ma très-aimable
bonne, comptez bien sur ma tendresse, qui ne finira
jamais.

32. — A MADAME DE GRIGNAN

A Paris, vendredi 3e avril 1671.

Voilà une infinité de lettres que je vous conjure de
distribuer. Je souhaite que les deux qui sont ouvertes
vous plaisent ; elles sont écrites d'un trait : vous savez
que je ne reprends guère que pour faire plus mal. Si nous
étions plus près, je pourrais les raccommoder à votre
fantaisie, dont je fais grand cas ; mais de si loin, que
faire ? Vous m'avez ravie d'écrire à M. le Camus ; votre
bon sens a fait comme si Castor et Pollux vous avaient
porté ma pensée : voilà ses réponses. La lettre que votre
frère vous écrit nous fit hier rire chez M. de la Rochefoucauld.

Je vis M. le Duc [53] chez Mme de la Fayette. Il me
demanda de vos nouvelles avec empressement; il me
pria de vous dire qu'il s'en va aux états de Bourgogne,
et qu'il jugera par l'ennui qu'il aura dans son triomphe
de celui que vous aurez eu dans le vôtre. Mme de Brissac
arriva; il y a entre eux un air de guerre ou de mauvaise
paix qui nous réjouit. Nous trouvâmes qu'ils jouaient
aux petits soufflets, comme vous y jouiez autrefois avec
lui. Il y a un air d'agacerie au travers de tout cela, qui
divertit ceux qui observent. La Marans arriva là-dessus;
elle sentait la chair fraîche. Sans nous être concertées,
Mme de la Fayette et moi, voici ce que nous lui répon-
dîmes, quand elle nous pria qu'elle pût venir avec nous
passer le soir chez son fils. Elle me dit : « Madame, vous
pourrez bien me ramener, n'est-il pas vrai ? — Par-
donnez-moi, Madame; car il faut que je passe chez
Mme du Puy-du-Fou. » Menterie, j'y avais déjà été. Elle
s'en va à Mme de la Fayette : « Madame, lui dit-elle, mon
fils me renverra bien ? — Non, Madame, il ne le pourra
pas, il vendit hier ses chevaux au marquis de Ragni. »
Menterie, c'était un marché en l'air. Un moment après,
Mme de Schomberg la vint *reprendre, quoiqu'elle ne la
puisse pas vendre*, et elle fut contrainte de s'en aller, et de
quitter une représentation d'amour, et l'espérance de
voir son fils avec nous. Elle emporta tout cela sur son
cœur avec la rage pêle-mêle; et puis Mme de la Fayette
et moi, nous vous consacrâmes nos deux réponses, ne
voulant perdre aucune occasion d'offrir à votre vengeance
nos brutalités pour elle. Je me suis chargée de vous
rendre compte de celle-ci; nous souhaitons qu'elle vous
réjouisse autant que nous. Je m'en vais dîner en Lavardin. Je fermerai ma lettre ce soir; mais en vérité je ne
veux pas la faire longue, vous me paraissez accablée.

Vendredi au soir.

J'ai dîné en lavardinage, c'est-à-dire, en *bavardinage* :
je n'ai jamais rien vu de pareil. Mme de Brissac ne nous
a pas consolés de M. de la Rochefoucauld, ni de Benserade, quoiqu'elle fût dans ses belles humeurs.
Le Roi a voulu que Mme de Longueville se raccom-
modât avec Mademoiselle. Elles se sont trouvées aujour-
d'hui aux Carmélites, et cette réconciliation s'est faite.
Mademoiselle a donné cinquante mille francs à Guilloire;
nous voudrions bien qu'elle en donnât autant à Segrais.

M. le marquis d'Ambres est enfin reçu à l'autre lieutenance de Roi de Guyenne, moyennant deux cent mille
francs. Je ne sais si son régiment entre en payement; je
vous le manderai.

Adieu, ma très-aimable enfant; je ne veux point vous
fatiguer, il y a raison partout.

33. — A MADAME DE GRIGNAN

A Paris, mercredi 8e avril 1671.

Je commence à recevoir vos lettres le dimanche : c'est
signe que le temps est beau. Mon Dieu, ma bonne,
que vos lettres sont aimables! il y a des endroits dignes
de l'impression : un de ces jours vous trouverez qu'un
de vos amis vous aura trahie.

Vous êtes en dévotion, vous avez trouvé nos pauvres
sœurs [54], vous y avez une cellule; mais ne vous y creusez
point trop l'esprit; les rêveries sont quelquefois si noires,
qu'elles font mourir : vous savez qu'il faut un peu glisser sur les pensées : vous trouverez de la douceur dans
cette maison, dont vous êtes la maîtresse.

J'admire la manière de vos dames pour la commu-
nion; elle est extraordinaire; pour moi, je ne pourrais
pas m'y accoutumer. Je crois que vous en baisserez
davantage vos coiffes. Je comprends que vous auriez
bien moins de peine à ne vous point friser qu'à vous
taire de ce que vous voyez. La description des cérémonies est une pièce achevée; mais savez-vous bien qu'elle
m'échauffe le sang, et que j'admire que vous y puissiez
résister ? Vous croyez que je serais admirable en Provence, et que je ferais des merveilles sur ma petite
bonté. Point du tout, je serais brutale; la déraison me
pique, et le manque de bonne foi m'offense. Je leur
dirais : « Madame, voyons donc à quoi nous en sommes;
faut-il vous reconduire ? Ne m'en empêchez donc point,
et ne perdons pas notre temps et notre poumon. Si vous
ne le voulez point, trouvez bon que je n'en fasse point
les façons; » et si elles ne voulaient pas, je leur ferais tout
haut votre compliment intérieur. Je ne m'étonne pas si
cette sorte de manège vous impatiente; j'y ferais moins
bien que vous.

Parlons un peu de votre frère : il a eu son congé de
Ninon. Elle s'est lassée d'aimer sans être aimée; elle a

redemandé ses lettres, on les a rendues : j'ai été fort aise de cette séparation. Je lui disais toujours un petit mot de Dieu, et le faisais souvenir de ses bons sentiments passés, et le priais de ne point étouffer le Saint-Esprit dans son cœur. Sans cette liberté de lui dire en passant quelque mot, je n'aurais pas souffert cette confidence dont je n'avais que faire. Mais ce n'est pas tout : quand on rompt d'un côté, on croit se racquitter de l'autre; on se trompe. La jeune merveille [55] n'a pas rompu, mais je crois qu'elle rompra. Voici pourquoi : mon fils vint hier me chercher du bout de Paris pour me dire l'accident qui lui était arrivé. Il avait trouvé une occasion favorable, et cependant oserais-je le dire ? *Son dada demeura court à Lérida* [56]. Ce fut une chose étrange; la demoiselle ne s'était jamais trouvée à telle fête : le cavalier en désordre sortit en déroute, croyant être ensorcelé; et ce qui vous paraîtra plaisant, c'est qu'il mourait d'envie de me conter sa déconvenue. Nous rîmes fort; je lui dis que j'étais ravie qu'il fût puni par où il avait péché. Il s'est pris à moi, et me dit que je lui avais donné de ma glace, qu'il se passerait fort bien de cette ressemblance, que j'aurais bien mieux fait de la donner à ma fille. Il voulait que Pecquet [57] le restaurât; il disait les plus folles choses du monde, et moi aussi : c'était une scène digne de Molière. Ce qui est vrai, c'est qu'il a l'imagination tellement bridée, que je crois qu'il n'en reviendra pas si tôt. J'eus beau l'assurer que tout l'empire amoureux est rempli d'histoires tragiques : il ne peut se consoler. La petite Chimène dit qu'elle voit bien qu'il ne l'aime plus, et se console ailleurs. Enfin c'est un désordre qui me fait rire, et que je voudrais de tout mon cœur qui le pût retirer d'un état si malheureux à l'égard de Dieu.

Il me contait l'autre jour qu'un comédien voulait se marier, quoiqu'il eût un certain mal un peu dangereux; et son camarade lui dit : « Eh, morbleu! attends que tu sois guéri, tu nous perdras tous. » Cela m'a paru fort épigramme [58].

Ninon disait l'autre jour à mon fils qu'il était une vraie citrouille fricassée dans la neige. Vous voyez ce que c'est que de voir bonne compagnie; on apprend mille gentillesses.

Je n'ai point encore loué votre appartement, quoiqu'il vienne tous les jours des gens pour le voir, et que je l'aie laissé pour moins de cinq cents écus.

Pour votre enfant, voici de ses nouvelles. Je la trouvai pâle ces jours passés. Je trouvais que jamais les tetons de sa nourrice ne s'enfuyaient; la fantaisie me prit de croire qu'elle n'avait pas assez de lait. J'envoyai querir Pecquet, qui trouva que j'étais fort habile, et me dit qu'il fallait voir encore quelques jours. Il revint au bout de deux ou trois; il trouva que la petite diminuait. Je vais chez Mme du Puy-du-Fou; elle vient ici, elle trouve la même chose; mais parce qu'elle ne conclut jamais, elle disait qu'il fallait voir. « Et quoi voir, lui dis-je, Madame ? » Je trouve par hasard une femme de Sucy qui me dit qu'elle y connaissait une nourrice admirable : je l'ai fait venir; ce fut samedi. Dimanche, j'allai chez Mme de Bournonville, lui dire le déplaisir que j'avais d'être obligée de lui rendre sa jolie nourrice. M. Pecquet était avec moi, qui dit l'état de l'enfant. L'après-dînée, une demoiselle de Mme de Bournonville vint au logis, et sans rien dire du sujet de sa venue, elle prie la nourrice de venir faire un tour chez Mme de Bournonville. Elle y va, on l'emmène le soir. On lui dit qu'elle ne retournerait plus; elle se désespère. Le lendemain, je lui envoie dix louis d'or pour quatre mois et demi. Voilà qui est fait. Je fus chez Mme du Puy-du-Fou, qui m'approuva; et pour la petite, je la mis dès dimanche entre les mains de l'autre nourrice. Ce fut un plaisir de la voir teter; elle n'avait jamais teté de cette sorte. Sa nourrice avait peu de lait; celle-ci en a comme une vache. C'est une bonne paysanne, sans façon, de belles dents, des cheveux noirs, un teint hâlé, âgée de vingt-quatre ans; son lait a quatre mois; son enfant est beau comme un ange. Pecquet est ravi de songer que la petite n'a plus de besoin; on voyait qu'elle en avait et qu'elle cherchait toujours. J'ai acquis une grande réputation dans cette occasion; je suis du moins comme l'apothicaire de Pourceaugnac, expéditive. Je ne dormais plus en repos de songer que la petite languissait, et du chagrin aussi d'ôter cette jolie femme, qui pour sa personne était à souhait; il ne lui manquait rien que du lait. Je donne à celle-ci deux cent cinquante livres par an, et je l'habillerai, mais ce sera fort modestement. Voilà comme nous disposons de vos affaires.

Je pars à peu près dans un mois, ou cinq semaines. Ma tante demeure ici, qui sera ravie d'avoir cet enfant : elle ne va point cette année à la Trousse. Si la nourrice était femme à quitter de loin son ménage, je crois que je

la mènerais en Bretagne; mais elle ne voulait seulement
pas venir à Paris. Votre petite devient aimable, on s'y
attache. Elle sera dans quinze jours une pataude blanche
comme de la neige, qui ne cessera de rire. Voilà, ma
bonne, de terribles détails. Vous ne me connaissez plus,
me voilà une vraie commère; je m'en vais régenter dans
mon quartier. Pour vous dire le vrai, c'est que je suis
une autre personne, quand je suis chargée d'une chose
toute seule ou que je la partage avec plusieurs. Ne me
remerciez de rien; gardez vos cérémonies pour vos
dames. J'aime votre petit ménage tendrement; ce m'est
un plaisir et point du tout une charge, ni à vous assurément : je ne m'en aperçois pas. Ma tante a bien fait
aussi; elle est venue avec moi en bien des lieux; remer-
ciez-la, et contez tout ceci à la petite Deville; je voulais
lui écrire. Dites aussi un mot pour Segrais dans votre
première lettre.

Une Mme de La Guette, qui m'a donné la nourrice, vous prie de savoir de M. le cardinal de Grimaldi
s'il voudrait souffrir à Aix la fondation des filles de la
Croix, qui instruisent les jeunes filles, et dont on en
reçoit en plusieurs villes une fort grande utilité. N'oubliez pas de répondre à ceci.

La Marans disait l'autre jour chez Mme de la Fayette :
« Ah, mon Dieu! il faut que je me fasse couper les cheveux. » Mme de la Fayette lui répondit bonnement :
« Ah, mon Dieu! Madame, ne le faites point, cela ne
sied bien qu'aux jeunes personnes. » Si vous n'aimez ces
traits-là, dites mieux.

M. d'Ambres donne son régiment au Roi pour quatre-
vingt mille francs et cent vingt mille livres : voilà les
deux cent mille francs. Il est fort content d'être hors
de l'infanterie, c'est-à-dire de l'hôpital. Eh, mon Dieu!
ma très chère bonne, tâchez bien de l'éviter; ne faites
point si grande chère : on en parle ici comme d'un excès;
M. de Monaco ne s'en peut taire. Mais surtout essayez
de vendre une terre; il n'y a point d'autre ressource pour
vous. Je ne pense qu'à vous; si, par un miracle que je
n'espère ni ne veux, vous étiez hors de ma pensée, il me
semble que je serais vide de tout, comme une figure de
Benoît [59].

Voilà une lettre que j'ai reçue de Monsieur de Marseille. Voilà ma réponse; je crois qu'elle sera à votre
gré, puisque vous la voulez si franche et si sincère, et
conforme à cette amitié que vous vous êtes jurée, « dont

la dissimulation est le lien, et votre intérêt le fondement ».
Cette période est de Tacite; jamais je n'ai rien vu de
si beau. J'entre donc dans ce sentiment, et je l'approuve,
puisqu'il le faut.

A neuf heures du soir.

Je reviens fermer mon paquet, après m'être prome-
née aux Tuileries, avec une chaleur à mourir, et dont je
suis triste parce qu'il me semble que vous avez encore
plus de chaud. Je suis revenue chez M. Le Camus, qui
s'en va écrire à M. de Grignan, en lui envoyant la réponse
de M. de Vendôme. L'affaire du secrétaire n'a pas été
sans difficulté. La civilité qu'a faite M. de Grignan était
entièrement nécessaire pour cette année : ce qui est fait
est fait; mais pour l'autre, il faut que de bonne foi
M. de Grignan soit le solliciteur du secrétaire du gouverneur : autrement il paraîtrait que ce qu'a offert votre
mari ne serait que des paroles; il faut bien se garder de
n'y pas conformer les actions. Il faut aussi captiver
M. de Marseille, et lui faire croire qu'il est de vos amis,
malgré qu'il en ait, et que ce sera lui qui sera votre
homme d'affaires l'année qui vient. J'approuve la conduite
que vous voulez avoir avec lui; je vois bien qu'elle est
nécessaire; je le vois plus que je ne faisais.

Je reçois présentement votre lettre du 31ᵉ mars; je
n'ai point encore trouvé le moyen de les lire sans beaucoup d'émotion. Je vois toute votre vie, et je ne trouve
que M. de Grignan qui vous entende. Vous n'êtes donc
point belle, vous n'avez guère d'esprit, vous ne dansez
point bien ? Hélas! est-ce ma chère enfant ? J'aurais
grand'peine à vous reconnaître sur ce portrait.
Je dirai à M. de la Rochefoucauld toutes les folies que
vous dites sur les chanoines [60], et comme vous croyez
que c'est de là qu'on a nommé le dévot sexe féminin.
Il y a plaisir à vous mander des bagatelles; vous y répondez très-bien, et je vous embrasse mille fois de me
remercier de vos éventails, en prenant part au plaisir
que j'ai de vous les donner : ce n'est que cela qui vous
les doit rendre aimables. Ah! ma bonne, faites que j'aie
des trésors, et vous verrez si je me contenterai de faire
avoir des pantoufles de natte à votre nourrice.

Mon cher Grignan, puisque vous trouvez votre femme
si belle, conservez-la. C'est assez d'avoir chaud cet été

en Provence, sans y être malade. Vous croyez que j'y
ferais des merveilles ; je vous assure que je ne suis pas
au point que vous pensez là-dessus. La contrainte m'est
aussi contraire qu'à vous, et je crois que ma fille fait
mieux que je ne pourrais faire.

Mme de Villars et toutes celles que vous nommez dans
vos lettres vous font tant d'amitiés que je ne finirais
point si je les disais toutes ; ce n'est pas encore aujour-
d'hui qu'on vous oublie. Adieu, ma très aimable bonne.
Vous me baisez et vous m'embrassez si tendrement !
Pensez-vous que je ne reçoive point vos caresses à bras
ouverts ? Pensez-vous que je ne baise point aussi de tout
mon cœur vos belles joues et votre belle gorge ? Pensez-vous que je ne puisse vous embrasser sans une
tendresse infinie ? Pensez-vous que l'amitié puisse jamais
aller plus loin que celle que j'ai pour vous ?

Mandez-moi comme vous vous portez le 6ᵉ de ce
mois. Vos habits si bien faits, cette taille si bien remplie
dans son naturel, ô mon Dieu ! conservez-la donc pour
mon voyage de Provence. Vous savez bien qu'il ne vous
peut manquer. — Je le souhaite plus que vous, mon cher
Comte. Embrassez-moi, et croyez que je vous aime et
que tout le bonheur de ma fille est en vous.

34. — A MADAME DE GRIGNAN

A Paris, ce [mercredi] 15ᵉ avril 1671.

J'achèverai cette lettre quand il plaira à Dieu : je la
commence trois jours avant qu'elle parte, parce que je
viens de recevoir la lettre que vous m'écrivez par Gacé,
avec des gants dont je vous remercie mille fois. Ma bonne,
je les aime, je les trouve bons ; votre souvenir me charme.
Ils ne vous coûtent rien, c'est ce qui me plaît ; je crois
même qu'ils seront assez grands. Enfin, ma bonne, vous
êtes trop aimable ; mais si vous m'aimez, n'achetez jamais
rien pour me donner.

Vous avez mal à la langue : n'est-ce point que vous
allez être malade comme je le souhaite ? Si cela est, je
m'en réjouis : ou bien si c'était que vous nous eussiez
menti ? Mais si c'était une fluxion qui allât jusqu'à vos
dents, j'en serais très-en peine. Vous me parlez de la
Provence comme de la Norvège ; je pensais qu'il y fît

chaud, et je le pensais si bien, que l'autre jour, que
nous eûmes ici une bouffée d'été, je mourais de chaud,
et j'étais triste : on devina que c'était parce que je croyais
que vous aviez encore plus chaud que moi, et je ne pouvais l'imaginer sans chagrin.

Vous me dites, ma bonne, que j'ai été injuste sur le
sujet de votre amitié. Ah! ma bonne, je l'ai été encore
bien plus que vous ne pensez; je n'ose vous dire jusqu'à
quel point a été ma folie. J'ai cru que vous aviez de
l'aversion pour moi, et je l'ai cru parce que je me trouvais pour des gens que je haïsssais, comme il me semblait que vous étiez pour moi; et songez que je croyais
cette épouvantable chose au milieu du désir extrême de
découvrir le contraire, et comme malgré moi. Dans ces
moments, ma bonne, il faut que je vous dise toute ma
faiblesse : si quelqu'un m'eût tourné un poignard dans
le cœur, il ne m'aurait pas plus mortellement blessée que
je l'étais de cette pensée. J'ai des témoins de l'état où
elle m'a mise. Je vous dis ceci sans vouloir de réponse
que celle que vous me faites tous les jours en me persuadant que je me suis trompée. Ce discours est donc
ce qui s'appelle des paroles vaines, qui n'ont autre but
que de vous faire voir, ma bonne, que l'état où je suis
sur votre sujet serait parfaitement heureux si Dieu ne
permettait point qu'il fût traversé par le déplaisir de ne
vous avoir plus, et pour vous persuader aussi que tout
ce qui me vient de vous ou par vous, me va droit et
uniquement au cœur.

Le chocolat n'est plus avec moi comme il était : la
mode m'a entraînée, comme elle fait toujours. Tous ceux
qui m'en disaient du bien m'en disent du mal; on le
maudit, on l'accuse de tous les maux qu'on a; il est la
source des vapeurs et des palpitations; il vous flatte
pour un temps, et puis vous allume tout d'un coup une
fièvre continue, qui vous conduit à la mort; enfin, mon
enfant, le grand maître, qui en vivait, est son ennemi
déclaré : vous pouvez penser si je puis être d'un autre
sentiment. Au nom de Dieu, ne vous engagez point à
le soutenir; songez que ce n'est plus la mode du bel air.
Tous les gens grands et moins grands en disent autant
de mal qu'ils disent de bien de vous : les compliments
qu'on vous fait sont infinis. Je n'ai point encore vu
Gacé; je crois que je l'embrasserai : bon Dieu! un homme
qui vous a vue, qui vient de vous quitter, qui vous a
parlé, comme cela me paraît! J'ai été tantôt chez Ytier,

j'avais besoin de musique; je n'ai jamais pu m'empêcher de pleurer à une certaine sarabande que vous aimez.

Je suis fort aise que vous ayez compris la coiffure, c'est justement ce que vous aviez toujours envie de faire; ce taponnage vous est naturel, il est au bout de vos doigts; vous avez cent fois pensé l'inventer, vous avez bien fait de ne la point prendre à la rigueur. Je vous avais conseillé de conserver vos dents, vous le faites. C'est une chose étrange que votre serein, et la sujétion que vous avez de vous renfermer à quatre heures, au lieu de prendre l'air : quelle tristesse! Mais il vaut mieux rapporter ici vos belles dents, que de les perdre en Provence par le serein, ou par une mode qui sera passée dans six mois. Dites à Montgobert qu'on ne tape point les cheveux, et qu'on ne tourne point les boucles à la rigueur, comme pour y mettre un ruban; c'est une confusion qui va comme elle peut, et qui ne peut aller mal. On marque quelques boucles : le bel air est de se peigner pour contrefaire la petite tête revenante; vous taponnerez tout cela à merveille; cela est fait en un moment. Vos dames sont bien loin de là, avec leurs coiffures glissantes de pommades, et leurs cheveux de deux paroisses : cela est bien vieux.

Votre peinture du cardinal Grimaldi est excellente : cela mord; il est plaisant au dernier point et m'a bien fait rire; je vous souhaite de pareils riens pour vous divertir. Enfin Montgobert sait rire; elle entend votre langage : qu'elle est heureuse d'avoir de l'esprit, et d'être auprès de vous! Les esprits où il n'y a point de remède, font brouiller le sang.

Que vous êtes aimable de m'avoir envoyé une lettre pour Mme de Vaudemont! Je m'en vais bien lui envoyer et lui écrire un petit mot. Vous me mandiez l'autre jour que le jeu était une personne à qui vous aviez bien de l'obligation : ne vous a-t-il rien fait perdre? Je vous remercie de votre souvenir au reversis, et de jouer au mail; c'est un aimable jeu pour les personnes bien faites et adroites comme vous; je m'en vais y jouer dans mon désert. A propos de désert, je crois qu'Adhémar vous aura mandé comme le laquais du Coadjuteur, qui était à la Trappe, est revenu à demi fou, n'ayant pu supporter les austérités : on cherche un couvent de coton pour le mettre, et le remettre de l'état où il est. Je crains que cette Trappe, qui veut surpasser l'humanité, ne devienne les Petites-Maisons.

Je pleurais amèrement en vous écrivant à Livry, et je

pleure encore en voyant de quelle manière tendre vous
avez reçu ma lettre, et l'effet qu'elle a fait dans votre
cœur. Les petits esprits se sont bien communiqués, et
sont passés bien fidèlement de Livry en Provence. Si
vous avez les mêmes sentiments, ma pauvre bonne, toutes
les fois que je suis sensiblement touchée de vous, je vous
plains, et vous conseille de renoncer à la sympathie. Je
n'ai jamais rien vu de si aisé à trouver que ma tendresse
pour vous : mille choses, mille pensées, mille souvenirs
me traversent le cœur ; mais c'est toujours de la manière
que vous pouvez le souhaiter : ma mémoire ne me représente rien que de doux et d'aimable ; j'espère que la vôtre
fait de même.

Je suis aise que vous ayez des comédiens ; cela divertit :
vous pouvez, ce me semble, les perfectionner. Pourquoi avez-vous laissé mourir la Canette beauté, et du
pourpre encore ? Ma chère bonne, conservez-vous ;
si quelqu'un tombe malade chez vous, envoyez-le à la
ville.

Ne vous mettez point en peine de mes petits maux ; je
m'en accommode fort bien, mais vous qui parlez, ma
bonne, n'en avez-vous point ? Vous sentez par vous-
même que l'on songe à tout, et que l'on s'inquiète de
tout quand on aime. Ecrivez-moi quelque petite amitié
pour Pecquet : il a eu des soins extrêmes de ma petite-fille.
J'espère que je recevrai encore ici la réponse de cette
lettre. Elle est jolie, cette pauvre petite : elle vient le
matin dans ma chambre ; elle rit, elle regarde, elle baise
toujours un peu malhonnêtement, mais peut-être que le
temps la corrigera. Je l'aime, elle m'amuse ; je la quitterai
avec regret ; elle a une nourrice admirable.

La lettre que vous écrivez à votre frère est admirable
aussi, et celle de M. de Coulanges : j'aime vos lettres
passionnément. Vous avez très-bien deviné : votre frère
est dans le bel air par-dessus les yeux ; point de pâques,
point de jubilé, *avaler le péché comme de l'eau* : tout cela
est admirable. Je n'ai rien trouvé de bon en lui, que la
crainte de faire un sacrilège : c'était mon soin aussi que
de l'en empêcher ; mais la maladie de son âme est tombée
sur son corps, et ses maîtresses sont d'une manière à
ne pas supporter cette incommodité avec patience :
Dieu fait tout pour le mieux. J'espère qu'un voyage en
Lorraine rompra toutes ces vilaines chaînes. Il est plaisant, il dit qu'il est comme le bonhomme Eson [61] ; il veut
se faire bouillir dans une chaudière avec des herbes fines

pour se ravigoter un peu. Il me conte toutes ses folies, je le gronde, et je fais scrupule de les écouter; et pourtant je les écoute. Il me réjouit, il cherche à me plaire; je connais la sorte d'amitié qu'il a pour moi. Il est ravi, à ce qu'il dit, de celle que vous me témoignez; il me donne mille attaques en riant de l'attachement que j'ai pour vous : je vous avoue, ma bonne, qu'il est grand, quand même je le cache. Je vous avoue encore une autre chose, c'est que je crois que vous m'aimez : vous me paraissez solide; il me semble qu'on se peut fier à vos paroles; en un mot, je vous estime fort. Mme de Villars est folle de vous; elle se mit l'autre jour sur votre chapitre; il y avait plaisir à l'entendre.

Vos Messieurs commencent à s'accoutumer à vous : les pauvres gens! Et les dames ne vous ont pas encore bien goûtée. N'avez-vous point encore eu de picoterie avec la première présidente? Cette comédie n'en fera-t-elle point trouver quelque occasion? Cette sujétion d'avoir affaire tous les ans de tout le monde est une chose embarrassante.

Je vous prie, si vous entrez aux Bénédictines, d'y demander une fille de Mme de la Guette. Sa mère est fort de mes anciennes connaissances. Faites-en assez pour qu'elle lui mande.

Adieu, ma très-aimable bonne, je ne songe qu'à vous; je vous vois sans cesse, et je fais mon unique plaisir de la pensée de vous aller voir et de vous ramener avec moi. J'embrasse ce Comte, qui est si adroit, qui joue si bien à la paume et au mail : j'aime ces choses-là.

35. — A MADAME DE GRIGNAN

[A Paris], vendredi 17e avril [1671].

Cette lettre du vendredi est sur la pointe d'une aiguille; car il n'y a point de réponse à faire, et pour moi, je ne sais point de nouvelles. D'Hacqueville me contait l'autre jour les sortes de choses qu'il vous mande et qu'il appelle des nouvelles; je me moquai de lui, et je lui promis de ne jamais charger mon papier de ce verbiage. Par exemple, il vous mande qu'on parle que M. de Verneuil donne son gouvernement à M. de Lauzun, et qu'il prend celui de Berry avec la survivance pour M. de Sully. Tout cela est faux et ridicule, et ne se dit point dans les bons lieux. Il vous dit que le Roi partira le 25ᵉ : voilà qui est beau. Je vous déclare, ma bonne, que je ne vous manderai rien que de vrai; et quand il ne vient rien à ma connaissance que de ces lanternes-là, je les laisse passer, et vous conte autre chose. Je suis fort contente de d'Hacqueville, aussi bien que vous : il a grand soin de votre mère en votre absence; et dès qu'il y a un brin de dispute entre l'abbé et moi, c'est toujours lui que je prends pour juge. Cela fait plaisir au cœur, de songer qu'on a un ami comme lui, à qui rien de bon et de solide ne manque, et qui ne vous peut jamais manquer. Si vous nous aviez défendu de parler de vous ensemble, et que cela vous fût fort désagréable, nous serions extrêmement embarrassés; car c'est une conversation qui nous est si naturelle, que nous y tombons insensiblement :

> C'est un penchant si doux qu'on y tombe sans peine;

et quand par hasard, après en avoir bien parlé, nous nous détournons un moment, je reprends la parole d'un bon ton, et je lui dis : « Mais disons donc un pauvre mot de ma fille! Quoi! nous ne dirons pas une unique parole de cette pauvre femme? Vraiment nous sommes bien ingrats; » et là-dessus nous recommençons sur nouveaux frais. Je lui jurerais plus de vingt fois à lui-même que je ne vous aime point, qu'il ne le croirait pas. Je l'aime comme un confident qui entre dans mes sentiments, je ne saurais mieux dire.

Mme du Puy-du-Fou prit la peine, l'autre jour, de venir voir ma nourrice; elle la trouva fort près de la perfection : une brave femme, là, qui est résolue, qui se tient bien, qui a de gros bras; et pour du lait, elle en perd tous les jours un demi-setier, parce que la petite ne suffit pas. Cet endroit est un des plus beaux de ma vie. Ma petite enfant est jolie; je sens par moi que vous l'aimeriez : nous allons assez du même pied sur ce chapitre.

Je suis tous les jours dans l'espérance de louer notre maison.

Marphise et Hélène vous sont très-obligées; mais pour Hébert, hélas! je ne l'ai plus. J'eus l'esprit l'autre jour en riant de le donner à Gourville [62], et de lui dire qu'il fallait qu'il le plaçât dans cet hôtel de Condé, qu'il s'en trouverait bien, qu'il m'en remercierait, que je répondais de lui. M. de la Rochefoucauld et Mme de la Fayette se mirent sur les perfections d'Hébert : cela demeura là, il y a trois semaines. J'ai été toute étonnée que Gourville l'envoya querir hier. Il s'habilla en gentilhomme, il y alla. Il lui dit qu'il lui donnerait une place à l'hôtel de Condé, qui lui vaudrait deux cent cinquante livres de rente, logé, nourri, et tout cela en attendant mieux; mais que présentement il l'envoyait à Chantilly pour distribuer tout le linge par compte pendant que le Roi y sera. Il prit donc dix coffres de linge sur son soin, et est parti pour Chantilly. Le Roi ira le 25e de ce mois; il y sera un jour entier. Jamais il ne s'est fait tant de dépense au triomphe des Empereurs qu'il y en aura là; rien ne coûte; on reçoit toutes les belles imaginations sans regarder à l'argent. On croit que Monsieur le Prince n'en sera pas quitte pour quarante mille écus. Il faut quatre repas; il y aura vingt-cinq tables servies à cinq services, sans compter une infinité d'autres. Il nourrit tout, c'est-à-dire nourrir la France et la loger. Tout est meublé : des petits endroits, qui ne servaient qu'à mettre des arrosoirs, deviennent des chambres de courtisans. Il y aura pour mille écus de jonquilles, jugez à proportion. Voyez un peu où le discours d'Hébert m'a jetée : voilà donc comme j'ai fait sa fortune en badinant; car je la compte faite, dans la pensée qu'il s'acquittera fort bien de ces commencements ici.

Nous ne dînons point aujourd'hui en Lavardin; ils sont embarrassés pour faire partir l'équipage de M. le marquis. Je mange donc ici mes petits œufs frais à l'oseille. Après dîner, j'irai un peu au faubourg, et je joindrai à cette lettre ce que j'apprendrai, pour vous divertir.

Il s'en faut encore beaucoup que je n'en sois à dire, douter, supposer.

Hélas! comme je suis pour vous, et la plaisante chose que d'observer les mouvements naturels d'une tendresse naturelle, et fortifiée par ce que l'inclination sait faire!

J'ai reçu une fort jolie lettre du Coadjuteur; il est seulement fâché que je l'appelle *Monseigneur;* il veut que je l'appelle *Pierrot* ou *Seigneur Corbeau*. Je vous recommande toujours bien, ma bonne, d'entretenir l'amitié qui est entre vous. Je le trouve fort touché de votre mérite, prenant grand intérêt à toutes vos affaires; en un mot, d'une application et d'une solidité qui vous sera d'un grand secours.

Mon fils n'est pas encore guéri de ce mal qui fait douter ses précieuses maîtresses de sa passion. Il me disait hier au soir que, pendant la semaine sainte, il avait été si épouvantablement dévergondé, qu'il lui avait pris un dégoût de tout cela, qui lui faisait bondir le cœur; il n'osait y penser, il avait envie de vomir. Il lui semblait toujours de voir autour de lui des panerées de tetons, et quoi encore ? des tetons, des cuisses, des panerées de baisers, des panerées de toutes sortes de choses en telle abondance, qu'il en avait l'imagination frappée et l'a encore, et ne pouvait pas regarder une femme : il était comme les chevaux rebutés d'avoine. Ce mal n'a pas été d'un moment. J'ai pris mon temps pour faire un petit sermon là-dessus : nous avons fait ensemble des réflexions chrétiennes; il entre dans mes sentiments, et particulièrement pendant que son dégoût dure encore. Il me montra des lettres qu'il a retirées de cette comédienne; je n'en ai jamais vu de si chaudes ni de si passionnées : il pleurait, il mourait. Il croit tout cela quand il écrit, et s'en moque un moment après : je vous dis qu'il vaut son pesant d'or.

Adieu, mon aimable enfant. Comment vous êtes-vous portée le sixième de ce mois ? Je souhaite, ma petite, que vous m'aimiez toujours : c'est ma vie, c'est l'air que je respire. Je ne vous dis point si je suis à vous : cela est au-dessous du mérite de mon amitié. Vous voulez bien que j'embrasse ce pauvre Comte ? Mais ne vous aimons-nous point trop tous deux ?

36. — A MADAME DE GRIGNAN

A Paris, ce [mercredi] 22ᵉ avril [1671].

Avez-vous bien peur que j'aime mieux Mme de Brissac que vous ? Craignez-vous, de la manière dont vous me connaissez, que ses manières me plaisent plus que les vôtres ? que son esprit ait trouvé le chemin de me plaire ? Avez-vous opinion que sa beauté efface vos charmes ? Enfin pensez-vous qu'il y ait quelqu'un au monde qui puisse, à mon goût, surpasser Madame de Grignan, étant même dépouillée de tout l'intérêt que j'y prends ? Songez à tout cela un peu à loisir, et puis soyez assurée qu'il en est justement ce que vous en croyez. Voilà toute ma réponse que vous connaîtrez par la vôtre, si vous répondez sincèrement.

Parlons un peu de votre frère, ma fille : il est tout ce qui plaît aux autres; il est d'une faiblesse à faire mal au

cœur. Il plut hier à trois de ses amis de le mener souper
dans un lieu d'honneur [63] : il y fut. Ces messieurs sont trop
habiles pour vouloir courir la fortune ; ils disent à votre
frère de payer, je dis payer de sa personne : tout misérable qu'il est encore, il paye, et puis il me vient tout
conter, en disant qu'il se fait mal au cœur à lui-même. Je
lui dis qu'il me fait mal au cœur aussi, je lui fais honte ;
je lui dis que ce n'est point là la vie d'un honnête homme,
qu'il trouvera quelque chape-chute, et qu'à force de
s'exposer il aura son fait. Je prêche un peu ensuite ; il
demeure d'accord de tout, et n'en fait ni plus ni moins. Il
a quitté la comédienne, après l'avoir aimée par-ci par-
là. Quand il la voyait, quand il lui écrivait, c'était de
bonne foi ; un moment après, il s'en moquait à bride
abattue. Ninon l'a quitté : il était malheureux quand elle
l'aimait ; il est au désespoir de n'en être plus aimé, et
d'autant plus qu'elle n'en parle pas avec beaucoup d'estime : « C'est une âme de bouillie, dit-elle, c'est un corps
de papier mouillé, un cœur de citrouille fricassé dans de
la neige » : je vous l'ai déjà dit. Elle voulut l'autre jour
lui faire donner les lettres de la comédienne ; il les lui
donna ; elle en a été jalouse. Elle voulait les donner à
un amant de la princesse, afin de lui faire donner quelques
petits coups de baudrier. Il me le vint dire ; je lui dis
que c'était infâme que de couper ainsi la gorge à cette
petite créature pour l'avoir aimé ; qu'elle n'avait point
sacrifié ses lettres, comme on lui voulait faire croire pour
l'animer ; qu'elle les lui avait rendues ; que c'était une
vilaine trahison et basse et indigne d'un homme de qualité,
et que même dans les choses malhonnêtes, il y avait de
l'honnêteté à observer. Il entra dans mes raisons, il
courut chez Ninon, et moitié figue moitié raisin, moitié
par adresse, moitié par force, il retira les lettres de cette
pauvre diablesse : je les ai fait brûler. Vous voyez par
là combien le nom de comédienne m'est de quelque
chose. Cela est un peu de la Visionnaire de la comédie [64] ;
elle en eût fait autant, et je fais comme elle. Mon fils a
conté ces folies à M. de la Rochefoucauld, qui aime les
originaux. Il approuva ce que je lui dis l'autre jour, que
mon fils n'était point fou par la tête, c'est par le cœur :
ses sentiments sont tout vrais, sont tout faux, sont tout
froids, sont tout brûlants, sont tout fripons, sont tout
sincères ; enfin son cœur est fou. Nous rîmes fort de tout
cela, et avec mon fils même, car il est de bonne compagnie, et dit *tôpe* à tout. Nous sommes très-bien ensemble,

je suis sa confidente, et je conserve cette vilaine qualité,
qui m'attire de si vilaines confidences, pour être en droit
de lui dire mes sentiments sur tout. Il me croit autant
qu'il peut, il me prie que je le redresse : je le fais comme
une amie. Il veut venir avec moi en Bretagne pour
cinq ou six semaines : s'il n'y a point de camp en Lorraine, je l'emmènerai. Voilà bien des folies ; mais comme
vous y prenez intérêt, il m'a semblé qu'elles ne vous
ennuieraient pas.

Vous me parlez très-tendrement et très-obligeamment
du voyage de Provence. Soyez assurée une bonne fois que
l'abbé et moi, nous le souhaitons, et que c'est une des
plus agréables espérances que nous puissions avoir. Il est
question de le placer à propos et pour vous et pour nous.
Notre d'Hacqueville nous disait l'autre jour, en nous
entendant parler de notre pérégrination de Bretagne en
Provence, qu'il ne nous conseillait point d'y aller cette
année ; que nous allassions en Bretagne ; que nous y
fissions toutes nos affaires ; que nous revinssions ici à
la Toussaint revoir un peu mon fils, et ma petite d'Adhémar que je commence à aimer ; que nous changeassions
de maison, c'est-à-dire moi ; que je m'établisse dans un
lieu où je vous puisse ramener ; et que vers le printemps
je m'en allasse en Bourgogne, où j'ai mille affaires, et de là
en Provence : Chalon, la Saône, Lyon, le Rhône, me voilà
à Grignan ; ce n'est pas une affaire que cela. Je serais avec
vous sans crainte de vous quitter, puisqu'apparemment
je vous ramènerais, qu'il ne serait point question d'une
seconde séparation qui m'ôte la vie ; que, pour lui, il
trouverait cet arrangement mille fois meilleur que l'autre,
où il voyait un voyage d'une longueur ridicule, placé
dans le milieu du vôtre, pressée de revenir pour mes
affaires et par mon fils, à qui je ne suis pas inutile, avec
la douleur de vous quitter encore. Il ne trouva nulle
raison à ce premier dessein, et en trouva beaucoup à celui
qu'il nous proposait. Nous écoutâmes ces raisonnements,
nous les approuvâmes. Il me dit qu'il vous conseillerait
d'y consentir, et moi, je m'y confirme par votre dernière
lettre, où vous me faites voir que vous trouveriez fort
désagréable que je vous quittasse après avoir été quelque
temps avec vous. Je suis persuadée que vous entrerez
dans cet arrangement. Pour moi, ce ne sera jamais sans
douleur que je verrai reculer le temps et la joie de vous
voir ; mais ce ne sera jamais aussi sans quelque douceur
intérieure que je conserverai de l'espérance. Ce sera sur

elle seule que je fonderai toute ma consolation, et par elle
que je tâcherai d'apaiser une partie de mon impatience et
de ma promptitude naturelle. Mandez-moi comme cela
vous paraît, et soyez assurée que la différence ou d'aller
en Provence sans avoir une maison ici, ou d'en avoir
une toute rangée, où votre appartement soit marqué, fait
la plus grande force de nos raisons.

Tout ce que vous me mandez de la Marans est divin,
et des punitions qu'elle aura dans l'enfer; mais savez-vous
bien que vous irez avec elle si vous continuez à la haïr.
Songez que vous serez toute l'éternité ensemble; il n'en
faut pas davantage pour vous mettre dans le dessein
de faire votre salut. Je me suis avisée bien heureusement
de vous donner cette pensée : c'est une inspiration de
Dieu. Elle vint l'autre jour chez Mme de la Fayette;
M. de la Rochefoucauld y était, et moi aussi. La voilà
qui entre sans coiffe : elle venait d'être coupée, mais
coupée en vrai fanfan; elle était poudrée, bouclée; le
premier appareil avait été levé, il n'y avait pas un quart
d'heure; elle était décontenancée, sentant bien qu'elle
allait être improuvée. Mme de la Fayette lui dit : « Vraiment il faut que vous soyez folle; mais savez-vous bien,
Madame, que vous êtes complètement ridicule ? » M. de la
Rochefoucauld : « Ma mère, ha! par ma foi, ma mère,
nous n'en demeurerons pas là : approchez un peu, ma
mère, que je voie si vous êtes comme votre sœur que je
viens de voir. » Elle venait aussi d'être coupée. « Ma foi,
ma mère, vous voilà bien. » Vous entendez ces tons-là;
et pour les paroles, elles sont d'après le naturel; pour
moi, je riais sous ma coiffe. Elle se décontenança si fort,
qu'elle ne put soutenir cette attaque; elle remit sa coiffe,
et bouda jusqu'à ce que Mme de Schomberg la vint
reprendre car il n'y a plus de voiture que celle-là. Je
crois que ce récit vous divertira.

Nous passâmes l'autre jour une après-dînée à l'Arsenal fort agréablement : il y avait des hommes de toutes
grandeurs; Mmes de la Fayette, de Coulanges, de Méri,
La Troche, et moi. On se promena, on parla de vous à plusieurs reprises et en très-bons termes. Nous allons aussi
quelquefois à Luxembourg; M. de Longueville y était
hier, qui me pria de vous assurer de ses très-humbles
services. Pour M. de la Rochefoucauld, il vous aime
très-tendrement.

J'ai reçu vos gants par le gentilhomme; mais, ma chère
bonne, vous m'accablez de présents; ceux-ci font une

partie de ma provision pour Bretagne : ils sont excellents. Je vous baise de tout mon cœur, en vous remerciant, ma très-chère petite.

Je suis ravie que vous ayez approuvé mes lettres : vos approbations et vos louanges sincères me font un plaisir qui surpasse tout ce qui me vient d'ailleurs ; et pourquoi les filles comme vous n'oseraient-elles louer une mère comme moi ? Quelle sorte de respect ! Vous savez si j'estime votre goût. J'approuve fort votre loterie ; j'espère que vous me manderez ce que vous aurez gagné. Vos comédies doivent aussi vous divertir. Laissez-vous amuser, ma bonne ; suivez le courant des plaisirs qu'on peut avoir en Provence. Je vous loue fort que vous ne reconduisiez point : c'était pour mourir ; que les dames s'en vengent, qu'elles ne vous reconduisent point aussi, et voilà une maudite coutume abolie.

La lettre que vous écrivez à votre frère est admirable. Que j'aime vos lettres ! Je m'en vais de ce pas à Saint-Germain, et je l'eusse présentée à tous les courtisans. C'était à eux que le dessus s'adressait.

J'ai vu le chevalier [65], plus beau qu'un héros de roman, digne d'être l'image du premier tome. Il avait eu son point ; j'ai observé qu'il en a toujours quelque nouvelle attaque à la veille des voyages : d'où vient cela ? M. le Duc va faire celui de Bourgogne, après avoir reçu le Roi à Chantilly ; je pense qu'il y fera de belles conquêtes. Vous aviez au moins eu une victoire sur M. de Monaco ; où avait-il pris qu'on prononçât... ? Nous en savons plus que lui. J'entreprendrai après cela d'apprendre l'italien à notre ambassadeur de Venise. Hélas ! à propos, il s'en va, il en est au désespoir.

Je reviens de Saint-Germain avec la d'Arpajon et la d'Uxelles : toute la France y était. J'ai vu Gacé, je l'ai tiré à part, et je lui ai demandé de vos nouvelles avec un plaisir qui surpasse de beaucoup celui d'être à la Cour. Il dit que vous êtes belle, que vous êtes gaie, que c'est un plaisir que de voir l'intelligence qui est entre vous et M. de Grignan. Il parle même de votre retour. Enfin je ne pouvais le quitter. Il me viendra voir ; il a été à la campagne chez son frère, qui a perdu son fils aîné, dont il est affligé.

C'était une grande confusion que Saint-Germain. Chacun prenait congé ou pour aller chez soi ou parce que le Roi s'en va. La Marans a paru ridicule au dernier point : on riait à son nez de sa coiffure. Elle n'a osé me parler; elle était défaite à plate couture; elle est achevée d'abîmer par la perte de vos bonnes grâces. On m'a conté d'elle deux petites histoires un peu épouvantables. Je les supprime pour l'amour de Dieu, et puis ce serait courir sur le marché d'Adhémar : tant y a, elle me paraît débellée.

Il y a un portrait de vous chez Mme de La Fayette, elle ne lève pas les yeux dessus. Mon fils a congé de venir avec moi en Bretagne pour cinq semaines : cela me fera partir un peu plus tôt que je ne pensais.

Mille personnes m'ont priée de vous faire des baise-mains : M. de Montausier, le maréchal de Bellefonds et mille autres. M. le Dauphin m'a donné un baiser pour vous, je vous l'envoie. Adieu, ma très-chère, il est tard; je fais de la prose avec une facilité qui vous tue. Je vous embrasse, mon cher Grignan, et vous, ma mignonne, plus de mille fois.

37. — A MADAME DE GRIGNAN

A Paris, ce vendredi 24e avril [1671].

Voilà le plus beau temps du monde; il commença dès hier après des pluies épouvantables. C'est le bonheur du Roi, il y a longtemps que nous l'avons observé; et c'est pour cette fois aussi le bonheur de M. le Prince, qui a pris ses mesures à Chantilly pour l'été et le printemps; la pluie d'avant-hier aurait rendu toutes ses dépenses ridicules. Sa Majesté y arriva hier au soir; elle y est aujourd'hui. D'Hacqueville y est allé, qui vous fera une relation à son retour; pour moi, j'en attends une petite ce soir, que je vous enverrai avec cette lettre, que j'écris le matin avant d'aller en *Bavardin;* je ferai mon paquet au faubourg. Si l'on dit, ma bonne, que nous parlons dans nos lettres de la pluie et du beau temps, on aura raison : j'en ai fait d'abord un assez grand chapitre.

Vous ne me parlez point assez de vous; j'en suis nécessiteuse, comme vous l'êtes de folies; je vous souhaite toutes celles que j'entends; pour celles que je dis, elles ne sont plus bonnes depuis que vous ne m'aidez plus : vous m'en inspirez, et quelquefois aussi je vous en inspire. C'est une longue tristesse, et qui se renouvelle souvent, que d'être loin d'une personne comme vous.

J'ai dit des adieux de quelques jours; on trouve bien de la constance. Ce qui est plaisant, c'est que je sentirai que je n'en aurai point pour vous dire adieu d'ici en partant pour la Bretagne; vous serez mon adieu sensible, dont je pourrais, si j'étais une friponne, faire un grand honneur à mes amies; mais on voit clair au travers de mes paroles, et je ne veux mettre aucun voile au-devant des sentiments que j'ai pour vous. Je serai donc touchée de voir que ce n'est pas assez d'être à deux cents lieues de vous : il faut que je sois à trois cents; et tous les pas que je ferai, ce sera sur cette troisième centaine : c'est trop, cela me serre le cœur.

L'abbé Têtu entra hier chez Mme de Richelieu comme j'y étais : il était d'une gaillardise qui faisait honte à ses amies éloignées. Je lui parlai de mon voyage; ma bonne, il ne changea point de ton, et d'un visage riant : « Eh bien! Madame, me dit-il, nous nous reverrons. » Cela n'est point plaisant à écrire, mais il le fut à entendre; nous en rîmes fort; enfin ce fut là son unique pensée : il passa légèrement sur toute mon absence, et ne trouva que ce mot à me dire. Nous nous en servons présentement dans nos adieux, et je m'en sers moi-même intérieurement en songeant à vous; mais ce n'est pas si gaiement, et la longueur de l'absence n'est pas une circonstance que j'oublie.

J'ai acheté pour me faire une robe de chambre une étoffe comme votre dernière jupe; elle est admirable : il y a un peu de vert, mais le violet domine : en un mot, j'ai succombé. On voulait me la faire doubler de couleur de feu, mais j'ai trouvé que cela avait de l'air d'une impénitence finale. Le dessus est la pure fragilité, mais le dessous eût été une volonté déterminée qui m'a paru contre les bonnes mœurs; je me suis jetée dans le taffetas blanc. Ma dépense est petite : je méprise la Bretagne, et n'en veux faire que pour la Provence, pour soutenir la dignité de merveille entre deux âges, où vous m'avez élevée.

Mme de Ludres me dit l'autre jour des merveilles à Saint-Germain; il n'y avait nulle distraction; elle vous aime aussi : *Ah! pour matame te Grignan, elle est atorable.* Mme de Beringhen était justement auprès de Ludres, qui l'effaçait un peu; c'est quelque chose d'extraordinaire à mes yeux que sa face. Brancas me conta une affaire que M. de Grignan eut cet hiver avec M. le Premier [66]. « Je suis pour Grignan, j'ai vu leurs plaisantes mais inlisibles lettres. » Il m'en a dit des morceaux, nous devons prendre un jour pour les lire tout entières.

Votre enfant est aimable; elle a une nourrice parfaite; elle devient fort bien fontaine : fontaine de lait, ce n'est pas fontaine de cristal.

M. de Salins a chassé un portier : je ne sais ce qu'on dit; on parle de manteau gris, de quatre heures du matin, de coups de plats d'épée, *et l'on se tait du reste;* on parle d'un certain apôtre qui en fait d'autres; enfin je n'en dis rien : on ne m'accusera pas de parler; pour moi, je me sais taire, Dieu merci! Si cette fin vous paraît un peu galimatias, vous ne l'en aimerez que mieux. Adieu, ma très-chère aimable et très-chère mignonne, je vous aime au-delà de ce qu'on peut imaginer. Tantôt je vous manderai des nouvelles en fermant mon paquet.

A Paris, ce vendredi au soir, 24ᵉ avril
chez M. de la Rochefoucauld.

Je fais donc ici mon paquet. J'avais dessein de vous conter que le Roi arriva hier au soir à Chantilly. Il courut un cerf au clair de la lune; les lanternes firent des merveilles; le feu d'artifice fut un peu effacé par la clarté de notre amie; mais enfin le soir, le souper, le jeu, tout alla à merveilles. Le temps qu'il a fait aujourd'hui nous faisait espérer une suite digne d'un si agréable commencement. Mais voici ce que j'apprends en entrant ici, dont je ne puis me remettre, et qui fait que je ne sais plus ce que je vous mande : c'est qu'enfin Vatel, le grand Vatel, maître d'hôtel de M. Foucquet, qui l'était présentement de M. le Prince, cet homme d'une capacité distinguée de toutes les autres, dont la bonne tête était capable de soutenir tout le soin d'un Etat; cet homme donc que je connaissais, voyant à huit heures, ce matin, que la marée n'était point arrivée, n'a pu souffrir l'affront qu'il a vu qui l'allait accabler, et en un mot, il s'est poignardé. Vous pouvez penser l'horrible désordre qu'un si terrible accident a causé dans cette fête. Songez que la marée est peut-être ensuite arrivée comme il expirait. Je n'en sais pas davantage présentement : je pense que vous trouverez que c'est assez. Je ne doute pas que la confusion n'ait été grande; c'est une chose fâcheuse à une fête de cinquante mille écus.

M. de Menars épouse Mlle de la Grange Neuville. Je ne sais comme j'ai le courage de vous parler d'autre chose que de Vatel.

38. — A MADAME DE GRIGNAN

A Malicorne, samedi 23ᵉ mai.

J'arrive ici, où je trouve une lettre de vous, tant j'ai
su donner un bon ordre à notre commerce. Je vous écrivis lundi en partant de Paris; depuis cela, mon enfant,
je n'ai fait que m'éloigner de vous avec une telle tristesse
et un souvenir de vous si pressant, qu'en vérité la noirceur de mes pensées m'a rendue quelquefois insupportable. Je suis partie avec votre portrait dans ma poche;
je le regarde fort souvent : il serait difficile de me le
dérober présentement sans que je m'en aperçusse; il est
parfaitement aimable; j'ai votre idée dans l'esprit; j'ai
dans le milieu de mon cœur une tendresse infinie pour
vous : voilà mon équipage, et voilà avec quoi je vais à
trois cents lieues de vous. Nous avons été fort incommodés par la chaleur. Un de mes beaux chevaux demeura
dès Palaiseaux; les autres six ont tenu bon jusques ici.
Nous partons dès deux heures du matin pour éviter
l'extrême chaleur; encore aujourd'hui nous avons prévenu
l'aurore dans ces bois pour voir Sylvie ⁶⁷, c'est-à-dire
Malicorne, où je me reposerai demain. J'y ai trouvé
les deux petites filles, *rechignées, un air triste, une voix
de Mégère.* J'ai dit : *Ces petits sont sans doute à notre
ami, fuyons-les.* Du reste, *nos repas ne sont point repas à
la légère* ⁶⁸. Jamais je n'ai vu une meilleure chère, ni
une plus agréable maison. Il me fallait toute l'eau
que j'y ai trouvée, pour me rafraîchir du fond de
chaleur que j'ai depuis six jours. Notre abbé se porte
bien; mon fils et la Mousse me sont d'une grande
consolation. Nous avons relu des pièces de Corneille, et
repassé avec plaisir sur toutes nos vieilles admirations.
Nous avons aussi un livre nouveau de Nicole; c'est
de la même étoffe que Pascal et l'*Education d'un Prince;*
mais cette étoffe est merveilleuse : on ne s'en ennuie
point.

Nous serons le 27ᵉ aux Rochers, où je trouverai une
de vos lettres : hélas! c'est mon unique joie. Vous
pouvez ne me plus écrire qu'une fois la semaine, parce
qu'aussi bien elles ne partiront de Paris que le mercredi,
et j'en recevrais deux à la fois. Il me semble que je m'ôte
la moitié de mon bien; cependant, j'en suis aise, parce
que c'est autant de fatigue retranchée en l'état où vous

êtes. Il faut que je sois devenue de bonne humeur pour vouloir bien que vous preniez cela sur moi. Mais, ma fille, au nom de Dieu, conservez-vous, si vous m'aimez. Ah! que j'ai de regret à votre aimable personne! N'aurez-vous jamais un moment de repos? Faut-il user sa vie à cette continuelle fatigue? Je comprends les raisons de M. de Grignan; mais en vérité, quand on aime une femme, quelquefois on en a pitié.

Mon éventail est donc venu bien à propos; ne l'avez-vous pas trouvé joli? Hélas! quelle bagatelle! ne m'ôtez pas ce petit plaisir quand l'occasion s'en présente, et remerciez-moi de la joie que je me donne, quoique ce ne soit que des riens. Mandez-moi bien de vos nouvelles: c'est là de quoi il est question. Songez que j'aurai une de vos lettres tous les vendredis; mais songez aussi que je ne vous vois plus, que vous êtes à mille lieues de moi, que vous êtes grosse, que vous êtes malade; songez... non, ne songez à rien, laissez-moi tout songer dans mes grandes allées, dont la tristesse augmentera la mienne: j'aurai beau m'y promener, je n'y trouverai point ce que j'y avais la dernière fois que j'y fus. Adieu, ma très-chère enfant; vous ne me parlez point assez de vous. Marquez toujours bien la date de mes lettres. Hélas! que diront-elles présentement? Mon fils vous embrasse mille fois. Il me désennuie extrêmement; il songe fort à me plaire. Nous lisons, nous causons, comme vous le devinez fort bien. La Mousse tient bien sa partie; et par-dessus tout notre abbé, qui se fait adorer parce qu'il vous adore. Il m'a enfin donné tout son bien: il n'a point eu de repos que cela n'ait été fait; n'en parlez à personne, la famille le dévorerait; mais aimez-le bien sur ma parole, et sur ma parole aimez-moi aussi. J'embrasse ce fripon de Grignan, malgré ses forfaits [69].

39. — A MADAME DE GRIGNAN

Aux Rochers, dimanche 31e mai.

Enfin, ma fille, nous voici dans ces pauvres Rochers. Quel moyen de revoir ces allées, ces devises, ce petit cabinet, ces livres, cette chambre, sans mourir de tristesse? Il y a des souvenirs agréables; mais il y en a de si vifs et de si tendres, qu'on a peine à les supporter: ceux que j'ai de vous sont de ce nombre. Ne comprenez-vous point l'effet que cela peut faire dans un cœur comme le mien ?

Si vous continuez de vous bien porter, ma chère enfant, je ne vous irai voir que l'année qui vient : la Bretagne et la Provence ne sont pas compatibles. C'est une chose étrange que les grands voyages : si l'on était toujours dans le sentiment qu'on a quand on arrive, on ne sortirait jamais du lieu où l'on est; mais la Providence fait qu'on oublie; c'est la même qui sert aux femmes qui sont accouchées. Dieu permet cet oubli, afin que le monde ne finisse pas et que l'on fasse des voyages en Provence. Celui que j'y ferai me donnera la plus grande joie que je puisse recevoir dans ma vie; mais quelles pensées tristes de ne voir point de fin à votre séjour! J'admire et je loue de plus en plus votre sagesse. Quoique, à vous dire le vrai, je sois fortement touchée de cette impossibilité, j'espère qu'en ce temps-là nous verrons les choses d'une autre manière; il faut bien l'espérer; car sans cette consolation, il n'y aurait qu'à mourir. J'ai quelquefois des rêveries dans ces bois, d'une telle noirceur, que j'en reviens plus changée que d'un accès de fièvre.

Il me paraît que vous ne vous êtes point ennuyée à Marseille. Ne manquez pas de me mander comme vous aurez été reçue à Grignan. Ils avaient fait ici une manière d'entrée à mon fils. Vaillant [70] avait mis plus de quinze cents hommes sous les armes, tous fort bien habillés, un ruban neuf à la cravate. Ils vont en très-bon ordre nous attendre à une lieue des Rochers. Voici un bel incident : M. l'abbé avait mandé que nous arriverions le mardi, et puis tout d'un coup il l'oublie; ces pauvres gens attendent le mardi jusqu'à dix heures du soir; et quand ils sont tous retournés chacun chez eux, bien tristes et bien confus, nous arrivons paisiblement le mercredi, sans songer qu'on eût mis une armée en campagne pour nous recevoir. Ce contre-temps nous a fâchés; mais quel remède ? Voilà par où nous avons débuté.

Mlle du Plessis est tout justement comme vous l'avez laissée; elle a une nouvelle amie à Vitré, dont elle se pare, parce que c'est un bel esprit qui a lu tous les romans, et qui a reçu deux lettres de la princesse de Tarente. J'ai fait dire méchamment par Vaillant que j'étais jalouse de cette nouvelle amitié, que je n'en témoignerais rien, mais que mon cœur était saisi : tout ce qu'elle a dit là-dessus est digne de Molière. C'est une plaisante chose de voir avec quel soin elle me ménage, et comme elle détourne adroitement la conversation pour ne point parler de ma rivale devant moi : je fais aussi fort bien mon personnage.

Mes petits arbres sont d'une beauté surprenante. Pilois les élève jusques aux nues avec une probité admirable. Tout de bon, rien n'est si beau que ces allées que vous avez vues naître. Vous savez que je vous donnai une manière de devise qui vous convenait. Voici un mot que j'ai écrit sur un arbre pour mon fils qui est revenu de Candie, *vago di fama* [71] : n'est-il point joli pour n'être qu'un mot ? Je fis écrire hier encore, en l'honneur des paresseux, *bella cosa far niente*.

Hélas, ma fille, que mes lettres sont sauvages ! Où est le temps que je parlais de Paris comme les autres ? C'est purement de mes nouvelles que vous aurez ; et voyez ma confiance, je suis persuadée que vous aimez mieux celles-là que les autres. La compagnie que j'ai ici me plaît fort ; notre abbé est toujours plus admirable ; mon fils et la Mousse s'accommodent fort bien de moi, et moi d'eux ; nous nous cherchons toujours ; et quand les affaires me séparent d'eux, ils sont au désespoir, et me trouvent ridicule de préférer un compte de fermier aux contes de La Fontaine. Ils vous aiment tous passionnément ; je crois qu'ils vous écriront : pour moi, je prends les devants, et n'aime point à vous parler en tumulte. Ma fille, aimez-moi donc toujours : c'est ma vie, c'est mon âme que votre amitié ; je vous le disais l'autre jour, elle fait toute ma joie et toutes mes douleurs. Je vous avoue que le reste de ma vie est couvert d'ombre et de tristesse, quand je songe que je la passerai si souvent éloignée de vous.

40. — A D'HACQUEVILLE

Aux Rochers mercredi 17ᵉ juin 1671.

Je vous écris avec un serrement de cœur qui me tue ; je suis incapable d'écrire à d'autres qu'à vous, parce qu'il n'y a que vous qui ayez la bonté d'entrer dans mes extrêmes tendresses. Enfin, voilà le second ordinaire que je ne reçois point de nouvelles de ma fille : je tremble depuis la tête jusqu'aux pieds, je n'ai pas l'usage de raison, je ne dors point ; et si je dors, je me réveille avec des sursauts qui sont pires que de ne pas dormir. Je ne

puis comprendre ce qui empêche que je n'aie des lettres
comme j'ai accoutumé. Dubois me parle de mes lettres
qu'il envoie très-fidèlement; mais il ne m'envoie rien, et
ne me donne point de raison de celles de Provence. Mais,
mon cher Monsieur, d'où cela vient-il ? Ma fille ne
m'écrit-elle plus ? Est-elle malade ? Me prend-on mes
lettres ? Car, pour les retardements de la poste, cela ne
pourrait pas faire un tel désordre. Ah! mon Dieu, que
je suis malheureuse de n'avoir personne avec qui pleurer !
J'aurais cette consolation avec vous, et toute votre
sagesse ne m'empêcherait pas de vous faire voir toute
ma folie. Mais n'ai-je pas raison d'être en peine ? Soulagez
donc mon inquiétude, et courez dans les lieux où ma
fille écrit, afin que je sache au moins comme elle se porte.
Je m'accommoderai mieux de voir qu'elle écrit à d'autres,
que de l'inquiétude où je suis de sa santé. Enfin, je n'ai
pas reçu de ses lettres depuis le 5ᵉ de ce mois, elles étaient
du 23 et 26ᵉ mai; voilà donc douze jours et deux ordinaires de poste. Mon cher Monsieur, faites-moi promptement réponse; l'état où je suis vous ferait pitié. Écrivez
un peu mieux; j'ai peine à lire vos lettres, et j'en meurs
d'envie. Je ne réponds point à toutes vos nouvelles, je
suis incapable de tout. Mon fils est revenu de Rennes;
il y a dépensé quatre cents francs en trois jours : la pluie
est continuelle. Mais tous ces chagrins seraient légers,
si j'avais des lettres de Provence. Ayez pitié de moi;
courez à la poste, apprenez ce qui m'empêche d'en avoir
comme à l'ordinaire. Je n'écris à personne et je serais
honteuse de vous faire voir tant de faiblesses, si je ne
connaissais vos extrêmes bontés.

Le gros abbé [72] se plaint de moi; il dit qu'il n'a reçu
qu'une de mes lettres. Je lui ai écrit deux fois; dites-lui,
et que je l'aime toujours.

41. — A MADAME DE GRIGNAN

Aux Rochers, dimanche 21ᵉ juin [1671].
Réponse au 30ᵉ mai et au 2ᵉ juin.

Enfin, ma bonne, je respire à mon aise; je fais un
soupir comme M. de la Souche [73]; mon cœur est soulagé
d'une presse et d'un saisissement qui en vérité ne me
donnait aucun repos. Bon Dieu! que n'ai-je point
souffert pendant deux ordinaires que je n'ai point eu de

vos lettres! Elles sont nécessaires à ma vie : ce n'est point une façon de parler; c'est une très-grande vérité. Enfin, ma chère enfant, je vous avoue que je n'en pouvais plus, et j'étais si fort en peine de votre santé, que j'étais réduite à souhaiter que vous eussiez écrit à tout le monde hormis à moi. Je m'accommodais mieux d'avoir été un peu retardée dans votre souvenir, que de porter l'épouvantable inquiétude que j'avais pour votre santé. Je ne trouvais de consolation qu'à me plaindre à notre cher d'Hacqueville, qui, avec toute sa bonne tête, entre plus que personne dans la tendresse infinie que j'ai pour vous : je ne sais si c'est par celle qu'il a pour vous, ou par celle qu'il a pour moi, ou par toutes les deux; mais enfin il comprend très-bien tous mes sentiments; cela me donne un grand attachement pour lui. Je me repens de vous avoir écrit mes douleurs; elles vous donneront de la peine quand je n'en aurai plus; voilà le malheur d'être éloignés; hélas! il n'est pas seul.

Mais savez-vous bien ce qu'elles étaient devenues ces chères lettres que j'attends et que je reçois avec tant de joie? On avait pris la peine de les envoyer à Rennes, parce que mon fils y a été. Ces faussetés qu'on dit toujours ici sur toutes choses s'étaient répandues jusque-là; vous pouvez penser si j'ai fait un beau sabbat à la poste.

Vous me mandez des choses admirables de vos cérémonies de la Fête-Dieu; elles sont tellement profanes que je ne comprends pas comme votre saint archevêque les veut souffrir : il est vrai qu'il est Italien, et cette mode vient de son pays. J'en réjouirai ce soir le bonhomme Coetquen, qui vient souper avec moi.

Je suis encore plus contente du reste de vos lettres. Enfin, ma pauvre bonne, vous êtes belle! Comment! je vous reconnaîtrais donc entre huit ou dix femmes, sans m'y tromper? Quoi! vous n'êtes point pâle, maigre, abattue comme la princesse Olympie! Quoi! vous n'êtes point malade à mourir comme je vous ai vue! Ah! ma bonne, je suis trop heureuse. Au nom de Dieu, amusez-vous, appliquez-vous à vous bien conserver; songez que vous ne pouvez rien faire dont je vous sois si sensiblement obligée. C'est à M. de Grignan à vous dire la même chose et à vous aider dans cette occupation. C'est d'un garçon que vous êtes grosse, je vous en réponds; cela doit augmenter ses soins.

Je vous remercie de vous habiller; vous souvient-il combien vous nous avez fatigués avec ce méchant man-

teau noir ? Cette négligence était d'une honnête femme;
M. de Grignan vous en peut remercier, mais elle était
bien ennuyeuse pour les spectateurs. C'est une belle
chose, ce me semble, que d'avoir fait brûler les tours
blonds et retailler les mouchoirs. Pour les jupes courtes,
vous aurez quelque peine à les rallonger. Cette mode
vient jusques à nous; nos demoiselles de Vitré, dont
l'une s'appelle, de bonne foi, Mlle de Croque-Oison, et
l'autre Mlle de Kerborgne, les portent au-dessus de la
cheville du pied. Ces noms me réjouissent : j'appelle la
Plessis Mlle de Kerlouche. Pour vous qui êtes une reine,
vous donnerez assurément le bon air à votre Provence;
pour moi, je ne puis rien faire que de m'en réjouir ici.

Ce que vous me mandez sur ce que vous êtes pour les
honneurs est extrêmement plaisant.

J'ai vu avec beaucoup de plaisir ce que vous écrivez à
notre abbé; nous ne pouvons, avec de telles nouvelles,
nous ôter tout à fait l'espérance de votre retour. Quand
j'irai en Provence, je vous tenterai de revenir avec moi,
et chez moi : vous serez lasse d'être honorée; vous
reprendrez goût à d'autres sortes d'honneurs et de
louanges et d'admiration : vous n'y perdrez rien, il ne
faudra seulement que changer de ton. Enfin, nous verrons en ce temps-là.

En attendant, je trouve que les moindres ressources
des maisons comme la vôtre sont considérables. Si vous
vendez votre terre, songez bien comme vous en emploie-
rez l'argent; ce sont des coups de partie. Nous en avons
vendu une petite où *il ne venait que du blé*, dont la vente
me fait un fort grand plaisir et m'augmente mon revenu.
Si vous rendez M. de Grignan capable d'entrer dans vos
bons sentiments, vous pourrez vous vanter d'avoir fait
un miracle qui n'était réservé qu'à vous. Mon fils est
encore un peu loin d'entrer sur cela dans mes pensées. Il
est vrai qu'il est jeune, mais ce qui est fâcheux, c'est que
quand on gâte ses affaires, on passe le reste de sa vie à les
rapsoder, et l'on n'a jamais ni de repos, ni d'abondance.

J'avais fort envie de savoir quel temps vous aviez en
votre Provence, et comme vous vous accommodez des
punaises. Vous m'apprenez ce que j'avais dessein de
vous demander. Pour nous, depuis trois semaines, nous
avons eu des pluies continuelles; au lieu de dire, après
la pluie vient le beau temps, nous disons, après la pluie
vient la pluie. Tous nos ouvriers en ont été dispersés;
Pilois en était retiré chez lui, et au lieu de m'adresser

votre lettre au pied d'un arbre, vous auriez pu me l'adresser au coin du feu, ou dans le cabinet de notre abbé, à qui
j'ai plus que jamais des obligations infinies. Nous avons
ici beaucoup d'affaires; nous ne savons encore si nous
fuirons les états, ou si nous les affronterons. Ce qui est
certain, ma bonne, et dont je crois que vous ne douterez
pas, c'est que nous sommes bien loin d'oublier cette
pauvre exilée. Hélas! qu'elle nous est chère et précieuse!
Nous en parlons très souvent; mais quoique j'en parle
beaucoup, j'y pense encore mille fois davantage, et jour
et nuit, et en me promenant (car on a toujours quelques
heures), et quand il semble que je n'y pense plus, et
toujours, et à toute heure, et à tout propos, et en parlant
d'autres choses, et enfin comme on devrait penser à Dieu,
si l'on était véritablement touchée de son amour. J'y
pense d'autant plus que très-souvent je ne veux pas parler
de vous; il y a des excès qu'il faut corriger, et pour être
polie, et pour être politique; il me souvient encore comme
il faut vivre pour n'être pas pesante : je me sers de mes
vieilles leçons.

Nous lisons fort ici. La Mousse m'a priée qu'il pût
lire le Tasse avec moi : je le sais fort bien parce que je l'ai
très-bien appris; cela me divertit : son latin et son bon
sens le rendent un bon écolier; et ma routine, et les bons
maîtres que j'ai eus, me rendent une bonne maîtresse.
Mon fils nous lit des bagatelles, des comédies, qu'il joue
comme Molière; des vers, des romans, des histoires; il
est fort amusant, il a de l'esprit, il entend bien, il nous
entraîne, et nous a empêchés de prendre aucune lecture
sérieuse, comme nous en avions le dessein. Quand il sera
parti, nous reprendrons quelque belle morale de ce
M. Nicole [74]. Il s'en va dans quinze jours à son devoir.
Je vous assure que la Bretagne ne lui a point déplu.

J'ai écrit à la petite Deville pour savoir comme vous
ferez pour vous faire saigner. Parlez-moi au long de
votre santé et de tout ce que vous voudrez. Vos lettres
me plaisent au dernier point : pourtant, ma petite, ne
vous incommodez point pour m'écrire; car votre santé
va toujours devant toutes choses.

Nous admirons, l'abbé et moi, la bonté de votre tête
sur les affaires; nous croyons voir que vous serez la
restauratrice de cette maison de Grignan : les uns
gâtent, les autres raccommodent; mais surtout il faut
tâcher de passer sa vie avec un peu de joie et de repos;
mais le moyen, ma bonne, quand on est à cent mille

lieues de vous ? Vous dites fort bien : on se parle et on se voit au travers d'un gros crêpe. Vous connaissez les Rochers, et votre imagination sait un peu où me prendre : pour moi, je ne sais où j'en suis ; je me suis fait une Provence, une maison à Aix, peut-être plus belle que celle que vous avez ; je vous y vois, je vous y trouve. Pour Grignan, je le vois aussi ; mais vous n'avez point d'arbres, cela me fâche ; ni de grottes pour vous mouiller ; je ne vois pas bien où vous vous promenez ; j'ai peur que le vent ne vous emporte sur votre terrasse : si je croyais qu'il vous pût apporter ici par un tourbillon, je tiendrais toujours mes fenêtres ouvertes, et je vous recevrais, Dieu sait ! Voilà une folie que je pousserais loin ; mais je reviens, et je trouve que le château de Grignan est parfaitement beau : il sent bien les anciens Adhémar. Je ne vois pas bien où vous avez mis vos miroirs. L'abbé, qui est exact et scrupuleux, n'aura point reçu tant de remerciements pour rien. Je suis ravie de voir comme il vous aime, et c'est une des choses dont je veux vous remercier, que de faire tous les jours augmenter cette amitié par la manière dont vous vivez avec moi et avec lui. Jugez quel tourments j'aurais s'il avait d'autres sentiments pour vous ; mais il vous adore.

Dieu merci ! voilà mon caquet bien revenu. Je vous écris deux fois la semaine, et mon ami Dubois prend un soin extrême de notre commerce, c'est-à-dire de ma vie. Je n'en ai point reçu par le dernier ordinaire ; mais je n'en suis point en peine, à cause de ce que vous me mandez. Voilà une lettre que j'ai reçue de ma tante.

Votre fille est plaisante ; elle n'a pas osé aspirer à la perfection du nez de sa mère ; elle n'a pas voulu aussi... Je n'en dirai pas davantage ; elle a pris un troisième parti, et s'avise d'avoir un petit nez carré [75] : ma bonne, n'en êtes-vous point fâchée ? Hélas ! pour cette fois vous ne devez pas avoir cette idée : mirez-vous, c'est tout ce que vous devez faire pour finir heureusement ce que vous commencez si bien.

Adieu, ma très-aimable bonne, embrassez M. de Grignan pour moi. Vous lui pouvez dire les bontés de notre abbé. Il vous embrasse cet abbé, et votre fripon de frère. La Mousse est bien content de votre lettre ; il a raison, elle est aimable.

Pour ma très-bonne et très-belle, dans son château d'Apolidon.

42. — A MADAME DE GRIGNAN

Aux Rochers, dimanche 12ᵉ juillet 1671.

Je n'ai reçu qu'une lettre de vous, ma chère bonne, et j'en suis fâchée : j'étais accoutumée à en recevoir deux. Il est dangereux de s'accoutumer à des soins tendres et précieux comme les vôtres; il n'est pas facile après cela de s'en passer. Vous aurez vos beaux-frères ce mois de septembre, ce vous sera une très-bonne compagnie. Pour le Coadjuteur, je vous dirai qu'il a été un peu malade; mais il est entièrement guéri : sa paresse est une chose incroyable, et il est d'autant plus criminel qu'il écrit des mieux quand il s'en veut mêler. Il vous aime toujours, et vous ira voir après la mi-août; il ne le peut qu'en ce temps-là. Il jure qu'il n'a aucune branche où se reposer (mais je crois qu'il ment), et que cela l'empêche d'écrire et lui fait mal aux yeux. Voilà tout ce que je sais du Seigneur Corbeau; mais admirez la bizarrerie de ma science : en vous apprenant toutes ces choses, j'ignore comme je suis avec lui. Si vous en apprenez quelque chose par hasard, vous m'obligerez fort de me le mander.

Je songe mille fois le jour au temps où je vous voyais à toute heure. Hélas! ma bonne, c'est bien moi qui dis cette chanson que vous me dites : *Hélas! quand reviendra-t-il ce temps, bergère?* Je le regrette tous les jours de ma vie, et j'en souhaiterais un pareil au prix de mon sang. Ce n'est pas que j'aie sur le cœur de n'avoir pas senti le plaisir d'être avec vous : je vous jure et je vous proteste que je ne vous ai jamais regardée avec indifférence ni avec la langueur que donne quelquefois l'habitude. Mes yeux ni mon cœur ne se sont jamais accoutumés à cette vue, et jamais je ne vous ai regardée sans joie et sans tendresse; et s'il y a eu quelques moments où elle n'ait pas paru, c'est alors que je la sentais plus vivement. Ce n'est donc point cela que je me puis reprocher; mais je regrette de ne vous avoir pas assez vue et d'avoir eu de cruelles politiques qui m'ont ôté quelquefois ce plaisir. Ce serait une belle chose si je remplissais mes lettres de ce qui me remplit le cœur. Hélas! comme vous dites, il faut glisser sur bien des pensées et ne pas faire semblant de les voir; je crois que vous en faites de même. Je m'arrête donc à vous conjurer, si je vous suis un peu

chère, d'avoir un soin extrême de votre santé. Amusez-
vous, ne rêvez point creux, ne faites point de bile,
conduisez votre grossesse à bon port; et après cela, si
M. de Grignan vous aime, et qu'il n'ait pas entrepris de
vous tuer, je sais bien ce qu'il fera, ou plutôt ce qu'il ne
fera point.

Avez-vous la cruauté de ne point achever Tacite ?
Laisserez-vous Germanicus au milieu de ses conquêtes ?
Si vous lui faites ce tour, mandez-moi l'endroit où vous
serez demeurée, et je l'achèverai : c'est tout ce que puis
faire pour votre service. Nous achevons le Tasse avec
plaisir, nous y trouvons des beautés qu'on ne voit point
quand on n'a qu'une demi-science. Nous avons commencé la *Morale*, c'est de la même étoffe que Pascal.
A propos de Pascal, je suis en fantaisie d'admirer l'honnêteté de ces messieurs les postillons, qui sont incessamment sur les chemins pour porter et reporter nos lettres;
enfin il n'y a jour dans la semaine qu'ils n'en portent
quelqu'une à vous et à moi; il y en a toujours et à toutes
les heures par la campagne : les honnêtes gens! qu'ils
sont obligeants! et que c'est une belle invention que la
poste, et un bel effet de la Providence que la cupidité!
J'ai quelquefois envie de leur écrire pour leur témoigner
ma reconnaissance, et je crois que je l'aurais déjà fait,
sans que je me souviens de ce chapitre de Pascal, et qu'ils
ont peut-être envie de me remercier de ce que j'écris,
comme j'ai envie de les remercier de ce qu'ils portent
mes lettres : voilà une belle digression.

Je reviens à nos lectures, et sans préjudice de *Cléopâtre*
que j'ai gagé d'achever : vous savez comme je soutiens
mes gageures. Je songe quelquefois d'où vient la folie que
j'ai pour ces sottises-là; j'ai peine à le comprendre. Vous
vous souvenez peut-être assez de moi pour savoir que je
suis assez blessée des méchants styles; j'ai quelque
lumière pour les bons, et personne n'est plus touchée que
moi des charmes de l'éloquence. Le style de la Calpre-
nède est maudit en mille endroits : de grandes périodes
de roman, de méchants mots, je sens tout cela. J'écrivis
l'autre jour une lettre à mon fils de ce style, qui était fort
plaisante. Je trouve donc qu'il est détestable, et je ne
laisse pas de m'y prendre comme à de la glu. La beauté
des sentiments, la violence des passions, la grandeur des
événements, et le succès miraculeux de leur redoutable
épée, tout cela m'entraîne comme une petite fille;
j'entre dans leurs affaires; et si je n'avais M. de la Roche-

foucauld et M. d'Hacqueville pour me consoler, je me
pendrais de trouver encore en moi cette faiblesse.

Vous m'apparaissez pour me faire honte; mais je me
dis de méchantes raisons, et je continue. J'aurai bien de
l'honneur du soin que vous me donnez de vous conserver
l'amitié de l'abbé! Il vous aime chèrement; et nous
parlons très-souvent de vous, de vos affaires et de vos
grandeurs. Il voudrait bien ne pas mourir avant que
d'avoir été en Provence, et de vous avoir rendu quelque
service.

On me mande que la pauvre Mme de Montlouet est
sur le point de perdre l'esprit : elle a extravagué jusqu'à
présent sans jeter une larme; elle a une grosse fièvre, et
commence à pleurer; elle dit qu'elle veut être damnée,
puisque son mari doit l'être assurément.

Nous continuons notre chapelle. Il fait chaud; les
soirées et les matinées sont très belles dans ces bois et
devant cette porte; mon appartement est frais. J'ai bien
peur que vous ne vous accommodiez pas si bien de vos
chaleurs de Provence. Je suis toujours toute à vous, ma
très-chère et très-aimable bonne. Une amitié à M. de Grignan. Ne vous adore-t-il pas toujours ?

43. — A COULANGES

Aux Rochers, 22ᵉ juillet 1671.

Ce mot sur la semaine est par-dessus le marché de
vous écrire seulement tous les quinze jours, et pour vous
donner avis, mon cher cousin, que vous aurez bientôt
l'honneur de voir Picard; et comme il est frère du laquais
de Mme de Coulanges, je suis bien aise de vous rendre
compte de mon procédé.

Vous savez que Mme la duchesse de Chaulnes est à
Vitré; elle y attend le duc, son mari, dans dix ou douze
jours, avec les états de Bretagne : vous croyez que j'extravague ? Elle attend donc son mari avec tous les états [76];
et en attendant, elle est à Vitré toute seule, mourant
d'ennui. Vous ne comprenez pas que cela puisse jamais
revenir à Picard ? Elle meurt donc d'ennui; je suis sa
seule consolation, et vous croyez bien que je l'emporte
d'une grande hauteur sur Mlles de Kerbone et de Ker-
queoison. Voici un grand circuit, mais pourtant nous
arriverons au but. Comme je suis donc sa seule consola-

tion, après l'avoir été voir, elle viendra ici, et je veux
qu'elle trouve mon parterre net et mes allées nettes, ces
grandes allées que vous aimez. Vous ne comprenez pas
encore où cela peut aller ? Voici une autre petite proposition incidente : vous savez qu'on fait les foins ; je n'avais
pas d'ouvriers ; j'envoie dans cette prairie, que les poètes
ont célébrée, prendre tous ceux qui travaillaient, pour
venir nettoyer ici : vous n'y voyez encore goutte ? Et, en
leur place, j'envoie tous mes gens faner. Savez-vous ce
que c'est que faner ? Il faut que je vous l'explique : faner
est la plus jolie chose du monde, c'est retourner du foin
en batifolant dans une prairie ; dès qu'on en sait tant, on
sait faner. Tous mes gens y allèrent gaiement ; le seul
Picard me vint dire qu'il n'irait pas, qu'il n'était pas entré
à mon service pour cela, que ce n'était pas son métier,
et qu'il aimait mieux s'en aller à Paris. Ma foi ! la colère
me monte à la tête. Je songeai que c'était la centième
sottise qu'il m'avait faite ; qu'il n'avait ni cœur, ni affection ; en un mot, la mesure était comble. Je l'ai pris au
mot ; et quoi qu'on m'ait pu dire pour lui, je suis demeurée
ferme comme un rocher, et il est parti. C'est une justice
de traiter les gens selon leurs bons ou mauvais services.
Si vous le revoyez, ne le recevez point, ne le protégez
point, ne me blâmez point, et songez que c'est le garçon
du monde qui aime le moins à faner, et qui est le plus
indigne qu'on le traite bien.

Voilà l'histoire en peu de mots. Pour moi, j'aime les
narrations où l'on ne dit que ce qui est nécessaire, où
l'on ne s'écarte point ni à droite, ni à gauche, où l'on ne
reprend point les choses de si loin ; enfin je crois que c'est
ici, sans vanité, le modèle des narrations agréables.

44. — A MADAME DE GRIGNAN

Aux Rochers, ce mercredi 5ᵉ août 1671.

Enfin, je suis bien aise que M. de Coulanges vous ait
mandé des nouvelles. Vous apprendrez encore celle de
M. de Guise, dont je suis accablée quand je pense à la
douleur de Mlle de Guise. Vous jugez bien, ma bonne,
que ce ne peut être que par la force de mon imagination
que cette mort me puisse faire mal ; car du reste rien ne
troublera moins le repos de ma vie. Vous savez comme
je crains les reproches qu'on se peut faire à soi-même.

Mlle de Guise n'a rien à se reprocher que la mort de son neveu : elle n'a jamais voulu qu'il ait été saigné ; la quantité de sang a causé le transport au cerveau : voilà une petite circonstance bien agréable. Je trouve que, dès qu'on tombe malade à Paris, on tombe mort ; je n'ai jamais vu une telle mortalité. Je vous conjure, ma chère bonne, de vous bien conserver ; et s'il y avait quelque enfant à Grignan qui eût la petite vérole, envoyez-le à Montélimar : votre santé est le but de mes désirs.

Il faut un peu que je vous dise des nouvelles de nos états pour votre peine d'être Bretonne. M. de Chaulnes arriva dimanche au soir, au bruit de tout ce qu'on en peut faire à Vitré. Le lundi matin il m'écrivit une lettre, et me l'envoya par un gentilhomme. J'y fis réponse par aller dîner avec lui. On mangea à deux tables dans le même lieu. Cela fait une assez grande mangerie ; il y a quatorze couverts à chaque table ; Monsieur en tient une, Madame l'autre. La bonne chère est excessive ; on remporte les plats de rôti comme si on n'y avait pas touché ; mais pour les pyramides du fruit, il faut faire hausser les portes. Nos pères ne prévoyaient pas ces sortes de machines, puisque même ils n'imaginaient pas qu'il fallût qu'une porte fût plus haute qu'eux. Une pyramide veut entrer (ces pyramides qui font qu'on est obligé de s'écrire d'un côté de la table à l'autre ; mais ce n'est pas ici qu'on en a du chagrin : au contraire, on est fort aise de ne plus voir ce qu'elles cachent) : cette pyramide, avec vingt porcelaines, fut si parfaitement renversée à la porte, que le bruit en fit taire les violons, les hautbois, les trompettes. Après le dîner, MM. de Locmaria et de Coëtlogon, avec deux Bretonnes, dansèrent des passe-pieds merveilleux, et des menuets, d'un air que nos bons danseurs n'ont pas à beaucoup près : ils y font des pas de Bohémiens et de bas Bretons, avec une délicatesse et une justesse qui charment. Je pense toujours à vous, et j'avais un souvenir si tendre de votre danse et de ce que je vous avais vue danser, que ce plaisir me devint une douleur. On parla fort de vous. Je suis assurée que vous auriez été ravie de voir danser Locmaria : les violons et les passe-pieds de la cour font mal au cœur au prix de ceux-là ; c'est quelque chose d'extraordinaire : ils font cent pas différents, mais toujours cette cadence courte et juste ; je n'ai point vu d'homme danser comme lui cette sorte de danse. Après ce petit bal, on vit entrer tous ceux qui arrivaient en foule pour ouvrir les états le lendemain,

M. le premier président, MM. les procureurs et avocats
généraux du parlement, huit évêques, MM. de Molac, la
Coste et Coëtlogon le père, M. Boucherat, qui vient de
Paris, cinquante bas Bretons dorés jusqu'aux yeux, cent
communautés. Le soir devait venir Mme de Rohan
d'un côté, et son fils de l'autre, et M. de Lavardin, dont
je suis étonnée. Je ne vis point ces derniers; car je voulus venir coucher ici, après avoir été à la Tour de Sévigné
voir M. d'Harouys et MM. Fourché et Chésières, qui
arrivaient. M. d'Harouys vous écrira; il est comblé de vos
honnêtetés : il a reçu deux de vos lettres à Nantes, dont
je vous suis encore plus obligée que lui. Sa maison va
être le Louvre des états : c'est un jeu, une chère, une
liberté jour et nuit qui attire tout le monde. Je n'avais
jamais vu les états; c'est une assez belle chose. Je ne crois
pas qu'il y en ait qui aient un plus grand air que ceux-ci.
Cette province est pleine de noblesse : il n'y en a pas un
à la guerre ni à la cour; il n'y a que votre frère, qui
peut-être y reviendra un jour comme les autres. J'irai
tantôt voir Mme de Rohan; il viendrait bien du monde
ici, si je n'allais à Vitré. C'était une grande joie de me
voir aux états; je n'ai pas voulu en voir l'ouverture,
c'était trop matin. Les états ne doivent pas être longs;
il n'y a qu'à demander ce que veut le Roi; on ne dit pas
un mot : voilà qui est fait. Pour le gouverneur, il y
trouve, je ne sais comment, plus de quarante mille écus
qui lui reviennent. Une infinité d'autres présents, de
pensions, de réparations de chemins et de villes, quinze
ou vingt grandes tables, un jeu continuel, des bals éternels, des comédies trois fois la semaine, une grande
braverie : voilà les états. J'oublie quatre cents pipes de
vin qu'on y boit : mais, si j'oubliais ce petit article, les
autres ne l'oublieraient pas, et c'est le premier. Voilà
ce qui s'appelle, ma bonne, des contes à dormir debout;
mais ils viennent au bout de la plume, quand on est en
Bretagne et qu'on n'a pas autre chose à dire. J'ai mille
baisemains à vous faire de M. et de Mme de Chaulnes. Je
suis toujours toute à vous, et j'attends le vendredi où je
reçois vos lettres avec une impatience digne de l'extrême
amitié que j'ai pour vous. Notre abbé vous embrasse,
et moi mon cher Grignan, et ce que vous voudrez.

45. — A MADAME DE GRIGNAN

Aux Rochers, ce [mercredi] 16ᵉ septembre [1671].

Je suis méchante aujourd'hui, ma bonne; je suis
comme quand vous me disiez : « Vous êtes méchante. »
Je suis triste, je n'ai point de vos nouvelles. *La grande
amitié n'est jamais tranquille.* MAXIME. Il pleut, nous
sommes seuls; en un mot, je vous souhaite plus de joie
que je n'en ai aujourd'hui. Ce qui embarrasse fort mon
abbé, la Mousse et mes gens, c'est qu'il n'y a point de
remède à mon chagrin. Je voudrais qu'il fût vendredi
pour avoir une de vos lettres; et il n'est que mercredi :
voilà sur quoi on ne sait que me faire; toute leur habileté
est à bout; et si par l'excès de leur amitié ils m'assuraient,
pour me contenter, qu'il est vendredi, ce serait encore
pis; car, si je n'avais point de vos lettres ce jour-là, il
n'y aurait pas un brin de raison avec moi; de sorte que
je suis contrainte d'avoir patience, quoique ce soit une
vertu, comme vous savez, qui n'est guère à mon usage :
enfin je serai satisfaite avant qu'il soit trois jours. J'ai
une extrême envie de savoir comme vous vous portez de
cette frayeur : c'est mon aversion que les frayeurs. Pour
moi, je ne suis pas grosse, mais elles me la font devenir,
c'est-à-dire qu'elles me mettent dans un état qui renverse
entièrement ma santé. Mon inquiétude présente ne va
pas jusque-là; je suis persuadée que la sagesse que vous
avez eue de garder le lit vous aura entièrement remise.
Ne me venez point dire que vous ne me manderez plus
rien de votre santé; vous me mettrez au désespoir; et
n'ayant plus de confiance à ce que vous me diriez, je
serais toujours comme je suis présentement. Il faut
avouer que nous sommes à une belle distance l'une de
l'autre, et que si l'on avait quelque chose sur le cœur
dont on attendît du soulagement, on aurait un beau
loisir pour se pendre.

Je voulus hier prendre une petite dose de *Morale;* je
m'en trouvai assez bien; mais je me trouve encore mieux
d'une petite critique contre la *Bérénice* de Racine, qui
me parut fort plaisante et fort spirituelle. C'est de l'auteur des *Sylphides*, des *Gnomes* et des *Salamandres* [77] : il y
a cinq ou six petits mots qui ne valent rien du tout, et
même qui sont d'un homme qui ne sait pas le monde;
cela donne de la peine; mais comme ce ne sont que des

mots en passant, il ne faut point s'en offenser, et regarder tout le reste et le tour qu'il donne à sa critique : je vous assure que cela est joli. Je crus que cette bagatelle vous aurait divertie; et je vous souhaitai dans votre petit cabinet auprès de moi, sauf à vous en retourner dans votre beau château quand vous auriez achevé cette lecture. Je vous avoue pourtant que j'aurais quelque peine à vous laisser partir si tôt; c'est une chose bien dure pour moi que de vous dire adieu : je sais ce que m'a coûté le dernier. Il serait bien de l'humeur où je suis d'en parler; mais je n'y pense encore qu'en tremblant; ainsi vous êtes à couvert de ce chapitre. J'espère que cette lettre vous trouvera gaie; si cela est, je vous prie de la brûler tout à l'heure; ce serait une chose bien extraordinaire qu'elle fût agréable avec ce chien d'esprit que je me sens. Le Coadjuteur est bien heureux que je ne lui fasse pas réponse aujourd'hui.

J'ai envie de vous faire vingt-cinq ou trente questions pour finir dignement cet ouvrage. Avez-vous des muscats ? vous ne me parlez que de figues. Avez-vous bien chaud ? vous ne m'en dites rien. Avez-vous de ces aimables bêtes que nous avions à Paris ? Avez-vous eu longtemps votre tante d'Harcourt ? Vous jugez bien qu'ayant perdu tant de vos lettres, je suis dans une assez grande ignorance, et que j'ai perdu la suite de votre discours. Pincez-vous toujours cette pauvre Golier [78] ? Vous battez-vous avec Adhémar ? de ces batteries qui me font demander : « Mais que voulez-vous donc ? » Est-il toujours le petit glorieux ? Croit-il pas toujours être de bien meilleure maison que ses frères ? Ah! que je voudrais bien battre quelqu'un! Que je serais obligée à quelque Breton qui me viendrait faire une sotte proposition qui m'obligeât de me mettre en colère! Vous me disiez l'autre jour que vous étiez bien aise que je fusse dans ma solitude et que j'y penserais à vous : c'est bien rencontré; c'est que je n'y pense pas toujours, au milieu de Vitré, de Paris, de la cour, et du paradis si j'y étais ? Adieu, ma bonne, voici le bel endroit de ma lettre. Je finis parce que je trouve que ceci extravague un peu : encore a-t-on son honneur à garder. Si je n'étais point brouillée avec le chocolat, j'en prendrais une chopine; il ferait un bel effet avec cette belle disposition que vous voyez.

46. — A MADAME DE GRIGNAN

Aux Rochers, mercredi 11e novembre 1671.

Plût à Dieu, ma fille, que de penser continuellement à vous avec toutes les tendresses et les inquiétudes possibles vous pût être bon à quelque chose! Il me semble que l'état où je suis ne devrait point vous être entièrement inutile : cependant il ne vous sert de rien; et de quoi pourrait-il vous servir à deux cents lieues de vous? Je crois que l'on songe à tout où vous êtes, qu'on a toutes les prévoyances, qu'on a pris le bon parti entre aller à Aix ou retourner à Grignan, qu'on a fait venir de bonne heure une sage-femme pour vous y accoutumer un peu, et vous épargner au moins ce qu'on peut vous épargner, je veux dire le chagrin et l'impatience que donne un visage entièrement inconnu. Pour une garde, il faut que vos femmes vous secourent en cette occasion : elles se souviennent de tout le manège de Mme Moreau; et vous, ma fille, vous aurez soin de garder le silence, et vous ne croirez pas faire, comme à Paris, un fort bon marché, d'acheter le plaisir de parler par un grand accès de fièvre. Que vous dirai-je enfin, et que vous puis-je dire que des choses à peu près de cet agrément? J'ai la tête pleine de tout ceci, je vous en parle, cela est naturel; si cela vous ennuie, cela est naturel aussi : je ne suis point blessée de toutes les choses qui sont à leur place. Il faudrait donc ne vous point écrire jusqu'à ce que je susse que vous êtes accouchée, et ce serait une étrange chose. Il vaut mieux, ma fille, que vous accoutumiez votre esprit à souffrir les pensées justes et naturelles dont on est rempli dans certaines occasions. Peut-être que vous serez accouchée quand vous recevrez cette lettre; mais qu'importe? pourvu qu'elle vous trouve en bonne santé. J'attends vendredi avec de grandes impatiences : voilà comme je suis à toujours pousser le temps avec l'épaule, et c'est ce que je n'aimais point à faire, et que je n'avais fait de ma vie, trouvant toujours que le temps marche assez sans qu'on le hâte d'aller.

Mme de la Fayette me mande qu'elle vous va écrire. Je crois qu'elle n'aura pas manqué de vous apprendre que la Marans entra l'autre jour chez la Reine à la comédie espagnole, tout effarée, ayant perdu la tramontane dès le premier pas. Elle prit la place de Mme du Fresnoi; on se moqua d'elle, comme d'une folle très-mal apprise.

L'autre jour Pomenars passa par ici. Il venait de Laval, où il trouva une grande assemblée de peuple; il demanda ce que c'était. « C'est, lui dit-on, que l'on pend en effigie un gentilhomme qui avait enlevé la fille de M. le comte de Créance. »

Cet homme-là, Sire, c'était lui-même [79].

Il approcha, il trouva que le peintre l'avait mal habillé : il s'en plaignit; il alla souper et coucher chez le juge qui l'avait condamné. Le lendemain il vint ici pâmant de rire; il en partit cependant dès le grand matin, le jour d'après.

Pour des devises, hélas! ma fille, ma pauvre tête n'est guère en état de songer, ni d'imaginer. Cependant, comme il y a douze heures au jour, et plus de cinquante à la nuit, j'ai trouvé dans ma mémoire *une fusée poussée fort haut*, avec ces mots :

Che peri, pur che s' inalzi

Plût à Dieu que je l'eusse inventée! je la trouve toute faite pour Adhémar : *Qu'elle périsse, pourvu qu'elle s'élève!* Je crains de l'avoir vue dans ces quadrilles, je ne m'en souviens pourtant pas précisément; mais je la trouve si jolie, que je ne crois point qu'elle vienne de moi. Je me souviens bien d'avoir vu dans un livre, au sujet d'un amant qui avait été assez hardi pour se déclarer, *une fusée en l'air*, avec ces mots : *Da l'ardore l'ardire* [80] : elle est belle, mais ce n'est pas cela. Je ne sais même si celle que je voudrais avoir faite est dans la justesse des devises; je n'ai aucune lumière là-dessus; mais en gros elle m'a plu; et si elle était bonne, et qu'elle se trouvât dans les quadrilles, ou dans un cachet, ce ne serait pas un grand mal : il est difficile d'en faire de toutes nouvelles. Vous m'avez entendue mille fois ravauder sur ce demi-vers du Tasse que je voulais employer à toute force, *l'alte non temo*. J'ai tant fait que le comte des Chapelles a fait faire un cachet avec un aigle qui approche du soleil, *l'alte non temo;* il est joli. Ma pauvre enfant, peut-être que tout cela ne vaut rien, et je ne m'en soucierai guère, pourvu que vous vous portiez bien.

47. — A MADAME DE GRIGNAN

A Paris, vendredi au soir, 15e janvier [1672].

Je vous ai écrit ce matin, ma bonne, par le courrier qui vous porte toutes les douceurs et tous les agréments du monde pour vos affaires de Provence; mais je veux encore écrire ce soir, afin qu'il ne soit pas dit qu'une poste arrive sans vous apporter de mes lettres. Tout de bon, ma belle, je crois que vous les aimez; vous me le dites : pourquoi voudriez-vous me tromper en vous trompant vous-même ? Car si par hasard cela n'était pas vous seriez à plaindre de l'accablement où je vous mettrais par l'abondance des miennes : les vôtres font ma félicité. Je ne vous ai point répondu sur votre belle âme (c'est Langlade qui dit, *la belle âme*, pour badiner) mais, de bonne foi, vous l'avez fort belle; ce n'est peut-être pas de ces âmes du premier ordre, comme ce Romain qui retourna chez les Carthaginois, pour tenir sa parole, où il fut martyrisé; mais, au-dessous, ma bonne, vous pouvez vous vanter d'être du premier rang. Je vous trouve si parfaite et dans une si grande réputation, que je ne sais que vous dire, sinon de vous admirer et de vous prier de soutenir toujours votre raison par votre courage, et votre courage par votre raison, et prendre du chocolat, afin que les plus méchantes compagnies vous paraissent bonnes.

La comédie de Racine m'a paru belle, nous y avons été. Ma belle-fille [81] m'a paru la plus merveilleuse comédienne que j'aie jamais vue : elle surpasse la Desœillets de cent lieues loin; et moi, qu'on croit assez bonne pour le théâtre, je ne suis pas digne d'allumer les chandelles quand elle paraît. Elle est laide de près, et je ne m'étonne pas que mon fils ait été suffoqué par sa présence; mais quand elle dit des vers, elle est adorable. *Bajazet* est beau; j'y trouve quelque embarras sur la fin; il y a bien de la passion, et de la passion moins folle que celle de *Bérénice* : je trouve cependant, selon mon goût, qu'elle ne surpasse pas *Andromaque*; et pour ce qui est des belles comédies de Corneille, elles sont autant au-dessus, que celles de Racine sont au-dessus de toutes les autres. Croyez que jamais rien n'approchera (je ne dis pas surpassera) des divins endroits de Corneille. Il nous lut l'autre jour une comédie chez M. de la Rochefoucauld, qui fait souvenir de la Reine mère [82]. Cependant je voudrais, ma bonne, que vous fussiez venue avec moi après dîner, vous ne vous seriez point ennuyée; vous auriez peut-être pleuré une petite larme, puisque j'en ai pleuré plus de vingt; vous auriez admiré votre belle-sœur; vous auriez vu les *Anges* [83] devant vous, et la Bourdeaux, qui était habillée en petite mignonne. Monsieur le Duc était derrière, Pomenars au-dessus, avec les laquais, son manteau dans son nez, parce que le comte de Créance le veut faire pendre, quelque résistance qu'il y fasse; tout le bel air était sur le théâtre. M. le marquis de Villeroi avait un habit de bal; le comte de Guiche ceinturé comme son esprit; tout le reste en bandits. J'ai vu deux fois ce comte chez M. de la Rochefoucauld; il me parut avoir bien de l'esprit, et il était moins surnaturel qu'à l'ordinaire.

Voilà notre abbé, chez qui je suis, qui vous mande qu'il a reçu le plan de Grignan, dont il est très-content : il s'y promène déjà par avance; il voudrait bien en avoir le profil : pour moi, j'attends à le bien posséder que je sois dedans. J'ai mille compliments à vous faire de tous ceux qui ont entendu les agréables paroles du Roi pour M. de Grignan. Mme de Verneuil me vint la première. Elle a pensé mourir.

Adieu, ma divine bonne; que vous dirai-je de mon amitié et de tout l'intérêt que je prends à vous à vingt lieues à la ronde, depuis les plus grandes jusques aux plus petites choses ? M. d'Harouys est arrivé. J'ai donné toutes vos réponses. J'embrasse l'admirable Grignan, le prudent Coadjuteur, et le présomptueux Adhémar : n'est-ce pas là comme je les nommais l'autre jour ?

48. — A MADAME DE GRIGNAN

A Sainte-Marie du faubourg, vendredi
29e janvier, jour de saint François de
Sales, et jour que vous fûtes mariée.
Voilà ma première radoterie; c'est que
je fais des bouts de l'an de tout (1672).

Me voici dans un lieu, ma bonne, qui est le lieu du monde où j'ai pleuré, le jour de votre départ, le plus abondamment et le plus amèrement : la pensée m'en fait tressaillir. Il y a une bonne heure que je me promène toute seule dans le jardin : toutes nos sœurs sont à

vêpres, embarrassées d'une méchante musique; et moi,
j'ai eu l'esprit de m'en dispenser. Ma bonne, je n'en puis
plus; votre souvenir me tue en mille occasions : j'ai
pensé mourir dans ce jardin, où je vous ai vue mille fois.
Je ne veux point vous dire en quel état je suis : vous avez
une vertu sévère, qui n'entre point dans la faiblesse
humaine. Il y a des jours, des heures, des moments où je
ne suis pas la maîtresse; je suis faible et ne me pique
point de ne l'être pas : tant y a, je n'en puis plus, et pour
m'achever, voilà un homme que j'avais envoyé chez le
chevalier de Grignan, qui me dit qu'il est extraordinairement mal. Cette pitoyable nouvelle n'a pas séché mes
yeux. Je crois qu'il dispose de ce qu'il a en votre faveur :
gardez-le, quoique ce soit peu, pour une marque de sa
tendresse, et ne le donnez point comme votre cœur le
voudrait : il n'y a pas un de vos beaux-frères qui, à
proportion, ne soit plus riche que vous. Je ne vous puis
dire le déplaisir que j'ai dans la crainte de cette perte.
Hélas! un petit aspic, comme M. de Rohan, revient de
la mort; et cet aimable garçon, bien né, bien fait, de bon
naturel, d'un bon cœur, dont la perte ne fait de bien à
personne, nous va périr entre les mains! Si j'étais libre,
je ne l'aurais pas abandonné, je ne crains point son mal;
mais je ne fais pas sur cela ma volonté. Vous recevrez
cet ordinaire des lettres écrites plus tard, qui vous par-
leront plus précisément de ce malheur. Pour moi, je
me contente de le sentir.

Voilà une permission de vendre et de transporter vos
blés. M. le Camus l'a obtenue, et y a joint une lettre de
lui. Je n'ai jamais vu un si bon homme, ni plus vif sur
tout ce qui vous regarde. Ecrivez-moi quelque chose de
lui, que je lui puisse lire.

Hier au soir, Mme du Fresnoy soupa chez nous. C'est
une nymphe, c'est une divinité; mais Mme Scarron,
Mme de la Fayette et moi, nous voulûmes la comparer
à Madame de Grignan, et nous la trouvâmes cent piques
au-dessous, non pas pour l'air et pour le teint; mais
ses yeux sont étranges, son nez n'est pas comparable
au vôtre, sa bouche n'est point finie. La vôtre est parfaite
et elle est tellement recueillie dans sa beauté, que je
trouve qu'elle ne dit précisément que les paroles qui lui
siéent bien : il est impossible de se la représenter parlant
communément et d'affection sur quelque chose. C'est la
résidence de l'abbé Têtu auprès de la plus belle; il ne la
quitta pas. Et pour votre esprit, ces dames ne mirent

aucun degré au-dessus du vôtre; et votre conduite, votre sagesse, votre raison, tout fut célébré. Je n'ai jamais vu une personne si bien louée; je n'eus pas le courage de faire les honneurs de vous, ni de parler contre ma conscience.

On dit que le chancelier est mort : je ne sais si on donnera les sceaux avant que cette poste parte. La Comtesse [84] est très-affligée de la mort de sa fille; elle est à Sainte-Marie de Saint-Denis. Ma bonne, on ne peut assez se conserver, et grosse, et en couche, et on ne peut assez éviter d'être dans ces deux états : je ne parle pour personne.

Adieu, ma très-chère, cette lettre sera courte : je ne puis rien écrire dans l'état où je suis : vous n'avez pas besoin de ma tristesse; mais si quelquefois vous en recevez d'infinies, ne vous en prenez qu'à vous, et à vos flatteries que vous me dites sur le plaisir que vous donnent leurs longueurs; vous n'oseriez plus vous en plaindre.

Je vous embrasse mille fois, et m'en retourne à mon jardin, et puis à un bout de salut, et puis chez des malades qui sont aussi chagrins que moi.

Voilà Madeleine-Agnès qui entre, et qui vous salue en Notre-Seigneur.

49. — A MADAME DE GRIGNAN

A Paris, mercredi 16ᵉ mars [1672].

Vous me parlez de mon départ : ah! ma chère fille! je languis dans cet espoir charmant. Rien ne m'arrête que ma tante, qui se meurt de douleur et d'hydropisie. Elle me brise le cœur par l'état où elle est, et par tout ce qu'elle dit de tendre et de bon sens. Son courage, sa patience, sa résignation, tout cela est admirable. M. d'Hacqueville et moi, nous suivons son mal jour à jour : il voit mon cœur et ma douleur que j'ai de n'être pas libre tout présentement. Je me conduis par ses avis; nous verrons entre ci et Pâques. Si son mal augmente, comme il a fait depuis que je suis ici, elle mourra entre nos bras; si elle reçoit quelque soulagement et qu'elle prenne le train de languir, je partirai dès que M. de Coulanges sera revenu. Notre pauvre abbé est au désespoir aussi bien que moi; nous verrons donc comme cet excès

de mal se tournera dans le mois d'avril. Je n'ai que cela
dans la tête : vous ne sauriez avoir tant d'envie de me
voir que j'en ai de vous embrasser; bornez votre ambition, et ne croyez pas me pouvoir jamais égaler là-dessus.

Mon fils me mande qu'ils sont misérables en Allemagne et ne savent ce qu'ils font. Il a été très affligé de
la mort du chevalier de Grignan.

Vous me demandez, ma chère enfant, si j'aime toujours bien la vie. Je vous avoue que j'y trouve des chagrins cuisants; mais je suis encore plus dégoûtée de la
mort : je me trouve si malheureuse d'avoir à finir tout
ceci par elle, que si je pouvais retourner en arrière, je ne
demanderais pas mieux. Je me trouve dans un engagement qui m'embarrasse : je suis embarquée dans la vie
sans mon consentement; il faut que j'en sorte, cela m'assomme; et comment en sortirai-je ? Par où ? Par quelle
porte ? Quand sera-ce ? En quelle disposition ? Souffrirai-
je mille et mille douleurs, qui me feront mourir déses-
pérée ? Aurai-je un transport au cerveau ? Mourrai-je
d'un accident ? Comment serai-je avec Dieu ? Qu'aurai-je
à lui présenter ? La crainte, la nécessité, feront-elles
mon retour vers lui ? N'aurai-je aucun autre sentiment
que celui de la peur ? Que puis-je espérer ? Suis-je digne
du paradis ? Suis-je digne de l'enfer ? Quelle alternative!
Quel embarras! Rien n'est si fou que de mettre son salut
dans l'incertitude; mais rien n'est si naturel, et la sotte vie
que je mène est la chose du monde la plus aisée à comprendre. Je m'abîme dans ces pensées, et je trouve la
mort si terrible, que je hais plus la vie parce qu'elle m'y
mène, que par les épines qui s'y rencontrent. Vous me
direz que je veux vivre éternellement. Point du tout;
mais si on m'avait demandé mon avis, j'aurais bien aimé
à mourir entre les bras de ma nourrice : cela m'aurait
ôté bien des ennuis et m'aurait donné le ciel bien sûrement et bien aisément; mais parlons d'autre chose.

Je suis au désespoir que vous ayez eu *Bajazet* par
d'autres que par moi. C'est ce chien de Barbin [85] qui me
hait, parce que je ne fais pas des *Princesses de Montpensier*. Vous en avez jugé très-juste et très-bien, et
vous aurez vu que je suis de votre avis. Je voulais vous
envoyer la Champmeslé pour vous réchauffer la pièce.
Le personnage de Bajazet est glacé; les mœurs des Turcs
y sont mal observées; ils ne font point tant de façons
pour se marier; le dénouement n'est point bien préparé :
on n'entre point dans les raisons de cette grande tuerie.

Il y a pourtant des choses agréables, et rien de parfaitement beau, rien qui enlève, point de ces tirades de Corneille qui font frissonner. Ma fille, gardons-nous bien de lui comparer Racine, sentons-en la différence. Il y a des endroits froids et faibles, et jamais il n'ira plus loin qu'*Alexandre* et qu'*Andromaque*. *Bajazet* est au-dessous, au sentiment de bien des gens, et au mien, si j'ose me citer. Racine fait des comédies pour la Champmeslé : ce n'est pas pour les siècles à venir. Si jamais il n'est plus jeune, et qu'il cesse d'être amoureux, ce ne sera plus la même chose. Vive donc notre vieil ami Corneille! Pardonnons-lui de méchants vers, en faveur des divines et sublimes beautés qui nous transportent : ce sont des traits de maître qui sont inimitables. Despréaux en dit encore plus que moi; et en un mot, c'est le bon goût : tenez-vous-y.

Voici un bon mot de Mme Cornuel [86], qui a fort réjoui le parterre. M. Tambonneau le fils a quitté la robe, et a mis une sangle autour de son ventre et de son derrière. Avec ce bel air, il veut aller sur la mer : je ne sais ce que lui a fait la terre. On disait donc à Mme Cornuel qu'il s'en allait à la mer : « Hélas! dit-elle, est-ce qu'il a été mordu d'un chien enragé ? » Cela fut dit sans malice, c'est ce qui a fait rire extrêmement.

Mme de Courcelles est fort embarrassée : on lui refuse toutes ses requêtes; mais elle dit qu'elle espère qu'on aura pitié d'elle, puisque ce sont des hommes qui sont ses juges. Notre Coadjuteur ne lui ferait point de grâce présentement; vous me le représentez dans les occupations de saint Ambroise.

Il me semble que vous deviez vous contenter que votre fille fût faite à son image et semblance : votre fils veut aussi lui ressembler; mais, sans offenser la beauté du Coadjuteur, où est donc la belle bouche de ce petit garçon ? Où sont ses agréments ? Il ressemble donc à sa sœur : vous m'embarrassez fort par cette ressemblance. Je vous aime bien, ma chère fille, de n'être point grosse : consolez-vous d'être belle *inutilement*, par le plaisir de n'être pas toujours mourante.

Je ne saurais vous plaindre de n'avoir point de beurre en Provence, puisque vous avez de l'huile admirable et d'excellent poisson. Ah! ma fille, que je comprends bien ce que peuvent faire et penser des gens comme vous, au milieu de votre Provence! Je la trouverai comme vous, et je vous plaindrai toute ma vie d'y passer de·si belles années de la vôtre. Je suis si peu désireuse de briller dans votre cour de Provence, et j'en juge si bien par celle de Bretagne, que par la même raison qu'au bout de trois jours à Vitré je ne respirais que les Rochers, je vous jure devant Dieu que l'objet de mes désirs, c'est de passer l'été à Grignan avec vous : voilà où je vise, et rien au-delà. Mon vin de Saint-Laurent est chez Adhémar, je l'aurai demain matin ; il y a longtemps que je vous en ai remerciée *in petto :* cela est bien obligeant.

Monsieur de Laon aime bien cette manière d'être cardinal. On assure que l'autre jour M. de Montausier, parlant à M. le Dauphin de la dignité des cardinaux, lui dit que cela dépendait du pape, et que s'il voulait faire cardinal un palefrenier, il le pourrait. Là-dessus le cardinal de Bonzi arrive ; M. le Dauphin lui dit : « Monsieur, est-il vrai que si le pape voulait, il ferait cardinal un palefrenier ? » M. de Bonzi fut surpris ; et devinant l'affaire, il lui répondit : « Il est vrai, Monsieur, que le pape choisit qui il lui plaît ; mais nous n'avons pas vu jusqu'ici qu'il ait pris des cardinaux dans son écurie. » C'est le cardinal de Bouillon qui m'a conté ce détail.

J'ai fort entretenu M. d'Uzès. Il vous mandera la conférence qu'il a eue : elle est admirable. Il a un esprit posé et des paroles mesurées, qui sont d'un grand poids dans ces occasions : il fait et dit toujours très bien partout.

On disait de Jarzé ce qu'on vous a dit ; mais cela est incertain. On prétend que la joie de la dame n'est pas médiocre pour le retour du chevalier de Lorraine. On dit aussi que le comte de Guiche et Mme de Brissac sont tellement sophistiqués, qu'ils auraient besoin d'un truchement pour s'entendre eux-mêmes. Ecrivez un peu à notre cardinal [87], il vous aime ; le faubourg vous aime ; Mme Scarron vous aime ; elle passe ici le carême, et céans presque tous les soirs. Barillon y est encore, et plût à Dieu, ma belle, que vous y fussiez aussi ! Adieu, mon enfant ; je ne finis point. Je vous défie de pouvoir comprendre combien je vous aime.

50. — A MADAME DE GRIGNAN

A Paris, vendredi saint, 15ᵉ avril 1672.

Vous voyez ma vie ces jours-ci, ma chère fille. J'ai de plus la douleur de ne vous avoir point, et de ne pas partir tout à l'heure. L'envie que j'en ai me fait craindre que Dieu ne permette pas que j'aie jamais une si grande joie; cependant je me prépare toujours. Mais n'est-ce pas une chose cruelle et barbare que de regarder la mort d'une personne qu'on aime beaucoup, comme le commencement d'un voyage qu'on souhaite avec une véritable passion ? Que dites-vous des arrangements des choses de ce monde ? Pour moi, je les admire; il faut profiter de ceux qui nous déplaisent, pour en faire une pénitence. Celle que M. de Coulanges dit qu'on fait à Aix présentement me paraît bien folle : je ne saurais m'accoutumer à ce qu'il me conte là-dessus.

Mme de Coulanges a été à Saint-Germain. Elle m'a dit mille bagatelles qui ne s'écrivent point, et qui me font bien entrer dans votre sentiment sur ce que vous me disiez l'autre jour de l'horreur de voir une infidélité : cet endroit me parut très plaisant et de fort bon sens; vous voyez que l'on n'est pas partout de notre sentiment.

Ma fille, quand vous voulez rompre du fer, trouvant les porcelaines indignes de votre colère, il me semble que vous êtes bien fâchée. Quand je songe qu'il n'y a personne pour en rire et pour se moquer de vous, je vous plains; car cette humeur rentrée me paraît plus dangereuse que la petite vérole. Mais à propos, comment vous en accommodez-vous ? Votre pauvre enfant s'en sauvera-t-il ? Il l'a eue si tôt qu'il devrait bien en être quitte.

Notre cardinal m'a dit ce soir mille tendresses pour vous : il s'en va à Saint-Denis faire la cérémonie de Pâques. Il reviendra encore un moment, et puis adieu.

Mme de la Fayette s'en va demain à une petite maison auprès de Meudon, où elle a déjà été. Elle y passera quinze jours, pour être comme suspendue entre le ciel et la terre : elle ne veut pas penser, ni parler, ni répondre, ni écouter; elle est fatiguée de dire bonjour et bonsoir; elle a tous les jours la fièvre, et le repos la guérit; il lui faut donc du repos : je l'irai voir quelquefois.

M. de la Rochefoucauld est dans cette chaise que vous connaissez : il est dans une tristesse incroyable, et l'on comprend bien aisément ce qu'il a.

Je ne sais aucune nouvelle aujourd'hui. La musique de Saint-Germain est divine; le chant des Minimes n'est pas divin; ma petite enfant y était tantôt; elle a trouvé beaucoup de gens de sa connaissance : je crains de l'aimer un peu trop, mais je ne saurais tant mesurer toutes choses.

J'étais bien serviteur de Monsieur votre père [88] :

ne trouvez-vous point que j'ai des raisons de l'aimer à peu près de la même sorte ?

Je ne vous parle guère de Mme de la Troche : c'est que les flots de la mer ne sont pas plus agités que son procédé avec moi. Elle est contente et malcontente dix fois par semaine, et cette diversité compose un désagrément incroyable dans la société. Cette préférence du faubourg est un point à quoi il est difficile de remédier : on m'y aime autant qu'on y peut aimer ; la compagnie y est sûrement bonne ; je ne suis de contrebande à rien ; ce qu'on y est une fois, on l'est toujours ; de plus, notre cardinal m'y donne souvent des rendez-vous : que faire à tout cela ? En un mot, je renonce à plaire à Mme de la Troche, sans renoncer à l'aimer ; car elle me trouvera toujours quand elle voudra se faire justice : j'ai de bons témoins de ma conduite avec elle, qui sont persuadés que j'ai raison, et qui admirent quelquefois ma patience. Ne me répondez qu'un mot sur tout cela ; car si la fantaisie lui prenait de voir une de vos lettres, tout serait perdu d'y trouver votre improbation. Elle n'a point encore vu de vos lettres ; il faut bien des choses pour en être digne à mon égard. Mme de Villars est ma favorite là-dessus : si j'étais reine de France ou d'Espagne, je croirais qu'elle me veut faire sa cour ; mais ne l'étant pas, je vois que c'est de l'amitié pour vous et pour moi. Elle est ravie de votre souvenir. Elle ne partira point sitôt, par une petite raison que vous devinerez, quand je vous dirai qu'elle ne peut aller qu'aux dépens du Roi son maître, et que ses assignations sont retardées. Cependant nous disons fort que nous n'avons rien contre l'Espagne ; ils sont dans les règles du traité. L'ambassadeur est ici, remplissant tous nos Minimes de sa belle livrée.

Ma chère enfant, je m'en vais prier Dieu, et me disposer à faire demain mes pâques : il faut au moins tâcher de sauver cette action de l'imperfection des autres. Je vous aime et vous embrasse, et voudrais bien que mon cœur fût pour Dieu comme il est pour vous.

51. — A MADAME DE GRIGNAN

A Paris, vendredi 6e mai [1672].

Ma bonne, il faut que je vous conte une radoterie que je ne puis éviter.

Je fus hier à un service [89] de M. le chancelier à l'Oratoire. Ce sont les peintres, les sculpteurs, les musiciens et les orateurs qui en ont fait la dépense : en un mot, les quatre arts libéraux. C'était la plus belle décoration qu'on puisse imaginer : le Brun avait fait le dessin. Le mausolée touchait à la voûte, orné de mille lumières et de plusieurs figures convenables à celui qu'on voulait louer. Quatre squelettes en bas étaient chargés des marques de sa dignité, comme lui ôtant les honneurs avec la vie. L'un portait son mortier, l'autre sa couronne de duc, l'autre son ordre, l'autre ses masses de chancelier. Les quatre Arts étaient éplorés et désolés d'avoir perdu leur protecteur : la Peinture, la Musique, l'Éloquence et la Sculpture. Quatre Vertus soutenaient la première représentation : la Force, la Justice, la Tempérance et la Religion. Quatre anges ou quatre génies recevaient au-dessus cette belle âme. Le mausolée était encore orné de plusieurs anges qui soutenaient une chapelle ardente, qui tenait à la voûte. Jamais il ne s'est rien vu de si magnifique, ni de si bien imaginé : c'est le chef-d'œuvre de le Brun. Toute l'église était parée de tableaux, de devises, d'emblèmes qui avaient rapport à la vie ou aux armes du chancelier. Plusieurs actions principales y étaient peintes. Mme de Verneuil voulait acheter toute cette décoration un prix excessif. Ils ont tous, en corps, résolu d'en parer une galerie, et de laisser cette marque de leur reconnaissance et de leur magnificence à l'éternité. L'assemblée était grande et belle, mais sans confusion. J'étais auprès de M. de Tulle, de M. Colbert, de M. de Monmouth, beau comme du temps du Palais-Royal, qui, par parenthèse, s'en va à l'armée trouver le Roi. Il est venu un jeune Père de l'Oratoire pour faire l'oraison funèbre. J'ai dit à M. de Tulle de le faire descendre, et de monter à sa place, et que rien ne pouvait soutenir la beauté du spectacle et la perfection de la musique, que la force de son éloquence. Ma bonne, ce jeune homme a commencé en tremblant; tout le monde tremblait aussi. Il a débuté par un accent provençal; il est de Marseille; il s'appelle

Laisné; mais en sortant de son trouble, il est entré dans
un chemin lumineux. Il a si bien établi son discours;
il a donné au défunt des louanges si mesurées; il a passé
par tous les endroits délicats avec tant d'adresse; il a si
bien mis dans son jour tout ce qui pouvait être admiré;
il a fait des traits d'éloquence et des coups de maître si
à propos et de si bonne grâce, que tout le monde, je dis
tout le monde, sans exception, s'en est écrié, et chacun
était charmé d'une action si parfaite et si achevée. C'est
un homme de vingt-huit ans, intime ami de M. de Tulle,
qui s'en va avec lui. Nous le voulions nommer le chevalier Mascaron; mais je crois qu'il surpassera son aîné.

Pour la musique, c'est une chose qu'on ne peut expliquer. Baptiste [90] avait fait un dernier effort de toute la
musique du Roi. Ce beau *Miserere* y était encore augmenté; il y eut un *Libera* où tous les yeux étaient pleins
de larmes. Je ne crois point qu'il y ait une autre musique
dans le ciel.

Il y avait beaucoup de prélats; j'ai dit à Guitaut :
« Cherchons un peu notre ami Marseille; » nous ne
l'avons point vu. Je lui ai dit tout bas : « Si c'était l'oraison funèbre de quelqu'un qui fût vivant, il n'y manque-
rait pas. » Cette folie l'a fait rire, sans aucun respect
de la pompe funèbre.

Ma bonne, quelle espèce de lettre est-ce ici ? Je pense
que je suis folle. A quoi peut servir une si grande narra-
tion ? Vraiment, j'ai bien contenté le désir que j'avais
de conter.

Le Roi est à Charleroi, et y fera un assez long séjour.
Il n'y a point encore de fourrages, les équipages portent
la famine avec eux : on est assez embarrassé dès le premier pas de cette campagne.

Guitaut m'a montré votre lettre, et à l'abbé : *Envoyez-
moi ma mère*. Ma bonne, que vous êtes aimable, et que
vous justifiez agréablement l'excessive tendresse qu'on
voit que j'ai pour vous! Hélas! je ne songe qu'à partir,
laissez-m'en le soin; je conduis des yeux toutes choses;
et si ma tante prenait le chemin de traîner, en vérité je par-
tirais. Vous seule au monde me pouvez faire résoudre
à la quitter dans un si pitoyable état; nous verrons : je
vis au jour la journée, et n'ai pas le courage de rien décider. Un jour je pars, le lendemain je n'ose; enfin, ma
bonne, vous dites vrai, il y a des choses bien désobli-
geantes dans la vie.

Vous me priez de ne point songer à vous en changeant

de maison; et moi, je vous prie de croire que je ne songe qu'à vous, et que vous m'êtes si extrêmement chère, que vous faites toute l'occupation de mon cœur. J'irai demain coucher dans ce joli appartement où vous serez placée sans me déplacer. Demandez au marquis d'Oppède, il l'a vu; il dit qu'il s'en va vous trouver. Hélas! qu'il est heureux! J'attends des lettres de Pomponne. Nous n'avons point de premier président. Adieu, ma belle petite; vous êtes par le monde; vous voyagez; je crains votre humeur hasardeuse : je ne me fie ni à vous, ni à M. de Grignan. Il est vrai que c'est une chose étrange, comme vous le dites, de se trouver à Aix après avoir fait cent lieues, et au Saint-Pilon [91] après avoir grimpé si haut. Il y a quelquefois des endroits dans vos lettres qui sont fort plaisants, mais il vous échappe des périodes comme à Tacite; j'ai trouvé cette comparaison : il n'y a rien de plus vrai. J'embrasse Grignan et le baise à la joue droite, au-dessous de sa *touffe ébouriffée*.

52. — A MADAME DE GRIGNAN

A Paris, lundi 30ᵉ mai [1672].

Je ne reçus point hier de vos lettres, ma pauvre enfant. Votre voyage de Monaco vous avait mise hors de toute mesure : je me doutais que ce petit malheur m'arriverait. Je vous envoie les nouvelles de M. de Pomponne. Voilà déjà la mode d'être blessé qui commence; j'ai le cœur fort triste dans la crainte de cette campagne. Mon fils m'écrit fort souvent; il se porte bien jusqu'à présent. Ma tante est toujours dans un état déplorable; et cependant, ma chère bonne, nous avons le courage d'envisager un jour pour partir, en jouant une espérance que de bonne foi nous n'avons point. Je suis toujours à trouver certaines choses fort mal arrangées parmi les événements de notre vie : ce sont de grosses pierres dans le chemin, trop lourdes pour les déranger; je crois que nous passerons par-dessus; ce n'est pas sans peine : la comparaison est juste.

Je ne mènerai point ma petite enfant; elle se porte très bien à Livry; elle y passera tout l'été. La beauté de Livry est au-dessus de tout ce que vous avez vu : les arbres sont plus beaux et plus verts, tout est plein de ces aimables chèvrefeuilles : cette odeur ne m'a point encore dégoûtée; mais vous méprisez bien nos petits buissons, auprès de vos forêts d'orangers.

Voici une histoire très tragique de Livry. Vous vous souvenez bien de ce prétendu très dévot, qui n'osait tourner la tête; je disais qu'il semblait qu'il y portât un verre d'eau. La dévotion l'a rendu fou : une belle nuit il s'est donné cinq ou six coups de couteau; et tout nu, et tout en sang, il se mit à genoux au milieu de la chambre. On entre, on le trouve en cet état : « Eh mon Dieu! mon frère, que faites-vous ? et qui vous a accommodé ainsi ? — Mon père, dit-il froidement, c'est que je fais pénitence. » Il tombe évanoui, on le couche, on le panse, on le trouve très-blessé; on le guérit après trois mois de soins, et puis ils l'ont renvoyé à Lyon à ses parents.

Si vous ne trouvez pas cette tête-là assez renversée, vous n'avez qu'à le dire, et je vous donnerai celle de Mme Paul [92] qui est devenue éperdue, et s'est amourachée d'un grand benêt de vingt-cinq ou vingt-six ans, qu'elle avait pris pour faire le jardin. Vraiment il a fait un beau ménage. Cette femme l'épouse. Ce garçon est brutal, il est fou; il la battra bientôt, il l'a déjà menacée. N'importe, elle en veut passer par là; je n'ai jamais vu tant de passion : ce sont tous les plus beaux violents sentiments qu'on puisse imaginer; mais ils sont croqués comme les grosses peintures; toutes les couleurs y sont, il n'y aura qu'à les étaler. Je me suis extrêmement divertie sur ces caprices de l'amour; je me suis effrayée moi-même voyant de tels attentats. Quelle insolence! s'attaquer à Mme Paul, c'est-à-dire à l'austère, l'antique et grossière vertu! Où trouvera-t-on quelque sûreté ? Voilà de belles nouvelles, ma pauvre bonne, au lieu de vos aimables relations.

Mme de la Fayette est toujours languissante, M. de la Rochefoucauld toujours éclopé; nous faisons quelquefois des conversations d'une tristesse qu'il semble qu'il n'y ait plus qu'à nous enterrer. Le jardin de Mme de la Fayette est la plus jolie chose du monde : tout est fleuri, tout est parfumé; nous y passons bien des soirées, car la pauvre femme n'ose pas aller en carrosse. Nous vous souhaiterions bien quelquefois derrière une palissade pour entendre certains discours de certaines terres inconnues [93] que nous croyons avoir découvertes. Enfin, ma fille, en attendant ce jour heureux de mon départ, je passe du faubourg au coin du feu de ma tante, et du coin du feu de ma tante à ce pauvre faubourg.

Je vous prie, ma chère, n'oubliez pas tout à fait

M. d'Harouys, dont le cœur est un chef-d'œuvre de perfection, et qui vous adore.

Adieu, ma très aimable enfant; j'ai bien envie de savoir de vos nouvelles, et de votre fils. Il fait bien chaud chez vous autres; je crains cette saison pour lui, et pour vous beaucoup plus, car je n'ai pas encore pensé qu'on pût aimer quelque chose plus que vous.

J'embrasse mon cher Grignan. Vous aime-t-il toujours bien ? Je le prie de m'aimer aussi.

53. — A MADAME DE GRIGNAN

A Auxerre, samedi 16e juillet [1672].

Enfin, ma fille, nous voilà. Je suis encore bien loin de vous, et je sens pourtant déjà le plaisir d'en être plus près. Je partis mercredi de Paris, avec le chagrin de n'avoir pas reçu de vos lettres le mardi. L'espérance de vous trouver au bout d'une si longue carrière me console. Tout le monde nous assurait agréablement que je voulais faire mourir notre cher abbé, de l'exposer dans un voyage de Provence au milieu de l'été. Il a eu le courage de se moquer de tous ces discours, et Dieu l'en a récompensé par un temps à souhait. Il n'y a point de poussière, il fait frais, et les jours sont d'une longueur infinie. Voilà tout ce qu'on peut souhaiter. Notre Mousse prend courage. Nous voyageons un peu gravement. M. de Coulanges nous eût été bon pour nous réjouir. Nous n'avons point trouvé de lecture qui fût digne de nous que Virgile, non pas travesti, mais dans toute la majesté du latin et de l'italien. Pour avoir de la joie, il faut être avec des gens réjouis; vous savez que je suis comme on veut, mais je n'invente rien.

Je suis un peu triste de ne plus savoir ce qui se passe en Hollande. Quand je suis partie, on était entre la paix et la guerre. C'était le pas le plus important où la France se soit trouvée depuis très longtemps. Les intérêts particuliers s'y rencontrent avec ceux de l'Etat.

Adieu donc, ma chère enfant; j'espère que je trouverai de vos nouvelles à Lyon. Vous êtes très obligée à notre cher abbé et à la Mousse; à moi point du tout.

54. — A ARNAUD D'ANDILLY

A Aix, 11e décembre 1672.

Au lieu d'aller à Pomponne vous faire une visite, vous voulez bien que je vous écrive. Je sens la différence de l'un à l'autre; mais il faut que je me console au moins de ce qui est en mon pouvoir. Vous seriez bien étonné si j'allais devenir bonne à Aix. Je m'y sens quelquefois portée par un esprit de contradiction; et voyant combien Dieu y est peu aimé, je me trouve chargée d'en faire mon devoir. Sérieusement les provinces sont peu instruites des devoirs du christianisme. Je suis plus coupable que les autres, car j'en sais beaucoup. Je suis assurée que vous ne m'oubliez jamais dans vos prières, et je crois en sentir des effets toutes les fois que je sens une bonne pensée.

J'espère que j'aurai l'honneur de vous revoir ce printemps, et qu'étant mieux instruite, je serai plus en état de vous persuader tout ce que vous m'assuriez que je ne vous persuadais point. Tout ce que vous saurez entre ci et là, c'est que si le prélat, qui a le don de gouverner les provinces, avait la conscience aussi délicate que M. de Grignan, il serait un très bon évêque; *ma basta*.

Faites-moi la grâce de me mander de vos nouvelles : parlez-moi de votre santé, parlez-moi de l'amitié que vous avez pour moi; donnez-moi la joie de voir que vous êtes persuadé que vous êtes au premier rang de tout ce qui m'est le plus cher au monde : voilà ce qui m'est nécessaire pour me consoler de votre absence, dont je sens l'amertume au travers de toute l'amour maternelle.

M. DE RABUTIN CHANTAL.

Pour Monsieur d'Andilly, à Pomponne.

55. — A MADAME DE GRIGNAN

A Lambesc, mardi 20e décembre,
à dix heures du matin 1672 [94].

Quand on compte sans la Providence, ma chère fille, on court risque souvent de se mécompter. J'étais toute habillée à huit heures, j'avais pris mon café, entendu la messe, tous les adieux faits, le bardot chargé; les sonnettes des mulets me faisaient souvenir qu'il fallait monter en litière; ma chambre était pleine de monde, qui me priait de ne point partir, parce que depuis plusieurs jours il pleut beaucoup, et depuis hier continuellement, et même dans le moment. Je résistais hardiment à tous ces discours, faisant honneur à la résolution que j'avais prise et à tout ce que je vous mandai hier par la poste, en assurant que j'arriverais jeudi, lorsque tout d'un coup M. de Grignan, en robe de chambre d'omelette, m'a parlé si sérieusement de la témérité de mon entreprise, que mon muletier ne suivrait pas ma litière, que mes mulets tomberaient dans les fossés, que mes gens seraient mouillés et hors d'état de me secourir, qu'en un moment j'ai changé d'avis, et j'ai cédé entièrement à ses sages remontrances. Ainsi coffres qu'on rapporte, mulets qu'on dételle, filles et laquais qui se sèchent pour avoir seulement traversé la cour, et messager que l'on vous envoie, connaissant vos bontés et vos inquiétudes, et voulant aussi apaiser les miennes, parce que je suis en peine de votre santé, et que cet homme ou reviendra nous en apporter des nouvelles, ou me trouvera par les chemins. En un mot, ma chère enfant, il arrivera jeudi au lieu de moi, et moi, je partirai bien véritablement quand il plaira au ciel et à M. de Grignan, qui me gouverne de bonne foi, et qui comprend toutes les raisons qui me font souhaiter passionnément d'être à Grignan. Si M. de la Garde pouvait ignorer tout ceci, j'en serais fort aise; car il va triompher du plaisir de m'avoir prédit tout l'embarras où je me trouve; mais qu'il prenne garde à la vaine gloire qui pourrait accompagner le don de prophétie dont il pourrait se flatter. Enfin, ma fille, me voilà, ne m'attendez plus. Je vous surprendrai, et ne me hasarderai point, de peur de vous donner de la peine, et à moi aussi. Adieu, ma très chère et très aimable; je vous assure que je suis fort affligée d'être prisonnière à Lambesc; mais le moyen de deviner des pluies qu'on n'a point vues dans ce pays depuis un siècle ?

56. — A MADAME DE GRIGNAN

A Marseille [95], mercredi [25 janvier 1673].

Je vous écris entre la visite de Madame l'intendante et une harangue très belle. J'attends un présent, et le

présent attend ma pistole. Je suis charmée de la beauté
singulière de cette ville. Hier le temps fut divin, et
l'endroit d'où je découvris la mer, les bastides, les montagnes et la ville, est une chose étonnante; mais surtout
je suis ravie de Mme de Montfuron : elle est aimable,
et on l'aime sans balancer. La foule des chevaliers qui
vinrent hier voir M. de Grignan à son arrivée; des noms
connus, des Saint-Hérem; des aventuriers, des épées,
des chapeaux du bel air, des gens faits à peindre une
idée de guerre, de roman, d'embarquement, d'aven-
tures, de chaînes, de fers, d'esclaves, de servitude, de
captivité : moi, qui aime les romans, tout cela me ravit
et j'en suis transportée. Monsieur de Marseille vint hier
au soir; nous dînons chez lui; c'est l'affaire des deux
doigts de la main. Dites-le à Volonne. Il fait aujour-
d'hui un temps de diantre, j'en suis triste; nous ne
verrons ni mer, ni galères, ni port. Je demande pardon
à Aix, mais Marseille est bien plus joli, et est plus peuplé
que Paris à proportion : il y a cent mille âmes. De vous
dire combien il y en a de belles, c'est ce que je n'ai pas
le loisir de compter. L'air en gros y est un peu scélérat,
et parmi tout cela je voudrais être avec vous. Je n'aime
aucun lieu sans vous, et moins la Provence qu'un autre :
c'est un vol que je regretterai. Remerciez Dieu d'avoir
plus de courage que moi, mais ne vous moquez pas
de mes faiblesses ni de mes chaînes.

57. — A MADAME DE GRIGNAN

A Marseille [95], jeudi à midi [26 janvier 1673].

Le diable est déchaîné en cette ville : de mémoire
d'homme, on n'a point vu de temps si vilain.

J'admire plus que jamais de donner avec tant d'osten-
tation les choses du dehors, de refuser en particulier ce
qui tient au cœur; poignarder et embrasser, ce sont des
manières : on voudrait m'avoir ôté l'esprit; car au milieu
de mes honnêtetés, on voit que je vois; et je crois qu'on
rirait avec moi, si on l'osait; tout est de carême-prenant.

Hier nous dînâmes chez M. de Marseille : ce fut un
très bon repas. Il me mena l'après-dînée faire des visites
nécessaires, et me laissa le soir ici. Le gouverneur me
donna les violons, que je trouvai très-bons. Il vint des
masques plaisants : il y avait une petite Grecque fort

jolie; votre mari tournait tout autour : ma fille, c'est un
fripon; si vous étiez bien glorieuse, vous ne le regarde-
riez pas. Il y a un chevalier de Saint-Mesmes qui danse
bien à mon gré; il était en Turc; il ne hait pas la Grecque
à ce qu'on dit. Je trouve, comme vous, que Bétomas,
ressemble à Lauzun, et Mme de Montfuron à Mme d'Armagnac, et Mlle des Pennes à feu Mlle de Cossé. Nous
ne parlons que de Mlle de Scudéry et de la Troche avec
la Brétèche, et de toutes choses avec plusieurs qui
connaissent Paris. Si tantôt il fait un moment de soleil,
M. de Marseille me mènera bayer. En un mot, j'ai
déjà de Marseille et de votre absence jusque-là. La
Santa-Crux est belle, fraîche, gaie et naturelle; rien n'est
faux ni emprunté chez elle. Je vous prie de songer déjà à
des remerciements pour elle, et à la louer du rigodon où
elle triomphe.

Adieu, ma très aimable enfant : hélas! je ne vous ai
point vue ici; cette pensée gâte ce qu'on voit. Adhémar,
qui, par parenthèse, a pris le nom de chevalier de Grignan, a fait le petit démon quand je lui ai dit que vous
m'aviez envoyé de l'argent pour lui. Il n'en a que faire,
il a dix mille écus; il les jettera par la place; vous êtes
folle, il ne vous le pardonnera jamais; mais là-dessus je
me sers de ce pouvoir souverain que j'ai sur lui, et j'ai
obtenu qu'il recevra seulement un sac de mille francs.
Cela est fait, et quoi qu'il dise, je crois qu'il sera dépensé
avant que vous receviez cette lettre; le reste viendra en
peu de temps; n'en soyez point en peine, ma bonne, ôtez
cette bagatelle de votre esprit.

58. — A MADAME DE GRIGNAN

A Montélimar, jeudi 5e octobre [1673].

Voici un terrible jour, ma chère fille; je vous avoue
que je n'en puis plus. Je vous ai quittée dans un état
qui augmente ma douleur. Je songe à tous les pas que
vous faites et à tous ceux que je fais, et combien il s'en
faut qu'en marchant toujours de cette sorte, nous puissions jamais nous rencontrer. Mon cœur est en repos
quand il est auprès de vous : c'est son état naturel, et le
seul qui peut lui plaire. Ce qui s'est passé ce matin me
donne une douleur sensible, et me fait un déchirement
dont votre philosophie sait les raisons : je les ai senties

et les sentirai longtemps. J'ai le cœur et l'imagination tout remplis de vous; je n'y puis penser sans pleurer, et j'y pense toujours : de sorte que l'état où je suis n'est pas une chose soutenable; comme il est extrême, j'espère qu'il ne durera pas dans cette violence. Je vous cherche toujours, et je trouve que tout me manque, parce que vous me manquez. Mes yeux qui vous ont tant rencontrée depuis quatorze mois ne vous trouvent plus. Le temps agréable qui est passé rend celui-ci douloureux, jusqu'à ce que j'y sois un peu accoutumée; mais ce ne sera jamais assez pour ne pas souhaiter ardemment de vous revoir et de vous embrasser. Je ne dois pas espérer mieux de l'avenir que du passé. Je sais ce que votre absence m'a fait souffrir; je serai encore plus à plaindre, parce que je me suis fait imprudemment une habitude nécessaire de vous voir. Il me semble que je ne vous ai point assez embrassée en partant : qu'avais-je à ménager ? Je ne vous ai point assez dit combien je suis contente de votre tendresse; je ne vous ai point assez recommandée à M. de Grignan; je ne l'ai point assez remercié de toutes ses politesses et de toute l'amitié qu'il a pour moi; j'en attendrai les effets sur tous les chapitres : il y en a où il a plus d'intérêt que moi, quoique j'en sois plus touchée que lui. Je suis déjà dévorée de curiosité; je n'espère de consolation que de vos lettres, qui me feront encore bien soupirer. En un mot, ma fille, je ne vis que pour vous. Dieu me fasse la grâce de l'aimer quelque jour comme je vous aime. Je songe aux *pichons* [96], je suis toute pétrie de Grignans; je tiens partout. Jamais un voyage n'a été si triste que le nôtre; nous ne disons pas un mot.

Adieu, ma chère enfant, aimez-moi toujours : hélas! nous revoilà dans les lettres. Assurez Monsieur l'Archevêque de mon respect très tendre, et embrassez le Coadjuteur; je vous recommande à lui. Nous avons encore dîné à vos dépens. Voilà M. de Saint-Geniez qui vient me consoler. Ma fille, plaignez-moi de vous avoir quittée.

59. — A MADAME DE GRIGNAN

A Paris, lundi 11e décembre [1673].

Je viens de Saint-Germain, ma chère fille, où j'ai été deux jours entiers avec Mme de Coulanges et M. de la

Rochefoucauld : nous logions chez lui. Nous fîmes le soir notre cour à la Reine, qui me dit bien des choses obligeantes pour vous ; mais s'il fallait vous dire tous les bonjours, tous les compliments d'hommes et de femmes, vieux et jeunes, qui m'accablèrent et me parlèrent de vous, ce serait nommer quasi toute la cour ; je n'ai rien vu de pareil. « Et comment se porte Mme de Grignan ? Quand reviendra-t-elle ? » Et ceci, et cela. Enfin représentez-vous que chacun n'ayant rien à faire et me disant un mot, me faisait répondre à vingt personnes à la fois. J'ai dîné avec Mme de Louvois ; il y avait presse à qui nous en donnerait. Je voulais revenir hier ; on nous arrêta d'autorité, pour souper chez M. de Marsillac [97], dans son appartement enchanté, avec Mme de Thianges, Mme Scarron, Monsieur le Duc, M. de la Rochefoucauld, M. de Vivonne, et une musique céleste. Ce matin nous sommes revenus.

Voici une querelle qui faisait la nouvelle de Saint-Germain. M. le chevalier de Vendôme et M. de Vivonne font les amoureux de Mme de Ludres. M. le chevalier de Vendôme veut chasser M. de Vivonne. On s'écrie : « Et de quel droit ? » Sur cela, il dit qu'il se veut battre contre M. de Vivonne : on se moque de lui. Non, il n'y a point de raillerie : il se veut battre, et monte à cheval et prend la campagne. Voici ce qui ne se peut payer : c'est d'entendre Vivonne. Il était dans sa chambre, trèsmal de son bras, recevant les compliments de toute la cour, car il n'y a point eu de partage. « Moi, Messieurs, dit-il, moi me battre ! Il peut fort bien me battre s'il veut, mais je le défie de faire que je le veuille me battre. Qu'il se fasse casser l'épaule, qu'on lui fasse dix-huit incisions ; et puis » (on croit qu'il va dire : *et puis nous nous battrons*) « et puis, dit-il, nous nous accommoderons. Mais se moque-t-il de vouloir tirer sur moi ? Voilà un beau dessein, c'est comme qui voudrait tirer dans une porte cochère. Je me repens bien de lui avoir sauvé la vie au passage du Rhin. Je ne veux plus faire de ces actions, sans faire tirer l'horoscope de ceux pour qui je les fais. Eussiez-vous jamais cru que c'eût été pour me percer le sein que je l'eusse remis sur la selle ? » Mais tout cela d'un ton et d'une manière si folle, qu'on ne parlait d'autre chose à Saint-Germain.

J'ai trouvé votre siège d'Orange [98] fort étalé à la cour. Le Roi en avait parlé agréablement, et on trouva trèsbeau que sans ordre du Roi, et seulement pour suivre

M. de Grignan, il se soit trouvé sept cents gentilshommes
à cette occasion; car le Roi avait dit *sept cents*, tout le
monde dit *sept cents*. On ajoute qu'il y avait deux cents
litières, et de rire; mais on croit sérieusement qu'il y
a peu de gouverneurs qui pussent avoir une pareille
suite.

J'ai causé deux heures en deux fois avec M. de Pomponne; j'en suis contente au-delà de ce que j'espérais.
Mlle Lavocat est dans notre confidence; elle est très
aimable; elle sait notre syndicat [99], notre procureur, notre
gratification, notre opposition, notre délibération, comme
elle sait la carte et les intérêts des princes, c'est-à-dire
sur le bout du doigt. On l'appelle le petit ministre; elle
est dans tous nos intérêts. Il y a des entractes à nos
conversations, que M. de Pomponne appelle des traits de
rhétorique pour capter la bienveillance des auditeurs.

Il y a des articles dans vos lettres sur lesquels je ne
réponds point : il est ordinaire d'être ridicule, quand on
répond de si loin. Vous savez quel déplaisir nous avions
de la perte de je ne sais quelle ville, lorsqu'il y avait dix
jours qu'à Paris on se réjouissait que le prince d'Orange
en eût levé le siège; c'est le malheur d'être loin. Adieu,
ma très aimable : je vous embrasse bien tendrement.

60. — A MADAME DE GRIGNAN

A Paris, lundi 15ᵉ janvier 1674.

J'allai donc dîner samedi chez M. de Pomponne,
comme je vous avais dit; et puis, jusqu'à cinq heures,
il fut enchanté, enlevé, transporté de la perfection des
vers de la *Poétique* de Despréaux. D'Hacqueville y était;
nous parlâmes deux ou trois fois du plaisir que j'aurais
de vous la voir entendre.

M. de Pomponne se souvient d'un jour que vous étiez
petite fille chez mon oncle de Sévigné. Vous étiez
derrière une vitre avec votre frère, plus belle, dit-il,
qu'un ange; vous disiez que vous étiez prisonnière, que
vous étiez une princesse chassée de chez son père. Votre
frère était beau comme vous : vous aviez neuf ans. Il
me fit souvenir de cette journée; il n'a jamais oublié
aucun moment où il vous ait vue. Il se fait un plaisir de
vous revoir, qui me paraît le plus obligeant du monde.
Je vous avoue, ma très aimable chère, que je couve une

grande joie; mais elle n'éclatera point que je ne sache votre résolution.

M. de Villars est arrivé d'Espagne; il nous a conté mille choses des Espagnoles, fort amusantes.

Mais enfin, ma très chère, j'ai vu la Marans dans sa cellule; je disais autrefois dans sa loge. Je la trouvai fort négligée; pas un cheveu; une cornette de vieux point de Venise, un mouchoir noir, un manteau gris effacé, une vieille jupe. Elle fut aise de me voir; nous nous embrassâmes tendrement; elle n'est pas fort changée : nous parlâmes de vous d'abord; elle vous aime autant que jamais, et me paraît si humiliée, qu'il n'y a pas moyen de ne la pas aimer. Nous parlâmes de sa dévotion; elle me dit qu'il était vrai que Dieu lui avait fait des grâces, dont elle a une sensible reconnaissance. Ces grâces ne sont rien du tout qu'une grande foi, un tendre amour de Dieu, et une horreur pour le monde : tout cela joint à une si grande défiance d'elle-même et de ses faiblesses, qu'elle est persuadée que si elle prenait l'air un moment, cette grâce si divine s'évaporerait. Je trouvai que c'était une fiole d'essence qu'elle conservait chèrement dans la solitude : elle croit que le monde lui ferait perdre cette liqueur précieuse, et même elle craint le tracas de la dévotion. Mme de Schomberg dit qu'elle est une vagabonde au prix de la Marans. Cette humeur sauvage que vous connaissiez s'est tournée en retraite; le tempérament ne se change pas. Elle n'a pas même la folie, si commune à toutes les femmes, d'aimer leur confesseur : elle n'aime point cette liaison; elle ne lui parle qu'à confesse. Elle va à pied à sa paroisse, et lit tous nos bons livres; elle travaille, elle prie Dieu; ses heures sont réglées; elle mange quasi toujours dans sa chambre; elle voit Mme de Schomberg à de certaines heures; elle hait autant les nouvelles du monde qu'elle les aimait; elle excuse autant son prochain qu'elle l'accusait; elle aime autant Dieu qu'elle aimait le monde. Nous rîmes fort de ses manières passées; nous les tournâmes en ridicule. Elle n'a point le style des sœurs colettes; elle parle fort sincèrement et fort agréablement de son état. J'y fus deux heures; on ne s'ennuie point avec elle; elle se mortifie de ce plaisir, mais c'est sans affectation : enfin elle est bien plus aimable qu'elle n'était. Je ne pense pas, ma fille, que vous vous plaigniez que je ne vous mande pas des détails.

Je reçois tout présentement, ma chère enfant, votre lettre du 7e. Je vous avoue qu'elle me comble d'une joie si vive, qu'à peine mon cœur, que vous connaissez, la peut contenir. Il est sensible à tout, et je le haïrais s'il était pour mes intérêts comme il est pour les vôtres. Enfin, ma fille, vous venez : c'est tout ce que je désirais le plus, mais je m'en vais vous dire à mon tour une chose assez raisonnable : c'est que je vous jure et vous proteste devant Dieu que si M. de la Garde n'avait trouvé votre voyage nécessaire, et qu'il ne le fût pas en effet pour vos affaires, jamais je n'aurais mis en compte, au moins pour cette année, le désir de vous voir, ni ce que vous devez à la tendresse infinie que j'ai pour vous. Je sais la réduire à la droite raison, quoi qu'il m'en coûte; et j'ai quelquefois de la force dans ma faiblesse, comme ceux qui sont les plus philosophes.

Après cette déclaration sincère, je vous avoue que je suis pénétrée de joie, et que la raison se rencontrant avec mes désirs, je suis à l'heure que je vous écris parfaitement contente; et je ne vais être occupée qu'à vous bien recevoir. Savez-vous bien que la chose la plus nécessaire, après vous et M. de Grignan, ce serait d'amener Monsieur le Coadjuteur? Peut-être n'aurez-vous pas toujours la Garde; et s'il vous manque, vous savez que M. de Grignan n'est pas sur ses intérêts comme sur ceux du Roi son maître : il a une religion et un zèle pour ceux-ci qui ne se peut comparer qu'à la négligence qu'il a pour les siens. Quand il veut prendre la peine de parler, il fait très bien; personne ne peut tenir sa place : c'est ce qui fait que nous le souhaitons. Vous n'êtes point sur le pied de Mme de Cauvisson, pour agir toute seule : il vous faut encore huit ou dix années; mais M. de Grignan, vous et Monsieur le Coadjuteur, voilà ce qui serait d'une utilité admirable. Le cardinal de Retz arrive; il sera ravi de vous voir. Au reste, ne nous faites point de bravoure ridicule; ne nous donnez point d'un pont d'Avignon ni d'une montagne de Tarare; venez sagement; c'est à M. de Grignan que je recommande cette barque; c'est lui qui m'en répondra.

J'écris à Monsieur le Coadjuteur, pour le conjurer de venir : il nous facilitera l'audience de deux ministres; il soutiendra l'intérêt de son frère. Monsieur le Coadjuteur est hardi, il est heureux; vous vous donnez de la considération les uns aux autres. Je parlerais d'ici à demain là-dessus : j'en écris à Monsieur l'Archevêque :

gagnez cela sur le Coadjuteur, et lui faites tenir ma
lettre.

Monsieur le Prince revient de trente lieues d'ici.
M. de Turenne n'est point parti. M. de Monterey s'est
retiré. M. de Luxembourg est dégagé. Mon fils sera ici
dans deux jours.

On a volé dans la chapelle de Saint-Germain, depuis
vingt-quatre heures, la lampe d'argent de sept mille
francs, six chandeliers plus hauts que moi : voilà une
extrême insolence. On a trouvé des cordes du côté de la
tribune de Mme de Richelieu. On ne comprend pas
comme cela s'est pu faire : il y a des gardes qui vont et
viennent, et tournent toute la nuit.

Savez-vous bien que l'on parle de la paix ? M. de
Chaulnes arrive de Bretagne, et repart pour Cologne.

DE CORBINELLI

Mlle de Méri ne peut pas encore vous écrire. Le
rhume l'accable, et je lui ai promis de vous le mander.
Venez, Madame, tous vos amis font des cris de joie, et
vous préparent un triomphe. M. de Coulanges et moi,
nous songeons aux couplets qui l'accompagneront.

61. — A MADAME DE GRIGNAN

A Paris, lundi 5e février 1674.

Il y a aujourd'hui bien des années, ma chère bonne,
qu'il vint au monde une créature destinée à vous aimer
préférablement à toutes choses; je prie votre imagination
de n'aller ni à droite, ni à gauche :

Cet homme-là, Sire, c'était moi-même.

Il y eut hier trois ans que j'eus une des plus sensibles
douleurs de ma vie : vous partîtes pour la Provence, et
vous y êtes encore. Ma lettre serait longue, si je voulais
vous expliquer toute l'amertume que je sentis, et toutes
celles que j'ai senties depuis en conséquence de cette
première. Mais revenons : je n'ai point reçu de vos
lettres aujourd'hui, je ne sais s'il m'en viendra; je ne le
crois pas, il est trop tard : cependant j'en attendais avec
impatience; je voulais vous voir partir d'Aix, et pouvoir

supputer un peu juste votre retour; tout le monde m'en assassine, et je ne sais que répondre. M. de Pomponne vous souhaite fort et voit plus que nous la nécessité de votre présence. Il tâchera de ne point parler de l'affaire de l'hôtel de ville que vous ne soyez ici; mais nous ne voulons point la traiter comme si c'était la vôtre. Il n'en faut pas tant à la fois. M. d'Oppède est ici, je ne crois pas qu'il me vienne voir. Son mariage a été renoué, après avoir été rudement ébranlé. On attend ici l'Evêque. J'ai eu la copie de la lettre du Roi, qu'il a envoyée à une de ses amies et des miennes à Paris. Vous voyez par là que si vous pouvez obtenir qu'il ne fasse des copies que sur du papier marqué, vous aurez un revenu très considérable.

Je ne pense qu'à vous et à votre voyage : si je reçois de vos lettres, après avoir envoyé celle-ci, soyez en repos; je ferai assurément tout ce que vous me manderez.

Je vous écris aujourd'hui un peu plus tôt qu'à l'ordinaire. M. Corbinelli et Mlle de Méri sont ici, qui ont dîné avec moi. Je m'en vais à un petit opéra de Mollier, beau-père d'Itier, qui se chante chez Pelissari [100], c'est une musique très-parfaite; Monsieur le Prince, Monsieur le Duc et Madame la Duchesse y seront. J'irai peut-être de là souper chez Gourville avec Mme de la Fayette, Monsieur le Duc, Mme de Thianges, et M. de Vivonne, à qui l'on dit adieu et qui s'en va demain. Si cette partie est rompue, j'irai chez Mme de Chaulnes; j'en suis extrêmement priée par la maîtresse du logis et par les cardinaux de Retz et de Bouillon, qui me l'avaient fait promettre. Le premier cardinal est dans une véritable impatience de vous voir : il vous aime chèrement. Voilà une lettre qu'il m'envoie.

On avait cru que Mlle de Blois avait la petite vérole, mais cela n'est pas. On ne parle point des nouvelles d'Angleterre; on juge par là qu'elles ne sont pas bonnes. On a fait un bal ou deux à Paris dans tout le carnaval; il y a eu quelques masques, mais peu. La tristesse est grande; les assemblées de Saint-Germain sont des mortifications pour le Roi, et seulement pour marquer la cadence du carnaval.

Le P. Bourdaloue fit un sermon le jour de Notre-Dame, qui transporta tout le monde; il était d'une force qu'il faisait trembler les courtisans, et jamais un prédicateur évangélique n'a prêché si hautement et si généreusement les vérités chrétiennes : il était question de faire voir que toute puissance doit être soumise à la loi, à l'exemple de Notre-Seigneur, qui fut présenté au temple, enfin, ma bonne, cela fut poussé au point de la plus haute perfection, et certains endroits furent poussés comme les aurait poussés l'apôtre saint Paul.

L'archevêque de Reims revenait hier fort vite de Saint-Germain, comme un tourbillon. S'il croit être grand seigneur, ses gens le croient encore plus que lui. Ils passaient au travers de Nanterre, *tra, tra, tra ;* ils rencontrent un homme à cheval, *gare, gare ;* ce pauvre homme se veut ranger, son cheval ne le veut pas ; enfin le carrosse et les six chevaux renversent cul par-dessus tête le pauvre homme et le cheval, et passent par-dessus et si bien par-dessus que le carrosse en fut versé et renversé : en même temps l'homme et le cheval, au lieu de s'amuser à être roués et estropiés, se relèvent miraculeusement, et remontent l'un sur l'autre, et s'enfuient et courent encore, pendant que les laquais et le cocher, et l'archevêque même, se mettent à crier : « Arrête, arrête le coquin, qu'on lui donne cent coups. » L'archevêque, en racontant ceci, disait : « Si j'avais tenu ce maraud-là, je lui aurais rompu les bras et coupé les oreilles. »

Je dînai encore hier chez Gourville avec Mme de Langeron, Mme de la Fayette, Mme de Coulanges, Corbinelli, l'abbé Têtu, Briole, Gourville, mon fils. Votre santé fut bue magnifiquement, et pris un jour pour nous y donner à dîner. Adieu, ma très chère et très aimable ; je ne vous puis dire à quel point je vous souhaite. Je m'en vais encore adresser cette lettre à Lyon. J'ai envoyé les deux premières au Chamarier ; il me semble que vous y devez être, ou jamais.

Je vous quitte et laisse la plume à Mlle de Méri, et à Corbinelli, qui dort. Le président... mourut hier d'une oppression sans fièvre en vingt-quatre heures.

DE MADEMOISELLE DE MÉRI

On veut que je vous écrive et j'ai du vin dans la tête ; quel moyen de penser à quelque chose digne de cette lettre ? Je ne reçois plus aucune de vos nouvelles : je ne vous donne plus aussi des miennes. Revenez donc, et à votre retour toutes choses nouvelles. Je reçois votre lettre du 28e, qui m'apprend que vous partez ; dispensez-

moi de vous rendre compte de ma joie : il me semble que
vous devez vous la représenter telle qu'elle est. Adieu,
ma belle ; je vous embrasserai dans huit jours. Cela est-il
possible ? J'ai peur de mourir d'ici là.

DE MADAME DE SÉVIGNÉ

Vous ferez qu'elle n'aimera plus au loin, et votre
présence aura cette gloire, qui entre nous ne sera pas
petite : elle boit comme un trou, et s'enivre réglément
deux fois le jour. On me donne l'opéra demain, avec
Guilleragues [101] et toute sa famille.

DE CORBINELLI

Vous viendrez là-dessus, et nous causerons avec vous,
si vous en avez le loisir, tantôt à deux, tantôt à trois personnages. Nous parlons souvent de vous, comme vous
pouvez vous l'imaginer ; mais ce que je crois que vous
ferez plus que toute autre chose, c'est d'apporter de la
joie à tout ce qui vous verra. Oppède est arrivé et M. de
Marseille le suit de près. Je voudrais qu'en arrivant vous
ne parlassiez point aux personnes qui n'ont que faire
de vos contestations ; mais venez vite et nous politique-
rons à loisir.

DE MADAME DE SÉVIGNÉ

Je reçois votre lettre du 28e ; elle me ravit : ne craignez
point, ma bonne, que ma joie se refroidisse ; elle a un
fond si chaud qu'elle ne peut être tiède. Je ne suis
occupée que de la joie sensible de vous voir et de vous
embrasser avec des sentiments et des manières d'aimer
qui sont d'une étoffe au-dessus du commun et même de
ce qu'on estime le plus.

62. — A MADAME DE GRIGNAN

A Livry, ce samedi 2e juin 1674.

Il faut, ma bonne, que je sois persuadée de votre fond
pour moi, puisque je vis encore. C'est une chose bien

étrange que la tendresse que j'ai pour vous; je ne sais si
contre mon dessein j'en témoigne beaucoup, mais je sais
bien que j'en cache encore davantage. Je ne veux point
vous dire l'émotion et la joie que m'a donnée votre
laquais et votre lettre. J'ai eu même le plaisir de ne point
croire que vous fussiez malade; j'ai été assez heureuse
pour croire ce que c'était. Il y a longtemps que je l'ai dit :
quand vous voulez, vous êtes adorable, rien ne manque à
ce que vous faites. J'écris dans le milieu du jardin comme
vous l'avez imaginé, et les rossignols et les petits oiseaux
ont reçu avec un grand plaisir, mais sans beaucoup de
respect, ce que je leur ai dit de votre part : ils sont situés
d'une manière qui leur ôte toute sorte d'humilité. Je fus
hier deux heures toute seule avec les Hamadryades [102], je
leur parlai de vous, elles me contentèrent beaucoup par
leur réponse. Je ne sais si ce pays tout entier est bien
content de moi; car enfin, après avoir joui de toutes ces
beautés, je n'ai pu m'empêcher de dire :

> Mais quoi que vous ayez, vous n'avez point Caliste,
> Et moi, je ne vois rien quand je ne la vois pas [103].

Cela est si vrai que je repars après dîner avec joie. La
bienséance n'a nulle part à tout ce que je fais : c'est ce
qui fait que les excès de liberté que vous me donnez me
blessent le cœur. Il y a deux ressources dans le mien que
vous ne sauriez comprendre.

　Je vous loue d'avoir gagné vingt pistoles; cette perte
a paru légère étant suivie d'un grand honneur et d'une
bonne collation. J'ai fait vos compliments à nos oncles,
tantes et cousines; ils vous adorent et sont ravis de la
relation. Cela leur convient, et point du tout en un lieu
où je vais dîner : c'est pourquoi je vous la renvoie. J'avais
laissé à mon portier une lettre pour Brancas; je vois bien
qu'on l'a oubliée.

　Adieu, ma très-chère et très-aimable enfant, vous
savez que je suis à vous.

63. — AU COMTE DE BUSSY-RABUTIN
ET A MADEMOISELLE DE BUSSY

A Paris, ce 10ᵉ mai 1675.

Je pense que je suis folle de ne vous avoir pas encore
écrit sur le mariage de ma nièce [104], mais je suis en vérité

comme folle, et c'est la seule bonne raison que j'aie à vous donner. Mon fils s'en va dans trois jours à l'armée, ma fille dans peu d'autres en Provence : il ne faut pas croire qu'avec de telles séparations je puisse conserver ce que j'ai de bon sens. Ayez donc quelque pitié de moi, et croyez qu'au travers de toutes mes tribulations je sens toutes les injustices qu'on vous a faites.

J'approuve extrêmement l'alliance de M. de Coligny : c'est un établissement pour ma nièce, qui me paraît solide; et pour la peinture du cavalier, j'en suis contente sur votre parole. Je vous fais donc mes compliments à tous deux, et quasi à tous trois; car je m'imagine qu'à présent vous n'êtes pas loin les uns des autres.

Je ne vous parle pas de tout ce qui s'est passé ici depuis un mois : il y aurait beaucoup de choses à dire, et je n'en trouve pas une à écrire.

Nous avons perdu le pauvre Chésières [105] en dix jours de maladie. J'en ai été fâchée et pour lui et pour moi; car j'ai trouvé mauvais qu'une grande santé pût être attaquée et détruite en si peu de temps, sans avoir fait aucun excès, au moins qui nous ait paru.

Adieu, mon cher cousin; adieu, ma chère nièce.

DE CORBINELLI À BUSSY

J'espère que je me trouverai le jour des noces avec vous; je me fie à mon ami le hasard : en tous cas, ce sera bientôt après. En attendant, je vous dirai qu'il n'y a pas un de vos serviteurs qui en soit plus content que moi. Vous savez si je suis sincère.

DE CORBINELLI À MADEMOISELLE DE BUSSY

Je vous dis la même chose, Mademoiselle; je souhaite que vous soyez bientôt Madame, et je ne doute pas que vous ne mêliez alors l'air de gravité, que cette qualité donne, à celui des Rabutins, qui sait se faire aimer et respecter également. Mme de Grignan m'arrache la plume.

DE MADAME DE GRIGNAN À BUSSY

Comme vous n'avez point le malheur de partager le chagrin de mon départ, je vous l'annonce sans prendre la précaution de vous envoyer votre confesseur. C'est donc ici un adieu, Monsieur le Comte; mais un adieu n'est pas rude quand on n'est pas ensemble, et qu'ainsi l'on ne se quitte point : c'est seulement avertir ses amis que l'on change de lieu. Si vous avez besoin de mes services et de l'huile de Provence, je vous en ferai votre provision. Mais ce n'est pas tout ce que je veux vous dire, c'est un compliment que je vous veux faire sur le mariage de Mademoiselle votre fille. Je ne sais pas trop comment il s'en faut démêler, et je ne puis que répéter quelqu'un de ceux qu'on vous aura faits, et dont vous vous êtes déjà moqué. Ce sera donc pour une autre fois; et si Dieu vous fait la grâce d'être grand-père au bout de l'an, je serai la première à vous dire mille gentillesses, et à elle aussi. En attendant, je vous embrasse tous deux de tout mon cœur.

64. — A MADAME DE GRIGNAN

A Livry, lundi 27ᵉ mai [1675].

Quel jour, ma fille, que celui qui ouvre l'absence! Comment vous a-t-il paru ? Pour moi, je l'ai senti avec toute l'amertume et toute la douleur que j'avais imaginées, et que j'avais appréhendées depuis si longtemps. Quel moment que celui où nous nous séparâmes! Quel adieu! Et quelle tristesse d'aller chacune de son côté, quand on se trouve si bien ensemble! Je ne veux point vous en parler davantage, ni célébrer, comme vous dites, toutes les pensées qui me pressent le cœur : je veux me représenter votre courage, et tout ce que vous m'avez dit sur ce sujet, qui fait que je vous admire. Il me parut pourtant que vous étiez un peu touchée en m'embrassant.

Pour moi, je revins à Paris comme vous pouvez vous l'imaginer. M. de Coulanges se conforma à mon état. J'allai descendre chez M. le cardinal de Retz, où je renouvelai tellement toute ma douleur, que je fis prier M. de la Rochefoucauld, Mme de la Fayette et Mme de Coulanges, qui vinrent pour me voir, de trouver bon que je n'eusse point cet honneur : il faut cacher ses faiblesses devant les forts. Monsieur le Cardinal entra dans les miennes : la sorte d'amitié qu'il a pour vous le rend fort sensible à votre départ. Il se fait peindre par un religieux de Saint-Victor; je crois que, malgré Caumartin,

il vous donnera l'original. Il s'en va dans peu de jours.
Son secret est répandu; ses gens sont fondus en larmes.
Je fus avec lui jusqu'à dix heures. Ne blâmez point,
mon enfant, ce que je sentis en rentrant chez moi. Quelle
différence! Quelle solitude! Quelle tristesse! Votre
chambre, votre cabinet, votre portrait! Ne plus trouver
cette aimable personne! M. de Grignan comprend bien
ce que je veux dire et ce que je sentis.

Le lendemain, qui était hier, je me trouvai tout éveillée
à cinq heures; j'allai prendre Corbinelli pour venir ici
avec l'abbé. Il y pleut sans cesse, et je crains fort que
vos chemins de Bourgogne ne soient rompus. Nous
lisons ici des maximes que Corbinelli [106] m'explique; il
voudrait bien m'apprendre à gouverner mon cœur;
j'aurais beaucoup gagné à mon voyage, si j'en rapportais
cette science. Je m'en retourne demain; j'avais besoin
de ce moment de repos pour remettre un peu ma tête
et reprendre une espèce de contenance.

65. — A MADAME DE GRIGNAN

A Paris, vendredi 7e juin 1675.

Enfin, ma fille, me voilà réduite à faire mes délices de
vos lettres; il est vrai qu'elles sont d'un grand prix;
mais quand je songe que c'était vous-même que j'avais,
et que j'ai eue quinze mois de suite, je ne puis retourner
sur ce passé sans une grande tendresse et une grande
douleur. Il y a des gens qui m'ont voulu faire croire que
l'excès de mon amitié vous incommodait; que cette
grande attention à vouloir découvrir vos volontés, qui
tout naturellement devenaient les miennes, vous faisait
assurément une grande fadeur et un dégoût. Je ne sais,
ma chère, si cela est vrai : ce que je puis vous dire, c'est
qu'assurément je n'ai pas eu dessein de vous donner cette
sorte de peine. J'ai un peu suivi mon inclination, je
l'avoue; et je vous ai vue autant que je l'ai pu, parce que
je n'ai pas eu assez de pouvoir sur moi pour me retrancher
ce plaisir; mais je ne crois point vous avoir été pesante.
Enfin, ma fille, aimez au moins la confiance que j'ai en
vous, et croyez qu'on ne peut jamais être plus dénuée
ni plus touchée que je le suis en votre absence.

La Providence m'a traitée bien rudement, et je me
trouve fort à plaindre de n'en savoir pas faire mon salut.

Vous me dites des merveilles de la conduite qu'il faut avoir pour se gouverner dans ces occasions; j'écoute vos leçons, et je tâche d'en profiter. Je suis dans le train de mes amies, je vais, je viens; mais quand je puis parler de vous, je suis contente, et quelques larmes me font un soulagement nompareil. Je sais les lieux où je puis me donner cette liberté; vous jugez bien que, vous ayant vue partout, il m'est difficile dans ces commencements de n'être pas sensible à mille choses que je trouve en mon chemin.

Je vis hier les Villars, dont vous êtes révérée; nous étions en solitude aux Tuileries; j'avais dîné chez M. le Cardinal, où je trouvai bien mauvais de ne vous voir pas. J'y causai avec l'abbé de Saint-Mihel, à qui nous donnons, ce me semble, comme en dépôt, la personne de Son Eminence [107]. Il me parut un fort honnête homme, un esprit droit et tout plein de raison, qui a de la passion pour lui, qui le gouvernera même sur sa santé, et l'empêchera bien de prendre le feu trop chaud sur la pénitence. Ils partiront mardi, et ce sera encore un jour douloureux pour moi, quoiqu'il ne puisse être comparé à celui de Fontainebleau [108]. Songez, ma fille, qu'il y a déjà quinze jours, et qu'ils vont enfin, de quelque manière qu'on les passe.

Tous ceux que vous m'avez nommés apprendront votre souvenir avec bien de la joie; j'en suis mieux reçue. Je verrai ce soir notre cardinal; il veut bien que je passe une heure ou deux chez lui les soirs avant qu'il se couche, et que je profite ainsi du peu de temps qui me reste.

Corbinelli était ici quand j'ai reçu votre lettre; il a pris beaucoup de part au plaisir que vous avez eu de confondre un jésuite : il voudrait bien avoir été le témoin de votre victoire. Mme de la Troche a été charmée de ce que vous dites pour elle. Soyez en repos de ma santé, ma chère enfant; je sais que vous n'entendez pas de raillerie là-dessus. Le chevalier de Grignan est parfaitement guéri. Je m'en vais envoyer votre lettre chez M. de Turenne. Nos [109] frères sont à Saint-Germain. J'ai envie de vous envoyer la lettre de la Garde; vous y verrez en gros la vie qu'on fait à la cour. Le Roi a fait ses dévotions à la Pentecôte. Mme de Montespan les a faites de son côté; sa vie est exemplaire; elle est très-occupée de ses ouvriers, et va à Saint-Cloud, où elle joue à l'hoca.

A propos, les cheveux me dressèrent l'autre jour à la

tête, quand le Coadjuteur me dit qu'en allant à Aix il y avait trouvé M. de Grignan jouant à l'hoca. Quelle fureur! Au nom de Dieu, ne le souffrez point; il faut que ce soit là une de ces choses que vous devez obtenir, si l'on vous aime. J'espère que Pauline se porte bien, puisque vous ne m'en parlez point; aimez-la pour l'amour de son parrain [110]. Mme de Coulanges a si bien gouverné la princesse d'Harcourt, que c'est elle qui vous fait mille excuses de ne s'être pas trouvée chez elle quand vous allâtes lui dire adieu : je vous conseille de ne la point chicaner là-dessus.

Ce que vous dites des arbres qui changent est admirable; la persévérance de ceux de Provence est triste et ennuyeuse : il vaut mieux reverdir que d'être toujours vert. Corbinelli dit qu'il n'y a que Dieu qui doive être immuable; toute autre immutabilité est une imperfection; il était bien en train de discourir aujourd'hui. Mme de la Troche et le prieur de Livry étaient ici : il s'est bien diverti à leur prouver tous les attributs de la divinité.

Adieu, ma très-aimable, je vous embrasse; mais quand pourrai-je vous embrasser de plus près? La vie est si courte; ah! voilà sur quoi il ne faut pas s'arrêter. C'est maintenant vos lettres que j'attends avec impatience.

66. — AU COMTE DE BUSSY-RABUTIN

A Paris, ce 6e août 1675.

Je ne vous parle plus du départ de ma fille, quoique j'y pense toujours, et que je ne puisse jamais bien m'accoutumer à vivre sans elle; mais ce chagrin ne doit être que pour moi.

Vous me demandez où je suis, comment je me porte, et à quoi je m'amuse. Je suis à Paris, je me porte bien, et je m'amuse à des bagatelles. Mais ce style est un peu laconique, je veux l'étendre. Je serais en Bretagne, où j'ai mille affaires, sans les mouvements qui la rendent peu sûre. Il y va quatre mille hommes commandés par M. de Fourbin. La question est de savoir l'effet de cette punition. Je l'attends; et si le repentir prend à ces mutins, et qu'ils rentrent dans leur devoir, je reprendrai le fil de mon voyage, et j'y passerai une partie de l'hiver.

J'ai eu bien des vapeurs, et cette belle santé, que vous avez vue si triomphante, a reçu quelques attaques dont je me suis trouvée humiliée, comme si j'avais reçu un affront.

Pour ma vie, vous la connaissez aussi. On la passe avec cinq ou six amies dont la société plaît, et à mille devoirs à quoi l'on est obligé, et ce n'est pas une petite affaire ; mais ce qui me fâche, c'est qu'en ne faisant rien les jours se passent, et notre pauvre vie est composée de ces jours, et l'on vieillit, et l'on meurt. Je trouve cela bien mauvais. Je trouve la vie trop courte : à peine avons-nous passé la jeunesse, que nous nous trouvons dans la vieillesse. Je voudrais qu'on eût cent ans d'assuré, et le reste dans l'incertitude. Ne le voulez-vous pas aussi ? Mais comment pourrions-nous faire ? Ma nièce sera de mon avis, selon le bonheur ou le malheur qu'elle trouvera dans son mariage. Elle nous en dira des nouvelles, ou elle ne nous en dira pas. Quoi qu'il en soit, je sais bien qu'il n'y a point de douceur, de commodité, ni d'agrément que je ne lui souhaite dans ce changement de condition. J'en parle quelquefois avec ma nièce la religieuse ; je la trouve très-agréable et d'une sorte d'esprit qui fait fort bien souvenir de vous. Selon moi, je ne puis la louer davantage.

Au reste, vous êtes un très-bon almanach : vous avez prévu en homme du métier tout ce qui est arrivé du côté de l'Allemagne ; mais vous n'avez pas vu la mort de M. de Turenne, ni ce coup de canon tiré au hasard, qui le prend seul entre dix ou douze. Pour moi, qui vois en tout la Providence, je vois ce canon chargé de toute éternité ; je vois que tout y conduit M. de Turenne, et je n'y trouve rien de funeste pour lui, en supposant sa conscience en bon état. Que lui faut-il ? Il meurt au milieu de sa gloire. Sa réputation ne pouvait plus augmenter : il jouissait même en ce moment du plaisir de voir retirer les ennemis, et voyait le fruit de sa conduite depuis trois mois. Quelquefois, à force de vivre, l'étoile pâlit. Il est plus sûr de couper dans le vif, principalement pour les héros, dont toutes les actions sont si observées. Si le comte d'Harcourt fût mort après la prise des îles Sainte-Marguerite ou le secours de Casal, et le maréchal du Plessis Praslin après la bataille de Rethel, n'auraient-ils pas été plus glorieux ? M. de Turenne n'a point senti la mort : comptez-vous encore cela pour rien ?

Vous savez la douleur générale pour cette perte, et

les huit maréchaux de France nouveaux. Le comte de Gramont, qui est en possession de dire toutes choses sans qu'on ose s'en fâcher, écrivit à Rochefort le lendemain :

Monseigneur,

La faveur l'a pu faire autant que le mérite.

Monseigneur,
        Je suis
                Votre très-humble serviteur,

LE COMTE DE GRAMONT.

Mon père est l'original de ce style : quand on fit maréchal de France Schomberg, celui qui fut surintendant des finances, il lui écrivit :

Monseigneur,

Qualité, barbe noire, familiarité.

CHANTAL.

Vous entendez bien qu'il voulait lui dire qu'il avait été fait maréchal de France, parce qu'il avait de la qualité, la barbe noire comme Louis XIII, et qu'il avait de la familiarité avec lui. Il était joli, mon père !

Vaubrun a été tué à ce dernier combat qui comble Lorges de gloire. Il en faut voir la fin ; nous sommes toujours transis de peur, jusques à ce que nous sachions si nos troupes ont repassé le Rhin. Alors, comme disent les soldats, nous serons pêle-mêle, la rivière entre-deux.

La pauvre Madelonne est dans son château de Provence. Quelle destinée ! Providence ! Providence !

Adieu, mon cher Comte ; adieu, ma très-chère nièce. Je fais mille amitiés à M. et à Mme de Toulongeon : je l'aime, cette petite comtesse. Je ne fus pas un quart d'heure à Monthelon, que nous étions comme si nous nous fussions connues toute notre vie : c'est qu'elle a de la facilité dans l'esprit, et que nous n'avions point de temps à perdre. Mon fils est demeuré dans l'armée de Flandre ; il n'ira point en Allemagne. J'ai pensé à vous mille fois depuis tout ceci ; adieu.

67. — A MADAME DE GRIGNAN

A Paris, mercredi 28e août 1675.

Je supprimerai donc le lundi. Je ne me souviens plus quelle brouillerie de dates je pus faire en ce temps-là. Je sais seulement que je vous écrivis trois fois : le lundi, mercredi, et vendredi, afin que vous puissiez choisir. J'en ferai autant cette semaine, parce que je vous écrivis lundi; et puis je reprendrai mon train ordinaire. Si l'on pouvait écrire tous les jours, je le trouverais fort bon; et souvent je trouve invention de le faire, quoique mes lettres ne partent pas. Ce plaisir d'écrire est uniquement pour vous; car à tout le reste du monde, on voudrait avoir écrit, et c'est parce qu'on le doit vraiment. Ma bonne, je m'en vais bien vous parler encore de M. de Turenne. Mme d'Elbeuf, qui demeure pour quelques jours chez le cardinal de Bouillon [111], me pria hier de dîner avec eux deux, pour parler de leur affliction. Mme de la Fayette y était. Nous fîmes bien précisément ce que nous avions résolu : les yeux ne nous séchèrent pas. Elle avait un portrait divinement bien fait de ce héros, et tout son train était arrivé à onze heures : tous ces pauvres gens étaient fondus en larmes, et déjà tous habillés de deuil. Il vint trois gentilshommes qui pensèrent mourir de voir ce portrait : c'étaient des cris qui faisaient fendre le cœur; ils ne pouvaient prononcer une parole; ses valets de chambre, ses laquais, ses pages, ses trompettes, tout était fondu en larmes et faisait fondre les autres. Le premier qui put prononcer une parole répondit à nos tristes questions : nous nous fîmes raconter sa mort [112].

Il voulait se confesser le soir, et en se cachotant il avait donné les ordres pour le soir, et devait communier le lendemain, qui était le dimanche. Il croyait donner la bataille, et monter à cheval à deux heures le samedi, après avoir mangé. Il avait bien des gens avec lui : il les laissa tous à trente pas de la hauteur où il voulait aller. Il dit au petit d'Elbeuf : « Mon neveu, demeurez-là, vous ne faites que tourner autour de moi, vous me feriez reconnaître. » Il trouva M. d'Hamilton près de l'endroit où il allait, qui lui dit : « Monsieur, venez par ici; on tirera où vous allez. — Monsieur, lui dit-il, je m'y en vais : je ne veux point du tout être tué aujourd'hui; cela sera le mieux du monde. » Il tournait son cheval, il aperçut

Saint-Hilaire, qui lui dit le chapeau à la main : « Monsieur, jetez les yeux sur cette batterie que j'ai fait mettre là. » Il retourne deux pas, et sans être arrêté il reçut le coup qui emporta le bras et la main qui tenaient le chapeau de Saint-Hilaire, et perça le corps après avoir fracassé le bras de ce héros. Ce gentilhomme le regardait toujours ; il ne le voit point tomber ; le cheval l'emporta où il avait laissé le petit d'Elbeuf et n'était point encore tombé, mais il était penché le nez sur l'arçon : dans ce moment, le cheval s'arrête, il tomba entre les bras de ses gens ; il ouvrit deux fois de grands yeux et la bouche et puis demeura tranquille pour jamais : songez qu'il était mort et qu'il avait une partie du cœur emportée. On crie, on pleure ; M. d'Hamilton fit cesser ce bruit et ôter le petit d'Elbeuf, qui était jeté sur ce corps, qui ne le voulait pas quitter, et qui se pâmait de crier. On jette un manteau ; on le porte dans une haie ; on le garde à petit bruit ; un carrosse vient ; on l'emporte dans sa tente : ce fut là où M. de Lorges, M. de Roye, et beaucoup d'autres pensèrent mourir de douleur ; mais il fallut se faire violence et songer aux grandes affaires qu'il avait sur les bras. On lui a fait un service militaire dans le camp, où les larmes et les cris faisaient le véritable deuil : tous les officiers pourtant avaient des écharpes de crêpe ; tous les tambours en étaient couverts, qui ne frappaient qu'un coup, les piques traînantes ; mais ces cris de toute une armée ne se peuvent pas représenter, sans que l'on en soit ému. Ses deux véritables neveux (car pour l'aîné il faut le dégrader) étaient à cette pompe, dans l'état que vous pouvez penser. M. de Roye tout blessé s'y fit porter ; car cette messe ne fut dite que quand ils eurent passé le Rhin. Je pense que le pauvre chevalier était bien abîmé de douleur.

Quand ce corps a quitté son armée, ç'a été encore une autre désolation ; partout où il a passé ç'a été des clameurs ; mais à Langres ils se sont surpassés : ils allèrent tous au-devant de lui, tous habillés de deuil, au nombre de plus de deux cents, suivis du peuple ; tout le clergé en cérémonie ; ils firent dire un service solennel dans la ville, et en un moment se cotisèrent tous pour cette dépense, qui monte à cinq mille francs, parce qu'ils reconduisirent le corps jusqu'à la première ville, et voulurent défrayer tout le train. Que dites-vous de ces marques naturelles d'une affection fondée sur un mérite extraordinaire ?

Il arrive à Saint-Denis ce soir ou demain; tous ses gens l'allaient reprendre à deux lieues d'ici; il sera dans une chapelle en dépôt, en attendant qu'on prépare la chapelle. Il y aura un service, en attendant celui de Notre-Dame, qui sera solennel.

Que dites-vous du divertissement que nous eûmes? Nous dînâmes comme vous pouvez penser; et jusqu'à quatre heures nous ne fîmes que soupirer. Le cardinal de Bouillon parla de vous, et répondit que vous n'auriez point évité cette triste partie si vous aviez été ici. Je l'assurai fort de votre douleur; il vous fera réponse et à M. de Grignan, et me pria de vous dire mille amitiés, et la bonne d'Elbeuf, qui perd tout, aussi bien que son fils. Voilà une belle chose de m'être embarquée à vous conter ce que vous savez déjà; mais ces originaux m'ont frappée, et j'ai été bien aise de vous faire voir que voilà comme on oublie M. de Turenne en ce pays-ci.

J'approuve fort vos pensées sur le chevalier. J'attendrai sa réponse à Rousseau, et lui dirai qu'il me l'apporte aussitôt; et il vous mandera, et moi aussi, ce que vous aurez à faire pour envoyer votre lettre de change à quelque autre; car Rousseau s'en va à l'abbaye de M. le Coadjuteur et nous verrons ensemble à qui vous l'enverrez, car je ne vous conseille point que ce soit à ses frères : ils ne sont jamais ici. M. de la Garde me dit l'autre jour que, dans l'enthousiasme des merveilles que l'on disait du chevalier, il les exhorta tous deux à faire un effort pour lui dans cette occasion, afin de soutenir sa fortune, au moins le reste de cette année, et qu'il les trouva tous deux dans le même enthousiasme, fort disposés de faire des choses extraordinaires jusqu'à la moelle des os. Ce bon la Garde est à Fontainebleau, d'où il doit revenir dans trois jours pour partir enfin, car il en meurt d'envie, à ce qu'il dit; mais les courtisans ont bien de la glu autour d'eux.

Vraiment l'état de la pauvre Sanzei est déplorable; nous ne savons rien de son mari; il n'est ni vivant, ni mort, ni blessé, ni prisonnier : ses gens n'écrivent point. M. de la Trousse, après avoir mandé, le jour de la bataille, qu'on le venait d'assurer qu'il avait été tué, n'en pas dit un mot ni écrit à la pauvre Sanzei ni à M. de Coulanges. Quant à moi, je penserais bien que ces grands hommes n'aiment rien.

Nous ne savons donc que mander à cette pauvre femme qui a commencé à se désespérer : il est cruel de la laisser dans cet état. Pour moi, je suis très-persuadée que son mari est mort; il est défiguré de son sang et de la poussière; on ne l'aura pas reconnu, on l'aura dépouillé. Peut-être qu'il a été tué loin des autres par ceux qui l'ont pris, ou par des paysans, et sera demeuré au coin de quelque haie. Je trouve plus d'apparence à cette triste destinée, qu'à croire qu'il soit prisonnier et qu'on n'entende pas parler de lui.

Pour mon voyage, l'abbé le croit si nécessaire que je ne puis m'y opposer. Je ne l'aurai pas toujours, ainsi je dois profiter de sa bonne volonté. C'est une course de deux mois, car si Mme de Puisieux, dont nous attendons des nouvelles, ne nous peut faire avoir notre ratification, nous ouvrirons le Palais avec la Saint-Martin. Que si par bonheur, nous finissons cette affaire, nous reviendrons toujours, car le bon abbé ne se porte pas assez bien pour aimer à passer là l'hiver et m'en parle d'un air sincère, dont je fais vœu d'être toujours la dupe : tant pis pour ceux qui me trompent. Je comprends que l'ennui serait grand pendant l'hiver : les longues soirées peuvent être comparées aux longues marches pour être fastidieuses. Je ne m'ennuyais point, ma bonne, cet hiver que je vous avais; vous pouviez fort bien vous ennuyer, vous qui êtes jeune; mais vous souvient-il de nos lectures ? Il est vrai qu'en retranchant tout ce qui était autour de cette petite table, et le livre même, il ne serait pas impossible de ne savoir que devenir : la Providence en ordonnera. Je retiens toujours ce que vous m'avez mandé : on se tire de l'ennui comme des mauvais chemins; on ne voit personne demeurer au milieu d'un mois parce qu'on n'a pas le courage de l'achever; c'est comme de mourir : vous ne voyez personne qui ne sache se tirer de ce dernier rôle. Il y a des choses dans vos lettres qu'on ne peut ni qu'on ne veut oublier. Avez-vous mon ami Corbinelli et M. de Vardes ? Je le souhaite. Vous aurez bien raisonné; et si vous parlez sans cesse des affaires présentes et de M. de Turenne, et que vous ne puissiez comprendre ce que tout ceci deviendra, en vérité vous êtes comme nous, et ce n'est point du tout que vous soyez en province.

M. de Barillon soupa hier ici : on ne parla que de M. de Turenne; il en est très véritablement affligé. Il nous contait la solidité de ses vertus, combien il était vrai, combien il aimait la vertu pour elle-même, combien par elle seule il se trouvait récompensé, et puis finit par dire qu'on ne pouvait pas l'aimer et être touché de son mérite, sans en être plus honnête homme. Sa société communiquait une horreur pour la friponnerie et pour la duplicité, qui mettait tous ses amis au-dessus des autres hommes : dans ce nombre il nomma fort le chevalier, qui était fort aimé et estimé de ce grand homme, et dont aussi il était adorateur. Bien des siècles n'en donneront pas un pareil : je ne trouve pas qu'on soit tout-à-fait aveugle en celui-ci, au moins les gens que je vois : je crois que c'est se vanter que d'être en bonne compagnie.

Je viens de regarder mes dates : il est certain que je vous ai écrit le vendredi 16e; je vous avais écrit le mercredi 14e, et le lundi 12e. Il faut que Pacolet ou la bénédiction de Montélimar ait porté très diaboliquement ma lettre du vendredi; examinez ce prodige et mettez pour mon soulagement le mercredi 30e et le dimanche.

Mais parlons un peu de M. de Turenne; c'est une honte de n'en pas dire un mot. Voici ce que me conta hier ce petit cardinal. Vous connaissez bien Pertuis [113], et son adoration et son attachement pour M. de Turenne. Dès qu'il a su sa mort, il a écrit au Roi, et lui mande : « Sire, j'ai perdu M. de Turenne; je sens que mon esprit n'est point capable de soutenir ce malheur; ainsi, n'étant plus en état de servir Votre Majesté, je vous rends ma démission du gouvernement de Courtrai. » Le cardinal de Bouillon empêcha qu'on ne rendît cette lettre; mais craignant qu'il ne vînt lui-même, il dit au Roi l'effet du désespoir de Pertuis. Le Roi entra fort bien dans cette douleur, et dit au cardinal de Bouillon qu'il en estimait davantage Pertuis, et qu'il ne songeât point à se retirer, qu'il était trop honnête homme pour ne faire pas toujours son devoir, en quelque état qu'il pût être. Voilà comme sont ceux qui regrettent ce héros. Au reste, il avait quarante mille livres de rente de partage; et M. Boucherat a trouvé que, toutes ses dettes et ses legs payés, il ne lui restait que dix mille livres de rente : c'est deux cent mille francs pour tous ses héritiers, pourvu que la chicane n'y mette pas le nez. Voilà comme il s'est enrichi en cinquante années de service.

Voici une autre histoire bien héroïque; écoutez-moi. M. le chevalier de Lorraine est donc revenu. Il entra chez Monsieur, et lui dit : « Monsieur, M. le marquis d'Effiat et le chevalier de Nantouillet m'ont mandé que vous vouliez que j'eusse l'honneur de revenir auprès de vous. » Monsieur répondit honnêtement, et ensuite lui dit qu'il fallait dire au moins à Varangeville [114] qu'il était fâché de ce qui s'était passé. Varangeville entre; le chevalier de Lorraine lui dit : « Monsieur, Monsieur veut que je vous dise que je suis fâché de ce qui s'est passé. — Ah! Monsieur, dit Varangeville, est-ce là une satisfaction ? — Monsieur, dit le chevalier, c'est tout ce que je vous puis dire, et vous souhaiter du reste prospérité et santé. » Monsieur voulut rompre cette conversation, qui prenait un air burlesque. Varangeville rentra par une autre porte, et dit à Monsieur : « Monsieur, je vous supplie au moins de demander pour moi, pour l'avenir, à M. le Chevalier de Lorraine son estime et son amitié. » Monsieur le dit au chevalier qui répondit : « Ah! Monsieur, c'est beaucoup pour un jour; » et l'histoire finit ainsi, et chacun a repris sa place comme si de rien n'était. Ne trouvez-vous pas toute cette conduite bien raisonnable, et la menace, et la colère, et le retour, et la satisfaction ? Peut-on voir un plus beau fagotage ? Si vous aviez envie que tout cela fût vrai, vous seriez trop heureuse, car c'est comme si vous l'aviez entendu.

Voilà un billet de Mme de Puisieux, qui vous fera voir les agréments de M. de Mirepoix. Otez de votre esprit le soin de cette affaire. Comment se porte M. l'archevêque ? n'espérez-vous point de l'avoir ?

Adieu, ma très-chère et très-aimable et très-parfaitement aimée. J'ai vu ce soir Mme de Brissac et M. le Premier chez la marquise d'Uxelles. Cette duchesse, en mille ans, ne m'attraperait pas. J'admire les hommes encore plus que les femmes. Je vous embrasse mille fois ma chère enfant, avec une tendresse qui ne se peut représenter.

68. — A MADAME DE GRIGNAN

Aux Rochers, dimanche 29e septembre 1675.

Je vous ai écrit, ma bonne, de tous les lieux où je l'ai pu; et comme je n'ai pas eu un soin si exact pour notre cher d'Hacqueville et pour mes autres amis, ils ont été dans des peines de moi dont je leur suis trop obligée. Ils ont fait honneur à la Loire de croire qu'elle m'avait abîmée : hélas, la pauvre créature! Je serais la première à qui elle eût fait ce mauvais tour; je n'y ai eu d'incommodité que parce qu'il n'y avait pas assez d'eau. M. d'Hacqueville me mande qu'il ne sait que vous dire de moi, et qu'il craint que son silence sur mon sujet ne vous inquiète. N'êtes-vous pas trop aimable, ma chère enfant, d'avoir paru assez tendre pour moi pour que l'on vous épargne sur les moindres choses ? Vous m'avez si bien persuadée la première, que je n'ai eu d'attention qu'à vous écrire très-soigneusement.

Je partis donc de la Silleraye le lendemain que je vous eus écrit, qui fut le mercredi ; M. de Lavardin me mit en carrosse, et M. d'Harouys m'accabla de provisions. Nous arrivâmes ici jeudi ; je trouvai d'abord Mlle du Plessis plus affreuse, plus folle et plus impertinente que jamais : son goût pour moi me déshonore :

Je jure sur ce fer [115]

de n'y contribuer d'aucune douceur, d'aucune amitié, d'aucune approbation ; je lui dis des rudesses abominables ; mais j'ai le malheur qu'elle tourne tout en raillerie : vous devez en être persuadée après le soufflet dont l'histoire a pensé faire mourir de rire Pomenars. Elle est donc toujours autour de moi ; mais elle fait la grosse besogne ; je ne m'en incommode point ; la voilà qui me coupe des serviettes.

J'ai trouvé ces bois d'une beauté et d'une tristesse extraordinaires : tous ces arbres que vous avez vus si petits, sont devenus grands, droits et beaux en perfection ; ils sont élagués, et font une ombre agréable ; ils ont quarante à cinquante pieds de hauteur. La bonté du terrain y a contribué plus que leur âge. Il y a un petit air d'amour maternel dans ce détail ; songez que je les ai tous plantés, et que je les ai vus, comme dit Molière après M. de Montbazon, *pas plus hauts que cela.* C'est ici une solitude faite exprès pour bien rêver ; vous en feriez bien votre profit, et je n'en use pas mal : si les pensées n'y sont pas tout à fait noires, du moins elles en sont approchantes ; je pense à vous à tout moment ; je vous regrette, je vous souhaite : votre santé, vos affaires, votre éloignement, que pensez-vous que tous cela fasse entre chien et loup ? Cela me met ces vers dans la tête :

Sous quel astre cruel avez-vous mis au jour
L'objet infortuné d'une si tendre amour [116] ?

Il faut regarder la volonté de Dieu bien fixement, pour envisager sans désespoir tout ce que je vois, dont assurément je ne vous entretiendrai pas.

Ne soyez point en peine de moi, ma bonne. Je me porte comme il y a six ans : je ne sais d'où me revient cette fontaine de Jouvence, j'ai un fond de santé admirable; mon tempérament fait précisément ce qui m'est nécessaire; ne soyez pas du tout en peine de moi. Je lis et je m'amuse; j'ai des affaires que je fais devant le *bien Bon*, comme s'il était derrière la tapisserie; tout cela, avec cette divine espérance, empêche, comme vous dites, que l'on ne fasse la dépense d'une corde pour se pendre.

Je trouvai l'autre jour une lettre de vous, où vous m'appelez *ma bonne maman;* vous aviez dix ans, vous étiez à Sainte-Marie, et vous me contiez fort joliment la culbute de Mme Amelot, qui de sa salle se trouva dans une cave. Il y avait déjà du bon style à cette lettre. J'en ai trouvé mille autres qu'on écrivait autrefois à Mlle de Sévigné : toutes ces rencontres sont bien heureuses pour me faire souvenir de vous; car sans cela où pourrais-je prendre cette idée ? Je n'ai point reçu de vos lettres le dernier ordinaire, j'en suis toute triste; car, à moins que le mauvais temps ne nous dérange, je dois recevoir ici deux jours après — les lettres de Provence — qu'elles sont arrivées à Paris. Je ne sais non plus de nouvelles du Coadjuteur, de la Garde, du Mirepoix, de Bellièvre, que si tout était fondu; je m'en vais un peu les réveiller.

N'admirez-vous point le bonheur du Roi ? On me mande que les Impériaux ont été contraints de repasser le Rhin, pour marcher au secours de l'Empereur, que le Turc presse en Hongrie : voilà ce qui s'appelle une étoile heureuse; cela nous fait craindre en Bretagne de rudes punitions.

Je m'en vais voir la bonne Tarente; elle a déjà envoyé deux fois ici, et me demande toujours de vos nouvelles; si elle le prend par là, elle me fera bien sa cour. Vous dites des merveilles sur Saint-Aoust : « au moins on ne l'accusera pas de n'avoir conté son songe qu'après son malheur; » vous dites cela très plaisamment. Je vous plains de ne point relire vos lettres : mais quoiqu'elles fassent toute ma chère et unique consolation, et que j'en connaisse tout le prix, je me plains bien d'en tant recevoir.

Le bon abbé est bien en colère contre M. de Grignan; il espérait qu'il lui manderait si le voyage de Jacob [117] a été heureux, s'il est arrivé à bon port dans la terre promise; s'il y est bien placé, bien établi, lui et ses femmes, ses enfants, ses moutons, ses chameaux : cela méritait bien un petit mot. Il a dessein de le reprendre quand il ira à Grignan.

Comment se portent vos enfants ? Adieu, ma très-bonne et très-chère; je reçois très-souvent des lettres de mon fils; il est bien affligé de ne pouvoir sortir de ce malheureux guidonnage; mais il faut qu'il comprenne qu'il y a des gens présents et pressants, qu'on a sur les bras, à qui on doit des récompenses, qu'on préférera toujours à un absent qu'on croit placé, et qui ne fait simplement que s'ennuyer dans une simple subalternité dont on ne se soucie guère. Ah! que c'est bien précisément ce que nous disions : après une longue navigation, se trouver à neuf cents lieues du cap où l'on va, et le reste!

69. — A MADAME DE GRIGNAN

Aux Rochers, dimanche 20ᵉ octobre 1675.

Nous ne pouvons nous lasser d'admirer la diligence et la fidélité de la poste : enfin je reçois le 18ᵉ la lettre du 9ᵉ; c'est le neuvième jour, c'est tout ce qui se peut souhaiter. Mais, ma fille, il faut finir nos admirations; et comme vous dites, vous vous éloignez encore, afin que nous soyons précisément aux lieux que la Providence nous a marqués. Pour moi, je m'acquitte mal de ma résidence; mais pour vous, bon Dieu! M. d'Angers n'en fait pas davantage; et quand je pense à notre éloignement, et combien je serais digne de jouir du plaisir d'être avec vous, et comme vous êtes pour moi, précisément dans le temps que nous sommes aux deux bouts de la terre, ne me demandez point de rêver gaiement à cet endroit-là de notre destinée; le bon sens s'y oppose, et ma tendresse encore plus : il faut se jeter promptement dans la soumission que nous devons à la Providence.

Je suis fort aise que vous ayez vu M. de la Garde : mon âme est fort honorée d'être à son gré; il est bon juge; je vous plains de le quitter sitôt. Je pense que vos conversations ont été bien infinies. Il mène donc M. l'Archevêque à la Garde. C'est fort bien dit, c'est un fleuve qui rend fertiles et heureux tous les pays par où il passe : je trouve qu'il a fait des merveilles à Grignan.

M. de Chaulnes est à Rennes avec quatre mille

hommes : il a transféré le parlement à Vannes ; c'est une désolation terrible. La ruine de Rennes emporte celle de la province. Mme de Marbeuf est à Vitré : elle m'a fait mille amitiés de Mme de Chaulnes, et des compliments de M. de Vins, qui veut me venir voir. Il s'en faut beaucoup que je n'aie peur de ces troupes ; mais je prends part à la tristesse et à la désolation de toute la province. On ne croit pas que nous ayons d'états ; et si on les tient, ce sera pour racheter encore les édits que nous achetâmes deux millions cinq cent mille livres, il y a deux ans, et qu'on nous a tous redonnés, et on y ajoutera peut-être encore de mettre à prix le retour du parlement à Rennes. M. de Montmoron s'est sauvé ici, et chez un de ses amis, à trois lieues d'ici, pour ne point entendre les pleurs et les cris de Rennes, en voyant sortir son cher parlement. Me voilà bien Bretonne, comme vous voyez ; mais vous comprenez bien que cela tient à l'air que l'on respire, et aussi à quelque chose de plus ; car, de l'un à l'autre, toute la province est affligée.

Ne soyez nullement en peine de ma santé, ma chère belle, je me porte très-bien. Mme de Tarente m'a donné d'une essence qui l'a guérie de vapeurs bien pires que les miennes : on en met deux gouttes dans le premier breuvage que l'on boit à table, quinze jours durant, et cela guérit entièrement ; elle en conte des expériences qui ont assez de l'air de celles de la comédie du *Médecin forcé* : mais je les crois toutes, et j'en prendrais présentement, sans que je ferais scrupule de me servir d'un remède si admirable, quand je n'en ai nul besoin. Cette princesse ne songe qu'à sa santé : n'est-ce pas assez ? Vous croyez bien que je ne manquerai pas de prendre toutes ses médecines ; mais en vérité ce ne sera pas quand je me porte bien. Je vous manderai dans quelque temps la suite des prospérités du bateau.

Vous ferez la Plessis trop glorieuse, car je lui dirai comme vous l'aimez. A la réserve de ce que je vous disais l'autre jour, je ne pense pas qu'il y ait une meilleure créature. Elle est tous les jours ici. J'ai dans ma poche de votre admirable reine d'Hongrie : j'en suis folle, c'est le soulagement de tous les chagrins ; je voudrais en envoyer à Rennes.

Ces bois sont toujours beaux : le vert en est cent fois plus beau que celui de Livry. Je ne sais si c'est la qualité des arbres ou la fraîcheur des pluies ; mais il n'y a pas de comparaison : tout est encore aujourd'hui du même vert du mois de mai. Les feuilles qui tombent sont feuille-morte; mais celles qui tiennent encore sont vertes : vous n'avez jamais observé cette beauté. Pour l'arbre bienheureux qui vous sauva la vie, je serais tentée d'y faire bâtir une chapelle; il me paraît plus grand, plus fier et plus élevé que les autres; il a raison, puisqu'il vous a sauvée. Du moins je lui dirai la stance de Médor, dans l'Arioste, quand il souhaite tant de bonheur et tant de paix à cet antre qui lui avait fait tant de plaisir. Pour nos sentences, elles ne sont point défigurées; je les visite souvent; elles sont même augmentées, et deux arbres voisins disent quelquefois les deux contraires :

La lontananza ogni gran piaga salda,

et

Piaga d'amor non si sana mai [118].

Il y en a cinq ou six dans cette contrariété. La bonne princesse était ravie : je le suis de la lettre que vous avez écrite au bon abbé, sur le voyage de Jacob dans la terre promise de votre cabinet.

Mme de Lavardin me mande, comme une manière de secret encore pour quelques jours, que d'Olonne marie son frère à Mlle de Noirmoutier. Il lui donne toutes les terres du Poitou, une infinité de meubles et de pierreries; il en fait ses enfants : ils sont tous à la Ferté-Milon, où cette jolie affaire se doit terminer. Je n'eusse jamais cru que d'Olonne eût été propre à se soucier de son nom et de sa famille. Adieu, ma très-belle et très-aimable enfant, je vous aime assurément de tout mon cœur.

70. — A MADAME DE GRIGNAN

Aux Rochers, mercredi 30e octobre [1675].

Mon Dieu, ma fille, que votre lettre d'Aix est plaisante! Au moins relisez vos lettres avant que de les envoyer; laissez-vous surprendre à leur agrément, et consolez-vous par ce plaisir de la peine que vous avez d'en tant écrire. Vous avez donc baisé toute la Provence : il n'y aurait pas de satisfaction à baiser toute la Bretagne, à moins que l'on n'aimât à sentir le vin. Vous avez bien caressé, ménagé, distingué la bonne baronne : vous savez comme elle m'a toujours paru, et combien je vous conseille de vous servir en sa faveur de votre bonne

lunette. Vous ne me dites rien de Roquesante, ni du
bon cardinal [119]; j'aime tant celui de Commerci, que j'en
aime toutes les calottes rouges dignement portées; car
je me tiens et tiendrai offensée des autres : vous dites sur
cela tout ce qu'il faut. Je comprends vos *pétoffes* [120]
admirablement; il me semble que j'y suis encore.

On nous dépeint ici M. de Marseille l'épée à la main,
aux côtés du roi de Pologne, ayant eu deux chevaux
tués sous lui, et donnant la chasse aux Tartares, comme
l'archevêque Turpin la donnait aux Sarrasins. Dans cet
état, je pense qu'il méprise bien la petite assemblée
de Lambesc. Je comprends le chagrin que vous avez eu
de quitter Grignan et la bonne compagnie que vous y
aviez; la résolution de vous y retrouver tous après
l'assemblée est bien naturelle.

Voulez-vous savoir des nouvelles de Rennes? Il y a
toujours cinq mille hommes, car il en est venu encore de
Nantes. On a fait une taxe de cent mille écus sur le
bourgeois; et si on ne les trouve dans ving-quatre heures
elle sera doublée et exigible par les soldats. On a chassé
et banni toute une grande rue, et défendu de les recueillir sur peine de la vie, de sorte qu'on voyait tous ces
misérables, vieillards, femmes accouchées, enfants, errer
en pleurs au sortir de cette ville, sans savoir où aller,
sans avoir de nourriture, ni de quoi se coucher. On
roua avant-hier un violon qui avait commencé la danse
et la pillerie du papier timbré; il a été écartelé après sa
mort, et ses quatre quartiers exposés aux quatre coins de
la ville comme ceux de Josseran à Aix. Il dit en mourant que c'étaient les fermiers du papier timbré qui lui
avaient donné vingt-cinq écus pour commencer la sédition, et jamais on n'en a pu tirer autre chose. On a pris
soixante bourgeois; on commence demain à pendre.
Cette province est un bel exemple pour les autres, et
surtout de respecter les gouverneurs et les gouvernantes,
de ne leur point dire d'injures, et de ne point jeter des
pierres dans leur jardin.

Je vous ai mandé comme Mme de Tarente nous a tous
sauvés. Elle était hier dans ces bois par un temps
enchanté; il n'est question ni de chambre ni de collation;
elle entre par la barrière, et s'en retourne de même : elle
me montra des lettres de Danemark. Ce favori se fait
porter les paquets de la princesse jusques à l'armée,
faisant semblant qu'on s'est trompé, et pour avoir un
prétexte, en les lui renvoyant, de l'assurer de sa passion.

Je reviens à notre Bretagne : tous les villages contribuent pour nourrir les troupes, et l'on sauve son pain en sauvant ses denrées; autrefois on les vendait, et l'on avait de l'argent; mais ce n'est plus la mode, on a changé tout cela. M. de Molac est retourné à Nantes; M. de Lavardin vient à Rennes. Tout le monde plaint bien M. d'Harouys; on ne comprend pas comme il pourra faire, ni ce qu'on demandera aux états, s'il y en a. Enfin vous pouvez compter qu'il n'y a plus de Bretagne; et c'est dommage.

Mon fils [121] est fort alarmé de ce que le chevalier de Lauzun a permission de se défaire : nous avons écrit à M. de la Trousse, qui parlera à M. de Louvois, pour que le guidon puisse monter sans qu'il lui en coûte rien; nous verrons comme cela se tournera : d'Hacqueville vous en pourra instruire plus tôt que moi. Ce qui me console un peu, c'est qu'il y a bien loin depuis avoir permission de vendre sa charge, jusqu'à avoir trouvé un marchand. Le temps n'est plus comme il y a six ans, que je donnai vingt-cinq mille écus à M. de Louvois un mois plus tôt que je ne lui avais promis; on ne pourrait pas présentement trouver dix mille francs dans cette province. On fait l'honneur à MM. de Fourbin et de Vins de dire qu'ils s'y ennuient beaucoup, et qu'ils ont une grande impatience de s'en aller. Ne vous ai-je pas mandé le joli mariage de Mlle de Noirmoutier avec le frère de d'Olonne ? Je trouve très-beau ce qu'a fait Monceaux pour M. de Turenne; je n'aime guère le mot de *parmi* dans un si petit ouvrage.

Je vous embrasse, ma très-chère et très-aimable, et suis toute entière à vous.

71. — A MADAME DE GRIGNAN

Aux Rochers, dimanche 24e novembre [1675].

Si on pouvait avoir un peu de patience, on épargnerait bien du chagrin. Le temps en ôte autant qu'il en donne; vous savez que nous le trouvons un vrai brouillon, mettant, remettant, rangeant, dérangeant, imprimant, effaçant, approchant, éloignant, et rendant toutes choses bonnes et mauvaises, et quasi toujours méconnaissables. Il n'y a que notre amitié que le temps respecte et respectera toujours. Mais où suis-je, ma fille ?

Voici un étrange égarement; car je veux dire simplement que la poste me retient vos lettres un ordinaire,
parce qu'elle arrive trop tard à Paris, et qu'elle me les
rend au double le courrier d'après : c'est donc pour cela
que je me suis estravaguée, comme vous voyez. Qu'importe ? En vérité, il faut un peu, entre bons amis, laisser
trotter les plumes comme elles veulent : la mienne a
toujours la bride sur le cou.

On eût été bien étonné chez M. de Pomponne que cet
hôtel de ville [122], qui vous paraît *une caverne de larrons*,
vous eût servie à votre gré. Je crois qu'il vaut mieux,
pour entretenir la paix, que cela soit ainsi. La question
est de savoir si vous ne vous divertissez point mieux
d'une guerre où vous avez toujours tout l'avantage. Je
sais du moins comme vous êtes pour la paix générale;
je n'écrirai rien à Paris de cette humeur guerrière; car
M. de Pomponne, qui est *amico di pace e di riposo* [123], vous
gronderait. D'Hacqueville me mande qu'on ne peut pas
être mieux que nous sommes dans cette maison : si
vous en êtes contente, écrivez à M. de Pomponne et à
Mme de Vins; quand on a eu dessein de faire plaisir à
quelqu'un, on est aise de savoir qu'on y a réussi.

Le petit Marsan a fait, en son espèce, la même faute
que Lauzun, c'est-à-dire de différer et de donner de
l'air à une trop bonne affaire. Cette maréchale d'Aumont
lui donnait cinq cent mille écus; mais M. le Tellier ne
le veut pas, et le Roi l'a défendu. On me mande pourtant que la maréchale a parlé à Sa Majesté, et qu'elle
n'a point paru folle, et que M. de Marsan a dit au Roi :
« Sire, comme j'ai vu que mes services ne méritaient
aucune récompense auprès de vous, j'avais tâché de
me mettre en état de vous les rendre à l'avenir, sans
vous importuner de ma misérable fortune. »

La Reine perdit l'autre jour la messe et vingt mille
écus avant midi. Le Roi lui dit : « Madame, supputons
un peu combien c'est par an. » Et M. de Montausier lui
dit le lendemain : « Eh bien, Madame, perdrez-vous
encore aujourd'hui la messe pour l'hoca ? » Elle se mit
en colère. Ce sont des gens qui reviennent de Versailles,
et qui recueillent toutes ces ravauderies pour me les
mander. Je ne sais rien du tout du présent allégorique
de *Quanto* à M. de Marsillac.

J'ai trouvé votre parodie très-plaisante et très-juste;
je la chante admirablement, mais personne ne m'écoute :
il y a quelque chose de fou à chanter toute seule dans

un bois. Je suis persuadée du vœu de l'Evêque dans la bataille : *e fece voto, e fu liberato;* mais voici la suite : *passato il pericolo, schernito il santo.* Je crois qu'il est fort occupé de la teinture de son chapeau. Dieu merci, il n'aura pas le nôtre; il est bien cloué sur une meilleure tête que la sienne. Je ne sais pas trop bien ce que nous en pouvons faire; mais je suis ravie qu'il nous soit demeuré. M. de Cossé hait le pape, et moi je l'aime.

Vous me parlez bien plaisamment de nos misères; nous ne sommes plus si roués : un en huit jours, seulement pour entretenir la justice. Il est vrai que la penderie me paraît maintenant un rafraîchissement : j'ai une tout autre idée de la justice depuis que je suis en ce pays; vos galériens me paraissent une société d'honnêtes gens, qui se sont retirés du monde pour mener une vie douce. Nous vous en avons bien envoyé par centaines; ceux qui sont demeurés sont plus malheureux que ceux-là. Je vous parlais des états, dans la crainte qu'on ne les supprimât pour nous punir : mais nous les avons encore, et vous voyez même que nous donnons trois millions, comme si nous ne donnions rien du tout; nous nous mettons au-dessus de la petite circonstance de ne les pouvoir payer : nous la traitons de bagatelle. Vous me demandez si tout de bon nous sommes ruinés; oui et non : si nous voulions ne point partir d'ici, nous y vivons pour rien, parce que rien ne se vend; mais il est vrai que pour de l'argent, il n'y en a plus dans cette province.

72. — A MADAME DE GRIGNAN

Aux Rochers, dimanche 5e janvier [1676].

Les voilà toutes deux, ma bonne; elles sont en vérité les très-bien venues. Je n'en reçois jamais trois à la fois; j'en serais fâchée, parce que je serais douze jours à les attendre : c'est bien assez de huit; mais peut-on être surchargée de cette lecture, ma bonne ? ce n'est pas une chose possible, c'est de celle-là qu'on ne se lasserait jamais; et vous-même, qui vous piquez d'inconstance sur ce chapitre, je vous défierais bien de n'y être pas attentive, et de n'aller pas jusqu'à la fin. C'est un plaisir dont vous êtes privée, et que j'achète bien cher; je ne conseille pas à M. de Grignan de me l'envier. Il est vrai que les nouvelles que nous recevons de Paris sont charmantes; je suis comme vous, jamais je n'y réponds un seul mot; mais pour cela je ne suis pas muette : l'article de mon fils et de ma fille suffit pour rendre notre commerce assez grand; vous l'aurez vu par la dernière lettre que je vous ai envoyée.

D'Hacqueville me recommande encore le secret que je vous ai confié, et que je vous recommande à proportion. Il me dit que jamais la Provence n'a tant fait parler d'elle : il a raison; je trouve cette assemblée de noblesse un coup de partie. Vous ne pouvez pas douter que je ne prenne un grand intérêt à ce qui se passe autour de vous : quelles sortes de nouvelles me pourraient être plus chères ? Tout ce que je crains, c'est qu'on ne trouve que la sagesse de la Provence fait plus de bruit que la sédition des autres provinces. Je vous remercie de vos nouvelles de Languedoc : en quatre lignes vous m'avez instruite de tout. Mais que vous avez bien fait de m'expliquer pourquoi vous êtes à Lambesc ! car je ne manquais point de dire : « Pourquoi est-elle là ? » Je loue le torticolis qui vous a empêchée d'avoir la fatigue de manger avec ces gens-là; vous avez fort bien *laissé paître vos bêtes* sans vous. Je n'oublierai jamais l'étonnement que j'eus quand j'y étais à la messe de minuit, et que j'entendis un homme chanter un de nos airs profanes au milieu de la messe : cette nouveauté me surprit beaucoup.

Vous aurez lu les *Essais de morale* : en êtes-vous contente ? L'endroit de Josèphe [124] que vous me dites est un des plus beaux qu'on puisse jamais lire : il faut que vous avouiez qu'il y a une grandeur et une dignité dans cette *Histoire*, qui ne se trouve en nulle autre. Si vous ne me parliez de vous et de vos occupations, je ne vous donnerais rien du nôtre, et ce serait une belle chose que notre commerce. Quand on s'aime, et qu'on prend intérêt les uns aux autres, je pense qu'il n'y a rien de plus agréable que de parler de soi : il faut retrancher sur les autres pour faire cette dépense entre amis. Vous aurez vu, par ce que vous a mandé mon fils de notre voisine, qu'elle n'est pas de cette opinion : elle nous instruit agréablement de tous les détails dont nous n'avons aucune curiosité. Pour nos soldats, on gagnerait beaucoup qu'ils fissent comme vos cordeliers : il s'amusent à voler, et mirent l'autre jour un petit enfant à la broche; mais d'autres désordres point de nouvelles. M. de Chaulnes m'a écrit qu'il voulait me venir voir : je l'ai supplié très-bonnement de n'en rien faire, et que je renonce à l'honneur qu'il me voulait faire, par l'embarras qu'il me donnerait; que ce n'est pas ici comme à Paris, où mon chapon suffisait à tant de bonne compagnie.

Vous avez donc vu ma lettre de consolation à B*** : peut-on lui en écrire une autre ? Vraiment vous me le dépeignez si fort au naturel, que je crois encore l'entendre, c'est-à-dire si l'on peut; car pour moi, je trouve qu'il y a un grand brouillard sur toutes ses expressions.

Vous me dites bien sérieusement, en parlant de ma lettre : *Monsieur votre père :* j'ai cru que nous n'étions point du tout parentes; que vous était-il à votre avis ? Si vous ne répondez à cette question, je la demanderai à la petite personne [125] qui est avec nous : je ne sais si elle y répondra comme au *lendemain de la veille de Pâques.* Au reste, Mlle du Plessis s'en meurt; toute morte de jalousie, elle s'enquiert de tous nos gens comme je la traite; il n'y en a pas un qui ne se divertisse à lui donner des coups de poignard : l'un lui dit que je l'aime autant que vous; l'autre, que je la fais coucher avec moi, ce qui serait assurément la plus grande marque de ma tendresse; l'autre, que je la mène à Paris, que je la baise, que j'en suis folle, que mon oncle l'abbé lui donne dix mille livres; que si elle avait seulement vingt mille écus, je la ferais épouser à mon fils. Enfin, ma bonne, ce sont de telles folies, et si bien répandues dans mon domestique, que nous sommes contraints d'en rire très-souvent, à cause des contes perpétuels qu'ils nous font. La pauvre fille s'en meurt. Ce qui nous a paru très-plaisant, c'est que vous la connaissiez encore si bien, et qu'il soit vrai, comme vous le dites, qu'elle n'ait plus de fièvre quarte dès que j'arrive et par conséquent qu'elle la joue; mais je suis assurée que nous la lui redonnerons véritable tout au moins. Cette famille est bien destinée à nous réjouir : ne vous ai-je pas conté comme feu son père nous a fait pâmer de rire six semaines de suite ? Mon fils commence à comprendre que ce voisinage est la plus grande beauté des Rochers.

Je trouve plaisant le rendez-vous de votre voyageur, ce n'est pas le triste voyageur, mais de cet autre voyageur avec Montvergne; c'est quasi à la tête des chevaux se rencontrer, que d'arriver au cap de Bonne-Espérance, à un jour l'un de l'autre. Je prendrais le rendez-vous que vous me proposez pour *le détroit,* si je n'espérais de vous en donner un autre moins capable de vous enrhumer; car il faut songer que vous avez un torticolis.

Vous ne pouvez pas douter de la joie que j'aurais d'entretenir cet homme des Indes, quand vous vous souviendrez combien je vous ai importunée d'Herrera [126], que j'ai lu avec un plaisir extraordinaire. Si vous aviez autant de loisir et de constance que moi, ce livre serait digne de vous.

Mais reparlons un peu de cette assemblée de noblesse : expliquez-moi ces six syndics de robe et ces douze de la noblesse; je pensais qu'il n'y en eût qu'un, et le marquis de Buous ne l'est-il pas toujours ? répondez-moi là-dessus : ces partis sont plaisants, cent d'un côté et huit de l'autre. Cet homme dont vous avez si bien fondé la haine qu'il avait pour M. de Grignan, vous embarrassera plus que tout le reste, par la protection de Mme de Vins; le d'Hacqueville me le mande, et me recommande si fort de ne vous rien dire de l'autre affaire, que je serais perdue pour jamais s'il croyait que je l'eusse trahi : il faut que le grand Pomponne craigne les Provençaux. Le bon d'Hacqueville va et vient sans cesse à Saint-Germain pour nos affaires; sans cela nous ne lui pardonnerions pas le style général et ennuyeux dont il nous favorise. J'avoue que cet endroit dont vous me parlez est un peu répété; mais vous le pardonnerez à ma curiosité, qui a commencé, et ma plume a fait le reste; car je vous assure que les plumes ont grand'part à l'infinité de verbiage dont nous remplissons nos lettres. Je vous souhaite, au commencement de cette année, que les miennes vous plaisent autant que les vôtres me sont agréables.

Si la *Gazette de Hollande* avait dit *Mademoiselle* de La Trémouille au lieu de *Madame*, elle aurait dit vrai; car Mlle de Noirmoutier, de la maison de La Trémouille, a épousé, comme vous savez, cet autre La Trémouille; car ils sont de même maison; elle s'appellera Mme de Royan : je vous ai mandé tout cela.

La bonne princesse et son bon cœur m'aiment toujours; elle a été un peu malade; elle se fait suer dans une vraie machine, pour tous ses maux. Le feu comte du Lude disait qu'il n'avait jamais eu de mal, mais qu'il s'était toujours bien trouvé de suer : sérieusement, c'est un des remèdes de Duchesne pour toutes les douleurs du corps; et si j'avais un torticolis, et que je prisse, comme je fais toujours, le remède de ma voisine, vous seriez tout étonnée d'entendre dire que je suis sous l'archet [127]. La princesse dit toujours de vous des merveilles, et vous connaît et vous estime : pour moi, je crois que, par métempsycose, vous vous êtes trouvée autrefois en Allemagne. Votre âme aurait-elle été dans le corps d'un Allemand ? Vous étiez sans doute le roi de Suède, un de ses amants ; car

> La plupart des amants
> Sont des Allemands [128].

Adieu, ma très-chère et très-bonne, notre ménage embrasse le vôtre. Voilà le *frater*.

DE CHARLES DE SÉVIGNÉ

Vous ne comprendrez jamais, ma petite sœur, combien ce que vous avez dit de la Plessis est plaisant, que quand vous saurez qu'il y a un mois qu'elle joue la fièvre quarte, pour faire justement tomber qu'elle la quitte le jour que ma mère va dîner au Plessis. La joie de savoir ma mère au Plessis la transporte au point qu'elle jure ses grands dieux qu'elle se porte bien, et qu'elle est au désespoir de n'être point habillée. « Mais, Mademoiselle, lui disait-on, ne sentez-vous pas quelque commencement de frisson ? — Allons, allons, reprenait l'enjouée Tisiphone, divertissons-nous, jouons au volant, ne parlons pas de ma fièvre ; c'est une méchante, une intéressée. — *Une intéressée ?* lui dit ma mère toute surprise. — Oui, Madame, une intéressée qui veut toujours être avec moi. — Je la croyais généreuse, » lui dit tout doucement ma mère. Cela n'empêcha point que la joie de voir la bonne compagnie chez elle ne chassât la fièvre qu'elle n'avait pas eue ; mais nous espérons que l'excès de la jalousie la lui donnera tout de bon. Nous appréhendons qu'elle n'empoisonne la petite personne qui est ici, que l'on appelle partout la petite favorite de Mme de Sévigné et de Mme la Princesse. Elle disait hier à Rahuel [129] : « J'ai eu une consolation en me mettant à table, que Madame a repoussé la petite pour me faire mettre auprès d'elle. » Rahuel lui répondit avec son air breton : « Oh, Mademoiselle, je ne m'en étonne pas, c'est pour faire honneur à votre âge, outre que la petite est à cette heure de la maison : Madame la regarde comme si elle était la cadette de Mme de Grignan. » Voilà ce qu'elle eut pour sa consolation.

Vous avez raison de dire du mal de toutes ces troupes de Bretagne : elles ne font que tuer et voler, et ne ressemblent point du tout à vos moines. Quoique je sois

assez content de Mme ma mère et de M. mon oncle, et
que j'aie quelque sujet de l'être, je ne laisserai pas, suivant vos avis, de les mettre hors de la maison à la fin
de ce mois. Je les escorterai pourtant jusqu'à Paris, à
cause des voleurs, et afin de faire les choses honnêtement.

Adieu, ma petite sœur, comment vous trouvez-vous
de la fête de Noël ? Vous avez *laissé paître vos bêtes* :
c'est bien fait. Les monts et les vaux sont fréquents en
Provence ; je vous y souhaite seulement de jolis pastoureaux pour vous y tenir compagnie. Je salue M. de Grignan : il ne me dit pas un mot ; je ne m'en vengerai qu'en
me portant bien, et en revenant de toutes mes campagnes.

DE MADAME DE SÉVIGNÉ

Voilà, Dieu merci, bien des folies. Si la poste savait
de quoi nos paquets sont remplis, ils les laisseraient à
moitié chemin. Je vous conterai mercredi un songe.

73. — A MADAME DE GRIGNAN

Aux Rochers, lundi 3ᵉ février [1676].

DE MADAME DE SÉVIGNÉ, DICTANT A SON FILS

Devinez ce que c'est, ma fille, que la chose du monde
qui vient le plus vite et qui s'en va le plus lentement,
qui vous fait approcher le plus près de la convalescence
et qui vous en retire le plus loin, qui vous fait toucher l'état du monde le plus agréable et qui vous empêche
le plus d'en jouir, qui vous donne les plus belles espérances du monde et qui en éloigne le plus l'effet : ne
sauriez-vous le deviner ? jetez-vous votre langue aux
chiens ? C'est un rhumatisme. Il y a vingt-trois jours que
j'en suis malade ; depuis le quatorze, je suis sans fièvre
et sans douleurs ; et dans cet état bienheureux, croyant
être en état de marcher, qui est tout ce que je souhaite,
je me trouve enflée de tous côtés, les pieds, les jambes,
les mains, les bras ; et cette enflure, qui s'appelle ma
guérison, et qui l'est effectivement, fait tout le sujet de
mon impatience, et ferait celui de mon mérite, si j'étais
bonne. Cependant je crois que voilà qui est fait, et que
dans deux jours je pourrai marcher. Larmechin me le

fait espérer : *o che spero* [130] ! Je reçois de partout des
lettres de réjouissance sur ma bonne santé, et c'est avec
raison. Je me suis purgée une fois de la poudre de M.
Delorme, qui m'a fait des merveilles ; je m'en vais encore
en reprendre ; c'est le véritable remède pour toutes ces
sortes de maux : après cela on me promet une santé
éternelle ; Dieu le veuille ! Le premier pas que je ferai
sera d'aller à Paris : je vous prie donc, ma chère enfant,
de calmer vos inquiétudes ; vous voyez que nous vous
avons toujours écrit sincèrement. Avant que de fermer
ce paquet, je demanderai à ma grosse main si elle veut
bien que je vous écrive deux mots : je ne trouve pas
qu'elle le veuille ; peut-être qu'elle le voudra dans deux
heures.

Adieu, ma très-belle et très-aimable : je vous conjure
tous de respecter, avec tremblement, ce qui s'appelle un
rhumatisme ; il me semble que présentement je n'ai rien
de plus important à vous recommander. Voici le *frater*
qui peste contre vous depuis huit jours, de vous être
opposée, à Paris, au remède de M. Delorme.

DE CHARLES DE SÉVIGNÉ

Si ma mère s'était abandonnée au régime de ce
bonhomme, et qu'elle eût pris tous les mois de sa
poudre, comme il le voulait, elle ne serait point tombée
dans cette maladie, qui ne vient que d'une réplétion
épouvantable d'humeurs ; mais c'était vouloir assassiner
ma mère, que de lui conseiller d'en essayer une prise.
Cependant ce remède est terrible, qui fait trembler en le
nommant, qui est composé avec de l'antimoine, qui est
une espèce d'émétique, purge beaucoup plus doucement
qu'un verre d'eau de fontaine, ne donne pas la moindre
tranchée, pas la moindre douleur, et ne fait autre effet
que de rendre la tête nette et légère, et capable de faire
des vers, si on voulait s'y appliquer. Il ne fallait pourtant pas en prendre : « Vous moquez-vous, mon frère,
de vouloir faire prendre de l'antimoine à ma mère ? Il
ne faut seulement que du régime, et prendre un petit
bouillon de séné tous les mois : » voilà ce que vous disiez.

Adieu, ma petite sœur ; je suis en colère quand je
songe que nous aurions pu éviter cette maladie avec ce
remède, qui nous rend si vite la santé, quoi que l'impatience de ma mère lui fasse dire. Ma mère s'écrie : « O

mes enfants, que vous êtes fous de croire qu'une maladie
se puisse déranger! ne faut-il pas que la Providence de
Dieu ait son cours ? et pouvons-nous faire autre chose
que de lui obéir ? » Voilà qui est fort chrétien; mais prenons toujours à bon compte de la poudre de M.
Delorme.

74. — A MADAME DE GRIGNAN

Aux Rochers, mercredi 11e mars [1676].

Je fais des lavages à mes mains, de l'ordonnance du
vieux Delorme, qui au moins me donnent l'espérance :
c'est tout, et je ne plains Lauzun que de n'avoir plus
le plaisir de creuser sa pierre. Enfin, ma très-chère
enfant, je puis dire que je me porte bien. J'ai dans
l'esprit de sauver mes jambes, et c'est ma vie, car je suis
tout le jour dans ces bois où il fait l'été; mais à cinq
heures, la poule mouillée se retire, dont elle pleurerait
fort bien : c'est une humiliation où je ne puis m'accoutumer. Je crois toujours partir la semaine qui vient;
mais savez-vous bien que si je n'avais le courage d'aller,
le bon abbé partirait fort bien sans moi ? Mon fils ne
me mande encore rien de ses affaires; il n'a été occupé
jusqu'ici qu'à parler au bonhomme de Lorme de ma
santé : cela n'est-il pas d'un bon petit compère ? J'attends vendredi de vos lettres, ma fille, et la réponse à
la princesse. C'est un extrême plaisir pour moi que de
savoir de vos nouvelles; mais il me semble que je n'en
sais jamais assez : vous coupez court sur votre chapitre,
et ce n'est point ainsi qu'il faut faire avec ceux que l'on
aime beaucoup. Mandez-moi si la petite est à Sainte-
Marie [131] : encore que mon amour maternel soit demeuré
au premier degré, je ne laisse pas d'avoir de l'attention
pour les *pichons*. On m'écrit cent fagots de nouvelles de
Paris, une prophétie de Nostradamus qui est étrange, et
un combat d'oiseaux en l'air, dont après un long combat
il en demeure vingt-deux mille sur la place : voilà bien
des alouettes prises. Nous avons l'esprit, dans ce pays
de n'en rien croire.

Adieu, ma très-chère fille : croyez que de tous ces
cœurs où vous régnez, il n'y en a aucun où votre empire
soit si bien établi que dans le mien; je n'en excepte personne. J'embrasse le Comte après l'avoir offensé.

75. — A MADAME
ET A MONSIEUR DE GRIGNAN

A Paris, mercredi 29ᵉ avril [1676].

Il faut commencer par vous dire que Condé fut pris d'assaut la nuit du samedi au dimanche. D'abord cette nouvelle fait battre le cœur; on croit avoir acheté cette victoire; point du tout, ma belle, elle ne nous coûte que quelques soldats, et pas un homme qui ait un nom. Voilà ce qui s'appelle un bonheur complet. Larrei, fils de M. Lenet, le même qui fut tué en Candie, ou son frère, est blessé considérablement. Vous voyez comme on se passe des vieux héros.

Mme de Brinvilliers n'est pas si aise que moi : elle est en prison; elle se défend assez bien; elle demanda hier à jouer au piquet, parce qu'elle s'ennuyait. On a trouvé sa confession : elle nous apprend qu'à sept ans elle avait cessé d'être fille; qu'elle avait continué sur le même ton; qu'elle avait empoisonné son père, ses frères, et un de ses enfants, et elle-même; mais ce n'est que pour essayer d'un contre-poison : Médée n'en avait pas tant fait. Elle a reconnu que cette confession était de son écriture : c'est une grande sottise; mais qu'elle avait la fièvre chaude quand elle l'avait écrite; que c'était une frénésie, une extravagance, qui ne pouvait pas être lue sérieusement.

La Reine a été deux fois aux Carmélites avec Mme de Montespan, où cette dernière se mit à la tête de faire une loterie : elle fit apporter tout ce qui peut convenir à des religieuses; cela fit un grand jeu dans la communauté. Elle causa fort avec sœur Louise de la Miséricorde [132], elle lui demanda si tout de bon elle était aussi aise qu'on le disait. « Non, dit-elle, je ne suis point aise, mais je suis contente. » Elle lui parla fort du frère de Monsieur, et si elle ne lui voulait rien mander, et ce qu'elle dirait pour elle. L'autre, d'un ton et d'un air tout aimable, et peut-être piquée de ce style : « Tout ce que vous voudrez, Madame, tout ce que vous voudrez. » Mettez dans cela toute la grâce, tout l'esprit et toute la modestie que vous pourrez imaginer. Après cela *Quanto* voulut manger; elle donna une pièce de quatre pistoles pour acheter ce qu'il fallait pour une sauce qu'elle fit elle-même, et qu'elle mangea avec un appétit admirable :

je vous dis le fait sans aucune paraphrase. Quand je pense à une certaine lettre que vous m'écrivîtes l'été passé sur M. de Vivonne, je prends pour une satire tout ce que je vous envoie. Voyez un peu où peut aller la folie d'un homme qui se croirait digne de ces hyperboliques louanges.

À MONSIEUR DE GRIGNAN

Je vous assure, Monsieur le Comte, que j'aimerais mille fois mieux la grâce dont vous me parlez que celle de Sa Majesté. Je crois que vous êtes de mon avis, et que vous comprenez aussi l'envie que j'ai de voir Mme votre femme. Sans être le maître chez vous comme le charbonnier, je trouve que, par un style tout opposé, vous l'êtes plus que tous les autres *charbonniers* du monde. Rien ne se préfère à vous, en quelque état que l'on puisse être; mais soyez généreux, et quand on aura fait encore quelque temps la bonne femme, amenez-la vous-même par la main faire la bonne fille. C'est ainsi qu'on s'acquitte de tous ses devoirs, et le seul moyen de me redonner la vie, et de me persuader que vous m'aimez autant que je vous aime.

Mon Dieu, que vous êtes plaisants, vous autres, de parler encore de Cambrai ! nous aurons pris une autre ville avant que vous sachiez la prise de Condé. Que dites-vous de notre bonheur, qui fait venir notre ami le Turc en Hongrie ? Voilà Corbinelli trop aise, nous allons bien *pantoufler.*

À MADAME DE GRIGNAN

Je reviens à vous, ma bonne, et vous embrasse de tout mon cœur. J'admire la dévotion du Coadjuteur : qu'il en envoie un peu au bel abbé. Je sens la séparation de ma petite; est-elle fâchée d'être en religion ?

Je ne sais si l'envie viendra à Vardes de revendre encore sa charge, à l'imitation du maréchal. Je plains ce pauvre garçon, vous interprétez mal tous ses sentiments : il a beau parler sincèrement, vous n'en croyez pas un mot; vous êtes méchante. Il vient de m'écrire une lettre pleine de tendresse; je crois tout au pied de la lettre, c'est que je suis bonne. Mme de Louvigny est venue me voir aujourd'hui, elle vous fait mille amitiés. J'embrasse les pauvres *pichons*, et ma bonne petite; hélas ! je ne la verrai de longtemps.

Voilà M. de Coulanges qui vous dira de quelle manière Mme de Brinvilliers s'est voulu tuer.

D'EMMANUEL DE COULANGES

Elle s'était fiché un bâton, devinez où : ce n'est point dans l'œil, ce n'est point dans la bouche, ce n'est point dans l'oreille, ce n'est point dans le nez, ce n'est point à la turque : devinez où c'est; tant y a qu'elle était morte, si on n'était couru au secours.

Je suis très-aise, Madame, que vous ayez agréé les œuvres que je vous ai envoyées. J'ai impatience d'apprendre le retour de M. de Bandol, pour savoir comme il aura reçu le poème de *Tobie;* il aura été apparemment assez habile homme pour vous en faire part, sans blesser cette belle âme que vous venez de laver dans les eaux salutaires du jubilé. Madame votre mère s'en va à Vichy, et je ne l'y suivrai point, parce que ma santé est un peu meilleure depuis quelque temps. Je ne crois pas même que j'aille à Lyon : ainsi, Madame la Comtesse, revenez à Paris, et apportez-y votre beau visage, si vous voulez que je vous baise. Je salue M. de Grignan, et l'avertis qu'aujourd'hui M. de Lussan a gagné son procès, afin qu'il me remercie, s'il le trouve à propos.

DE MADAME DE SÉVIGNÉ

Vraiment ce serait une chose désagréable que Pomier fût convaincu d'avoir part à cette machine. Ma chère enfant, je suis toute à vous.

76. — A MADAME DE GRIGNAN

A Paris, mercredi 6ᵉ mai [1676].

J'ai le cœur serré de ma petite-fille [133]; elle sera au désespoir de vous avoir quittée, et d'être, comme vous dites, en prison. J'admire comme j'eus le courage de vous y mettre; la pensée de vous voir souvent et de vous en retirer bientôt me fit résoudre à cette barbarie, qui était trouvée alors une bonne conduite, et une chose nécessaire à votre éducation. Enfin il faut suivre les règles de la Providence, qui nous destine comme il lui plaît.

Mme du Gué la religieuse s'en va à Chelles; elle y porte une grosse pension pour avoir toutes sortes de commodités : elle changera souvent de condition, à moins qu'un jeune garçon, qui est leur médecin, que je vis hier à Livry ne l'oblige à s'y tenir. Ma bonne, c'est un homme de vingt-huit ans, dont le visage est le plus beau et le plus charmant que j'aie jamais vu : il a les yeux comme Mme Mazarin et les dents parfaites; le reste du visage comme on imagine *Rinaldo* [134]; de grandes boucles noires qui lui font la plus agréable tête que vous puissiez imaginer. Il est Italien, et parle italien, comme vous pouvez penser; il a été à Rome jusqu'à vingt-deux ans : enfin, après quelques voyages, M. de Nevers et M. de Brissac l'ont amené en France; et M. de Brissac, pour le reposer, l'a mis dans le beau milieu de l'abbaye de Chelles, dont Mme de Brissac, sa sœur, est abbesse. Il y a un jardin de simples dans le couvent; mais il ne me paraît rien moins que *Lamporechio* [135]. Je crois que plusieurs bonnes sœurs le trouvent à leur gré, et lui disent leurs maux; mais je jurerais qu'il n'en guérira pas une que selon les règles d'Hippocrate. Mme de Coulanges en vient, qui le trouve comme je l'ai trouvé : en un mot, tous ces jolis musiciens de chez Toulongeon ne sont que des grimauds auprès de lui. Vous ne sauriez croire combien cette petite aventure nous a réjouies.

Je veux vous parler du petit marquis. Je vous prie que sa timidité ne vous donne aucun chagrin. Songez que le charmant marquis a tremblé jusqu'à dix ou douze ans, et que La Troche avait si grand'peur de toutes choses, que sa mère ne voulait plus le voir : ce sont deux assez braves gens pour vous rassurer. Ce sont des enfances; et en croissant, au lieu de craindre les loups-garous, ils craignent le blâme, ils craignent de n'être pas estimés autant que les autres; et c'est assez pour les rendre braves et pour les faire tuer mille fois : ne vous impatientez donc point. Pour sa taille, c'est une autre affaire; on vous conseille de lui donner des chausses pour voir plus clair à ses jambes; il faut savoir si ce côté plus petit ne prend point de nourriture; il faut qu'il agisse et qu'il se dénoue; il faut lui mettre un petit corps un peu dur qui lui tienne la taille : on me doit envoyer des instructions que je vous enverrai. Ce serait une belle chose qu'il y eût un Grignan qui n'eût pas la taille belle : vous souvient-il comme il était joli dans ce

maillot ? Je ne suis pas moins en peine que vous de ce
changement.

J'avais rêvé en vous disant que Mme de Thianges
était allée conduire sa sœur : il n'y a eu que la maréchale
de Rochefort et la marquise de La Vallière qui ont été
jusqu'à Essonne. Elle est toute seule, et même elle ne
trouvera personne à Nevers. Si elle avait voulu mener
tout ce qu'il y a de dames à la cour, elle aurait pu choisir.
Mais parlons de *l'amie* [136], elle est encore plus triomphante que celle-ci : tout est comme soumis à son empire ;
toutes les femmes de chambre de sa voisine sont à elle ;
l'une lui tient le pot à pâte à genoux devant elle, l'autre
lui apporte ses gants, l'autre l'endort ; elle ne salue personne, et je crois que dans son cœur elle rit bien de
cette servitude. On ne peut rien juger présentement de
ce qui se passe entre son amie et elle.

On est ici fort occupé de la Brinvilliers. Caumartin
a dit une grande folie sur ce bâton dont elle avait voulu
se tuer sans le pouvoir : « C'est, dit-il, comme Mithri-
date. » Vous savez de quelle sorte il s'était accoutumé
au poison ; il n'est pas besoin de vous conduire plus loin
dans cette application. Celle que vous faites de ma main
à qui je dis :

> Allons, allons, la plainte est vaine,

m'a fait rire ; car il est vrai que le dialogue est complet ;
elle me dit :

> Ah ! quelle rigueur inhumaine ! —
> Allons, achevez mes écrits,
> Je me venge de tous mes cris. —
> Quoi, vous serez inexorable ?

Et je coupe court, en lui disant :

> Cruelle, vous m'avez appris
> A devenir impitoyable [137].

Ma fille, que vous êtes plaisante, et que vous me réjoui-
riez bien si je pouvais aller cet été à Grignan ! mais il
n'y faut pas penser, le *bien Méchant* est accablé d'affaires : je garde ce plaisir pour une autre année, et pour
celle-ci j'espérerai que vous me viendrez voir.

J'ai été hier à l'opéra avec Mme de Coulanges et
Mme d'Heudicourt, M. de Coulanges, l'abbé de Grignan et Corbinelli : il y a des choses admirables ; les
décorations passent tout ce que vous avez vu ; les habits
sont magnifiques et galants ; il y a des endroits d'une
extrême beauté ; il y a un sommeil et des songes dont

l'invention surprend; la symphonie est toute de basses et de tons si assoupissants, qu'on admire Baptiste sur nouveaux frais; mais *Atys* est ce petit drôle qui faisait la *Furie* et la *Nourrice;* de sorte que nous voyons toujours ces ridicules personnages au travers d'*Atys*. Il y a cinq ou six petits hommes tout nouveaux, qui dansent comme Faure, de sorte que cela seul m'y ferait aller; et cependant on aime mieux *Alceste :* vous en jugerez, car vous y viendrez pour l'amour de moi, quoique vous ne soyez pas curieuse. Il est vrai que c'est une belle chose de n'avoir point vu Trianon : après cela vous peut-on proposer le pont du Gard ?

Vous trouveriez l'homme dont vous me parlez, de la même manière que vous l'avez toujours vu chez la belle; mais il me paraît

> Que le combat finit faute de combattants.

Les reproches étaient fondés sur la gloire plutôt que sur la jalousie : cependant cela, enté sur une sécheresse déjà assez établie, confirme l'indolence inséparable des longs attachements [138]. Je trouve même quelquefois des réponses brusques et dures, et je crois voir que l'on sent la différence des génies; mais tout cela n'empêche point une grande liaison, et même beaucoup d'amitié qui durera vingt ans comme elle est. La dame est, en vérité, fort jolie; elle a des soins de moi que j'admire et dont je ne suis point ingrate. La dame du *Poitron-Jaquet* l'est encore moins, à ce que vous me faites comprendre : il est vrai que les femmes valent leur pesant d'or. La Comtesse maintenait l'autre jour à Mme Cornuel que Combourg n'était point fou; elle lui répondit : « Bonne comtesse, vous êtes comme les gens qui ont mangé de l'ail. » Cela n'est-il pas plaisant ? M. de Pomponne m'a mandé qu'il me priait d'écrire tous les bons mots de Mme Cornuel; il me fait faire mille amitiés par mon fils.

Nous partons lundi; je ne veux point passer par Fontainebleau, à cause de la douleur que j'y sentis en vous reconduisant jusque-là. Il faut que j'y retourne au-devant de vous. Adressez vos lettres pour moi et pour mon fils à Du But; je crois que je les recevrai encore mieux par là que par des traverses. Je crois que notre commerce sera un peu interrompu; j'en suis fâchée : vos lettres me sont d'un grand amusement; vous écrivez comme Faure danse. Il y a des applications sur des airs de l'opéra, mais vous ne les savez point. Que je vous plains, ma

très-belle, d'avoir pris une vilaine médecine plus noire
que jamais! ma petite poudre d'antimoine est la plus jolie
chose du monde : c'est le bon pain, comme dit le vieux
de la Montagne. Je lui désobéis un peu, car il m'envoie
à Bourbon; mais l'expérience de mille gens, et le bon
air, et point tant de monde, tout cela m'envoie à Vichy.
La bonne d'Escars vient avec moi, j'en suis fort aise.
Mes mains ne se ferment point; j'ai mal aux genoux,
aux épaules, et je me sens encore si pleine de sérosités,
que je crois qu'il faut sécher ces marécages, et que dans
le temps où je suis il faut extrêmement se purger, et
c'est ce qu'on ne peut faire qu'en prenant des eaux
chaudes. Je prendrai aussi une légère douche à tous les
endroits encore affligés du rhumatisme : après cela il me
semble que je me porterai fort bien.

Le voyage d'Aigues-Mortes est fort joli; vous êtes une
vraie paresseuse de n'avoir pas voulu être de cette partie.
J'ai bonne opinion de vos conversations avec l'abbé de
La Vergne, puisque vous n'y mêlez point M. de Marseille. La dévotion de Mme de Brissac était une fort
belle pièce; je vous manderai de ses nouvelles de Vichy;
c'est *le chanoine* [139] qui gouverne présentement sa conscience; je crois qu'il m'en parlera à cœur ouvert. Je suis
fort aise de la parure qu'on a donnée à notre Diane
d'Arles : tout ce qui fâche Corbinelli, c'est qu'il craint
qu'elle n'en soit pas plus gaie. J'ai été saignée ce matin,
comme je vous l'ai déjà dit au bas de la consultation :
en vérité, c'est une grande affaire, Maurel en était tout
épouvanté : me voilà présentement préparée à partir.
Adieu, ma chère enfant; je ne m'en dédis point, vous
êtes digne de toute l'extrême tendresse que j'ai pour
vous.

77. — A MADAME DE GRIGNAN

A Vichy, ce 19 et 21e mai 1676.

Je commence aujourd'hui à vous écrire, ma chère et
bonne Grignan; ma lettre partira quand elle pourra;
je veux causer avec vous. J'arrivai ici hier au soir.
Mme de Brissac avec *le chanoine*, Mme de Saint-Hérem
et deux ou trois autres me vinrent recevoir au bord
de la jolie rivière d'Allier : je crois que si on y regardait
bien, on y trouverait encore des bergers de *L'Astrée*.
M. de Saint-Hérem, M. de La Fayette, l'abbé Dorat,

Plancy et d'autres encore, suivaient dans un second carrosse, ou à cheval. Je fus reçue avec une grande joie.

Mme de Brissac me mena souper chez elle; je crois avoir déjà vu que *le chanoine* en a jusque-là de la duchesse : vous voyez bien où je mets la main. Je me suis reposée aujourd'hui, et demain je commencerai à boire. M. de Saint-Hérem m'est venu prendre ce matin pour la messe, et pour dîner chez lui. Mme de Brissac y est venue, on a joué : pour moi, je ne saurais me fatiguer à battre des cartes. Nous nous sommes promenés ce soir dans les plus beaux endroits du monde; et à sept heures, la poule mouillée vient manger son poulet, et causer un peu avec sa chère enfant : on vous en aime mieux quand on en voit d'autres. J'ai bien pensé à cette dévotion que l'on avait ébauchée avec M. de La Vergne; j'ai cru voir tantôt des restes de cette fabuleuse conversion; ce que vous m'en dîtes l'autre jour est à imprimer. Je suis fort aise de n'avoir point ici mon *bien Bon;* il eût fait ici un mauvais personnage : quand on ne boit point, on s'ennuie; c'est une habitude qui n'est point agréable, et moins pour lui que pour un autre.

On a mandé ici que Bouchain était pris aussi heureusement que Condé; et qu'encore que le prince d'Orange eût fait mine d'en vouloir découdre, on est fort persuadé qu'il n'en fera rien : cela donne quelque repos. Notre campagne commence si heureusement que je ne crois pas que nous ayons besoin de la bénédiction, c'est-à-dire de la diversion de notre saint-père le Turc.

La bonne Saint-Géran m'a envoyé un compliment de La Palisse. J'ai prié qu'on ne me parlât plus du peu de chemin qu'il y a d'ici à Lyon : cela me fait de la peine; et comme je ne veux point mettre ma vertu à l'épreuve la plus dangereuse où elle puisse être, je ne veux point recevoir cette pensée, quoi que mon cœur, malgré cette résolution, me fasse sentir. J'attends ici de vos lettres avec bien de l'impatience; et pour vous écrire, ma bonne, c'est mon unique plaisir, étant loin de vous; et si les médecins, dont je me moque extrêmement, me défendaient de vous écrire, je leur défendrais de manger et de respirer, pour voir comme ils se trouveraient de ce régime. Mandez-moi des nouvelles de ma petite, et si elle s'accoutume à son couvent. Je pense souvent à elle et à la taille de ce petit garçon. Mandez-moi bien de vos nouvelles de Grignan et de M. de La Garde, et s'il ne reviendra point cet hiver à Paris. Je ne puis vous

dissimuler que je serais sensiblement affligée, si, par ces
malheurs et ces impossibilités qui peuvent arriver, j'étais
privée de vous voir. Le mot de peste, que vous nommez
dans votre lettre, me fait frémir : je la craindrais fort en
Provence. Je prie Dieu, ma bonne, qu'il détourne ce
fléau d'un lieu où il vous a mise. Quelle douleur, que
nous passions notre vie si loin l'une de l'autre, quand
notre amitié nous approche si tendrement!

Mercredi.

J'ai donc pris des eaux ce matin, ma très-chère; ah,
qu'elles sont méchantes! J'ai été prendre *le chanoine*, qui
ne loge point avec Mme de Brissac. On va à six heures
à la fontaine : tout le monde s'y trouve, on boit, et l'on
fait une fort vilaine mine; car imaginez-vous qu'elles
sont bouillantes, et d'un goût de salpêtre fort désagréable.
On tourne, on va, on vient, on se promène, on entend
la messe, on rend les eaux, on parle confidemment
de la manière qu'on les rend : il n'est question que de
cela jusqu'à midi. Enfin, on dîne; après dîner, on va
chez quelqu'un : c'était aujourd'hui chez moi. Mme de
Brissac a joué à l'hombre avec Saint-Hérem et Plancy;
le chanoine et moi nous lisons l'Arioste; elle a l'italien
dans la tête, elle me trouve bonne. Il est venu des demoiselles du pays avec une flûte, qui ont dansé la bourrée
dans la perfection. C'est ici où les bohémiennes poussent
leurs agréments; elles font des *dégognades*, où les curés
trouvent un peu à redire; mais enfin, à cinq heures,
on se va promener dans des pays délicieux; à sept heures,
on soupe légèrement, on se couche à dix. Vous en
savez présentement autant que moi. Je me suis assez
bien trouvée de mes eaux; j'en ai bu douze verres : elles
m'ont un peu purgée, c'est tout ce qu'on désire. Je
prendrai la douche dans quelques jours. Je vous écrirai
tous les soirs; ce m'est une consolation, et ma lettre
partira quand il plaira à un petit messager qui apporte
les lettres, et qui veut partir un quart d'heure après : la
mienne sera toujours prête. L'abbé Bayard [140] vient d'arriver de sa jolie maison pour me voir : c'est le druide
Adamas de cette contrée.

Jeudi 21e.

Notre petit messager crotté vient d'arriver; il ne m'a
point apporté de vos lettres, ma bonne; j'en ai eu de
M. de Coulanges, du bon d'Hacqueville, et de la prin-

cesse, qui est à Bourbon. On lui a permis de faire sa cour seulement un petit quart d'heure : elle avancera bien là ses affaires ; elle m'y souhaite, et moi je me trouve bien ici. Mes eaux m'ont fait encore aujourd'hui beaucoup de bien ; il n'y a que la douche que je crains.

Mme de Brissac avait aujourd'hui la colique ; elle était au lit, belle et coiffée à coiffer tout le monde ; je voudrais que vous eussiez vu ce qu'elle faisait de ses douleurs, et l'usage qu'elle faisait de ses yeux, et des cris, et des bras, et des mains qui traînaient sur sa couverture, et les situations, et la compassion qu'elle voulait qu'on eût : chamarrée de tendresse et d'admiration, j'admirai cette pièce et je la trouvai si belle, que mon attention a dû paraître un saisissement dont je crois qu'on me saura bon gré ; et songez que c'était pour l'abbé Bayard, Saint-Hérem, Montjeu et Plancy, que la scène était ouverte. En vérité, vous êtes une vraie *pitaude :* quand je songe avec quelle simplicité vous êtes malade, le repos que vous donnez à votre joli visage, et enfin quelle différence, cela me paraît plaisant. Au reste, je mange mon potage de la main gauche, c'est une nouveauté.

On me mande toutes les prospérités de Bouchain, et que le Roi revient incessamment : il ne sera pas seul par les chemins. Vous me parliez l'autre jour de M. Courtin : il est parti pour l'Angleterre. Il me paraît qu'il n'est demeuré d'autre emploi à son camarade que d'adorer la belle que vous savez, sans envieux et sans rivaux. Je vous embrasse de tout mon cœur et souhaite fort de vos nouvelles.

Achevée d'écrire le 21.

78. — A MADAME DE GRIGNAN

A Vichy, jeudi 28e mai 1676.

Je les reçois, ma bonne : l'une me vient du côté de Paris, et l'autre de Lyon. Vous êtes privée d'un grand plaisir, de ne faire jamais de pareilles lectures : je ne sais où vous prenez tout ce que vous dites ; mais cela est d'un agrément et d'une justesse à quoi on ne s'accoutume pas. Vous avez raison de croire, ma bonne, que j'écris sans effort, et que mes mains se portent mieux : elles ne se ferment point encore, et les dedans de la main sont fort enflés, et les doigts aussi. Cela me fait trembloter, et

me fait de la plus méchante grâce du monde dans le bon
air des bras et des mains : mais je tiens très-bien une
plume, et c'est ce qui me fait prendre patience.

J'ai commencé aujourd'hui la douche : c'est une assez
bonne répétition du purgatoire. On est toute nue dans
un petit lieu sous terre, où l'on trouve un tuyau de cette
eau chaude, qu'une femme vous fait aller où vous
voulez. Cet état où l'on conserve à peine une feuille de
figuier pour tout habillement, est une chose assez humiliante. J'avais voulu mes deux femmes de chambre, pour
voir encore quelqu'un de connaissance. Derrière le
rideau se met quelqu'un qui vous soutient le courage
pendant une demi-heure; c'était pour moi un médecin
de Ganat, que Mme de Noailles a mené à toutes ses eaux,
qu'elle aime fort, qui est un fort honnête garçon, point
charlatan ni préoccupé de rien, qu'elle m'a envoyé par
pure et bonne amitié. Je le retiens, m'en dût-il coûter
mon bonnet; car ceux d'ici me sont insupportables : cet
homme m'amuse. Il ne ressemble point à un vilain
médecin, il ne ressemble point aussi à celui de Chelles;
il a de l'esprit, de l'honnêteté; il connaît le monde;
enfin j'en suis contente. Il me parlait donc pendant que
j'étais au supplice. Représentez-vous un jet d'eau contre
quelqu'une de vos pauvres parties, toute la plus bouil-
lante que vous puissiez vous imaginer. On met d'abord
l'alarme partout, pour mettre en mouvement tous les
esprits; et puis on s'attache aux jointures qui ont été
affligées; mais quand on vient à la nuque du cou, c'est
une sorte de feu et de surprise qui ne se peut comprendre;
cependant c'est là le nœud de l'affaire. Il faut tout souffrir,
et l'on souffre tout, et l'on n'est point brûlée, et on se
met ensuite dans un lit chaud, où l'on sue abondamment, et voilà ce qui guérit. Voici encore où mon médecin est bon; car au lieu de m'abandonner à deux heures
d'un ennui qui ne se peut séparer de la sueur, je le
fais lire, et cela me divertit. Enfin je ferai cette vie
pendant sept ou huit jours, pendant lesquels je croyais
boire, mais on ne veut pas, ce serait trop de choses; de
sorte que c'est une petite allonge à mon voyage.

Les dérèglements sont tous réglés, et c'est pour finir
cet adieu, et faire une dernière lessive, que l'on m'a
principalement envoyée, et je trouve qu'il y a de la raison :
c'est comme si je renouvelais un bail de vie et de santé;
et si je puis vous revoir, ma chère bonne, et vous embrasser encore d'un cœur comblé de tendresse et de joie,

vous pourrez peut-être m'appeler encore votre *bellissima madre*, et je ne renoncerai pas à la qualité de *mère-beauté*, dont Mme de Coulanges m'a honorée. Enfin, ma bonne, il dépendra de vous de me ressusciter de cette manière. Je ne vous dis point que votre absence ait causé mon mal : au contraire, il paraît que je n'ai pas assez pleuré, puisqu'il m'en reste tant d'eau ; mais il est vrai que de passer ma vie sans vous voir y jette une tristesse et une amertume à quoi je ne puis m'accoutumer.

J'ai senti douloureusement le 24 de ce mois ; je l'ai marqué, ma bonne, par un souvenir trop tendre ; ces jours-là ne s'oublient pas facilement ; mais il y aurait bien de la cruauté à prendre ce prétexte pour ne vouloir plus me voir et me refuser la satisfaction d'être avec vous, pour m'épargner le déplaisir d'un adieu. Je vous conjure, ma bonne, de raisonner d'une autre manière, et de vouloir bien que d'Hacqueville et moi ménagions si bien le temps de votre congé, que vous puissiez être à Grignan assez longtemps, et en avoir encore pour revenir. Je trouve que de vouloir faire ces consuls vous jette loin. Enfin, ma bonne, je ne vois point bien ma place dans cet avenir, à moins que vous ne vouliez bien me redonner dans l'été qui vient ce que vous m'avez refusé dans celui-ci. Il est vrai que de vous voir pour quinze jours m'a paru une peine et pour vous et pour moi. Mais si, au lieu de tant philosopher, vous m'eussiez franchement et de bonne grâce donné le temps que je vous demandais, c'eût été une marque de votre amitié très-bien placée ; mais je n'insiste sur rien, car vous savez vos affaires, et je comprends qu'elles peuvent avoir besoin de votre personne, et qu'il y a même quelquefois des impossibilités et des dérangements dont je ne voudrais pas être cause. J'ai trouvé plus raisonnable de vous laisser garder toutes vos forces pour cet hiver, puisqu'il est certain que la dépense de Provence étant supprimée, vous n'en faites pas plus à Paris. Voilà comme j'ai raisonné, mais sans quitter, en nulle manière du monde, l'espérance de vous voir ; avouez que je la sens nécessaire à la conservation de ma santé et de ma vie.

Il est vrai que, sur vos lettres, je croyais le *pichon* un peu tortu ; mais je comprends que c'est très peu de chose. Mandez au *bien Bon* de vous faire un petit corps, piqué de cordes, par l'ouvrier de Mme d'Ormesson ; ne perdez point de temps. Et pour le petit manège de

Mme de Pomponne, on m'a encore confirmée dans l'opinion que cela est très-bon.

Parlez-moi du *pichon* : est-il encore timide ? N'avez-vous point compris ce que je vous ai mandé là-dessus ? Le mien n'était point à Bouchain; il a été spectateur des deux armées rangées si longtemps en bataille. Voilà la seconde fois qu'il n'y manque rien que la petite circonstance de se battre : mais, comme deux procédés valent un combat, je crois que deux fois à la portée du mousquet valent une bataille. Quoi qu'il en soit, l'espérance de revoir le pauvre baron gai et gaillard m'a bien épargné de la tristesse. C'est un grand bonheur que le prince d'Orange n'ait point été touché du plaisir et de l'honneur d'être vaincu par un héros comme le nôtre. On vous aura mandé comme nos guerriers, amis et ennemis, se sont vus galamment *nell' uno, nell' altro campo* [141], et se sont fait des présents, comme celui d'Agrippa à Coriolan. On me mande que le maréchal de Rochefort est fort bien mort à Nancy, sans être tué que de la fièvre double tierce.

N'est-il pas vrai que les petits ramoneurs sont jolis ? On était bien las des Amours.

Ne vous pressez point pour le remerciement, ma chère bonne, et n'ayez point si méchante opinion de nos affaires : j'ai toujours une petite bourse qui est très-assurément à votre service. Mais puisque le chevalier de Buous vous a conté l'histoire des chevaux, n'avez-vous point eu pitié de moi, de voir qu'en croyant faire plaisir à La Troche et au chevalier j'ai coupé la gorge à mon ami le chevalier, sans que je puisse me plaindre que La Troche n'ait pas voulu prendre un cheval boiteux. Ce sont de ces petits malheurs qui ne laissent pas de se faire sentir. Si vous aviez encore Mmes de Buous, je vous prierais de leur faire mes compliments, et surtout à la mère : car les mères se doivent cette préférence. Mme de Brissac s'en va bientôt; elle me fit l'autre jour de grandes plaintes de votre froideur pour elle, et que vous aviez négligé son cœur et son inclination qui la portait à vous. Nous demeurerons ici pour achever nos remèdes, la bonne d'Escars et moi. Dites-lui toujours quelque chose : vous ne sauriez comprendre les soins qu'elle a de moi. Je ne vous ai point dit combien vous êtes célébrée, et par le bon Saint-Hérem, et par Bayard, et par les Brissac et Longueval. D'Hacqueville me parle toujours de la santé de Mlle Méri; elle ferait peur si

elle avait la fièvre, mais j'espère que ce ne sera rien, et je
souhaite qu'elle s'en tire comme elle a fait tant d'autres
fois. On me fait prendre tous les jours de l'eau de poulet; il n'y a rien de plus simple ni rien de plus rafraî-
chissant : je voudrais que vous en prissiez pour vous
empêcher de brûler à Grignan. Mandez-moi comme vous
dormez et comme vous vous portez. Vous me dites de
plaisantes choses sur le beau médecin de Chelles. Le
conte des deux grands coups d'épée pour affaiblir un
homme est fort bien appliqué. J'ai rêvé ma bonne, que,
quand je vous ai parlé de Mmes de Buous, j'avais
confondu la date de Salon et de Grignan. Mandez-moi
d'où vient que le marché de votre terre s'est rompu.

   Adieu, chère bonne. Votre terrasse est-elle raccom-
modée ? N'y-a-t-il point de balustres à vos balcons ? Je
suis toujours en peine de la santé de notre cardinal; il
s'est épuisé à lire : eh, mon Dieu! n'avait-il pas tout lu ?
Je suis ravie, ma bonne, quand vous parlez avec
confiance de l'amitié que j'ai pour vous; je vous assure
que vous ne sauriez trop croire ni trop vous persuader
combien vous faites toute la joie, tout le plaisir et toute
la tristesse de ma vie, ni enfin tout ce que vous m'êtes.

   Bonjour, Monsieur le comte de Grignan, avec votre
président de Montélimar. Ma bonne, Mme de Montespan sait bien que son fils est chez les pauvres femmes. La
belle gorge! C'est un blanc sein que vous avez envoyé à
Paris [142].

79. — A MADAME DE GRIGNAN

A Paris, ce vendredi 17e juillet [1676].

   Enfin c'en est fait, la Brinvilliers est en l'air : son
pauvre petit corps a été jeté, après l'exécution, dans un
fort grand feu, et les cendres au vent; de sorte que nous
la respirerons, et par la communication des petits esprits,
il nous prendra quelque humeur empoisonnante, dont
nous serons tous étonnés. Elle fut jugée dès hier; ce
matin on lui a lu son arrêt, qui était de faire amende
honorable à Notre-Dame, et d'avoir la tête coupée, son
corps brûlé, les cendres au vent. On l'a présentée à la
question : elle a dit qu'il n'en était pas besoin, et qu'elle
dirait tout; en effet, jusqu'à cinq heures du soir elle a
conté sa vie, encore plus épouvantable qu'on ne le pensait. Elle a empoisonné dix fois de suite son père (elle

ne pouvait en venir à bout), ses frères et plusieurs autres ;
et toujours l'amour et les confidences mêlées partout.
Elle n'a rien dit contre Penautier. Après cette confession, on n'a pas laissé de lui donner la question dès le
matin, ordinaire et extraordinaire : elle n'en a pas dit
davantage. Elle a demandé à parler à M. le procureur
général ; elle a été une heure avec lui : on ne sait point
encore le sujet de cette conversation. A six heures on
l'a menée nue en chemise et la corde au cou, à Notre-
Dame, faire l'amende honorable ; et puis on l'a remise
dans le même tombereau, où je l'ai vue, jetée à reculons
sur de la paille, avec une cornette basse et sa chemise,
un docteur auprès d'elle, le bourreau de l'autre côté : en
vérité cela m'a fait frémir. Ceux qui ont vu l'exécution
disent qu'elle a monté sur l'échafaud avec bien du courage. Pour moi, j'étais sur le pont Notre-Dame, avec la
bonne d'Escars ; jamais il ne s'est vu tant de monde, ni
Paris si ému ni si attentif ; et demandez-moi ce qu'on a
vu, car pour moi je n'ai vu qu'une cornette ; mais enfin
ce jour était consacré à cette tragédie. J'en saurai demain
davantage, et cela vous reviendra.

On dit que le siège de Maestricht est commencé, et
celui de Philisbourg continué : cela est triste pour les
spectateurs. Notre petite amie m'a bien fait rire ce
matin : elle dit que Mme de Rochefort, dans le plus fort
de sa douleur, a conservé une tendresse extrême pour
Mme de Montespan, et m'a contrefait ses sanglots au
travers desquels elle lui disait qu'elle l'avait aimée toute
sa vie d'une inclination toute particulière. Etes-vous
assez méchante pour trouver cela aussi plaisant que moi ?

Voici encore une autre sottise ; mais je ne veux pas
que M. de Grignan la lise. Le *petit Bon* [143], qui n'a pas
l'esprit d'inventer la moindre chose, a conté naïvement
qu'étant couché l'autre jour familièrement avec la *Souricière*, elle lui avait dit, après deux ou trois heures de
conversation : « *Petit Bon*, j'ai quelque chose sur le
cœur contre vous. — Et quoi, Madame ? — Vous n'êtes
point dévot à la Vierge ; ah ! vous n'êtes point dévot à la
Vierge : cela me fait une peine étrange. » Je souhaite que
vous soyez plus sage que moi, et que cette sottise ne vous
frappe pas, comme elle m'a frappée.

On dit que Louvigny a trouvé sa chère épouse écrivant une lettre qui ne lui a pas plu ; le bruit a été grand.
D'Hacqueville est occupé à tout raccommoder : vous
croyez bien que ce n'est pas de lui que je sais cette

petite affaire; mais elle n'en est pas moins vraie, ma chère
bonne.

J'ai bien envie de savoir comme vous aurez logé toute
votre compagnie. Ces appartements dérangés et sentant
la peinture me donnent du chagrin. Je vous conjure,
ma très-chère, de vous confirmer toujours dans le dessein de me donner par votre voyage la marque de votre
amitié que j'en désire et que vous me devez un peu,
et dans le temps que j'ai marqué. Ma santé est toujours
de même. J'embrasse M. de Grignan.

80. — A MADAME DE GRIGNAN

A Paris, mercredi 29e juillet 1676.

Voici, ma bonne, un changement de scène qui vous
paraîtra aussi agréable qu'à tout le monde. Je fus samedi
à Versailles avec les Villars : voici comme cela va. Vous
connaissez la toilette de la Reine, la messe, le dîner;
mais il n'est plus besoin de se faire étouffer, pendant
que Leurs Majestés sont à table; car, à trois heures, le
Roi, la Reine, Monsieur, Madame, Mademoiselle, tout
ce qu'il y a de princes et princesses, Mme de Montespan,
toute sa suite, tous les courtisans, toutes les dames, enfin
ce qui s'appelle la cour de France, se trouve dans ce
bel appartement du Roi que vous connaissez. Tout est
meublé divinement, tout est magnifique. On ne sait ce
que c'est que d'y avoir chaud; on passe d'un lieu à
l'autre sans faire la presse en nul lieu. Un jeu de reversi
donne la forme, et fixe tout. C'est le Roi (Mme de Montespan tient la carte), Monsieur, la Reine et Mme de
Soubise; Dangeau [144] et compagnie; Langlée et compagnie. Mille louis sont répandus sur le tapis, il n'y a point
d'autres jetons. Je voyais jouer Dangeau; et j'admirais
combien nous sommes sots auprès de lui. Il ne songe
qu'à son affaire, et gagne où les autres perdent; il ne
néglige rien, il profite de tout, il n'est point distrait :
en un mot, sa bonne conduite défie la fortune; aussi les
deux cent mille francs en dix jours, les cent mille écus
en un mois, tout cela se met sur le livre de sa recette.
Il dit que je prenais part à son jeu, de sorte que je fus
assise très-agréablement et très-commodément.

Je saluai le Roi, comme vous me l'avez appris; il me
rendit mon salut, comme si j'avais été jeune et belle. La

Reine me parla aussi longtemps de ma maladie que si c'eût été une couche. Elle me parla aussi de vous. M. le Duc me fit mille de ces caresses à quoi il ne pense pas. Le maréchal de Lorges m'attaqua sous le nom du chevalier de Grignan, enfin *tutti quanti* : vous savez ce que c'est que de recevoir un mot de tout ce qu'on trouve en chemin. Mme de Montespan me parla de Bourbon, et me pria de lui conter Vichy, et comme je m'en étais trouvée; elle dit que Bourbon, au lieu de lui guérir un genou, lui a fait mal aux deux. Je lui trouvai le dos bien plat, comme disait la maréchale de La Meilleraye; mais sérieusement, c'est une chose surprenante que sa beauté; et sa taille qui n'est pas de la moitié si grosse qu'elle était, sans que son teint, ni ses yeux, ni ses lèvres, en soient moins bien. Elle était toute habillée de point de France; coiffée de mille boucles; les deux des tempes lui tombaient fort bas sur les deux joues; des rubans noirs sur la tête, des perles de la maréchale de l'Hospital, embellies de boucles et de pendeloques de diamant de la dernière beauté, trois ou quatre poinçons, une boîte, point de coiffe, en un mot, une triomphante beauté à faire admirer à tous les ambassadeurs. Elle a su qu'on se plaignait qu'elle empêchait toute la France de voir le Roi; elle l'a redonné, comme vous voyez; et vous ne sauriez croire la joie que tout le monde en a, ni de quelle beauté cela rend la cour. Cette agréable confusion, sans confusion, de tout ce qu'il y a de plus choisi, dure jusqu'à six heures depuis trois. S'il vient des courriers, le Roi se retire pour lire ses lettres, et puis revient. Il y a toujours quelque musique qu'il écoute, et qui fait un très-bon effet. Il cause avec celles qui ont accoutumé d'avoir cet honneur. Enfin on quitte le jeu à l'heure que je vous ai dit; on n'a du tout point de peine à faire les comptes; il n'y a point de jetons ni de marques; les poules sont au moins de cinq, six ou sept cents louis, les grosses de mille, de douze cents. On en met d'abord vingt chacun, c'est cent; et puis celui qui fait en met dix. On donne chacun quatre louis à celui qui a le quinola; on passe; et quand on fait jouer, et qu'on ne prend pas la poule, on en met seize à la poule, pour apprendre à jouer mal à propos. On parle sans cesse, et rien ne demeure sur le cœur. « Combien avez-vous de cœurs ? — J'en ai deux, j'en ai trois, j'en ai un, j'en ai quatre. » Il n'en a donc que trois, que quatre, et de tout ce caquet Dangeau est ravi : il découvre le jeu, il tire ses consé-

quences, il voit ce qu'il y a à faire; enfin j'étais ravie
de voir cet excès d'habileté : vraiment c'est bien lui
qui sait le dessous des cartes, car il sait toutes les autres
couleurs.

A six heures donc on monte en calèche, le Roi,
Mme de Montespan, Monsieur, Mme de Thianges, et la
bonne d'Heudicourt sur le strapontin, c'est-à-dire
comme en paradis, ou dans la *gloire de Niquée* [145]. Vous
savez comme ces calèches sont faites : on ne se regarde
point, on est tourné du même côté. La Reine était dans
une autre avec les princesses, et ensuite tout le monde
attroupé selon sa fantaisie. On va sur le canal dans des
gondoles, on y trouve de la musique, on revient à dix
heures, on trouve la comédie, minuit sonne, on fait
médianoche : voilà comme se passa le samedi. Nous
revînmes quand on monta en calèche.

De vous dire combien de fois on me parla de vous,
combien on me demanda de vos nouvelles, combien on
me fit de questions sans attendre la réponse, combien
j'en épargnai, combien on s'en souciait peu, combien je
m'en souciais encore moins, vous connaîtriez au naturel l'*iniqua corte* [146]. Cependant elle ne fut jamais si
agréable, et l'on souhaite fort que cela continue. Mme de
Nevers est fort jolie, fort modeste, fort naïve : sa beauté
fait souvenir de vous. M. de Nevers est toujours le plus
plaisant robin; sa femme l'aime de passion. Mlle de
Thianges est plus régulièrement belle que sa sœur.
M. du Maine est incomparable; l'esprit qu'il a est étonnant; les choses qu'il dit ne se peuvent imaginer. Mme de
Maintenon, Mme de Thianges, *Guelfes* et *Gibelins*, songez que tout est rassemblé. Madame me fit mille honnêtetés à cause de la bonne princesse de Tarente. Mme de
Monaco était à Paris.

M. le Prince fut voir l'autre jour Mme de La Fayette :
ce prince *alla cui spada ogni vittoria è certa*. Le moyen
de n'être pas flattée d'une telle estime, et d'autant plus
qu'il ne la jette pas à la tête des dames ? Il parle de la
guerre, il attend des nouvelles comme les autres. On
tremble un peu de celles d'Allemagne. On dit pourtant
que le Rhin est tellement enflé des neiges qui fondent
des montagnes, que les ennemis sont plus embarrassés
que nous. Rambures a été tué par un de ses soldats, qui
déchargeait son mousquet très-innocemment. Le siège
d'Aire continue; nous y avons perdu quelques lieutenants aux gardes et quelques soldats. L'armée de Schom-

berg est en pleine sûreté. Mme de Schomberg s'est remise à m'aimer : le baron en profite par les caresses excessives de son général. Le *petit Glorieux* [147] n'a pas plus d'affaires que les autres : il pourra s'ennuyer ; mais s'il a besoin d'une contusion, il faudra qu'il se la fasse lui-même : Dieu les conserve dans cette oisiveté ! Voilà, ma bonne, d'épouvantables détails : ou ils vous ennuieront beaucoup, ou ils vous amuseront ; ils ne peuvent point être indifférents. Je souhaite que vous soyez dans cette humeur où vous me dites quelquefois : « Mais vous ne voulez pas me parler ; mais j'admire ma mère, qui aimerait mieux mourir que de me dire un seul mot. » Oh ! si vous n'êtes pas contente, ce n'est pas ma faute ; non plus que la vôtre, si je ne l'ai pas été de la mort de Ruyter. Il y a des endroits dans vos lettres qui sont divins. Vous me parlez très-bien du mariage, il n'y a rien de mieux ; le jugement domine, mais c'est un peu tard. Conservez-moi dans les bonnes grâces de M. de La Garde, et toujours des amitiés pour moi à M. de Grignan. La justesse de nos pensées sur votre départ renouvelle notre amitié.

Vous trouvez que ma plume est toujours taillée pour dire des merveilles du grand maître [148] : je ne le nie pas absolument ; mais je croyais m'être moquée de lui, en vous disant l'envie qu'il a de parvenir, et qu'il veut être maréchal de France à la rigueur, comme du temps passé ; mais c'est que vous m'en voulez sur ce sujet : le monde est bien injuste.

Il l'a bien été aussi pour la Brinvilliers : jamais tant de crimes n'ont été traités si doucement, elle n'a pas eu la question. On lui faisait entrevoir une grâce, et si bien entrevoir, qu'elle ne croyait point mourir, et dit en montant sur l'échafaud : « C'est donc tout de bon ? » Enfin elle est au vent, et son confesseur dit que c'est une sainte. M. le premier président lui avait choisi ce docteur comme une merveille : c'était celui qu'on voulait qu'elle prît. N'avez-vous point vu ces gens qui font des tours de cartes ? ils les mêlent incessamment, et vous disent d'en prendre une telle que vous voudrez, et qu'ils ne s'en soucient pas ; vous la prenez, vous croyez l'avoir prise, et c'est justement celle qu'ils veulent : à l'application, elle est juste. Le maréchal de Villeroi, disait l'autre jour : « Penautier sera ruiné de cette affaire ; » le maréchal de Gramont répondit : « Il faudra qu'il supprime sa table ; » voilà bien des épigrammes. Je suppose que vous

savez qu'on croit qu'il y a cent mille écus répandus
pour faciliter toutes choses : l'innocence ne fait guère de
telles profusions. On ne peut écrire tout ce qu'on sait;
ce sera pour une soirée. Rien n'est si plaisant que tout
ce que vous me dites sur cette horrible femme. Je crois
que vous avez contentement; car il n'est pas possible
qu'elle soit en paradis; sa vilaine âme doit être séparée
des autres. *Assassiner est le plus sûr;* nous sommes de
votre avis; c'est une bagatelle en comparaison d'être
huit mois à tuer son père, et à recevoir toutes ses caresses
et toutes ses douceurs, où elle ne répondait qu'en dou-
blant toujours la dose.

Contez à M. l'Archevêque ce que m'a fait dire M. le
premier président pour ma santé. J'ai fait voir mes mains
et quasi mes genoux à Langeron, afin qu'il vous en rende
compte. J'ai d'une manière de pommade qui me guérira,
à ce qu'on m'assure; je n'aurai point la cruauté de me
plonger dans le sang d'un bœuf, que la canicule ne soit
passée. C'est vous, ma fille, qui me guérirez de tous
mes maux. Si M. de Grignan pouvait comprendre le
plaisir qu'il me fait d'approuver votre voyage, il serait
consolé par avance de six semaines qu'il sera sans vous.

Mme de La Fayette n'est point mal avec Mme de
Schomberg. Cette dernière me fait des merveilles, et son
mari à mon fils. Mme de Villars songe tout de bon à
s'en aller en Savoie; elle vous trouvera en chemin. Corbinelli vous adore, il n'en faut rien rabattre; il a toujours des soins de moi admirables. Le *bien Bon* vous
prie de nc pas douter de la joie qu'il aura de vous voir;
il est persuadé que ce remède m'est nécessaire, et vous
savez l'amitié qu'il a pour moi. Livry me revient souvent dans la tête, et je dis que je commence à étouffer,
afin qu'on approuve mon voyage.

Adieu, ma très-aimable et très-aimée : vous me priez
de vous aimer; ah! vraiment je le veux bien; il ne sera
pas dit que je vous refuse quelque chose.

81. — A MADAME DE GRIGNAN

A Livry, vendredi 16ᵉ juillet 1677.

J'arrivai hier au soir ici, ma très-chère : il y fait parfaitement beau; j'y suis seule, et dans une paix, un
silence, un loisir, dont je suis ravie. Ne voulez-vous pas

bien que je me divertisse à causer un peu avec vous ? Songez que je n'ai nul commerce qu'avec vous : quand j'ai écrit en Provence, j'ai tout écrit. Je ne crois pas en effet que vous eussiez la cruauté de nommer un commerce une lettre en huit jours à Mme de Lavardin. Les lettres d'affaires ne sont ni fréquentes, ni longues. Mais vous, mon enfant, vous êtes en butte à dix ou douze personnes, qui sont à peu près ces cœurs dont vous êtes uniquement adorée, et que je vous ai vue compter sur vos doigts. Ils n'ont tous qu'une lettre à écrire, et il en faut douze pour y faire réponse; voyez ce que c'est par semaine, et si vous n'êtes pas tuée, assassinée. Chacun en disant : « Pour moi, je ne veux point de réponse, seulement trois lignes pour savoir comme elle se porte » (voilà le langage, et de moi la première) : enfin nous vous assommons, mais c'est avec toute l'honnêteté et la politesse de l'homme de la comédie, qui donne des coups de bâton avec un visage gracieux, en demandant pardon, et disant avec une grande révérence : « Monsieur, vous le voulez donc; j'en suis au désespoir. » Cette application est juste et trop aisée à faire : je n'en dirai pas davantage.

Mercredi au soir, après vous avoir écrit, je fus priée, avec toute sorte d'amitiés, d'aller souper chez Gourville avec Mmes de Schomberg, de Frontenac, de Coulanges, M. le Duc, MM. de La Rochefoucauld, Barrillon, Briole, Coulanges, Sévigné. Le maître du logis nous reçut dans un lieu nouvellement rebâti, le jardin de plain-pied de l'hôtel de Condé, des jets d'eau, des cabinets, des allées en terrasse, six hautbois dans un coin, six violons dans un autre, des flûtes douces un peu plus près, un souper enchanté, une basse de viole admirable, une lune qui fut témoin de tout. Si vous ne haïssiez point à vous divertir, vous regretteriez de n'avoir point été avec nous. Il est vrai que le même inconvénient du jour que vous y étiez arriva et arrivera toujours; c'est-à-dire qu'on assemble une très-bonne compagnie pour se taire, et à condition de ne pas dire un mot : Barrillon, Sévigné et moi, nous en rîmes, et nous pensâmes à vous.

Le lendemain, qui était jeudi, j'allai au Palais, et je fis si bien (le bon abbé le dit ainsi) que j'obtins une petite injustice, après en avoir souffert beaucoup de grandes, par laquelle je toucherai deux cents louis, en attendant sept cents autres que je devais avoir il y a huit mois, et qu'on dit que j'aurai cet hiver. Après cette misérable petite expédition, je vins le soir ici me reposer, et me voilà résolue d'y demeurer jusqu'au 8ᵉ du mois prochain, qu'il faudra m'aller préparer pour aller en Bourgogne et à Vichy. J'irai peut-être dîner quelquefois à Paris : Mme de La Fayette se porte mieux. J'irai à Pomponne demain; le grand d'Hacqueville y est dès hier; je le ramènerai ici. Le *frater* va chez la belle, et la réjouit fort; elle est gaie naturellement; les mères lui font aussi une très-bonne mine.

Corbinelli me viendra voir ici; il a fort approuvé et admiré ce que vous mandez de cette métaphysique, et de l'esprit que vous avez eu de la comprendre. Il est vrai qu'ils se jettent dans de grands embarras, aussi bien que sur la prédestination et sur la liberté. Corbinelli tranche plus hardiment que personne; mais les plus sages se tirent d'affaire par un *altitudo* [149], ou par imposer silence, comme notre cardinal. Il y a le plus beau galimatias que j'aie encore vu au vingt-sixième article du dernier tome des *Essais de morale*, dans le traité *de tenter Dieu*. Cela divertit fort; et quand d'ailleurs on est soumise, que les mœurs n'en sont pas dérangées, et que ce n'est que pour confondre les faux raisonnements, il n'y a pas grand mal; car s'ils voulaient se taire, nous ne dirions rien; mais de vouloir à toute force établir leurs maximes, nous traduire saint Augustin, de peur que nous ne l'ignorions, mettre au jour tout ce qu'il y a de plus sévère, et puis conclure comme le P. Bauny [150], de peur de perdre le droit de gronder : il est vrai que cela impatiente; et pour moi, je sens que je fais comme Corbinelli. Je veux mourir si je n'aime mille fois mieux les jésuites : ils sont au moins tout d'une pièce, uniformes dans la doctrine et dans la morale. Nos frères disent bien, et concluent mal; ils ne sont point sincères : me voilà dans Escobar. Ma fille, vous voyez bien que je me joue et que je me divertis.

J'ai laissé Beaulieu avec le copiste de M. de La Garde; il ne quitte point mon original [151]. Je n'ai eu cette complaisance pour M. de La Garde qu'avec des peines extrêmes; vous verrez, vous verrez ce que c'est que ce barbouillage. Je souhaite que les derniers traits soient plus heureux; mais hier c'était quelque chose d'horrible. Voilà ce qui s'appelle vouloir avoir une copie de ce beau portrait de Mme de Grignan; et je suis barbare quand je le refuse. Oh bien! je ne l'ai pas refusé; mais je suis bien aise de ne jamais rencontrer une telle profanation du visage

de ma fille. Ce peintre est un jeune homme de Tournai,
à qui M. de La Garde donne trois louis par mois; son
dessein a été d'abord de lui faire peindre des paravents;
et finalement c'est Mignard qu'il s'agit de copier. Il y
a un peu du *veau de Poissy* à la plupart de ces sortes de
pensées-là; mais chut! car j'aime très-fort celui dont je
parle.

Je voudrais, ma fille, que vous eussiez un précepteur
pour votre enfant : c'est dommage de laisser son esprit
inculto. Je ne sais s'il n'est pas encore trop jeune pour
le laisser manger de tout; il faut examiner si les enfants
sont des charretiers, avant que les traiter comme des
charretiers : on court risque autrement de leur faire de
pernicieux estomacs, et cela tire à conséquence.

Mon fils est demeuré pour des adieux; il viendra me
voir ensuite; il faut qu'il aille à l'armée, les eaux viendront après. On a cassé encore tout net un M. D***
pour des absences : je sais bien la réponse; mais cela
fait voir la sévérité.

Adieu, ma très-chère : consolez-vous du petit; il n'y
a de la faute de personne; il est mort des dents, et non
pas d'une fluxion sur la poitrine : quand les enfants n'ont
pas la force de les pousser dans le temps, ils n'ont pas
celle de soutenir le mouvement qui les veut faire percer
toutes à la fois : je parle d'or.

Vous savez la réponse du lit vert de Sucy à M. de
Coulanges : Guilleragues l'a faite; elle est plaisante;
Mme de Thianges l'a dite au Roi, qui la chante. On a
dit d'abord que tout était perdu; mais point du tout,
cela fera peut-être sa fortune. Si ce discours ne vient
d'une âme verte [152], c'est du moins d'une tête verte;
c'est tout de même, et la couleur de la quadrille est
sans contestation.

82. — A MADAME DE GRIGNAN

A Livry, lundi 26e juillet 1677.

M. de Sévigné apprendra donc de M. de Grignan la
nécessité d'avoir plusieurs maîtresses, par les inconvénients qui arrivent de n'en avoir que deux ou trois;
mais il faut que M. de Grignan apprenne de M. de Sévigné les douleurs de la séparation, quand il arrive que
quelqu'une s'en va par la diligence [153]. On reçoit un bil-

MADAME DE SÉVIGNÉ

let du jour du départ, qui embarrasse beaucoup, parce qu'il est fort tendre; cela touche la gaieté et la liberté dont on prétend jouir. On reçoit encore une autre lettre de la première couchée, dont on est enragé. Comment diable ? cela continuera-t-il de cette force ? On me conte cette douleur; on met sa seule espérance au voyage que le mari doit faire, qui apparemment interrompra cette grande régularité : sans cela, on ne pourrait pas soutenir un commerce de trois fois la semaine. On tire les réponses et les tendresses à force de rêver; la lettre est figée, comme je disais, avant que *la feuille qui chante* soit pleine; la source est entièrement sèche. On pâme de rire avec moi du style, de l'orthographe : voici quelques traits que vous reconnaîtrez.

Je pars enfin; quel voyage ! pour qui suis-je dans un état si violent ? Je lui répondrais bien, pour un ingrat. J'ai reçu un billet de ma sœur aussi tendre que vous m'en devriez écrire; elle a l'esprit adouci par mon départ. J'ai été tout le jour triste, rêveuse, le cœur pressé, des soupirs, une langueur, une tristesse dont je ne suis point la maîtresse.

Il me semble que c'est une chose toute désassortie que de porter dans cette diligence, que tous les diables emportent, une langueur amoureuse, une amour languissante. Le moyen d'imaginer qu'un état si propre à passer le jour dans un bois sombre, assise au bord d'une fontaine ou bien au pied d'un hêtre, puisse s'accommoder du mouvement immodéré de cette voiture ? Il me paraît que la colère, la furie, la jalousie, la vengeance, serait bien plus convenable à cette manière d'aller.

Mais enfin, dit-on, *j'ai la confiance de croire que vous pensez à moi. Hélas ! si vous saviez l'état où je suis, vous me trouveriez un grand mérite pour vous, et vous me traiteriez selon mon mérite. Je commence déjà à souhaiter de retourner sur mes pas : je vous défie de croire que ce ne soit pas pour vous. Je ne sentirai guère la joie ni le repos d'arriver. Ayez au moins quelque attention à la vie que je vais faire. Adieu : si vous m'aimez, vous n'aimez pas une ingrate.*

Voilà en l'air ce que j'ai attrapé, et voilà à quel style votre pauvre frère est condamné de faire réponse trois fois la semaine : ma bonne, cela est cruel, je vous assure. Voyez quelle gageure ces pauvres personnes se sont engagées de soutenir; c'est un martyre, ils me font pitié : le pauvre garçon y succomberait sans la consolation qu'il trouve en moi. Vous perdez bien de n'être pas à

portée de cette confidence. Ma mignonne, j'écris ceci
hors d'œuvre, pour vous divertir en vous donnant une
idée de cet aimable commerce. Je vous conjure de brûler ces deux feuilles qui ne tiennent à rien, de peur
d'accident. Songez que vous aurez cette sincère et naturelle créature : il ne faut qu'un malheur.

83. — A MADAME
ET A MONSIEUR DE GRIGNAN

A Paris, vendredi 30e juillet 1677.

Ma bonne, j'ai ri de vous : quand je vous ai écrit
de grandes lettres, vous avez eu peur que cette application ne me fît malade. Quand je vous en ai écrit de
courtes, vous croyez que je la suis. Savez-vous comme
je vais faire ? C'est comme j'ai toujours fait. Quand je
commence, je ne sais point du tout où cela ira, si ma
lettre sera longue ou si elle sera courte; j'écris tant qu'il
plaît à ma plume, c'est elle qui gouverne tout : je crois
que cette règle est bonne, je m'en trouve bien, et je la
continuerai.

Je vous conjure d'être en repos sur ma santé, comme
vous voulez que je le sois de la vôtre. Si je me croyais,
je ne prendrais non plus des eaux de Vichy, que vous
du lait; mais comme je sais que ce remède vous donne
du repos, et que de plus je suis assurée qu'il ne me fera
point de mal, comme le lait vous en a fait, j'irai assurément, et mon jour est si bien marqué, que ce serait signe
d'un grand malheur si je ne partais. J'espère que la Providence voudra bien ne se plus moquer de moi pour
cette fois. Je suis si accoutumée à me voir confondue
sur la plus grande partie de mes désirs, que je ne parle
de l'avenir qu'en tâtonnant. Le style des Pyrrhoniens
me plaît assez; leur incertitude me paraît bien prudente :
elle empêche au moins qu'on ne se moque des gens.
« Allez-vous à Vichy ? — Peut-être. — Prenez-vous la
maison de la Place pour un an ? — Je n'en sais rien. »
Voilà comme il le faudrait parler.

Je croyais m'en retourner ce matin à Livry, car enfin
cette grande affaire est finie, j'ai mis le bout du pied
sur le bout de l'aile du papillon : sur neuf mille francs,
j'en ai touché deux. Me voilà bien riche. Je pourrais
donc m'en aller; mais que fait le diable ? Il fait une

gageure entre l'abbé Têtu et le petit Villarceaux; cette
gageure compose quatre pistoles; ces quatre pistoles sont
destinées pour voir tantôt la comédie des *Visionnaires*,
que je n'ai jamais vue. Mme de Coulanges me presse
d'un si bon ton que me voilà débauchée; et je remets à
dimanche matin ce que je voulais faire aujourd'hui. Je
ne sais si vous comprenez ces faiblesses; pour moi, j'en
suis toute pleine; il faudra pourtant s'en corriger, en
approchant de la vieillesse.

Dangeau est hors de la Bastille. Comme ce n'était que
pour contenter Mme la Comtesse [154], et que ce n'était
ni pour le roi de France, ni pour le roi d'Espagne, elle
n'a pas poussé sa colère plus loin que les vingt-quatre
heures. Ils seront accommodés devant les maréchaux de
France. Cela est dur à Dangeau; il faudra qu'il dise qu'il
n'a point donné des coups de bâton, et les injures atroces
lui demeureront. Tout ce procédé est si vilain, qu'un
homme que vous reconnaîtrez a dit que, quand les joueurs
ont tant de patience, ils devraient donner leurs épées
aux cartes : cela s'appelle *de l'eau dans le vin des Pères*.

Mme de Schomberg a enfin vendu sa charge à Mon-
tanègues deux cent dix mille francs tout comptant, et
trente mille francs sur les états prochains de Languedoc : cela est bon. Mais voici ce qui est bien meilleur,
car vous savez que ce ne sont jamais les choses, ce sont
les manières : elle remercia le Roi; il lui dit qu'elle se
plaignait toujours d'être malade, mais qu'il la trouvait
fort belle. « Sire, c'est trop, quatre-vingt mille écus et
des douceurs. — Madame, je crois que vous n'augmente-
rez pas les meubles de votre maison d'aucun coffre-fort.
— Sire, je ne verrai pas seulement l'argent que Votre
Majesté nous donne. » Là-dessus M. de Louvois entra
sur ce même ton dans la plaisanterie; cela fut poussé un
quart d'heure fort agréablement. Il se trouva que Mme de
Schomberg dit deux ou trois choses fort fines. Le Roi
lui dit : « Madame, je m'en vais vous dire une chose bien
vaine; c'est que j'aurais juré que vous m'auriez répondu
cela. » Mme de Montespan lui fit encore des merveilles.
Voilà comme on fait en ce pays-là : quand on fait du
bien, on l'assaisonne d'agrément, et cela est délicieux.
Eh mon Dieu, ne vous trouverez-vous jamais en cet
état ? Faut-il toujours labourer et tirer le diable par la
queue ? Un peu de philosophie ou de dévotion : sans
cela on se pendrait. Cette maréchale, que je vis hier,
vous fait mille amitiés : elle dit qu'elle n'est plus votre

camarade, et qu'elle voudrait qu'on vous eût fait un aussi joli présent qu'à elle.

On parle fort des plaisirs infinis de Fontainebleau. Fontainebleau me paraît un lieu périlleux : il me semble qu'il ne faut point faire changer de place aux vieilles amours, non plus qu'aux vieilles gens. La routine fait quelquefois la plus forte raison de leurs attachements ; quand on les dérange, ce n'est plus cela. Mme de Coulanges est fort priée, pressée, importunée d'y aller : elle y résiste par la raison de la dépense, car il faudrait trois ou quatre habits de couleur. On lui dit : « Allez-y en habit noir. — Ah, Jésus! en habit noir! » Vous croyez bien que la raison de la dépense ne l'en empêchera pas.

M. le maréchal de Créquy a été assez mal ; on lui mande que, s'il était pis, il n'aurait qu'à laisser l'armée à M. de Schomberg. N'avez-vous pas ouï conter des goutteux que le feu ou quelque autre malheur fait courir comme des Basques ? Ma fille, voilà l'affaire : le nom de M. de Schomberg a été un remède souverain pour guérir le maréchal de Créquy. Il ne se jouera plus à être malade, et nous verrons comme il se démêlera des Allemands.

Le Coadjuteur s'est fort bien démêlé de l'affaire de ses bois : il les vendra ; il me paraît le favori de M. Colbert ; sérieusement il est heureux ; son visage est solaire. Vous verrez comme il réussira bien dans les prédications qu'il doit faire. Il dîna hier avec moi ; c'est un étrange nom pour moi que celui de Grignan.

Monsieur le Comte, par cette raison je ne vous hais pas. N'êtes-vous point bien aise de revoir ce petit chien de visage, s'il est vrai qu'il soit aussi rafraîchi qu'on me le mande ? Conservez bien cette chère santé ; nos cœurs ne sont guère à leur aise, quand elle est comme nous l'avons vue : cette idée me blesse toujours ; je n'ai pas l'imagination assez forte pour la voir, ni comme elle est, ni comme elle a été. Je vous recommande aussi la favorite [155], je suis assurée qu'elle est fort jolie, et qu'elle ressemblera à sa mère : que dites-vous de ces ressemblances ? J'approuve le dépôt qu'elle veut faire, si elle sort de Grignan, à Mme votre sœur, à condition qu'on la reprendra, car il est vrai que nos sœurs [156] ne sont pas si commodes.

Ma bonne, voilà ce que ma plume a voulu vous

conter. Le mercredi je fais réponse à vos deux lettres; le
vendredi je cause sur ce qui se présente. *Le bien Bon*
vous honore et vous aime. Le baron se divertit à merveilles; j'ai toujours ces inquiétudes que vous savez; il
est tout à fait vrai qu'il ne s'appuie point sur le talon,
mais il est si difficile de le plaindre en le voyant, que c'est
de cela qu'il le faut plaindre. Je trouve qu'il est fâcheux
d'avoir à se justifier sur certains chapitres.

Mme de Villars m'écrit mille choses de vous : je vous
enverrai ses lettres un de ces jours; elles vous diverti-
ront. Mme d'Heudicourt est entièrement dans la *gloire
de Niquée;* elle y oublie qu'elle est prête d'accoucher.
La princesse d'Elbeuf est fort aimable, Mlle de Thianges
fort belle, et très appliquée à faire sa cour. Mme de Montespan était l'autre jour toute couverte de diamants;
on ne pouvait soutenir l'éclat d'une si brillante divinité.
L'attachement paraît plus fort qu'il n'a jamais été; ils
en sont aux regards : il ne s'est jamais vu d'amour
reprendre terre comme celui-là. Mme de La Fayette
remonte toujours le Rhône tout doucement; et moi, ma
bonne, je vous aime, avec la même inclination que ce
fleuve va de Lyon dans la mer : cela est un peu poétique,
mais cela est vrai.

84. — A MADAME DE GRIGNAN

A Paris, mardi au soir 10ᵉ août 1677.

Vous ne vous plaindrez pas, ma bonne, que je ne vous
mande rien aujourd'hui. La nouvelle du siège de Charleroi [157] a fait courir tous les jeunes gens, et même les
boiteux. Mon fils tout éclopé s'en va demain en chaise
roulante [158], sans nul équipage : tous ceux qui lui disent
qu'il ne devrait pas y aller, trouveraient fort étrange
qu'il n'y allât pas. C'est dans son cœur qu'on doit trouver
tous ses devoirs, et il n'est louable que de prendre sur lui
pour faire le sien. Mais savez-vous qui sont ceux qui
sont déjà partis ? C'est le duc de Lesdiguières, le marquis
de Cœuvres, Dangeau, La Fare (oui, La Fare), le prince
d'Elbeuf, M. de Marsan, le petit Villarceaux : enfin, *tutti
quanti.* J'oubliais M. de Louvois, qui partit samedi; et
de toute cette échauffourée, bien des gens sont persuadés
qu'il n'en arrivera que le retardement, c'est-à-dire la
rupture du voyage de Fontainebleau. M. de Vins, les

mousquetaires et autres troupes se sont jetés dans Charleroi, dont on est persuadé qu'avec l'armée de M. de Luxembourg, grossie de beaucoup de garnisons, et prête à secourir, le prince d'Orange n'entreprendra jamais d'en faire le siège. Vous souvient-il d'une pareille nouvelle, dont nous écrivions de Lambesc des lamentations, qu'on ne reçut que six ou sept jours après que le siège fut levé ? Peut-être que cette fois ils seront encore plus honnêtes, et se contenteront de l'avoir investi. Vous en saurez la suite. Ce qu'il y a présentement, c'est le départ des guerriers. Je revins hier de Livry, et pour dire adieu à mon fils, et pour me préparer à partir lundi.

Mais il faut que je vous mande une mort qui vous surprendra : c'est de la pauvre Mme du Plessis Guénégaud. Ma bonne, elle n'a jamais lu votre petite lettre; et elle tomba malade la semaine passée : un accès de fièvre, et puis un autre, et puis un autre, et puis le transport au cerveau; l'émétique qu'il fallait donner, point donné, parce que Dieu ne voulait pas; et cette nuit, qui était la septième, elle est morte sans connaissance. Cette nouvelle m'a surprise et touchée ce matin : je me suis souvenue de tant de choses, que j'en ai pleuré de tout mon cœur. Je n'étais son amie que par réverbération, comme vous savez; mais nous étions selon son goût, et je crois que bien de ses anciennes amies n'en sont pas plus touchées que moi. J'ai été chercher la famille : on ne les voyait point; je voulais donner de l'eau bénite, et méditer sur la vie et la mort de cette femme : on n'a point voulu; de sorte que je m'en suis allée chez Mme de La Fayette, où l'on a fort parlé de cette triste aventure. Ses derniers malheurs étaient sans nombre : elle avait un arrêt favorable, et M. Poncet, par cruauté, ne le voulait point signer, que certaines choses inutiles ne fussent achevées : elle mourait à Paris; cet injuste retardement la saisit à tel point, qu'elle revint chez elle avec la fièvre, et la voilà : cela s'appelle communément que c'est M. Poncet qui l'a tuée, que les médecins y ont leur part, en ne lui donnant pas l'émétique. Mais, ma bonne, nous autres qui lisons dans la Providence, nous voyons que son heure était marquée de toute éternité : tous ces petits événements se sont enchaînés et entraînés les uns après les autres pour en venir là. Tous ces raisonnements ne consolent pas ceux qui sont vivement touchés; mais parmi ceux qui la pleureront, il y aura bien des douleurs équivoques. « On ne pouvait plus la satisfaire; si mauvaise

fortune avait aigri son esprit. » Vous entendez tout ce
que je veux dire. Je me suis un peu étendue sur cette
mort : il m'a paru que vous m'écoutiez avec attention.
J'en fais de même, ma bonne, de tout ce que vous m'écrivez; tout est bon, et quand vous croyez vous écarter,
vous n'allez pas moins droit ni moins juste.

Vous avez fait une rude campagne dans l'Iliade : vous
en parlez fort plaisamment. On espère que celle de
M. de Créquy sera plus heureuse, quoique son armée ait
changé de nom, comme vous dites fort bien. Les Allemands sont à Mouzon : il y a bien loin de là où ils
étaient il y a deux ans. M. de Schomberg a été voir le
maréchal de Créquy, disant qu'il sortait de sa garnison
pour aller servir de volontaire auprès de lui; qu'il était
inutile où il était, et qu'il avait mandé au Roi qu'il lui
offrait son service dans l'armée, comme un vieux sol-
dat. Le maréchal de Créquy répondit par des civilités
infinies; et le maréchal de Schomberg s'en est retourné,
n'y ayant rien à faire.

On est ici fort alerte, pendant que vous philosophez
dans votre château. Vous appelez dom Robert un éplu-
cheur d'écrevisses [159]! Seigneur Dieu! s'il introduisait
tout ce que vous dites : *Plus de jugement dernier, Dieu
auteur du bien et du mal, plus de crimes*, appelleriez-vous
cela éplucher des écrevisses ?

Vous avez donc usé du cérémonial de province à la
rigueur avec vos dames ? Vous avez interrompu la lettre
que vous m'écriviez pour être avec elles ? Vous le leur
avez dit ? Si elles vous avaient parlé de la reprendre,
vous m'eussiez renoncée ? Qu'est-ce qu'une mère ? Est-on
bien pressé d'écrire à une mère ? Vraiment, ma chère
bonne, vous me gâtez si fort par toutes les tendresses que
vous ajoutez après cette ironie et par toute l'amitié que
vous avez pour moi, que je ne puis plus être contente de
toutes celles que je vois dans toutes les familles : par
quel bonheur me suis-je attiré cette singularité ? Je vous
demande la continuation d'une chose qui m'est si
agréable; aussi bien vous me priiez l'autre jour de vous
aimer toujours : nous voilà quittes.

Nous avons eu à Livry M. de Simiane et la bonne
d'Escars : ils furent fort contents de cette promenade.
Votre petit Arnoux était avec eux; il y était déjà venu
avec Guintrandi [160], qui nous a beuglé l'*Inconstante*.
Arnoux est plus joli, mais il est trop joli, car il chante à
Versailles; il espère que M. de Reims le prendra; il a sept

cents livres à la Sainte-Chapelle; il se plaît fort à Paris, il est jeune. Voyez si vous penseriez qu'un petit garçon tel que le voilà se pût borner à Grignan dans l'espérance d'un bénéfice : c'est une raillerie; vous lui donneriez cinq cents écus, qu'il ne le voudrait pas. Otez-vous donc cela de l'esprit, Monsieur le Comte, et faites comme moi : quand je vois qu'on languit chez moi, qu'on espère mieux, qu'on se croit misérable, en même temps il me prend une extrême envie de ne voir plus ces gens-là : est-on bien aise de leur faire violence et de les voir languir ?

Hélas! je languis bien moi-même, ma chère bonne, en votre absence. Je me réjouis de votre santé; si vous vous serviez de vos maximes pour moi comme pour vous, je n'irais pas à Vichy. Votre petit-lait serait, ce me semble, un assez joli remède. Je finis ce soir, pour achever quand j'aurai reçu votre lettre.

Mercredi matin 11e août.

Je la reçois, ma chère enfant, cette lettre du 4e; elle est d'une assez jolie taille. Laissez-nous aimer et admirer vos lettres; votre style est un fleuve qui coule doucement et qui fait détester tous les autres. Ce n'est pas à vous d'en juger; vous n'en avez pas le plaisir, vous ne les lisez pas; nous les lisons et les relisons, et nous ne sommes pas de trop mauvais juges : quand je dis nous, c'est Corbinelli, le baron et moi. Je reprends, ma fille, les derniers mots de votre lettre; ils sont assommants : « Vous ne sauriez plus rien faire de mal, car vous ne m'avez plus : j'étais le désordre de votre esprit, de votre santé, de votre maison; je ne vaux rien du tout pour vous. » Quelles paroles! comment les peut-on penser? Et comment les peut-on lire? Vous dites bien pis que tout ce qui m'a tant déplu, et qu'on avait la cruauté de me dire quand vous partîtes. Il me paraissait que tous ces gens-là avaient parié à qui se déferait de moi le plus promptement. Vous continuez sur le même ton. Je me moquais d'eux quand je croyais que vous étiez pour moi; à cette heure, je vois bien que vous êtes du complot. Je n'ai rien à vous répondre que ce que vous me disiez l'autre jour : « Quand la vie et les arrangements sont tournés d'une certaine façon, qu'elle passe donc cette vie tant qu'elle voudra; » et même le plus vite qu'elle pourra : voilà ce que vous me réduisez de

souhaiter avec votre chienne de Provence. Je ferai
réponse vendredi au reste de votre lettre.

85. — A MADAME DE GRIGNAN

A Gien, vendredi 1er octobre 1677.

J'ai pris votre lettre, ma très-chère, en passant par
Briare : mon ami Roujoux est un homme admirable;
j'espère que j'en pourrai recevoir encore une avant
que de partir d'Autry, où nous allons demain dîner.

Nous avons fait cette après-dînée un tour que vous
auriez bien aimé : nous devions quitter notre bonne
compagnie dès midi, et prendre chacun notre parti, les
uns vers Paris, les autres à Autry. Cette bonne compagnie, n'ayant pas été préparée assez tôt à cette triste séparation, n'a pas eu la force de la supporter, et a voulu venir
à Autry avec nous : nous avons représenté les inconvénients, et puis enfin nous avons cédé. Nous avons donc
passé la rivière de Loire à Châtillon tous ensemble; le
temps était admirable, et nous étions ravis de voir qu'il
fallait que le bac retournât encore pour prendre l'autre
carrosse. Comme nous étions à bord, nous avons dis-
couru du chemin d'Autry : on nous a dit qu'il y avait
deux mortelles lieues, des rochers, des bois, des précipices; nous qui sommes accoutumés depuis Moulins à
courir la bague [161], nous avons eu peur de cette idée; et
toute la bonne compagnie, et nous conjointement, nous
avons repassé la rivière en pâmant de rire de ce petit
dérangement; tous nos gens en faisaient autant, et dans
cette belle humeur, nous avons repris le chemin de Gien,
où nous voilà tous; et après que la nuit nous aura donné
conseil, qui sera apparemment de nous séparer courageusement, nous irons, la bonne compagnie de son côté,
et nous du nôtre.

Hier au soir, à Cosne, nous allâmes dans un véritable
enfer : ce sont des forges de Vulcain; nous y trouvâmes
huit ou dix cyclopes forgeant, non pas les armes d'Enée,
mais des ancres pour les vaisseaux; jamais vous n'avez
vu redoubler des coups si justes, ni d'une si admirable
cadence. Nous étions au milieu de quatre fourneaux; de
temps en temps ces démons venaient autour de nous,
tout fondus de sueur, avec des visages pâles, des yeux
farouches, des moustaches brutes, des cheveux longs et

noirs; cette vue pourrait effrayer des gens moins polis
que nous. Pour moi, je ne comprends pas qu'on pût
résister à nulle des volontés de ces Messieurs-là dans
leur enfer. Enfin nous en sortîmes avec une pluie de
pièces de quatre sous dont notre bonne compagnie les
rafraîchit pour faciliter notre sortie.

Nous avions vu la veille, à Nevers, une course, la
plus hardie qu'on puisse imaginer : quatre belles dans
un carrosse nous ayant vus passer dans les nôtres, eurent
une telle envie de nous revoir, quelles voulurent passer
devant nous lorsque nous étions sur une chaussée qui
n'a jamais été faite que pour un carrosse. Ce téméraire cocher nous passa sur la moustache : elles étaient
à deux doigts de tomber dans la rivière; nous criions
tous miséricorde; elles pâmaient de rire, et coururent
de cette sorte, et par-dessus nous et devant nous, d'une
si surprenante manière, que nous en sommes encore
effrayés. Voilà, ma très-chère, nos plus grandes aven-
tures; car de vous dire que tout est plein de vendanges
et de vendangeurs, cette nouvelle ne vous étonnerait pas
au mois de septembre. Si vous aviez été Noé, comme
vous disiez l'autre jour, nous n'aurions pas trouvé tant
d'embarras.

Je veux vous dire un mot de ma santé : elle est parfaite;
les eaux m'ont fait des merveilles, et je trouve que vous
vous êtes fait un *dragon* de cette douche; si j'avais pu le
prévoir, je me serais bien gardée de vous en parler; je
n'eus aucun mal de tête; je me trouvai un peu de chaleur
à la gorge; et comme je ne suai pas beaucoup la première
fois, je me tins pour dit que je n'avais pas besoin de transpirer comme l'année passée : ainsi je me suis contentée
de boire à longs traits, dont je me porte à merveilles : il
n'y a rien de si bon que ces eaux.

86. — A MADAME DE GRIGNAN

A Paris, ce mardi 12ᵉ octobre 1677.

Eh! oui, ma bonne,

> Quand octobre prend sa fin,
> La Toussaint est au matin.

Je l'avais déjà pensé plus de quatre fois, et je m'en allais
vous apprendre cette nouvelle, si vous ne m'aviez pré-

venue. Voilà donc ce mois entamé et fini, j'en suis d'accord. Vous connaissez bien une dame qui n'aime point à changer un louis d'or, parce qu'elle trouve le même inconvénient pour la monnaie; cette dame a plus de sacs de mille francs que nous n'avons de louis : suivons son exemple d'économie. Ma bonne, je m'en vais un peu causer avec vous, quoique cette lettre ne parte pas aujourd'hui.

Nous déménageons, ma mignonne, et parce que mes gens feront mieux que moi, je les laisse tous ici, et me dérobe à cet embarras, et au sabbat inhumain de Mme Bernard, qui m'éveille dès six heures avec ses menuisiers : ses adieux consolent de la séparation. La Gargan est en Blesois, chez Fieubet, et la d'Escars à Vaux; de sorte que je suis transportée de quitter la Courtaude [162] : j'y reviendrai quand tout en sera dehors.

Ma bonne, nous avons une contestation, d'Hacqueville et moi : il veut que vous soyez avec moi dans le bel appartement; moi je voulais que vous fussiez en bas, au-dessous de moi, où il y a toutes les mêmes pièces, afin d'être moins cousue et moins près de moi. Voici ses raisons contre les miennes. Il dit que le haut est bien plus clair et plus propre que le bas; il a raison. Il y a une grande salle commune que je meublerai, puis un passage, puis une grande chambre, — c'est la vôtre. De cette chambre, on passe dans celle de Mme de Lillebonne, — c'est la mienne. Et de cette grande chambre, on va dans une petite, que vous ne connaissez pas, qui est votre panier, votre *grippeminaud*, que je vous meublerai, et où vous coucherez, si vous voulez. La grande sera meublée aussi de votre lit; j'aurai assez de tapisserie. Cette petite chambre est jolie. Il dit que ceux qui nous voudront voir toutes deux, ne vous feront pas grand mal de passer dans votre grande chambre. Celles que je voudrai vous ôter, pour écumer votre pot, viendront par un degré dégagé assez raisonnable, tout droit dans ma petite chambre. Ce sera aussi le degré du matin, pour mes gens, pour mes ouvriers, pour mes créanciers. Il y a près de ce degré deux chambres pour mes filles; vous avez aussi de quoi mettre les vôtres, et Montgobert en haut avec Mlles de Grignan, où il y a présentement deux princesses : cela s'appelle *la chambre des princesses*. M. de Grignan sera au bout de la salle, mon fils en bas, sans que la grande salle soit meublée, le *bien Bon* sur une petite aile très-jolie. Voilà comme le grand d'Hacqueville a tout rangé. Si vous aimez mieux le bas, vous n'avez qu'à le dire, ma bonne; on le fera ajuster : un peu de vitres plus grandes et plus nettes; on cherchera de quoi meubler la salle : enfin votre décision fera notre arrangement; car cette maison est tellement grande, que ce n'est pas une affaire de loger encore mon fils. Il y a quatre remises de carrosse; on en peut faire une cinquième; l'écurie pour dix-huit chevaux. Je crois que nous serons fort bien. Adressez-y désormais vos lettres : à *l'hôtel de Carnavalet, rue des Filles-Bleues,* voilà l'affaire. Nous croyons que vous n'aurez pas besoin d'apporter de tapisseries, mais plutôt des serviettes, si vous ne voulez qu'on en achète ici. Le jardin est parfaitement beau et propre; je croyais que ce fût un manège, tant M. et Mme de Lillebonne sont sales; mais j'ai été trompée : écrivez-moi sur tout cela.

M. de Marseille m'est venu chercher dès le lendemain que je fus arrivée; j'étais allée un moment à cette maison. Mmes de Pomponne et de Vins vinrent hier ici, toutes pleines d'amitié pour vous et pour moi. Mme de Vins me répondit fort du changement de conduite de M. de Marseille et de ses bonnes intentions pour la paix; il a, comme vous dites, un autre chaperon dans la fantaisie que celui d'Aix; et, pour marque de cela, il ne veut pas aller à l'assemblée. C'est pour cela qu'on l'a avancée, dont je crois que vous serez fâchée. Il reçut fort froidement le prévôt de Laurens, qui s'en venait la gueule enfarinée, croyant qu'il n'était occupé que de la Provence; Mme de Vins y était, il lui fit une très froide mine.

Je vous ai mandé le peu d'espérance qu'il y a pour votre curé du Saint-Esprit.

J'approuve tout vos desseins pour le petit. Quand on croit le voir, il est impossible de ne pas s'abandonner à cette joie. Quand vos réflexions vous font changer, il faut entrer dans vos sentiments. Je regrette les charmes de Pauline, dont je ne verrai jamais rien.

M. de Guitaut est ici, qui a recommandé puissamment le pauvre exilé [163]. Mais, pour mieux dire, il le prend sous sa protection. Il est fort empêché à tromper sa femme, qui croit son fils en santé à Époisse, et il est mort : il craint les éclats qu'elle fera en apprenant cette nouvelle; c'est une affaire. Ces sœurs-là ont d'étranges têtes; quoique la Guitaut soit pleine de mille bonnes choses, il y a toujours la marque de l'ouvrier.

J'ai été à Saint-Maur voir Mme de La Fayette; je suis fort satisfaite de son affliction sur la perte de ce bon

Bayard : elle ne peut s'en taire ni s'y accoutumer. Elle
ne prend plus que du lait; sa santé est d'une délicatesse
étrange : voilà ce que je crains pour vous, ma bonne;
car vous ne sauriez point bien vous conserver comme
elle. Mon Dieu! que je serai ravie de voir de mes deux
yeux cette santé que tout le monde me promet, et sur
quoi vous m'avez si bien trompée quand vous avez
voulu! Ah! mon Dieu, il y a bien de la friponnerie dans
le monde : toujours de grandes lettres; je ne comprends
pas comme vous pouviez faire. Vous vous fâchez quand
vous recevez trois des miennes à la fois : eh! ma belle,
sont-elles écrites de même ? Ne voyez-vous point bien
que c'est quelquefois l'ouvrage de douze jours ?

J'ai vu Malcler. Je ne suis point du tout contente de
de ce que j'ai appris de la santé du Cardinal : je suis
assurée qu'il ne la fera pas longue s'il demeure là; il se
casse la tête d'application : cela me touche sensiblement.
Je comprends votre tristesse de la mort de ce jeune chanoine; je ne me le remets point. Je vois, comme vous,
la Providence marquée dans l'opiniâtreté de ne lui pas
donner ce qui le pouvait guérir : il n'avait garde de
prendre l'émétique, il l'aurait guéri; et il faut que les
Ecritures soient accomplies. Nous croyons toujours que
nous aurions pu faire ceci ou cela, et jamais on ne peut
être convaincu, par exemple, de l'impossibilité de donner
cet émétique; parce que nous ne faisons point ce que
nous ne faisons pas, et on croit qu'on l'aurait pu faire :
ainsi la dispute durera jusques à la vallée [164], où nous
verrons tout.

J'approuve fort tous vos dîners aux fontaines différentes; les changements de corbillons sont admirables.
M. de Grignan est-il de cet avis? A-t-il besoin de cette
conduite pour manger son pain bénit ? Il n'y a point de
mémoire d'homme d'un si beau et si persévérant temps :
on a oublié la pluie; quelques vieillards disent qu'ils en
ont vu autrefois, mais on ne les croit pas. Ma bonne, ne
faites jamais de scrupules de me parler des évangiles
du jour, dont on a la tête pleine; eh bon Dieu! pourquoi
n'en pas parler ? quelle difficulté, et à quoi servirait cette
contrainte avec ses amis ? Je nie que ce soit un défaut;
mais si c'en est un, je consens de l'avoir toute ma vie.

M. de Saint-Hérem [165] a été adoré à Fontainebleau,
tant il a bien fait les honneurs; mais sa femme s'était mise
à la fantaisie de se parer et d'être de tout : elle avait des
diamants et des perles; elle envoya emprunter un jour

toute la parure de Mme de Soubise, ne doutant point d'être comme elle dès qu'elle l'aurait mise : ce fut une grande risée. N'y a-t-il dans le monde ni amis, ni miroirs ? La belle Ludres est toujours au *Poucet* avec sa divine beauté. On murmure de quelque rhume extraordinaire comme l'année passée, de *Quanto*.

Je suis à Livry, mardi au soir.

Je suis venue coucher ici, ma bonne, sur le dos de Mme de Coulanges; l'abbé Têtu y est, et le bon Corbinelli; il fait un temps divin. Le *bien Bon* est demeuré à Paris avec tous mes gens, pour déménager; il est enrhumé: tout cela ensemble l'a déterminé. Je m'en retournerai jeudi avec Mme de Coulanges; je coucherai peut-être chez elle ce jour-là, en attendant que je sois rangée.

Je suis ici avec Marie et Louison, et je suis la compagnie de Mme de Coulanges, qui y est établie depuis cinq semaines. Vous me parliez l'autre jour de *gorge coupée*: elle ne l'a été qu'autant que vous l'avez voulu, et même je vous assure qu'il a été question depuis quelque temps de parler de vous. Elle fit au-delà de tout ce qu'on peut souhaiter de bon et d'à propos, et si naturellement, que nulle de vos amies ne pourrait pas mieux faire. Vous ferez cet hiver comme vous l'entendrez; mais je crois que la raison vous doit obliger à faire autrement que l'année passée sur ce qui la regarde.

Ma bonne, l'espérance de vous voir, de vous attendre, de vous bien recevoir, me vaut mille fois mieux que toutes les eaux de Vichy, quoique j'en sois parfaitement contente.

J'attends une de vos lettres; mais je ne l'attendrai point pour fermer celle-ci; j'y ferai réponse vendredi.

Je fus hier chez M. de Pomponne; j'y trouvai toute la joie du mariage de sa fille avec le fils du marquis de Molac. Il lui fait avoir sa survivance et un brevet de retenue de deux cent mille livres, et les nourrira six ans, c'est-à-dire leurs personnes et trois ou quatre personnes pour les servir : voilà ce qu'il lui coûte pour marier sa fille. Vous arriverez assez tôt pour cette noce.

Je vis M. de Marseille, qui me dit mille douceurs et des protestations admirables pour sa conduite à votre égard. Je l'ai trouvé tout comme il était, avec cette chienne de toux traîtresse qui me déplaisait tant : je crois que le cœur est mieux.

La nouvelle de *Quanto* est fausse, et la belle Ludres

est à Versailles avec Monsieur et Madame. Tout ce qui
est ici vous fait mille amitiés. Ma bonne, je suis toute
à vous : c'est une vérité que je sens à tous les moments
de ma vie.

J'embrasse le Comte, et M. de La Garde.

87. — A MADAME DE GRIGNAN

A Paris, mercredi 20e octobre 1677.

Le chevalier radote et ne sait ce qu'il veut dire. Je
n'ai point mangé de fruits à Vichy, parce qu'il n'y en
avait point; j'ai dîné sainement; et pour souper, quand
les sottes gens veulent qu'on soupe à six heures, sur son
dîner, je me moque d'eux, je soupe à huit; mais quoi?
une caille, ou une aile de perdrix uniquement. Je me
promène, il est vrai; mais il faut qu'on défende le beau
temps, si l'on veut que je ne prenne pas l'air. Je n'ai point
pris le serein : ce sont des médisances; et enfin M. Fer-
rand était dans tous mes sentiments, souvent à mes promenades, et ne m'a jamais dédite de rien. Que voulez-
vous donc conter, Monsieur le chevalier? Mais vous, avec
votre sagesse, votre bras vous fait-il toujours boiter? Ce
serait une chose fâcheuse d'être obligé tout l'hiver à
porter un bâton. Mais vous, Madame la Comtesse, pensez-
vous que je n'ai point à vous gronder? Vardes me mande
que vous ne vous nourrissez pas assez, et que vous mangez
en récompense les plus mauvaises choses du monde, et
qu'avec cette conduite il ne faut pas que vous pensiez
à retrouver votre santé : voilà ses propres mots; que
M. de La Garde s'en tourmente assez, mais que tout le
reste n'ose vous contredire. Belle Rochebonne, grondez-
la pour moi : j'aimerais mieux qu'elle coquetât avec
M. de Vardes, comme vous me le mandez, que de
profaner une santé qui fait notre vie à tous; car vous
voulez bien, Madame, que je parle en commun sur ce
chapitre. Que vous êtes bien tous ensemble! que vous
êtes heureux de trouver dans votre famille ce que l'on
cherche inutilement ailleurs, c'est-à-dire la meilleure
compagnie du monde, et toute l'amitié et la sûreté ima-
ginable! Je le pense et le dis souvent, il n'y en a point
une pareille. Je vous embrasse de tout mon cœur, et
vous demande la grâce de m'aimer toujours; je donne
le soin à ma fille de vous dire comme je suis pour vous,

et comme je vous trouve digne de toute la tendresse qu'elle a pour vous.

Il faut un peu que je vous parle, ma fille, de notre hôtel de Carnavalet. J'y serai dans un jour ou deux; mais comme nous sommes très-bien chez M. et Mme de Coulanges, et que nous voyons clairement qu'ils en sont fort aises, nous nous rangeons, nous nous établissons, nous meublons votre chambre; et ces jours de loisir nous ôtent tout l'embarras et tout le désordre du délogement. Nous irons coucher paisiblement, comme on va dans une maison où l'on demeure depuis trois mois. N'apportez point de tapisserie; nous trouverons ici tout ce qu'il vous faut : je me divertis extrêmement à vous donner le plaisir de n'avoir aucun chagrin, au moins en arrivant. Notre bon abbé m'a fait peur : son rhume était grand; une petite fièvre; je me figurais que si tout cela eût augmenté, c'eût été une fièvre continue, avec une fluxion sur la poitrine; mais, Dieu merci, il est considérablement mieux, et je n'ai plus aucune inquiétude.

Je reçois mille amitiés de Mme de Vins. Je reçois mille visites en l'air des Rochefoucaulds, des Tarentes; c'est quelquefois dans la cour de Carnavalet, sur le timon de mon carrosse. Je suis dans le chaos : vous trouverez le démêlement du monde et des éléments. Vous recevrez ma lettre d'Autry; je serais plus fâchée que vous, si je passais un ordinaire sans vous entretenir. J'admire comme je vous écris avec vivacité, et comme je hais d'écrire à tout le reste du monde. Je trouve, en écrivant ceci, que rien n'est moins tendre que ce que je dis : comment ? j'aime à vous écrire! c'est donc signe que j'aime votre absence, ma fille : voilà qui est épouvantable. Ajustez tout cela, et faites si bien que vous soyez perdUadée que je vous aime de tout mon cœur. Vous avez donc pensé à moi avec Vardes; je vous en remercie : j'espère comme lui que nous nous retrouverons encore à Grignan. Si j'étais le maître du logis, je vous gronderais fort d'avoir parlé avec mépris de ma musique; je suis assurée qu'elle est fort bonne, puisqu'elle vous amuse si longtemps. Arnoux vient souvent ici; il est captivé par sa parole; mais il est tellement à la mode ici, et si près d'entrer dans la musique du Roi, que ce serait une charité de lui rendre la liberté. Quel plaisir aura M. de Grignan, de voir un homme qui mourra d'ennui, et qui croira qu'on lui fait perdre sa fortune ? Si M. de Grignan veut l'en consoler, il n'en sera pas quitte pour peu.

On dit que M. du Maine se porte mieux qu'on ne pensait; il n'y a plus de chagrin présentement; mais tout est si peu stable, qu'avant que vous ayez cette lettre, il y aura eu et des nuages et des rayons de soleil. Mme de Coulanges est à Versailles; à son retour, je lui donnerai votre lettre, et vous manderai ce qu'elle m'aura dit. J'embrasse tous vos chers Grignans : j'ai grondé le chevalier; il faut, pour nous raccommoder, que je l'embrasse deux fois. Je vous souhaite de l'eau dans la rivière : voici le temps que vous devez en avoir besoin. La bonne compagnie avec qui je repassai la Loire si plaisamment n'a pu sortir de classe pour venir ici : il faut que je sois bien recommandée au prône, comme disait Vardes. J'ai fait vos compliments à Mme de La Fayette; je fus hier à Saint-Maur, où il faisait divinement beau. J'ai reçu une lettre de notre cardinal; j'étais dans un véritable chagrin de sa santé; il me mande qu'elle est bien meilleure; j'en suis très-aise et j'en remercie la Providence. Le bon Corbinelli vous remerciera lui-même de vos bontés : il n'est point bien encore; l'or potable l'a desséché; il a trop pris sur lui; je crois qu'on le mettra au lait. Bonsoir, ma très-belle, très-aimable, et très-parfaitement aimée.

88. — AU COMTE DE BUSSY-RABUTIN

A Livry, ce 3e novembre 1677.

Je suis venue ici achever les beaux jours, et dire adieu aux feuilles; elles sont encore toutes aux arbres; elles n'ont fait que changer de couleur : au lieu d'être vertes elles sont aurores, et de tant de sortes d'aurore, que cela compose un brocart d'or riche et magnifique, que nous voulons trouver plus beau que du vert, quand ce ne serait que pour changer.

Je suis logée à l'hôtel de Carnavalet. C'est une belle et grande maison; je souhaite d'y être longtemps, car le déménagement m'a beaucoup fatiguée. J'y attends la belle Madelonne, qui sera fort aise de savoir que vous l'aimez toujours. J'ai reçu ici votre lettre de Bussy. Vous me parlez fort bien, en vérité, de Racine et de Despréaux [166]. Le Roi leur dit, il y a quatre jours : « Je suis fâché que vous ne soyez venus à cette dernière campagne; vous auriez vu la guerre, et votre voyage n'eût pas été long. » Racine lui répondit : « Sire, nous sommes deux

bourgeois qui n'avons que des habits de ville; nous en
commandâmes de campagne; mais les places que vous
attaquiez furent plus tôt prises que nos habits ne furent
faits. » Cela fut agréablement reçu. Ah! que je connais
un homme de qualité à qui j'aurais bien plutôt fait écrire
mon histoire qu'à ces bourgeois-là, si j'étais son maître!
C'est cela qui serait digne de la postérité!

Vous savez que le Roi a fait M. Le Tellier chancelier
et que cela a plu à tout le monde. Il ne manque rien à ce
ministre pour être digne de cette place. L'autre jour,
Berrier lui vint faire compliment à la tête des secrétaires
du Roi; M. le chancelier lui répondit : « Monsieur Berrier,
je vous remercie et votre compagnie; mais, Monsieur Berrier, point de finesses, point de friponneries; adieu,
Monsieur Berrier. » Cette réponse donne de grandes
espérances de l'exacte justice; cela fait plaisir aux gens de
bien. Voilà une famille bien heureuse; ma nièce de Coligny en devrait être. Cependant voici un peu de fièvre
quarte qui fait voir qu'elle est encore des nôtres.

Ce que vous dites de la vieille Puisieux, qu'elle n'en
devait pas faire à deux fois, quand elle fut si malade, un
peu avant la maladie dont elle est morte, me donne le
paroli [167].

Je ne suis pas encore bien consolée de cette après-
dînée que nous passâmes sur le bord de cette jolie rivière,
sans y lire vos mémoires. J'aurai de la peine à m'en
passer jusqu'à l'année qui vient. Si je meurs entre ici et ce
temps-là, je mettrai ce déplaisir au rang des pénitences
que je devrais faire. Nous parlons souvent de votre
bonne chère, le bon abbé et moi, de l'admirable situation
de Chaseu, et enfin de votre bonne compagnie; et nous
disons qu'il est fâcheux d'en être séparés quasi pour
jamais.

89. — AU COMTE DE BUSSY-RABUTIN
ET A MADAME DE COLIGNY

A Paris, ce 18e mars 1678.

Que dites-vous de la prise de Gand? Il y avait longtemps, mon cousin, qu'on n'y avait vu un roi de France.
En vérité le nôtre est admirable et mériterait bien d'avoir
d'autres historiens que deux poètes : vous savez aussi
bien que moi ce qu'on dit en disant *des poètes;* il n'en
aurait nul besoin : il ne faudrait ni fable, ni fiction pour le

mettre au-dessus des autres; il ne faudrait qu'un style droit, pur et net, comme j'en connais. J'ai toujours cela dans la tête, et je reprendrai le fil de la conversation avec le ministre, comme le doit une bonne Française.

Ces deux poètes historiens suivent donc la cour, plus ébaubis que vous ne le sauriez penser, à pied, à cheval, dans la boue jusqu'aux oreilles, couchant poétiquement aux rayons de la belle maîtresse d'Endymion. Il faut cependant qu'ils aient de bons yeux pour remarquer exactement toutes les actions du prince qu'ils veulent peindre. Ils font leur cour par l'étonnement qu'ils témoignent de ces légions si nombreuses, et des fatigues qui ne sont que trop vraies; il me semble qu'ils ont assez de l'air des deux *Jean Doucet* [168]. Ils disaient l'autre jour au Roi qu'ils n'étaient plus si étonnés de la valeur extra-ordinaire des soldats, qu'ils avaient raison de souhaiter d'être tués, pour finir une vie si épouvantable. Cela fait rire, et ils font leur cour. Ils disaient aussi qu'encore que le Roi craigne les senteurs, ce *gant d'Espagne* ne lui fera point de mal à la tête. J'y ajoute qu'un autre moins sage que Sa Majesté en pourrait bien être entêté, sans avoir de vapeurs. Voilà bien des sottises, mon cher cousin; je ne sais comme Racine et Despréaux m'ont conduite sans y penser; c'est ma plume qui a mis tout ceci sans mon consentement.

On est présentement à Ypres, et j'en suis en peine; car cette place est farcie de gens de guerre, quoiqu'il en soit sorti deux mille hommes pour aller à Bruges, parce qu'on ne sait jamais où le Roi tombera. Toutes les villes tremblent. Je crois que de tout ceci nous aurons la paix ou la Flandre.

Mais parlons de Mme de Seignelai, qui mourut avant-hier matin grosse d'un garçon. La fortune a fait là un coup bien hardi, d'oser fâcher M. Colbert. Lui et toute sa famille sont inconsolables. Voilà un beau sujet de méditation. Cette grande héritière tant souhaitée, et prise enfin avec tant de circonstances, est morte à dix-huit ans.

La princesse de Clèves n'a guère vécu plus longtemps; elle ne sera pas sitôt oubliée. C'est un petit livre que Barbin nous a donné depuis deux jours, qui me paraît une des plus charmantes choses que j'aie jamais lues. Je crois que notre chanoinesse vous l'enverra bientôt. Je vous en demanderai votre avis, quand vous l'aurez lue avec l'aimable veuve.

Il me semble qu'il est encore de bonne heure pour

être allés à Chaseu. Vos prés et votre jolie rivière n'y sont-ils point encore glacés ? Vous avez assurément pris pour l'été cinq ou six jours du soleil de mars, qui vous feront bien voir, comme à nous, qu'ils n'étaient que des trompeurs.

Vous me datez votre dernière lettre du 3ᵉ février : vous rêviez, mon cousin, c'est de mars, et, cela étant, je fais réponse assez promptement. Je ne sais comment vous pouvez aimer mes lettres ; elles sont d'une négligence que je sens, sans y pouvoir remédier. Mais cela vient de plus loin, et c'est moi que vous aimez. Vous faites très-bien, et je vous conjure de continuer, sans craindre d'aimer une ingrate.

Je vous en dis autant, ma chère nièce. Rendez-moi compte de vos amusements et de vos lectures : c'est ce qui console de tout l'ennui de la solitude. Mais peut-on vous plaindre tous deux ? Non, en vérité : vous êtes en fort bonne compagnie quand vous êtes ensemble.

J'aime bien La Hire, et son discours à son maître. Il est à la mode, et d'un bon tour. Il me semble que vous auriez dit la même chose à Charles VII ; car, pour au Roi d'aujourd'hui, vous êtes bien éloigné d'avoir sujet de lui parler de la sorte.

Ma fille se porte un peu mieux : elle vous fait, et à vous, ma chère nièce, mille amitiés.

90. — A MADAME DE GRIGNAN

Paris, été 1678.

J'ai mal dormi : vous m'accablâtes hier au soir, je n'ai pu supporter votre injustice. Je vois plus que les autres toutes les qualités admirables que Dieu vous a données : j'admire votre courage, votre conduite ; je suis persuadée du fonds de l'amitié que vous avez pour moi : toutes ces vérités sont établies dans le monde et plus encore chez mes amies. Je serais bien fâchée qu'on pût douter que vous aimant comme je fais, vous ne fussiez point pour moi comme vous êtes. Qu'y a-t-il donc ? C'est que c'est moi qui ai toutes les imperfections dont vous vous chargiez hier au soir ; et le hasard a fait qu'avec confiance je me plaignis hier à M. le Chevalier que vous n'aviez pas assez d'indulgence pour toutes ces misères; que vous me les faisiez quelquefois trop sentir, que j'en étais quelquefois affligée et humiliée. Vous m'accusez aussi de parler à des personnes à qui je ne dis jamais rien de ce qu'il ne faut point dire : vous me faites, sur cela, une injustice trop criante; vous donnez trop à vos préventions; quand elles sont établies, la raison et la vérité n'entre plus chez vous. Je disais tout cela *uniquement* à M. le Chevalier; il me parut convenir avec bonté de bien des choses, et quand je vois, après qu'il vous a parlé sans doute dans ce sens, que vous m'accusez de trouver ma fille toute imparfaite, toute pleine de défauts, tout ce que vous me dîtes hier au soir, et que ce n'est point cela que je pense et que je dis, et que c'est au contraire de vous trouver trop dure sur mes défauts dont je me plains, je dis : « Qu'est-ce que ce changement ? » et je sens cette injustice, et je dors mal; mais je me porte fort bien et prendrai du café, ma bonne, si vous le voulez bien.

Pour ma fille.

91. — A MADAME DE GRIGNAN

Paris, août 1678 ?

Il faut, ma chère bonne, que je me donne le plaisir de vous écrire, une fois pour toutes, comme je suis pour vous. Je n'ai pas l'esprit de vous le dire; je ne vous dis rien qu'avec timidité et de mauvaise grâce; tenez-vous donc à ceci. Je ne touche point au fond de la tendresse sensible et naturelle que j'ai pour vous; c'est un prodige. Je ne sais pas quel effet peut faire en vous l'opposition que vous dites qui est dans nos esprits; il faut qu'elle ne soit pas si grande dans nos sentiments, ou qu'il y ait quelque chose d'extraordinaire pour moi, puisqu'il est vrai que mon attachement pour vous n'en est pas moindre. Il semble que je veuille vaincre ces obstacles, et que cela augmente mon amitié plutôt que de la diminuer : enfin, jamais, ce me semble, on ne peut aimer plus parfaitement. Je vous assure, ma bonne, que je ne suis occupée que de vous, ou par rapport à vous, ne disant et ne faisant rien que ce qui me paraît vous être le plus utile.

C'est dans cette pensée que j'ai eu toutes les conversations avec Son Eminence [169], qui ont toujours roulé sur dire que vous aviez de l'aversion pour lui. Il est très-sensible à la perte de la place qu'il croit avoir eue dans votre amitié; il ne sait pourquoi il l'a perdue. Il croit devoir être le premier de vos amis, il croit être des derniers. Voilà ce qui cause ses agitations, et sur quoi roulent toutes ses pensées. Sur cela, je crois avoir dit et ménagé tout ce que l'amitié que j'ai pour vous, et l'envie de conserver un ami si bon et si utile, pouvait m'inspirer, contestant ce qu'il fallait contester, ne lâchant jamais que vous eussiez de l'horreur pour lui, soutenant que vous aviez un fonds d'estime, d'amitié et de reconnaissance, qu'il retrouverait s'il prenait d'autres manières; en un mot, disant toujours si précisément tout ce qu'il fallait dire, et ménageant si bien son esprit, malgré ses chagrins, que si je méritais d'être louée de faire quelque chose de bien pour vous, il me semblait que ma conduite l'eût mérité. C'est ce qui me surprit, lorsqu'au milieu de cette exacte conduite, il me parut que vous faisiez une mine de chagrin à Corbinelli, qui la méritait justement comme moi, et encore moins, s'il se peut, car il a plus d'esprit et sait mieux frapper où il veut. C'est ce que je n'ai pas encore compris, non plus que la perte que je vois que vous voulez bien faire de cette Eminence. Jamais je n'ai vu un cœur si aisé à gouverner, pour peu que vous voulussiez en prendre la peine. Il croyait avoir retrouvé l'autre jour ce fonds d'amitié dont je lui avais toujours répondu; car j'ai cru bien faire de travailler sur ce fonds; mais je ne sais comme tout d'un coup cela s'est tourné d'une autre manière. Est-il juste, ma bonne, qu'une bagatelle sur quoi il s'est trompé, m'assurant que vous la souffririez sans colère, m'étant moi-même appuyée sur sa parole pour la souffrir : est-il possible que cela puisse faire un si grand effet ? Le moyen de le penser! Eh bien, nous avons mal deviné; vous ne l'avez pas voulu : on l'a supprimé et renvoyé : voilà qui est fait; c'est une chose non avenue; cela ne vaut pas, en vérité, les tons que vous avez pris. Je crois que vous avez des raisons; j'en suis persuadée par la bonne opinion que j'ai de votre raison. Sans cela ne serait-il point tout naturel de ménager un tel ami ? Quelle affaire auprès du Roi, quelle succession, quel avis, quelle économie pourrait jamais vous être si utile ? Un cœur dont le penchant naturel est la tendresse et la libéralité, qui tient

pour une faveur de souffrir qu'il exerce pour vous, qui
n'est occupé que du plaisir de vous en faire, qui a pour
confidents toute votre famille, et dont la conduite et
l'absence ne peut, ce me semble, vous obliger à de
grands soins! Il ne lui faudrait que d'être persuadé que
vous avez de l'amitié pour lui, comme il a cru que vous
en aviez eu, et même avec moins de démonstrations,
parce que ce temps est passé. Voilà ce que je vois du point
de vue où je suis; mais comme ce n'est qu'un côté, et que
du vôtre je ne sais aucune de vos raisons, ni de vos sentiments, il est très-possible que je raisonne mal. Je trouvais moi-même un si grand intérêt à vous conserver cette
source inépuisable, et cela pouvait être bon à tant de
choses, qu'il était bien naturel de travailler sur ce fonds.

   Mais je quitte ce discours pour revenir un peu à moi.
Vous disiez hier cruellement, ma bonne, que je serais
trop heureuse quand vous seriez loin de moi, que vous
me donniez mille chagrins, que vous ne faisiez que me
contrarier. Je ne puis penser à ce discours sans avoir
le cœur percé et fondre en larmes. Ma très-chère, vous
ignorez bien comme je suis pour vous, si vous ne savez
que tous les chagrins que me peut donner l'excès de la
tendresse que j'ai pour vous, sont plus agréables que tous
les plaisirs du monde où vous n'avez point de part. Il
est vrai que je suis quelquefois blessée de l'entière ignorance où je suis de vos sentiments, du peu de part que
j'ai à votre confiance; j'accorde avec peine l'amitié que
vous avez pour moi avec cette séparation de toute sorte
de confidences. Je sais que vos amis sont traités autrement; mais enfin je me dis que c'est mon malheur, que
vous êtes de cette humeur, qu'on ne se change point;
et plus que tout cela, ma bonne, admirez la faiblesse
d'une véritable tendresse, c'est qu'effectivement votre
présence, un mot d'amitié, un retour, une douceur, me
ramène et me fait tout oublier. Ainsi, ma belle, ayant
mille fois plus de joie que de chagrin, et ce fonds étant
invariable, jugez avec quelle douleur je souffre que vous
pensiez que je puisse aimer votre absence. Vous ne sauriez le croire, si vous pensez à l'infinie tendresse que j'ai
pour vous : voilà comme elle est invariable et toujours
sensible. Tout autre sentiment est passager et ne dure
qu'un moment; le fonds est comme je vous le dis. Jugez
comme je m'accommoderai d'une absence qui m'ôte de
légers chagrins que je ne sens plus, et qui m'ôte une créature dont la présence et la moindre amitié fait ma vie et

mon unique plaisir. Joignez-y les inquiétudes de votre santé, et vous n'aurez pas la cruauté de me faire une si grande injustice ; songez-y, ma bonne, à ce départ, et ne le pressez point ; vous en êtes la maîtresse. Songez que ce que vous appelez des forces a toujours été par votre faute et l'incertitude de vos résolutions ; car pour moi, hélas ! je n'ai jamais eu qu'un but, qui est votre santé, votre présence, et de vous retenir avec moi. Mais vous ôtez tout crédit par la force des choses que vous dites pour confondre, qui sont précisément contre vous. Il faudrait quelquefois ménager ceux qui pourraient faire un bon personnage dans les occasions. Ma pauvre bonne, voilà une abominable lettre ; je me suis abandonnée au plaisir de vous parler et de vous dire comme je suis pour vous : je parlerais d'ici à demain ; je ne veux point de réponse ; Dieu vous en garde ! ce n'est pas mon dessein. Embrassez-moi seulement et me demandez pardon ; mais je dis pardon d'avoir cru que je pusse trouver du repos dans votre absence.

92. — A LA COMTESSE
ET AU COMTE DE GUITAUT

A Paris, ce 4ᵉ juillet 1679.

J'ai bien envie de me raccommoder avec vous, Madame : nos incivilités sont réciproques ; vous avez commencé la première à m'assurer que vous n'êtes point ma très-humble servante ; j'ai répondu sur ce ton ; il y a eu quelques paroles piquantes de part et d'autre, je l'avoue ; mais enfin on fait la paix générale, et cela donne un bon exemple pour les divisions particulières. Je prie M. de Guitaut de se mêler de ce traité, que je signerai immédiatement après celui de la Maison [170]. Vous en avez donc la tête bien rompue ! J'admire votre bonté, et que vous souffriez un tel bruit dans votre château. Je veux vous expliquer ma pensée dans le beau marché que j'ai fait avec mon fermier, dont je vois fort bien que vous vous moquez ; ce ne fut point l'abbé, ce fut moi, et voici ma raison : tous les ans j'étais en furie de n'être pas payée d'une demi-année ; on me donnait pour raison que les grains étaient dans mes greniers, mais qu'on atten-dait qu'ils fussent chers, afin de n'y pas perdre ; ils fai-saient plus, car comme ils voulaient y gagner, ils attendaient des quatre et cinq ans que la vente fût bonne; et cependant je n'avais point d'argent, et ne voulant pas ruiner mon fermier en le faisant payer par force, je sentais l'incommodité de leur économie ou de leur avarice, et je me trouvais entraînée dans l'attente d'une bonne année, et quelquefois d'une ruine, par les hasards et les petites bêtes qui gâtent souvent les blés. Cela me donna la belle pensée de vouloir être maîtresse de les vendre quand il me plairait, et de manger mon blé en vert quand la fantaisie m'en prendrait; de cette sorte, le fermier ne peut être ruiné, je ne le gronde point pour me payer, et je la suis quand je veux. Pourquoi trouvez-vous cela si ridicule, quand on sait qu'un fermier ne gagne quasi rien et qu'on ne veut pas le mettre à bas ? Sérieusement, je trouvai cette pensée la plus belle du monde, je la fis approuver à l'abbé, de sorte, Madame, qu'il ne faut pas qu'il partage avec moi ni la louange ni le blâme. Je vois bien que votre bon naturel vous portera plutôt à ce dernier : il faut souffrir de sa souveraine.

Adieu, Madame; adieu, Monsieur. Cette comtesse de Grignan se porte un peu mieux; nous vivons au jour la journée, sans rien voir de net dans l'avenir; vous pouvez penser ce que je souhaiterais; mais vous pouvez penser aussi ce que les affaires ont accoutumé de déranger.

Vous savez le mariage d'Espagne [171] et la plaisante charge qu'on donne à Mlle de Grancey, qui lui donnera pourtant un nom et un établissement. On ne dit rien encore du mariage de M. le Dauphin ni des chevaliers. Que dites-vous des Bellefonds et Saint-Géran, qui seront chevaliers d'honneur et écuyers ? et nous serons toujours de pauvres chiens. Il y a des gens qui n'ont point le don de prendre les bons chemins. Quand on ne peut aller par le maître, il faudrait que quelque ministre vous prît à tâche, et c'est la loi et les prophètes; mais le nombre est petit de ceux qui leur sont agréables. Ma fille vous écrira, et vous honore parfaitement tous deux; contentez-vous pour aujourd'hui de cette mère, qui est entièrement à vous.

J'embrasse la *Beauté* et la *très-bonne*.

Mme et M. le comte de Guitaut, à Epoisse.

93. — AU COMTE DE GUITAUT

Paris, 25ᵉ août 1679.

Hélas! mon pauvre Monsieur, quelle nouvelle vous allez apprendre, et quelle douleur j'ai à supporter! M. le cardinal de Retz mourut hier, après sept jours de fièvre continue. Dieu n'a pas voulu qu'on lui donnât du remède de l'Anglais, quoiqu'il le demandât, et que l'expérience de notre bon abbé de Coulanges fût tout chaud, et que ce fût même cette Eminence qui nous décidât pour nous tirer de la cruelle Faculté, en protestant que s'il avait un seul accès de fièvre, il enverrait quérir ce médecin anglais. Sur cela il tombe malade, il demande ce remède; il a la fièvre, il est accablé d'humeurs qui lui causent des faiblesses, il a un hoquet qui marque la bile dans l'estomac. Tout cela est précisément ce qui est propre pour être guéri et consommé par le remède chaud et vineux de cet Anglais. Mme de La Fayette, ma fille et moi, nous crions miséricorde, et nous présentons notre abbé ressuscité, et Dieu ne veut pas que personne décide; et chacun, en disant : « Je ne veux me charger de rien », se charge de tout; et enfin M. Petit, soutenu de M. Belay, l'ont premièrement fait saigner quatre fois en trois jours, et puis deux petits verres de casse, qui l'ont fait mourir dans l'opération, car la casse n'est pas un remède indifférent quand la fièvre est maligne. Quand ce pauvre cardinal fut à l'agonie, ils consentirent qu'on envoyât quérir l'Anglais : il vint, et dit qu'il ne savait point ressusciter les morts. Ainsi est péri devant nos yeux cet homme si aimable et si illustre, que l'on ne pouvait connaître sans l'aimer.

Je vous mande tout ceci dans la douleur de mon cœur, par cette confiance qui me fait vous dire plus qu'aux autres, car il ne faut point, si vous plaît, que cela retourne. Le funeste succès n'a que trop justifié nos discours, et l'on peut retourner sur cette conduite, sans faire beaucoup de bruit : voilà ce qui me tient uniquement l'esprit.

Ma fille est touchée comme elle le doit; je n'ose toucher à son départ; il me semble pourtant que tout me quitte, et que le pis qui me puisse arriver, qui est son absence, va bientôt m'achever d'accabler. Monsieur et Madame, ne vous fais-je pas un peu de pitié? Ces différentes

tristesses m'ont empêchée de sentir assez la convalescence
de notre bon abbé, qui est revenu de la mort.

Je dirai à ma fille toutes vos offres. Peut-on douter de
vos bontés extrêmes ? Vous êtes tous deux si dignes
d'être aimés, qu'il ne faudrait pas s'en vanter, si l'on
avait un sentiment contraire. J'en suis bien éloignée, et
l'on ne peut être à vous plus sincèrement que j'y suis.
J'aurais cent choses à vous dire; mais le moyen, quand
on a le cœur pressé ?

*A Monsieur, M. le comte de Guitaut, chevalier des
ordres du Roi, à Epoisse, par Semur en Auxois.*

94. — A MADAME DE GRIGNAN

A Paris, jeudi, à dix heures du matin,
14ᵉ septembre 1679.

J'ai vu sur notre carte que la lettre que je vous écrivis
hier au soir, à Auxerre, ne partira qu'à midi; ainsi,
ma très-chère, j'y joins encore celle-ci : vous en recevrez deux à la fois. Je veux vous parler de ma soirée
d'hier. A neuf heures j'étais dans ma chambre; mes
pauvres yeux ni mon esprit ne voulurent pas entendre
parler de lire, de sorte que je sentis tout le poids de la
tristesse que me donne notre séparation; et n'étant pas
distraite par les objets, il me semble que j'en goûtai bien
toute l'amertume. Je me couchai à onze heures, et j'ai
été réveillée par une furieuse pluie; il n'était que deux
heures; j'ai compris que vous étiez dans votre hôtellerie,
et que cette eau, qui est mauvaise pour les chemins depuis
Auxerre, était bonne pour votre rivière. Ainsi sont
mêlées les choses de ce monde. Je pense toujours que
vous êtes dans le bateau, et que vous y retournez à trois
heures du matin : cela fait horreur. Vous me direz comme
vous vous portez de cette sorte de vie, et vos jambes et
vos inquiétudes. Votre santé est un point sur lequel je ne
puis jamais avoir de repos. Il me semble que tout ce qui
est auprès de vous en est occupé, et que vous êtes l'objet
des soins de toute votre barque, j'entends de votre
cabane, car ce qui me parut de peuple sur le bateau représentait l'arche. On m'assura que vers Fontainebleau vous
n'auriez quasi plus personne. Ce matin l'Epine est entré
dans ma chambre; nous avons fort pleuré; il est touché

comme un honnête homme. N'ayez aucune inquiétude,
ni de vos meubles, ni du carrosse de M. de Grignan.
Je ne puis m'occuper qu'à donner des ordres qui ont
rapport à vous. Vos dernières gueuses de servantes ont
perdu toute votre batterie et votre linge : c'est pitié.

J'embrasse M. de Grignan, et ses aimables filles, et
mon cher petit enfant; ne voulez-vous pas bien que j'y
mette Montgobert, et tout ce qui vous sert, et tout ce
qui vous aime ? Mlle de Méri est toujours sans fièvre; je
la verrai tantôt. Je crois, ma bonne, que vous me croyez
autant à vous que j'y suis.

L'Abbé vous salue très-humblement.

A Madame, Mme la comtesse de Grignan, à Auxerre.

95. — A MADAME DE GRIGNAN

A Paris, lundi 18e septembre 1679.

J'attendais avec impatience votre lettre, ma fille, et
j'avais besoin d'être instruite de l'état où vous êtes;
mais je n'ai jamais pu voir tout ce que vous me dites
de vos réflexions et de votre repentir sur mon sujet sans
fondre en larmes. Ah! ma très-chère, que me voulez-
vous dire de pénitence et de pardon ? Je ne vois plus rien
que tout ce que vous avez d'aimable, et mon cœur est
fait d'une manière pour vous, qu'encore que je sois
sensible jusqu'à l'excès à tout ce qui vient de vous, un
mot, une douceur, un retour, une caresse, une tendresse
me désarme et me guérit en un moment, comme par une
puissance miraculeuse; et mon cœur retrouve toute sa
tendresse, qui, sans se diminuer, change seulement de
nom, selon les différents mouvements qu'elle me donne.
Je vous ai dit ceci plusieurs fois, je vous le dis encore, et
c'est une vérité; je suis persuadée que vous ne voulez
pas en abuser; mais il est certain que vous faites toujours, en quelque façon que ce puisse être, la seule agitation de mon âme : jugez si je suis sensiblement touchée
de ce que vous mandez.

Plût à Dieu, ma fille, que je pusse vous revoir à l'hôtel
de Carnavalet, non pas pour huit jours, ni pour y faire
pénitence, mais pour vous embrasser, et vous faire voir
clairement que je ne puis être heureuse sans vous, et que
les chagrins que l'amitié que j'ai pour vous m'a pu don-

ner, me sont plus agréables que toute la fausse paix
d'une ennuyeuse absence! Si votre cœur était un peu plus
ouvert, vous ne seriez pas si injuste : par exemple, n'est-ce
pas un assassinat que d'avoir cru qu'on voulait vous
ôter de mon cœur, et sur cela me dire des choses dures ?
Et le moyen que je pusse deviner la cause de ces chagrins ?
Vous dites qu'ils étaient fondés : c'était dans votre imagination, ma fille; et sur cela, vous aviez une conduite
qui était plus capable de faire ce que vous craigniez (si
c'était une chose faisable) que tous les discours que vous
supposiez qu'on me faisait : ils étaient sur un autre ton;
et puisque vous voyiez bien que je vous aimais toujours,
pourquoi suiviez-vous votre injuste pensée, et que ne
tâchiez-vous plutôt, à tout hasard, de me faire connaître
que vous m'aimiez ? Je perdais beaucoup à me taire;
j'étais digne de louange dans tout ce que je croyais
ménager, et je me souviens que deux ou trois fois vous
m'avez dit le soir des mots que je n'entendais point du
tout alors. Ne retombez donc plus dans de pareilles
injustices; parlez, éclaircissez-vous : on ne devine pas;
ne faites point comme disait le maréchal de Gramont, ne
laissez point vivre ni rire des gens qui ont la gorge coupée, et qui ne le sentent pas. Il faut parler aux gens
raisonnables : c'est par là qu'on s'entend; et l'on se
trouve toujours bien d'avoir de la sincérité : le temps
vous persuadera peut-être de cette vérité. Je ne sais
comme je me suis insensiblement engagée dans ce
discours; il est peut-être mal à propos.

Vous me dépeignez fort bien la vie du bateau : vous
avez couché dans votre lit; mais je crains que vous
n'ayez pas si bien dormi que ceux qui étaient sur la
paille. Je me réjouis avec le petit marquis du sot petit
garçon qui était auprès de lui; ce méchant exemple lui
servira plus que toutes les leçons : on a fort envie, ce
me semble, d'être fort contraire à ce qui est si mauvais.
Je n'ai point de nouvelles de votre frère; que dites-vous
de cet oubli ? Je ne doute pas qu'il ne brillote fort à nos
états [172].

Je fais tous vos adieux, et j'en avais déjà deviné une
partie; je n'ai pas manqué d'écrire à Mme de Vins : j'ai
trouvé de la douceur à lui parler de vous; elle m'a écrit
dans le même temps sur le même sujet, fort tendrement pour vous, et très-fâchée de ne vous avoir point
dit adieu. Je lui ai mandé qu'elle était bien heureuse
d'avoir épargné cette sorte de douleur; quand nous

nous reverrons, nous recommencerons nos plaintes. Je me suis repentie de ne vous avoir pas menée jusqu'à Melun en carrosse : vous auriez épargné la fatigue d'être une nuit sans dormir. Quand je songe que c'est ainsi que vous vous êtes reposée des derniers jours de fatigue que vous avez eus ici, et que vous voilà à Lyon, où il me semble, ma fille, que vous parlez bien haut, et que tout cela vous achemine à la bise de Grignan, et que ce pauvre sang, déjà si subtil, est agité de cette sorte; ma très-chère, il me faut un peu pardonner, si je crains et si je suis troublée pour votre santé. Tâchez d'apaiser et d'adoucir ce sang, qui doit être bien en colère de tout ce tourment. Pour moi, je me porte très-bien; j'aurai soin de mon régime à la fin de cette lune : ayons pitié l'une de l'autre en prenant soin de notre vie.

Je vis hier Mlle de Méri; je la trouvai assez tranquille. Il y a toujours un peu de difficulté à l'entretenir; elle se révolte aisément contre les moindres choses, lors même qu'on croit avoir pris les meilleurs tons; mais enfin elle est mieux; je reviendrai la voir de Livry, où je m'en vais présentement avec le bon abbé et Corbinelli. Je puis vous dire une vérité, ma très-chère : c'est que je ne me suis point assez accoutumée à votre vue, pour vous avoir jamais trouvée ou rencontrée sans une joie et une sensibilité qui me fait plus sentir qu'à une autre l'ennui de notre séparation. Je m'en vais encore vous redemander à Livry, que vous m'avez gâté; je ne me reproche aucune grossièreté dans mes sentiments, ma très-chère, et je n'ai que trop senti le bonheur d'être avec vous.

Je vis hier Mme de Lavardin, et M. de La Rochefoucauld; son petit-fils est encore assez mal pour l'inquiéter. M. de Toulongeon est mort en Béarn; le comte de Gramont a sa lieutenance de Roi, à condition de la rendre dans quelque temps au second fils de M. de Feuquières pour cent mille francs. La reine d'Espagne crie toujours miséricorde, et se jette aux pieds de tout le monde; je ne sais comme l'orgueil d'Espagne s'accommode de ces désespoirs. Elle arrêta l'autre jour le Roi par delà l'heure de la messe; il lui dit : « Madame, ce serait une belle chose que la Reine Catholique empêchât le Roi Très-Chrétien d'aller à la messe. » On dit qu'ils seront tous fort aises d'être défaits de cette catholique.

Je vous conjure de faire mille bonnes amitiés pour moi à la belle Rochebonne.

Adieu, ma très-chère et très-aimable : je vous jure que
je ne puis envisager en gros le temps de votre absence;
vous m'avez bien fait de petites injustices, et vous en
ferez toujours quand vous oublierez comme je suis
pour vous; mais soyez-en mieux persuadée, et je le
serai aussi de la bonté et de la tendresse de votre cœur
pour moi.

Mme de La Fayette vous embrasse, et vous prie de
conserver la nouvelle amitié que vous lui avez promise.

96. — A MADAME DE GRIGNAN

A Livry, vendredi matin 29ᵉ septembre 1679.

Au sortir de chez Mlle de Méri, mercredi au soir,
d'où je vous écrivis, ma fille, en qualité de son secrétaire, j'allai souper chez la marquise d'Uxelles; je lui fis
tous vos compliments : on ne peut jamais avoir plus
d'estime et d'inclination pour personne qu'elle en a pour
vous. Elle était venue l'après-dînée chez moi avec
Mmes de Lavardin, Mouci et Belin, et tout cela m'avait
chargée de mille et mille compliments pour vous. Hier
matin, qui était jeudi, nous revînmes ici, le bon abbé
et moi. Corbinelli est occupé de ses affaires, de sorte
que je puis me vanter d'être seule : car les Coulanges et
Bagnols partaient pour Charenton, et je ne les vis qu'un
moment.

Je m'en vais donc être avec moi et avec votre cher et
douloureux souvenir : je m'en vais voir comment je
m'accommoderai de cette compagnie. M. Pascal dit que
tous les maux viennent de ne savoir pas garder sa
chambre. J'espère garder si bien ce jardin et cette forêt,
qu'il ne m'arrivera aucun accident. Le temps est pourtant
entièrement détraqué depuis six jours; mais il y a de
belles heures. Je fus hier très-longtemps dans le jardin, à
vous chercher partout et à penser à vous avec une
tendresse qui ne se peut connaître que quand on l'a
sentie. Je relus toutes vos lettres; j'admirai vos soins et
votre amitié, dont je suis persuadée autant que vous
voulez que je le sois. Vous me dites que votre cœur est
comme je le souhaite, et comme je ne le crois point; je
vous ai déjà répondu, ma très-chère, qu'il est comme je
le souhaite et comme je le crois : c'est une vérité, et je
vous aime sur ce pied-là; jugez de l'effet que cette

persuasion doit faire avec l'inclination naturelle que j'ai pour vous.

L'Anglais [173] est venu voir le bon abbé sur ce rhume qui nous fait peur; il a mis dans son vin et son quinquina une certaine sorte de chose douce qui est si admirable, que le bon abbé sent son rhume tout cuit, et nous ne craignons plus rien. C'est ce qu'il donna à Hautefeuille, qui le guérit en un moment de la fluxion sur la poitrine dont il mourait, et de la fièvre continue. Le chevalier Tabord est allé en Espagne, Schemit est demeuré. En vérité, ce remède est miraculeux.

J'ai bien envie de savoir comme se porte la pauvre Montgobert, le Maire, et M. de Grignan, que je ne daigne mettre au nombre des malades, puisqu'il joue à l'hombre; je souhaite bien sa santé pour l'amour de lui, mais aussi pour l'amour de vous, car quoique vous me priiez de n'être point en peine de votre peine, je vous le refuse, ma très-belle, persuadée que sa maladie vous ferait plus de mal qu'à lui. Il faut que tant de choses aillent bien pour que vous soyez en repos, qu'il n'est quasi pas possible de vous y voir. J'aimerais bien à savoir l'état où vous êtes au vrai, et combien la fatigue du voyage, les nuits sans dormir, et les agitations du carrosse ont pris sur votre pauvre personne, qui était déjà si abattue. Ne croyez pas qu'il soit naturel d'être sans inquiétude; mettez-vous à ma place; et sans vous fâcher, ni dire toujours que vous vous portez parfaitement bien, jugez raisonnablement de la juste crainte que je dois avoir pour vous. Eh, mon Dieu! quand je songe comme vous êtes pour moi, je me trouve inhumaine et grossière pour vous. Si j'étais aussi délicate que vous, je le dis à ma confusion, hélas! ma belle, je ne vivrais pas; et pourquoi ai-je donc tant de courage et tant d'espérance? Est-ce que je vous aime moins que vous ne m'aimez? Il semble que vous m'étourdissiez par vos discours, et cependant je ne les crois point sur votre santé; en vérité, je me perds dans ce faux repos; et quand j'y pense bien, je trouve que j'ai tant de raison d'être en peine, que je ne sais pourquoi j'ai eu la complaisance d'être persuadée de tout ce que vous m'avez dit; mais vous-même, ne voulez-vous point avoir quelque soin de vous rafraîchir, de vous reposer, de faire écrire pour vous? Gardez-vous bien, ma fille, de répondre à toutes mes lettres: bon Dieu! je ne le prétends pas; je cause avec vous sans fin et sans mesure; il ne faut point de réponse à tout ceci:

je n'écris qu'à vous, je fais ma seule consolation de vous
entretenir; ne soyez pas si simple que d'y répondre, je
ne vous écrirais plus que des billets; le soin que j'ai de
votre santé, et la persuasion du mal que vous ferait
d'écrire de grandes lettres, me fait entièrement renoncer
au plaisir de les lire; ce me serait une douleur de penser à
ce qu'elles vous auraient coûté.

J'ai prié Mme de Lavardin de faire vos excuses et dire
vos raisons à Mme Colbert quand elle la verra. J'irai
voir Mmes de Vence et de Tourette, dès que je serai à
Paris, et en attendant je leur ferai faire des compliments. Le petit Coulanges a été assez malade à nos états;
il est si charmé des soins qu'on a de lui, et des députés
qu'on lui envoie pour savoir de ses nouvelles, que sa
fièvre n'a osé continuer; il est si pénétré de tout cela,
que c'est une pitié.

Mon fils brillote à merveilles; il est député de certaines
petites commissions qu'on donne pour faire honneur
aux nouveaux venus; nous aspirerons quelque jour à
quelque chose de plus. J'ai prié la Marbeuf de le marier
là; il ne se verra jamais d'un si beau point de vue que
cette année. Il a été dix ans à la cour et à la guerre; il a de
la réputation; la première année de paix, il la donne à sa
patrie : si on ne le prend cette année, on ne le prendra
jamais. Ce pays-ci n'est pas bon pour l'établir; il faut
rendre à César ce qui appartient à César; je l'ai un peu
dérangé, mais il ne doit pas y avoir regret; cette éducation vaut mieux que celle de *Laridon négligé* [174] : il est toujours aisé de retourner chez soi, et il ne l'est pas d'être
courtisan et honnête homme quand on veut. Mon fils
me parle toujours de son *pigeon* avec beaucoup de tendresse à sa mode et d'inquiétude pour sa santé. Ils avaient
été se promener aux Rochers, dont ils admiraient la
beauté : tout ce que vous ne connaissez pas est plus beau
que ce que vous connaissez.

Adieu, ma très-chère : je m'oublie; encore faut-il donner des bornes à cette lettre, ou bien se résoudre à la
faire relier : en vérité, c'est une douceur que d'écrire,
mais on n'a ce sentiment que pour une personne au
monde; car après tout, c'est une fatigue, et encore faut-il
avoir une poitrine comme je l'ai. Je m'en vais faire
partir mon laquais : les jours sont bien changés depuis
que vous étiez ici; et même depuis que j'ai commencé
cette lettre, nous sommes parvenus à quatre heures du
soir.

Vous me demandez ce que je fais : je lis mes anciens livres; je ne sais rien de nouveau qui me tente; un peu du Tasse, un peu des *Essais de morale;* je travaille à finir cette chaise qui est commencée en l'année 1674; je me promènerai quand il ne pleuvra plus; je pense continuellement et habituellement à vous; je vous regrette, sans avoir à me reprocher de n'avoir pas goûté tous les moments que j'ai été avec vous; je vous écris, je relis vos lettres, j'espère de vous revoir, je fais des plans pour y parvenir; je suis occupée ou amusée de tout ce qui a rapport à vous de cent lieues loin; je retourne sur le passé; je regrette les antipathies et les morts; je tremble pour votre santé; la bise me fait une oppression par la crainte qu'elle me donne; enfin, ma chère enfant, trouvez-vous que je n'ai rien à faire ?

97. — A MADAME DE GRIGNAN

A Livry, jeudi au soir 2e novembre 1679.

Je vous écris ce soir, ma très-chère, parce que j'ai envie d'aller demain à Pomponne. Mme de Vins m'en priait l'autre jour si bonnement, que je m'en vais la voir, et M. de Pomponne, que l'on gouverne mieux en dînant un jour à Pomponne avec lui, qu'à Paris en un mois. Vous voulez donc que je me repose sur vous de votre santé, et je le veux de tout mon cœur, s'il est vrai que vous soyez changée sur ce sujet : ce serait en effet quelque chose de si naturel que cela fût ainsi, et votre négligence à cet égard me paraissait si peu ordinaire, que je me sens portée à croire que cette droiture d'esprit et de raison aura retrouvé sa place chez vous. Faites donc, ma chère enfant, tout ce que vous dites : prenez du lait et des bouillons, mettez votre santé devant toutes choses; soyez persuadée que c'est non seulement par les soins et par le régime que l'on rétablit une poitrine comme la vôtre, mais encore par la continuité des régimes; car de prendre du lait quinze jours, et puis dire : « J'ai pris du lait, il ne me fait rien; » ma fille, c'est se moquer de nous, et de vous-même la première. Soyez encore persuadée d'une autre chose, c'est que sans la santé on ne peut rien faire; tout demeure, on ne peut aller ni venir qu'avec des peines incroyables : en un mot, ce n'est pas vivre que de n'avoir point de santé. L'état où vous êtes, quoi que vous

disiez, n'est pas un état de consistance; il faut être mieux,
si vous voulez être bien. Je suis fort fâchée du vilain temps
que vous avez, et de tous vos débordements horribles;
je crains votre Durance comme une bête furieuse.

On ne parle point encore de cordons bleus [175] : s'il y en
a, je recevrai fort bien, mais tristement, M. de Grignan;
car enfin, s'il est obligé de revenir, je ne vois rien de
plus mal placé que votre voyage : c'eût été une chose bien
plus raisonnable et plus naturelle que vous l'eussiez
attendu ici; mais on ne devine pas; et comme vous obser-
viez et vous consultiez les volontés de M. de Grignan,
comme on faisait autrefois les entrailles des victimes, vous
y aviez vu si clairement qu'il souhaitait que vous allassiez
avec lui, que ne mettant jamais votre santé en aucune
sorte de considération, il était impossible que vous ne
partissiez, comme vous avez fait. Il faut regarder Dieu,
et lui demander la grâce de votre retour, et que ce ne
soit plus comme un postillon, mais comme une femme
qui n'a plus d'affaires en Provence, qui craint la bise de
Grignan, et qui a dessein de s'établir et de rétablir sa
santé en ce pays.

Je crois que je ferai un traité sur l'amitié; je trouve qu'il
y a tant de choses qui en dépendent, tant de conduites et
tant de choses à éviter pour empêcher que ceux que nous
aimons n'en sentent le contre-coup; je trouve qu'il y a
tant de rencontres où nous les faisons souffrir, et où nous
pourrions adoucir leurs peines, si nous avions autant de
vues et de pensées qu'on en doit avoir pour ce qui tient au
cœur : enfin je ferais voir dans ce livre qu'il y a cent
manières de témoigner son amitié sans la dire, ou de dire
par ses actions qu'on n'a point d'amitié, lorsque la bouche
traîtreusement vous en assure. Je ne parle pour personne;
mais ce qui est écrit est écrit.

Mon fils me mande des folies, et il me dit qu'il y a un
lui qui m'adore, un autre qui m'étrangle, et qu'ils se
battaient tous deux l'autre jour à outrance, dans le mail
des Rochers. Je lui réponds que je voudrais que l'un eût
tué l'autre, afin que je n'eusse point trois enfants; que
c'était ce dernier qui me faisait tout le mal de la maternité,
et que, s'il pouvait l'étrangler lui-même, je serais trop
contente des deux autres. J'admire la lettre de Pauline :
est-ce de son écriture ? Non; mais pour son style, il est
aisé à reconnaître : la jolie enfant! Je voudrais bien que
vous pussiez me l'envoyer dans une de vos lettres; je ne
serai consolée de ne la pas voir que par les nouveaux

attachements qu'elle me donnerait : je m'en vais lui faire réponse.

Je quitte ce lieu à regret, ma fille : la campagne est encore belle; cette avenue et tout ce qui était désolé des chenilles, et qui a pris la liberté de repousser avec votre permission, est plus vert qu'au printemps dans les plus belles années; les petites et les grandes palissades sont parées de ces belles nuances de l'automne dont les peintres font si bien leur profit; les grands ormes sont un peu dépouillés, et l'on n'a point de regret à ces feuilles picotées : la campagne en gros est encore toute riante; j'y passais mes journées seule avec des livres; je ne m'y ennuyais que comme je m'ennuierai partout, ne vous ayant plus. Je ne sais ce que je vais faire à Paris; rien ne m'y attire, je n'y ai point de contenance; mais le bon abbé dit qu'il y a quelques affaires, et que tout est fini ici : allons donc. Il est vrai que cette année a passé assez vite; mais je suis fort de votre avis pour le mois de septembre; il m'a semblé qu'il a duré six mois, tous des plus longs. Je vous manderai à Paris des nouvelles de Mlle de Méri.

Je n'eusse jamais pensé que cette Mme de Charmes eût pu devenir sèche comme du bois : hélas! quels changements ne fait point la mauvaise santé! Je vous prie de faire de la vôtre le premier de vos devoirs; après celui-là, ma fille, et M. de Grignan, auquel vous avez fait céder les autres avec raison, si vous voulez bien me donner ma place, je vous en ferai souvenir. Je suis bien heureuse si je ne ressemble non plus à un devoir que M. de Grignan, et si vous pensez que c'est mon tour présentement à être un peu consultée. Adieu, ma chère enfant : je vous aime au-delà de tout ce qu'on peut aimer.

98. — A MADAME DE GRIGNAN

A Paris, vendredi 10e novembre 1679.

Hélas! ma chère fille, je ne suis plus bergère; j'ai quitté avec regret l'unique entretien de vos lettres, de votre chère idée, soutenue de Louison, de nos vaches, de nos moutons, et d'un entre chien et loup dont je m'accommodais fort bien, parce que je ne cherche pas à m'épargner, ni à me flatter. Me voici dans le raffinement de l'hôtel de Carnavalet, où je ne trouve pas que je

sois moins occupée de vous, que vos lettres me soient
moins chères, ni que nulle chose du monde puisse faire
diversion à la continuelle application que j'ai pour vous.
Je ne vous manderai plus guère de nouvelles, j'en sais
peu ; mais ce que je vous dirai, il sera bon, vient directement des bons endroits. Vous me dites, ma très-chère,
que vous vous portez bien ; Dieu le veuille ! cela est
bientôt dit. Je suis toujours étonnée que je puisse soutenir, avec votre absence, l'inquiétude que j'ai de votre
santé. Je ne veux point que vous m'écriviez de si grandes
lettres : il faut que je sois bien persuadée du mal qu'elles
vous font : sans cela il serait bien naturel de souhaiter
qu'elles fussent infinies ; mais cette crainte arrête tout.
Du Chesne me disait l'autre jour que rien n'était pis
que d'écrire beaucoup. Ma fille, il faut que le temps
vienne que vous écriviez moins, et que vous soyez en
ce pays appliquée à vous guérir. Nous vous mettrons
l'hôtel de Carnavalet en état de vous être commode ;
le bon abbé y est disposé comme moi. Je voudrais
bien que vous ne me dissiez point de mal de vous dans
vos lettres, ni que vous les crussiez meilleures que vos
conversations en chambre ; je serais bien indigne de
votre amitié, si j'avais cette pensée ; j'en suis bien loin :
je suis persuadée que vous m'aimez, et j'ai le même
goût pour vous entendre, que tous ceux qui en sont le
plus touchés. Ah ! si vous saviez quel est le pouvoir
d'une seule de vos paroles, d'un regard, d'un retour,
d'une douceur, et de quels pays lointains cela serait
capable de me faire revenir, vous verriez, ma belle, que
rien n'est égal pour moi à votre présence. Votre dévotion
du jour de la Toussaint vous a portée encore à me dire
des choses qui m'ont attendrie d'une étrange manière.
Que vous avez bien fait de fourrer dans votre litière tous
vos petits enfants ! la jolie petite compagnie ! Si j'avais
été du conseil, j'aurais bien opiné comme vous avez fait :
vous le verrez par le conseil que je donne à Pauline dans
la réponse toute régulière que je lui fais. Elle est aimable,
elle ne peut jamais incommoder. Jouissez-en, ma fille,
ne vous ôtez point toutes ces petites consolations : il y
a tant de peines dans la vie, elle passe si vite ; j'ai quelque
plaisir de songer à celui que Pauline vous donne.

M. de La Rochefoucauld, Mme de La Fayette et Langlade parlèrent hier de M. de Grignan comme de
l'homme du monde qu'ils souhaiteraient le plus de servir ; ils n'y perdront pas les moments ni les occasions.

On va voir, comme l'opéra, les habits de Mlle de Louvois [176]; il n'y a point d'étoffe dorée qui soit moindre que
de vingt louis l'aune. La Langlée s'est épuisée pour
joindre l'agrément avec la magnificence. M. de Mesmes
a fait grand bruit de celle de Grignan; il en a écrit à
M. de La Rochefoucauld.

Je viens ici, ma fille, chez cette pauvre Mlle de Méri
achever cette lettre, et fermer mon paquet. La voilà
toute accablée de vapeurs et d'inanition, incapable
d'écrire un mot; elle dit que vous connaissez bien cet
état : en vérité, elle est dans un épuisement qui fait pitié;
je voudrais bien qu'on pût la soulager à force de soins :
elle vous dit par moi tout ce qu'elle voudrait vous écrire,
si elle pouvait. Je viens de voir ce pauvre chevalier : il
a mal au cou et à la cuisse, il est au lit; cette humeur de
rhumatisme ne le quitte pas; de loin j'ai plus de pitié que
les autres de cette sorte de mal; je ne crois pas qu'il soit
longtemps dans cette douleur, il sent courir ses sérosités;
il lui faudrait présentement une bonne douche, si la saison le pouvait permettre. Il m'a donné sa lettre pour
mettre dans mon paquet : il faut avoir soin de ces pauvres
infirmes. Tout le reste de Paris est enrhumé :

> Ils ne mouraient pas tous, mais tous étaient frappés,

comme vous disiez, ma fille. Adieu, ma chère enfant : je
vous embrasse tendrement, et toute votre grande et
petite compagnie.

99. — A MADAME DE GRIGNAN

A Paris, ce 22ᵉ novembre 1679.

Ma bonne, je m'en vais bien vous surprendre et vous
fâcher : M. de Pomponne est disgracié. Il eut ordre
samedi au soir, comme il revenait de Pomponne, de se
défaire de sa charge, qu'il en aurait sept cent mille francs,
qu'on lui continuerait sa pension de vingt mille francs
qu'il avait comme ministre, et que le Roi avait réglé
toutes ces choses pour lui marquer qu'il était content de
sa fidélité. Ce fut M. Colbert qui lui fit ce compliment,
en l'assurant qu'il était au désespoir d'être obligé, etc.
M. de Pomponne demanda s'il ne pourrait point avoir
l'honneur de parler au Roi, et savoir de sa bouche quelle

faute avait attiré ce coup de tonnerre. On lui dit qu'il ne
pouvait point parler au Roi. Il lui écrivit, lui marqua son
extrême douleur, et l'ignorance où il était de ce qui pouvait lui avoir attiré sa disgrâce; il lui parla de sa nombreuse famille, il le supplia d'avoir égard à huit enfants
qu'il avait. Aussitôt il fit remettre ses chevaux au carrosse, et revint à Paris, où il arriva à minuit.

Nous avions été, comme je vous ai mandé, le vendredi
à Pomponne, M. de Chaulnes, Lavardin et moi : nous
le trouvâmes, et les dames, qui nous reçurent fort
gaiement. On causa tout le soir, on joua aux échecs : ah!
quel échec et mat on lui préparait à Saint-Germain! Il y
alla dès le lendemain matin, parce qu'un courrier l'attendait; de sorte que M. Colbert, qui croyait le trouver le
samedi au soir comme à l'ordinaire, sachant qu'il était
allé droit à Saint-Germain, retourna sur ses pas, et pensa
crever ses chevaux. Pour nous, nous ne partîmes de
Pomponne qu'après dîner; nous y laissâmes les dames,
Mme de Vins m'ayant chargée de mille amitiés pour
vous. Il fallut donc leur mander cette triste nouvelle :
ce fut un valet de chambre de M. de Pomponne, qui
arriva le dimanche à neuf heures dans la chambre de
Mme de Vins : c'était une marche si extraordinaire que
celle de cet homme, et il était si excessivement changé,
que Mme de Vins crut absolument qu'il lui venait dire
la mort de M. de Pomponne; de sorte que, quand elle
sut qu'il n'était que disgracié, elle respira; mais elle
sentit son mal quand elle fut remise; elle alla le dire à sa
sœur. Elles partirent à l'instant; et laissant tous ces petits
garçons en larmes, et accablées de douleur, elles arrivèrent
à Paris à deux heures après midi, où elles trouvèrent
M. de Pomponne. Vous pouvez vous représenter cette
entrevue, et ce qu'ils sentirent, en se revoyant si différents de ce qu'ils pensaient être la veille. Pour moi,
j'appris cette nouvelle par l'abbé de Grignan; je vous
avoue qu'elle me toucha droit au cœur.

J'allai à leur porte vers le soir; on ne les voyait point
en public, j'entrai, je les trouvai tous trois. M. de Pomponne m'embrassa, sans pouvoir prononcer une parole;
les dames ne purent retenir leurs larmes, ni moi les
miennes : ma chère bonne, vous n'auriez pas retenu les
vôtres; c'était un spectacle douloureux; la circonstance de ce que nous venions de nous quitter à Pomponne
d'une manière si différente, augmenta notre tendresse.
Enfin je ne vous puis représenter cet état. La pauvre

Mme de Vins, que j'avais laissée si fleurie, n'était pas reconnaissable; une fièvre de quinze jours ne l'aurait pas tant changée; elle me parla de vous, et me dit qu'elle était persuadée que vous sentiriez sa douleur, et l'état de M. de Pomponne; je l'en assurai. Nous parlâmes du contre-coup qu'elle ressentait de cette disgrâce; il est épouvantable, et pour ses affaires, et pour l'agrément de sa vie et de son séjour, et pour la fortune de son mari; elle voit tout cela bien douloureusement et le sent bien, je vous en assure. M. de Pomponne n'était pas en faveur; mais il était en état d'obtenir de certaines choses ordinaires, qui font pourtant l'établissement des gens : il y a bien des degrés au-dessous de la faveur des autres, qui font la fortune des particuliers. C'était aussi une chose bien douce de se trouver naturellement établie à la cour. O Dieu! quel changement! quel retranchement! quelle économie dans cette maison! Huit enfants! N'avoir pas eu le temps d'obtenir la moindre grâce! Ils doivent trente mille livres de rente; voyez ce qui leur restera : ils vont se réduire tristement à Paris, à Pomponne. On dit que tant de voyages, et quelquefois des courriers qui attendaient, et même celui de Bavière, qui était arrivé le vendredi, et que le Roi attendait impatiemment, ont un peu contribué à ce malheur. Vous comprendrez aisément ces conduites de la Providence, quand vous saurez que c'est M. le président Colbert qui a la charge, il est en Bavière; Monsieur son frère la fait en attendant, et lui a écrit en se réjouissant, et pour le surprendre, et comme si on s'était trompé au-dessus de la lettre : *A Monsieur, Monsieur Colbert, ministre et secrétaire d'Etat.* J'en ai fait mon compliment dans la maison affligée; rien ne pouvait être mieux. Faites un peu de réflexion à toute la puissance de cette famille, et joignez les pays étrangers à tout le reste; et vous verrez que tout ce qui est de l'autre côté, où l'on se marie, ne vaut point cela [177].

Ma pauvre bonne, voilà bien des détails et des circonstances; mais il me semble qu'ils ne sont point désagréables dans ces sortes d'occasions : il me semble que vous voulez toujours qu'on vous parle; je n'ai que trop parlé. Quand votre courrier viendra, je n'ai plus à le présenter; c'est encore un de mes chagrins de vous être désormais entièrement inutile : il est vrai que je l'étais déjà par Mme de Vins; mais on se ralliait ensemble. Enfin, ma bonne, voilà qui est fait, voilà le monde. M. de Pomponne est plus capable que personne de soutenir ce malheur avec courage, avec résignation et beaucoup de christianisme.

Encore faut-il, ma très-chère, que je vous dise un petit mot de votre petite lettre : elle m'a donné une sensible consolation, en voyant la santé du petit très-confirmée, et la vôtre, ma très-chère, dont vous me dites des merveilles ; vous m'assurez que je serais bien contente si je vous voyais ; vous avez raison de le croire. Quel spectacle charmant de vous voir appliquée à votre santé, à vous reposer, à vous restaurer ! c'est un plaisir que vous ne m'avez jamais donné. Vous voyez, ma bonne, que ce n'est pas inutilement que vous prenez ce soin ; le succès en est visible ; et quand je me tourmente de vouloir vous inspirer ici la même attention, vous voyez bien que j'ai raison, et que vous êtes bien cruelle de vous traiter avec tant de rigueur. Quelle obligation ne vous ai-je point de soulager mes inquiétudes par le soin que vous avez de vous ! Rien ne me peut être plus agéable, ni me persuader davantage l'amitié que vous avez pour moi. Elle est telle que je renonce à vos grandes lettres pour avoir la satisfaction de penser que je ne vous ai point épuisée, et que je n'ai point échauffé cette pauvre poitrine. Ah ! ma bonne, je ne mets pas de comparaison entre le plaisir de lire vos aimables lettres, et le déplaisir de penser à ce qu'elles vous ont coûté.

Je vous prie de ne pas perdre cette eau des capucins que votre cuisinier vous a portée ; c'est une merveille pour toutes les douleurs du corps, ces coups à la tête, les contusions, et même les entamures, quand on a le courage d'en soutenir la douleur. Ces pauvres gens sont partis pour s'en retourner en Egypte. Les médecins sont cruels et ont ôté au public des gens admirables et désintéressés, qui faisaient en vérité des guérisons prodigieuses. Je leur dis adieu à Pomponne. Faites serrer cette petite fiole, il y a des occasions où on en donnerait bien de l'argent.

J'ai reçu votre petite lettre par le mousquetaire ; elle est divine ; vous ne l'avez pas sentie. Mlle de Méri est toujours agitée de son petit ménage ; j'y fais tout de mon mieux, je vous en assure, et j'en ai de bons témoins. Tous les amis de mon petit-fils sont venus ici tout effrayés de sa maladie, M. de Sape, M. de Barrillon, MM. de Sanzei, Mlles de Grignan. J'ai mille baisemains à vous faire de Mlle de Vauvineux. Je vous embrasse, les belles, et Monsieur votre père, et pour vous, ma chère bonne, je n'ai point de paroles qui puissent vous faire assez comprendre combien je suis parfaitement et uniquement à vous. Le bon abbé vous assure de ses services.

Il s'est fait une belle confusion dans toutes ces feuilles; je n'y connais plus rien. Je crois que M. de Grignan sera aussi étonné que vous de la nouvelle du jour.

100. — A MADAME DE GRIGNAN

A Paris, vendredi 24ᵉ novembre 1679.

Mon Dieu! ma très chère, l'aimable lettre que je viens de recevoir de vous! Quelle lecture! et quel plaisir de vous entendre discourir sur tous les chapitres que vous traitez! Celui de la médecine me ravit; je suis persuadée qu'avec cette intelligence et cette facilité d'apprendre que Dieu vous a donnée, vous en saurez plus que les médecins : il vous manquera quelque expérience, et vous ne tuerez pas impunément comme eux; mais je me fierais bien plus à vous qu'à eux pour juger d'une maladie. Il est vrai que ce n'est que de la santé dont il est question en ce monde : « Comment vous portez-vous ? comment vous portez-vous ? » Et l'on ignore entièrement ce qui touche cette science qui nous est si nécessaire : apprenez, apprenez, ma fille, faites votre cours; il ne vous faudra point d'autre licence que de mettre une robe, comme dans la comédie. Mais pourquoi nous voulez-vous envoyer votre joli médecin ? Je vous assure que les médecins sont fort décriés et fort méprisés ici; hormis les trois ou quatre que vous connaissez, et qui conseillent l'Anglais, les autres sont en horreur. Cet Anglais vient de tirer de la mort le maréchal de Bellefonds. Je ne crois point que le premier médecin ait le vrai secret. Du Chesne n'a point de sous-médecins aux Invalides; je vous l'ai mandé; je vous conseille donc très sérieusement de garder votre médecin dans la province.

Il est donc vrai, ma fille, que vous êtes sans incommodité : point de poitrine, point de douleurs aux jambes, point de colique; cela est à souhait. Vous voyez ce que vous fait le repos, et le soin de vous rafraîchir; ne faut-il pas vous gronder, quand vous vous négligez, et que vous abandonnez inhumainement le soin de votre pauvre personne ? Je parlerais dix ans sur cette maladie, et sur le succès que vous voyez du contraire. Je voudrais bien

vous voir, ma chère enfant, et vous retrouver les soirs.
Je rentre bien tristement dans cette grande maison,
depuis neuf heures jusques à minuit; je n'ai pas plus de
compagnie qu'à Livry, et j'aime mieux ce repos et ce
silence que toutes les soirées que l'on m'offre en ce
quartier : je ne saurais courir le soir. Je m'aperçois que
quand je ne suis point agitée de la crainte de votre santé,
je sens extrêmement votre absence. Votre poitrine est
comme des morailles, qui m'empêchent de sentir le mal
de ne vous avoir plus; je tiens de vous cette comparaison;
mais je retrouve bientôt ce premier mal, quand je ne suis
pas bridée par l'autre. J'avoue seulement que je m'en
accommode mieux que de l'horreur de craindre pour
votre vie, et je vous fais toujours mille remerciements de
m'ôter mes morailles.

Il en faudrait d'aussi dures que celles-là pour empêcher
Mme de Vins de sentir vivement la disgrâce de M. de Pomponne : elle y perd tout; je la vois souvent; le malheur
ne me chassera pas de cette maison.

M. de Pomponne prendra bien son parti, et soutiendra
dignement son infortune; il va retrouver toutes ces perfections d'un homme particulier qui nous le faisaient
admirer à Fresnes [178]. On dit qu'il faisait un peu négligemment sa charge, que les courriers attendaient : il se
justifie très bien; mais, mon Dieu! ne voyez-vous pas
bien son tort ? Ah! que la pauvre Mme du Plessis l'aurait
aimé présentement! quelle nouvelle liaison aurait fait
cette conformité! Rien ne pouvait être si bon pour lui.
Je n'en ai fait aussi mes compliments qu'à Mme de Vins,
m'entendez-vous bien ? car je réponds à ma pensée, qui,
je crois, sera la vôtre. Toute la cour le plaint, et lui fait
des compliments; vous allez lui voir reprendre le fil de
ses perfections. Nous avons bien parlé de la Providence;
il entend bien cette doctrine. Jamais il ne s'est vu un si
aimable ministre. M. Colbert, l'ambassadeur, va remplir cette belle place; il est fort ami du chevalier; écrivez
à ce dernier toutes vos pensées : la fortune, toute capricieuse, voudra peut-être vous faire plus de bien par là
que par notre intime ami. Vous irez bien naturellement
dans ce chemin par la route que je vous dis : pouvons-
nous savoir ce que la Providence nous garde ?

Je continue mes soins à Mlle de Méri. L'impression
que fait dans son esprit le tracas de son petit domestique
est une chose fort extraordinaire : elle me disait qu'il lui
semble, quand ils lui parlent, qu'ils tirent sur elle,

comme pour la tuer; elle en est plus malade que de ses
maux; c'est un cercle : sa colère augmente son mal, son
mal augmente sa colère; somme totale, c'est une chose
étrange : je ne songe qu'à la soulager un peu.

Corbinelli abandonne Méré et son chien de style et
la ridicule critique qu'il fait, en collet monté, d'un esprit
libre, badin et charmant comme Voiture [179] : tant pis
pour ceux qui ne l'entendent pas. Il ne peut vous
envoyer les définitions : depuis trois mois, il n'a lu que
le Code et Cujas. Il vous adore de vouloir apprendre la
médecine; vous êtes toujours son prodige. C'en est un,
en vérité, que la tranquille ingratitude de M. et de
Mme de R***; vous en parlez fort plaisamment. Monsieur le Grand et d'autres disaient l'autre jour très sérieusement à Saint-Germain, que M. de R*** avait fait un
siège admirable : on crut que c'était une lecture où l'on
avait vu les grands R*** dans les guerres civiles; non,
c'était celui-ci, qui a fait un siège de tapisserie admirable,
que l'on voit dans la chambre de sa femme.

Mme de Coulanges a été quinze jours à la cour :
Mme de Maintenon était enrhumée, et ne la voulait pas
laisser partir. Voici ce qui lui est arrivé avec la comtesse de
Gramont : cette dernière brûlait son beau teint à faire
du chocolat; elle voulut l'empêcher de prendre cette
peine; la comtesse dit qu'on la laissât faire, et qu'elle
n'avait plus que ce plaisir; Mme de Coulanges lui dit :
« Ah! ingrate! » Ce mot, dont elle aurait ri un autre
jour, l'embarrassa et la décontenança si fort, qu'elle
ne s'en put remettre; et depuis elles ne se sont pas
saluées. L'abbé Têtu dit rudement à notre voisine :
« Mais, Madame, si elle vous avait répondu que la pelle se
moque du fourgon, qu'auriez-vous dit ? — Monsieur,
dit-elle, je ne suis point une pelle, et elle est un fourgon. » Autre querelle, et plus de salut. *Quanto* et *l'en-*
rhumée [180] sont très mal; cette dernière est toujours parfaitement bien avec le *centre de toutes choses*, et c'est ce
qui fait la rage. Je vous conterais mille bagatelles, si
vous étiez ici.

Ah! ma très chère, ne me dites point que je n'ai qu'à
rire, puisque je n'ai que votre absence à soutenir; j'ai
envie de dire : « Ah! ingrate! » N'êtes-vous pas la sensible et véritable occupation de mon cœur ? Vous le
savez bien, et vous devez comprendre aussi ce que c'est
que d'y joindre la crainte de vous voir malade, et dévorée
par un air subtil, comme l'est celui de Grignan. Vous

êtes injuste, si vous ne démêlez fort bien tous mes sentiments pour vous.

Langlade m'est venu voir ce matin et m'a donné
part fort obligeamment de l'honneur qu'il aura dimanche
d'être présenté et représenté au Roi par M. de Louvois :
c'est encore un secret; voilà de ces avances qui sont
agréables, et que notre bon d'Hacqueville ne savait
point; il vous laissait bravement apprendre ces choses
par la *Gazette*. Langlade m'a priée de vous mander
ceci de sa part, et qu'il ne souhaiterait d'être heureux
que pour vous faire venir des as noirs, et à M. de Grignan : sans raillerie, ce serait un transport de joie pour
lui, s'il pouvait avoir quelque vue, faire souvenir, enfin
contribuer à quelque chose qui vous fût agréable. C'est
lui qui a fait le mariage qui se célébra hier magnifiquement
chez M. de Louvois. Ils y avaient fait revenir le printemps; tout était plein d'orangers fleuris, et de fleurs
dans des caisses. Cependant cette balance qui penche
si pesamment de l'autre côté présentement, avait jeté
un air de tristesse qui tempérait un peu l'excès de joie
qui aurait été trop excessif sans ce crêpe. N'admirez-
vous point comme tout est mêlé en ce monde, et comme
rien n'est pur, ni longtemps dans une même disposition ? Je crois que vous entendez bien tout ce que je
veux dire; vraiment il y aurait longtemps à causer sur
tout ce qui se passe présentement.

Adieu, ma très-chère belle. Je voudrais que Mme de
Cauvisson vous donnât de son bonheur plutôt que de sa
tête. Celle de mon fils est en basse Bretagne; je ne sais
si l'un de ses *lui* est avec Mlle de La Coste; mais je suis
persuadée, comme vous, que ce ne serait pas trop des
trois. J'attends de ses nouvelles à la remise à Nantes.
Le bon abbé est extrêmement enrhumé; tout le monde
l'est, hormis moi. Je me ferai saigner ce carême; vous
m'en expliquez fort bien la nécessité. Le petit ne se guérira pas de la toux, qu'avec du lait d'ânesse : c'est l'ordinaire de la rougeole d'affaiblir la poitrine; c'est pour
cela que je tremblais pour vous. Le chevalier est comme
guéri. La Garde ne partira point que ses affaires ne
soient tournées; mais aussi, dès qu'il pourra partir,
rien au monde ne serait capable de l'arrêter. Je vous
embrasse, ma chère enfant, et ne désire rien plus fortement que de vous embrasser en corps et en âme.

101. — A MADAME
ET A MONSIEUR DE GRIGNAN

A Paris, vendredi 23ᵉ février 1680.

En vérité, ma bonne, comme dit M. de La Rochefoucauld, voici une assez jolie petite semaine pour les Grignan ; et si la Providence voulait placer l'aîné à proportion, nous le verrions dans une belle place. En attendant, je trouve qu'il est fort agréable d'avoir des frères si bien traités. A peine le chevalier a-t-il remercié de ses mille écus de pension, qu'on le choisit entre huit ou dix hommes de qualité et de mérite, pour l'attacher à M. le Dauphin avec une bonne pension de deux mille écus : voilà neuf mille livres de rente en trois jours. Il retourna sur ses pas à Saint-Germain, pour remercier encore ; car ce fut en son absence, et pendant qu'il était ici, qu'il fut nommé. Son mérite particulier a beaucoup servi à ce choix : une réputation distinguée, de l'honneur, de la probité, de bonnes mœurs, tout cela s'est fort réveillé, et l'on a trouvé que Sa Majesté ne pouvait mieux faire que de jeter les yeux sur un si bon sujet. Il n'y en a encore que huit de nommés : Dangeau, d'Antin, Clermont, Sainte-Maure, Matignon, Chiverni, Florensac et Grignan. C'est une approbation générale pour ce dernier.

Il a bien plu dans l'écuelle de vos cadets ; il faut espérer, ma bonne, qu'il pleuvra dans la vôtre. J'en fais compliment à M. de Grignan et à M. le Coadjuteur et à vous ; et je recommence à vous en faire des compliments de tous ceux que je vous ai déjà nommés, qui m'en ont repriée : le *bien Bon*, mon fils, qui va encore écrire à M. de Grignan.

Il [181] part demain : il a lu vos reproches. Peut-être, ma bonne, que la beauté de la cour, qu'il veut quitter, et où il est si joliment placé, le fera changer d'avis. Nous avons déjà obtenu qu'il ne s'impatientera pas, et qu'il attendra paisiblement qu'on le vienne tenter par une plus grosse somme que celle qu'il a déboursée. J'espère qu'il changera toutes les pensées extraordinaires qu'il a rapportées ; il ne m'en a point pourtant encore parlé sur un autre ton, mais nous verrons ce que le temps pourra faire. Ma bonne, vous m'avez fait sentir la joie de MM. de Grignan par celle que j'ai de vous savoir mieux et qu'au moins vos maux ne sont pas continuels. Ces intervalles me font espérer qu'en vous conservant, prenant du lait, et n'écrivant point, je retrouverai ma fille et son aimable visage.

C'est beaucoup que vous ne soyez pas amaigrie ; mais ce qui fonde nos espérances, c'est que le lait ne vous incommode point et que l'eau de mauve le fasse passer. C'est Dieu qui nous a envoyé M. de La Rouvière, et c'est à lui qu'on devra tout, s'il vous met en état, par cette invention, de faire usage du lait. Ma bonne, ayez de la suite dans votre conduite ; ne vous lassez point de ce lait ; prenez-en du moins une fois le jour : ne croyez point être guérie pour être un mois sans douleur ; ne vous fatiguez point de vous ménager : il n'y a que la persévérance qui puisse vous tirer d'affaire ; ce n'est point par des soins de quinze jours que vous serez guérie. Si vous saviez quel extrême plaisir vous me feriez de ne point changer d'avis, sur l'envie de vous conserver, et quelle sorte de tristesse me donne votre langueur et vos douleurs, ma chère bonne, vous prendriez cette occasion de me marquer toute votre amitié, et ce serait la plus sensible obligation que je puisse vous avoir ; parlez-moi toujours sur ce sujet, qui m'est si sensible ; sans cela, rien n'est écouté.

J'aime extrêmement la sincérité de Montgobert ; si elle me disait toujours des merveilles, je ne la croirais jamais ; mais elle ménage fort bien tout cela, et ses vérités me font plaisir : tant il est naturel d'aimer à n'être point trompée ! Dieu vous conserve donc, ma très chère, dans ce bienheureux état, qui nous donne de si bonnes espérances. Mais point d'écriture ! et du lait, puisque vous vous en accommodez. Mme de La Fayette en essaiera.

Mais parlons un peu des Grignans, il y a longtemps que nous n'en avons rien dit. On ne parle que d'eux ; tout est plein de compliments dans cette maison ; à peine a-t-on fini l'un qu'on recommence l'autre. Je ne les ai pas revus depuis que le chevalier est *dame du palais* [182], comme dit M. de La Rochefoucauld. Il vous mandera toutes les nouvelles mieux que je ne puis faire. On ne croit pas que Mme de Soubise soit du voyage : cela est un peu long.

Je ne vous parlerai que de Mme Voisin : ce ne fut point mercredi, comme je vous l'avais mandé, qu'elle fut brûlée, ce ne fut qu'hier. Elle savait son arrêt dès lundi, chose fort extraordinaire. Le soir elle dit à ses gardes : « Quoi ? nous ne ferons point médianoche ! » Elle mangea avec eux à minuit, par fantaisie, car il n'était point jour maigre ; elle but beaucoup de vin, elle chanta vingt chan-

sons à boire. Le mardi elle eut la question ordinaire,
extraordinaire; elle avait dîné et dormi huit heures;
elle fut confrontée à Mmes de Dreux, Le Féron, et
plusieurs autres, sur le matelas : on ne dit pas encore ce
qu'elle a dit; on croit toujours qu'on verra des choses
étranges. Elle soupa le soir, et recommença, toute brisée qu'elle était, à faire la débauche avec scandale : on
lui en fit honte, et on lui dit qu'elle ferait bien mieux
de penser à Dieu, et de chanter un *Ave maris stella*, ou
un Salve, que toutes ces chansons : elle chanta l'un et
l'autre en ridicule, elle mangea le soir et dormit. Le
mercredi se passa de même en confrontations, et
débauche, et chansons : elle ne voulut point voir de
confesseur. Enfin le jeudi, qui était hier, on ne voulut lui
donner qu'un bouillon : elle en gronda, craignant de
n'avoir pas la force de parler à ces Messieurs. Elle vint
en carrosse de Vincennes à Paris; elle étouffa un peu, et
fut embarrassée; on la voulut faire confesser, point de
nouvelles. A cinq heures on la lia; et avec une torche à
la main, elle parut dans le tombereau, habillée de blanc :
c'est une sorte d'habit pour être brûlée : elle était fort
rouge, et l'on voyait qu'elle repoussait le confesseur
et le crucifix avec violence. Nous la vîmes passer à
l'hôtel de Sully, Mme de Chaulnes et Mme de Sully, la
Comtesse, et bien d'autres. A Notre-Dame, elle ne
voulut jamais prononcer l'amende honorable, et à la
Grève elle se défendit, autant qu'elle put, de sortir du
tombereau : on l'en tira de force, on la mit sur le bûcher,
assise et liée avec du fer; on la couvrit de paille; elle jura
beaucoup; elle repoussa la paille cinq ou six fois; mais
enfin le feu s'augmenta, et on l'a perdue de vue, et ses
cendres sont en l'air présentement. Voilà la mort de
Mme Voisin, célèbre par ses crimes et par son impiété.
On croit qu'il y aura de grandes suites qui nous sur-
prendront.

    Un juge, à qui mon fils disait l'autre jour que c'était
une étrange chose que de la faire brûler à petit feu, lui
dit : « Ah! Monsieur, il y a certains petits adoucissements
à cause de la faiblesse du sexe. — Eh quoi! Monsieur, on
les étrangle ? — Non, mais on leur jette des bûches sur
la tête; les garçons du bourreau leur arrachent la tête
avec des crocs de fer. » Vous voyez bien, ma fille, que
cela n'est pas si terrible que l'on pense : comment vous
portez-vous de ce petit conte ? Il m'a fait grincer les dents.
Une de ces misérables, qui fut pendue l'autre jour, avait

demandé la vie à M. de Louvois, et qu'en ce cas elle
dirait des choses étranges; elle fut refusée. « Eh bien!
dit-elle, soyez persuadée que nulle douleur ne me fera
dire une seule parole. » On lui donna la question ordinaire,
extraordinaire, et si extraordinairement extraordinaire,
qu'elle pensa y mourir, comme une autre qui expira, le
médecin lui tenant le pouls, cela soit dit en passant. Cette
femme donc souffrit tout l'excès de ce martyre sans parler.
On la mène à la Grève; avant que d'être jetée, elle dit
qu'elle voulait parler; elle se présente héroïquement :
« Messieurs, dit-elle, assurez M. de Louvois que je suis
sa servante, et que je lui ai tenu ma parole; allons, qu'on
achève. » Elle fut expédiée à l'instant. Que dites-vous de
cette sorte de courage ? Je sais encore mille petits contes
agréables comme celui-là; mais le moyen de tout dire ?

Pendant que nous sommes parmi ces horreurs, vous
êtes au bal, ma bonne, vous donnez de grands soupers :
mon petit-fils est sur le théâtre et danse à merveilles. En
vérité, c'est ce qui s'appelle le carnaval. J'ai bien envie
de savoir comme aura fait le petit garçon et comme se
sera passé votre fête. Mais vous ne ferez autre chose
tous ces jours gras, et vous avez beau vous dépêcher de
vous divertir, vous n'en trouverez pas si tôt la fin : nous
avons le carême bien haut.

Il faut encore revenir aux Grignans, car je suis
assurée que vous ne trouvez pas que je vous en parle; je
vous entends me dire que je ne vous en dis rien du tout :
je veux parler à leur aîné.

À MONSIEUR DE GRIGNAN

M. le Comte de Grignan, que dites-vous de vos
cadets, mon ami ? Ils eussent bien mal fait de jeter leurs
parts aux chiens. Et ce Chevalier qui faisait son compte
d'aller à l'hôpital, le voilà avec neuf mille bonnes livres
de rente! Et que savons-nous ce que la Providence vous
garde ? Je vous assure au moins que votre nom a été
nommé bien des fois depuis huit jours. Ne remercierez-
vous point le Roi ? Je vous conseille d'écrire à M. de La
Rochefoucauld, sur tous ces billets que je vous envoie,
et sur toutes les marques d'amitié que vous a données
M. de Marsillac, et en parlant de vous et de Messieurs vos frères, et de votre mérite à tous : ils vous en

rendront compte. Il me semble que vous devez cette lettre à son père; vous n'aurez pas besoin d'aller chez vos voisins pour savoir ce que vous aurez à lui dire. Je vous fais encore de nouveaux compliments : on ne fait autre chose.

Je vous prie de m'envoyer votre blanc-signé pour recevoir votre pension; il faut la tenir prête pour payer ce diantre de M. de Labaroir, à qui elle est destinée; c'est l'affaire de M. d'Evreux, comme vous savez. Connaissez-vous ce M. d'Evreux ? J'ai voulu voir, pour la première fois, comme nous nous accommoderons de ce nom : voilà celui de *bel Abbé* à vendre!

Au reste, Monsieur, songez un peu à ménager votre pauvre femme; et pendant que le lait et l'envie qu'il semble qu'elle ait de guérir, nous donnent de l'espérance, n'allez point lui serrer le cœur par une jalousie qui gâterait tout. Je vous vois d'ici; vous êtes fort coquet, et vous entrez fort souvent, la bouche enfarinée, dans les lieux où vous dévorez l'objet aimé par des regards. Je vous lâcherai bientôt un mari, qui rompra un peu vos mesures. Il ne paraît occupé que de son procès; je ne sais si ce n'est point un *sapate*[183] qui lâche l'intendance. Quoi qu'il en soit, vous profitez des occasions, et prenez le bon temps quand il vient.

J'ai cent mille compliments à vous faire de tout le monde; on m'a fait l'honneur de m'en faire beaucoup, et je les méritais par la joie que j'ai eue de tant de biens tout à la fois. Mais, mon cher Comte, je vous recommande le plus grand de tous, et sans lequel on ne peut sentir les autres : c'est la santé de votre chère épouse. Ménagez et son esprit et son corps; prêchez-lui la persévérance dans le lait, s'il lui fait du bien, et croyez que c'est sa guérison : mais il ne faut pas se lasser.

À MADAME DE GRIGNAN

Ma bonne, je reviens à vous, et vous embrasse de tout mon cœur et de toute mon âme. On chante partout le couplet :

...D'Auguste la puissance
Vous quitteriez, belle Grignan,
Dès demain la Provence.

C'est une furie! comme

Et rendez-la nous[184].

Vous avez fort bien fait de trouver joli celui de *la Téron;* il l'est tout à fait. Et que dites-vous de celui de *Joconde* [185] ? Il est vrai qu'il y en a d'abominablement immodestes; mais j'ai ouï dire que, sans cela, ils seraient parfaitement plaisants, et justes en parodies.

Mlle de Méri a eu un de ces tourbillons de fièvre de vingt-quatre heures que vous connaissez; mais elle en est sortie aussi comme vous savez, c'est-à-dire, tout d'un coup. Elle est présentement comme à l'ordinaire et fort aise de toutes les prospérités.

Adieu, ma chère et très chère. Je vous remercie de tout ce que vous avez dit à mon fils : cela fera l'effet qu'il plaira à Dieu! J'embrasse les papillotes et le petit comédien-baladin. N'oubliez point Mme du Janet et le bon secrétaire. Le bon abbé est tout à vous. Je veux faire un compliment sérieux à Mlles de Grignan sur leurs oncles : le cardinal d'Estrées m'en fit hier beaucoup pour vous.

102. — A MADAME DE GRIGNAN

A Paris, mercredi 13ᵉ mars 1680.

Je trouve, ma bonne, toute votre joie fort juste et très-bien fondée; vous l'avez bien examinée, et vous la voyez comme il la faut voir. Rien n'est mieux expliqué que cette sagesse de M. de Montausier, que l'on partage en six, et à qui l'on confie celle de M. le Dauphin [186]. Vous avez raison encore de croire qu'ils ne sont pas tous du prix du chevalier : Sa Majesté en a fait le même jugement et en a parlé dignement; ce que l'on peut voir dans l'avenir est aussi agréable que le présent. On peut aller à tout, étant sur les lieux et voyant ce qui se passe. Ce n'est plus un pays étranger que la cour, c'est le lieu où il doit être : on est à son devoir, on a une contenance; et c'est avec raison que vous mêlez les intérêts du petit garçon avec les sentiments de votre amitié et de votre belle âme. Mais ce que je ne puis comprendre, c'est que vous vous teniez tous deux pour des gens de l'autre monde, et qui n'êtes plus en état de penser à la fortune et aux grâces de Sa Majesté : et pourquoi vous tenez-vous pour éconduits ? Quel âge avez-vous, s'il vous plaît ? L'un est de celui de M. de La Trousse, et l'autre de celui de Mme de Coetquen, qui se croit bien au rang des plus jeunes; et d'où vient donc que vous vous enterrez comme Philémon et Baucis ? N'êtes-vous point aimés ? N'êtes-vous point aimables l'un et l'autre ? N'avez-vous pas de l'étoffe pour présenter au Roi ? Votre nom est-il barbare ? N'est-il point en train de vous faire du bien ? Les grâces passées ne répondent-elles pas de celles qu'on espère ? Les temps sont-ils toujours pareils ? Ne change-t-on point ? La libéralité n'est-elle pas ouverte ? D'où vient donc que vous passez par-dessus vous-mêmes, et que vous ne voyez dans un avenir lointain que le petit marquis ? Je ne sais si c'est que j'ai peu de part à cet avenir si éloigné, ou que je n'ai point pris la fantaisie des grand'mères, qui passent par-dessus leurs enfants pour jouer du hochet avec ces petites personnes; mais j'avoue que vous m'avez arrêtée tout court, et que je ne puis souffrir la manière dont cela s'est tourné dans vos têtes. Je ne vous trouve pas plus raisonnable que votre frère, et je ne trouve pas vos choux meilleurs que les siens. Je tâcherais donc, mes chers enfants, de me mettre en état de venir un peu tâter la Providence, prendre part au bonheur de mes cadets, et vivre avec les vivants. C'est en ces occasions où l'on devrait bien sentir l'état où l'on s'est mis, qui presse et qui contraint, et qui ôte la liberté; mais on tâche à se remettre un peu, et l'on ne quitte point sa part de la fortune, quand on a des raisons d'y prétendre et qu'elle commence à nous montrer un visage plus doux. Voilà, ma bonne, mes pensées et celles de vos amis; ne les rebutez pas, et croyez que si vous en aviez de contraires, vous ne seriez plus en droit de vous moquer de mon fils. Je vous laisse digérer ces réflexions, et je vous prie tous deux de vous mirer et de voir si vous êtes de la vieille cour.

A propos de cour, je vous envoie des relations. Mme la Dauphine est l'objet de l'admiration; le Roi avait une impatience extrême de savoir comme elle était faite : il envoya Sanguin, comme un homme vrai et qui ne sait point flatter : « Sire, dit-il, sauvez le premier coup d'œil, et vous en serez fort content. » Cela est dit à merveilles; car il y a quelque chose à son nez et à son front qui est trop long, à proportion du reste : cela fait un mauvais effet d'abord; mais on dit qu'elle a si bonne grâce, de si beaux bras, de si belles mains, une si belle taille, une si belle gorge, de si belles dents, de si beaux cheveux, et tant d'esprit et de bonté, caressante

sans être fade, familière avec dignité, enfin tant de
manières propres à charmer, qu'il faut lui pardonner ce
premier coup d'œil. Monseigneur a fort bien opéré : il
oublia d'abord de la baiser en la saluant; mais il n'a pas
oublié ce que M. de Condom ne pouvait lui apprendre.
Je suis bien folle de vous dire tout ceci : le chevalier
n'est-il pas payé pour cela ?

Ce que j'admire, ma bonne, c'est que, pour empêcher que vous n'eussiez en votre pauvre vie un pauvre
plaisir pur, on vous mande bien cruellement et bien
inutilement une fièvre de vingt-quatre heures qu'a eue
Mlle de Méri. Le courrier qui portait cette lettre n'était
pas à Fontainebleau, que ce tourbillon était passé. Ce
sont de ces fièvres éphémères, à quoi elle est sujette, que
vous avez pris pour une maladie. Ma bonne, cela valait-il
la peine de vous jeter cette amertume sur votre joie ?
Bon Dieu, cela se peut-il comprendre ? Sachez donc
que ce qu'elle a eu, était infiniment moindre que quand
vous partîtes. Je ne vous dis pas qu'elle soit en santé;
mais je vous assurerai qu'elle n'a que ces incommodités
ordinaires. C'est bien assez, et trop; mais enfin elle a eu
la force de venir trois ou quatre fois en ce quartier, et d'y
louer le plus joli appartement qu'il est possible. C'est
auprès des Capucins, chez une Mme de La Vanière,
très honnête femme, bien de l'esprit, amie de Mariane,
de Corbinelli, de Mlle de Scudéry, de Mme de La Maigre,
voisine de notre premier président de la cour des Aides;
enfin cela est à souhait. Le bail est signé à quarante louis
d'or par an. Voilà son esprit en repos; et comme ce n'est
que pour la Saint-Jean ou la Saint-Remi, elle viendra
prendre la place de M. de Rennes, qui s'en va à Pâques.
Mais si vous consentez à faire ajuster votre chambre,
elle ira, pendant qu'on fera le bruit des cloisons, chez
Mme de Lassay, qui lui offre sa jolie maison. Ainsi
vous ne devez point déranger les ordres que vous avez
à donner là-dessus; elle serait bien fâchée de retarder
un accommodement qui annonce votre retour.

Parlons un peu de votre santé, ma bonne. Vous me
connaissez parfaitement, quand vous croyez qu'elle me
tient au cœur; oui, je vous assure, et rien au monde ne
m'y tient de cette sorte. Vous dites que vous êtes dans
un bon intervalle : mais ce n'est pas une guérison. Ne
craignez-vous point cette douleur, cette chaleur, cette
pesanteur intérieure ? Je vous assure que j'en suis bien
malade; et j'admire qu'ayant votre M. de La Rouvière,

que vous estimez et qui mérite votre approbation, vous
ne preniez point ce temps pour vous guérir entièrement
et vous trouver comme une autre personne. Vous dites
qu'il ne veut point vous faire de remèdes; je le crois :
purgare et *seignare* ne vous sont pas propres. Mais il me
mande pourtant que si vous n'usiez pas des petits secours
de la médecine qu'il vous ordonne, vous pourriez être
en état de donner de véritables inquiétudes; c'est donc
signe qu'il vous ordonne quelque chose, soit du lait ou
d'une tisane; enfin c'est ce qu'il croit nécessaire à
votre sang. Eh! faites-le donc, ma très chère bonne.
Et pourquoi voudriez-vous négliger un tel secours?
Auriez-vous peur de vous trop bien porter et de nous
donner trop de joie?

Vous repoussez fort bien nos histoires tragiques par
les vôtres. J'aime bien le bon naturel de ce fils qui
tombe mort en voyant son pauvre père pendu : cela fait
honneur aux enfants; il y avait longtemps que les pères
avaient fait leurs preuves. L'amant jaloux et furieux qui
tue tout à Arles, met le bouton bien haut à nos amants
d'ici : on n'a pas le loisir d'être si amoureux; la diversité
des objets dissipe trop, et détourne et diminue la passion. Il y eut encore une histoire lamentable autrefois à
Fréjus : ce climat est meilleur que le nôtre.

Corbinelli m'a donné une leçon qui m'explique très-
bien ce que vous appelez : ne point connaître l'absence :
j'ai trouvé que j'étais comme vous, en disant le contraire.
Je suis bien triste de n'aller point continuer mes études
auprès de vous; mais, ma bonne, il faut aller en Bretagne, pour y avoir été.

Le bon abbé ne veut plus souffrir les reproches qu'on
lui a faits avec beaucoup de tendresse. Il est vrai qu'il y
a du désordre à nos terres; mais il vient de la misère du
pays! Enfin, nous y ferons de notre mieux, afin de n'y
plus penser. Cette augmentation d'éloignement me fait
frémir, moi qui sens si fort celui-ci. Jugez ce que je
deviendrai quand je n'aurai plus de laquais à la poste
et que le soin de m'envoyer vos lettres dépendra d'un
autre que de moi, et que je n'aurai que cela à penser,
à compter, à supputer, et que je serai livrée dans mes
bois à toute ma tendresse et à toutes mes inquiétudes,
sans aucune distraction : vous voyez bien clairement
ce que je souffrirai. Hélas! quand ce ne serait que pour
l'amour de moi, ma chère bonne, ayez soin de vous; et
que ce soit une vérité que le changement heureux de

votre santé; car je sens quand on dit vrai, ou quand on me flatte.

N'avançons point un avenir si triste, et songeons à nous revoir, ma pauvre bonne. Hélas! la vie est si courte désormais pour moi et passe si vite! Que faisons-nous? Et quand nous sommes assez malheureux pour n'être point uniquement occupés à Dieu, pouvons-nous mieux faire que d'aimer et de vivre doucement parmi nos proches et ceux que nous aimons. Mais sur cela même il faut obéir et se soumettre à la Providence : elle fait assez voir en mille rencontres, si l'on se donne le loisir de la regarder, qu'elle est la maîtresse de tout.

Je crois que Mme la Dauphine nous apporte ici beaucoup de dévotion; mais malgré qu'elle en ait, il faudra qu'elle retranche les *angelus :* vous représentez-vous qu'on l'entende sonner à Saint-Germain? Bon à Munich. Elle voulut se confesser la veille de la dernière cérémonie de son mariage; elle ne trouva point de jésuite qui entendît l'allemand, ils n'entendent que le français : le P. de La Chaise y fut attrapé; il croyait avoir mené son fait. Ce fut un embarras où l'on donnera ordre promptement, car cette princesse ne cède point à la Reine pour communier souvent. Le Bourdaloue n'aura point son âme.

M. de La Rochefoucauld a été, est encore considérable-ment malade : il est mieux aujourd'hui; mais enfin c'était tout l'apparence de la mort : une grosse fièvre, une oppression, une goutte remontée; enfin c'était une pitié. Il a choisi de l'Anglais, des médecins et de frère Ange : il a choisi son parrain; c'est frère Ange qui le tuera, si Dieu l'a ordonné. Il est mieux aujourd'hui, et je donnerai moi-même votre lettre à M. de Marsillac, qui est venu en poste, s'il est vrai que tout aille bien, car vous savez qu'il faut prendre les temps à propos. Je donnerai le billet à Mme de La Fayette, qui était hier très affligée. J'ai reçu votre paquet du mardi gras; la poste arrive plus tôt présentement. Je vous trouve bien heureuse d'être délivrée de carême-prenant; vous l'avez célébré à Aix dans toute son étendue. Je suis ravie que vous ayez approuvé le nôtre dans la forêt de Livry.

Vous écrivez divinement à votre frère; je voudrais que vous m'eussiez fait l'honneur de croire que je lui ai dit les mêmes choses que vous écrivez : je suis aussi cho-quée que vous de ses extravagantes résolutions. La peur de se ruiner est un prétexte au goût breton; il ne

l'a eue que depuis qu'il a contemplé Tonquedec sur son
paillier de province; il n'était point si plein de considération auparavant : enfin je sens toute l'horreur de cette
dégradation, trop heureuse que ce ne soit point là le
plus sensible endroit de mon cœur!

Je trouve M. de Grignan bien heureux de vous croire
en assez bonne santé pour vous faire trotter avec lui à
Marseille.

Je ne vous parle plus de mon voyage en Bretagne.
Si vous pensez que je n'y souffre pas beaucoup, et que je
ne prévoie pas ce que j'y souffrirai, vous connaissez mal
mon cœur et vous ignorez mes sentiments.

103. — A MADAME
ET A MONSIEUR DE GRIGNAN

A Paris, dimanche 17e mars 1680.

Quoique cette lettre ne parte que mercredi, je ne puis
m'empêcher de la commencer aujourd'hui, pour vous
dire, ma bonne, que M. de La Rochefoucauld est mort
cette nuit. J'ai la tête si pleine de ce malheur, et de
l'extrême affliction de notre pauvre amie [187], qu'il faut que
je vous en parle. Hier samedi, le remède de l'Anglais
avait fait des merveilles; toutes les espérances de vendredi, que je vous écrivais, étaient augmentées; on
chantait victoire, la poitrine était dégagée, la tête libre,
la fièvre moindre, des évacuations salutaires; dans cet
état, hier à six heures, il se tourne à la mort : tout d'un
coup les redoublements de fièvre, l'oppression, les
rêveries; en un mot, la goutte l'étrangle traîtreusement;
et quoiqu'il eût beaucoup de force, et qu'il ne fût point
abattu des saignées, il n'a fallu que quatre ou cinq heures
pour l'emporter; et à minuit il a rendu l'âme entre les
mains de M. de Condom. M. de Marsillac ne l'a pas
quitté d'un moment; il est mort entre ses bras, dans cette
chaise que vous connaissez. Il lui a parlé de Dieu avec
courage. Il est dans une affliction qui ne se peut représenter; mais, ma bonne, il retrouvera le Roi et la cour;
toute sa famille se retrouvera en sa place; mais où
Mme de La Fayette retrouvera-t-elle un tel ami, une
telle société, une pareille douceur, un agrément, une
confiance, une considération pour elle et pour son fils ?
Elle est infirme, elle est toujours dans sa chambre, elle

ne court point les rues; M. de La Rochefoucauld était
sédentaire aussi : cet état les rendait nécessaires l'un à
l'autre; rien ne pouvait être comparé à la confiance et aux
charmes de leur amitié. Ma bonne, songez-y, vous trouverez qu'il est impossible de faire une perte plus sensible, et
dont le temps puisse moins consoler. Je ne l'ai pas quittée
tous ces jours : elle n'allait point faire la presse parmi cette
famille; ainsi elle avait besoin qu'on eût pitié d'elle.
Mme de Coulanges a très bien fait aussi, et nous conti-
nuerons encore quelque temps aux dépens de notre rate,
qui est toute pleine de tristesse.

Voilà en quel temps sont arrivées vos jolies petites
lettres, et votre billet, et une autre lettre encore pour
réponse à la première de M. de Marsillac. Voilà leur destinée : jusques ici elles n'ont été admirées que de moi et
de Mme de Coulanges, qui trouva les petites d'Arnoton
fort plaisantes et la scène fort galante. M. de Grignan
écrit en perfection. Quand le chevalier arrivera, je les y
donnerai; il trouvera peut-être un temps propre après
les douleurs pour dire : « Les voilà. » En attendant, il
faut en écrire une de douleur. Il met en honneur toute
la tendresse des enfants, et fait voir que vous n'êtes pas
seule; mais, en vérité, vous ne serez guère imitée. Toute
cette tristesse m'a réveillée, et représenté l'horreur des
séparations. J'en ai le cœur serré, et plus que jamais je
vous demande à genoux, avec des larmes, de ne point
remettre à l'infini les remèdes que M. de La Rouvière
veut que vous fassiez, et sans lesquels vous ne pouvez
vous rétablir. Vous vous contentez de les savoir : voilà
une provision; ils sont dans votre cassette; et cependant
votre sang ne se guérit point, votre poitrine est souvent
douloureuse; il vous suffit de savoir des remèdes, vous
ne voulez pas les faire; et quand vous le voudrez, ma
bonne, hélas! peut-être que votre mal sera trop grand.
Est-il possible que vous vouliez me donner cette douleur
amère et continuelle ? Avez-vous peur de guérir ?
M. de La Rouvière, M. de Grignan, tout cela n'a-t-il
point de crédit auprès de vous ? Et vous, M. de Grignan,
n'êtes-vous pas cruel de la mener à Marseille, et peut-
être plus loin ? Pouvez-vous sans trembler la faire trotter
ainsi avec vous ? Hélas! vous savez combien le repos
lui est nécessaire : comment l'exposez-vous à de telles
fatigues ? Je vous conjure que votre amitié m'explique
cette conduite : est-ce que vous êtes parfaitement content
de sa santé et que vous n'y souhaitez plus rien ? Plût à

Dieu que cela fût ainsi! J'ai vu que vous me parliez de cette chère santé : vous ne m'en dites plus rien, et je vois que vous la promenez.

Cependant, ma bonne, M. le Coadjuteur, que j'ai vu un moment, ne m'a point contentée : il dit que vous écrivez toujours, et que quelquefois vous sortez de ce cabinet si épuisée que vous n'êtes pas reconnaissable. Eh, mon Dieu! quand je songe que vous vous tuez pour les gens du monde qui vous aiment le plus chèrement, qui donneraient leur vie pour sauver la vôtre; et c'est pour écrire des bagatelles, des réponses justes, que vous nous donnez la plus cruelle inquiétude qu'on puisse avoir. Pour moi, je vous déclare, ma bonne, que vous me donnez une peine étrange quand vous m'écrivez plus d'une page. Votre dernière est trop longue, vous abusez de vous et de moi, et dès que vous êtes un peu bien, vous faites tout ce qu'il faut pour retomber. Ma bonne, retenez cette plume qui va si vite et si facilement : c'est un poignard; je n'en veux plus; j'ai horreur du mal qu'elle vous fait. Ce Coadjuteur m'a dit que si on voulait vous couper le poing droit, vous seriez grasse. Ne vous amusez point à répondre sur des nouvelles; ne vous profanez point; je ne m'en souviens plus moi-même dès qu'elles sont parties.

Ma chère bonne, pardonnez la longueur de cet article : le Coadjuteur m'a troublée, et je suis frappée de l'effroyable douleur de perdre ce qu'on aime. Hélas! ma bonne, ayez pitié de moi.

Mercredi 20ᵉ mars.

Il est enfin mercredi, ma bonne, M. de La Rochefoucauld est toujours mort, et M. de Marsillac toujours affligé, et si bien enfermé, qu'il ne semble pas qu'il songe à sortir de cette maison. La petite santé de Mme de La Fayette soutient mal une telle douleur : elle en a la fièvre; et il ne sera pas au pouvoir du temps de lui ôter l'ennui de cette privation; sa vie est tournée d'une manière qu'elle le trouvera tous les jours à dire. Vous devez me dire tout au moins quelque chose pour elle dans ce que vous m'écrirez; je vous prie toujours, ma bonne, que cela ne passe pas une page.

Je suis troublée de votre santé et du voyage que vous faites. Vous n'irez pas en Barbarie, mais il y aura bien de la barbarie si cette fatigue vous fait du mal. Il est vrai, ma chère bonne, que ces deux bouts de la terre où nous sommes plantées, est une chose qui fait frémir, et surtout

quand je serai près de notre Océan, pouvant aller aux
Indes, comme vous en Afrique. Je vous assure que mon
cœur ne regarde point cet éloignement avec tranquillité,
comme vous disiez l'autre jour. Si vous saviez le trouble
que me donne le moindre retardement de vos lettres,
vous jugeriez aisément ce que je souffrirai dans mon
chien de voyage. Je n'ai point vu nos Grignans; ils sont
à Saint-Germain, le chevalier à son régiment.

On m'a voulu mener voir Madame la Dauphine : en
vérité, je ne suis pas si pressée. M. de Coulanges l'a vue :
le premier coup d'œil est à redouter, comme dit M. Sanguin; mais il y a tant d'esprit, de mérite, de bonté, de
manières charmantes, qu'il faut l'admirer :

> S'il faut honorer Cybèle,
> Il faut encor plus l'aimer [188].

On ne conte que ses dits, pleins d'esprit et de raison.

La faveur de Mme de Maintenon augmente tous les
jours : ce sont des conversations infinies avec Sa Majesté,
qui donne à Mme La Dauphine le temps qu'il donnait
à Mme de Montespan; jugez de l'effet que peut faire
un tel retranchement. Le char gris [189] est d'une beauté
étonnante; elle vint l'autre jour au travers d'un bal, par
le beau milieu de la salle, droit au Roi, et ne voyant ni
à droite, ni à gauche; on lui dit qu'elle ne voyait pas la
Reine : il était vrai; on lui donna une place; et quoique
cela fît un peu d'embarras, on dit que cette action d'une
embevecida [190] fut extrêmement agréable : il y aurait mille
bagatelles à conter sur tout cela. Mme Soubise n'est point
de retour de sa campagne : elle est chez M. de Luynes,
à dix lieues d'ici; cela est triste.

Votre frère l'est fort aussi à sa garnison; je pense que la
rencontre de vos esprits animaux ne déterminera point
les siens, quoique de même sang, à penser comme vous.
Votre période m'a paru très-belle; je doute que j'y
réponde; mais il n'importe, vous voyez fort bien ce que
je veux dire. Il me paraît que vous êtes si contente de la
fortune de vos frères, que vous ne comptez plus sur la
vôtre : vous vous retirez derrière le rideau, ma bonne;
je vous ai mandé comme cela me blesse le cœur, et me
paraît injuste; et peut-on trop haïr les abîmes qui
vous font avoir de telles nonchalances pour ce qui vous
regarde ? Vous vous comptez pour rien, quand tant
d'autres vous comptent pour tout, et que personne ici ne
vaut ce que vous valez tous deux.

Adieu, ma très agréable bonne : rien ne me peut distraire de penser à vous ; j'y rapporte toutes choses ; et si vous aviez autant d'amitié pour moi, vous seriez encore plus attentive à votre santé que vous ne l'êtes. La mienne est très bonne ; Duchesne m'a dit d'aller toujours dans le carême jusqu'à l'ombre de la moindre incommodité. Il croit que l'eau de lin tous les matins, du thé l'après-dînée, et du régime dans le choix des viandes, me conduiront jusqu'au bout. A tout hasard j'ai une permission, dont je me servirai sans aucun scrupule ; n'en soyez point en peine, ma très chère bonne : fiez-vous à moi.

N'admirez-vous point que Dieu m'a ôté encore cet amusement de parler de vos intérêts avec M. de La Rochefoucauld ? Il en paraissait occupé fort obligeamment. De sorte qu'ayant aussi perdu M. de Pomponne, je n'ai pas le plaisir de croire que je puisse jamais vous être bonne à rien du tout.

Je n'ai jamais tant vu de choses extraordinaires depuis que vous êtes partie. J'ai su que le jeune évêque d'Évreux est le favori du vieux, et qu'il a écrit au Roi pour le remercier de lui avoir donné un tel successeur. C'est aux Grignan à faire tout ce qu'il faut pour leurs maisons, ils n'y sauraient prendre tant d'intérêt que moi. J'embrasse tout ce qui est autour de vous. J'ai bien envie de savoir où va votre tribu. Le *bien Bon* est tout à vous ; il va rompre le carême pour un rhume : il me semble que tout échappe. Je voudrais bien baiser Pauline et mon petit-fils, et Mlles de Grignan, et M. de Grignan ; à la fin je baiserai toute la bonne compagnie. J'ai vu M. de Vins à son retour, et Mlle de Méri, qui n'est point plus mal qu'à l'ordinaire : c'est plus qu'il n'en faut.

104. — A MADAME DE GRIGNAN

A Paris, ce vendredi 29e mars 1680.

Vous aviez bien raison de dire, ma bonne, que j'entendrais parler de la vie que vous feriez en l'absence de M. de Grignan et de ses filles : elle est tout extraordinaire ; vous vous êtes jetée dans un couvent : il faut dire dans un couvent. Car vous savez qu'on ne se *jette* point à Sainte-Marie : c'est aux Carmélites qu'on se *jette*. Vous vous êtes donc jetée dans un couvent, vous avez couché dans une cellule ; je suppose que vous avez mangé

de la viande, quoique vous ayez mangé au réfectoire :
M. de La Rouvière, qui vous conduit ne vous aurait pas
laissé faire une folie. Vous avez évité les récréations très-
habilement. C'était le moyen d'être bien aise. Je ne me
souviens plus s'il y a une cheminée dans votre cellule.
Vous ne me dites rien de la petite d'Adhémar [191] : ne lui
avez-vous pas permis d'être dans un petit coin à vous
regarder ? La pauvre enfant! elle était bien heureuse de
profiter de cette retraite.

Vous me parlez bien légèrement de votre santé, ma
très chère; vous m'expédiez en me disant qu'elle est
bonne. Vous ne me dites rien de votre colique; je vous
prie que j'en sache toujours la vérité et si elle est douloureuse. Je voudrais bien parler à M. de La Rouvière;
vous n'avez point été fâchée du commerce que j'ai eu
avec lui; au contraire, vous m'en parlez très aimablement.
Voilà un mot qui vient souvent au bout de ma plume;
je voudrais bien le pouvoir mettre dans ce grand monde.

J'y étais avant-hier, tout au beau milieu. Mme de
Chaulnes enfin m'y mena, à la Cour. Je vis Madame la
Dauphine, dont la laideur n'est point du tout choquante,
ni désagréable; son visage lui sied mal, mais son esprit
lui sied parfaitement bien; elle ne fait pas une action, elle
ne dit pas une parole, qu'on ne voie qu'elle en a beaucoup;
elle a les yeux vifs et pénétrants; elle entend et comprend
facilement toutes choses; elle est naturelle, et non plus
embarrassée ni étonnée que si elle était née au milieu
du Louvre. Elle a une extrême reconnaissance pour le
Roi, mais c'est sans bassesse : ce n'est point comme étant
au-dessous de ce qu'elle est, c'est comme ayant été
choisie et distinguée dans toute l'Europe. Elle a l'air fort
noble, et beaucoup de dignité et de bonté; elle aime les
vers, la musique, la conversation; elle est fort bien quatre
ou cinq heures dans sa chambre paisiblement à ne rien
faire; elle est étonnée de l'agitation qu'on se donne pour
se divertir; elle a fermé la porte aux moqueries et aux
médisances. L'autre jour, la duchesse de La Ferté
voulait lui dire une plaisanterie, comme un secret, sur
cette pauvre princesse Marianne, dont la misère est à
respecter; Madame la Dauphine lui dit avec un air
sérieux : « Madame, je ne suis pas curieuse », et ferme
ainsi la porte, c'est-à-dire la bouche aux médisances et
aux railleries.

Mmes de Richelieu, de Rochefort et de Maintenon me
firent beaucoup d'honnêtetés, et me parlèrent de vous.

Mme de Maintenon, par un hasard, me fit une petite
visite d'un quart d'heure, où elle me conta mille choses
de Madame la Dauphine, et me parla encore de vous, de
votre santé, de votre esprit, du goût que vous avez l'une
pour l'autre, de votre Provence, avec autant d'attention
qu'à la rue des Tournelles : un tourbillon me l'emporta,
c'était Mme de Soubise qui rentrait dans cette cour au
bout de ces trois mois, jour pour jour. Elle venait de la
campagne; elle a été dans une parfaite retraite pendant
son exil; elle n'a vécu que le jour qu'elle est revenue.
La Reine et tout le monde la reçut fort bien; le Roi lui
fit une très grande révérence : elle soutint avec très-
bonne mine tous les différents compliments qu'on lui
faisait de tous côtés.

Monsieur le Duc me parla beaucoup de M. de La
Rochefoucauld, et les larmes lui en vinrent encore aux
yeux. Il y eut une scène bien vive entre lui et Mme de La
Fayette, le soir que ce pauvre était à l'agonie; je n'ai
jamais tant vu de larmes, et jamais une douleur plus
tendre et plus vraie : il était impossible de ne pas être
comme eux; ils disaient des choses à fendre le cœur;
jamais je n'oublierai cette soirée. Hélas! ma bonne, il n'y
a que vous qui ne me parliez point encore de cette perte;
voilà où l'on connaît encore mieux l'horrible éloignement :
vous m'envoyez des billets et des compliments pour lui;
vous n'avez pas envie que je les porte sitôt. M. de Marsillac aura les lettres de M. de Grignan avec le temps;
jamais une affliction n'a été plus vive : il n'a encore osé
voir Mme de La Fayette; quand les autres de la famille
la sont venus voir, ç'a été un renouvellement étrange.
Monsieur le Duc me parlait donc tristement là-dessus.

Nous entendîmes, après dîner, le sermon du Bourdaloue, qui frappe toujours comme un sourd, disant des
vérités à bride abattue, parlant contre l'adultère à tort
et à travers : sauve qui peut, il va toujours son chemin.
Nous revînmes avec beaucoup de plaisir : la Guénégaud
était avec nous, qui n'avait bougé de chez M. Colbert;
la Kerman était aussi des nôtres : je leur promis qu'à
moins d'une dauphine, j'étais bien servante, à mon âge
et sans affaires, de ce bon pays-là.

Hier Mme de Vins vint dîner joliment avec moi : elle
voulait savoir mon voyage. Nous avons fort parlé de vous;
en vérité elle vous aime beaucoup. Elle causa fort avec
Corbinelli et La Mousse; la conversation était sublime
et divertissante; Bussy n'y gâta rien. Nous allâmes faire

quelques visites, et puis je la ramenai. Je vis Mlle de Méri, qui ne veut plus du tout de son bail; elle s'en prend à l'abbé, qui dit qu'il croyait que Mme de Lassay était demeurée d'accord de tout; il se défend fort bien, et maintient que le logement est fort joli : c'est une nouvelle tribulation. Nous tâcherons d'employer la rhétorique de Corbinelli pour fléchir M. et Mme de La Vanière : elle logera ici. quand elle voudra, persuadée que vous en serez fort aise. Vous n'êtes pas en état d'envisager votre retour, vous êtes encore *trop battus de l'oiseau* [192] comme disait l'abbé au reversis. Après quelques mois de repos à Grignan, j'espère, ma bonne, que vous changerez d'avis et que vous ne trouverez pas qu'un hiver à Grignan soit une chose à imaginer.

Je ne sais où vous avez pris que j'ai payé le Chevalier sur ce petit argent. Je n'ai point ouï dire que vous lui dussiez rien; c'était M. de Coulanges qui lui a payé neuf louis. J'ai toujours dans mon tiroir seize pistoles d'or et vingt-six écus. C'est près de deux cent cinquante livres; c'est pour mettre plus que la première pierre à votre appartement. On pourra faire le cabinet dans cette garde-robe, et la garde-robe dans l'antichambre, retranchée comme vous le désirez. C'est une affaire de quinze jours, qui n'attendra que vos ordres. N'oubliez pas d'envoyer votre blanc-signé à M. d'Evreux, et vos mémoires pour compter avec M. Chapin au *bien Bon*. Mon Dieu, ma chère bonne, que je voudrais bien faire quelque affaire pour vous! Il y a des mijaurées de femmes qui en font avec une facilité qui me met en colère.

Le Chevalier fera voir à Fagon la lettre de La Rouvière; je crois qu'ils sont du même avis. Ma bonne, n'avez-vous que cette tisane à prendre ? Est-ce avec ce léger remède qu'il espère guérir votre sang ? Quoi qu'il en soit, soyez occupée de l'envie et du soin de vous guérir; n'abusez point de votre poitrine, qui se trouve bien affligée du désordre que fait ce sang. Vous pouvez penser, ma bonne, que cette inquiétude est bien devenue la plus sensible et la plus grande que je puisse jamais avoir; tout est loin en comparaison de cet intime sentiment. Vous ne sauriez vous imaginer, quelque bonne opinion que vous ayez de moi, jusqu'à quel point vous m'êtes chère. Conservez-moi donc cette personne que j'aime si parfaitement. J'ai des soins de moi, parce que vous le voulez; cette eau de cerises, cette eau de lin, de la limonade, m'ont entièrement chassé la néphrétique.

Pour mon fils il est vrai que je trouve du courage : je lui dis et redis toutes mes pensées ; je lui écris des lettres que je crois qui sont admirables ; et plus je donne de force à mes raisons, et plus il pousse les siennes, avec une volonté si déterminée, que je comprends que c'est là ce qui s'appelle *efficacement*. Il y a un degré de chaleur dans le désir qui l'anime, à quoi nulle prudence humaine ne peut résister. Je n'ai pas sur mon cœur d'avoir préféré mes intérêts à sa fortune : je les trouverais tout entiers à le voir marcher avec plaisir dans un chemin où je le conduis depuis si longtemps. Il se trompe dans tous ses raisonnements, il est tout de travers : j'ai tâché de le redresser avec des raisons toutes droites et toutes vraies, appuyées du sentiment de tous nos amis ; et enfin je lui dis : « Mais ne vous défiez-vous de rien, quand vous voyez que vous seul pensez une chose que tout le monde désapprouve ? » Il met l'opiniâtreté à la place d'une réponse, et nous en revenons toujours à ménager qu'au moins il ne fasse pas un marché extravagant.

Adieu, ma mignonne ; je ne sais comme vous vous portez ; je crains votre voyage, je crains Salon, je crains Grignan ; je crains tout ce qui peut faire mal ; et par cette raison, je vous conjure de m'écrire bien moins ; vous vous oubliez ; vous allez entrer dans vos excès et dans vos épuisements ; et pour qui ? J'en reviens toujours là : pour des gens qui donneraient leur vie pour la vôtre. Eh ! bon Dieu, et c'est pour nous que vous vous mettez en état de nous donner des inquiétudes mortelles ! Je vous embrasse tendrement, ma bonne. Je suis servante de tous messieurs et dames de la Sainte-Baume. Le bon abbé est à vous. Nous vous enverrons votre pendule. Nous avons de l'argent ; nous vous en rendrons compte, sans préjudice de celui du tiroir. Voilà M. le Coadjuteur.

DE CHARLES DE SÉVIGNÉ

J'ai vu le temps que j'étais bien plus perdu ; mais vous ne sauriez croire combien ce temps-là passe : j'y ai grand regret ! Ma chère petite sœur, ma chère ennemie, je vous demande la continuation de votre indifférence.

105. — A MADAME DE GRIGNAN

A Paris, vendredi 12ᵉ avril 1680.

Vous m'avez encore écrit d'Arles, ma bonne. Vous me paraissez bien contente du bon prélat; j'aime à vous voir ces sentiments. Vous y mêlez même la crainte qu'on a toujours avec les vieilles gens, c'est de croire qu'ils vont vous échapper; je crains cette perte pour le moins autant que vous. Il paraît que vous n'aviez que lui pour secrétaire, car vous avez fait toutes vos écritures vous-même. Et j'admire comme on change : autrefois j'étais charmée de voir des volumes de votre main; présentement que j'ai le malheur de trembler toujours pour votre délicatesse, je suis au désespoir quand je vois quatre ou cinq pages, et je sens le mal que cela vous a fait, peut-être plus que vous-même. Mon Dieu! que c'est une peine cruelle que de craindre toujours pour quelqu'un que l'on aime chèrement! Vous voulez que je me fie à vous de votre santé; plût à Dieu que vous y fussiez uniquement appliquée! Je conjure M. de Grignan de continuer ses soins; vous m'assurez si fort qu'il ne manque à rien, que je me repens de l'avoir grondé; et je me repentirais même si je vous avais empêchée d'aller à Entrecasteaux, s'il est vrai que vous eussiez gagné deux cents pistoles à ce voyage; il ne vous aurait peut-être pas fait plus de mal que celui de Marseille, et vous auriez trouvé à placer cet argent fort agréablement.

J'en ai pour commencer votre petit bâtiment. Le bon abbé est trop aimable de compter, de supputer, et de mesurer comme il fait. Il vous envoie un petit plan, que je crois que vous approuverez; il est selon vos désirs, et nous donnerons tous nos ordres avant que de partir. On ne peut commencer trop tôt les cloisons où il y aura du plâtre. Nous aurons, je crois, votre approbation avant la Quasimodo; mais, comme on ne saurait mieux faire, nous ferons tous les marchés, et vous serez contente de nos soins.

Mlle de Méri ne viendra ici qu'après Pâques. Elle sera dans votre petite chambre, et bientôt elle sera maîtresse de toute la maison. Son chagrin continue de cet appartement qu'elle a loué. Il y aurait bien des choses à dire là-dessus; quand on a des vapeurs, on ne pense point comme les autres : tout cela s'accommodera. Je laisse ici des gens qui ne penseront qu'à la servir.

Je comprends bien la différence que trouve Mlle de Grignan de la vie toute unie d'Arles et de Grignan aux plaisirs d'Aix, tous consacrés à Mlle d'Alerac [193]. Mais n'était-ce point aussi cette différence qui vous faisait penser que tout allait éclore ? Et cette vie étant changée, vos prophéties auront-elles toujours leur effet ? Je vous prie de me faire parler souvent sur cet article, où je prends beaucoup d'intérêt : je n'ai dit à personne ce que vous m'en avez mandé.

Vous me parlez de Madame la Dauphine, ma bonne, le chevalier vous doit instruire bien mieux que moi. Il me paraît qu'elle ne s'est point condamnée à être cousue avec la Reine : elles ont été à Versailles ensemble; mais les autres jours elles se promènent séparément. Le Roi va souvent l'après-dînée chez la Dauphine, et il n'y trouve point de presse. Elle tient son cercle depuis huit heures du soir jusqu'à neuf et demie : tout le reste est particulier, elle est dans ses cabinets avec ses dames; la princesse de Conti y est presque toujours; elle a grand besoin de cet exemple pour se former : elle est enfant au-delà de ce qu'on peut imaginer, et Madame la Dauphine est une merveille d'esprit, de raison et de bonne éducation. Elle parle fort souvent de sa mère avec beaucoup de tendresse, et dit qu'elle lui doit tout son bonheur, par le soin qu'elle a eu de la bien élever; elle apprend à chanter, à danser, elle lit, elle travaille : enfin c'est une personne. Il est vrai que j'ai eu la curiosité de la voir; j'y fus donc avec Mme de Chaulnes et Mme de Kerman : elle était à sa toilette, elle parlait italien avec M. de Nevers. On nous présenta; elle nous fit un air honnête, et l'on voit bien que si on trouvait une occasion de dire un mot à propos, elle entrerait bien aisément en conversation : elle aime l'italien, les vers, les livres nouveaux, la musique, la danse; vous voyez bien qu'on ne serait pas longtemps muettes avec tant de choses, dont il est aisé de parler, mais il faudrait du temps. Elle s'en allait à la messe, et même Mme de Richelieu et Mme de Maintenon n'étaient pas dans sa chambre. Enfin, ma bonne, c'est un pays qui n'est point pour moi; je ne suis point d'un âge à vouloir ni à souhaiter d'y être soufferte; si j'étais jeune, j'aimerais à plaire à cette princesse; mais, bon Dieu! de quel droit voudrais-je y retourner jamais ?

Voilà mes projets pour la cour. Ceux de mon fils me paraissent tout rassis et tout pleins de raison : il gardera sa charge paisiblement, et fera de nécessité vertu; la presse n'est pas grande à soupirer pour elle, quoiqu'elle soit si propre à faire soupirer : c'est qu'en vérité il n'y a point d'argent, et qu'il voit bien qu'il ne faut pas faire un sot marché; ainsi, mon enfant, nous attendrons ce que la Providence a ordonné.

Vraiment elle voulut hier que M. d'Autun [194] fît aux grandes Carmélites l'oraison funèbre de Mme de Longueville, avec toute la capacité, toute la grâce et toute l'habileté dont un homme puisse être capable. Ce n'était point *Tartuffe*, ce n'était point un Patelin, c'était un prélat de conséquence, prêchant avec dignité, et parcourant toute la vie de cette princesse avec une adresse incroyable, passant tous les endroits délicats, disant et ne disant pas tout ce qu'il fallait dire ou taire. Son texte était : *Fallax pulchritudo ; mulier timens Deum laudabitur,* aux *Proverbes.* Il fit deux points également beaux; il parla de sa beauté et de toutes ces guerres passées, d'une manière inimitable; et pour la seconde partie, vous jugez bien qu'une pénitence de vingt-sept ans est un beau champ pour conduire une si belle âme jusque dans le ciel. Le Roi y fut loué fort naturellement et fort bien, en parlant de sa naissance, et Monsieur le Prince fut contraint d'avaler aussi des louanges, mais aussi bien apprêtées en leur manière que celle de Voiture. Il était là, ce héros, et Monsieur le Duc, et les princes de Conti, et toute sa famille, et beaucoup de monde; mais pas encore assez : il me semble qu'on devait rendre ces respects à Monsieur le Prince sur une mort dont il avait encore les larmes aux yeux. Vous me demanderez pourquoi j'y étais ? C'est que Mme de Guénégaud par hasard, l'autre jour chez M. de Chaulnes, me promit de m'y mener avec une commoditié qui me tenta : je ne m'en repens pas; il y avait beaucoup de femmes qui n'y avaient pas plus à faire que moi. Monsieur le Prince et Monsieur le Duc faisaient beaucoup d'honnêtetés à tous ceux et celles qui composaient cette assemblée.

Je vis Mme de La Fayette au sortir de cette cérémonie; je la trouvai toute en larmes : elle avait trouvé sous sa main de l'écriture de ce pauvre homme, qui l'avait surprise et affligée. Je venais de quitter Mlles de La Rochefoucauld aux Carmélites; elles y avaient pleuré aussi leur père : l'aînée surtout a figuré avec M. de Marsillac. C'était donc à l'oraison funèbre de Mme de Longueville que ces filles pleuraient M. de La Rochefoucauld : ils sont morts dans la même année; il y avait bien à rêver sur ces deux noms [195]. Je ne crois pas, en vérité, que Mme de La Fayette se console; je lui suis moins bonne qu'une autre, car nous ne pouvons nous empêcher de parler de ce pauvre homme, et cela tue; tous ceux qui lui étaient bons avec lui perdent leur prix auprès d'elle : elle est à plaindre. Elle a lu votre petite lettre; elle vous remercie tendrement de la manière que vous comprenez sa douleur. Elle vous fera réponse; je l'ai priée de ne se point presser : sa santé est toute renversée; elle est changée au dernier point.

Vous ai-je dit comme Mme de Coulanges fut bien reçue à Saint-Germain ? Madame la Dauphine lui dit qu'elle la connaissait déjà par ses lettres, que ses dames lui avaient parlé de son esprit, qu'elle avait fort envie d'en juger par elle-même. Mme de Coulanges soutint très bien sa réputation : elle brilla dans toutes ses réponses; les épigrammes étaient redoublées, et la Dauphine entend tout. Elle fut introduite dans les cabinets l'après-dînée avec ses trois amies : toutes les dames de la cour étaient enragées contre elle. Vous comprenez bien que, par ses amies, elle se trouve naturellement dans la familiarité avec cette princesse; mais où cela peut-il la mener ? et quels dégoûts quand on ne peut être des promenades, ni manger ! Cela gâte tout le reste : elle sent vivement cette humiliation; elle a été quatre jours à jouir de ces plaisirs et de ces déplaisirs. Vous avez raison de plaindre M. de Pomponne quand il va en ces pays-là, et même Mme de Vins, qui n'y a plus aucune contenance : elle est toute replongée dans sa famille, plus que jamais, et accablée de ses procès. Elle vint l'autre jour dîner avec moi joliment :

> *Privée* de son vrai bien, ce faux bien la soulage;

Nous causâmes fort, Corbinelli fut extrêmement agréable; elle paraît fort touchée de votre amitié : vous ne sauriez nous ôter l'espérance ni l'envie de vous revoir, chacune selon nos degrés de chaleur. Vous êtes à Grignan, ma chère bonne : vous êtes trop près de moi; il faut que je m'éloigne.

Ne changez rien au dessus de vos lettres que je ne vous le dise. J'ai bien envie de savoir comme vous vous trouverez dans votre château; il n'y a point de santé ni de bonheur que ma tendresse ne vous souhaite; je n'en connais en ce monde que votre amitié, que je vous conjure de me conserver.

Je surmonte mon incivilité naturelle : j'ai écrit à
Monsieur l'Archevêque et n'ai pas oublié de lui parler de
vous. Dites un petit mot à l'Abbé sur votre bâtiment, où
il se surpasse. J'embrasse M. de Grignan et lui demande
pardon : l'amitié est quelquefois injuste. Mes compliment à tout ce qui est à Grignan.

106. — A MADAME DE GRIGNAN

A Paris, vendredi 3ᵉ mai 1680.

Me voici encore à Paris, mais c'est dans l'agitation d'un
départ; vous connaissez ce mouvement : je suis sur les
bras de tout le monde; je n'ai plus de voiture, et j'en ai
trop; chacun se fait une belle action et une belle charité
de me mener : *basta la metà* [196]. Je sens les nouvelles douleurs d'une séparation, et un éloignement par-dessus un
éloignement. Nous donnons à tout les meilleurs ordres
que nous pouvons, et j'admire comme on se porte naturellement à ce qui touche le goût. M. de Rennes s'en va
dans quatre ou cinq jours; il suit mes pas.

Mlle de Méri demeure maîtresse de l'hôtel de Carnavalet : j'y laisse Dubut avec le soin de tout mon commerce avec vous; il s'est chargé de vos petits ajustements;
je ne puis assez le payer : c'est pour cela qu'il ne veut
rien. Il rendra tous ses services à Mlle de Méri, ainsi
que deux femmes que je laisse encore : il ne tiendra qu'à
elle d'être bien; je suis assurée qu'une autre serait fort
contente, mais je doute qu'elle le soit jamais. Elle me dit
hier qu'il y avait des gens qui écrivaient d'elle tout de
travers, et que vous lui mandiez qu'il n'était pas possible de croire qu'elle eût loué une maison sans la voir.
Je ne dis rien, quoique je pusse lui répondre que c'était
moi, et qu'en tous les cas son repentir était extraordinaire; car si elle n'a point vu la maison, et qu'elle ne se
fie pas à Mme de Lassay, pourquoi la loue-t-elle sans
clause et avec empressement ? Si elle l'a vue, et qu'elle
l'ait même souhaitée, pourquoi s'en repent-elle ? On
aurait toujours assez de quoi répondre, mais c'est cela
qui me fit taire. Nous sommes fort bien ensemble : tout
mon déplaisir, c'est qu'elle ne soit pas en repos; mais je
crois que cela tient à son mal, et je la plains.

J'ai à vous conjurer, ma très chère, de n'avoir aucune
sorte d'inquiétude de mon voyage : le temps est beau à

merveilles, la route délicieuse; ce qui me fâche, c'est de ne recevoir de vos lettres qu'à Nantes : je ne les hasarderai point en passant pays. Comme je dépens du vent, et que sur l'eau rien n'est réglé, me voilà résolue à ne les trouver qu'à Nantes; cela me fera souhaiter d'y arriver et me fera marcher plus vite. Soyez tranquille sur ma santé : elle est parfaite, et je la ménage fort bien; j'aurai soin aussi de celle du bon abbé.

Je porte des livres; je m'en vais, comme une furie, pour me faire payer; je ne veux entendre ni rime ni raison : c'est une chose étrange que la quantité d'argent qu'on me doit; je dirai toujours comme l'Avare : « De l'argent, de l'argent, dix mille écus sont bons; » je pourrais bien les avoir, si l'on me payait ce qui m'est dû en Bretagne et en Bourgogne.

Vraiment, ma fille, voici une jolie lettre, il y a bien de l'esprit, mon commerce va être d'un grand agrément : encore si j'avais à vous apprendre des nouvelles de Danemark, comme je faisais il y a quatre ou cinq ans, ce serait quelque chose, mais je suis dénuée de tout.

A propos, la princesse de La Trémouille épouse un comte d'*Ochtensilbourg*, qui est le plus riche et le plus honnête homme du monde : vous connaissez ce nom-là : sa naissance est un peu équivoque; sa mère était de la main gauche; toute l'Allemagne soupire de l'outrage qu'on fait à l'écusson de la bonne Tarente; mais le Roi lui parla l'autre jour si agréablement sur cette affaire, et son neveu, le roi de Danemark, et même l'amour lui font de si pressantes sollicitations, qu'elle s'est rendue. Elle vint me conter tout cela l'autre jour. Voilà une belle occasion de lui écrire et de réparer vos fautes passées. N'êtes-vous pas bien aise de savoir ce détail ? songez que c'est le plus charmant que vous puissiez avoir de moi d'ici à la Toussaint.

Je vous écrirai encore de Paris, et je ne vous dis point adieu aujourd'hui. Corbinelli vous rend mille grâces de votre souvenir, et de ce que vous le souhaitez auprès de moi. M. de Vendôme a remporté le prix de la bague.

107. — A MADAME DE GRIGNAN

A Blois, jeudi 9e mai 1680.

Je veux vous écrire tous les soirs, ma chère enfant; rien ne me peut contenter que cet amusement. Je tourne, je marche, je veux reprendre mon livre; j'ai beau *tourner une affaire*, je m'ennuie, et c'est mon écritoire qu'il me faut. Il faut que je vous parle, et qu'encore que cette lettre ne parte ni aujourd'hui, ni demain, je vous rende compte tous les soirs de ma journée.

Mon fils est parti cette nuit d'Orléans par la diligence, qui part tous les jours à trois heures du matin, et arrive le soir à Paris; cela fait un peu de chagrin à la poste. Voilà les nouvelles de la route, en attendant celles de Danemark. Nous sommes montés dans le bateau à six heures par le plus beau temps du monde; j'y ai fait mettre le corps de mon grand carrosse, d'une manière que le soleil n'a point entrée dedans : nous avons baissé les glaces; l'ouverture du devant fait un tableau merveilleux; celle des portières et des petits côtés nous donne tous les points de vue qu'on peut imaginer. Nous ne sommes que l'abbé et moi dans ce joli cabinet, sur de bons coussins, bien à l'air, bien à notre aise; tout le reste, comme des cochons sur la paille. Nous avons mangé du potage et du bouilli tout chaud ; on a un petit fourneau, on mange sur un ais dans le carrosse, comme le Roi et la Reine : voyez, je vous prie, comme tout s'est raffiné sur notre Loire, et comme nous étions grossiers autrefois que *le cœur était à gauche* [197] : en vérité, ma fille, le mien, ou à droite ou à gauche, est tout plein de vous. Si vous me demandez ce que je fais dans ce carrosse charmant, où je n'ai point de peur, j'y pense à ma chère enfant, je m'entretiens de la tendre amitié que j'ai pour elle, de celle qu'elle a pour moi, de la sensibilité que j'ai pour tous ses intérêts, des ordres de la Providence qui nous sépare, de la tristesse que j'en ai; je pense à ses affaires, je pense aux miennes; tout cela forme un peu *l'humeur de ma fille*, malgré *l'humeur de ma mère*, qui brille tout autour de moi. Je regarde, j'admire cette belle vue qui fait l'occupation des peintres. Je suis touchée de la bonté du bon abbé, qui, à soixante et treize ans, s'embarque encore sur la terre et sur l'onde pour mes affaires. Après cela je prends un livre que M. de La Rochefoucauld me fit acheter : c'est *de la Réunion du Portugal*, en deux tomes in-8°. C'est une traduction de l'italien : l'histoire et le style sont également estimables. On y voit le roi de Portugal, jeune et brave prince, se précipiter rapidement à sa mauvaise destinée; il périt dans une guerre en Afrique contre le fils d'Abdalla, oncle de Zaïde : c'est assurément une des plus amusantes histoires qu'on puisse lire.

Je reviens ensuite à la Providence, à ses conduites, à ce que je vous ai entendu dire, que nos volontés sont les exécutrices de ses décrets éternels. Je voudrais bien causer avec quelqu'un; je viens d'un lieu où l'on est assez accoutumé à discourir : nous parlons, le bon abbé et moi, mais ce n'est pas d'une manière qui puisse nous divertir. Nous passons tous les ponts avec un plaisir qui nous les fait souhaiter : il n'y a pas beaucoup d'*ex voto* pour les naufrages de la Loire, non plus que pour la Durance : il y aurait plus de raison de craindre cette dernière, qui est folle, que notre Loire, qui est sage et majestueuse. Enfin nous sommes arrivés ici de bonne heure; chacun tourne, chacun se rase, et moi j'écris romanesquement sur le bord de la rivière, où est située notre hôtellerie : c'est *la Galère;* vous y avez été.

J'ai entendu mille rossignols; j'ai pensé à ceux que vous entendez sur votre balcon. Je n'ose vous dire, ma fille, la tristesse que l'idée de votre délicate santé a jetée sur toutes mes pensées : vous le comprenez bien, et à quel point je souhaite que cette santé se rétablisse; si vous m'aimez, vous y mettrez vos soins et votre application, afin de me témoigner la véritable amitié que vous avez pour moi : cet endroit est une pierre de touche. Bonsoir, ma très chère; adieu jusqu'à demain à Tours.

A Tours, vendredi 10e mai.

Toujours, ma fille, avec la même prospérité. Je n'ai jamais rien vu de pareil à la beauté de cette route. Mais comprenez-vous bien comme notre carrosse est mis de travers ? Nous ne sommes jamais incommodés du soleil : il est sur notre tête, le levant est à la gauche, le couchant à la droite, et c'est la cabane qui nous en défend. Nous parcourons toute cette belle côte, et nous voyons deux mille objets différents, qui passent incessamment devant nos yeux, comme autant de paysages nouveaux, dont M. de Grignan serait charmé : je lui en souhaiterais un seulement à l'endroit que je dirais.

On attendait, le lendemain de mon départ, la belle Fontanges à la cour : c'est au chevalier présentement à faire son devoir; je ne suis plus bonne à rien du tout : si vous ne m'aimiez, il faudrait brûler mes misérables lettres avant que de les ouvrir. Adieu donc, ma très aimable enfant; adieu, M. de Grignan.

108. — A MADAME DE GRIGNAN

A Nantes, lundi au soir 27e mai 1680.

Ma bonne, je vous écris ce soir, parce que, Dieu merci, je m'en vais demain dès le grand matin, et même je n'attendrai pas vos lettres pour y répondre : je laisse un homme à cheval qui me les apportera à la dînée, et je laisse ici cette lettre, qui partira ce soir, afin qu'autant que je le puis, il n'y ait rien de déréglé dans notre commerce.

Hélas! ma chère bonne, il y a dans l'absence assez d'autres maux à souffrir! Par exemple, pensez-vous que votre santé, quoi que vous me puissiez mander, ne soit point un endroit sensible ? Il l'est au dernier point : cette délicatesse, cette maigreur, cette chaleur de poitrine, ces douleurs de jambes, ces coliques, cette fièvre qui vint l'année passée alors que nous y pensions le moins, tout cela me repasse et se représente à moi si tristement que par cette nouvelle raison vous devez comprendre que votre absence et notre extrême séparation m'est plus dure que jamais. Je vous conjure de me parler toujours de vous le plus que vous pourrez.

Je regarde avec peine l'état où Montgobert était lorsqu'elle m'a écrit; j'espère, ma bonne, que, surtout dans le lieu où vous êtes, vous aurez tout raccommodé. Comme on est fort sensible à la pensée d'être mal dans votre esprit, il ne faut aussi qu'une de vos paroles, qui fasse croire le contraire, pour tourner le cœur : j'en connais la puissance. Ainsi j'espère que ce n'est plus ce que c'était depuis trois semaines [198]. Je suis trop loin pour me mêler de parler; disons des riens, ma bonne, et surtout aujourd'hui que j'écris comme Arlequin, qui répond devant que d'avoir reçu la lettre. Je serais partie aujourd'hui, sans que j'ai voulu l'avoir le même jour.

Je fus hier au Buron, j'en revins le soir; je pensai pleurer en voyant la dégradation de cette terre : il y avait les plus vieux bois du monde; mon fils, dans son dernier voyage, lui a donné les derniers coups de cognée. Il a encore voulu vendre un petit bouquet qui faisait une assez grande beauté; tout cela est pitoyable : il en a rapporté quatre cents pistoles, dont il n'eut pas un sou un mois après. Il est impossible de comprendre ce qu'il fait, ni ce que son voyage de Bretagne lui a coûté, où il était comme un gueux, car il avait renvoyé ses laquais et son cocher à Paris : il n'avait que le seul Larmechin dans cette ville, où il fut deux mois. Il trouve l'invention de dépenser sans paraître, de perdre sans jouer, et de payer sans s'acquitter; toujours une soif et un besoin d'argent, en paix comme en guerre; c'est un abîme de je ne sais pas quoi, car il n'a aucune fantaisie, mais sa main est un creuset qui fond l'argent. Ma bonne, il faut que vous essuyiez tout ceci. Toutes ces dryades affligées que je vis hier, tous ces vieux sylvains qui ne savent plus où se retirer, tous ces anciens corbeaux établis depuis deux cents ans dans l'horreur de ces bois, ces chouettes qui, dans cette obscurité, annonçaient, par leurs funestes cris, les malheurs de tous les hommes; tout cela me fit hier des plaintes qui me touchèrent sensiblement le cœur; et que sait-on même si plusieurs de ces vieux chênes n'ont point parlé, comme celui où était Clorinde [199] ? Ce lieu était un *luogo d'incanto*, s'il en fut jamais : j'en revins donc toute triste; le souper que me donna le premier président et sa femme ne fut point capable de me réjouir.

Il faut que je vous conte ce que c'est que ce premier président; vous croyez que c'est une barbe sale et un vieux fleuve comme votre Ragusse; point du tout : c'est un jeune homme de vingt-sept ans, neveu de M. d'Harouys; un petit de La Bunelaye fort joli, qui a été élevé avec le petit de La Silleraye, que j'ai vu mille fois, sans jamais imaginer que ce pût être un magistrat; cependant il l'est devenu par son crédit; et moyennant quarante mille francs, il a acheté toute l'expérience nécessaire pour être à la tête d'une compagnie souveraine, qui est la chambre des comptes de Nantes; il a de plus épousé une fille que je connais fort, que j'ai vue cinq semaines tous les jours aux états de Vitré; de sorte que ce premier président et cette première présidente sont pour moi un petit jeune garçon que je ne puis respecter, et une jeune petite demoiselle que je ne puis honorer. Ils sont revenus pour me voir de la campagne, où ils étaient; ils ne me quittent point. D'un autre côté, M. de Nointel me vint voir samedi en arrivant de Brest : cette civilité m'obligea d'aller le lendemain chez sa sotte femme; elle me rendit ma visite dès le soir; et aujourd'hui ils m'ont donné un si magnifique repas en maigre, à cause des Rogations, que le moindre poisson paraissait *la señora ballena* [200]. J'ai été, de là, dire adieu à mes pauvres sœurs, que j'aime et que je laisse avec un très bon livre. J'ai pris congé de la belle prairie. Mon Agnès pleure quasi mon départ. Et moi, ma bonne, je ne le pleure point, et suis ravie de m'en aller dans mes bois; j'en trouverai au moins aux Rochers qui ne sont point abattus. Voilà, ma bonne, toutes les inutilités que je puis vous mander aujourd'hui.

Il est mardi 28ᵉ au matin. Adieu, ma très chère et très aimable bonne. Voilà mon carrosse prêt. Il me semble que tous mes voyages m'éloignent toujours. Le bon abbé vous mande qu'il pensera à la sûreté de la cheminée de la salle, dont vous êtes en peine. Il vous assure qu'il y a des remèdes pour l'appuyer, et qu'il donnera tous ses ordres des Rochers. J'ai mandé qu'on priât M. de Rennes de passer dans l'autre chambre, comme il me l'a promis; il demeure peut-être pour ce mariage de Noailles : *Noaillée et toutes les guenilles qui sont en haut.*
Il vous prie aussi de lui mander des nouvelles de votre pendule, et si on vous l'a bien rajustée; il est au désespoir que Turet lui ait imprimé un si grand respect qu'il n'ait osé y toucher après lui.
Ma santé est très bonne. J'ai fait ici, à la fin de cette lune, mon manège ordinaire : une pilule et l'eau de cerises. Je prie Dieu, ma très chère, que la vôtre se confirme et qu'elle soit comme vous la représentez, que tous vos maux ne soient plus ni *en acte* ni *en puissance* et que je puisse revoir ma chère enfant comme je la souhaite, belle, aimable, grasse, forte. Eh! mon Dieu, l'air de Grignan fera-t-il tous ces miracles ? Mon cher Comte, qu'en croyez-vous ? Je vous embrasse et vous recommande toujours cette santé qui nous est si chère.
Je vous ferai réponse, aux Rochers, à ce que je recevrai tantôt. J'embrasse Mlles de Grignan et mes chères petites personnes.

109. — A MADAME DE GRIGNAN

Aux Rochers, 9ᵉ juin,
jour de la Pentecôte 1680.

« Méchante bonne maman! » C'est ce que vous disait Pauline, et c'est ce que vous me dites, ma très chère. J'ai

tort de vous faire des reproches, ma bonne, de si loin.
C'est qu'effectivement vous ne me croyez pas assez discrète. Mais, en un mot, ma bonne, je suis fort éloignée de
me plaindre de vous. Je vous avoue aussi que vous ne
devez pas vous plaindre de moi, et que l'*amitié* ni l'*intérêt
sensible* ne me font point confier, à d'autres qu'à la famille,
ce qui doit être secret.

Vous êtes donc, ma bonne, pour l'attention aux histoires, comme je suis pour le chapelet : vous ne savez
de quoi traite *Justin*. La petite de Biais disait qu'elle
avait vu quelque chose de la conversion de saint Augustin
dans la fin de Quinte-Curce ; je vous en pourrais fort bien
dire autant, et vous ne voulez pas que je dise : « Ma fille
a trop d'esprit » ; ma bonne, puisque vous n'en êtes pas
plus grasse pour être ignorante, je vous prie de répéter
les vieilles leçons de votre *père* Descartes. Je voudrais
que vous pussiez avoir Corbinelli ; il me semble que présentement il vous divertirait. Pour moi, ma bonne, je
trouve les jours d'une longueur excessive, je ne trouve
point qu'ils finissent ; sept, huit, neuf heures du soir n'y
font rien. Quand il me vient des madames, je prends
vitement mon ouvrage, je ne les trouve pas dignes de
mes bois, je les reconduis ;

La dame en croupe et le galant en selle

s'en vont souper, et moi je vais me promener. Je veux
penser à Dieu, je pense à vous ; je veux dire mon chapelet, je rêve ; je trouve Pilois, je parle de trois ou quatre
allées nouvelles que je veux faire, et puis je reviens
quand il fait du serein, de peur de vous déplaire.

Je lis des livres de dévotion, parce que je voulais me
préparer à recevoir le Saint-Esprit ; ah ! ma bonne, que
c'eût été un vrai lieu pour l'attendre que cette solitude !
mais il souffle où il lui plaît, et c'est lui-même qui prépare les cœurs où il veut habiter ; c'est lui qui prie en
nous par des gémissements ineffables. C'est saint Augustin qui m'a dit tout cela. Je le trouve bien janséniste, et
saint Paul aussi ; les jésuites ont un fantôme qu'ils
appellent Jansénius, à qui ils disent mille injures ; ils ne
font pas semblant de voir où cela remonte : *est-ce que je
parle à lui ?* Et là-dessus ils font un bruit étrange, et
réveillent les disciples cachés de ces deux grands saints.

Plût à Dieu que j'eusse à Vitré mes pauvres filles de
Sainte-Marie ! je n'aime point vos baragouines d'Aix :
pour moi, je mettrais la petite avec sa tante [201] ; elle serait

abbesse quelque jour; cette place est toute propre aux vocations un peu équivoques : on accorde la gloire et les plaisirs. Vous êtes plus à portée de juger de cela que personne. L'abbaye pourrait être si petite, le pays si détestable, que vous feriez mal de l'y mettre; mais, si cela n'est pas, il me semble à vue de pays qu'elle serait mille fois mieux là qu'à Aix, où vous n'irez plus :

C'est pour Jupiter qu'elle change;
Il est permis de changer [202]

C'est une enfant entièrement perdue que vous ne reverrez plus, puisque M. de Vendôme sera gouverneur : elle se désespérera. On a mille consolations dans une abbaye; on peut aller avec sa tante voir quelquefois la maison paternelle; on va aux eaux, on est la nièce de Madame; enfin il me semble que cela vaut mieux. Mais qu'en dit Monsieur l'Archevêque ? Son avis vous doit décider.

Le vôtre me paraît bien mauvais sur tout ce que vous dites de vous : à qui en avez-vous, ma bonne, de dire pis que pendre à votre esprit, si beau et si bon ? Y a-t-il quelqu'un au monde qui soit plus éclairée et plus pénétrée de la raison et de vos devoirs ? Et vous vous moquez de moi, ma chère bonne : vous savez bien ce que vous êtes au-dessus des autres; vous avez de la tête, du jugement, du discernement, de l'incertitude à force de lumières, de l'habileté, de l'insinuation, du dessein quand vous voulez, de la prudence, de la conduite, de la fermeté, de la présence d'esprit, de l'éloquence, et le don de vous faire aimer quand il vous plaît, et quelquefois plus et beaucoup plus que vous ne voudriez : le papier ne manque pas, non plus que la matière; mais pour tout dire en un mot, vous avez du fond pour être tout ce que vous voudrez. Il y a bien des gens à qui l'étoffe manque, qui voient à tout moment le bout de leur esprit; ma chère bonne, ne vous plaignez pas.

Je voudrais qu'on vous eût apporté bien de l'argent de cette terre où l'on avait déjà oublié M. de Grignan et repris l'indépendance. Malgré la belle réputation de la Bretagne, tout y est misérable, nos terres rabaissent, et les vôtres augmentent. Je ne vois que des gens qui me doivent de l'argent et qui n'ont point de pain, qui couchent sur la paille et qui pleurent; que voulez-vous que je leur fasse ? La petite maîtresse de M. de Grignan en pâtira : elle me doit, elle et sa mère, pour mille écus de lods et ventes, dont je ne ferai point de composition.

M. d'Acigné se sentira aussi du chagrin où je suis. J'attends encore tout l'argent qu'on m'a promis à Nantes; enfin, je suis comme Tantale.

Je reçois une lettre de Mme de Vins : elle me dit de vos nouvelles; vous êtes notre lien; elle est abîmée dans ses procès, et ne regrette cette sujétion que parce que cela l'empêche d'être à Pomponne, ne regrettant nulle autre chose dans le monde. Elle est d'une sagesse qui me touche et que j'admire; elle me paraît triste, et aussi éloignée de désirer les plaisirs qui ne lui conviennent plus, que persuadée de la Providence qui l'a mise en cet état : elle ne cherche plus de douceurs que dans sa famille. C'est ce qu'il y a de plus solide après avoir bien tourné. Je la plains d'avoir l'affaire de M. de Monrever à dévider.

Je vous envoie un morceau d'une lettre de votre frère; vous y verrez en quatre mots l'état de son âme : il est à Fontainebleau. On me mande qu'on est au milieu des plaisirs sans avoir un moment de joie. La faveur de Mme de Maintenon croît toujours, et celle de Mme de Montespan diminuée à vue d'œil, cette Fontanges est au plus haut degré.

La pauvre Mme de La Fayette me mande l'état de son âme :

> Rien ne peut réparer les biens que j'ai perdus;

elle me dit ce vers que j'ai pensé mille fois pour elle; elle est plus touchée qu'elle-même le croyait, étant occupée de sa tante et de ses enfants; mais ces soins ont fait place à la véritable tristesse de son cœur; elle est seule dans le monde; elle me regrette fort, à ce qu'elle dit. J'aurais fait mon devoir assurément dans cette occasion unique dans sa vie. Ne l'enviez pas. J'ai retrouvé ici des lettres de ce pauvre homme [203], elles m'ont touchée. Cette pauvre femme ne peut *serrer la file* d'une manière à remplir cette place. Elle a toujours une très méchante santé; cela contribue à la tristesse. Ses deux enfants sont hors de Paris, Langlade, moi; tous ses restes d'amis à Fontainebleau; Mme de Coulanges s'en va, elle est tombée des nues.

Mme de Lavardin est dans la noce par-dessus les yeux; je lui ferai vos compliments; un petit mot pourtant serait bien joli : elle vous aime et vous estime tant! il ne faut que six lignes. C'est une amie que j'estime beaucoup et qui m'aime naturellement. Elle m'écrit

qu'elle est contente, et je vois que non : une belle-fille la
dérange ; je ne crois pas même qu'elles logent ensemble.
Je suis assurée que son cœur est brisé du personnage
héroïque de Mme de Mouci ; elle ne se plaindra point,
mais pourra bien étouffer : je vois leurs cœurs. Mme de
Lavardin me parle de Malicorne, où elle veut venir doucement finir sa carrière. Je vois un dessous de cartes
funeste ; je vois encore l'embarras de son fils, déchiré
d'amitié, de reconnaissance pour sa mère, chagrin de
l'incompatibilité de son humeur, empêtré d'une jeune
femme, sacrifié sottement à son nom et à sa maison :
quand je serais à cette noce, je n'y verrais pas plus
clair. En vérité, je prends intérêt à tous ces divers personnages ; je fais des réflexions sur toutes ces choses
dans mes bois. Je vois avec quelque sorte de consolation
que personne n'est content dans ce monde : *ce que tu
vois de l'homme n'est pas l'homme*, cela se voit partout.
Si j'avais quelqu'un pour m'aider à philosopher, je pense
que je deviendrais une de vos écolières, mais je ne rêve
que comme on faisait du temps que le cœur était à
gauche.

Après cette fête, je m'en vais prendre quelque livre
pour essayer de faire quelque usage de ma raison : je
ne prendrai pas votre P. Senault [204] ; où allez-vous chercher cet obscur galimatias ? Que ne demeurez-vous
dans les droites simplicités de votre *père* ? Il me faudra
toujours quelque petite histoire ; car je suis grossière
comme votre frère : les choses abstraites vous sont
naturelles, et nous sont contraires. Ma bonne, pour
être si opposées dans nos lectures, nous n'en sommes
pas moins bien ensemble ; au contraire, nous sommes
une nouveauté l'une pour l'autre ; et enfin je ne souhaite au monde que de vous revoir et jouir de la douceur qu'on trouve dans une famille aussi aimable que
la mienne. M. de Grignan veut bien y tenir sa place et
être persuadé qu'il contribue beaucoup à cette joie.
Mlle de Méri a rendu sa maison ; je souhaite qu'on en
trouve une autre qui lui plaise. Mme de Lassay n'a pas
eu peu de chagrin de toute... Si on osait parler ? Mais
enfin, ma bonne, je vous embrasse et vous aime, et
je ne puis jamais rien aimer comme vous. Je voudrais
désirer aussi sensiblement mon salut que je souhaite
vous voir ; il me semble que nous serions encore mieux
que jamais. Je m'en vais prier Dieu qu'il me donne son
Saint-Esprit, car je ne me charge guère de demander en

détail : *Fiat voluntas tua, sicut in coelo et in terra :* devrait-on dire autre chose à Dieu, ma chère fille ? Ah! que j'embrasse de bon cœur cette chère fille! Faites mes amitiés, mes compliments, mes caresses à tout ce qui vous environne. Le *bien Bon* est tout à vous.

Quand je fais des reproches au Marquis, c'est pour avoir le plaisir que je le fais répondre brusquement; je n'ai point d'idée que rien le touche davantage que cet endroit; il n'est que trop sage et trop posé; il faut le secouer par des plaintes injustes. Il parlait fort vite sur cela, et je continue ce jeu, de mille lieues loin.

Si je ne vois point le *Mercure galant,* ce n'est pas par être au-dessus; c'est que je ne m'en avise point. S'il est à Vitré, je le verrai assurément : je serais ravie de voir les qualités de l'âme de la bru de Louis. J'aurais été charmée de cet endroit, et encore plus d'y trouver votre voyage de Marseille. Il me semble que vous y êtes souvent : le petit Marquis en revenait-il, quand il tua l'oiseau à Aix ? Je serais intéressée à tout ce livre en faveur de votre nom. Celui de M. d'Oppède n'a peut-être pas plu au ministre; je le souhaite, et que vous ayez toujours votre vieille clef qui tourne et qui brouille la serrure : quand on l'entend, on est frappé de cette vision.

Je suis ravie que vous vous portiez raisonnablement bien. Eh! comment, ma chère bonne, n'aspirez-vous point à une santé parfaite ? C'est un étrange endroit pour moi que celui de votre conservation : je vous la recommande.

110. — A MADAME DE GRIGNAN

Aux Rochers, ce samedi 15ᵉ juin 1680.

Je ne réponds rien à ce que vous dites de mes lettres, ma bonne; je suis ravie qu'elles vous plaisent; mais si vous ne me le disiez, je ne les croirais pas supportables. Je n'ai jamais le courage de les lire toutes entières, et je dis quelquefois : « Mon Dieu! que je plains ma fille de lire tout ce fatras de bagatelles! » Quelquefois même je m'en repens et crois que cela vous jette trop de pensées, et vous fait peut-être une sorte d'obligation très-mal fondée de me faire réponse : c'est sur cela, ma bonne, que je vous gronde; eh, mon Dieu! laissez-moi vous parler et causer avec vous, cela me divertit; mais ne me répondez point, il vous en coûte trop cher, ma chère bonne; et quand vos lettres sont longues, quoique je les aime chèrement, elles me font une peine incroyable par rapport à votre santé : la dernière passe les bornes du régime et du soin que vous devez avoir de vous.

Vous êtes trop bonne de me souhaiter du monde; il ne m'en faut point, ma bonne : me voilà accoutumée à la solitude : j'ai des ouvriers qui m'amusent; le *bien Bon* a les siens tout séparés. Le goût qu'il a pour bâtir et pour ajuster va au-delà de sa prudence : il est vrai qu'il nous en coûte peu, mais ce serait encore moins, si l'on se tenait en repos. C'est ce bois qui fait mes délices; il est d'une beauté surprenante; j'y suis souvent seule avec ma canne et avec Louison : il ne m'en faut pas davantage. Je suis assez souvent dans mon cabinet, en si bonne compagnie que je dis en moi-même : « Ce petit endroit serait digne de ma fille; elle ne mettrait pas la main sur un livre qu'elle n'en fût contente. » On ne sait auquel entendre. J'ai pris *les Conversations chrétiennes*, qui sont d'un bon cartésien, qui sait par cœur votre *Recherche de la Vérité* [205], et qui parle de cette philosophie et du souverain pouvoir que Dieu a sur nous, et que nous vivons et nous mouvons et respirons en lui, comme dit saint Paul, et que c'est par lui que nous connaissons tout. Je vous manderai s'il est à la portée de mon intelligence; s'il n'y est pas, je le quitterai humblement, renonçant à la sotte vanité de contrefaire l'éclairée quand je ne le suis pas. Je vous assure que je pense comme *nos frères;* et si j'imprimais, je dirais : « Je pense comme eux. » Je sais la différence du langage politique et celui des chambres : enfin Dieu est tout-puissant, et fait tout ce qu'il veut; j'entends cela : il veut notre cœur, nous ne voulons pas lui donner, voilà le mystère. N'allez pas révéler celui de nos filles de Nantes; elles me mandent qu'elles sont charmées de ce livre que je leur ai fait prêter. Vous me faites souvenir de cette sottise que je répondis pour ne pas aller chez Mme de Bretonvilliers [206], *que je n'avais qu'un fils;* cela fit trembler vos prélats. Je pensais qu'il n'y eût en gros que le mauvais air de mon hérésie; je vous en parlais l'autre jour; mais je comprends que cette parole fut étrange. Dieu merci, ma chère Comtesse, nous n'avons rien gâté; vos deux frères ne seraient pas mieux jusqu'à présent, quand nous aurions été *molinistes*. Les *opinions probables*, ni la *direction d'intention* dans l'hôtel de Carnavalet, ne leur aurait pas été plus avantageuse que tout le libertinage de nos conver-

sations. J'en suis ravie, et j'ai souvent pensé avec chagrin
à toute l'injustice qu'on nous pourrait faire là-dessus.

Vous me demandez des lettres de la F*** : tenez, mon
ange, en voilà une toute chaude; je vous conjure que
cela ne retourne point. Je ne comprends rien du tout
à M. de La Trousse, ni à Mme d'Epinoi, ni à ce laquais
qui a volé; je me ferai instruire, et vous enverrai la
lettre.

Vous verrez que cette bonne Lavardin est toute déso-
lée : qui pourrait s'imaginer qu'elle ne fut pas transportée
de marier son fils ? C'est pour les sots ces sortes de jugements; *el mundo por de dentro* [207] : c'est un livre espagnol,
dont vous auriez fait le titre par vos réflexions, qui m'en
ont fait souvenir.

C'est une place bien infernale, comme vous dites, que
celle de celle qui va quatre pas devant [208], et pensez-vous
qu'une perte de sang à celle qui va quatre pas derrière
soit bien agréable ? Tenons-nous-en à croire fermement
que personne n'est heureux. Ce petit Chiverni me le
paraît assez; voyez donc comme il a bien su se tirer
de sa misère. Votre pauvre frère est bien propre à n'être
jamais heureux en ce monde-ci; pour l'autre, jusqu'ici,
selon les apparences, il n'est pas dans le bon chemin.
M. de Châlons est dans le ciel, ma bonne; c'était un
saint prélat et un honnête homme : nous voyons partir
tous nos pauvres amis.

Je mandais l'autre jour à Mme de Vins que je lui donnais à deviner quelle sorte de vertu je mettais ici le
plus souvent en usage, que c'était la libéralité. Il est vrai
que j'ai donné, depuis que je suis arrivée, d'assez grosses
sommes : un matin, huit cents francs, l'autre mille francs,
l'autre cinq; un autre jour trois cents écus : il semble
que ce soit pour rire, ce n'est que trop une vérité. Je
trouve des métayers et des meuniers qui me doivent
toutes ces sommes, et qui n'ont pas un unique sol pour
les payer : que fait-on ? Il faut bien leur donner. Je n'en
prétends pas, comme vous voyez, un grand mérite
puisque c'est par force; mais j'étais toute éprise de cette
pensée en lui écrivant, et je lui dis cette folie. Je me venge
de ces banqueroutes sur les lods et ventes. Je n'ai pas
encore touché ces six mille francs de Nantes : dès qu'il
y a quelque affaire à finir, cela ne va pas si vite. Il me
vint voir l'autre jour une belle petite fermière de Bodégat,
avec de beaux yeux brillants, une belle taille, une robe
de drap d'Hollande découpé sur du tabis [209], les manches

tailladées : ah, Seigneur! quand je la vis, je me crus
ruinée; elle me doit huit mille francs. Tout cela s'accommodera. Vous voulez savoir mes affaires ? M. de Grignan
aurait été amoureux de cette femme; elle est sur le moule
de celle qu'il a vue à Paris. Ce matin, il est entré un
paysan avec des sacs de tous côtés, il en avait sous ses
bras, dans ses poches, dans ses chausses; car en ce pays-ci
c'est la première chose qu'ils font que de les délier; ceux
qui ne le font pas sont habillés, ma bonne, d'une
étrange façon : la mode de boutonner son justaucorps
par en bas n'y est point encore établie; l'économie est
grande sur l'étoffe des chausses; de sorte que depuis le
bel air de Vitré jusqu'à mon homme, tout est dans la
dernière négligence. Le bon abbé, qui va droit au fait,
crut que nous étions riches à jamais : « Hélas! mon ami,
vous voilà bien chargé; combien apportez-vous ? —
Monsieur, dit-il en respirant à peine, je crois qu'il y a
bien ici trente francs. » C'était, ma bonne, tous les
doubles [210] de France, qui se sont réfugiés dans cette
province, avec les chapeaux pointus, et qui abusent ici
de notre patience.

Vous m'avez fait un grand plaisir de me parler de
Montgobert : je crois bien que ce que je vous mandais
était inutile, et que votre bon esprit aurait tout apaisé.
C'est ainsi que vous devez toujours faire, ma bonne,
malgré tous ces chagrins passagers : son fond est admirable pour vous; le reste est un effet d'un tempérament indocile et trop brusque : je fais toujours un grand
honneur aux sentiments du cœur; on est quelquefois
obligé de souffrir les circonstances et dépendances de
l'amitié, quoiqu'elles ne soient pas agréables. Pauline
me mande que la *Gogo* l'a mise dans sa chambre par
charité; vraiment je la louerai de cette bonne œuvre.
Elle m'en parle elle-même fort plaisamment, disant,
après beaucoup de raisons, que la petite circonstance
aussi d'être la fille de la maison l'avait entièrement
déterminée à cette belle action. Je lui enverrai un de
ces jours de méchantes causes à soutenir à Rochecourbières [211] : puisqu'elle a ce talent, il faut l'exercer. Vous
aurez M. de Coulanges, qui sera un grand acteur; et il
vous contera ses espérances, je ne les sais pas; il craint
tant la solitude qu'il ne veut pas même écrire aux gens
qui y sont. Grignan est tout propre pour le charmer;
il en charmerait bien d'autres : je n'ai jamais vu une
si bonne compagnie; elle fait l'objet de mes désirs; j'y

pense sans cesse dans mes allées, et je relis vos lettres en
disant, comme à Livry : « Voyons et revoyons un peu
ce que ma fille me disait, il y a huit ou neuf jours ; » car
enfin c'est elle qui me parle, ainsi je jouis, ma bonne, de

> Cet art ingénieux
> De peindre la parole, et de parler aux yeux [212], etc.

Vous savez bien que ce n'est pas les bois des Rochers
qui me font penser à vous : au milieu de Paris je n'en
suis pas moins occupée ; c'est le fond et le centre ; tout
passe, tout glisse, tout est par-dessus, et ne fait que de
légères traces à mon cerveau.

Dubut me mande que l'on travaille à votre chambre,
et que Caret dit qu'elle sera faite dans quinze jours ; il
ne tiendra plus qu'à vous de vous rapprocher de moi,
qui suis, comme vous voyez, l'amie de l'amie ; cela n'est
pas trop éloigné. J'ai vu qu'il y avait quatre degrés ; il
n'y en a plus que trois ; je vous promets d'avoir quelque
bonté et de faire un effort sur mon cœur pour vous placer
à ma fantaisie.

J'ai oublié mon Agnès ; elle est jolie pourtant ; son
esprit a un petit air de province. Celui de Mme de Tarente
est encore dans les grandeurs. Les chemins de Vitré
ici sont devenus si impraticables, qu'on les fait raccommoder par ordre du Roi et de M. le duc de Chaulnes ;
tous les paysans de la baronnie y seront lundi.

Adieu, ma très chère : quand je vous dis que mon
amitié vous est inutile, eh, mon Dieu ! ne comprenez-
vous point bien comme je l'entends, et où mon cœur et
mon imagination me portent ? Pensez-vous que je sois
bien contente du peu d'usage que je fais de tant de
bonnes intentions ? Vous comprenez bien aisément un
sentiment si naturel ; vous êtes méchante de vous en
fâcher ; pour vous punir, je ne vous aimerai que comme je
fais, et je ne croirai point que l'on puisse aimer davantage.
Répondez toujours *oui* à M. de Grignan, quand il
demande s'il est bien avec moi. Dites-moi si vous ne
mettez point la petite d'Aix avec sa tante, et si vous
ôterez Pauline d'avec vous : c'est un prodige que cette
petite ; son esprit est son dot ; voulez-vous lui ôter, la
rendre une personne toute commune ? Je l'amènerais
toujours avec moi, j'en prendrais mon plaisir, je me
garderais bien de la mettre à Aix avec sa sœur : enfin,
comme elle est extraordinaire, je la traiterais extraordinairement.

Vous ne m'avez point dit ce que vous faites de vos meubles d'Aix. Le bon abbé vous est tout acquis; il approuve que vous ayez fait une antiquité à la moderne, c'est-à-dire toute neuve. Il réglera d'ici votre *Carthage* [213]. Il est dimanche 16e juin; j'écris le samedi, mais il faut que la date fasse honneur à la poste.

Mesdemoiselles, vous devriez bien me mener avec vous à Rochecourbières; j'y tiendrais fort bien ma place. Hélas! je suis une biche au bois, éloignée de toute politesse; je ne sais plus s'il y a une musique dans le monde et si l'on rit : qu'aurais-je à rire ? je ne songe et je ne respire que l'honneur de vous revoir. Le bon abbé vous fait ses compliments.

III. — A MADAME DE GRIGNAN

Aux Rochers
ce dimanche 14e juillet 1680.

Enfin, ma bonne, j'ai reçu vos deux lettres à la fois; ne m'accoutumerai-je jamais à ces petites manières de peindre de la poste ? et faudra-t-il que je sois toujours gourmandée par mon imagination ? Ma bonne, il faut dire toutes ses sottises. La pensée du moment où je saurai le oui ou le non d'avoir ou de n'avoir pas de vos nouvelles, me donne une émotion dont je ne suis point du tout la maîtresse; ma pauvre machine en est toute ébranlée; et puis je me moque de moi. C'était la poste de Bretagne qui s'était fourvoyée pour le paquet de Dubut uniquement; car j'avais reçu toutes celles dont je ne me soucie point. Voilà un trop grand article : ce même fond me fait craindre mon ombre toutes les fois que votre amitié est cachée sous votre tempérament; c'est la poste qui n'est pas arrivée : je me trouble; je m'inquiète, et puis j'en ris, voyant bien que j'ai eu tort. M. de Grignan, qui est l'exemple de la tranquillité qui vous plaît, serait fort bon à suivre, si nos esprits avaient le même cours, et que nous fussions jumeaux. Mais il me semble que je me suis déjà corrigée de ces sottes vivacités; et je suis persuadée que j'avancerai encore dans ce chemin où vous me conduisez, en me persuadant bien fortement que le fond de votre amitié pour moi est invariable. Je souhaite de mettre en œuvre toutes les résolutions que j'ai prises sur mes réflexions;

je deviendrai parfaite sur la fin de ma vie. Ce qui me console du passé, ma très-chère et très bonne, c'est que vous en voyez le fond : un cœur trop sensible, un tempérament trop vif, et une sagesse fort médiocre. Vous me jetez tant de louanges au travers de toutes mes imperfections, que c'est bien moi qui ne sais qu'en faire; je voudrais qu'elles fussent vraies et prises ailleurs que dans votre amitié. Enfin, ma très chère, il faut se souffrir; et l'on peut quasi toujours dire, en comparaison de l'éternité :

> Vous n'avez plus guère à souffrir,

comme dit la chanson. Je suis effrayée comme la vie passe : depuis lundi j'ai trouvé les jours infinis à cause de cette folie de lettres; je regardais ma pendule, et prenais plaisir à penser : voilà comme on est quand on souhaite que cette aiguille marche; et cependant elle tourne sans qu'on la voie, et tout arrive.

Il y eut hier neuf mois que je vous menai à ce corbillard [214], il y a des pensées qui me font mal : celle-là est amère, et mes larmes l'étaient aussi. Je suis bien aise présentement de cette avance; elle m'approche un temps que je souhaite avec beaucoup de passion. Plût à Dieu que votre séjour eût été utile à vos affaires, ou que je pusse faire un meilleur personnage que celui de désirer simplement!

Je ne vous conseille point de toucher à l'argent de votre pension; il est entre les mains de Rousseau. Si vous aviez mille francs à envoyer, j'aimerais mieux reposer ceux que nous y avons pris, afin que les huit mille francs fussent complets, et que Rousseau les mît aux Gabelles pour produire de l'intérêt, en attendant que ce vilain Labaroir ait achevé ses procédures. Mais ne vous pressez point d'en envoyer d'autres : rien ne presse : donnez-vous quelque repos, puisqu'on vous en donne.

Votre petit bâtiment est fort bien. Bruan est venu voir cette cheminée, qui faisait peur à Dubut: il a dit qu'il n'y a rien à craindre. Nous faisons mettre la croisée et le parquet de la chambre, et tourner le cabinet comme il doit être, sans y faire encore autre chose : vous nous direz vos volontés. Ne pensez point à cette dépense; elle est insensible et ne passe point l'argent que j'ai à vous.

J'ai reçu un dernier billet de Mlle de Méri, tout plein de bonne amitié; elle me fait une pitié étrange de sa

méchante santé; elle a bien vu qu'elle n'avait pas toute
sa raison, c'est assez : je voudrais bien que vous ne lui
eussiez rien dit qui la pût fâcher.

Je ne comprends pas que mes lettres puissent divertir ce Grignan, où il trouve si souvent des chapitres
d'affaires, de réflexions tristes, des réflexions sur la
dépense : que fait-il de tout cela ? Il faut qu'il saute
par-dessus pour trouver un endroit qui lui plaise : cela
s'appelle des landes en ce pays-ci; il y en a beaucoup
dans mes lettres avant que de trouver la prairie.

Vous avez ri de cette personne blessée dans le ser-
vice [215], elle l'est à un point qu'on la croit *invalide*. Elle ne
fait point le voyage, et s'en va dans notre voisinage
de Livry bien tristement. A propos, le bon Païen est
mort des blessures que lui firent ses voleurs. Nous
avions toujours cru que c'était une illusion; quoi ? dans
cette forêt si belle, si traitable, où nous nous promenons si familièrement avec un petit bâton et Louison!
Voilà pourtant qui doit nous la faire respecter : nous
trouvions plaisant qu'elle fût la terreur des Champenois
et des Lorrains.

On me mande qu'il y a quelque chose entre le Roi
et Monsieur; que Mme la Dauphine et Mme de Maintenon y sont mêlées; mais qu'on ne sait encore ce que
c'est. Là-dessus je fais l'entendue dans ces bois, et je
trouve plaisant que cette nouvelle me soit venue tout
droit et que je l'aie envoyée : ne l'avez-vous point sue
d'ailleurs ? Mme de Coulanges vous écrira volontiers
tout ce qu'elle saura; mais elle ne sera pas si bien instruite.

M. le Prince va au voyage; et cette petite princesse de
Conti, qui est méchante comme un petit aspic pour son
mari, demeure à Chantilly auprès de Mme la Duchesse :
cette école est excellente, et l'esprit de Mme de Langeron
doit avoir l'honneur de ce changement.

Vous aurez bientôt vos deux prélats avec le petit
Coulanges, qui veut aller à Rome avec le cardinal d'Estrées. Vous êtes une si bonne compagnie à Grignan,
vous avez une si bonne chère, une si bonne musique, un
si bon petit cabinet, que, dans cette belle saison, ce n'est
pas une solitude, c'est une république fort agréable;
mais je n'y puis comprendre la bise et les horreurs de
l'hiver. Vous me dites des merveilles de votre santé,
vous dites que vous avez bon visage, c'est-à-dire que
vous êtes belle; car votre beauté et votre santé tiennent
ensemble. Je suis trop loin pour entrer dans un plus

grand détail; mais je ne puis manquer en vous conjurant, ma très bonne, de ne point abuser de cette santé,
qui est toujours bien délicate.

Ne vous donnez point la liberté d'écrire autant que
vous faisiez; c'est une mort, c'est une destruction
visible de votre pauvre personne; et pour qui ? Pour
les gens du monde qui souhaitent le plus votre conservation : cette pensée me revient toujours! Pour moi, je
vous le dis, j'aime passionnément vos lettres, tout m'en
plaît, tout m'en est agréable; votre style est parfait; mais
ma tendresse me fait encore mieux aimer votre santé et
votre repos : je crois que c'est un effet naturel, puisque
je le sens. J'ai regret que Montgobert ne soit plus votre
secrétaire; vous avez la peine de relire et de corriger
les autres. Laissez-moi déchiffrer l'allemand, à tout
hasard : vous me renvoyez à un bon secours.

Montgobert ne mande point qu'elle soit mal avec vous.
Elle me dit que vous vous portez bien, et me dit des
folies sur ce chapelet. Elle remercie mes femmes de
chambre de m'avoir mis le derrière dans l'eau, et me
conte la jolie vie que vous faites. Je lui écris sur le même
ton. Mes filles ont été ravies de votre approbation; elles
tremblaient de peur; mais voyant que vous êtes fort aise
qu'elles se moquent de moi, Marie dit : « Bon, bon, nous
allons bien tremper Madame. » Il est vrai que jamais il
n'y eut une telle sottise. Vous pouvez croire, après cela,
que si quelqu'un entreprenait de me mander que vous
n'êtes point ma fille, il ne serait pas trop impossible de
me le persuader.

Vous lisez donc saint Paul et saint Augustin; voilà les
bons ouvriers pour établir la souveraine volonté de Dieu.
Ils ne marchandent point à dire que Dieu dispose de ses
créatures, comme le potier : il en choisit, il en rejette.
Ils ne sont point en peine de faire des compliments pour
sauver sa justice; car il n'y a point d'autre justice que sa
volonté : c'est la justice même; c'est la règle même;
et après tout, que doit-il aux hommes ? que leur appar-
tient-il ? Rien du tout. Il leur fait donc justice, quand il
les laisse à cause du péché originel, qui est le fondement
de tout, et il fait miséricorde au petit nombre de ceux
qu'il sauve par son fils. Jésus-Christ le dit lui-même :
« Je connais mes brebis, je les mènerai paître moi-même,
je n'en perdrai aucune; je les connais, elles me connaissent.
Je vous ai choisis, dit-il à ses apôtres, ce n'est pas vous
qui m'avez choisi. » Je trouve mille passages sur ce ton,

je les entends tous; et quand je vois le contraire, je dis : c'est qu'ils ont voulu parler communément; c'est comme quand on dit que *Dieu s'est repenti, qu'il est en furie* et je me tiens à cette première et grande vérité, qui est toute divine, qui me représente Dieu comme Dieu, comme un maître, comme un souverain créateur et autour de l'univers, et comme un être très parfait, comme dit votre *père*. Voilà mes petites pensées respectueuses, dont je ne tire point de conséquences ridicules, et qui ne m'ôtent point l'espérance d'être du nombre choisi, après tant de grâces qui sont des préjugés et des fondements de cette confiance. Je hais mortellement à vous parler de tout cela; pourquoi m'en parlez-vous ? ma plume va comme une étourdie.

Je vous envoie la lettre du pape; serait-il possible que vous ne l'eussiez point ? Je le voudrais. Vous verrez un étrange pape; comment ? il parle en maître; vous diriez qu'il est le père des chrétiens. Il ne tremble point, il ne flatte point, il menace; il semble qu'il veuille sous-entendre quelque blâme contre M. de Paris. Voilà un homme étrange; est-ce ainsi qu'il prétend se raccommoder avec les jésuites ? et après avoir condamné soixante-cinq propositions [216], ne devait-il pas filer plus doux ? J'ai encore dans la tête le pape Sixte; je voudrais bien que quelque jour vous voulussiez lire cette vie; je crois qu'elle vous arrêterait.

Je lis *l'Arianisme*, je n'en aime ni l'auteur, ni le style; mais l'histoire est admirable : c'est celle de tout l'univers; elle tient à tout; elle a des ressorts qui font agir toutes les puissances. L'esprit d'Arius est une chose surprenante, et de voir cette hérésie s'étendre par tout le monde; quasi tous les évêques en étaient; le seul saint Athanase soutient la divinité de Jésus-Christ. Ces grands événements sont dignes d'admiration. Quand je veux nourrir mon esprit et ma pauvre âme, j'entre dans mon cabinet, et j'écoute *nos frères*, et leurs belles morales, qui nous fait si bien connaître notre pauvre cœur. Je me promène beaucoup, je me sers fort souvent de mes petits cabinets; rien n'est si nécessaire en ce pays, il y pleut continuellement : je ne sais comme nous faisions autrefois; les feuilles étaient plus fortes, ou la pluie plus faible ; enfin je n'y suis plus attrapée.

Vous dites mille fois mieux que M. de La Rochefoucauld, et vous en sentez la preuve : *Nous n'avons pas assez de raison pour employer toute notre force.* Il serait honteux,

ou du moins l'aurait dû être de voir qu'il n'y avait qu'à
retourner sa maxime pour la faire beaucoup plus vraie.
Langlade n'est pas plus avancé qu'il était dans le pays
de la fortune; il a fait la révérence au pied de la lettre,
et puis c'est tout; cet article était bien malin dans la
gazette. Langlade est toujours fort bien avec M. de Marsillac.

Vous me demandez, ma bonne, ce qui a fait cette
solution de continuité entre La Fare et Mme de La
Sablière : c'est la bassette; l'eussiez-vous cru ? C'est sous
ce nom que l'infidélité s'est déclarée; c'est pour cette
prostituée de bassette qu'il a quitté cette religieuse adoration. Le moment était venu que cette passion devait
cesser, et passer même à un autre objet : croirait-on que
ce fût un chemin pour le salut de quelqu'un que la
bassette ? Ah! c'est bien dit, il y a cinq cent mille routes
où il est attaché. Elle regarda d'abord cette distraction,
cette désertion; elle examina les mauvaises excuses, les
raisons peu sincères, les prétextes, les justifications
embarrassées, les conversations peu naturelles, les impatiences de sortir de chez elle, les voyages à Saint-Germain
où il jouait, les ennuis, les ne savoir plus que dire; enfin
quand elle eut bien observé cette éclipse qui se faisait,
et ce corps étranger qui cachait peu à peu tout cet
amour si brillant, elle prend sa résolution : je ne sais ce
qu'elle lui a coûté; mais enfin, sans querelle, sans
reproche, sans éclat, sans le chasser, sans éclaircissement,
sans vouloir le confondre, elle s'est éclipsée elle-même; et
sans avoir quitté sa maison, où elle retourne encore quelquefois, sans avoir dit qu'elle renonçait à tout, elle se
trouve si bien aux Incurables, qu'elle y passe quasi toute
sa vie, sentant avec plaisir que son mal n'était pas comme
ceux des malades qu'elle sert. Les supérieurs de cette
maison sont charmés de son esprit; elle les gouverne tous;
ses amis la vont voir, elle est toujours de très bonne
compagnie. La Fare joue à la bassette :

> Et le combat finit faute de combattants.

Voilà la fin de cette grande affaire qui attirait l'attention
de tout le monde; voilà la route que Dieu avait marquée
à cette jolie femme; elle n'a point dit les bras croisés :
« J'attends la grâce »; mon Dieu, que ce discours me
fatigue! eh, mort de ma vie! elle saura bien vous préparer
les chemins, les tours, les détours, les bassettes, les laideurs, l'orgueil, les chagrins, les malheurs, les gran-

deurs : tout sert, et tout est mis en œuvre par ce grand ouvrier, qui fait toujours infailliblement tout ce qui lui plaît.

Comme j'espère que vous ne ferez pas imprimer mes lettres, je ne me servirai point de la ruse de *nos frères* pour les faire passer. Ma bonne, cette lettre devient infinie : c'est un torrent retenu que je ne puis arrêter; répondez-y trois mots; et conservez-vous, et reposez-vous; et que je puisse vous revoir et vous embrasser de tout mon cœur : c'est le but de mes désirs. Je ne comprends pas le changement de goût pour l'amitié solide, sage et bien fondée; mais pour l'amour, oh! oui, c'est une fièvre trop violente pour durer.

Adieu, ma très chère bonne. Adieu, Monsieur le Comte : je suis à vous, embrassez-moi tant que vous voudrez. Que j'aime Mlles de Grignan de parler et de se souvenir de moi! Je baise les petits enfants. J'aime et honore bien la solide vertu de Mlle de Grignan.

Mon fils me mande qu'après que le Roi l'aura vu à la tête de la compagnie, il viendra ici : cela va au milieu du mois qui vient.

Le *bien Bon* dit, pour votre cheminée, qu'il lui semble qu'il ne faut qu'un chambranle autour de l'ouverture de la cheminée avec une gorge au-dessus, couronnée d'une petite corniche, pour porter des porcelaines; le tout ne montant qu'à six pieds, pour mettre au-dessus un tableau; et que la cheminée n'avance que de six à huit pouces au plus, et la profondeur de la cheminée prise en partie dans le mur. Vous avez plusieurs de ces dessins-là chez vous; prenez garde que votre cheminée n'ait pas plus de cinq pieds d'ouverture et trois pieds quatre pouces de hauteur. Il baise très humblement vos mains. Nous ne mettons point *pierre sur pierre* à nos petits vernillons; c'est du bois, dont nous avons beaucoup.

Adieu, ma très chère et *très loyale*, j'aime fort ce mot. Ne vous ai-je pas donné du *cordialement* [217] ? Nous épuisons tous les mots. Je vous parlerai une autre fois de votre hérésie. Je suis entièrement à vous, ma très aimable et très chère.

112. — A MADAME DE GRIGNAN

Aux Rochers, ce mercredi 31e juillet 1680.

Il est vrai, ma fille, que nous sommes un peu ombrageuses : une poste retardée, une lettre trop courte, tout nous fait peur. N'envoyons point nos gronderies si loin, faisons-les à nous-mêmes, chacune de notre côté; épargnons le port de toutes les raisons que nous savons fort bien nous dire; et faisons grâce à ces sortes de vivacités en faveur de notre amitié, qui est plus séparée que nulle autre que je connaisse. J'admire quelquefois comme il a plu à la Providence de nous éloigner.

La princesse de Tarente s'accommode bien mieux de l'exil de sa fille; elle a un commerce assez bon avec elle. Je lui donnai lundi une aussi belle collation que si j'eusse payé ma fête : j'eus un peu recours à mes voisins; j'eus quatorze perdreaux; c'est encore une rareté en ce pays; tout le reste fort bon, fort propre. Elle avait cette bonne Marbeuf, qui n'a été qu'un jour ici, et deux chez la princesse : elle s'en retourne à Rennes auprès des Chaulnes, qui ont envoyé demander si nous voulons de leurs respects; la princesse a mandé ce qu'elle a voulu en son langage; moi, j'ai mandé que non, et que j'irais avec cette princesse leur rendre mes devoirs, et que même elle leur donnait en pur don cette visite, n'ayant nul dessein d'attirer ici l'éclat qui les environne. Elle est ravie que, tout en riant, je la défasse d'un tel embarras. Nous avons juré à table de ne nous plus jeter dans de pareils soupers. Elle avait amené cinq ou six personnes; j'avais mes voisins qui avaient chassé : j'ai fermé le temple de Janus; il me semble que voilà qui est fort bien appliqué : ce sont vos *Carthages* qui m'ont engagée dans cette application.

Montgobert me mande que vous êtes plus forte que vous n'étiez, et me confirme assez ce que vous me dites de votre santé : elle me parle de vos fêtes et me paraît fort gaie. Jamais votre château n'a été si brillant; mais je serais bien empêchée s'il me fallait trouver une place pour y souper dans cette saison : je ne sais que Rochecourbières, la terrasse et la prairie. Je me souviens d'y avoir fait grand'chère, et surtout des ortolans si exquis, que j'étais pour leur graisse comme vous étiez à Hières pour la fleur d'orange. Nous ne sentons rien ici de vos

chaleurs; les pluies nous empêchent de faire les foins,
et nous avons grand regret à cette perte.

Il arriva l'autre jour ici le fils d'un gentilhomme d'An-
jou que je connaissais fort autrefois. Je vis d'abord un
beau garçon, jeune, blond, un justaucorps boutonné en
bas, un bel air dont je suis affamée; je fus ravie de cette
figure; mais hélas! dès qu'il ouvrit la bouche, il se mit
à rire de tout ce qu'il disait, et moi quasi à pleurer. Il a
une teinture de Paris et de l'Opéra, il chante, il est fami-
lier; mais c'est un garçon qui vous dit bravement :

> Quand on n'a point ce qu'on aime,
> Qu'importe, qu'importe à quel prix [218] ?

Je recommande ce vers à la musique de M. de Grignan.

On m'a envoyé la lettre de Messieurs du clergé au
Roi : c'est une belle pièce; je voudrais bien que vous
l'eussiez vue, et les manières de menaces qu'ils font à
Sa Sainteté. Je crois qu'il n'y a rien de si propre à
faire changer les sentiments de douceur qu'il semble que
le pape ait pris, en écrivant au cardinal d'Estrées qu'il
vînt, et que par son bon esprit il accommoderait toutes
choses. S'il voit cette lettre, il pourra bien changer
d'avis. J'ai vu d'abord le nom de M. le Coadjuteur avec
tous les autres; il a été nommé plus agréablement,
quand on m'a mandé de deux endroits que la harangue
qu'il avait faite au Roi avait été parfaitement belle et
bien prononcée.

Mon fils aura besoin de patience; car enfin il n'est
rien de plus certain que l'on trouve sous le dais [219] des
sortes de malheurs qui doivent bien guérir des vanités
du monde; il y a eu de la perfidie, de la méchanceté;
enfin de tout ce qui peut faire souhaiter une cruelle,
comme dit Mme de Coulanges : je crains que tout cela
ne fasse plus d'un mauvais effet. Mon fils est parti; et
pour l'achever on lui a dit que M. de La Trousse avait
dessein de faire assurer sa charge à Bouligneux, en lui
faisant épouser sa fille : vous jugez bien que cela coupe
la gorge à votre frère; car le moyen qu'il pût demeurer à cette place ? et comment s'en défaire, puisqu'on
n'aurait plus l'espérance de monter ? Nous verrons s'il
est possible que M. de La Trousse ne nous donne point
quelque porte un peu moins inhumaine pour sortir d'un
labyrinthe où il nous a mis. Vous pouvez penser comme
cette véritable raison d'être embarrassé de sa charge,

augmente l'envie qu'il avait de s'en défaire quand rien ne l'obligeait à y penser.

La Providence veut donc l'ordre; si l'ordre n'est autre chose que la volonté de Dieu, quasi tout se fait donc contre sa volonté. Toutes les persécutions que je vois contre saint Athanase et les orthodoxes, la prospérité des tyrans, tout cela est contre l'ordre, et par conséquent contre la volonté de Dieu; mais n'en déplaise à votre P. Malebranche, ne ferait-il pas aussi bien de s'en tenir à ce que dit saint Augustin, que Dieu permet toutes ces choses, parce qu'il en tire sa gloire par des voies qui nous sont inconnues? Il ne connaît de règle ni d'ordre que la volonté de Dieu; et si nous ne suivons cette doctrine, nous aurons le déplaisir de voir que rien dans le monde n'étant quasi dans l'ordre, tout s'y passera contre la volonté de celui qui l'a fait : cela me paraît bien cruel.

Mais écoutez, ma fille, une chose qui est tout à fait dans l'ordre : c'est que j'ai donc fait faire deux petites brandebourgs [220] pour la pluie, l'une au bout de la grande allée dans un petit coin du côté du mail, et l'autre au bout de *l'infinie*. Il y a un petit plafond, j'y vais peindre des nuages, et un vers que je trouvai l'autre jour dans le *Pastor fido* :

Di nembi il cielo s'oscura indarno [221].

Ma fille, si vous ne trouvez cela bien appliqué et bien joli, je serais tout à fait fâchée. Cherchez-moi, je vous prie, un autre vers sur le même sujet pour le bout de *l'infinie*.

Mme de Rarai est morte; c'était une bonne femme que j'aimais; j'en fais mes compliments à Mlles de Grignan, pourvu qu'elles m'en fassent aussi : voilà un petit deuil qui nous est commun; j'en ferai mon profit à Rennes; ce petit voyage ne dérange rien du tout à notre commerce.

Adieu, ma très aimable et très chère. Vous aimez donc mes fagots? en voilà. Il faudrait que celui qui ordonne les déjeuners à sept heures du matin ordonnât aussi qu'on eût de l'appétit. Que vous seriez aimable si par vos soins je vous retrouvais en meilleur état que je ne vous ai laissée! il me semble que je vous en aurais toute l'obligation, et que vous vous portez assez souvent comme vous voulez.

113. — A MADAME DE GRIGNAN

Aux Rochers, dimanche 4ᵉ août 1680.

Vous m'engagez à vous faire de grandes lettres, dans l'assurance que vous me donnez que quand elles sont de cette taille, vous les trouvez hors de portée, et que d'y répondre devient l'ouvrage d'une personne moins délicate que vous. Cependant, ma fille, comme l'étoffe me manque quelquefois, je vous conjure, grandes ou petites, de vous mettre sur votre petit lit, en repos, et de causer ainsi avec moi, afin que mon imagination ne soit point blessée de vous coûter l'incommodité d'écrire. Il me semble, ma très chère, que vous devez m'en aimer mieux, quand vous êtes couchée bien paresseusement : c'est là ma fantaisie. J'aime tant votre repos, que je voudrais inspirer à ceux qui ordonnent de vos repas d'ôter la nécessité de se lever matin et d'avoir chaud : il ne faut pas que les plaisirs deviennent des fatigues, et que les chasseurs règlent la vie des dames sur l'heure de leur appétit. Je trouve cette vision fort plaisante, de faire quelqu'un le maître du temps, du lieu et des mets de vos croustilles²²². Si mon château était aussi beau et aussi dignement rempli que le vôtre, je vous imiterais dans cette conduite. L'étoile de la mangerie s'est mise en ce pays malgré moi ; je m'en suis plainte à vous, car nous mangeons si sérieusement, et si fort comme du temps de nos pères, que l'on ne sent que l'ennui de la dépense.

La princesse de Tarente me mena jeudi avec elle chez une fort jolie femme de Vitré, qui m'en avait priée aussi (car il me semble que vous me prenez pour un escroc); c'était à une petite maison de campagne, et ce fut le plus beau et le plus grand repas que j'aie vu depuis long-temps. Toutes les bonnes viandes et les beaux fruits de Rennes y étaient en abondance ; les tourterelles, les cailles grasses, les perdreaux, les pêches et les poires, comme à Rambouillet. Nous fûmes surprises, et nous comprîmes qu'il n'est question que d'avoir de l'argent, chose dont nous étions déjà toutes persuadées, la princesse et moi. Nous allons demain à Rennes ; on fait de si grands pré-paratifs pour nous recevoir, que je ne voudrais pas jurer que nous ne fussions nommées dans le *Mercure galant*. Ce petit voyage ne dérange rien du tout à notre com-

merce, vous savez si ce commerce m'est nécessaire.
Pour vous, ma belle, vous louez trop mes lettres : ce qui
me vient sur notre amitié ne peut être que fort naturel,
et même je retranche beaucoup sur ce sujet. Vous m'auriez bien étonnée de me renvoyer ce que je vous ai dit
de Mme de La Sablière; ce n'est pas qu'il ne m'eût été
nouveau, car j'écris vite, et cela sort brusquement de
mon imagination. Mais ne nous mettons point cela dans
la tête; j'ai pensé mille fois à vous redire, dans mes lettres,
des endroits et des tours si bons et si agréables des
vôtres, que nous ne ferions plus que nous redonner à
nous-mêmes. M. de Grignan y trouverait son compte;
il ne trouverait point de ces endroits affreux que vous
êtes obligée de lui cacher pour me conserver l'honneur
de son estime. Il dirait bien, ce me semble, comme la
Reine mère : « Fi, fi, fi, de cette grâce! » Je n'oserais
lui confier ce que j'ai fait écrire sur le grand autel de ma
chapelle : il croirait tout à l'heure que je conteste l'invo-
cation des saints; mais enfin, pour éviter toute jalousie,
voici ce qu'on y lit en lettres d'or :

Soli Deo honor et gloria [223].

Cela ne me brouille pas avec la princesse de Tarente.
   Je voudrais bien me plaindre au P. Malebranche des
souris qui mangent tout ici : cela est-il dans l'ordre ?
Quoi ? de bon sucre, du fruit, des compotes! Et l'année
passée, était-il dans l'ordre que de vilaines chenilles
dévorassent toutes les feuilles de notre forêt et de nos
jardins, et tous les fruits de la terre ? Et le P. Païen qui
s'en revient paisiblement, à qui l'on casse la tête, cela
est-il dans la règle ? Oui, mon père, tout cela est bon;
Dieu en sait tirer sa gloire : nous ne voyons pas comment, mais cela est vrai; et si vous ne mettez la volonté
de Dieu pour toute règle et pour tout ordre, vous tom-
berez dans de grands inconvénients. Je supplie M. de
Grignan d'excuser cette apostrophe au bon père, que
je suis persuadée qui se moque de nous quand il dit de
ces choses-là, d'autant plus qu'il y a plusieurs endroits
dans ses livres où il dit précisément le contraire.
   Je vous mandai l'autre jour mon avis sur cette lettre
du clergé : je suis ravie quand je pense comme vous.
Le mot de *fantôme* qu'ils combattent grossièrement,
s'est trouvé au bout de ma plume comme au bout de la
vôtre, et ils lui donneront cent coups après la mort. Cela
me paraît comme quand le comte de Gramont disait que

c'était Rochefort qui avait marché sur le chien du Roi,
quoique Rochefort fût à cent lieues de là. En vérité,
ceux que nos prélats appellent *les jansénistes* n'ont pas
plus de part à tout ce qui leur vient de Rome; mais leur
malheur, c'est que le Pape est un peu hérétique aussi.
Ce serait là un moulin à vent digne de leur faire tirer
l'épée. Votre comparaison est divine de cette femme qui
veut être battue : « Oui, disent-ils, je veux qu'il nous
batte; de quoi vous mêlez-vous, Saint-Père ? Nous voulons être battus. » Et là-dessus ils se mettent à le battre
lui-même, c'est-à-dire à le menacer adroitement et déli-
catement, « que s'il pense leur rendre le droit de régale,
il les obligera à prendre des résolutions proportionnées
à la prudence et au zèle des plus grands prélats de
l'Eglise, et que leurs prédécesseurs ont su, dans de
pareilles conjonctures, maintenir la liberté de leurs
Eglises, etc. » Tout cela est exquis; et si j'avais trouvé
cette juste comparaison de la comédie de Molière,
dont vous me faites pâmer de rire, vous me loueriez par-
dessus les nues. Je vous ai mandé comme j'avais été ravie
d'entendre célébrer le nom de M. le Coadjuteur sur un
autre sujet que sur celui de cette lettre : sa harangue
fut admirable; j'ai senti ce plaisir comme vous-même.
Mais n'admirez-vous pas la bonté du clergé, de n'avoir
point voulu que ces deux pauvres prélats *in partibus*,
M. de Paris et M. de Reims, payassent aucunes décimes
ordinaires ni extraordinaires ? Ce fut M. d'Aleth qui
fit sa cour, en se récriant pour M. de Paris. Ce nom
présentement n'est plus trop chaud, il a soufflé dessus.
M. d'Aleth, courtisan, adulateur, qui joue, qui soupe
chez les dames, qui va à l'Opéra, qui est hors de son dio-
cèse : tout cela nous frappait d'abord; mais voilà qui est
fait, on s'accoutume à tout.

Si vous lisez *l'Arianisme*, vous serez étonnée de cette
histoire; elle vous empêchera de rêver : vraiment, vous
y verrez bien des choses contre l'ordre; vous y verrez
triompher l'arianisme, et mettre en pièces les serviteurs de Dieu; vous y verrez l'impulsion de Dieu, qui
veut que tout le monde l'aime, très rudement repoussée;
vous y verrez le vice couronné, les défenseurs de Jésus-
Christ outragés : voilà un beau désordre; et moi, petite
femme, je regarde tout cela comme la volonté de Dieu,
qui en tire sa gloire, et j'adore cette conduite, tout
extraordinaire qu'elle me paraisse; mais je me garde
bien de croire que si Dieu eût voulu que cela eût été

autrement, cela n'eût pas été. Mon Dieu ! ma fille, c'est bien moi qui vous prie de ne pas confier tout ceci à vos échos : ce sont des furies d'écrire qui renverseraient toute votre famille [224], je voudrais même que vous les cachassiez à M. de Grignan. Je fais toujours la résolution de me taire, et je ne cesse de parler : c'est le cours des esprits que je ne puis arrêter. Corbinelli, avec sa philosophie, n'a jamais osé approcher de ceux qui sont en mouvement pour vous aimer ; ce sont des traces qu'il respecte, et qu'il trouve ineffaçables.

Le bon abbé vous assure toujours de son amitié, et vous répond, pour l'année qui vient, de toute sûreté dans sa forêt de Livry, où j'espère que nous nous reverrons.

Vous êtes donc habile, ma chère enfant, vous vous connaissez en musique, et vous savez pourquoi vous êtes bien aise. En vérité, j'aurais une extrême envie d'être à Grignan, c'est bien *l'humeur de ma mère*, il me semble que j'y tiendrais assez bien ma place ; mais Dieu, qui sait que je dois commencer à faire des réflexions et des méditations d'une autre couleur, me jette dans des bois plus conformes à mon état.

Adieu, ma très chère et très aimable : vous voulez que je croie que vous m'aimez ; j'en suis persuadée, et je vous aime conformément à cette pensée, jointe à la tendresse la plus naturelle qui fut jamais.

114. — A MADAME DE GRIGNAN

Aux Rochers, mercredi 21e août 1680.

Je pense, ma bonne, qu'il faut commencer par le compliment que l'on doit à tous les Grignans sur la mort de ce bon vieux M. l'évêque d'Evreux. Cette mort que l'on n'a point souhaitée, ne laisse pas de venir fort à propos : le chevalier y gagne mille écus, et voilà ce jeune prélat en pleine possession d'un des plus beaux bénéfices de France. L'union de votre famille ne me permet pas de douter que Condé ne soit une de vos maisons de campagne. M. de La Garde connaît les beautés de cette terre : elle est grande, elle est belle, elle est noble, et l'on trouve l'invention de vivre pour rien en ce pays-là. Enfin tout est bon dans cet établissement.

Je comprends, ma bonne, que vous n'oseriez demander des nouvelles de votre grande dépense : c'est une

machine à quoi il ne faut pas toucher, de peur que tout
ne renverse. Il y a de l'enchantement à la magnificence
de votre château et de votre bonne chère; votre débris
est une chose étonnante; et quand vous me dites que
cela n'est pas considérable, je me perds et ne peux comprendre comme cela se peut faire; cela me paraît une
sorte de magie noire, comme la gueuserie des courtisans :
ils n'ont jamais un sou, et font tous les voyages, toutes
les campagnes, suivent toutes les modes, sont de tous
les bals, de toutes les courses de bague, de toutes les
loteries, et vont toujours, quoiqu'ils soient abîmés;
j'oubliais le jeu, qui est un bel article; leurs terres dimi-
nuent, il n'importe, ils vont toujours. Quand il faudra
aller au-devant de M. de Vendôme, on ira, on fera de la
dépense; faut-il faire une libéralité ? faut-il refuser un
présent ? faut-il courir au passage de M. de Louvois ?
faut-il courir sur la côte ? faut-il ressusciter à Grignan
l'ancienne souveraineté des Adhémar ? faut-il avoir une
musique ? a-t-on envie de quelque tableau ? on entre-
prend et l'on fait tout. Mon enfant, je mets tout cela
au nombre de certaines choses que je ne comprends
point du tout; mais comme je prends beaucoup d'intérêt
en celle-ci, j'en suis fort occupée, et je m'y trouve plus
sensible qu'à mes propres affaires : c'est une vérité.
Mais, ma bonne, n'appuyons point dans nos lettres sur
ces sortes de méditations, on ne les trouve que trop dans
ces bois, et la nuit quand on se réveille.

Je vois que vous ne songez dans vos lettres qu'à me
divertir : il faut suivre votre exemple : vous retourniez
donc à votre vomissement, ma bonne, en finissant votre
dernière; vraiment je n'ai jamais vu un si vilain chapitre
traité si plaisamment. La vilaine bête! mais de quoi
s'avise-t-elle de vous apporter son cœur sur ses lèvres,
et de venir, de quinze lieues loin, rendre tripes et boyaux
en votre présence. Je ne croyais point que la mère de
La Fare dût être d'une si mauvaise complexion; on me
l'avait représentée d'un tempérament tout autre. Vous
avez bien le don cette année d'attirer les visites; on ne
pouvait pas se défier de celle-là; elle me fait un peu
souvenir de ma madame de La Hamélinière, dont je
ne connaissais pas le visage. Vous aurez celui du petit
Coulanges; vous aurez vu *ce petit chien de visage-là quelque
part*. Au travers de sa gaieté, vous lui trouverez de
grands chagrins; mais ils ne tiennent pas contre son tempérament.

Je suis bien fâchée, ma très chère bonne, que le vôtre ne soit point rétabli : ce n'est point être guérie que d'avoir toujours l'humeur qui vous faisait mal à la poitrine; quand elle voudra, elle reprendra ce chemin : elle est dans vos jambes, vous avez des douleurs, des inquiétudes, elles sont enflées les soirs; j'admire votre patience de souffrir ces douloureuses incommodités, sans y chercher du remède; j'avoue ma faiblesse, et combien je m'accommode mal des moindres maux; si j'étais en votre place, j'aurais obéi ponctuellement à La Rouvière; j'essayerais mille petits remèdes inutiles pour en trouver un bon; et mon impatience et mon peu de vertu me feraient une occupation continuelle de l'espérance d'une guérison.

Vous n'êtes pas si bonne ni si obligeante ni pour vous ni pour ceux qui vous aiment. Je n'ose vous en dire davantage, mais vous voulez bien que je sois fort sensible à l'état d'une santé qui m'est chère au-dessus de toutes les choses. Hélas! ma bonne, quand je songe comme vous êtes pour moi, pouvez-vous trouver étrange ce que je sens pour vous ?

Mme la princesse de Tarente est charmée de votre souvenir et trouva hier fort plaisante la peinture que vous faites du bon usage de l'eau de la reine d'Hongrie pour la piqûre de M. de Grignan, et comme en français vous appelez *la goutte* ce que les médecins appellent poliment *arthritis :* il y a des endroits dans vos lettres qui sont divins. Elle me conta qu'en Danemark il y avait un prince allemand qui s'enfonça une épingle dans le côté, mais c'était dans une étrange occasion qu'il avait rencontré cette épingle : il n'en souffla pas, et deux mois après la gangrène s'y mit; il fallut faire des incisions : je voulais qu'elle nous le fît mourir tout d'un train. Mais enfin, si M. de Grignan s'était blessé de la même manière, voyez ce que dirait Pauline de votre jalousie.

Mon fils est toujours à Rennes, faisant des merveilles auprès de Sylvie : c'est le nom de baptême de la Tonquedette; je n'ai jamais vu un garçon si malheureux en *fricassée;* vous avez vu que la dernière dont il vous a parlé n'était point *dans de la neige.* Mme de Lavardin, Mme de La Fayette, et Mme de Coulanges m'assurent fort que nous trouverons cet hiver quelque moyen de le tirer de la place où il est, dont le dégoût serait insupportable, si M. de La Trousse répandait froidement dans le monde le dessein qu'il a pour M. de Bouligneux [225]. Je

vous avoue que j'ai pensé aussi méchamment que vous
au goût qu'il trouverait à donner ce coup mortel à son
petit subalterne : nous avons le malheur de lui déplaire,
et de n'avoir jamais eu nulle part à son amitié; la vôtre,
ma très chère, me consolera de tout. J'espère que vous
me la conserverez quasi aussi bien que M. de Grignan
conserve ses perdreaux : c'est une plaisante vision que
de lui voir défendre à ses chasseurs de sortir, quand il a
le plus de monde à sa table; c'est signe que le reste est
fort bon.

Vous pouvez faire des reproches, au cuisinier de
M. de La Garde, du gargotier qu'il vous avait envoyé;
nous avions tant de confiance en lui que nous n'osions
le blâmer. Je m'en vais faire réponse à M. de La Garde;
vous pouvez causer avec lui des affaires de votre petit
frère : il a toujours la bonté d'y prendre part.

Je vous ai mandé l'état de votre *Carthage : pendon
l'opere tutti* [226] ! Votre cabinet sera comme vous le voulez;
les vitres et les serrures seront mises en un moment.
Vous ne comprenez point ces toiles que nous ferons
mettre aux poutres de votre chambre, qui feront une
manière de plafond à juste prix ? C'est Mme de Vins qui
le veut; cela se fera avec le reste; c'est à colle : tout en
est plein à Pomponne.

Cette belle marquise m'a écrit une grande lettre
toute pleine de bonne amitié et de conversation, comme
si nous étions à Livry ou dans votre chambre à Paris; elle
me conte qu'elle a entendu blâmer M. de Grignan sur
l'affaire de ce pauvre Maillane, comme s'il l'avait
abandonné; elle se garde bien de le condamner sans
l'entendre, et moi aussi. Les fautes que peut faire M. de
Grignan dans le cours de sa vie ne seront jamais que
contre lui et sa famille, et nullement contre ses amis.

Le saint évêque de Pamiers est mort : voilà l'affaire
de la régale finie, voilà encore un nom bien chaud à
prendre; mais puisque nous nous sommes accoutumés à
M. d'Aleth, nous souffrirons M. de Pamiers, et puis
M. d'Angers, et puis nous n'aurons plus rien à craindre.
Les cinq à qui l'on voulait faire le procès seront devant
le grand juge, qui les aura traités avec plus de bonté
qu'on n'a fait en ce monde-ci.

Je veux un peu parler à Mlles de Grignan : vraiment,
Mesdemoiselles, cela est fort honnête de vous jeter dans
le vert et le bleu aussitôt que vous apprenez la mort
de notre pauvre cousine; j'en ai mieux usé, j'ai porté

un petit deuil à Rennes, qui m'a été d'une commodité nompareille. Je n'avais point de bel habit de couleur. Un manteau de crêpon, une jupe de tabis piqué, ont fait voir à toute la Bretagne mon bon naturel. Adieu, mes belles : j'ai en vérité bien envie de vous embrasser; si vous conservez un peu d'amitié pour moi, je vous assure que vous n'aimez pas une ingrate. Je vous supplie de me mander de quelle manière vous aurez imaginé et ordonné le souper que le sort vous donnera.

Pour M. le comte, je l'embrasse et m'afflige avec lui de cette maudite épingle. Je crus aussi que je m'étais cognée rudement. Nos pauvres machines sont sujettes à bien des misères.

Adieu, ma chère bonne. Je vous remercie de la lettre de Guilleragues; je trouve qu'elle n'est point bonne pour le public : il y faut un commentaire, il faut les garder pour soi et pour ses amis. Il y avait un mois que la princesse de Tarente l'avait; elle n'y entendait rien. Je le trouve bien humble, pour un Gascon, d'avouer l'oubli de tous ses amis. Il avoue qu'il n'est point vindicatif; cela m'a paru naturel et plaisant, aussi bien que son avarice, qui lui fait comprendre la bassette de La Fare : tout cela est bon pour soi. Je vous embrasse, ma très-chère et très-aimable; je vous prie de m'embrasser aussi, et de vous conserver si vous m'aimez : que ce soit pour l'amour de moi! Le bon abbé est entièrement à vous : il est en colère, comme moi, contre vos gens d'Entrecasteaux.

115. — A MADAME DE GRIGNAN

A Paris, ce mercredi 30e octobre 1680.

J'arrivai hier au soir, ma très chère, par un temps charmant et parfait : si vous êtes bien sage, vous en profiterez, et vous n'attendrez point l'autre lune, à cause des pluies et des mauvais chemins; je n'avais jamais vu ceux de Bretagne en cette saison. Vous savez pourquoi je suis venue sans perdre un moment. Je vous écrivis de Malicorne de quelle façon nous amusions les douleurs et la fièvre de mon pauvre fils; nous avons enfin réussi, par un bon gouvernement, à le remettre dans son naturel : plus de fièvre, plus de douleurs, assez de forces; il n'y a plus qu'à le guérir de cette santé, et non pas à le ressusciter : c'est à quoi nous allons travailler. J'ai trouvé le chevalier en parfaite santé; nous causâmes fort; il me dit des choses particulières et très agréables; vous les apprendrez, car peut-être n'a-t-il osé les écrire. Je suis ravie qu'il soit ici : je voudrais qu'il y pût demeurer; du moins il ne quittera pas le quartier, il y aura sa plus grande affaire : cette pensée doit rendre votre voyage bien doux. Vous me priez de vous recevoir avec une joie sincère; vraiment, ma fille, je voudrais bien savoir où vous voudriez que j'en prisse une autre. Nous avons vu, le chevalier et moi, votre appartement; vraiment il sera joli, et vous en serez contente. Je le suis fort de la belle et nette explication de Mme de La Villedieu : cela s'était brouillé dans ma tête, en voilà pour toute ma vie. Elle emmènera Pauline : nous aimerions bien mieux que vous l'amenassiez avec vous; eh! bon Dieu! que nous en serions aises! M. de La Garde me mande qu'elle avait suivi mon conseil de l'année passée, et qu'elle avait cousu sa jupe avec la vôtre, et tout cela d'une grâce et d'un air à charmer : je ne verrai jamais tout cela; vous m'en consolerez, mais en vérité, il ne faut pas moins que vous. Je comprends votre colère de n'avoir pas dit adieu à M. l'Archevêque : hélas! à quoi pense-t-on quand on quitte une personne de cet âge ? Tout ce qui ressemble à une séparation éternelle fait bien mal au cœur.

Les chansons de M. de Coulanges sont fort jolies; il fallait que votre hôtellerie fût bien pleine pour avoir suffoqué sa vivacité : ah! c'est trop de monde à la fois; pour moi, je n'y pourrais pas résister avec toutes mes vertus populaires. En vérité, je suis ravie de penser que vous ne vous ruinerez cet hiver ni à Aix, ni dans votre auberge : l'état de mon âme est délicieux de voir votre retour aussi sûr qu'il le peut être. Je serais trop aise si la situation de ce pauvre garçon ne troublait ma tranquillité. M. le Coadjuteur est parti; il a fait régler la manière dont M. de Vendôme [227] traitera M. de Grignan : il faut le savoir une bonne fois; et quand on obéit au Roi, on ne peut être mal content. J'achèverai ce soir ma lettre, je vous dirai ce que j'ai vu et entendu.

J'ai vu toutes mes pauvres amies. Mme de La Fayette a passé ici l'après-dînée entière; elle se trouve fort bien du lait d'ânesse. Il ne m'a pas paru que Mme de Schomberg ait encore pris ma place; il y a bien des paroles dans cette nouvelle amitié. Ne vous souvient-il point de ce que nous disions du plaisir que l'on prenait à étaler sa marchandise avec les nouvelles connaissances ? Il n'y a rien de si vrai : tout est neuf, tout est admirable, tout est admiré; on se pare de ses richesses, on se loue à l'envi; il y a bien plus d'amour-propre dans ces sortes d'amitiés que de confiance et de tendresse : enfin je ne crois pas être tout à fait jetée au sac aux ordures. Montgobert m'écrit des merveilles de son raccommodement; il me paraît que désormais rien n'est capable de la séparer de vous : il me semblait que je voyais ce fond, et que c'était dommage qu'il fût couvert d'épines et de brouillards.

Vous avez donc été à cette visite, et vous avez passé, sans que rien vous en ait empêchée, sur le bord des précipices; vous m'amusez d'une prairie, mais le chevalier m'a conté comme il se jeta une fois à votre litière, et vous en fit descendre par force, parce que vous alliez périr : pour moi, je ne puis comprendre ce plaisir et que vous soyez aise de rêver et d'attacher vos yeux sur cette horreur qui vous met à une ligne de la mort. Pourquoi vous piquez-vous, ma fille, d'être plus intrépide que le chevalier ? Est-il besoin de joindre cette sorte de mérite avec les autres qualités plus convenables que vous avez ? J'admire bien ceux qui nous y laissent aller : c'est laisser une épée entre les mains d'un furieux, que de laisser un précipice à votre hardiesse. L'Epine se joignait au chevalier pour me conter cette effroyable histoire; *ce que Dieu garde est bien gardé :* voilà tout ce que j'ai à dire. La gaieté et les chansons du petit Coulanges sont d'une grande utilité dans de telles visites. Mme de Coulanges m'écrit des douceurs extrêmes, et pour vous, et pour moi. Mmes de La Fayette donc, de Lavardin, d'Uxelles, de Bagnols, ont causé des nouvelles du monde. Mlle Amelot fut mariée dimanche, sans que personne l'ait su, avec un M. de Vaubecourt, tout battant neuf, homme de qualité peu riche, dont la mère est de Châlons. Tout a été bon plutôt que de nous ennuyer encore cet hiver de sa langueur passionnée.

Adieu, mon enfant : nous sommes occupés de vous bien recevoir. Voici encore une occasion où l'éloignement nous va faire dire bien des choses à contretemps. Vous me souhaitez ici, vous croyez que je passerai l'hiver en Bretagne; j'en ai vu l'heure et le moment; mais enfin me voilà, me voilà, ma très chère, et je vous avoue que j'en suis ravie.

116. — AU COMTE DE BUSSY-RABUTIN

A Paris, ce 2ᵉ janvier 1681.

Bonjour et bon an, mon cher cousin. Je prends mon temps de vous demander pardon après une bonne fête, et en vous souhaitant mille bonnes choses cette année suivie de plusieurs autres. Il me semble qu'en vous adoucissant ainsi l'esprit, je vous disposerai à me pardonner d'avoir été si longtemps sans vous écrire, et à cette jolie veuve que j'aime tant, et dont je disais encore hier tant de bien. Si vous saviez, mon cousin, et ma chère nièce, toutes les tribulations que j'ai eues depuis trois ou quatre mois, vous auriez pitié de moi; je vous les conterai quelque jour, car elles ne sont pas d'une manière à les pouvoir écrire. Je partis de Bretagne le 20ᵉ octobre (qui était bien plus tôt que je ne pensais), pour venir à Paris. Un mois après j'eus le plaisir d'y recevoir ma fille; mais ce n'était pas elle qui me faisait venir. Je l'ai trouvée mieux que quand elle partit; et cet air de Provence qui la devait dévorer, ne l'a point dévorée : elle est toujours aimable, et je vous défie de vous voir tous deux et de parler ensemble sans vous aimer.

J'ai toujours pensé à vous, et j'ai dit mille fois : « Mon Dieu! je voudrais bien écrire à mon cousin de Bussy; » et jamais je n'ai pu le faire. Pour moi, je crois qu'il y a de petits démons qui empêchent de faire ce qu'on veut, rien que pour se moquer de nous, et pour nous faire sentir notre faiblesse; ils ont eu contentement, et je l'ai sentie dans toute son étendue.

Nous avons ici une comète qui est bien étendue aussi; c'est la plus belle queue qu'il est possible de voir. Tous les grands personnages sont alarmés, et croient fermement que le ciel, bien occupé de leur perte, en donne des avertissements par cette comète. On dit que, le cardinal Mazarin étant désespéré des médecins, ses courtisans crurent qu'il fallait honorer son agonie d'un prodige, et lui dirent qu'il paraissait une grande comète qui leur faisait peur. Il eut la force de se moquer d'eux, et il leur dit plaisamment que la comète lui faisait trop d'honneur. En vérité, on devrait en dire autant que lui; et l'orgueil humain se fait trop d'honneur de croire qu'il y ait de grandes affaires dans les astres quand on doit mourir.

Adieu, mon cher cousin; adieu, ma chère nièce. Mandez-moi de vos nouvelles. Cependant nous allons reprendre, le bon Corbinelli et moi, le fil de notre discours.

117. — AU PRÉSIDENT DE MOULCEAU

A Paris, ce 26ᵉ mai 1683.

N'avez-vous pas été bien surpris, Monsieur, de vous voir glisser des mains M. de Vardes, que vous teniez depuis dix-neuf ans [228] ? Voilà le temps que notre Providence avait marqué; en vérité on n'y pensait plus, il paraissait oublié et sacrifié à l'exemple. Le Roi, qui pense et qui range tout dans sa tête, déclara un beau matin que M. de Vardes serait à la cour dans deux ou trois jours; il conta qu'il lui avait fait écrire par la poste, qu'il avait voulu le surprendre, et qu'il y avait plus de six mois que personne ne lui en avait parlé. Sa Majesté eut contentement; il voulait surprendre, et tout le monde fut surpris : jamais une nouvelle n'a fait une si grande impression, ni un si grand bruit que celle-là. Enfin il arriva samedi matin avec une tête unique en son espèce, et un vieux justaucorps à brevet comme on le portait en 1663. Il se mit un genou à terre dans la chambre du Roi, où il n'y avait que M. de Châteauneuf : le Roi lui dit que, tant que son cœur avait été blessé, il ne l'avait point rappelé, mais que présentement c'était de bon cœur, et qu'il était aise de le revoir. M. de Vardes répondit parfaitement bien et d'un air pénétré, et ce don des larmes que Dieu lui a donné ne fit pas mal son effet dans cette occasion. Après cette première vue, le Roi fit appeler Monsieur le Dauphin, et le présenta comme un jeune courtisan; M. de Vardes le reconnut et le salua; le Roi lui dit en riant : « Vardes, voilà une sottise, vous savez bien qu'on ne salue personne devant moi. » M. de Vardes du même ton : « Sire, je ne sais plus rien, j'ai tout oublié, il faut que Votre Majesté me pardonne jusqu'à trente sottises. — Eh bien! je le veux, dit le Roi, reste à vingt-neuf. » Ensuite le Roi se moqua de son justaucorps. M. de Vardes lui dit : « Sire, quand on est assez misérable pour être éloigné de vous, non-seulement on est malheureux, mais on est ridicule. » Tout est sur ce ton de liberté et d'agrément. Tous les

courtisans lui ont fait des merveilles. Il est venu un jour
à Paris, il m'est venu voir : j'étais sortie pour aller chez
lui; il trouva ma fille et mon fils, et je le trouvai le soir
chez lui : ce fut une joie véritable. Je lui dis un mot
de notre ami [229]. « Quoi! Madame : mon maître! mon
intime! l'homme du monde à qui j'ai le plus d'obligation! pouvez-vous douter que je ne l'aime de tout mon
cœur ? » Cela me plut fort. Il loge chez sa fille, il est
à Versailles. La cour part aujourd'hui, je crois qu'il
reviendra pour rattraper le Roi à Auxerre; car il paraît
à tous ses amis qu'il doit faire le voyage, où assurément
il fera bien sa cour, en donnant des louanges fort naturelles à trois petites choses, les troupes, les fortifications
et les conquêtes de Sa Majesté.

Peut-être que notre ami vous dira tout ceci, et que
ma lettre ne sera qu'un misérable écho; mais à tout hasard
je me suis jetée dans ces détails, parce que j'aimerais
qu'on me les écrivît en pareille occasion, et je juge de moi
par vous; mon cher Monsieur; souvent j'y suis attrapée
avec d'autres, mais non jamais avec vous. On dit que
M. de Noailles, votre digne et généreux ami, a rendu de
très bons offices à M. de Vardes; il est assez généreux
pour n'en pas douter. M. de Cauvisson est arrivé, cela
doit rompre ou conclure notre mariage [230]. En vérité, je
suis fatiguée de cette longueur, je ne suis pas en humeur
de parler bien, que de M. de Vardes, et toujours M. de
Vardes : c'est l'évangile du jour.

118. — A CHARLES DE SÉVIGNÉ

A Paris ce 5e août 1684.

Il faut qu'en attendant vos lettres, je vous conte une
fort jolie petite histoire. Vous avez regretté Mlle de ***;
vous avez mis au rang de vos malheurs de ne l'avoir
point épousée; vos meilleures amies étaient révoltées
contre votre bonheur : c'étaient Mme de Lavardin et
Mme de La Fayette, qui vous coupaient la gorge. Une
fille de qualité, bien faite, avec cent mille écus! ne faut-il
pas être bien destiné à n'être jamais établi, et à finir sa
vie comme un misérable, pour ne pas profiter des partis
de cette conséquence, quand ils sont entre nos mains ?

Le marquis de *** n'a pas été si difficile : la voilà bien
établie [231]. Il faut être bien maudit pour avoir manqué

cette affaire-là : voyez la vie qu'elle mène ; c'est une sainte, c'est l'exemple de toutes les femmes. Il est vrai, mon très-cher, jusqu'à ce que vous ayez épousé Mlle de Mauron, vous avez été prêt à vous pendre ; vous ne pouviez mieux faire, mais attendons la fin. Toutes ces belles dispositions de sa jeunesse, qui faisaient dire à Mme de La Fayette qu'elle n'en aurait pas voulu pour son fils avec un million, s'étaient heureusement tournées du côté de Dieu : c'était son amant, c'était l'objet de son amour ; tout s'était réuni à cette unique passion. Mais comme tout est extrême dans cette créature, sa tête n'a pas pu soutenir l'excès du zèle et de l'ardente charité dont elle était possédée ; et pour contenter ce cœur de Madeleine, elle a voulu profiter des bons exemples et des bonnes lectures de la vie des saints Pères du Désert et des saintes pénitentes. Elle a voulu être le *don Quichotte* de ces admirables histoires ; elle partit, il y a quinze jours, de chez elle à quatre heures du matin avec cinq ou six pistoles, et un petit laquais ; elle trouva dans le faubourg une chaise roulante ; elle monte dedans, et s'en va à Rouen toute seule, assez déchirée, assez barbouillée, de crainte de quelque mauvaise rencontre ; elle arrive à Rouen, elle fait son marché de s'embarquer dans un vaisseau qui va aux Indes ; c'est là où Dieu l'appelle, c'est où elle veut faire pénitence, c'est où elle a vu, sur la carte, les endroits qui l'invitent à finir sa vie sous le sac et sur la cendre, c'est là où l'abbé Zosime la viendra communier quand elle mourra. Elle est contente de sa résolution, elle voit bien que c'est justement cela que Dieu demande d'elle ; elle renvoie le petit laquais en son pays ; elle attend avec impatience que le vaisseau parte ; il faut que son bon ange la console de tous les moments qui retardent son départ, elle a saintement oublié son mari, sa fille, son père et toute sa famille ; elle dit à tout heure :

Çà courage, mon cœur, point de faiblesse humaine [232].

Il paraît qu'elle est exaucée, elle touche au moment bienheureux qui la sépare pour jamais de notre conti-nent ; elle suit la loi de l'Evangile, elle quitte tout pour suivre Jésus-Christ. Cependant on s'aperçoit dans sa mai-son qu'elle ne revient point dîner ; on va aux églises voisines, elle n'y est pas ; on croit qu'elle viendra le soir, point de nouvelles ; on commence à s'étonner, on demande à ses gens, ils ne savent rien ; elle a un petit laquais avec elle, elle sera sans doute à Port-Royal des

Champs, elle n'y est pas; où pourra-t-elle être ? On court chez le curé de Saint-Jacques du Haut-Pas; le curé dit qu'il a quitté depuis longtemps le soin de sa conscience, et que la voyant toute pleine de pensées extraordinaires, et de désirs immodérés de la Thébaïde, comme il est homme tout simple et tout vrai, il n'a point voulu se mêler de sa conduite; on ne sait plus à qui avoir recours : un jour, deux, trois, six jours; on envoie à quelques ports de mer, et par un hasard étrange, on la trouve à Rouen sur le point de s'en aller à Dieppe, et de là au bout du monde. On la prend, on la ramène bien joliment, elle est un peu embarrassée :

> J'allais, j'étais... l'amour a sur moi tant d'empire [233].

Une confidente déclare ses desseins; on est affligé dans la famille; on veut cacher cette folie au mari, qui n'est pas à Paris, et qui aimerait mieux une galanterie qu'une telle équipée. La mère du mari pleura avec Mme de Lavardin, qui pâme de rire, et qui dit à ma fille : « Me pardonnez-vous d'avoir empêché que votre frère n'ait épousé cette infante ? » On conte aussi cette tragique histoire à Mme de La Fayette, qui me l'a répétée avec plaisir, et qui me prie de vous demander si vous êtes encore bien en colère contre elle; elle soutient qu'on ne peut jamais se repentir de n'avoir pas épousé une folle. On n'ose en parler à Mlle de Grignan, son amie, qui mâchonne quelque chose d'un pèlerinage, et se jette, pour avoir plus tôt fait, dans un profond silence. Que dites-vous de ce petit récit ? Vous a-t-il ennuyé ? N'êtes-vous pas content ?

Adieu, mon fils : M. de Schomberg marche en Allemagne avec vingt-cinq mille hommes; c'est pour faire venir plus promptement la signature de l'Empereur. La *Gazette* vous dira le reste.

119. — A MADAME DE GRIGNAN

Aux Rochers,
mercredi 27ᵉ septembre 1684.

Enfin, ma fille, voilà trois de vos lettres. J'admire comme cela devient, quand on n'a plus d'autre consolation : c'est la vie, c'est une agitation, une occupation, c'est une nourriture; sans cela on est en faiblesse, on n'est soutenue de rien, on ne peut souffrir les autres; enfin on sent que c'est un besoin de recevoir cet entretien d'une personne si chère. Tout ce que vous me dites est si tendre et si touchant, que je serais aussi honteuse de lire vos lettres sans pleurer, que je le serai, cet hiver, de vivre sans vous.

Parlons un peu de Versailles; j'ai fort bonne opinion de ce silence; je ne crois point qu'on veuille vous refuser une chose si juste dans un temps de libéralités [234] : vous voyez que tous vos amis vous ont conseillé de faire cette tentative; quel plaisir n'auriez-vous pas, si par vos soins et vos sollicitations vous obteniez cette petite grâce! Elle ne pourrait venir plus à propos; car je crois, et cette peine se joint souvent aux autres, que vous êtes dans de terribles dérangements. Pour moi, je suis convaincue que je ne serais jamais revenue de ceux où m'aurait jetée un retardement de six mois : quand on a poussé les choses à un certain point, on ne trouve plus que des abîmes; et vous êtes entrée la première dans ces raisons; elles font ma consolation, et je me les redis sans cesse.

Nous menons ici une vie assez triste; je ne crois pas cependant que plus de bruit me fût agréable. Mon fils a été chagrin de ces espèces de clous; ma belle-fille n'a que des moments de gaieté, car elle est tout accablée de vapeurs; elle change cent fois le jour de visage, sans en trouver un bon; elle est d'une extrême délicatesse; elle ne se promène quasi pas; elle a toujours froid; à neuf heures du soir, elle est tout éteinte, les jours sont trop longs pour elle; et le besoin qu'elle a d'être paresseuse fait qu'elle me laisse toute ma liberté, afin que je lui laisse la sienne : cela me fait un extrême plaisir. Il n'y a pas moyen de sentir qu'il y ait une autre maîtresse que moi dans cette maison; quoique je ne m'inquiète de rien, je me vois servie par de petits ordres invisibles. Je me promène seule, mais je n'ose me livrer à l'entre chien et loup, de peur d'éclater en cris et en pleurs; l'obscurité me serait mauvaise dans l'état où je suis : si mon âme peut se fortifier, ce sera à la crainte de vous fâcher que je sacrifierai ce triste divertissement; présentement c'est à ma santé, et c'est encore vous qui me l'avez recommandée; mais enfin, c'est toujours vous. Il ne tient pas à moi qu'on ne sache l'amitié tendre et solide que vous avez pour moi; j'en suis convaincue, j'en suis pénétrée; il faudrait que je fusse bien injuste pour en douter. Si Mme de Montchevreuil a cru que ma douleur surpassait la vôtre, c'est qu'ordinairement on n'aime point sa mère comme vous m'aimez. Pourquoi vous allez-vous blesser à l'épée de voir ma chambre ouverte ? Qu'est-ce qui vous pousse dans ce pays désert ? C'est bien là où vous me redemandez. Vous m'avez fait un grand plaisir de me parler de Versailles : la place de Mme de Maintenon est unique dans le monde ; il n'y en a jamais eu, et il n'y en aura jamais : vous n'aurez pas oublié au moins de lui faire remonter quelques paroles par Mme de Montchevreuil.

Je ne veux point d'aide pour la chaise de M. de Coulanges ; laissez-moi faire, je bats monnaie ici. Je suis fort aise que notre mariage n'aille plus à reculons, et que M. le Coadjuteur et vous, soyez toujours liés par mes deux joues ; conservez-moi les vôtres, ma très-aimable, conservez votre santé, ne vous fatiguez plus tant, ayez pitié de moi ; j'aurais bien de la peine à soutenir plus de tristesse que je n'en ai.

La mort de Mme de Cœuvres est étrange, et encore plus celle du chevalier d'Humières : hélas ! comme cette mort va courant partout et attrapant de tous côtés ! Je me porte parfaitement bien ; je fais toujours quelque scrupule d'attaquer cette perfection par une médecine. Nous attendons les capucins : cette petite femme-ci fait pitié ; c'est un ménage qui n'est point du tout gaillard : ils vous font tous deux mille compliments. On ne me presse point de donner mon amitié, cela déplaît trop ; point d'empressement, rien qui chagrine, rien qui réveille aussi : cela est tout comme je le souhaitais. Corbinelli est trop heureux des bontés que vous avez pour lui ; je l'envie bien présentement : voilà ce que lui vaut mon amitié. Le *bien Bon*, qui veut que je vous dise bien des choses pour lui, calcule tout le jour et se porte bien.

Adieu, ma chère enfant : que puis-je vous dire qui approche de ce que je sens pour vous ? On m'envoie les gazettes ; vous songez à tout, vous êtes adorable. Vous parlez de mes lettres, je voudrais que vous vissiez les traits qui sont dans les vôtres, et tout ce que vous dites en une ligne ; vous perdez beaucoup à ne pas les lire. Je vous demande un compliment à M. de Cœuvres et à Mme de Mouci, sur son action héroïque, qui met en peine pour sa santé. Vous devriez écrire joliment à M. de Lamoignon, de votre part et de la mienne, sur la douleur qu'il a eue de voir mourir son ami entre ses bras.

120. — A MADAME DE GRIGNAN

Aux Rochers,
dimanche 26ᵉ novembre 1684.

Tant pis pour vous, ma fille, si vous ne relisez pas vos lettres : c'est un plaisir que votre paresse vous ôte, et ce n'est pas le moindre mal qu'elle vous puisse faire. Pour moi, je les lis et je les relis, j'en fais toute ma joie, toute ma tristesse, toute mon occupation : enfin vous êtes le centre de tout et la cause de tout.

Je commence par vous : est-il possible qu'en parlant au Roi vous ayez été une personne tout hors de vous, ne voyant plus, comme vous dites, que la majesté, et abandonnée de toutes vos pensées ? Je ne puis croire que ma fille bien-aimée, et toujours toute pleine d'esprit, et même de présence d'esprit, se soit trouvée dans cet état. Il est question enfin d'obtenir : je vous avoue que par ce que vous a dit Sa Majesté qu'elle voulait faire quelque chose pour M. de Grignan, je n'ai point entendu qu'elle voulût avoir égard à l'excessive dépense que M. de Grignan a faite en dernier lieu; mais cette réponse du Roi m'a paru comme s'il vous avait dit : « Madame, cette gratification que vous demandez est peu de chose; je veux faire quelque chose de plus pour Grignan; » et j'ai entendu cela tout droit comme une manière d'assurance de votre survivance [235], qu'il sait bien qui est une affaire capitale pour votre maison. Je n'ai donc plus pensé au petit présent, et je vous ai mandé ce que vous aurez vu dans ma dernière lettre. C'est à vous, ma très-chère, à me redresser, et je vous en prie; car je n'aime point à penser de travers sur votre sujet.

Mme de La Fayette m'a mandé que vous étiez belle comme un ange à Versailles, que vous avez parlé au Roi, et qu'on croit que vous demandez une pension pour votre mari. Je lui répondrai négligemment que je crois que c'est pour supplier Sa Majesté de considérer les dépenses infinies que M. de Grignan a été obligé de faire sur cette côte de Provence, et voilà tout.

Vous me contez trop plaisamment l'histoire de M. de Villequier et de sa belle-mère; elle ne doit pas être une Phèdre pour lui. Si vous aviez relu cet endroit, vous comprendriez bien de quelle façon je l'ai compris en le lisant : il y a quelque chose de l'histoire de *Joconde*, et

cette longue attention qui ennuie la femme de chambre,
est une chose admirable. La conduite de Mme d'Aumont
est fort bonne et fort aisée : elle doit fermer la bouche à
tout le monde, et rassurer M. d'Aumont.

Voilà de grandes affaires en Savoie. Je ne puis croire
que le Roi n'ait point pitié de Mme de Bade [236], quand
elle lui représentera l'âge de sa mère, qu'elle laisse abandonnée de tous ses enfants; je ne croirai point qu'elle
parte que sa mère ne soit partie; il est vrai que cette
bonne mère est si furieuse, qu'on ne saurait s'imaginer
qu'elle ne soit pas toujours à la fleur de son âge.
Mme la princesse de Tarente la recevra à Vitré. Pour
Mme de Marbeuf, elle est de ses anciennes connaissances;
elle a été des hivers entiers à souper et jouer à l'hôtel de
Soissons : vous pouvez penser comme cela se renou-
vellera à Rennes. J'ai conté à mon fils ce combat du
chevalier de Soissons; nous ne pensions pas que les yeux
d'une grand'mère [237] pussent faire encore de tels ravages.

Je ne songe point à vous parler de la levée du siège
de Bude : cette petite nouvelle dans l'Europe et dans le
christianisme ne vaut pas la peine d'en parler. Je crois
que Mme la Dauphine prendra le soin d'en être fâchée :
son frère s'est tellement exposé, et a si bien fait à ce
siège, qu'il est douloureux qu'un tel électeur soit contraint
de s'en retourner.

Notre *bien Bon* est enrhumé de ces gros rhumes que
vous connaissez; il est dans sa petite alcôve, nous le
conservons mieux qu'à Paris. Pour ma belle-fille, elle a
fait tous les remèdes chauds et violents des capucins,
sans en être seulement émue. Quand il fait beau, comme
il a fait depuis trois jours, je sors à deux heures, et je
vais me promener *quanto va* [238]; je ne m'arrête point, je
passe et repasse devant des ouvriers qui coupent du bois,
et représentent au naturel ces tableaux de l'hiver : je
ne m'amuse point à les contempler; et quand j'ai pris
toute la beauté du soleil en marchant toujours, je rentre
dans ma chambre, et laisse l'entre chien et loup pour
les personnes qui sont grossières; car pour moi, qui suis
devenue une demoiselle pour vous plaire, voilà comme
j'en use et en userai, et souvent même je ne sortirai
point. La chaise de Coulanges, des livres que mon fils
lit en perfection, et quelque conversation, feront tout le
partage de mon hiver, et le sujet de votre attention,
c'est-à-dire de votre satisfaction; car je suis vos ordon-
nances en tout et partout. Mon fils entend raison sur le

mercredi : en vérité nous serions bien tristes sans lui, et
lui sans nous ; mais il fait si bien, qu'il y a quasi toujours
un jeu d'hombre dans ma chambre ; et quand il n'a plus
de voisins, il revient à la lecture et aux discours sur la
lecture ; vous savez ce que c'est aux Rochers. Nous avons
lu des livres in-folio en douze jours ; celui de M. Nicole
nous a occupés ; la *Vie des pères du Désert*, la *Réformation
d'Angleterre* [239] ; enfin, quand on est assez heureux pour
aimer cet amusement, on n'en manque jamais.

121. — A MADAME DE GRIGNAN

Aux Rochers,
mercredi 27e décembre 1684.

Sans savoir vos définitions, ni vos preuves sur l'amitié,
je suis persuadée que je les trouve naturellement en
moi : ainsi je n'ai pas balancé à donner ce baume si
précieux à la meilleure partie d'un tout dont je ne suis
que la moindre. Si j'étais dans le cas de prévoir qu'il
pourrait m'être nécessaire, cela serait encore mieux ;
mais j'avoue bonnement que je n'ai plus aucune néphrétique, et que je n'en ai jamais eu qui méritât un si grand
remède ; gardez-le donc bien soigneusement. Je comprends l'émotion que le petit Beaulieu vous a causée,
cela est naturel : j'ai bien passé par ces sortes de surprises.
Il vous a conté ma sagesse ; il est vrai que je ne me jette
point dans les folies d'autrefois : insensiblement il vient
un temps qu'on se conserve un peu davantage.

Il fait un soleil charmant : on se promène comme dans
les beaux jours de l'automne. J'ai bien pensé à vous à
cette nuit de Noël ; je vous voyais aux Bleues [240], pendant
qu'avec une extrême tranquillité nous étions ici dans
notre chapelle. Votre frère est tout à fait tourné du côté
de la dévotion : il est savant, il lit sans cesse des livres
saints, il en est touché, il en est persuadé. Il viendra un
jour où l'on sera bien heureux de s'être nourri dans ces
sortes de pensées chrétiennes : la mort est affreuse quand
on est dénué de tout ce qui peut nous consoler en cet état.
Sa femme entre dans ses sentiments ; je suis la plus
méchante ; mais pas assez pour être de contrebande. Il a
lu avec plaisir l'endroit où vous paraissez contente de lui :
vous dites toujours tout ce qui se peut dire de mieux ;
et vous êtes si aimable, que je ne puis trop sentir la dou-

leur d'être éloignée de vous : ce que nous envisageons encore nous fait peur; vous croyez bien que cette peine n'est pas moindre pour moi que pour vous; mais il faut que je trouve du courage; un séjour trop court me serait inutile, ce serait toujours à recommencer; il faut avaler toute la médecine.

Voici ce qui me tient lieu de vos douze mille francs : c'est qu'étant ici, où je ne dépense rien, et mon fils se trouvant trop heureux de me payer de cette sorte, j'envoie à Paris mon revenu; sans cela qu'aurais-je fait ? Vous ne comprenez que trop bien ce que je vous dis; mais j'y ai pensé mille fois. Qu'auriez-vous fait vous-même sans le secours que vous avez eu ? Vous devez être assez près de votre compte présentement.

On est bientôt venu de Lyon à Paris par le temps qu'il fait; le retour de M. de Grignan doit finir la destinée de Mlle d'Alerac : il n'a tenu qu'à elle, ce me semble, de couper l'herbe sous le pied de Mlle de La Valette : ce Laurière n'était-il pas proposé par Mme d'Uzès [241]. J'approuve bien de supprimer les étrennes, c'est de l'argent jeté; celles que vous me donnerez, ma chère Comtesse, sont inestimables, et viennent d'un cœur qu'on ne peut trop aimer ni admirer. Je suis si persuadée de la sincérité de vos souhaits pour ma santé et pour ma vie, que je ménage l'une et l'autre comme un bien qui est à vous, et que je ne puis altérer sans vous faire une injure; il y a bien peu de gens dans le monde de qui une mère puisse avoir cette persuasion : vous voyez donc, ma chère enfant, que vous ne perdez rien de vos héroïques et tendres sentiments. Il vous faudrait vraiment cent mille écus, comme au comte de Fiesque; mais ce ne serait pas encore assez. Je mandais l'autre jour que je plaindrais plus le comte de Fiesque quand il les aurait, que je ne le plains quand il est à pied enveloppé dans son honnête pauvreté.

Vous me dites une étrange aventure de Termes : la vie de cet homme est une extraordinaire chose; on me mande pourtant que le Roi n'a pas trouvé bon qu'on ait répandu ce bruit.

Je vous prie de voir quelquefois cette duchesse de Chaulnes : comme elle n'est point versée dans l'amitié, elle a toute la ferveur d'une novice, et me mande qu'elle ne cherche que les gens avec qui elle peut parler de moi; qu'elle allait chez Mme de La Fayette, et qu'elle vous verrait au retour de Versailles; enfin j'ai fait aimer une âme qui n'avait pas dessein d'aimer. Je remarque comme vous voulez que ce soit toujours pour votre fils que tout se fasse, ne pensant point à vous ; et moi, dans tout ce que je fais, je ne vois que vous ; et j'aime parfaitement l'avance de beaucoup d'années que j'ai sur vous, comme une assurance que selon les règles de la nature, je conserverai mon rang : il m'est doux de penser que je ne vivrai jamais sans vous.

Je suis contente des papiers que je vous ai envoyés ; vous pouvez les ouvrir tous sans scrupule ; il ne me paraît pas que vous ayez jamais rien à démêler avec votre frère : il aime la paix, il est chrétien, et vous lui faites justice, quand vous trouvez que vous avez lieu d'être aussi contente de lui, que vous l'êtes peu de son beau-père ; jamais il n'a pensé qu'à vous dédommager, c'est une vérité : enfin, ma très-chère, je vois la paix dans tous les cœurs où je la désire. Au reste, ma chère Comtesse, gardez-vous bien de pencher ni pour Saint-Remi, ni pour Châtelet : faites comme moi, soyez dans l'exacte neutralité. La princesse prend intérêt à Saint-Remi ; mon fils à Châtelet, à cause de Mme de Tisé [242] : il n'y a rien à faire qu'à leur laisser démêler leur fusée ; peut-être même que l'affaire sera jugée à ce parlement, et sortira des mains des maréchaux de France.

Adieu, ma très-aimable : ordonnez bien des choses à Beaulieu ; il s'en va demeurer à Versailles : il peut être assez heureux pour vous rendre mille petits services ; usez-en comme s'il était à vous. Je vous demande une chose, si vous m'aimez ; ne me refusez pas, je vous en conjure : n'allez point à Gif avec M. de Grignan ; c'est un voyage pénible et cruel dans cette saison ; vous savez qu'il vous en coûta trois saignées pour un mal de gorge que cette fatigue vous causa. Je prie M. de Grignan d'être pour moi et de vous ménager ; c'est la première grâce que je lui demande, en l'embrassant à son arrivée auprès de vous.

122. — A MADAME DE GRIGNAN

Aux Rochers,
mercredi 14e février 1685.

Je n'ai point reçu de vos lettres cet ordinaire, ma chère bonne, et quoique je sache que vous êtes à Versailles,

que je croie et que j'espère que vous vous portez bien,
que je sois assurée que vous ne m'avez point oubliée,
et que ce désordre vienne d'un laquais et d'une paresse,
je n'ai pas laissé d'être toute triste et toute décontenancée; car le moyen, ma bonne, de se passer de cette
chère consolation ? Je ne vous dis point assez à quel point
vos lettres me plaisent, et à quel point elles sont aimables,
naturelles et tendres : je me retiens toujours sur cela
par la crainte de vous ennuyer. Je relisais tantôt votre
dernière lettre; je songeais avec quelle amitié vous
touchez cet endroit de la légère espérance de me revoir
au printemps, et comme après avoir trouvé les mois
si longs, cela se trouverait proche présentement, car
voilà tous les préparatifs du printemps : ma bonne,
j'ai été sensiblement touchée de vos sentiments, et des
miens, qui ne sont pas moins tendres, et de l'impossibilité qui s'est si durement présentée à mes yeux; ma chère
Comtesse, il faut passer ces endroits, et mettre tout
entre les mains de la Providence, et regarder ce qu'elle
va faire dans vos affaires et dans votre famille.

Mon fils et sa femme sont à Rennes de lundi; ils y ont
quelques affaires, et je trouve cette petite femme si
malade, si accablée de vapeurs, des fièvres, et des frissons
de vapeur, à tous moments, des maux de tête enragés,
que je leur ai conseillé de s'approcher des capucins; ils
viendront peut-être de Vannes, où ils sont, ou bien ils
écriront. Ce sont eux qui ont mis le feu à la maison par
leurs remèdes violents; mon fils achève avec l'essence
de Jacob deux ou trois fois le jour; il faut que tout cela
fasse un grand effet : il vaut mieux être dans une ville
qu'en pleine campagne. Je suis donc ici très-seule; j'ai
pourtant pris, pour voir une créature, cette petite jolie
femme dont M. de Grignan fut amoureux tout un soir.
Elle lit quand je travaille, elle se promène avec moi; car
vous saurez, ma bonne, et vous devez me croire, que
Dieu, qui mêle toujours les maux et les biens, a consolé
ma solitude d'une très-véritable guérison. Si on pouvait
mettre le mot d'aimable avec celui d'emplâtre, je dirais
que celui que vous m'avez envoyé mérite cet assemblage;
il attire ce qui reste, et guérit en même temps; ma plaie
disparaît tous les jours : Monpezat, pezat, zat, at, t, voilà
ma plaie. Il me semble que ce dernier que vous m'avez
envoyé est meilleur. Enfin cela est fait; si je n'en avais
point fait du poison, par l'avis des sottes gens de ce
pays, il y a longtemps que celui que j'ai depuis trois mois

m'aurait guérie. Dieu ne l'a pas voulu, j'en ressemble
mieux à M. de Pomponne, car c'est après trois mois : on
veut que je marche, parce que je n'ai nulle sorte de
fluxion, et que cela redonne des esprits et fait agir l'aimable onguent; remerciez-en Mme de Pomponne.
Jusques ici la foi avait couru au-devant de la vérité, et je
prenais pour elle mon espérance; mais, ma bonne, tout
finit, et Dieu a voulu que ç'ait été par vous. Mon fils
s'en plaignait l'autre jour; car ç'a été lui qui au contraire
m'a fait tous mes maux, mais Dieu sait avec quelle
volonté! Il partit lundi follement, en disant adieu à cette
petite plaie, disant qu'il ne la reverrait plus, et qu'après
avoir vécu si lontemps ensemble, cette séparation ne
laissait pas d'être sensible. Je n'oublierai pas aussi à vous
remercier mille fois de toute l'émotion, de tout le soin,
de tout le chagrin que votre amitié vous a fait sentir
dans cette occasion : quand on est accoutumée à votre
manière d'aimer, les autres font rire. Je suis fort digne,
ma bonne, de tous ces trésors par la manière aussi dont
je les sais sentir, et par la parfaite tendresse que j'ai pour
vous et pour tout ce qui vous touche à dix lieues à la
ronde. Parlez-moi un peu de votre santé, mais bien
véritablement, et de vos affaires. N'avons-nous plus
d'amants [243] ? Il nous revient beaucoup de temps et de
papier, puisque nous ne parlerons plus de cette pauvre
jambe.

La Marbeuf est transportée d'une lettre que vous lui
avez écrite; elle m'adore si fort que j'en suis honteuse;
elle veut vous envoyer deux poulardes avec mes quatre;
je l'en gronde, elle le veut; vous en donnerez à
M. du Plessis, et vous direz à Corbinelli d'en venir manger avec vous, comme vous avez déjà fait, car que ne
faites-vous point d'obligeant et d'honnête ? Ma bonne, je
finis; j'attends vendredi vos deux lettres à la fois; et je
suis sûre de vous aimer de tout mon cœur.

La princesse vient de partir d'ici; dès que mon fils, qui
est encore mal avec elle, a été à Rennes, elle est courue
ici d'une bonne amitié. Le *bien Bon* vous est tout acquis,
et moi à votre époux et à ce qui est avec vous.

123. — A MADAME DE GRIGNAN

Aux Rochers, dimanche 17ᵉ juin 1685.

Que je suis aise que vous soyez à Livry, ma très-chère bonne, et que vous y ayez un esprit débarrassé de toutes les pensées de Paris! Quelle joie de pouvoir chanter ma chanson, quand ce ne serait que pour huit ou dix jours! Vous nous dites mille douceurs, ma bonne, sur les souvenirs tendres et trop aimables que vous avez du bon abbé et de votre pauvre maman; je ne sais où vous pouvez trouver si précisément tout ce qu'il faut toujours penser et dire; c'est, en vérité, dans votre cœur, c'est lui qui ne manque jamais, et quoi que vous ayez voulu dire autrefois à la louange de l'esprit qui veut le contrefaire, il manque, il se trompe, il bronche à tout moment : ses allures ne sont point égales, et les gens éclairés par leur cœur n'y sauraient être trompés. Vive donc ce qui vint de ce lieu, et entre tous les autres, vive ce qui vient si naturellement de chez vous!

Vous me charmez en me renouvelant les idées de Livry; Livry et vous, en vérité, c'est trop; et je ne tiendrais pas contre l'envie d'y retourner, si je ne me trouvais toute disposée pour y retourner avec vous, à ce bienheureux mois de septembre; peut-être n'y retournerez-vous pas plus tôt : vous savez ce que c'est que Paris, les affaires et les infinités de contretemps qui vous empêchent d'y aller. Enfin me revoilà dans le train d'espérer de vous y voir; mais, bon Dieu! que me dites-vous, ma chère bonne ? le cœur m'en a battu : quoi ? ce n'est que depuis la résolution qu'a prise Mlle de Grignan de ne s'expliquer qu'au mois de septembre, que vous êtes assurée de m'attendre! Comment ? vous me trompiez donc, et il aurait pu être possible qu'en retournant dans deux mois, je ne vous eusse plus trouvée! Cette pensée me fait transir, et me paraît contre la bonne foi : effacez-la moi, je vous en conjure; elle me blesse, tout impossible que je la vois présentement : mais ne laissez pas de m'en dire un mot. O sainte Grignan, que je vous suis obligée, si c'est à vous que je dois cette certitude!

Revenons à Livry, vous m'en paraissez entêtée : vous avez pris toutes mes préventions,

Je reconnais mon sang [244]...

Je suis ravie que cet entêtement vous dure au moins
toute l'année. Que vous êtes plaisante avec ce rire du
père prieur, et cette tête tournée qui veut dire une approbation! Le *bien Bon* souhaite que du Harlay vous serve
aussi bien dans le pays, qu'il vous a bien nettoyé et
parfumé les jardins. Mais où prenez-vous, ma bonne,
qu'on entende des rossignols le 13ᵉ de juin? Hélas! ils
sont tous occupés du soin de leur petit ménage : il n'est
plus question, ni de chanter, ni de faire l'amour; ils ont
des pensées plus solides. Je n'en ai pas entendu un seul
ici; ils sont en bas vers ces étangs, vers cette petite
rivière; mais je n'ai pas tant battu de pays, et je me trouve
trop heureuse d'aller en toute liberté dans ces belles
allées de plain-pied.

Il faut tout de suite parler de ma jambe, et puis nous
reviendrons encore à Livry. Non, ma bonne, il n'y a
plus nulle sorte de plaie, il y a longtemps; mais ces pères
voulaient faire suer cette jambe pour la désenfler entièrement, et amollir l'endroit où étaient ces plaies, qui était
dur; ils ont mieux aimé, avec un long temps, insensiblement me faire transpirer toutes ces sérosités, par ces
herbes qui attirent de l'eau, et ces lessives, et ces lavages;
et à mesure que je continue ces remèdes, ma jambe
redevient entièrement dans son naturel, sans douleur,
sans contrainte. On étale l'herbe sur un linge, et on le
pose sur ma jambe, et on l'enterre après une demi-heure :
je ne crois pas qu'on puisse guérir plus agréablement un
mal de sept à huit mois. La princesse, qui est habile, en
est contente, et s'en servira dans les occasions. Elle vint
hier ici avec une grande emplâtre sur son pauvre nez,
qui a pensé en vérité être cassé. Elle me dit tout bas
qu'elle venait de recevoir cette petit boîte de thériaque
céleste, qu'elle vous donne avec plaisir; j'irai la prendre
demain dans son parc, où elle est établie; c'est le plus
précieux présent qu'on puisse faire; parlez-en à Madame,
quand vous ne saurez que lui dire. Elle croit que
Mme l'Electrice pourrait bien venir en France, si on
l'assure qu'elle pourra vivre et mourir dans sa religion,
c'est-à-dire qu'on lui laisse la liberté de se damner ²⁴⁵. Elle
nous a parlé du carrousel. Je me doutais bien, ma bonne,
que nous étions ridicules de tant retortiller sur ce livre,
je vous l'ai mandé, je le disais à votre frère; il en était
assez persuadé, mais nous avons cru qu'il suffisait
d'avoir fait cette réflexion, et qu'en faveur des Rochers,
nous pouvions nous y amuser un peu plus que de raison.

Nous nous souvenons encore fort distinctement comme
tout cela passe vite à Paris; mais nous n'y sommes pas, et
vous aurez fait conscience de vous moquer de nous.

Parlons de Livry : vous couchez dans votre chambre
ordinaire, M. de Grignan dans la mienne; celle du *bien
Bon* est pour les survenants; Mlle d'Alerac au-dessus, le
Chevalier dans la grande blanche, et le marquis au
pavillon. N'est-il pas vrai, ma bonne ? Je vais donc dans
tous ces lieux embrasser tous les habitants, et les assurer
que s'ils se souviennent de moi, je leur rends bien ce
souvenir avec une sincère et véritable amitié. Je souhaite
que vous y retrouviez tout ce que vous y cherchez; mais
je vous défends de parler encore de votre jeunesse comme
d'une chose perdue; laissez-moi ce discours; quand
vous le faites, il me pousse trop loin, et tire à de grandes
conséquences.

Je vous prie, ma chère bonne, de ne point retourner
à Paris pour les commissions dont nous vous importunons, votre frère et moi : envoyez Enfossy chez Gautier,
qu'il vous envoie des échantillons; écrivez à la d'Escars;
enfin, ma bonne, ne vous pressez point, ne vous dérangez
point : vous avez du temps de reste, il ne faut que deux
jours pour faire mon manteau, et l'habit de mon fils se
fera en ce pays; au nom de Dieu, ne raccourcissez point
votre séjour; jouissez de cette petite abbaye pendant que
vous y êtes et que vous l'avez. J'ai écrit à la d'Escars
pour vous soulager, et lui envoie un échantillon d'une
doublure or et noir, qui ferait peut-être un joli habit
sans doublure, une frange d'or au bas; elle me coûtait
sept livres; en voilà trop sur ce sujet, vous ne sauriez mal
faire, ma chère bonne.

Nous avons ici une lune toute pareille à celle de Livry;
nous lui avons rendu nos devoirs; et c'est passer une
galerie que d'aller au bout du mail. Cette place *Madame*
est belle : c'est comme un grand belvédère, d'où la campagne s'étend à trois lieues d'ici à une forêt de M. de La
Trémoille; mais elle est encore plus belle, cette lune, sous
les arbres de votre abbaye; je la regarde, et je songe que
vous la regardez : c'est un étrange rendez-vous, ma chère
mignonne; celui de Bâville sera meilleur. Si vous avez
M. de La Garde, dites-lui bien des amitiés pour moi;
vous me parlez de Polignac comme d'un amant encore
sous vos lois; un an n'aura guère changé cette noce.
Dites-moi donc comme le Chevalier marche, et comme ce
comte se trouve de sa fièvre. Ma chère bonne, Dieu

vous conserve parmi tant de peines et de fatigues! Je
vous baise des deux côtés de vos belles joues, et suis
entièrement à vous; et le *bien Bon*, il est ravi que vous
aimiez sa maison.

Je baise la belle d'Alerac et mon marquis. Comment
M. du Plessis est-il avec vous ? dites-moi un mot.

Mon fils et sa femme vous honorent et vous aiment,
et je conte souvent ce que c'est que cette Mme de Grignan; cette petite femme dit : « Mais, Madame, y a-t-il
des femmes faites comme cela ? »

Pour ma très-chère

124. — A MADAME DE GRIGNAN

Aux Rochers, mercredi 8e août 1685.

Si vous pouviez faire que le premier jour de septembre
ne fût point un samedi, ou que le *bien Bon* n'eût point
appris de ses pères à préférer le lundi, pour ne pas
trouver le dimanche au commencement d'un voyage,
j'aurais été fort juste au rendez-vous; mais la règle du
lundi, qui va de pair avec les ailerons de volaille et le
blanc d'une perdrix, nous fera arriver deux jours plus
tard. Je n'ose m'abandonner à toute la joie que me donne
la pensée de vous embrasser; je la cache, je la mitonne,
j'en fais un mystère, afin de ne point donner d'envie à
la fortune de me traverser : quand je dis la fortune, vous
m'entendez bien. Ne disons donc rien, ma chère bonne,
soyons modestes, n'attirons rien sur nos petites prospérités.

Nous avons été fort surpris de la nouvelle que vous
nous mandez : la princesse de Tarente n'en savait rien;
elle l'apprit hier ici, comme une vraie Allemande. Nous
croyons que les exilés auront encore des camarades;
mais quelle douleur au cardinal de Bouillon d'être mêlé
avec l'idée qu'on a de ces petits garçons! quelle rage!
Nous voulons nous imaginer qu'il y a quelque chose de
la cour, et que plus d'une folie et d'une imprudence
étaient dans cette malle de lettres [246]. Je ne crois point que
cette nouvelle passe si vite à Paris; on pourra s'en taire
à Versailles; mais elle embrasse trop de gens pour ne pas

répandre beaucoup de tristesse. Je ne comprends pas
qu'on puisse être insensé et enragé dans une cour si sage
et sous un tel maître. Coulanges est demeuré avec mon
fils : ils ne partiront que lundi, pour arriver la veille de
la Notre-Dame, et ils ne seront que huit jours aux états.
Mon fils reviendra me dire adieu; car quand je serais la
cour, mon jour ne serait pas mieux fixé.

D'EMMANUEL DE COULANGES

Me voici encore, je ne puis quitter la *mère beauté*. Nous
nous promenons sans fin et sans cesse, et sa jambe n'en
fait que rire, et augmenter d'embonpoint et de beauté;
mais Monsieur votre frère est bien chaud au jeu; il nous
fait souvenir à tout moment de M. de Grignan, qui n'est
guère moins pétulant que lui, avec tout le respect qu'on
lui doit. Nous eûmes hier ici la bonne princesse de
Tarente; elle a bien moins de grandeur que Mme la présidente de Cor... : il s'en faut beaucoup qu'elle ne soit
aussi jalouse de son rang que cette présidente, laquelle a
pleuré comme un enfant, aux états, parce que le premier
président de la chambre des comptes a voulu avoir un
fauteuil, aussi bien que son mari. Je viens d'écrire à toutes
les présidentes à mortier de Paris, pour leur dire qu'elles
ne connaissent point leurs privilèges, et qu'elles viennent
les apprendre en ce pays-ci.

DE MADAME DE SÉVIGNÉ

Il faut que je raccommode ce bel endroit où, pour
louer la beauté de ma jambe, il vous assure de son *embonpoint;* je vous dis, moi, qu'elle est de fort belle taille, et
qu'elle ressemble en tout à sa compagne. Nous nous
promenons le matin, cette heure me plaît, et le soir
encore, sans que ma jambe en soit plus émue : si je
mentais, Coulanges vous le dirait bientôt; car nulle
vérité ne demeure captive avec lui. Il est toujours trop
joli, et tellement vif et plaisant, et des imaginations si
surprenantes, que je ne m'étonne point qu'on l'aime
dans tous les lieux où l'on aime la joie. Il tourne en ridicule trop joliment toutes les sottises des états, et la gloire
d'une présidente de Cor..., que vous avez connue, et qui
est effectivement une chose rare. J'ai vu votre folle Pro-

vençale; je trouve son accusation bien hardie : vous m'en direz la suite. Le *bien Bon* vous rend toutes vos amitiés; et votre pauvre frère, qui ne se porte pas trop bien encore, vous embrasse et vous prie de le plaindre. Il dit que le pays où je le laisse est moins propre à le consoler de moi, que celui où je vous laissais; il a raison, ma très-belle, et c'est ce qui augmente le prix de cette douleur et de cette tristesse, dont Versailles et Paris ne pouvaient vous guérir; ce sont pourtant de bons pays pour donner des distractions; mais votre amitié est d'une si bonne trempe, qu'elle ne se laisse point dissiper. Je n'ai rien oublié, ma fille, de tout ce qui me doit obliger à vous aimer toute ma vie plus que personne du monde : il me semble que ce n'est pas encore assez dire.

125. — AU COMTE DE BUSSY-RABUTIN

A Paris, ce 14ᵉ mai 1686.

Il est vrai que j'eusse été ravie de me faire tirer trois poilettes de sang du bras de la Montataire [247], elle me l'offrit de fort bonne grâce; et je suis assurée que pourvu qu'une Marie de Rabutin eût été saignée, j'en eusse reçu un notable soulagement. Mais la folie des médecins les fit opiniâtrer à vouloir que celle qui avait un rhumatisme sur le bras gauche fût saignée du bras droit : de sorte que l'ayant interrogée sur sa santé, et sa réponse et la mienne ayant découvert la personne convaincue d'une fluxion assez violente, il fallut que je payasse en personne le tribut de mon infirmité et d'avoir été la marraine de cette jolie créature. Ainsi, mon cousin, je ne pus recevoir aucun soulagement de sa bonne volonté. Pour moi qui m'étais sentie autrefois affaiblie, sans savoir pourquoi, d'une saignée qu'on vous avait faite le matin, je suis encore persuadée que si on voulait s'entendre dans les familles, le plus aisé à saigner sauverait la vie aux autres, et à moi, par exemple, la crainte d'être estropiée.

Mais laissons le sang de Rabutin en repos, puisque je suis en parfaite santé. Je ne vous puis dire combien j'estime et combien j'admire votre bon et heureux tempérament. Quelle sottise de ne point suivre les temps, et de ne pas jouir avec reconnaissance des consolations que Dieu nous envoie après les afflictions qu'il veut quelque-

fois nous faire sentir! La sagesse est grande, ce me
semble, de souffrir la tempête avec résignation, et de
jouir du calme quand il lui plaît de nous le redonner :
c'est suivre l'ordre de la Providence. La vie est trop
courte pour s'arrêter si longtemps sur le même sentiment; il faut prendre le temps comme il vient, et je sens
que je suis de cet heureux tempérament; *e me ne pregio* [248],
comme disent les Italiens. Jouissons, mon cher cousin,
de ce beau sang qui circule si doucement et si agréablement dans nos veines. Tous vos plaisirs, vos amusements, vos tromperies, vos lettres et vos vers, m'ont
donné une véritable joie, et surtout ce que vous écrivez
pour défendre Benserade et La Fontaine, contre ce vilain
factum. Je l'avais déjà fait en basse note à tous ceux qui
voulaient louer cette noire satire. Je trouve que l'auteur
fait voir clairement qu'il n'est ni du monde, ni de la
cour, et que son goût est d'une pédanterie qu'on ne peut
pas même espérer de corriger. Il y a de certaines choses
qu'on n'entend jamais, quand on ne les entend pas
d'abord : on ne fait point entrer certains esprits durs et
farouches dans le charme et dans la facilité des ballets de
Benserade et des fables de La Fontaine : cette porte leur
est fermée, et la mienne aussi; ils sont indignes de jamais
comprendre ces sortes de beautés, et sont condamnés au
malheur de les improuver, et d'être improuvés aussi des
gens d'esprit. Nous avons trouvé beaucoup de ces
pédants. Mon premier mouvement est toujours de me
mettre en colère, et puis de tâcher de les instruire; mais
j'ai trouvé la chose absolument impossible. C'est un
bâtiment qu'il faudrait reprendre par le pied : il y aurait
trop d'affaires à le vouloir réparer; et enfin nous trouvions qu'il n'y avait qu'à prier Dieu pour eux; car nulle
puissance humaine n'est capable de les éclairer. C'est le
sentiment que j'aurai toujours pour un homme qui
condamne le beau feu et les vers de Benserade, dont le
Roi et toute la cour a fait ses délices, et qui ne connaît
pas les charmes des fables de La Fontaine. Je ne m'en
dédis point, il n'y a qu'à prier Dieu pour un tel homme,
et qu'à souhaiter de n'avoir point de commerce avec
lui.

   J'aimerais fort au contraire à connaître celui qui vous
a loué si agréablement; notre cher Corbinelli vous dira
mieux que moi l'approbation naturelle que nous avons
donnée à ses vers; je lui laisse la plume, après vous avoir
embrassé, et votre aimable fille. Croyez l'un et l'autre que

je ne cesserai de vous aimer que quand nous ne serons plus du même sang.

J'ai reçu la réponse de mon cousin de Toulongeon; son épouse est très-aimable, et vous avez fait à Autun une fort jolie société. Ma fille veut que je vous dise bien des amitiés pour elle. Elle est toujours la belle Madelonne, et votre très-humble servante et de ma nièce; elle a le même sentiment que nous des jolis vers que nous lui avons montrés.

DE CORBINELLI

J'oubliai de vous mander, Monsieur, que Mme de Grignan avait lu ce que vous écriviez à Mme de Créancé, et ce que Mme de Coligny vous répondit pour elle, c'est-à-dire admiré; car ce ne sont pas deux choses pour ceux qui lisent ce que vous écrivez tous deux. Je dis la même chose de votre lettre à Furetière, et je pense que ce serait gâter vos louanges que de les entreprendre en détail. C'est la faute que l'on fait sur celles du Roi; on n'en voit plus que de triviales, c'est-à-dire, au moins, qui sont usées : ce sont les mêmes superlatifs répétés depuis qu'il règne, et redits dans les mêmes termes; c'est toujours le plus grand monarque du monde, et un héros passant tous les héros passés, présents et futurs. Tout cela est vrai, mais ne saurait-on varier les expressions ? Horace et Virgile n'ont-ils point loué Auguste sans redire les mêmes choses, les mêmes pensées et les mêmes termes ? Il me semble qu'on ne sait point louer dignement, ni exposer la vérité avec les propres couleurs. C'est un chapitre que nous traiterons à Chaseu, si je puis venir à bout de mes desseins. Je voudrais qu'on défendît aux faiseurs de panégyriques de jamais employer le mot de *héros*, de *grand*, de *mérite*, de *sagesse*, de *valeur;* qu'on louât par les choses, et point par les épithètes.

Adieu, Monsieur : mes compliments, s'il vous plaît, à Mme la marquise de Coligny.

126. — AU PRÉSIDENT DE MOULCEAU

Ce 27ᵉ janvier 1687.

Si cette lettre vous fait quelque plaisir, comme vous voulez me flatter quelquefois que vous aimez un peu mes

lettres, vous n'avez qu'à remercier M. le Chevalier de
Grignan de celle-ci : c'est lui qui me prie de vous écrire,
Monsieur, pour vous parler et vous questionner sur les
eaux de Balaruc. Ne sont-elles pas vos voisines ? pour
quels maux y va-t-on ? est-ce pour la goutte ? ont-elles
fait du bien à ceux qui en ont pris ? en quel temps les
prend-on ? en boit-on ? s'y baigne-t-on ? ne fait-on que
plonger la partie malade ? Enfin, Monsieur, si vous pouvez soutenir avec courage l'ennui de ces quinze ou seize
questions, et que vous vouliez bien y répondre, vous
ferez une grande charité à un des hommes du monde qui
vous estime le plus, et qui est le plus incommodé de la
goutte.

   Je pourrais finir ici ma lettre, n'étant à autre fin ; mais
je veux vous demander par occasion comme vous vous
portez d'être grand-père. Je crois que vous avez reçu une
gronderie que je vous fais sur l'horreur que vous me
témoigniez de cette dignité : je vous donnais mon
exemple et vous disais : « Pétus, *non dolet* [249]. » En effet, ce
n'est point ce que l'on pense : la Providence nous conduit
avec tant de bonté dans tous ces temps différents de notre
vie, que nous ne les sentons quasi pas ; cette pente va
doucement, elle est imperceptible : c'est l'aiguille du
cadran que nous ne voyons pas aller. Si à vingt ans on
nous donnait le degré de supériorité dans notre famille,
et qu'on nous fît voir dans un miroir le visage que nous
avons, ou que nous aurons à soixante ans en le compa-
rant à celui de vingt, nous tomberions à la renverse, et
nous aurions peur de cette figure ; mais c'est jour à jour
que nous avançons : nous sommes aujourd'hui comme
hier, et demain comme aujourd'hui ; ainsi nous avançons
sans le sentir, et c'est un des miracles de cette Providence
que j'adore. Voilà une tirade où ma plume m'a conduite,
sans y penser. Vous avez été, sans doute, de la belle et
bonne compagnie qui était chez le cardinal de Bonzi.

   Adieu, Monsieur : je ne change point d'avis sur l'estime
et l'amitié que je vous ai promise.

La M. DE SÉVIGNÉ.

*Montpellier. A Monsieur, à Monsieur le président de
Moulceau, à Montpellier.*

127. — AU COMTE DE BUSSY-RABUTIN

A Paris, ce 10ᵉ mars 1687.

Voici encore de la mort et de la tristesse, mon cher cousin. Mais le moyen de ne vous pas parler de la plus belle, de la plus magnifique et de la plus triomphante pompe funèbre qui ait jamais été faite depuis qu'il y a des mortels ? C'est celle de feu M. le Prince, qu'on a faite aujourd'hui à Notre-Dame. Tous les beaux esprits se sont épuisés à faire valoir tout ce qu'a fait ce grand prince, et tout ce qu'il a été. Ses pères sont représentés par des médailles jusqu'à saint Louis ; toutes ses victoires par des basses-tailles, couvertes comme sous des tentes dont les coins sont ouverts, et portés par des squelettes, dont les attitudes sont admirables. Le mausolée, jusque près de la voûte, est couvert d'un dais en manière de pavillon encore plus haut, dont les quatre coins retombent en guise de tentes. Toute la place du chœur est ornée de ces basses-tailles, et de devises au-dessous, qui parlent de tous les temps de sa vie. Celui de sa liaison avec les Espagnols est exprimé par une nuit obscure, où trois mots latins disent : *Ce qui s'est fait loin du soleil doit être caché* [250]. Tout est semé de fleurs de lis d'une couleur sombre, et au-dessous une petite lampe qui fait dix mille petites étoiles. J'en oublie la moitié ; mais vous aurez le livre, qui vous instruira de tout en détail. Si je n'avais point eu peur qu'on ne vous l'eût envoyé, je l'aurais joint à cette lettre ; mais ce duplicata ne vous aurait pas fait plaisir.

Tout le monde a été voir cette pompeuse décoration. Elle coûte cent mille francs à M. le Prince d'aujourd'hui ; mais cette dépense lui fait bien de l'honneur. C'est M. de Meaux qui a fait l'oraison funèbre : nous la verrons imprimée. Voilà, mon cher cousin, fort grossièrement le sujet de la pièce. Si j'avais osé hasarder de vous faire payer un double port, vous seriez plus content. Nous revoilà donc encore dans la tristesse.

Mais pour vous soutenir un peu, je m'en vais passer à une autre extrémité, c'est-à-dire de la mort à un mariage, et de l'excès de la cérémonie à l'excès de la familiarité, l'un et l'autre étant aussi originaux qu'il est possible. C'est du fils du duc de Gramont, âgé de quinze ans, et de la fille de M. de Noailles dont je veux parler. On les

marie ce soir à Versailles. Voici comment : personne
n'est prié, personne n'est averti, chacun soupera ou fera
collation chez soi. A minuit on assemblera les deux
mariés pour les mener à la paroisse, sans que les pères et
mères s'y trouvent, qu'en cas qu'ils soient alors à Versailles. On les mariera ; on ne trouvera point un grand
étalage de toilette ; on ne les couchera point : on laissera
le soin à la gouvernante et au gouverneur de les mettre
dans un même lit. Le lendemain on supposera que tout
a bien été. On n'ira point les tourmenter ; point de bons
mots, point de méchantes plaisanteries. Ils se lèveront :
le garçon ira à la messe et au dîner du Roi ; la petite
personne s'habillera comme à l'ordinaire ; elle ira faire
des visites avec sa bonne maman ; elle ne sera point sur
son lit, comme une mariée de village, exposée à toutes
les ennuyeuses visites ; et toute cette noce (chose qui
ordinairement est bien marquée) sera confondue le
plus joliment et le plus naturellement du monde avec
toutes les autres actions de la vie, et s'est glissée si
insensiblement dans le train ordinaire, que personne ne
s'est avisé qu'il fût arrivé quelque fête dans ces deux
familles.

Voilà de quoi je veux remplir cette lettre, mon cousin ;
et je prétends que cette peinture, dans son espèce, est
aussi extraordinaire que l'autre.

Je viens de voir un prélat qui était à l'oraison funèbre.
Il nous a dit que M. de Meaux s'était surpassé lui-
même et que jamais on n'a fait valoir ni mis en œuvre si
noblement une si belle matière. J'ai vu deux ou trois fois
ici M. d'Autun. Il me parait fort de vos amis : je le
trouve très-agréable, et son esprit d'une douceur et
d'une facilité qui me fait comprendre l'attachement qu'on
a pour lui quand on est dans son commerce. Il a eu des
amis d'une si grande conséquence, et qui l'ont si longtemps et si chèrement aimé, que c'est un titre pour l'estimer, quand on ne le connaîtrait pas par lui-même. La
Provençale vous fait bien des amitiés. Elle est occupée
d'un procès qui la rend assez semblable à la comtesse
de Pimbêche.

Je me réjouis avec vous que vous ayez à cultiver le
corps et l'esprit du petit de Coligny. C'est un beau nom
à médicamenter, comme dit Molière, et c'est un amusement que nous avons ici tous les jours avec le petit
de Grignan. Adieu, mon cher cousin ; adieu, ma chère
nièce : conservez-nous vos amitiés, et nous vous répon-

dons des nôtres. Je ne sais si ce pluriel est bon ; mais quoi qu'il en soit, je ne le changerai pas.

DE CORBINELLI

Je ne vous dirai rien aujourd'hui, Monsieur, sinon que je vous honore parfaitement. Je viens d'achever de lire un livre intitulé : *la Vérité de la Religion chrétienne*, qui est, à mon gré, un livre parfait [251]. Je finirai en vous assurant que je suis entièrement à vous et à votre divine fille.

128. — A D'HERIGOYEN

De Paris, ce 23e avril 1687.

Je vous ai écrit, Monsieur d'Herigoyen, et vous me répondez sur tout ce que je vous demandais comme si vous aviez reçu ma lettre. Je vous remercie d'être revenu de Vannes exprès pour mes affaires ; vous voyez que j'en avais grand besoin, et que j'ai grande raison de souhaiter que vous ayez gagné votre procès, afin d'être à moi. M. de Trévaly me répond tous les jours de votre capacité et fidélité : c'est pourquoi je me veux fier en vous entièrement.

Je vous remercie de la lettre de change : vous m'avez fait un grand plaisir ; je vous en tiendrai compte. Elle est de quatre cents francs sur M. Charpantier ; à votre retour, nous compterons.

Il faudra que vous voyiez aussi ce que nous devons à Angebaut [252], et tirer le meilleur marché que vous pourrez de ce procès-verbal. Faites tout cela en conscience, comme si c'était pour vous, et vous lui donnerez quelque somme à valoir, mais non pas tout, car j'en ai bien affaire ailleurs.

Je consens de tout mon cœur que vous fassiez faire les réparations nécessaires des moulins, des métairies, des douves, des prés. Eh, bon Dieu ! avez-vous cru que je ne voulusse pas remettre ma terre en bon état et pour être bien affermée ? C'est mon intérêt : faites donc toutes ces choses, et en faites les marchés en homme de bien et en bon père de famille. Vous ferez voir votre bonne conduite à M. de Trévaly, qui prendra soin de toutes mes affaires quand il sera dans le pays, c'est-à-dire que

vous lui en parlerez, et lui obéirez comme à moi. Si en
attendant vous rencontrez M. l'abbé de Bruc, vous lui
conterez un peu l'état de nos affaires et tout ce que vous
faites pour les rétablir : il est de mes bons amis et a très-
bon esprit, et beaucoup de connaissance de toutes
choses. Songez donc à ces réparations ; faites-en tous les
marchés.

Ne vous attendez point à mon fils : je ne crois pas
qu'il aille à Nantes qu'après les états. Vous avez plus de
connaissance que lui de toutes ces choses. Si nous établissons la confiance, comme elle l'est déjà de mon côté,
je vous donnerai le pouvoir de faire en conscience et
en honneur tout ce que vous trouverez à propos : commencez sur ce pied-là, et tâchez d'affermer les moulins, les métairies et les prés ; il n'y a pas un moment
à perdre. Vous devez vous accommoder au Buron et
rétablir cette terre, car je vous assure qu'elle est bonne
et que vous y trouverez votre compte. Je suis ravie
des ventes que vous allez avoir ; vous en aurez bien
d'autres : cette ferme ne vous ruinera jamais, je vous
en réponds.

Je n'avais que faire de ce gros procès-verbal, qui m'a
coûté six francs ; je ne puis en faire aucun usage ici ; j'irai
quelque jour à Nantes, et c'est sur les lieux que l'on
s'instruit en détail.

Je vous gronde, Monsieur d'Herigoyen, d'avoir dit à
La Jarie que vous aviez vu des lettres de Pasgerant : je
vous avais prié de n'en point parler. Il faut être fidèle à
ces sortes de petits secrets. Cela fait qu'on n'est plus
averti de rien. J'espère que vous vous corrigerez, et c'est
ce qui fait que je retourne encore à vous envoyer une de
ces lettres, où vous verrez les belles dispositions de La
Jarie et l'entreprise d'un homme qui met familièrement
un banc auprès du vôtre dans notre paroisse de Vigneu.
A votre retour, vous entrerez un peu dans cette affaire
avec votre vigilance. Il ne faut point parler de changer
d'officiers que quand vous aurez mon fils, car c'est lui à
qui j'ai laissé ce soin. Vous avez grand'raison de dire que
La Jarie s'expose à un orage, car je vous assure que je
veux être payée et de mes treize cents francs de 85 et
du compte de 1680, et tout cela pour M. d'Harouys.
Mon pauvre ami, je brûle d'envie de commencer à payer
un ami si cher et si précieux. Si vous aimez M. de Trévaly, vous y travaillerez avec soin, car ces deux amis ne
sont qu'un. M. d'Harouys marie son fils à la fille d'un

maître des requêtes nommé M. de Richebourg; elle est fort riche et fort bien faite.

Il faut faire payer exactement toutes les rentes que doit La Jarie tout au long de son bail. Quelle folie de dire que c'est à vous à les payer!

Gardez-vous donc bien de faire semblant d'avoir cette dernière lettre de Pasgerant; mais profitez-en, et mettez-la avec celle-ci à part, bien serrées; ne les perdez pas, et ne les regardez plus que vous n'ayez gagné votre procès et que vous ne soyez retourné à Nantes : alors elles vous rafraîchiront la mémoire de tout ce que vous aurez à faire, car c'est tout ce que j'ai à vous dire pour le présent; et vous m'avertirez de votre retour et du gain de votre procès, car j'espère que vous en aurez contentement.

Adieu, Monsieur d'Herigoyen : gardez bien, comme je vous dis, cette lettre et celle de Pasgerant, et à votre retour, mon ami, j'espérerai tout de votre vigilance et de votre affection.

M. DE RABUTIN CHANTAL.

129. — AU COMTE DE BUSSY-RABUTIN

A Paris, ce 17e juin 1687.

Je ne m'amuserai point, mon cousin, à répondre à vos réponses, quoique ce soit la suite d'une conversation. Je veux commencer par vous dire avec douleur que vous avez perdu votre bon et fidèle ami le duc de Saint-Aignan. Sept ou huit jours de fièvre l'ont emporté, et l'on peut dire qu'il est mort bien jeune, quoiqu'il eût, à ce qu'on dit, quatre-vingts ans. Il n'a senti, ni dans l'esprit, ni dans l'humeur, ni dans le corps, les tristes incommodités de la vieillesse. Il a toujours servi le Roi à genoux, avec cette disposition que les gens de quatre-vingts ans n'ont jamais. Il a eu des enfants depuis deux ans. Enfin tout a été prodige en lui. Dieu veuille le récompenser de ce qu'il a fait pour l'honneur et pour la gloire du monde! J'ai senti vivement cette mort, par rapport à vous. Il vous a aimé fidèlement. Vous étiez son frère d'armes, et la chevalerie vous unissait. Il vous a rendu des services que nul autre courtisan n'aurait osé ni voulu vous rendre. Il avait un air et une manière qui parait la cour. Quand la mode viendrait de faire des parallèles dans les oraisons funèbres, je n'en souffrirai jamais dans la sienne; car il était assurément unique en son espèce, et un grand original sans copie.

Nous avons lu avec douleur ce que vous avez écrit au Roi. En voulant le toucher, vous nous avez pénétrés. Ce n'était pas à moi que vous visiez. Plût à Dieu que cette lettre eût fait l'effet qu'elle doit faire! Ce que vous lui représentez en est bien digne. Il y a des endroits touchants et des tours pour le porter à vous secourir qui ne sont que trop singuliers, trop pressants et trop véritables : c'est ce qui nous tue. Cette lettre a été reçue, et ce n'est pas la faute de votre pauvre ami, ni la vôtre, si elle ne vous attire pas des justices et des grâces. Il est vrai que vos malheurs, quoique très-grands, sont au-dessous de votre courage.

Je n'avais retenu de dates que l'année de ma naissance et celle de mon mariage; mais sans augmenter le nombre, je m'en vais oublier celle où je suis née, qui m'attriste et qui m'accable, et je mettrai à la place celle de mon veuvage, qui a été assez douce et assez heureuse, sans éclat et sans distinction; mais elle finira peut-être plus chrétiennement que si elle avait eu de plus grands mouvements; et c'est en vérité le principal.

Adieu, mon cher cousin, et je finis en vous embrassant et cette chère Coligny. Si nous sommes assez heureux pour vous revoir ici, nous en aurons une véritable joie, et nous vous ferons demeurer d'accord que si quelquefois

> Un peu d'absence fait grand bien [253],

quelquefois aussi

> Beaucoup d'absence fait grand mal.

La belle Provençale est contente et ravie que vous l'aimiez sous toutes sortes de noms. Elle vous supplie, père et fille, de continuer : elle le mérite par la manière dont elle est pour vous.

DE CORBINELLI

Je serais ravi, Monsieur, que vos affaires vous forçassent de venir ici, et de vous y voir hors du trouble que donne un procès désagréable. En attendant je vous fais mon compliment sur la mort du duc de Saint-Aignan. Vous y perdez un véritable ami, chose rare en tout temps, mais surtout en ce siècle.

130. — AU COMTE DE BUSSY-RABUTIN

A Paris, ce 13ᵉ novembre 1687.

Je reçois présentement une lettre de vous, mon cher cousin, la plus aimable et la plus tendre qui fut jamais. Je n'ai jamais vu expliquer l'amitié si naturellement, et d'une manière si propre à persuader. Enfin vous m'avez persuadée, et je crois que ma vie est nécessaire à la conservation et à l'agrément de la vôtre. Je m'en vais donc vous en rendre compte, pour vous rassurer et vous faire connaître l'état où je suis.

Je reprends dès les derniers jours de la vie de mon cher oncle l'abbé, à qui, comme vous savez, j'avais des obligations infinies. Je lui devais la douceur et le repos de ma vie; c'est à lui à qui vous devez la joie que j'apportais dans votre société : sans lui, nous n'aurions jamais ri ensemble; vous lui devez toute ma gaieté, ma belle humeur, ma vivacité, le don que j'avais de vous bien entendre, l'intelligence qui me faisait comprendre ce que vous aviez dit et deviner ce que vous alliez dire; en un mot, le bon abbé, en me retirant des abîmes où M. de Sévigné m'avait laissée, m'a rendue telle que j'étais, telle que vous m'avez vue, et digne de votre estime et de votre amitié. Je tire le rideau sur vos torts; ils sont grands, mais il les faut oublier, et vous dire que j'ai senti vivement la perte de cette agréable source de tout le repos de ma vie. Il est mort en sept jours, d'une fièvre continue, comme un jeune homme, avec des sentiments très-chrétiens, dont j'étais extrêmement touchée; car Dieu m'a donné un fonds de religion qui m'a fait regarder assez solidement cette dernière action de la vie. La sienne a duré quatre-vingts ans; il a vécu avec honneur, il est mort chrétiennement : Dieu nous fasse la même grâce! Ce fut à la fin d'août que je le pleurai amèrement. Je ne l'eusse jamais quitté s'il eût vécu autant que moi. Mais voyant au 15ᵉ ou 16ᵉ septembre que je n'étais que trop libre, je me résolus d'aller à Vichy, pour guérir tout au moins mon imagination sur des manières de convulsions à la main gauche, et des visions de vapeurs qui me faisaient craindre l'apoplexie.

Ce voyage proposé donna envie à Mme la duchesse de Chaulnes de le faire aussi. Je me joignis à elle; et comme j'avais quelque envie de revenir à Bourbon, je

ne la quittai point. Elle ne voulait que Bourbon ; j'y fis
venir des eaux de Vichy, qui, réchauffées dans les puits
de Bourbon, sont admirables. J'en ai pris, et puis de celles
de Bourbon : ce mélange est fort bon. Ces deux rivales
se sont raccommodées ensemble, ce n'est plus qu'un
cœur et qu'une âme : Vichy se repose dans le sein de
Bourbon et se chauffe au coin de son feu, c'est-à-dire
dans les bouillonnements de ses fontaines. Je m'en suis
fort bien trouvée ; et quand j'ai proposé la douche, on
m'a trouvée en si bonne santé, qu'on me l'a refusée ; et
l'on s'est moqué de mes craintes : on les a traitées de
visions, et l'on m'a renvoyée comme une personne en
parfaite santé. On m'en a tellement assurée, que je l'ai
cru, et je me regarde aujourd'hui sur ce pied-là. Ma fille
en est ravie, qui m'aime comme vous savez.

Voilà, mon cher cousin, où j'en suis. Votre santé
dépendant de la mienne, en voilà une grande provision
pour vous. Songez à votre rhume, et comme cela faites-
moi bien porter. Il faut que nous allions ensemble, et
que nous ne nous quittions point.

Il y a trois semaines que je suis revenue de Bourbon ;
notre jolie petite abbaye n'était point encore donnée ;
nous y avons été douze jours ; enfin on vient de la donner
à l'ancien évêque de Nîmes très-saint prélat. J'en sortis
il y a trois jours, toute affligée de dire adieu pour jamais
à cette aimable solitude que j'ai tant aimée : après avoir
pleuré l'abbé, j'ai pleuré l'abbaye.

Je sais que vous m'avez écrit pendant mon voyage de
Bourbon ; je ne me suis point amusée aujourd'hui à vous
répondre : je me suis laissée aller à la tentation de parler
de moi à bride abattue, sans retenue et sans mesure.
Je vous en demande pardon, et je vous assure qu'une
autre fois je ne me donnerai pas une pareille liberté ; car
je sais, et c'est Salomon qui le dit, que celui-là est haïs-
sable qui parle toujours de lui. Notre ami Corbinelli dit
que pour juger combien nous importunons en parlant
de nous, il faut songer combien les autres nous impor-
tunent quand ils parlent d'eux. Cette règle est assez générale ; mais je crois m'en pouvoir excepter aujourd'hui,
car je serais fort aise que votre plume fût aussi inconsi-
dérée que la mienne, et je sens que je serais ravie que
vous me parlassiez longtemps de vous. Voilà ce qui m'a
engagée dans ce terrible récit ; et dans cette confiance
je ne vous ferai point d'excuses, et je vous embrasse,
mon cher cousin, et la belle Coligny.

Je rends mille grâces à Mme de Bussy de son compliment : on me tuerait plutôt que de me faire écrire davantage.

131. — A MADAME DE GRIGNAN

A Paris, lundi 11ᵉ octobre 1688.

J'ai reçu ma chère fille, vos deux billets de Joigny et d'Auxerre. Le chemin de Joigny est insupportable aux yeux. Je vous vois partout dans un déchirement de cœur si terrible, que j'en sens vivement le contre-coup. Vous auriez été assurément bien moins à plaindre ici : vous auriez eu plus tôt les nouvelles et les lettres de M. de Saint-Pouanges, qui promet à M. le Chevalier d'avoir un soin extrême de votre fils [254], vous sauriez qu'un certain petit fort, qui pouvait donner de la peine, a été pris avant l'arrivée de Monsieur le Dauphin ; vous apprendriez que, ce prince devant aller à la tranchée, M. de Vauban a augmenté toutes les précautions et toutes les sûretés qu'il a accoutumé de prendre pour la conservation des assiégeants ; vous sauriez que c'est le régiment de Picardie, et point du tout celui de Champagne qui a ouvert la tranchée, où personne n'a été blessé ; et vous verriez enfin que toutes les femmes qui sont ici, ayant dans cette barque leurs maris, leurs fils, leurs frères, leurs cousins, ou tout ce qu'il vous plaira, ne laissent pas de vivre, de manger, de dormir, d'aller, de venir, de parler, de raisonner, et d'espérer de revoir bientôt l'objet de leur inquiétude. Je me désespère de ce qu'au lieu de faire comme les autres, vous vous êtes séparée toute seule, tête à tête avec un *dragon* qui vous mange le cœur, sans nulle distraction, frémissant de tout, ne pouvant soutenir vos propres pensées, et croyant que tout ce qui est possible arrivera : voilà le plus cruel et le plus insoutenable état où l'on puisse être. Ma chère Comtesse, si c'est chose possible, ayez pitié de vous et de nous : vous êtes plus exposée que votre enfant ; suivez sur cela les conseils de M. de Grignan, de M. de Carcassonne, et de M. le Chevalier, qui vous écrit. Je n'ai point voulu vous parler de l'endroit de la lettre que votre fils vous écrivait : il n'était pas possible de le lire sans sentir un trait qui perçait le cœur ; mais il faut que cela passe, et ne pas toujours se creuser là-dessus.

Ne soyez point en peine de ce que j'ai écrit à M. de La Garde : tout ira comme vous le souhaitez; il en augmentera seulement l'estime qu'il a pour vous, en voyant à quel prix vous mettez le plaisir de bien vivre avec votre famille : ôtez cet endroit de votre esprit. Mlle de Méri est dans votre chambre; ce n'est pas sans émotion qu'on y entre, et qu'on y trouve tout fermé, *une migraine, une plainte*. Hélas! cette chère Comtesse, comme elle remplissait tout, comme elle brillait partout! La philosophie de Corbinelli est dans cette chambre que vous savez; nous le voyons moins qu'à la Place. Les nouvelles publiques occupent tout le monde; le bon abbé Bigorre y triomphe; il sera ici dans quatre jours. Je vous ai mandé que je mangeais avec M. le Chevalier, et que la liberté régnait partout; mais l'usage que nous en faisons, c'est de vouloir être souvent ensemble. Nous pensons si fort les mêmes choses, nos peines, nos intérêts sont si pareils, que ce serait une violence de ne se pas voir.

Le frère de Mme de Coulanges est mort : on dit que c'est le cordelier [255] qui l'a tué; et moi je dis que c'est la mort. Je vis hier mes veuves, qui vous aiment et vous estiment tellement, que vous pouvez les compter pour être vos véritables amies. Mme de La Fayette est tout de même. Son fils lui a mandé qu'il avait été longtemps avec le vôtre, et qu'il avait été contraint à Metz de le quitter : voilà tout.

Vous êtes toujours trop tendrement regrettée et souhaitée dans cette petite chambre. Le café y marche tous les matins; mais c'est tellement ma destinée d'être servie la dernière, que je ne puis pas obtenir de l'être avant le Chevalier. Mais vous n'entrez point, ma chère enfant; cela nous fait mourir. *La voyez-vous ? non, hélas ! ni moi non plus* [256]. On joue trop au naturel ce triste petit conte. Adieu, ma trop aimable : je ne puis être heureuse sans vous.

132. — A MADAME DE GRIGNAN

A Paris, le jour de la Toussaint,
à neuf heures du soir 1688.

Philisbourg est pris, ma chère enfant; *votre fils se porte bien*. Je n'ai qu'à tourner cette phrase de tous côtés, car je ne veux point changer de discours. Vous apprendrez donc par ce billet que *votre enfant se porte bien, et que Philisbourg est pris.* Un courrier vient d'arriver chez M. de Villacerf, qui dit que celui de Monseigneur est arrivé à Fontainebleau pendant que le P. Gaillard prêchait; on l'a interrompu, et on a remercié Dieu dans le moment d'un si heureux succès et d'une si belle conquête. On ne sait point de détail, sinon qu'il n'y a point eu d'assaut, et que M. Du Plessis disait vrai, quand il disait que le gouverneur faisait faire des chariots pour porter son équipage. Respirez donc, ma chère enfant; remerciez Dieu premièrement : il n'est point question d'un autre siège; jouissez du plaisir que votre fils ait vu celui de Philisbourg; c'est une date admirable, c'est la première campagne de Monsieur le Dauphin : ne seriez-vous pas au désespoir qu'il fût seul de son âge qui n'eût point été à cette occasion, et que tous les autres fissent les entendus ? Ah, mon Dieu! ne parlons point de cela, tout est à souhait. Mon cher Comte, c'est vous qu'il en faut remercier : je me réjouis de la joie que vous devez avoir; j'en fais mon compliment à notre Coadjuteur : voilà une grande peine dont vous êtes tous soulagés. Dormez donc, ma très-belle, mais dormez sur notre parole. Si vous êtes avide de désespoirs, comme nous le disions autrefois, cherchez-en d'autres, car Dieu vous a conservé votre cher enfant : nous en sommes transportés, et je vous embrasse dans cette joie avec une tendresse dont je crois que vous ne doutez pas.

133. — A MADAME DE GRIGNAN

A Paris, ce vendredi 3e décembre 1688.

Vous apprendrez aujourd'hui, ma fille, que le Roi nomma hier soixante et quatorze chevaliers de l'ordre, dont je vous envoie la liste. Comme il a fait l'honneur à M. de Grignan de le mettre du nombre, et que vous allez recevoir cent mille compliments, des gens de meilleur esprit que moi vous conseillent de ne rien dire ni écrire qui puisse blesser aucun de vos camarades. On vous conseille aussi d'écrire à M. de Louvois, et de lui dire que l'honneur qu'il vous a fait de demander de vos nouvelles à votre courrier vous met en droit de le remercier, et qu'aimant à croire, au sujet de la grâce que le Roi vient de faire à M. de Grignan, qu'il y a contribué au moins de son approbation, vous lui en faites encore un remerciement. Vous tournerez cela mieux que je ne pourrais faire : cette lettre sera sans préjudice de celles que doit écrire M. de Grignan.

Voici les circonstances de ce qui s'est passé. Le Roi dit à M. le Grand [257] : « Accommodez-vous pour le rang avec le comte de Soissons. » Vous remarquerez que son fils l'est aussi, et que c'est une chose contre les règles ordinaires. Vous saurez aussi que le Roi dit aux ducs qu'il avait lu leur écrit, et qu'il avait trouvé que la maison de Lorraine les avait précédés en plusieurs occasions : ainsi voilà qui est décidé. M. le Grand parla donc à M. le comte de Soissons; ils proposèrent de tirer au sort : « Pourvu, dit le comte, que, si vous gagnez, je passe entre vous et votre fils. » M. le Grand ne l'a pas voulu, et M. le comte de Soissons n'est pas chevalier.

Le Roi demanda à M. de La Trémouille quel âge il avait; il dit qu'il avait trente-trois ans : le Roi lui a fait grâce des deux ans. On dit que cette grâce, qui offense un peu la principauté, n'a pas été sentie comme elle le mérite. Cependant il est le premier des ducs, parce qu'il est le plus ancien duc. Le Roi a parlé à M. de Soubise, et lui a dit qu'il lui offrait l'ordre; mais que, n'étant point duc, il irait après les ducs. M. de Soubise l'a remercié de cet honneur, et a demandé seulement qu'il fût fait mention, sur les registres de l'ordre, et de l'offre et du refus, pour des raisons de famille; cela est accordé.

Le Roi dit tout haut : « On sera surpris de M. d'Hocquincourt, et lui le premier, car il ne m'en a jamais parlé; mais je ne puis oublier que, quand son père quitta mon service, son fils se jeta dans Péronne, et défendit la ville contre son père. » Il y a bien de la bonté dans un tel souvenir. Après que les soixante et treize eurent été remplis, le Roi se souvint du chevalier de Sourdis, qu'il avait oublié : il redemanda la liste, il rassembla le chapitre, et dit qu'il allait faire une chose contre l'ordre, parce qu'il y aurait cent et un chevaliers; mais qu'il croyait qu'on trouverait comme lui qu'il n'y avait pas moyen d'oublier M. de Sourdis, et qu'il méritait bien ce passe-droit : voilà un oubli bien obligeant. Ils furent donc tous nommés hier à Versailles; la cérémonie se fera le premier jour de l'an : le temps est court; plusieurs sont dispensés de venir, vous serez peut-être du nombre. Le Chevalier s'en va à Versailles pour remercier Sa Majesté.

Nous soupâmes hier chez M. de Lamoignon; la

duchesse de Villeroi y vint comme voisine : elle vous fait ses compliments et reçoit les vôtres. Nous y vîmes M. de Beauvais, à qui le Roi a dit qu'il était fâché de n'avoir pu lui donner l'ordre; mais qu'il l'assurait que la première place vacante lui serait donnée. Il y en a tant de prêtes à vaquer, que c'est comme une chose déjà faite.

M. et Mme Pelletier ont été les premiers à vous faire des compliments, Mme de Vauvineux, M. et Mme de Luynes, et toute la France. Je m'en vais sortir, pour ne voir ce soir que la liste. Il n'y a rien de pareil au débordement de compliments qui se fait partout. Mais s'il y a bien des gens contents, il y en a bien qui ne le sont pas : M. de Rohan, M. de Brissac, M. de Canaples, MM. d'Ambres, de Tallard, de Cauvisson, du Roure, de Peyre, M. de Mailly, vieux seigneur allié des puissances, MM. de Livry, de Cavoie, le grand prévôt, et d'autres que j'oublie : c'est le monde.

Adieu, ma très-chère : je vous embrasse et vous fais aussi mes compliments, et à M. de Grignan, et à M. le Coadjuteur. J'écrirai à M. d'Arles lundi, quand j'aurai vu le marquis. Je ne veux rien mêler dans cette lettre : seulement une réflexion, c'est que Dieu vous envoie des secours, et par là, et par Avignon, qui devraient bien vous empêcher de vous pendre, si cette envie vous tenait encore.

L'abbé Têtu vous fait toutes sortes de compliments. Mme de Coulanges veut écrire à M. de Grignan; elle était hier trop jolie avec le P. Gaillard : elle ne voulait que M. de Grignan, c'était son *cordon bleu*, c'est comme lui qu'elle les veut; tout lui était indifférent, pourvu, disait-elle, que le Roi vous eût rendu cette justice. Le Chevalier en riait de bon cœur, entendant dans cette approbation l'improbation de quelques autres.

134. — A MADAME DE GRIGNAN

A Paris, vendredi 10ᵉ décembre 1688.

Je ne réponds à rien aujourd'hui; car vos lettres ne viennent que fort tard, et c'est le lundi que je réponds à deux. Le Marquis est un peu cru, mais ce n'est pas assez pour se récrier; sa taille ne sera point comme celle de son père, il n'y faut pas penser; du reste, il est fort joli, répondant bien à tout ce qu'on lui demande, et comme un homme de sens, et comme ayant regardé et voulu s'instruire dans sa campagne : il y a dans tous ses discours une modestie et une vérité qui nous charment. M. Duplessis [258] est fort digne de l'estime que vous avez pour lui. Nous mangeons tous ensemble fort joliment, nous réjouissant des entreprises injustes que nous faisons quelquefois les uns sur les autres : soyez en repos sur cela, n'y pensez plus, et laissez-moi la honte de trouver qu'*un roitelet sur moi soit un pesant fardeau* [259]. J'en suis affligée ; mais il faut céder à la grande justice de payer ses dettes ; et vous comprenez cela mieux que personne ; vous êtes même assez bonne pour croire que je ne suis pas naturellement avare, et que je n'ai pas dessein de rien amasser.

Quand vous êtes ici, ma chère bonne, vous parlez si bien à votre fils, que je n'ai qu'à vous admirer ; mais en votre absence, je me mêle de lui apprendre les manèges des conversations ordinaires, qu'il est important de savoir : il y a des choses qu'il ne faut pas ignorer. Il serait ridicule de paraître étonné de certaines nouvelles sur quoi l'on raisonne ; je suis assez instruite de ces bagatelles. Je lui prêche fort aussi l'attention à ce que les autres disent, et la présence d'esprit pour l'entendre vite et y répondre : cela est tout à fait capital dans le monde. Je lui parle des prodiges de présence d'esprit que Dangeau nous contait l'autre jour ; il les admire, et je pèse sur l'agrément et sur l'utilité même de cette sorte de vivacité. Enfin, je ne suis point désapprouvée par M. le Chevalier. Nous parlons ensemble de la lecture, et du malheur extrême d'être livré à l'ennui et à l'oisiveté ; nous disons que c'est la paresse d'esprit qui ôte le goût des bons livres, et même des romans : comme ce chapitre nous tient au cœur, il recommence souvent. Le petit d'Auvergne est amoureux de la lecture : il n'avait pas un moment de repos à l'armée qu'il n'eût un livre à la main ; et Dieu sait si M. Duplessis et nous, faisons valoir cette passion si noble et si belle : nous voulons être persuadés que le marquis en sera susceptible ; nous n'oublions rien du moins pour lui inspirer un goût si convenable. M. le Chevalier est plus utile à ce petit garçon qu'on ne peut se l'imaginer : il lui dit toujours les meilleures choses du monde sur les grosses cordes de l'honneur et de la réputation, et prend un soin de ses affaires dont vous ne sauriez trop le remercier ; il entre dans tout, il se mêle de tout, et veut que le marquis ménage lui-même son argent, qu'il écrive, qu'il suppute, qu'il ne dépense rien d'inutile : c'est ainsi qu'il tâche de lui donner son esprit de règle et d'économie, et de lui ôter un air de grand seigneur, de *qu'importe ?* d'ignorance et d'indifférence, qui conduit fort droit à toutes sortes d'injustices, et enfin à l'hôpital. Voyez s'il y a une obligation pareille à celle d'élever votre fils dans ces principes. Pour moi, j'en suis charmée et trouve bien plus de noblesse à cette éducation qu'aux autres.

M. le Chevalier a un peu de goutte. Il ira demain, s'il peut, à Versailles; il vous rendra compte de vos affaires. Vous savez présentement que vous êtes chevaliers de l'ordre : c'est une fort belle et agréable chose au milieu de votre province, dans le service actuel; et cela siéra fort bien à la belle taille de M. de Grignan; au moins n'y aura-t-il personne qui lui dispute en Provence, car il ne sera pas envié de Monsieur son oncle; cela ne sort point de famille.

La Fayette vient de sortir d'ici; il a causé une heure d'un des amis de mon petit marquis : il en a conté de si grands ridicules, que le Chevalier se croit obligé d'en parler à son père, qui est son ami. Il a fort remercié La Fayette de cet avis, parce qu'en effet il n'y a rien de si important que d'être en bonne compagnie, et que souvent, sans être ridicule, on est ridiculisé par ceux avec qui on se trouve : soyez en repos là-dessus; le Chevalier y donnera bon ordre. Je serai bien fâchée s'il ne peut pas dimanche présenter son neveu; cette goutte est un étrange rabat-joie.

Au reste, ma fille, pensiez-vous que Pauline dût être parfaite ? Elle n'est pas douce dans sa chambre : il y a bien des gens fort aimés, fort estimés, qui ont eu ce défaut; je crois qu'il vous sera aisé de l'en corriger; mais gardez-vous surtout de vous accoutumer à la gronder et à l'humilier. Toutes mes amies me chargent très-souvent de mille amitiés, de mille compliments pour vous.

Mme de Lavardin vint hier ici me dire qu'elle vous estimait trop pour vous faire *un compliment*, mais qu'elle vous embrassait de tout son cœur, et ce grand comte de Grignan : voilà ses paroles. Vous avez grande raison de l'aimer.

Voici un fait : Mme de Brinon, l'âme de Saint-Cyr, l'amie intime de Mme de Maintenon, n'est plus à Saint-Cyr; elle en sortit il y a quatre jours; Mme d'Hanovre, qui l'aime, la ramena à l'hôtel de Guise, où elle est

encore. Elle ne paraît point mal avec Mme de Maintenon; car elle envoie tous les jours savoir de ses nouvelles; cela augmente la curiosité de savoir quel est donc
le sujet de sa disgrâce. Tout le monde en parle tout bas,
sans que personne en sache davantage; si cela vient à
s'éclaircir, je vous le manderai.

135. — A MADAME DE GRIGNAN

A Paris, ce lundi 3ᵉ janvier 1689.

Votre cher enfant est retourné ce matin de Châlons,
où il était allé voir sa compagnie. Nous avons été ravis
de le voir et M. Duplessis. Nous étions à table; ils ont
dîné miraculeusement sur notre dîner, qui était déjà un
peu endommagé; enfin, ils souperont mieux. Mais que
n'avez-vous entendu, ma chère bonne, tout ce que le
marquis nous a dit naturellement de la beauté de sa
compagnie! Comme on lui dit, lorsqu'il s'enquérait si la
compagnie était arrivée, si elle était belle, on lui dit :
« Vraiment, Monsieur, elle est toute des plus belles;
c'est une vieille compagnie, qui vaut bien mieux que *les
nouvelles*. » Vous pouvez penser ce que c'est qu'une telle
louange à un homme qu'on ne savait pas qui en fût le
capitaine. Il fut transporté le lendemain de voir cette
belle compagnie à cheval, ces hommes faits exprès, et
choisis par vous, qui êtes la bonne connaisseuse, ces
chevaux jetés dans le même moule. Ce fut une véritable
joie pour lui, où M. de Châlons et Mme de Noailles
prirent part; il a été reçu de ces saintes personnes comme
le fils de M. de Grignan; il n'y a pas d'honnêteté ni
d'amitié qu'il n'en ait reçu; mais quelle folie de vous
parler de tout cela; c'est au marquis à le faire; il le fera
fort bien.

Venons aux commissions, ma chère bonne : ne vous
jouez plus à me prier de rien que vous ne vouliez qui soit
fait promptement; vous serez toujours la dupe de vos
incertitudes. Vous me priez de vous envoyer un habit
et une cornette : je vous envoie un habit et une cornette.
Vous me dites que, si je l'approuve, je ne saurais trop
tôt l'envoyer : je vais les choisir le lendemain des fêtes
au matin, je fais faire l'habit, la cornette; Mme de Bagnols,
Mme de Coulanges choisissent et approuvent tout;
Mme de Bagnols fait de ses propres mains la garniture;

elle l'ajuste sur sa tête, cela s'appelle présentement un *chou ;* c'est donc un chou rouge; quand c'est du ruban vert, c'est un chou vert; enfin c'est la mode; il n'y a pas un mot à répondre et je donne cette mode à juste prix à Pauline pour ses étrennes, bien fâchée de ne pas donner toute la petite caisse, qui partira mercredi. Si vous voulez faire jouer la cornette, je vous manderai au juste ce qu'elle coûte : on sera fort aise de l'avoir à Aix. L'habit vous plaira, surtout au grand jour et aux flambeaux, joint aux couleurs que j'ai dites à Martillac; elles sont sur un fond blanc.

Je voulais vous demander des nouvelles de Mme d'Oppède, et justement vous m'en dites; il me paraît que c'est une bonne compagnie que vous avez de plus, et peut-être l'unique. Je ne vois pas que la jalousie vous doive empêcher d'en jouir; les heures de M. de Grignan sont réglées : il n'est point amoureux le matin, non plus que M. de Nemours [260], il me semble que vous devez lui dire ce vers de Corneille :

> Allez lui rendre hommage, et j'attendrai le sien.

Pour M. d'Aix, je vous avoue que je ne croirais pas les Provençaux sur son sujet. Je me souviens fort bien qu'ils ne se font valoir et ne subsistent que sur les dits et redits et les avis qu'ils donnent toujours pour animer et trouver de l'emploi. Il n'en faut pas tout à fait croire aussi M. d'Aix : il en faut donc venir *a fructibus.* Pour moi, je ne croirais pas aisément qu'un homme, *toute sa vie courtisan,* et qui renie chrême et baptême, qui ne se soucie point des intrigues des consuls, dût perdre son âme par de faux serments. Mais c'est à vous d'en juger sur les lieux.

La cérémonie de vos *frères* fut donc faite le jour de l'an à Versailles. Coulanges en est revenu, qui vous rend mille grâces de votre jolie réponse : j'ai admiré toutes les pensées qui vous viennent, et comme cela est tourné et juste sur ce qu'on vous écrit. Voilà ce que je ne fais point au tiers et au quart, car je ne relis point leurs lettres, et cela est mal. Il m'a donc conté que l'on commença dès le vendredi, comme je vous l'ai dit : ceux-là étaient profès avec de beaux habits et leurs colliers et de fort bonne mine. Le samedi, c'était tous les autres : deux maréchaux de France étaient demeurés : le maréchal de Bellefonds totalement ridicule, parce que, par modestie et par mine indifférente, il avait négligé de mettre des

rubans au bas de ses chausses de page, de sorte que c'était
une véritable nudité. Toute la troupe était magnifique,
M. de La Trousse des mieux : il y eut un embarras dans sa
perruque qui lui fit passer ce qui était à côté assez longtemps derrière, de sorte que sa joue était fort découverte ;
il tirait toujours ; ce qui l'embarrassait, ne voulait pas
venir : cela fut un petit chagrin. Mais, sur la même ligne,
M. de Montchevreuil et M. de Villars s'accrochèrent l'un
à l'autre d'une telle furie, les épées, les rubans, les den-
telles, tous les clinquants, tout se trouva tellement mêlé,
brouillé, embarrassé, toutes les petites parties crochues
étaient si parfaitement entrelacées, que nulle main
d'homme ne put les séparer : plus on y tâchait, plus on
brouillait, comme les anneaux des armes de Roger ;
enfin toute la cérémonie, toutes les révérences, tout le
manège demeurant arrêté, il fallut les arracher de force,
et le plus fort l'emporta. Mais ce qui déconcerta entièrement la gravité de la cérémonie, ce fut la négligence du
bon d'Hocquincourt, qui était tellement habillé comme
les Provençaux et les Bretons, que, ses chausses de page
étant moins commodes que celles qu'il a d'ordinaire, sa
chemise ne voulut jamais y demeurer, quelque prière qu'il
lui en fît ; car sachant son état, il tâchait incessamment
d'y donner ordre, et ce fut toujours inutilement ; de sorte
que Madame la Dauphine ne put tenir plus longtemps
les éclats de rire : ce fut une grande pitié ; la majesté du
Roi en pensa être ébranlée, et jamais il ne s'était vu, dans
les registres de l'ordre, l'exemple d'une telle aventure.
Le Roi dit le soir : « C'est toujours moi qui soutiens ce
pauvre M. d'Hocquincourt, car c'était la faute de son
tailleur ; » mais enfin cela fut fort plaisant.

Il est certain, ma chère bonne, que si j'avais eu mon
cher gendre dans cette cérémonie, j'y aurais été avec ma
chère fille : il y avait bien des places de reste, tout le
monde ayant cru qu'on s'y étoufferait, et c'était comme
à ce carrousel. Le lendemain, toute la cour brillait de
cordons bleus ; toutes les belles tailles et les jeunes gens
par-dessus les justaucorps, les autres dessous. Vous aurez
à choisir, tout au moins en qualité de belle taille. Vous
deviez me mander qui ont été ceux qui ont chargé leur
conscience de répondre pour M. de Grignan. On m'a dit
qu'on manderait aux absents de prendre le cordon
qu'on leur envoie avec la croix : c'est à Monsieur le
Chevalier à vous le mander. Voilà le chapitre des cordons bleus épuisé.

Disons seulement encore un mot d'une certaine pensée que je vous avoue que j'ai trouvée sotte au dernier point. Je ne saurais comprendre que le vieux patron de si bon esprit l'ait approuvée, et je vous avoue que je suis ravie que M. de Grignan soit de notre sentiment. Au nom de Dieu, ne croyez point que je dise jamais un mot là-dessus; j'aimerais mieux mourir : vous ne connaissez pas encore mes petites perfections sur ce chapitre-là; j'aurais pourtant de bons témoins; mais on ne saurait prouver qu'on est discrète, car en le prouvant on ne le serait plus. Enfin, ma chère bonne, j'ai pensé comme vous, et j'en suis glorieuse.

Je voudrais bien que le pauvre marquis fût content de ce que vous lui donnerez dans votre régiment; je crois que si c'est la première compagnie, il dira : « Je suis content » du ton du marquis.

Il est vrai que j'aime mes petites raies [261] : elles donnent de l'attention; elles font faire des réflexions, des réponses; ce sont quelquefois des épigrammes et des satires; enfin on en fait ce qu'on veut.

Le roi d'Angleterre a été pris, on dit, en faisant le chasseur et voulant se sauver. Il est dans Vittal [262] : je ne sais point écrire ce mot. Il a son capitaine des gardes, ses gardes, des milords à son lever, beaucoup d'honneurs; mais tout cela est fort bien gardé. Le prince d'Orange à Saint-Jem, qui est de l'autre côté du jardin. On tiendra le parlement : Dieu conduise cette barque! La reine d'Angleterre sera ici mercredi; elle vient à Saint-Germain pour être plus près du Roi et de ses bontés.

Boufflers, en me répondant sur son cordon bleu, me prie de vous faire à tous deux ses compliments sur le vôtre.

M. l'abbé Têtu est toujours très digne de pitié; fort souvent l'opium ne lui fait rien; et quand il dort un peu, c'est d'accablement, et qu'on a doublé la dose. Je fais vos compliments, ma chère bonne, partout où vous le souhaitez. Les veuves vous sont acquises, et sur la terre et dans le troisième ciel. Je fus le jour de l'an souhaiter la bonne année à M. et à Mme Croiset; j'y fus deux heures; j'y trouvai Rubantel, qui me dit des biens solides de votre enfant, d'une réputation naissante, et d'une bonne volonté, d'une hardiesse à Philisbourg, qui a fait plaisir à Monsieur le Chevalier.

Le Chevalier donne à son neveu des instructions qui sont inestimables. Il compte, il calcule, il compte par les

chemins, il rend compte; il n'est point vilain, il est
économe : eh mon Dieu! que cette qualité sauve de
millions!

Je vous conjure d'embrasser la petite Adhémar pour
l'amour de moi; je lui souhaite les bonnes fêtes, la bonne
amitié, et surtout le don de la persévérance : empêchez
qu'elle ne m'oublie. J'aime votre retraite et votre repos
de Sainte-Marie : ces Noëls sont étonnants!

Adieu, ma chère et mon aimable bonne.

M. de Lauzun a été trois quarts d'heure avec le Roi.
Si cela continue, vous jugez bien qui voudra le revoir.

Je suis plus à vous que je ne puis vous le dire. Il gèle
à pierre fendre. Comment êtes-vous dans votre pays ?

136. — A MADAME DE GRIGNAN

A Paris, ce lundi 21e février 1689.

Il est vrai, ma chère fille, que nous voilà bien cruellement séparées l'une de l'autre : *aco fa trembla* [263]. Ce
serait une belle chose, si j'y avais ajouté le chemin d'ici
aux Rochers ou à Rennes; mais ce ne sera pas sitôt :
Mme de Chaulnes veut voir la fin de plusieurs affaires, et
je crains seulement qu'elle ne parte trop tard, dans le
dessein que j'ai de revenir l'hiver suivant, par plusieurs
raisons, dont la première est que je suis très-persuadée
que M. de Grignan sera obligé de revenir pour sa chevalerie, et que vous ne sauriez prendre un meilleur temps
pour vous éloigner de votre château culbuté et inhabitable, et venir faire un peu votre cour avec Monsieur le
Chevalier de l'ordre, qui ne le sera qu'en ce temps-là.

Je fis la mienne l'autre jour à Saint-Cyr, plus agréablement que je n'eusse jamais pensé. Nous y allâmes samedi,
Mme de Coulanges, Mme de Bagnols, l'abbé Têtu et
moi. Nous trouvâmes nos places gardées. Un officier dit
à Mme de Coulanges que Mme de Maintenon lui faisait
garder un siège auprès d'elle : vous voyez quel honneur.
« Pour vous, Madame, me dit-il, vous pouvez choisir. »
Je me mis avec Mme de Bagnols au second banc derrière les duchesses. Le maréchal de Bellefonds vint se
mettre, par choix, à mon côté droit, et devant c'étaient
Mmes d'Auvergne, de Coislin, de Sully. Nous écoutâmes, le maréchal et moi, cette tragédie avec une attention qui fut remarquée, et de certaines louanges sourdes

et bien placées, qui n'étaient peut-être pas sous les fontanges de toutes les dames. Je ne puis vous dire l'excès de l'agrément de cette pièce : c'est une chose qui n'est pas aisée à représenter, et qui ne sera jamais imitée ; c'est un rapport de la musique, des vers, des chants, des personnes, si parfait et si complet, qu'on n'y souhaite rien ; les filles qui font des rois et des personnages sont faites exprès : on est attentif, et on n'a point d'autre peine que celle de voir finir une si aimable pièce ; tout y est simple, tout y est innocent, tout y est sublime et touchant : cette fidélité de l'histoire sainte donne du respect ; tous les chants convenables aux paroles, qui sont tirées des *Psaumes* ou de *la Sagesse*, et mis dans le sujet, sont d'une beauté qu'on ne soutient pas sans larmes : la mesure de l'approbation qu'on donne à cette pièce, c'est celle du goût et de l'attention. J'en fus charmée, et le maréchal aussi, qui sortit de sa place, pour aller dire au Roi combien il était content, et qu'il était auprès d'une dame qui était bien digne d'avoir vu *Esther*. Le Roi vint vers nos places, et après avoir tourné, il s'adressa à moi, et me dit : « Madame, je suis assuré que vous avez été contente. » Moi, sans m'étonner, je répondis : « Sire, je suis charmée ; ce que je sens est au-dessus des paroles. » Le Roi me dit : « Racine a bien de l'esprit. » Je lui dis : « Sire, il en a beaucoup ; mais en vérité ces jeunes personnes en ont beaucoup aussi : elles entrent dans le sujet comme si elles n'avaient jamais fait autre chose. » Il me dit : « Ah ! pour cela, il est vrai. » Et puis Sa Majesté s'en alla, et me laissa l'objet de l'envie : comme il n'y avait quasi que moi de nouvelle venue, il eut quelque plaisir de voir mes sincères admirations sans bruit et sans éclat. Monsieur le Prince, Madame la Princesse me vinrent dire un mot ; Mme de Maintenon, un éclair : elle s'en allait avec le Roi ; je répondis à tout, car j'étais en fortune. Nous revînmes le soir aux flambeaux. Je soupai chez Mme de Coulanges, à qui le Roi avait parlé aussi avec un air d'être chez lui qui lui donnait une douceur trop aimable. Je vis le soir Monsieur le Chevalier ; je lui contai tout naïvement mes petites prospérités, ne voulant point les cachoter sans savoir pourquoi, comme de certaines personnes ; il en fut content, et voilà qui est fait ; je suis assurée qu'il ne m'a point trouvé, dans la suite, ni une sotte vanité, ni un transport de bourgeoisie : demandez-lui. Monsieur de Meaux [264] me parla fort de vous ; Monsieur le Prince aussi ; je vous plaignis de n'être point là ;

mais le moyen, ma chère enfant ? on ne peut pas être partout. Vous étiez à votre opéra de Marseille : comme *Atys est* non-seulement *trop heureux*, mais trop charmant, il est impossible que vous vous y soyez ennuyée. Pauline doit avoir été surprise du spectacle : elle n'est pas en droit d'en souhaiter un plus parfait. J'ai une idée si agréable de Marseille, que je suis assurée que vous n'avez pas pu vous y ennuyer, et je parie pour cette dissipation contre celle d'Aix.

Mais ce samedi même, après cette belle *Esther*, le Roi apprit la mort de la jeune reine d'Espagne, en deux jours, par de grands vomissements : cela sent bien le fagot. Le Roi le dit à Monsieur le lendemain, qui était hier. La douleur fut vive : Madame criait les hauts cris; le Roi en sortit tout en larmes.

On dit de bonnes nouvelles d'Angleterre : non-seulement le prince d'Orange n'est pas élu, ni roi ni protecteur, mais on lui fait entendre que lui et ses troupes n'ont qu'à s'en retourner; cela abrège bien des soins. Si cette nouvelle continue, notre Bretagne sera moins agitée, et mon fils n'aura point le chagrin de commander la noblesse de la vicomté de Rennes et de la baronnie de Vitré : ils l'ont élu malgré lui pour être à leur tête. Un autre serait charmé de cet honneur; mais il en est fâché, n'aimant, sous quelque nom que ce puisse être, la guerre par ce côté-là.

Votre enfant est allé à Versailles pour se divertir ces jours gras; mais il a trouvé la douleur de la reine d'Espagne : il serait revenu, sans que son oncle le va trouver tout à l'heure. Voilà un carnaval bien triste, et un grand deuil. Nous soupâmes hier chez le *Civil* [265], la duchesse du Lude, Mme de Coulanges, Mme de Saint-Germain, le chevalier de Grignan, M. de Troyes, Corbinelli : nous fûmes assez gaillards; nous parlâmes de vous avec bien de l'amitié, de l'estime, du regret de votre absence, enfin un souvenir tout vif : vous viendrez le renouveler.

Mme de Dufort se meurt d'un hoquet d'une fièvre maligne; Mme de La Vieuville aussi du pourpre de la petite vérole. Adieu, ma très-chère enfant : de tous ceux qui commandent dans les provinces, croyez que M. de Grignan est le plus agréablement placé.

137. — A MADAME DE GRIGNAN

A Paris, ce vendredi 25ᵉ mars,
jour de l'Annonciation 1689.

Nous n'avons point reçu vos lettres, ma chère bonne, nous ne laissons pas de commencer à vous écrire. Vous avez bien la mine d'avoir donné aujourd'hui un bon exemple; cette fête est grande et me paraît le fondement de celle de Pâques, et en un mot la fête du christianisme, et le jour de l'incarnation de Notre-Seigneur; la sainte Vierge y fait un grand rôle, mais ce n'est pas le premier. Enfin, M. Nicole, M. Le Tourneux, tous nos prédicateurs ont dit tout ce qu'ils savent là-dessus.

J'ai été ensuite chez Mme de Vins : nous avons fort parlé de vous, de vos frères, de M. Duplessis. Elle voudrait bien qu'il s'engageât à elle, et lui jetterait volontiers une demi année pour l'attendre jusqu'au premier jour de l'an. Il me paraît dévider un fil qui l'amuse et qu'il croit qui le conduira à quelque principauté ²⁶⁶, qui fait l'objet de ses désirs. Avec cette vision, il ne s'engagera point, mais elle lui demande de ne se point engager à d'autres, et que, si ce qu'il espère devenait une certitude, il l'en avertît, afin qu'elle cherchât ailleurs. Il est trop heureux, il est souhaité partout! Il est charmé et comblé de vos offres; il les a vues; il voulait vous récrire encore sur-le-champ, quoiqu'il vous ait écrit; il est vrai qu'il n'y a rien de plus obligeant et qui marque tant l'estime que vous avez pour lui.

Votre enfant m'a écrit une lettre toute pleine d'amitié. Il a bien pleuré son bon oncle l'Archevêque. On croit que son successeur sera bientôt ici; il s'exercera, s'il veut, sur la requête civile : pour nous, nous avons gagné celle du grand conseil à la pointe de l'épée. Monsieur le Chevalier a vu M. Talon, il parlera de celle qui est à la quatrième. M. Lamoignon nous assure qu'il ne nous fera point de mal; il serait bien difficile qu'il nous en fît dans ce tribunal. M. Bigot a gagné son procès et sait parfaitement ceux qui ont sollicité pour lui.

Monsieur le Chevalier vous fait avoir deux cents louis de ce courrier, qu'il semblait que vous ne voulussiez pas, tant M. de Grignan protestait qu'il n'était pas allé pour les quatre cent mille francs. Le Chevalier a donné un si bon tour à cette affaire, que vous en aurez de l'argent;

il n'y a sorte d'obligation que vous n'ayez à ses soins.
Je vous admire, ma chère bonne; vous songez à tout;
vous avez déjà envoyé le quartier de Pâques. Nous
pressons pour réparer un endroit où il pleut, et réparer
la cour; ces gens-là sont de vrais gueux! »

Je dispute contre Mme de Chaulnes; je voudrais bien
ne partir qu'après Pâques. Ma bonne, que je suis fâchée
de vous quitter encore! Je sens cet éloignement :

> La raison dit Bretagne, et l'amitié Paris.

Il faut quelquefois céder à cette rigoureuse; vous le savez
mieux faire que personne : il faut vous imiter.

Ecoutez un peu ceci, ma bonne. Connaissez-vous
M. de Béthune, le berger extravagant de Fontainebleau,
autrement *Cassepot*? Savez-vous comme il est fait?
Grand, maigre, un air de fou, sec, pâle; enfin comme
un vrai *stratagème* [267]. Tel que le voilà, il logeait à
l'hôtel de Lyonne, avec le duc, la duchesse d'Estrées,
Mme de Vaubrun et Mlle de Vaubrun. Cette dernière
alla, il y a deux mois, à Sainte-Marie du faubourg Saint-
Germain; on crut que c'était le bonheur de sa sœur qui
faisait cette religieuse, et qu'elle aurait tout le bien.
Savez-vous ce que faisait ce *Cassepot* à l'hôtel de Lyonne?
L'amour, ma bonne, l'amour avec Mlle de Vaubrun : tel
que je vous le figure, elle l'aimait. Benserade dirait là-
dessus, comme de Mme de Ventadour qui aimait son
mari : « Tant mieux, si elle aime celui-là, elle en aimera
bien un autre. » Cette petite fille de dix-sept ans a donc
aimé ce don Quichotte; et hier il alla, avec cinq ou six
gardes de M. de Gêvres, enfoncer la grille du couvent
avec une bûche et des coups redoublés : il entra avec un
homme à lui dans ce couvent, trouve Mlle de Vaubrun
qui l'attendait, la prend, l'emporte, la met dans un carrosse, la mène chez M. de Gêvres, fait un mariage sur la
croix de l'épée, couche avec elle; et le matin, dès la
pointe du jour, ils sont disparus tous deux, et on ne les
a pas encore trouvés. En vérité, c'est là qu'on peut dire
encore :

> Agnès et le corps mort s'en sont allés ensemble [268].

Le duc d'Estrées crie qu'il a violé les droits de l'hospi-
talité. Mme de Vaubrun veut lui faire couper la tête,
M. de Gêvres dit qu'il ne savait pas que ce fût Mlle de
Vaubrun. Tous les Béthunes font quelque semblant de
vouloir empêcher qu'on ne fasse le procès à leur sang.

Je ne sais point encore ce qu'on en dit à Versailles. Voilà,
ma chère bonne, l'évangile du jour; vous connaissez cela,
on ne parlait d'autre chose. Que dites-vous de l'amour ?
Je le méprise quand il s'amuse à de si vilaines gens.

J'ai de l'impatience que du Laurens soit avec mon
marquis, mon cher petit *minet*. Je serai ravie qu'il y ait
deux yeux qui n'aient point d'autres affaires en ce monde
qu'à le regarder continuellement.

Bonsoir, ma chère bonne, je m'en vais chez Monsieur
le Chevalier; si nos lettres viennent, j'écrirai encore,
sinon nous ferons nos paquets. Je m'en vais songer à
votre grisette [269]. Je vous embrasse tendrement, et je
veux emporter avec moi, s'il vous plaît, ma très-aimable
bonne, l'espérance de vous voir cet hiver. Bonsoir, Comte;
bonsoir, ma chère Pauline. Et ma fille ? Je lui écrirai
lundi.

138. — A MADAME DE GRIGNAN

A Chaulnes, ce dimanche 24ᵉ avril [1689].

Nous pensions partir aujourd'hui, ma chère fille, mais
ce ne sera que demain. Mme de Chaulnes eut avant-
hier au soir un si grand mal de gorge, tant de peine à
avaler, une si grosse enflure à l'oreille, que Mme de Kerman et moi nous ne savions que faire. À Paris, on aurait
saigné d'abord; mais ici elle fut frottée à loisir avec du
baume tranquille, bien bouchonnée, du papier brouillard par-dessus; elle se coucha bien chaudement, avec
même un peu de fièvre : en vérité, ma fille, il y a du
miracle à ce que nous avons vu de nos yeux. Ce précieux
baume la guérit pendant la nuit si parfaitement, et de
l'enflure, et du mal de gorge, et des amygdales, que le
lendemain elle *alla jouer à la fossette* [270], et ce n'est que par
façon qu'elle a pris un jour de repos. En vérité, ce remède
est divin; conservez bien ce que vous en avez, il ne faut
jamais être sans ce secours.

Mais, ma chère enfant, que je suis fâchée de votre mal
de tête! que pensez-vous me dire, de ressembler à
M. Pascal ? Vous me faites mourir. Il est vrai que c'est
une belle chose que d'écrire comme lui : rien n'est si
divin; mais la cruelle chose que d'avoir une tête aussi
délicate et aussi épuisée que la sienne, qui a fait le tourment de sa vie, et l'a coupée enfin au milieu de sa course!
Il n'est pas toujours question des propositions d'Euclide

pour se casser la tête : un certain point d'épuisement fait
le même effet. Je crains aussi que l'air de Grignan ne vous
gourmande et ne vous tourbillonne : ah! que cela est
fâcheux! Je crains déjà que vous ne soyez emmaigrie
et dévorée : ah! plût à Dieu que votre air fût comme celui-
ci, qui est parfait!

Il me semble que vous regrettez bien sincèrement celui
de Livry, tout maudit qu'il était quelquefois par de
certaines personnes mal disposées pour lui. Que nous
le trouvions aimable! que ces pluies étaient charmantes!
nous n'oublierons jamais ce charmant petit endroit. Ma
fille, il n'y a que Pauline qui gagne à votre mal de tête,
car elle est trop heureuse d'écrire tout ce que vous pensez,
et d'apprendre à haïr sa mère, comme vous haïssez la
vôtre. Elle voit que vous déclarez que pour vous bien
porter, il faut nécessairement que vous ne m'aimiez plus :
que n'entend-elle point de bon et d'agréable depuis
qu'elle écrit pour vous ? Ce que vous dites sur la pluie est
trop plaisant; qu'est-ce que c'est que de la pluie ? comment est-elle faite ? est-ce qu'il y a de la pluie ? et comparer celle de Provence aux larmes des petits enfants qui
pleurent de colère et point de bon naturel, je vous assure
que rien n'est si plaisamment pensé; est-ce que Pauline
n'en riait point de tout son cœur ? Que je la trouve
heureuse, encore une fois! Vous n'avez point été saignée
ma chère enfant; je n'ose vous conseiller de si loin; la
saignée peut n'être pas bonne aux épuisements. Vous
êtes trop aimable d'aimer à parler de moi; je vaux bien
mieux quand vous me contez, que je ne vaux en personne.
Adieu, ma très chère enfant : je me suis fort reposée ici;
plût à Dieu que votre santé fût aussi bonne que la
mienne! Mais qu'il est douloureux d'être si loin l'une de
l'autre! il n'y a plus moyen de s'embrasser : à Paris ce
n'était pas une affaire. Je voudrais que vos bâtiments se
fissent comme les murailles de Thèbes, par Amphion;
vous faites l'ignorante : je suis assurée que Pauline même
n'ignore point cet endroit de la Fable.

139. — A MADAME DE GRIGNAN

A Rennes, ce dimanche 15ᵉ mai 1689.

M. et Mme de Chaulnes nous retiennent ici par
tant d'amitiés, qu'il est difficile de leur refuser encore

quelques jours. Je crois qu'ils iront bientôt courir à
Saint-Malo, où le Roi fait travailler : ainsi nous leur
témoignons bien de la complaisance, sans qu'il nous en
coûte beaucoup. Cette bonne duchesse a quitté son cercle
infini pour me venir voir, si fort comme une amie, que
vous l'en aimeriez : elle m'a trouvée comme j'allais vous
écrire, et m'a bien priée de vous mander à quel point
elle est glorieuse de m'avoir amenée en si bonne santé.
M. de Chaulnes me parle souvent de vous ; il est occupé
des milices : c'est une chose étrange que de voir mettre le
chapeau à des gens qui n'ont jamais eu que des bonnets
bleus sur la tête ; ils ne peuvent comprendre l'exercice,
ni ce qu'on leur défend. Quand ils avaient leurs mous-
quets sur l'épaule et que M. de Chaulnes paraissait, ils
voulaient le saluer, l'arme tombait d'un côté et le chapeau
de l'autre : on leur a dit qu'il ne faut point saluer ; et
quand ils sont désarmés, ils voient passer M. de Chaulnes,
ils enfoncent leurs chapeaux avec les deux mains, et se
gardent bien de le saluer. On leur a dit qu'il ne faut pas
branler ni aller et venir quand ils sont dans leurs rangs :
ils se laissaient rouer l'autre jour par le carrosse de
Mme de Chaulnes, sans vouloir se retirer d'un seul pas,
quoi qu'on pût leur dire. Enfin, ma fille, nos bas Bretons
sont étranges : je ne sais comme faisait Bertrand du
Guesclin pour les avoir rendus en son temps les meilleurs soldats de France.

Expédions la Bretagne : j'aime passionnément Mlle Descartes ; elle vous adore ; vous ne l'avez point assez vue à
Paris. Elle m'a conté qu'elle vous avait écrit qu'avec le
respect qu'elle devait à son oncle *le bleu* était une couleur,
et mille choses encore sur votre fils : cela n'est-il point
joli ? Elle me doit montrer votre réponse. Voilà une
manière d'impromptu qu'elle fit l'autre jour ; mandez-
moi si vous ne le trouvez point joli ; pour moi, il me plaît
fort, il est naturel et point commun.

Votre Marquis est tout aimable, tout parfait, tout appliqué à ses devoirs : c'est un homme. Je trouve ici sa
réputation tout établie, j'en suis surprise : enfin, *Dieu
le conserve !* vous ne doutez pas de mon ton. Ah ! que
vous êtes plaisante de l'imagination que Mme de Rochebonne [271] ne peut être toujours dans l'état où elle est
qu'à *coups de pierre !* Quelle jolie folie ! j'en suis très
persuadée, et c'est ainsi que Deucalion et Pyrrha raccom-
modèrent si bien l'univers ; ceux-ci en feraient bien
autant en cas de besoin : voilà une vision trop plaisante.

140. — A MADAME DE GRIGNAN

Aux Rochers, le jour de la Pentecôte
29 mai 1689.

J'arrivai donc ici, ma bonne, avec mon fils et ma belle-fille : elle avait un véritable besoin de reposer sa petite poitrine, et moi ma santé. Nous entrâmes par cette porte que vous avez vu faire; il était six heures : mon Dieu! quel repos, quel silence, quelle fraîcheur, quelle sainte horreur! Car tous ces petits enfants que j'ai plantés, sont devenus si grands, que je ne comprends pas que nous puissions encore vivre ensemble. Cependant leur beauté n'empêche pas la mienne. Vous la connaissez, ma beauté : tout le monde m'admire en ce pays; on m'assure que je ne suis point changée; je le crois tout autant que je le puis.

Nous fîmes donc, dès ce premier soir-là, notre promenade, au moins d'un côté. Ces allées sont plus tristes et plus sombres, comme vous pouvez penser, que du temps de cette petite jeunesse. Il y a du pour et du contre; car elles paraissent moins grandes — et cette *Infinie* est devenue finie — par les empêchements qu'elles se font à elles-mêmes. Enfin, c'est une sorte de beauté plus sérieuse, dont des dames de Rennes, qui ont passé ici depuis deux jours, ont été si touchées, que, m'étant mise à les conduire par certains endroits, comme à Livry, ma belle-fille a dit fort joliment : « *Ah! voilà la vraie mère!* » Je suis donc la vraie mère!

Mais il y a une place qui est fort belle, elle redresse le travers de l'entrée du parc : on entre dans le parterre, qui est présentement un dessin de M. Le Nôtre, tout planté, tout venu, tout sablé; on voit une porte de fer, et une allée, à travers les choux et les champs, d'une grande longueur; à droite une autre porte, qui entre droit dans la première allée du bois, et à gauche une autre qui va dans les champs : cela est fort beau. Toute cette demi-lune est pleine de pots d'orangers, dont plusieurs viennent de Provence : voilà ce que notre parterre de houx n'avait jamais cru pouvoir devenir!

Vous connaissez vos voisins : Mlle du Plessis est toujours, à ce qu'elle dit, ma première amie. Nous lisons fort, nous nous promenons séparément, on se retrouve, on mange bien et sainement, on est en paix, et la pauvre

duchesse de Chaulnes voudrait bien être avec nous.
Je lui enverrai votre lettre, ma chère bonne; les vôtres
me viennent fort réglément; c'est une chose bien nécessaire à mon repos; je ne m'accommoderais pas de l'irré-
gularité de vos postes de Provence. Au moins, ma bonne,
elles n'ont point empêché votre emprunt? Parlez-m'en
toujours; car il y a certains papillons que je crains toujours qui ne s'envolent. Telle est une affaire que je veux
accommoder à Nantes, et qui me fait envoyer demain
la Montagne, de peur qu'en m'attendant cette dame que
le Coadjuteur aimait tant, chez Mme de Mansfelt, qui
a épousé un de mes vassaux qui me doit un rachat, ne me
glisse des mains; ainsi, ma chère bonne, il ne faut pas
quelquefois perdre un moment.

Je suis fort aise que vous n'ayez point été à Avignon.
Il me paraît que vous avez M. de Grignan; mais je dirai,
n'ayant point le Marquis, comme Benserade disait du
Roi en lui écrivant : qu'il était dans une barque sur le
canal de Fontainebleau avec la reine d'Angleterre et les
deux reines de France :

> Oh! que de Majestés, m'écriai-je tout haut!
> Sans que nous en ayons autant qu'il nous en faut.

Oh! que de Grignan, sans que vous en ayez autant
qu'il vous en faut! Voyez un peu, ma chère bonne, où
s'en va ce petit garçon : en Allemagne! N'admirez-vous
point comme il fait bien et sérieusement tout ce qu'il
doit faire? J'y pense mille fois le jour, et sa réputation
naissante va partout. Un petit Duqueslin (beau nom à
médicamenter!) m'en dit, l'autre jour, mille biens à
Rennes : il l'a vu dans les mousquetaires. Enfin, ma chère
bonne, Dieu le conserve! c'est un aimable enfant.
Conservez-vous aussi : point d'écriture, point d'écritoire,
un mot de votre santé, un mot de vos affaires qui me
tiennent au cœur, un petit secours de Pauline s'il en est
besoin, et conservez votre bonne tête, et croyez, ma
très-chère, que vous ne sauriez me faire un plus sensible
plaisir.

Voilà mon fils qui veut vous faire voir son écriture et
vous dire s'il est aussi persuadé que vous et M. de La
Garde de la bonté de ma société : vous prenez plaisir à
me gâter, ma chère Comtesse. J'embrasse M. de Grignan : j'ai été toute aise de le trouver planté [272], comme un
tyran radouci, sur la porte de votre alcôve.

DE CHARLES DE SÉVIGNÉ

Il est vrai que M. de Grignan est radouci; mais il est toujours tyran. J'ai peur que ce ne soit de chagrin de n'être pas cordon bleu; et pour lui ôter tout sujet de plainte, j'attends incessamment un peintre pour lui en mettre un, le plus large, le plus visible, le mieux conditionné qu'il y ait peut-être jamais eu.

DE MADAME DE SÉVIGNÉ

J'embrasse le bon petit secrétaire et le remercie de sa peine. J'ai dit la réponse qu'on m'a faite sur ces blés : vous l'avez fait voir à Anfossi. Qu'il m'envoie d'autres moyens de vous servir; j'ai d'assez bons chemins.

À propos, M. de Lavardin a fait capitaine de vaisseau cet autre chevalier de Sévigné; les voilà tous deux établis : Dieu les bénisse!

141. — A MADAME DE GRIGNAN

Aux Rochers, mercredi 29ᵉ juin 1689.

Je ne vous puis dire, ma chère enfant, à quel point je plains Monsieur le Chevalier : il y a peu d'exemples d'un pareil malheur; sa santé est tellement déplorée depuis quelque temps, qu'il n'y a ni maux passés, ni régime, ni saison, sur quoi il puisse compter. Je sens cet état, et par rapport à lui, qu'on ne peut connaître sans s'y attacher et sans l'estimer infiniment, et par rapport à votre enfant, qui y perd tout ce qu'on y peut perdre; tout cela se voit d'un coup d'œil, le détail importunerait sa modestie : je suis remplie de ces vérités, et je regarde toujours Dieu, qui redonne à ce marquis un M. de Montégut, la sagesse même, et tous les autres de ce régiment, qui pour plaire à Monsieur le Chevalier font des merveilles à ce petit capitaine. N'est-ce pas une espèce de consolation qui ne se trouve point dans d'autres régiments moins attachés à leur colonel? Ce Marquis m'a écrit une si bonne lettre, que j'en eus le cœur sensiblement touché : il ne cesse de se louer de ce M. de Montégut; il badine et me fait compliment sur la belle pièce que j'ai faite sur

M. d'Arles : vous êtes bien plaisante de la lui avoir
envoyée. Il dit qu'il a renoncé à la poésie, qu'à peine
ils ont le temps de respirer; toujours en l'air, jamais
deux heures en repos : ils ont affaire à un homme bien
vigilant.

Mandez-moi bien des nouvelles de Monsieur le Chevalier; j'espère au changement de climat, à la vertu des
eaux, et plus encore à la douceur consolante d'être avec
vous et avec sa famille. Je le crois un fleuve bienfaisant,
avec plus de justice que vous ne le croyez de moi : il me
semble qu'il donnera un bon tour, un bon ordre à toute
chose. Il est vrai que le Comtat d'Avignon est une Providence qu'il n'était pas aisé de deviner. Détournons nos
tristes pensées; vous n'en êtes que trop remplie, sans en
recevoir encore le contre-coup dans mes lettres. Il faut
conserver la santé, dont la ruine serait encore un plus
grand mal; la mienne est toujours toute parfaite.

Cette purgation des capucins, où il n'y a point de séné,
me paraît comme un verre de limonade, et c'en est en
effet : je la pris, pour n'y plus penser, parce qu'il y avait
longtemps que je n'avais été purgée; je ne m'en sentis pas.
Vous faites trop d'honneur à ce remède; mon fils n'en sort
pas moins le matin; c'est un remède pour ôter le superflu
bien superflu, qui ne va point chercher midi à quatorze
heures, ni réveiller tous les chats qui dorment. Nous
faisons une vie si réglée, qu'il n'est pas quasi possible
de se mal porter. On se lève à huit heures; très souvent
je vais, jusqu'à neuf heures que la messe sonne, prendre la
fraîcheur de ces bois; après la messe, on s'habille, on se
dit bonjour, on retourne cueillir des fleurs d'orange, on
dîne; jusqu'à cinq heures on travaille ou on lit : depuis
que nous n'avons plus mon fils, je lis pour épargner la
petite poitrine de sa femme. A cinq heures je la quitte,
je m'en vais dans ces aimables allées; j'ai un laquais qui
me suit, j'ai des livres, je change de place, et je varie les
tours de mes promenades; un livre de dévotion et un
autre d'histoire : on change, cela fait du divertissement;
un peu rêver à Dieu, à sa providence, posséder son âme,
songer à l'avenir; enfin, sur les huit heures, j'entends
une cloche, c'est le souper : je suis quelquefois un peu
loin; je retrouve la marquise dans son beau parterre;
nous nous sommes une compagnie; on soupe pendant le
chien et le loup, nos gens soupent; je retourne avec elle
à la place *Coulanges*, au milieu de ces orangers; je regarde
d'un œil d'envie *la sainte horreur* au travers de la belle

porte de fer que vous ne connaissez point; je voudrais y
être; mais il n'y a plus de raison. J'aime cette vie mille
fois plus que celle de Rennes : cette solitude n'est-elle
pas bien convenable à une personne qui doit songer à
soi, et qui est ou veut être chrétienne ? Enfin, ma chère
enfant, il n'y a que vous que je préfère au triste et tranquille repos dont je jouis ici; car j'avoue que j'envisage
avec un trop sensible plaisir que je pourrai, si Dieu le
veut, passer encore quelques jours avec vous. Il faut
être bien persuadée de votre amitié, pour avoir laissé
courir ma plume dans le récit d'une si triste vie.

J'ai envoyé un morceau de votre lettre à mon fils, elle
lui appartient :

Quand c'est pour Jupiter qu'on change [273]...

cet endroit est fort joli; votre esprit paraît vif et libre.
Vous êtes adorable, ma chère fille, et vous avez un courage et une force et un mérite au-dessus des autres; vous
êtes bien aimée aussi au-dessus des autres.

Adieu, ma très-chère et très-aimable : j'espère que vous
me parlerez de Pauline et de Monsieur le Chevalier.
J'embrasse ce Comte, qu'on *aime trop*.

DE LA JEUNE MARQUISE DE SÉVIGNÉ

Vraiment, ma chère sœur, je sais bien qu'en dire, oui,
assurément, *on l'aime trop*. Je n'oserais vous dire que
j'aime aussi beaucoup son fils : cette confusion serait
trop grande; je veux seulement le prier de ne me plus
appeler sa tante; je suis *si petite* et *si délicate*, que je ne
suis tout au plus que sa cousine.

La santé de Mme de Sévigné n'est point du tout
comme moi, elle est *grande et forte;* j'en prends un soin
qui vous ferait jalouse. Je vous avoue pourtant que c'est
sans aucune contrainte : je la laisse aller dans les bois avec
elle-même et des livres; elle s'y jette naturellement,
comme la belette dans la gueule du crapaud. Pour moi,
avec le même goût et la même liberté, je demeure dans
le parterre, *al dispetto* [274] de la complaisance, que nous
ôtons du nombre des vertus dès qu'on la peut nommer
par son nom et que ce n'est pas notre choix. Vous me
ravissez, ma chère sœur, de me dire que Mme de Sévigné
m'aime; j'ai le goût assez bon pour connaître le prix de
son amitié, et pour l'aimer aussi de tout mon cœur.

Nous avons pris part à votre triomphe et à vos grandeurs, mais je ne voudrais pas que M. de Sévigné les vît : cela le dégoûterait de sa vie tranquille, dont il n'est tiré que par un mauvais tourbillon de province qui nous coûtera cinq cents pistoles. Pour m'en consoler, souffrez que je vous embrasse de tout mon cœur, je n'oserais dire M. de Grignan, car je n'ai pas encore mis tout à fait l'honneur sous les pieds.

DE MADAME DE SÉVIGNÉ

Je voulais vous dire que je trouve fort bon ce que vous écrit ma belle-fille ; mais, ma chère enfant, je reçois présentement votre lettre du 18e, qui était demeurée à Vitré, quoique arrivée sans doute avec celle du 16e. Cette lettre m'apprend l'arrivée de Monsieur le Chevalier avec un mauvais visage, ne se soutenant point du tout, une poitrine malade ; et savez-vous ce que j'ai fait en lisant cette lettre ? J'ai pleuré comme vous tous ; car je ne soutiens pas une telle idée, et j'y prends un intérêt sensible, comme si j'étais de la vraie famillle. J'espère que l'air et le repos le remettront en meilleur état ; vos soins ont accoutumé d'avoir du succès ; je le souhaite de tout mon cœur, et je vous conjure de l'en assurer. Dites-moi dans quelle chambre vous l'avez mis, afin que je lui fasse des visites.

Que je plains Pauline et Mme de Rochebonne d'avoir été à Aubenas pendant que vous étiez à Avignon ! quelle horrible différence ! Ne partagez point votre reconnaissance sur la victoire du grand conseil : en vérité, Monsieur le Chevalier et la considération qu'on a pour lui et vos amis ont tout fait ; vous êtes trop bonne de vouloir me donner la joie d'y avoir fait mon personnage. Je souhaite un pareil succès à M. d'Arles. J'embrasse et j'aime passionnément ma chère Comtesse.

142. — A MADAME DE GRIGNAN

Aux Rochers, ce dimanche 17ᵉ juillet [1689].

J'ai reçu enfin la réponse sur le bien de M*** [275] ; elle est en vérité un peu trop sincère. Si on avait toujours donné de pareils mémoires, quand il a été question de mariages, il y en a bien au monde qui ne seraient pas faits.

Des dettes en quantité, des terres sujettes à la taille, de la vaisselle d'argent en gage : bon Dieu! quels endroits! Mais que sont devenus tous ces beaux meubles, ces grands brasiers, ces plaques, ce beau buffet, et tout ce que nous vîmes à M*** ? Je crus que c'était une illusion et je vois que je ne me trompais pas : il faut que les affaires de M*** se sentent du temps, comme celles de tout le monde.

Votre vie me fait plaisir à imaginer, ma chère Comtesse, j'en réjouis mes bois. Quelle bonne compagnie! quel beau soleil! et qu'avec une si bonne société il est aisé de chanter :

> On entend souffler la bise :
> Eh bien! laissons-la souffler!

Vous souffririez plus impatiemment la continuation de nos pluies; mais elles ont cessé, et j'ai repris mes tristes et aimables promenades. Que dites-vous, mon enfant ? Quoi ? vous voudriez qu'ayant été à la messe, ensuite au dîner, et jusqu'à cinq heures à travailler, ou à causer avec ma belle-fille, nous n'eussions point deux ou trois heures à nous! Elle en serait, je crois, aussi fâchée que moi : elle est fort jolie femme, nous sommes fort bien ensemble, mais nous avons un grand goût pour cette liberté, et pour nous retrouver ensuite. Quand je suis avec vous, ma fille, je vous avoue que je ne vous quitte jamais qu'avec chagrin, et par considération pour vous; avec toute autre, c'est par considération pour moi. Rien n'est plus juste, ni plus naturel, et il n'y a point deux personnes pour qui l'on soit comme je suis pour vous : ainsi laissez-nous un peu dans notre *sainte liberté;* je m'en accommode, et avec les livres le temps passe, en sa manière, aussi vite que dans votre brillant château. Je plains ceux qui n'aiment point à lire. Votre enfant est de ce nombre jusqu'ici; mais j'espère, comme vous, que quand il verra ce que c'est que l'ignorance à un homme de guerre, qui a tant à lire des grandes actions des autres, il voudra les connaître, et ne laissera pas cet endroit imparfait. La lecture apprend aussi, ce me semble, à écrire. Je connais des lieutenants généraux dont le style est populaire; c'est pourtant une jolie chose que de savoir écrire ce que l'on pense; mais c'est quelquefois aussi que ces gens-là écrivent comme ils pensent et comme ils parlent, tout est complet. Je crois que le Marquis écrira bien : il y a longtemps que je veux qu'il vous aille voir au mois de novembre; et comme il aura dix-huit ans, il faudrait tout d'un train songer à le marier, en avoir des petits, et puis le renvoyer; mais ne vous amusez point à Mlle d'Or★★★ : c'est un lanternier que son père, dont le style et la mauvaise volonté me mettent en colère.

Il semble que l'air et la vie de Grignan devraient redonner la santé à Monsieur le Chevalier : il est entouré de la meilleure compagnie qu'il puisse souhaiter, sans être interrompu de ces cruelles visites, *de ces paquets de chenilles*, qui lui donnaient la goutte; point de froid, une bise qui prend le nom d'*air natal* pour ne le point effrayer : enfin je ne comprends pas l'opiniâtreté et la noirceur de ses vapeurs, de tenir contre tant de bonnes choses; cependant il les a , cela n'est que trop vrai. Je suis ravie que Pauline lui plaise : je suis bien assurée qu'elle me plaira aussi; il y a de l'assaisonnement dans son visage et dans ses jolis yeux : ah! qu'ils sont jolis! je les vois. Et son humeur ? Je parie qu'elle est corrigée; il a suffi pour cela de votre douceur pour elle, et de l'envie qu'elle a de vous plaire; mais de prétendre que cette enfant fût parfaite au sortir d'Aubenas, cela faisait rire; je l'embrasse tendrement.

Je pleure que les pattes de Monsieur de Carcassonne [276] soient recroisées : « Eh! mon cher beau seigneur, encore un petit effort, ne les recroisez pas sitôt, achevez vôtre ouvrage. Voyez M. d'Arles, comme il est grand, comme il est haut, comme il est achevé : voudriez-vous lui céder cet honneur, et laisser cet endroit de la maison de vos illustres pères (car il faut le flatter), laisser, dis-je cet endroit de ce magnifique château tout imparfait, tout délabré, tout livré et abandonné à la bise, inhabitable et très incommode à votre frère aîné, lui ôtant les logements des étrangers et des domestiques ? (Dis-je bien ?) Ah! mon cher seigneur, prenez courage, ne laissez point cette tache à votre réputation, ni cet avantage à M. d'Arles, qui dans le milieu de ses petites dettes, a pourtant voulu couronner son entreprise. » Si M. de La Garde voulait me soutenir et m'aider à tourner cette affaire, je crois que je n'en aurais pas l'affront : mais je ne sais pas même comme je suis avec ce prélat, et je me tais. Vous me faites un vrai plaisir de me dire que je suis quelquefois souhaitée de vos Grignan : cet aîné qui écrit si bien, ne dira-t-il pas un mot à la petite belle-sœur ?

143. — A MADAME DE GRIGNAN

Aux Rochers, ce mercredi 31ᵉ août 1689.

Je trouve le meilleur air du monde à votre château. Ces deux tables servies en même temps à point nommé me donnent une grande opinion de Flame [277]; c'est pour le moins un autre Honoré. Ces capacités soulagent fort l'esprit de la maîtresse de la maison; mais cette magnificence est bien ruineuse : ce n'est pas une chose indifférente pour la dépense que le bel air et le bon air dans une maison comme la vôtre; je viens d'en voir la représentation; car c'est où Honoré triomphe : dans l'air du coup de baguette qui fait sortir de terre tout ce qu'il veut; je sais la beauté et même la nécessité de ces manières, mais j'en vois les conséquences, et vous aussi. Vous me faites souvenir de notre pauvre abbé de Pontcarré, en me parlant de ce Champigny : c'était son parent, ce me semble, hormis qu'il ne mangeait pas tant, car le Troyen et le Papoul n'en savent pas davantage, et notre Pontcarré n'avait que l'air de la table. Je disais autrefois de feu M. de Rennes qu'il marquait les feuillets de son bréviaire avec des tranches de jambon : notre Valence ne mépriserait pas cette manière de signet; ainsi son visage était une vraie lumière de l'Église, et dès que midi était sonné, Monseigneur ne faisait plus aucune affaire.

M. de Grignan a été bien aise de voir dans son château son ancien ami Canaples, il va à Vals, parce qu'il est à Paris; et M. d'Arles va à Forges : tant il est vrai que, jusqu'à ces pauvres fontaines, nul n'est prophète en son pays; je le mande à M. d'Arles. J'aime fort ce que vous dites d'abord à Larrei : « Est-ce vous ? » Et sa réponse tout de suite : « Non, Madame, ce n'est pas moi », promettrait une vivacité qui me le rendrait fils de son père, qui avait bien de l'esprit, un peu grossier, mais vif et plaisant.

Revenons à ces bons Chaulnes. Je vous ai conté la suite de ce courrier qui vint à Hennebon, et comme le Roi ne voulait pas qu'on en parlât encore, et comme à Vannes tout le monde fit des compliments. Comme il était question de Rome, nous fîmes conter à ce duc en carrosse tout le manège de ses autres voyages; cela vous aurait divertie. On ne peut pas avoir plus cette sorte d'esprit de négociation, les *mezzo termine* [278] ne lui manquent jamais. Je le priai d'écrire tous ces détails, et je lui disais : « Ah! que c'est bien fait de vous envoyer là! » Nous revînmes le 15e à Rennes; il en partit le 18e en chaise, il fut le dimanche 21e à Versailles : le Roi le fit venir tout poudreux et lui parla une demi-heure dans son cabinet. Dieu sait comme tous les courtisans l'embrassèrent. Il est parti samedi 27e; il va par votre beau Rhône; avec une bonne lunette vous le verriez. Les cardinaux le joindront à Lyon : il y a vingt-huit galères à Toulon pour les porter jusqu'à Livourne; Coulanges est du voyage. Vous avez bien fait d'écrire à ces bons gouverneurs : je suis ravie que vous les ménagiez, je vous en remercie; c'est ainsi que je paye toutes leurs amitiés. Ils voulaient m'emmener à toute force : Mme de Chaulnes m'en priait d'une manière à m'embarrasser; mais Chaulnes n'est pas comme les Rochers, d'où je donne ordre à bien des affaires; de plus, elle y sera peu : il faudra bien qu'elle jouisse du plaisir d'être très-bien reçue à Versailles. Le Roi, les ministres voient agréablement la femme d'un homme qui négocie la plus importante affaire qu'on puisse avoir, et qui n'est plus jeune, et qui court comme il y a vingt-trois ans. On fait un bon personnage à Versailles dans ces occasions; M. de Chaulnes l'a fort priée de ne s'en point éloigner. Cette bonne duchesse a été en six jours à Paris; elle et son équipage ont pensé crever des chaleurs : je n'en trouve qu'en ce pays-ci; votre bise vous ôte la canicule.

Mme de Chaulnes arriva deux jours avant le départ de son mari. Elle m'écrit avec une amitié extrême; elle me mandera ce qu'aura fait M. de Chaulnes pour cette députation; je suis fort assurée qu'ils en ont tous deux plus d'envie que moi : c'est leur affaire, ils le sentent bien. Je vous dirai un de ces jours une amitié de cette duchesse, qui vous fera plaisir.

Vous êtes un trop bon et trop aimable génie d'avoir écrit à M. de Chaulnes sur la députation : votre frère vous en rend mille grâces, et vous embrasse mille fois. Voilà bien parlé sur un même sujet, je vous en fais mille excuses, ma fille : c'est que dans une solitude, ces sortes de choses font de l'impression.

Nous eûmes pourtant lundi M. de La Faluère, et sa femme, et sa fille, et son fils; ils soupèrent et couchèrent ici, et furent contents de nos allées. Je ne sais que vous dire de notre flotte : depuis le secours que vous nous avez envoyé, et que cette puissance est en mer, nous n'en

savons rien ici. Un homme qui a de l'esprit disait l'autre
jour à Rennes qu'il n'avait jamais vu ni entendu parler
d'une pleine victoire sur la mer depuis la bataille d'Ac-
tium; et que tous les combats s'y passent en coups de
canon ou dissipation de vaisseaux que l'on croit avoir
coulés à fond et qui se retrouvent au bout d'un mois :
cela nous parut assez vrai.

Mais que dites-vous de ce commandement de Bretagne
qui doit contenter le maréchal d'Estrées, et dont on ôte la
petite circonstance de tenir les états qui sont réservés
pour M. de Lavardin ? Il fallait bien lui donner cette
contenance, parce qu'il est juste que tout le monde vive.
Vous croyez bien que M. de Lavardin ne nous sera point
contraire, si nous avons la députation. Je comprends que
Madame la maréchale se soucie peu de toutes ces bagatelles, pourvu qu'elle soit à Marly et à Trianon.

Adieu donc, ma très-aimable : je suis persuadée que
vous régalerez fort bien notre bon duc à son retour. Je
pleure le pape, je pleure le Comtat d'Avignon : *Dieu l'a
donné, Dieu l'a ôté*. Mille amitiés à ce qui est auprès de
vous : je crois deux Grignans à Balaruc. Bon Dieu! quelle
translation de Mme de Noailles à Perpignan [279] : le
moyen de la représenter hors de Versailles et sans être
grosse ?

144. — A MADAME DE GRIGNAN

Aux Rochers,
dimanche 18ᵉ septembre 1689.

J'ai enfin reçu cette lettre du premier septembre, ma
fille; elle était allée à Rennes; c'est un voyage que mes
lettres font quelquefois : on met dans un sac ce qui
devrait être dans l'autre, on ne sait à qui s'en prendre;
mais la revoilà; j'aurais été bien fâchée de la perdre : elle
me fait une liaison de conversation qui m'instruit de
tout ce qui m'échappait. Parlons vitement de la visite
de ce bon duc de Chaulnes, de la réception toute magnifique, toute pleine d'amitié que vous lui avez faite : un
grand air de maison, une bonne chère, deux tables
comme dans sa Bretagne, servies à la grande, une grande
compagnie, sans que la bise s'en soit mêlée : elle vous
aurait étourdis, on ne se serait pas entendu, vous étiez
assez de monde sans elle. Il me paraît que Flame sait
bien vous servir, sans embarras et d'un bon air : je vois

tout cela, ma chère enfant, avec un plaisir que je ne puis vous représenter. Je souhaitais qu'on vous vît dans votre gloire, au moins votre gloire de campagne, car celle d'Aix est encore plus grande, et qu'il mangeât chez vous autre chose que notre poularde et notre omelette au lard. Il sait présentement ce que vous savez faire : vous voilà en fonds pour faire à Paris tout ce que vous voudrez ; il a vu le maigre et le gras, la tourte de mouton et celle de pigeons.

Coulanges a fort bien fait aussi son personnage ; il n'est point encore baissé : je crains pour lui ce changement, car la gaieté fait une grande partie de son mérite. Il était là, ce me semble, à la joie de son cœur, prenant intérêt à tout ce qui s'y passait, et transporté des perfections de Pauline. Vous l'accusez toujours de n'être poli qu'avec les ducs et pairs ; je l'ai pourtant vu bien plaisant avec nous ; et vous me contiez des soupers pendant que j'étais ici, il y a cinq ans, qui vous avaient bien divertie. M. de Chaulnes m'écrit : voilà sa lettre ; vous verrez s'il est content de vous tous, et de la manière dont vous savez faire les honneurs de chez vous. Il vous a fait rire du génie : *le mien* n'a point paru à Grignan : on a d'autres affaires plus agréables que de l'entretenir. Vous entendiez bien à peu près ce qu'il eût voulu dire, et vous avez fait trop d'honneur à mon souvenir : vous m'avez nommée plusieurs fois, vous avez bu ma santé. Coulanges a grimpé sur sa chaise ; je trouve le tour bien périlleux pour un petit homme rond comme une boule et maladroit ; je suis bien aise qu'il n'ait point fait la culbute pour solenniser ma santé : j'ai bien envie de recevoir une de ses lettres. Je trouve fort galant et fort enchanté ce dîner que vous avez fait trouver avec la baguette de Flame, à cette *arche de Noé* que vous dépeignez fort plaisamment. Cette musique était toute nouvelle : elle pouvait faire souvenir de la ménagerie de Versailles. Enfin, ma fille, vous êtes bien généreuse, comme vous dites, de recevoir si bien un ambassadeur qui va vous faire tant de mal : je suis assurée qu'il en est bien fâché [280]. Mme de Chaulnes me mande qu'il y aura de grandes difficultés au conclave, et ensuite sur cette cruelle affaire des franchises ; et je dis tant mieux :

> Rome sera du moins un peu plus tard rendue.

Ce Comtat, cet aimable Avignon nous demeurera pendant que le Saint-Esprit choisira un pape, et que l'on

fera des négociations. C'est bien dit, ma chère enfant :
c'est ce jour que vous fûtes au bal du Louvre, toute
brillante de pierreries ; le lendemain il les fallut rendre ;
mais ce qui vous demeura était meilleur, et vous étiez
plus belle ce lendemain, que vos revenus ne le seront dans
l'état où ils sont présentement. Je dis sur cela, comme
vous dites dans vos oraisons funèbres : *ne parlons point
de cela*. En vérité, il n'y paraissait pas à Grignan, quand
vous avez reçu cette Excellence : je ne sais comme cela
se peut faire, et comme on peut toujours si bien courir
sans jambes ; c'est un miracle que je prie Dieu qui dure
toujours. Mme la duchesse de Chaulnes m'a envoyé la
lettre que vous lui écrivez : je n'ai jamais vu savoir dire
comme vous faites précisément tout ce qu'il faut ; tout
est à sa place et convient au dernier point. Enfin, ma
fille, que vous dirai-je ? je prends part de toutes manières
à tout ce que vous avez si parfaitement bien fait : l'amour-
propre, l'amitié, la reconnaissance, tout est content. Il
me semble que vos frères ne sont partis qu'après vous
avoir aidée à faire les honneurs de votre maison. Je ne
vous dis rien de la députation ; tout a été trop lent, trop
long : nous en parlerons une autre fois.

Votre cher enfant se porte bien et il a été partout avec
M. de Boufflers l'épée à la main : ma fille, ce marmot,
Dieu le conserve ! je ne changerai point cette ritournelle.

Mayence rendu : cette nouvelle m'a surprise : on était
si aise de ce siège, que je me moquais toujours de
M. de Lorraine. On dit que le marquis d'Uxelles en sort
avec l'estime des amis et des ennemis. Je tremble que le
frère du doyen ne soit encore du nombre des morts ou
des blessés : tous ses braves frères ne font pas vieux os ; il
en est bien persuadé, par la manière si prompte et si
légère dont il entendit ce que lui disait M. Prat : il est
accoutumé à recevoir de telles nouvelles. Je suis en peine
du pauvre Martillac : que fait-on sans jambe dans une
ville qui est prise d'assaut ? quel bruit ; quelle confusion ;
quel enfer ! j'en suis inquiète, je ne sais pourquoi. Je
plains M. de La Trousse : nous disions fort bien, en lui
voyant rajuster La Trousse : « Le pis qui puisse lui arriver,
c'est de jouir de la dépense qu'il y fait ; » nous disions fort
bien et trop vrai.

Vous voulez savoir notre vie, ma chère enfant ? hélas !
la voici : nous nous levons à huit heures, la messe à neuf ;
le temps fait qu'on se promène ou qu'on ne se promène
pas, souvent chacun de son côté ; on dîne fort bien ; il

vient un voisin, on parle de nouvelles; l'après-dînée
nous travaillons, ma belle-fille à cent sortes de choses,
moi à deux bandes de tapisserie que Mme de Kerman me
donna à Chaulnes; à cinq heures on se sépare, on se promène, ou seule, ou en compagnie; on se rencontre à une
place fort belle, on a un livre, on prie Dieu, on rêve à sa
chère fille, on fait des châteaux en Espagne, en Provence,
tantôt gais, tantôt tristes. Mon fils nous lit des livres
très-agréables : nous en avons un de dévotion, les autres
d'histoire; cela nous amuse et nous occupe; nous rai-
sonnons sur ce que nous avons lu; mon fils est infati-
gable, il lit cinq heures de suite si on veut. Recevoir des
lettres, y faire réponse, tient une grande place dans notre
vie, principalement pour moi. Nous avons eu du monde,
nous en aurons encore, nous n'en souhaitons point;
quand il y en a, on est bien aise. Mon fils a des ouvriers,
il fait *parer*, comme on dit ici, ses grandes allées : vraiment elles sont belles; il fait sabler son parterre. Enfin,
ma fille, c'est une chose étrange comme avec cette vie
toute insipide et quasi triste, les jours courent et nous
échappent; et Dieu sait ce qui nous échappe en même
temps : ah! *ne parlons point de cela*; j'y pense pourtant, et
il le faut. Nous soupons à huit heures; Sévigné lit après
souper, mais des livres gais, de peur de dormir; ils s'en
vont à dix heures; je ne me couche guère que vers
minuit : voilà à peu près la règle de notre couvent; il y a
sur la porte : SAINTE LIBERTÉ, OU FAIS CE QUE TU VOUDRAS [281].
J'aime cent fois mieux cette vie que celle de Rennes : ce
sera assez tôt d'y aller passer le carême pour la nourriture
de l'âme et du corps.

Duplessis m'a écrit que sa chimère n'avait montré
que le bout du nez, qu'elle n'est pas encore sortie; mais
qu'il est marié à une personne toute parfaite, tout à son
goût, de l'esprit, de la beauté, de la naissance, et qui le
met en état de n'avoir plus besoin de rien : c'est de quoi
vous me faites douter; il me paraît pourtant écouter
encore Mme de Vins. Enfin, voici ses mots : « J'aime
beaucoup plus cette femme-ci que la défunte; » cela
convient à la douleur qu'il eut de la perdre : vous en
souvient-il?

145. — A MADAME DE GRIGNAN

Aux Rochers, mercredi 12ᵉ octobre 1689.

Les voilà toutes deux; mais, mon Dieu! que la première m'aurait donné de violentes inquiétudes si je
l'avais reçue sans la seconde, où il paraît que la fièvre de
ce pauvre Chevalier s'est relâchée et lui a donné un jour
de repos! Cela ôte l'horreur d'une fièvre continue avec
ses redoublements, et des suffocations, et des rêveries,
et des assoupissements, qui composent une terrible
maladie. Quel sang! quel tempérament! quelle cruelle
humeur de goutte s'est jetée dans tout cela! Quelle pitié
que ce sang si bouillant, qui fait de si belles choses, en
fasse aussi de si mauvaises et rende inutiles les autres!
Me voilà encore bien plus avec vous à Grignan, quoique
j'y fusse beaucoup, par ce redoublement d'intérêt que je
prends à cette maladie. Voilà une grande tristesse pour
vous tous, et pour vous particulièrement, dont le bon
cœur vous rend la garde de tous ceux que vous aimez.
On est exposé, quand on est loin, à écrire d'étranges
sottises; elles le deviennent en arrivant mal à propos : on
est triste, on est occupée, on est en peine; une lettre de
Bretagne se présente, toute libre, toute gaillarde, chargée
de mille détails inutiles; j'en suis honteuse, ma fille : ce
sont les contretemps de l'éloignement.

Je vous ai mandé comme je ne suis plus du tout fâchée
contre M. et Mme de Chaulnes [282]. Il est certain, et mes
amies me l'ont mandé, qu'il ne pouvait parler des affaires
de Bretagne sans prendre fort mal son temps. Il parla
à M. de Lavardin, il crut qu'il aurait la même envie
que lui de servir mon fils, et cela était vrai. Il a depuis
écrit à M. le maréchal d'Estrées, et cette lettre ferait
son effet si le Roi n'avait dit tout haut, à tous les pré-
tendants à cette députation, qu'il y avait longtemps
qu'il était engagé : Mme de La Fayette me le mande, sans
me dire à qui; on le saura bientôt. Elle m'ajoute que
M. de Croissi a nommé mon fils au Roi, qui ne marqua
nulle répugnance à cette proposition; mais que le même
jour Sa Majesté se déclara; et voilà ce qu'attendait le
maréchal, qui se soucie fort peu que le gouverneur de
Bretagne perde ce beau droit, pourvu qu'il fasse sa cour.
Mme de La Fayette lui a rendu tous ses engagements, et
l'affaire finit ainsi.

Mon fils est à Rennes, agréable au maréchal, qu'il connaît fort; il l'a vu cent fois chez la marquise d'Uxelles, contestant hardiment Rouville; il joue tous les soirs avec lui au trictrac. Il attend M. de La Trémouille, afin de rendre tous ses devoirs, et puis revenir ici avec sa femme : c'est le plus honnête parti qu'il puisse prendre. Je suis encore seule, je ne m'en trouve point mal; j'aurai demain cette femme de Vitré; elle avait des affaires.

Il faut que je vous conte que Mme de La Fayette m'écrit, du ton d'un arrêt du conseil d'en haut, de sa part premièrement, puis de celle de Mme de Chaulnes et de Mme de Lavardin, me menaçant de ne me plus aimer si je refuse de retourner tout à l'heure à Paris; que je serai malade ici, que je mourrai, que mon esprit baissera, qu'enfin, point de raisonnement, il faut venir, elle ne lira seulement point mes méchantes raisons. Ma fille, cela est d'une vivacité et d'une amitié qui m'a fait plaisir, et puis elle continue; voici les moyens : j'irai à Malicorne avec l'équipage de mon fils; Mme de Chaulnes y fait trouver celui de M. le duc de Chaulnes; j'arriverai à Paris, je serai logée chez cette duchesse; je n'achèterai des chevaux que ce printemps; et voici le beau : je trouverai mille écus chez moi de quelqu'un qui n'en a que faire, qui me les prête sans intérêt, qui ne me pressera point de les rendre; et que je parte *tout à l'heure!* Cette lettre est longue au sortir d'un accès de fièvre; j'y réponds aussi avec reconnaissance, mais en badinant, l'assurant que je ne m'ennuierai que médiocrement avec mon fils, sa femme, des livres, et l'espérance de retourner cet été à Paris, sans être logée hors de chez moi, sans avoir besoin d'équipage, parce que j'en aurai un, et sans devoir mille écus à un généreux ami, dont la belle âme et le beau procédé me presseraient plus que tous les sergents du monde; qu'au reste je lui donne ma parole de n'être point malade, de ne point vieillir, de ne point radoter, et qu'elle m'aimera toujours, malgré sa menace : voilà comme j'ai répondu à ces trois bonnes amies. Je vous montrerai quelque jour cette lettre, elle vous fera plaisir. Mon Dieu! la belle proposition de n'être plus chez moi, d'être dépendante, de n'avoir point d'équipage, et de devoir mille écus! En vérité, ma chère enfant, j'aime bien mieux sans comparaison être ici : l'horreur de l'hiver à la campagne n'est que de loin; de près ce n'est plus de même. Mandez-moi si vous ne m'approuvez pas : si vous étiez à Paris, ah! c'est une raison étranglante; mais vous n'y êtes pas. J'ai

pris mon temps et mes mesures là-dessus ; et si par miracle
vous y voliez présentement comme un oiseau, je ne sais si
ma raison ne prierait point la vôtre, avec la permission
de notre amitié, de me laisser achever cet hiver certains
petits arrangements qui feront le repos de ma vie. Je
n'ai pu m'empêcher de vous conter cette bagatelle, espé-
rant qu'elle n'arrivera point mal à propos, et que
M. le Chevalier se portera aussi bien que je le souhaite.

Vous m'étonnez de me dire que M. de Chaulnes vous
a paru tel que vous me le dépeignez. Je vous assure que
pendant notre voyage il était d'aussi bonne compagnie
qu'il est possible : je ne sais si c'était votre *génie* qui lui
donnait de la vivacité ; mais vous l'eussiez trouvé assurément comme je vous le dis ; je ne le connais plus au
portrait que vous m'en faites. Mon fils s'imaginait que
cette *ricaneuse* l'avait prié de ne point parler pour lui ;
mais il voit bien qu'il s'était trompé.

J'ai été surprise de votre songe : vous le croyez un
mensonge, parce que vous avez vu qu'il n'y a pas un
seul arbre devant cette porte ; cela vous fait rire ; il n'y
a rien de si vrai : mon fils les fit tous, je dis tous, couper
il y a deux ans ; il se pique de belle vue, tout comme
vous l'avez songé, et à tel point, qu'il veut faire un mur
d'appui dans son parterre, et mettre le jeu de paume en
boulingrin, ne laisser que le chemin, et faire encore là
un fossé et un petit mur. Il est vrai que, s'il le fait, ce
sera une très-agréable chose, et qui fera une beauté surprenante dans ce parterre, qui est tout fait sur le dessin
de M. Le Nôtre et tout plein d'orangers dans cette place
Coulanges. Vous deviez avoir vu cet avenir dans votre
songe, puisque vous y avez vu le passé. Je garde vos
lettres et votre songe à mon fils et à sa femme, qui seront
ravis d'y voir vos aimables amitiés.

Je ne suis point du tout mal avec M. et Mme de Pontchartrain ; je les ai vus à Paris depuis que vous êtes
partie. Je leur ai écrit à tous deux ; le mari m'a déjà
répondu et à mon fils, très-agréablement. Je n'ai rien du
tout de marqué à leur égard ; car ce n'est pas un crime
d'être amie de nos gouverneurs.

Je rends au double toutes les amitiés de mon cher
Comte, je salue et honore le sage La Garde, je donne un
baiser à Pauline, et mon cœur à ma chère bonne. Dieu
guérisse M. le Chevalier, et que cette lettre vous trouve
tous en joie et en santé ! Dites-moi la chambre du Chevalier, afin que j'y sois avec vous.

L'abbé Bigorre me mande que M. de Niel tomba,
l'autre jour, dans la chambre du Roi; il se fit une contusion : Félix le saigna, et lui coupa l'artère; il fallut lui
faire à l'instant la grande opération : M. de Grignan,
qu'en dites-vous ? Je ne sais lequel je plains le plus,
ou de celui qui l'a soufferte, ou d'un premier chirurgien
du Roi qui pique une artère.

146. — A MADAME DE GRIGNAN

Aux Rochers,
mercredi 30ᵉ novembre 1689.

Que je vous suis obligée, ma fille, de m'avoir envoyé
la lettre de M. de Saint-Pouanges! c'est un plaisir
d'avoir vu, ce qui s'appelle vu, une telle attestation de la
sagesse et du mérite de notre Marquis, fait exprès pour ce
siècle-ci : vous n'y êtes pas oubliée; je suis ravie de
l'avoir lue; je vous la renvoie avec mille remerciements.
Pour moi, je crois que vous aurez permission de vendre
la compagnie du marquis; je l'espère, et j'attends encore
cette joie.
    Je m'intéresse toujours à ce qui regarde M. le Chevalier,
non parce qu'il s'amuse à lire et à aimer mes lettres;
car au contraire je prends la liberté de me moquer de
lui; mais parce qu'effectivement sa tête est fort bien
faite et s'accommode à merveilles avec son cœur; mais
d'où vient, puisqu'il aime ces sortes de lectures, qu'il
ne se donne point le plaisir de lire vos lettres avant
que vous les envoyiez ? Elles sont très-dignes de son
estime; quand je les montre à mon fils et à sa femme,
nous en sentons la beauté. Mon ami Guébriac tomba
l'autre jour sur l'endroit de la Montbrun; il en fut bien
étonné : c'était une peinture bien vive et bien plaisante.
Enfin, ma fille, c'est un bonheur que mes lettres vous
plaisent; sans cela, ce serait un ennui souvent réitéré.
    M. de Grignan ne vint point à mon secours dans celle
où je parlais du beau chef-d'œuvre d'avoir ôté la nomination de la députation au gouverneur de Bretagne, à
ce bon faiseur de pape. Je suis assurée que M. le Chevalier n'a pu s'empêcher de trouver intérieurement que
je disais vrai : le sang qui roule si chaudement dans ses
veines, ne saurait être glacé pour l'intérêt des grands
seigneurs et des gouvernements de province. Je veux

espérer aussi qu'il sera revenu dans mon sentiment sur
l'orgueil mal placé de Monsieur l'*archevêché* d'Arles; car
ce n'est pas M. l'*Archevêque;* mais je me flatte peut-
être vainement de tous ces retours : j'aimerais pourtant cette naïveté; si elle était jointe à tant d'autres
bonnes choses, et que ce fût en ma faveur, j'en serais
toute glorieuse. Parlons de sa goutte et de sa fièvre : il
me paraît que cela devient alternatif, sa goutte en fièvre,
ou sa fièvre en goutte, il peut choisir; et je crois que
c'est, comme vous dites, celle qu'il a qui paraît la plus
fâcheuse; enfin c'est un grand malheur qu'un tel homme
soit sur le côté.

Vous avez donc été frappée du mot de Mme de La
Fayette, mêlé avec tant d'amitié. Quoique je ne me
laisse pas oublier cette vérité, j'avoue que j'en fus tout
étonnée; car je ne me sens aucune décadence encore qui
m'en fasse souvenir. Cependant je fais souvent des
réflexions et des supputations, et je trouve les conditions
de la vie assez dures. Il me semble que j'ai été traînée,
malgré moi, à ce point fatal où il faut souffrir la vieillesse;
je la vois, m'y voilà, et je voudrais bien au moins ménager de ne pas aller plus loin, de ne point avancer dans ce
chemin des infirmités, des douleurs, des pertes de
mémoire, des défigurements qui sont près de m'outrager,
et j'entends une voix qui dit : « Il faut marcher malgré
vous, ou bien, si vous ne voulez pas, il faut mourir, » qui
est une extrémité où la nature répugne. Voilà pourtant
le sort de tout ce qui avance un peu trop; mais un retour
à la volonté de Dieu, et à cette loi universelle où nous
sommes condamnés remet la raison à sa place, et fait
prendre patience : prenez-la donc aussi, ma très-chère
enfant, et que votre amitié trop tendre ne vous fasse pas
jeter des larmes que votre raison doit condamner.

Je n'eus pas une grande peine à refuser les offres de
mes amies; j'avais à leur répondre : *Paris est en Provence,*
comme vous : *Paris est en Bretagne;* mais il est extraordinaire que vous le sentiez comme moi. Paris est donc
tellement en Provence pour moi, que je ne voudrais
pas être cette année autre part qu'ici. Ce mot, *d'être
l'hiver aux Rochers,* effraye : hélas! ma fille, c'est la plus
douce chose du monde; je ris quelquefois, et je dis :
« C'est donc cela qu'on appelle passer l'hiver dans des
bois ? » Mme de Coulanges me disait l'autre jour :
« Quittez vos humides Rochers; » je lui répondis :
« Humide vous-même : c'est Brévannes qui est humide;

mais nous sommes sur une hauteur; c'est comme si vous disiez, votre humide Montmartre. »

Ces bois sont présentement tout pénétrés du soleil, quand il en fait; un terrain sec, et une place *Madame* où le midi est à plomb; et un bout d'une grande allée où le couchant fait des merveilles; et quand il pleut, une bonne chambre avec un grand feu; souvent deux tables de jeu, comme présentement; il y a bien du monde, qui ne m'incommode point : je fais mes volontés; et quand il n'y a personne, nous sommes encore mieux, car nous lisons avec un plaisir que nous préférons à tout. Mme de Marbeuf nous est bonne : elle entre dans tous nos goûts; mais nous ne l'aurons pas toujours. Voilà une idée que j'ai voulu vous donner, afin que votre amitié soit en repos.

Ma belle-fille est charmée de tout ce que vous dites d'elle, dont je ne lui fais point un secret : que ne dit-elle point de douceurs et de remerciements des louanges que vous lui donnez ? J'en donne beaucoup à l'amitié que M. Courtin vous témoigne; c'est un ami de conséquence et qui ne craint pas de parler pour vous; mais le temps est peu propre à demander des grâces et des gratifications, quand on demande partout des augmentations considérables. Dites-moi quelles pensions sont retranchées; serait-ce sur M. de Grignan et sur un menin ? J'en serais au désespoir.

Vous allez voir M. Duplessis; il m'écrit et me fait comprendre que son ménage n'est pas heureux, et qu'au lieu d'être à son aise et indépendant, comme il l'espérait, il n'a pensé qu'à sortir de chez lui : ainsi le voilà avec M. de Vins et en Provence pour deux mois. Il vous contera ses douleurs; il me paraît que c'est sur l'intérêt qu'il a été attrapé; j'en suis fâchée; mandez-moi ce qu'il vous dira. Vous devriez bien m'envoyer la harangue de M. de Grignan; puisqu'il en est content, j'en serai encore plus contente que lui. Mandez-lui comme je l'appelais à mon secours, et dans quelle occasion. Vous m'épargnez bien dans vos lettres, je le sens : vous passez légèrement sur des endroits difficiles; je ne laisse pas de les partager avec vous. C'est une grande consolation pour vous d'avoir M. le Chevalier : c'est le seul à qui vous puissiez parler confidemment, et le seul qui soit plus touché que vous-même de ce qui vous regarde; il sait bien que je suis digne de parler avec lui sur ce sujet : nous sommes si fort dans les mêmes intérêts, qu'il n'est

pas possible que cela ne fasse une liaison toute naturelle.
Je dis mille douceurs à ma chère Pauline; j'ai très-
bonne opinion de sa petite vivacité et de ses révérences :
vous l'aimez, vous vous en amusez, j'en suis ravie; elle
répond fort plaisamment à vos questions. Mon Dieu!
ma fille, quand viendra le temps que je vous verrai, que
je vous embrasserai de tout mon cœur, et que je verrai
cette petite personne ? J'en meurs d'envie; je vous
rendrai compte du premier coup d'œil.

147. — A COULANGES

Aux Rochers, le 8ᵉ janvier 1690.

Quelle triste date auprès de la vôtre, mon aimable
cousin! elle convient à une solitaire comme moi, et celle
de Rome à celui dont l'étoile est errante et libertine, et
qui

> Promène son oisiveté
> Aux deux bouts de la terre.

La jolie vie! et que la fortune vous a traité doucement,
comme vous dites, quoiqu'*elle vous ait fait querelle!*
Toujours aimé, toujours estimé, toujours portant la joie
et le plaisir avec vous, toujours favori et entêté de
quelque ami d'importance, un duc, un prince, un pape
(car j'y veux ajouter le Saint-Père pour la rareté); toujours
en santé, jamais à charge à personne, point d'affaires,
point d'ambition; mais surtout quel avantage de ne point
vieillir! voilà le comble du bonheur. Vous vous doutez
bien à peu près de certaines supputations de temps et
d'années; mais ce n'est que de loin, cela ne s'approche
point de vous avec horreur, comme de quelques personnes que je connais; c'est pour votre voisin que tout
cela se fait, et vous n'avez pas même la frayeur qu'on a
ordinairement, quand on voit le feu dans son voisinage.
Enfin, après y avoir bien pensé, je trouve que vous êtes
le plus heureux homme du monde.

Ce dernier voyage de Rome est à mon gré la plus
agréable aventure qui vous pût arriver : avec un ambassadeur adorable, dans une belle et grande occasion, revoir
cette belle maîtresse du monde, qu'on a toujours envie
de revoir! J'aime fort les couplets que vous avez faits
pour elle, on ne saurait trop la célébrer; je suis assurée
que ma fille les approuvera; ils sont bien faits, ils sont

jolis, nous les chantons. Je suis ravie de tout ce que vous me mandez de Pauline, que vous avez vue en passant à Grignan; je n'ai jugé favorablement d'elle que sur vos louanges, et sur la lettre toute naturelle que vous avez écrite à Mme de Chaulnes, et qu'elle m'a envoyée. Ah! que j'aimerais à faire un voyage à Rome, comme vous me le proposez! mais ce serait avec le visage et l'air que j'avais il y a bien des années, et non avec celui que j'ai présentement; il ne faut point remuer ses vieux os, surtout les femmes, à moins que d'être ambassadrice. Je crois que Mme de Coulanges, quoique jeune encore, est de ce sentiment; mais dans ma jeunesse j'eusse été transportée d'une pareille aventure; ce n'est point la même chose pour vous, tout vous sied bien; jouissez donc de votre privilège, et de la jalousie que vous donnez pour savoir à qui vous aura.

Je ne m'amuserai point à raisonner avec vous sur les affaires présentes. Toutes les prospérités de M. le duc de Chaulnes m'ont causé une joie sensible; vous craignez justement ce qu'appréhendent ses amis, c'est qu'étant seul capable de remplir la place qu'il occupe avec tant de succès et de réputation, on ne l'y laisse trop longtemps. Cet appartement dans votre nouveau palais donne de nouvelles craintes; mais faisons mieux, n'avançons point nos chagrins : espérons plutôt que tout se tournera selon nos désirs, et que nous nous retrouverons tous à Paris. J'ai été transportée de votre souvenir, de votre lettre, de vos chansons; écrivez-moi par les voies douces et commodes; je prends la liberté d'envoyer celle-ci par Madame l'ambassadrice; et je fais bien plus, mon cher cousin, car sous votre protection, je prends la liberté aussi d'embrasser avec une véritable tendresse, sans préjudice du respect, mon cher gouverneur de Bretagne et Monsieur l'ambassadeur : toutes ses grandes qualités ne me font point de peur; je suis assurée qu'il m'aime toujours; Dieu le conserve et le ramène! voilà mes souhaits pour la nouvelle année. Adieu, mon très cher, je vous embrasse, aimez-moi toujours, je le veux, c'est ma folie, et de vous aimer plus que vous ne m'aimez; mais vous êtes trop aimable; il ne faut pas compter juste avec vous.

148. — A MADAME DE GRIGNAN

Aux Rochers,
dimanche 8ᵉ janvier 1690.

C'est entre vos mains, ma chère enfant, que mes
lettres deviennent de l'or : quand elles sortent des
miennes, je les trouve si grosses et si pleines de paroles,
que je dis : « Ma fille n'aura pas le temps de lire tout
cela; » mais vous ne me rassurez que trop, et je ne crois
pas que je doive croire en conscience tout ce que vous
m'en dites. Enfin prenez-y garde : de telles louanges et de
telles approbations sont dangereuses; je vous assure au
moins que je les aime mieux que celles de tout le reste
du monde.

Mais raccommodons-nous, il me semble que nous
sommes un peu brouillées : j'ai dit que vous aviez lu
superficiellement les *petites Lettres* [283]; je m'en repens;
elles sont belles, et trop dignes de vous, pour avoir douté
que vous ne les eussiez toutes lues avec application.
Vous m'offensez aussi en croyant que je n'ai pas lu *les
Imaginaires* [284]; c'est moi qui vous les prêtai; ah! qu'elles
sont jolies et justes! je les ai lues et relues, ma chère
enfant. Sur ces offenses mutuelles, nous pouvons nous
embrasser : je ne vois rien qui nous empêche de nous
aimer; n'est-ce pas l'avis de Monsieur le Chevalier, puisqu'il est notre confident ? Je suis en vérité ravie de sa
meilleure santé; ce sentiment est bien plus fort que mes
paroles. Mais revenons à la lecture : nous en faisons ici
un grand usage; mon fils a une qualité très-commode,
c'est qu'il est fort aise de relire deux fois, trois fois, ce
qu'il a trouvé beau : il le goûte, il y entre davantage, il le
sait par cœur, cela s'incorpore; il croit avoir fait ce qu'il
lit ainsi pour la troisième fois. Il lit l'Abbadie avec transport, et admirant son esprit d'avoir fait une si belle
chose. Dès que nous voyons un raisonnement bien
conduit, bien conclu, bien juste, nous croyons vous le
dérober de le lire sans vous : « Ah! que cet endroit charmerait ma sœur, charmerait ma fille! » Ainsi nous mêlons
votre sentiment à tout ce qu'il y a de meilleur, et il en
augmente le prix. Je vous plains de ne point aimer les
histoires; Monsieur le Chevalier les aime, et c'est un
grand asile contre l'ennui; il y en a de si belles, on est si
aise de se transporter un peu en d'autres siècles! cette

diversité donne des connaissances et des lumières : c'est ce retranchement de livres qui vous jette dans les *Oraisons* du P. Cotton, et dans la disette de ne savoir plus que lire. Je voudrais que vous n'eussiez pas donné le dégoût de l'histoire à votre fils; c'est une chose très nécessaire à un petit homme de sa profession. Il m'a écrit de *Keisersloutre* : mon Dieu, quel nom! Il ne me paraît pas encore assuré de venir à Paris, il me dit mille amitiés fort jolies, fort bien tournées, il me remercie des nouvelles que je lui mandais, il me conte tous les petits malheurs de son équipage. J'aime passionnément ce petit colonel.

Notre abbé Bigorre me prie fort de ne croire que lui sur les nouvelles de Rome. C'est un déchaînement de dire que le Saint-Père est *espagnol*, et que l'ambassadeur est la dupe; nous le verrons, cela ne se peut cacher : *cette aigle éployée* [285] nous fera voir de quel côté elle prend son vol. Pour moi, je prendrais patience, si votre Avignon vous revenait : quelle joie de marier Pauline avec ce beau nom! Cependant il faut que le bien particulier cède au bien public.

J'ai envie de vous demander comment se porte La Trousse; vous savez que Beaulieu n'a pu m'en instruire. En récompense, je vous dirai que Corbinelli est plus mystique que jamais, il est au-delà de sainte Thérèse; il a découvert que ma grand-mère était toute distillée, dans la cime de son âme, dans l'oraison [286] : il m'a fait acheter un livre de Malaval, où mon fils ni moi n'entendons pas un mot. Enfin il est toujours tel que vous le connaissez : il ne m'écrit point, ce goût nous est passé; je sais de ses nouvelles, et comme j'ai assez d'écritures, nous sommes convenus de ce silence, sans préjudice de notre amitié prescrite; vous savez qu'on ne s'en peut dédire.

Pour les santés délicates, elles méritent qu'on y prenne confiance; je vous avoue sincèrement qu'après les états où j'ai vu Mlle de Méri, je la crois immortelle; et qu'ayant confiance à la sagesse et à l'application de Mme de La Fayette pour la conservation de sa personne, il me semble qu'elle sortira toujours de tous ses maux : Dieu le veuille! c'est une aimable amie, et bien digne d'être aimée et estimée. Parlons de ma santé : c'est celle-là qui vous fait trembler; Dieu me la donne jusqu'à présent d'une perfection qui me surprend moi-même et qui me ferait peur, si je m'observais autant que vous m'observez. J'étais avant-hier dans ces belles allées; il y faisait beau comme au mois de septembre; je ne perds pas ces beaux jours.

Quand le temps commence à changer, je demeure dans ma chambre : voilà sur quoi je ne suis plus la même ; car autrefois c'était un sot vœu de sortir tous les jours.

Je crains le départ de Monsieur le Chevalier et de M. de La Garde. Expliquez-moi un peu plus comme on a retranché à ce dernier sa pension ; cesse-t-on de payer sans dire pourquoi ? un pauvre homme, accoutumé à cette douceur, demeure-t-il à sec sans qu'on lui dise un mot ? Je suis incommode ; mais il y a des choses sur quoi il faut un peu d'explication. Notre bon Berbisy m'écrit des merveilles de vous et de vos grandeurs : un président et deux conseillers du parlement de Dijon ont été en Provence, ils ont été affligés de ne vous point voir ; mais ils ont rapporté toutes vos louanges à notre bon président, qui vous est entièrement dévoué. Ma belle-fille est à Rennes pour quelques jours à la prise d'habit d'une parente ; elle en est assez fâchée. Elle a porté sa toilette, pour faire comme les autres. Votre frère me prie de vous faire mille amitiés. Je viens d'écrire à Coulanges ; il est entêté du prince de Turenne ; Monsieur le Chevalier, ne vous fâchez point : c'est pour dégrader ce nom, que je ne dis pas M. de Turenne tout court. J'embrasse chèrement ma très aimable Comtesse.

149. — A MADAME DE GRIGNAN

Aux Rochers,
ce dimanche 15ᵉ janvier 1690.

Vous avez raison, je ne puis m'accoutumer à la date de cette année ; cependant la voilà déjà bien commencée ; et vous verrez que, de quelque manière que nous la passions, elle sera, comme vous dites, bientôt passée, et nous trouverons bientôt le fond de notre sac de mille francs.

Vraiment, vous me gâtez bien, et mes amies de Paris aussi : à peine le soleil remonte du saut d'une puce, que vous me demandez de votre côté quand vous m'attendrez à Grignan ; et elles me prient de leur fixer dès à cette heure le temps de mon départ, afin d'avancer leur joie. Je suis trop flattée de ces empressements, et surtout des vôtres, qui ne souffrent point de comparaison. Je vous dirai donc, ma chère Comtesse, avec sincérité, que d'ici au mois de septembre, je ne puis recevoir aucune pensée

de sortir de ce pays; c'est le temps que j'envoie mes
petites voitures à Paris, dont il n'y a eu encore qu'une
très-petite partie. C'est le temps que l'abbé Charrier
traite de mes lods et ventes, qui est une affaire de dix
mille francs : nous en parlerons une autre fois; mais
contentons-nous de chasser toute espérance de faire un
pas avant le temps que je vous ai dit. Du reste, ma chère
enfant, je ne vous dis point que vous êtes mon but, ma
perspective; vous le savez bien, et que vous êtes d'une
manière dans mon cœur, que je craindrais fort que
M. Nicole ne trouvât beaucoup à y circoncire; mais
enfin telle est ma disposition.

Vous me dites la plus tendre chose du monde, en
souhaitant de ne point voir la fin des heureuses années
que vous me souhaitez. Nous sommes bien loin de nous
rencontrer dans nos souhaits; car je vous ai mandé une
vérité qui est bien juste et bien à sa place, et que Dieu
sans doute voudra bien exaucer, c'est de suivre l'ordre
tout naturel de la sainte Providence : c'est ce qui me
console de tout le chemin laborieux de la vieillesse; et
ce sentiment est raisonnable, et le vôtre trop extraordinaire et trop aimable.

Je vous plaindrai quand vous n'aurez plus M. de La
Garde et Monsieur le Chevalier : c'est une très-parfaitement bonne compagnie; mais ils ont leurs raisons; et
celle de faire ressusciter une pension à un homme qui
n'est point mort, me paraît tout à fait importante. Vous
aurez votre enfant, qui tiendra joliment sa place à Grignan; il doit y être le bien reçu par bien des raisons, et
vous l'embrasserez aussi de bon cœur. Il m'écrit encore
une jolie lettre pour me souhaiter une heureuse année,
et me conjure de l'aimer toujours. Il me paraît désolé
à Keisersloutre; il dit que rien ne l'empêche de venir à
Paris, mais qu'il attend les ordres de Provence; que c'est
ce ressort qui le fait agir. Je trouve que vous le faites
bien languir : sa lettre est du 2e; je le croyais à Paris;
faites-l'y donc venir, et qu'après une petite apparition, il
coure vous embrasser. Ce petit homme me paraît en
état que, si vous trouviez un bon parti, Sa Majesté lui
accorderait aisément la survivance de votre très-belle
charge. Vous trouvez que son caractère et celui de Pauline
ne se ressemblent nullement; il faut pourtant que certaines qualités du cœur soient chez l'un et chez l'autre;
pour l'humeur, c'est une autre affaire. Je suis ravie que
ses sentiments soient à votre fantaisie : je lui souhai-

terais un peu plus de penchant pour les sciences, pour la
lecture; cela peut venir. Pour Pauline, cette dévoreuse de
livres, j'aime mieux qu'elle en avale de mauvais que de ne
point aimer à lire; les romans, les comédies, les Voiture,
les Sarrasin, tout cela est bientôt épuisé : a-t-elle tâté
de Lucien? est-elle à portée des *Petites Lettres?* après,
il faut l'histoire; si on a besoin de lui pincer le nez pour
la faire avaler, je la plains. Pour les beaux livres de
dévotion, si elle ne les aime pas, tant pis pour elle; car
nous ne savons que trop que, même sans dévotion, on
les trouve charmants. A l'égard de la morale, comme elle
n'en ferait pas un si bon usage que vous, je ne voudrais
point du tout qu'elle mît son petit nez, ni dans Montaigne,
ni dans Charron, ni dans les autres de cette sorte; il est
bien matin pour elle. La vraie morale de son âge, c'est
celle qu'on apprend dans les bonnes conversations, dans
les fables, dans les histoires par les exemples; je crois
que c'est assez. Si vous lui donnez un peu de votre temps
pour causer avec elle, c'est assurément ce qui serait le
plus utile : je ne sais si tout ce que je dis vaut la peine que
vous le lisiez; je suis bien loin d'abonder dans mon sens.

Vous me demandez si je suis toujours une petite
dévote qui ne vaut guère : oui, justement, ma chère
enfant, voilà ce que je suis toujours, et pas davantage, à
mon grand regret. Oh! tout ce que j'ai de bon, c'est que
je sais bien ma religion, et de quoi il est question; je ne
prendrai point le faux pour le vrai; je sais ce qui est bon
et ce qui n'en a que l'apparence; j'espère ne m'y point
méprendre, et que Dieu m'ayant déjà donné de bons
sentiments, il m'en donnera encore : les grâces passées
me garantissent en quelque sorte celles qui viendront, en
sorte que je vis dans la confiance, mêlée pourtant de
beaucoup de crainte. Mais je vous gronde, ma chère
Comtesse, de trouver notre Corbinelli le *mystique du
diable ;* votre frère en pâme de rire; je le gronde comme
vous. Comment, *mystique du diable?* un homme qui ne
songe qu'à détruire son empire; qui ne cesse d'avoir
commerce avec les ennemis du diable, qui sont les saints
et les saintes de l'Église! un homme qui ne compte pour
rien son chien de corps; qui souffre la pauvreté *chrétiennement* (vous direz *philosophiquement*); qui ne cesse de
célébrer les perfections de l'existence de Dieu; qui ne
juge jamais son prochain, qui l'excuse toujours; qui passe
sa vie dans la charité et le service du prochain; qui ne
cherche point les délices ni les plaisirs; qui est entière-

ment soumis à la volonté de Dieu! Et vous appelez cela
le *mystique du diable !* Vous ne sauriez nier que ce ne soit
là le portrait de notre pauvre ami : cependant il y a dans
ce mot un air de plaisanterie, qui fait rire d'abord, et qui
pourrait surprendre les simples. Mais je résiste, comme
vous voyez, et je soutiens le fidèle admirateur de sainte
Thérèse, de ma grand-mère, et du bienheureux Jean
de La Croix.

A propos de Corbinelli, il m'écrivit l'autre jour un fort
joli billet; il me rendait compte d'une conversation et
d'un dîner chez M. de Lamoignon : les acteurs étaient
les maîtres du logis, M. de Troyes, M. de Toulon, le
P. Bourdaloue, son compagnon, Despréaux et Corbinelli. On parla des ouvrages des anciens et des modernes;
Despréaux soutint les anciens, à la réserve d'un seul
moderne, qui surpassait à son goût et les vieux et les
nouveaux. Le compagnon du Bourdaloue qui faisait
l'entendu, et qui s'était attaché à Despréaux et à Corbinelli, lui demanda quel était donc ce livre si distingué
dans son esprit ? Il ne voulut pas le nommer, Corbinelli
lui dit : « Monsieur, je vous conjure de me le dire, afin
que je le lise toute la nuit. » Despréaux lui répondit en
riant : « Ah! Monsieur, vous l'avez lu plus d'une fois, j'en
suis assuré. » Le jésuite reprend, et presse Despréaux de
nommer cet auteur si merveilleux, avec un air dédaigneux,
un *cotal riso amaro* [287]. Despréaux lui dit : « Mon père,
ne me pressez point. » Le Père continue. Enfin Despréaux le prend par le bras, et le serrant bien fort, lui
dit : « Mon Père, vous le voulez : eh bien! c'est Pascal,
morbleu! — Pascal, dit le Père tout rouge, tout étonné,
Pascal est beau autant que le faux peut l'être. — Le faux,
dit Despréaux, le faux! sachez qu'il est aussi vrai qu'il
est inimitable; on vient de le traduire en trois langues. »
Le Père répond : « Il n'en est pas plus vrai. » Despréaux
s'échauffe, et criant comme un fou : « Quoi ? mon Père,
direz-vous qu'un des vôtres n'ait pas fait imprimer dans
un de ses livres, qu'un chrétien n'est pas obligé d'aimer
Dieu ? Osez-vous dire que cela est faux ? — Monsieur,
dit le Père en fureur, il faut distinguer. — Distinguer, dit
Despréaux, distinguer morbleu! distinguer si
nous sommes obligés d'aimer Dieu! » et prenant Corbinelli par le bras, s'enfuit au bout de la chambre; puis
revenant, et courant comme un forcené, il ne voulut
jamais se rapprocher du Père, s'en alla rejoindre la compagnie, qui était demeurée dans la salle où l'on mange :

ici finit l'histoire, le rideau tombe. Corbinelli me promet le reste dans une conversation; mais moi, qui suis persuadée que vous trouverez cette scène aussi plaisante que je l'ai trouvée, je vous écris, et je crois que si vous la lisez avec vos bons tons, vous la trouverez assez bonne.

Ma fille, je vous gronde d'être un seul moment en peine de moi quand vous ne recevez pas mes lettres : vous oubliez les manières de la poste; il faut s'y accoutumer; et quand je serais malade, ce que je ne suis point du tout, je ne vous en écrirais pas moins quelques lignes, ou mon fils ou quelqu'un : enfin vous auriez de mes nouvelles, mais nous n'en sommes pas là.

On me mande que plusieurs duchesses et grandes dames ont été enragées, étant à Versailles, de n'être pas du souper des Rois : voilà ce qui s'appelle des afflictions. Vous savez mieux que moi les autres nouvelles. J'ai envoyé le billet de Bigorre à Guébriac, qui vous rend mille grâces : il est fort satisfait de votre *Cour d'amour*. Je trouve Pauline bien suffisante de savoir les échecs; si elle savait combien ce jeu est au-dessus de ma portée, je craindrais son mépris. Ah! oui, je m'en souviens, je n'oublierai jamais ce voyage; hélas! est-il possible qu'il y ait vingt et un ans? Je ne le comprends pas, il me semble que ce fut l'année passée; mais je juge par le peu que m'a duré ce temps, ce que me paraîtront les années qui viendront encore.

DE CHARLES DE SÉVIGNÉ

Je suis fort de votre avis, ma belle petite sœur, sur le *mystique du diable*; j'ai été frappé de cette façon de parler, je tournais tout autour de cette pensée, et tout ce que je disais ne me contentait point. Je vous remercie de m'avoir appris à expliquer, en si peu de mots et si juste, ce que j'avais depuis longtemps dans l'esprit. Mais ce que j'admire le plus dans ce *mystique*, c'est que sa tranquillité dans cet état est un effet de sa dévotion : il ferait scrupule d'en sortir, parce qu'il est dans l'ordre de la Providence, et qu'il y aurait de l'impiété à un simple mortel de prétendre aller contre ce qu'elle a résolu. Sur cela, ne croyez point qu'il aille jamais à la messe, la délicatesse de sa conscience en serait blessée.

Puisque vous avez enfin permis à Pauline de lire les *Métamorphoses*, je vous conseille de n'être plus en peine au sujet des mauvais livres qu'on pourrait lui fournir. Toutes les jolies histoires ne sont-elles point de son goût ? il y a mille petits ouvrages qui divertissent et qui ornent parfaitement l'esprit. Ne lirait-elle pas avec plaisir de certains endroits de l'histoire romaine ? a-t-elle lu l'*Histoire du Triumvirat ?* les Constantins et les Théodoses sont-ils épuisés ? Ah! que je plaindrai son esprit vif et agissant, si vous ne lui donnez de quoi s'exercer ! Comme elle a, ainsi que son oncle, la grossièreté de ne pouvoir mordre aux subtilités de la métaphysique, je l'en plains; mais ne vous attendez pas que je l'en blâme, ni que je l'en méprise : j'ai des raisons pour ne le pas faire. Adieu, ma très-aimable petite sœur.

150. — A MADAME DE GRIGNAN

Aux Rochers, mercredi 1ᵉʳ février 1690.

Nous voici dans un vilain train de neiges, de pluies et de vents terribles; mais au sortir de ces tempêtes, nous trouverons de grands jours et de beaux jours. Ce qui tue, c'est que le temps a beau courir bien vite, et trop vite, vous ne sauriez attraper vos revenus; bon Dieu! quel horrible mécompte : 90 et 91 [288], et tant que les yeux peuvent aller! Jamais il ne fut une telle dissipation : on est quelquefois dérangé; mais de s'abîmer et de s'enfoncer à perte de vue, c'est ce qui ne devrait point arriver. On ne saurait parler de loin sur un tel sujet, car il faudrait des réponses, mais on peut bien en soupirer, et quelque douleur qu'on en ressente, on ne voudrait pas vivre dans l'ignorance : il me faut, comme vous dites, la carte et la clef de vos sentiments; il faut que j'entre dans vos peines, l'amitié le veut ainsi. Je comprends combien l'unique remède qui peut vous être bon, est mauvais et pour vos affaires de la cour et pour votre réputation dans la province. Vous savez mieux qu'une autre que ce n'est point ainsi qu'il faudrait faire sa charge, si on pouvait faire autrement, et que ce n'est point en se cachant dans son château que l'on passerait l'hiver tout entier, sans voir par où l'on en pourrait sortir. Vous êtes bien heureuse, comme vous disiez l'autre jour, que les malheurs de vos pauvres amis adoucissent les vôtres : c'est un grand soulagement que d'en pouvoir parler, que de s'en consoler ensemble; mais je sens fort bien que, dans l'état où vous êtes, il est entièrement impossible de lire; c'est aussi en badinant que je vous tourmente là-dessus : le moyen en effet de s'occuper des règnes passés, quand on souffre actuellement des maux sensibles ? Je connais cet état : on relit vingt fois la même page : et je vous assure que, bien que mon fils lise parfaitement, j'ai de si grandes distractions et je fais de si fréquents voyages en Provence, qu'il ne m'est nullement difficile de savoir ceux que vous feriez, si vous vouliez vous opiniâtrer à quelque lecture. Tout ce que j'admire, c'est que Dieu vous conserve votre santé parmi tant de peines accablantes. Que je vous plains! et que l'état de vos affaires est préjudiciable à l'établissement de votre pauvre enfant!

Le voilà enfin à Paris; il est vrai qu'il a été un peu lendore [289] sur son départ de cette garnison; mais le voilà faisant sa cour à Versailles; on me mande qu'il espère vendre sa compagnie; cette raison est bonne. J'ai toujours quelque peine de me le représenter tout seul dans ces pays-là; je crois qu'après un peu de séjour, il ne songera qu'au plaisir de vous aller voir. Continuez, ma belle, à me parler de vous, sans craindre que cela m'ennuie; mon amitié s'accommode mieux de partager vos peines, que de les ignorer. Vous vous promenez dans vos bâtiments, et vous vous exposez à la bise et au soleil aussi imprudemment que si vous n'aviez pas la *sagesse* à votre côté. J'ai fait voir à mon fils la feuille qui parle de lui; il vous en remercie, il vous répond mille amitiés et mille folies sur un endroit où il est question de sa femme; mais je ne suis pas payée pour m'amuser à vous en entretenir.

Rien n'est si plaisant que ce que vous dites sur la mort du marquis d'Alluye, et les conséquences que vous en tirez pour aller à l'assaut; si j'en avais autant écrit, vous en feriez grand bruit, et ce serait une des belles *retenues* de la Visitation. J'aime fort la lettre de Pauline; je n'ai pas le temps d'y répondre aujourd'hui. Vous riez de m'entendre dire que je suis pressée; il est vrai que le loisir ne me manque pas ordinairement; mais nous avons ici deux hommes qui ont bien de l'esprit : l'un a été dix ans avec M. d'Aleth, et l'autre est avocat; nous voulons consulter celui-ci sur une affaire : ces deux hommes seraient bons à Paris; je m'en vais les entretenir.

C'est aujourd'hui que le parlement de Rennes est rentré dans son beau palais, et que toute la ville est dans les cris et les feux de joie. Je fais réponse à ma chère petite d'Adhémar avec une vraie amitié : la pauvre

enfant! qu'elle est heureuse, si elle est contente! cela
est sans doute; mais vous m'entendez bien.

151. — A MADAME DE GRIGNAN

A Tours, ce 7ᵉ octobre 1690.

Me voici, ma chère bonne, en parfaite santé, fort
contente de la litière : cela passe partout, on ne craint
rien. On dit que cette voiture est triste : je la trouve bien
gaie, quand on n'a point de peur.

J'ai couché d'abord à Laval, puis à Sablé, puis au Lude,
puis ici : tous ces noms-là ne sont point barbares. Mais
ce qui est bien barbare, ma bonne, c'est la mort : je voulus
me promener le soir au Lude; je commençai par l'église;
j'y trouvai le pauvre Grand-Maître : cela est triste! Je
portai cette pensée dans sa belle maison : je voulus
m'accoutumer aux terrasses magnifiques et à l'air d'un
château qui l'est infiniment; tout y pleure, tout est
négligé; cent orangers morts ou mourants font voir
qu'ils n'ont vu, depuis cinq ans, ni maître ²⁹⁰, ni maîtresse!

Je pars dans une heure, ma très-chère bonne, j'ai un
temps charmant et divin; j'espère toujours être le 14ᵉ à
Moulins.

Voilà M. l'archevêque de Tours qui me vient voir :
c'est le comte de Saint-George. Je suis pressée, voilà
de l'encre sur ma lettre; voici ma dernière par Paris, et
je vous embrasse : en voilà assez.

152. — AU COMTE DE BUSSY-RABUTIN

A Grignan, ce 13ᵉ novembre 1690.

Quand vous verrez la date de cette lettre, mon cousin, vous me prendrez pour un oiseau. Je suis passée
courageusement de Bretagne en Provence. Si ma fille eût
été à Paris, j'y serais allée; mais sachant qu'elle passerait
l'hiver dans ce beau pays, je me suis résolue de le venir
passer avec elle, jouir de son beau soleil, et retourner à
Paris avec elle l'année qui vient. J'ai trouvé qu'après
avoir donné seize mois à mon fils, il était bien juste d'en
donner quelques-uns à ma fille; et ce projet, qui paraissait de difficile exécution, ne m'a pas coûté trop de peine.
J'ai été trois semaines à faire ce trajet, en litière, et sur

le Rhône. J'ai pris même quelques jours de repos; et
enfin j'ai été reçue de M. de Grignan et de ma fille avec
une amitié si cordiale, une joie et une reconnaissance si
sincère, que j'ai trouvé que je n'ai pas fait encore assez
de chemin pour venir voir de si bonnes gens, et que les
cent cinquante lieues que j'ai faites ne m'ont point du
tout fatiguée. Cette maison est d'une grandeur, d'une
beauté et d'une magnificence de meubles dont je vous
entretiendrai quelque jour. J'ai voulu vous donner avis
de mon changement de climat, afin que vous ne m'écriviez plus aux Rochers, mais bien ici, où je sens un soleil
capable de rajeunir par sa douce chaleur. Nous ne devons
pas négliger présentement ces petits secours, mon cher
cousin. Je reçus votre dernière lettre avant que de partir
de Bretagne; mais j'étais si accablée d'affaires, que je
remis à vous faire réponse ici.

Nous apprîmes l'autre jour la mort de M. de Seignelai.
Quelle jeunesse! quelle fortune! quels établissements!
Rien ne manquait à son bonheur : il nous semble que
c'est la splendeur qui est morte. Ce qui nous a surpris,
c'est qu'on dit que Mme de Seignelai renonce à la communauté, parce que son mari doit cinq millions. Cela
fait voir que les grands revenus sont inutiles quand on
en dépense deux ou trois fois autant. Enfin, mon cher
cousin, la mort nous égale tous; c'est où nous attendons
les gens heureux : elle rabat leur joie et leur orgueil, et
console par là ceux qui ne sont pas fortunés. Un petit
mot de christianisme ne serait pas mauvais en cet endroit;
mais je ne veux pas faire un sermon, je ne veux faire
qu'une lettre d'amitié à mon cher cousin, lui demander
de ses nouvelles, de celles de sa chère fille, les embrasser
tous deux de tout mon cœur, l'assurer de l'estime et
des services de Mme de Grignan et de son époux, qui
m'en prient, et le conjurer de m'aimer toujours : ce n'est
pas la peine de changer après tant d'années.

153. — A COULANGES

A Lambesc, le 1er décembre 1690.

Où en sommes-nous, mon aimable cousin ? Il y a
environ mille ans que je n'ai reçu de vos lettres. Je
vous ai écrit la dernière fois des Rochers par
Mme de Chaulnes; depuis cela, pas un seul mot de vous.

Il faut donc recommencer sur nouveaux frais, présentement que je suis dans votre voisinage. Que dites-vous de mon courage ? il n'est rien tel que d'en avoir. Après avoir été seize mois en Bretagne avec mon fils, j'ai trouvé que je devais aussi une visite à ma fille, sachant qu'elle n'allait point cet hiver à Paris; et j'ai été si parfaitement bien reçue et d'elle et de M. de Grignan, que si j'ai eu quelque fatigue, je l'ai entièrement oubliée, et je n'ai senti que la joie et le plaisir de me trouver avec eux. Ce trajet n'a point été désapprouvé de Mme de Chaulnes, ni de Mmes de Lavardin et de La Fayette, auxquelles je demande volontiers conseil, de sorte que rien n'a manqué au bonheur ni à l'agrément de ce voyage; vous y mettrez la dernière main en repassant par Grignan, où nous allons vous attendre.

L'assemblée de nos petits états est finie; nous sommes ici seuls, en attendant que M. de Grignan soit en état d'aller à Grignan, et puis, s'il se peut, à Paris. Il a été mené quatre ou cinq jours fort rudement de la colique et de la fièvre continue, avec deux redoublements par jour; cette maladie allait beau train, si elle n'avait été arrêtée par les miracles ordinaires du quinquina; mais n'oubliez pas qu'il a été aussi bon pour la colique que pour la fièvre; il faut donc se remettre. Nous n'irons à Aix qu'un moment pour voir la petite religieuse de Grignan, et dans peu de jours nous serons pour tout l'hiver à Grignan, où le petit colonel, qui a son régiment à Valence et aux environs, viendra passer six semaines avec nous. Hélas! tout ce temps ne passera que trop vite; je commence à soupirer douloureusement de le voir courir avec tant de rapidité : j'en vois et j'en sens les conséquences. Vous n'en êtes pas encore, mon *jeune* cousin, à de si tristes réflexions.

J'ai voulu vous écrire sur la mort de M. de Seignelai [291] : quelle mort! quelle perte pour sa famille et pour ses amis! On me mande que sa femme est inconsolable, et qu'on parle de vendre Sceaux à M. le duc du Maine. Ô mon Dieu, que de choses à dire sur un si grand sujet! Mais que dites-vous de sa dépouille sur un homme que l'on croyait déjà tout établi ? Autre sujet de conversation; mais il ne faut faire à présent que la table des chapitres pour quand nous nous verrons. M. le duc de Chaulnes nous a écrit de fort aimables lettres, et nous donne une espérance assez proche de le voir bientôt à Grignan; mais auparavant il me paraît qu'il ne croit

pas impossible d'envoyer enfin ces bulles si longtemps
attendues, et trop tôt chantées : qui n'eût pas cru que
l'abbé de Polignac les apportait ? Je n'ai jamais vu un
enfant *si difficile à baptiser;* mais enfin vous en aurez
l'honneur, vous le méritez bien après tant de peines;
venez donc recevoir nos louanges.

Je n'ose presque vous parler de votre déménagement
de la rue du Parc-Royal pour aller demeurer au Temple;
j'en suis affligée pour vous et pour moi : je hais le Temple
autant que j'aime la Déesse qui veut présentement y être
honorée; je hais ce quartier qui ne mène qu'à Montfau-
con, j'en hais même jusques à la belle vue dont
Mme de Coulanges me parle; je hais cette fausse campagne, qui fait qu'on n'est plus sensible aux beautés de la
véritable, et qu'elle sera plus à couvert des rigueurs du
froid à Brévannes [292], qu'à la ruelle de son lit dans ce chien
de Temple; enfin tout cela me déplaît à mourir, et ce qui
est beau, c'est que je lui mande toutes ces improbations
avec une grossièreté que je sens, et dont je ne puis m'empêcher. Que ferez-vous, mon pauvre cousin, loin des
hôtels de Chaulnes, de Lamoignon, du Lude, de Villeroi,
de Grignan ? comment peut-on quitter un tel quartier ?
Pour moi, je renonce quasi à la Déesse; car le moyen
d'accommoder ce coin du monde tout écarté avec mon
faubourg Saint-Germain ? Au lieu de trouver, comme
je faisais, cette jolie Mme de Coulanges sous ma main,
prendre du café le matin avec elle, y courir après la
messe, y revenir le soir comme chez soi : enfin, mon
pauvre cousin, ne m'en parlez point; je suis trop heureuse
d'avoir quelques mois pour m'accoutumer à ce bizarre
dérangement; mais n'y avait-il point d'autre maison ?
et votre cabinet, où est-il ? y retrouverons-nous tous nos
tableaux ? Enfin, Dieu l'a voulu; car le moyen, sans
cette pensée, de pouvoir s'en taire ? Il faut finir ce
chapitre, et même cette lettre.

J'ai trouvé Pauline toute aimable, et telle que vous me
l'avez dépeinte. Mandez-moi bien de vos nouvelles; je
vous écris en détail, car nous aimons ce style, qui est
celui de l'amitié. Je vous envoie cette lettre par
M. de Montmor, intendant à Marseille, autrefois
M. du Fargis, qui mangeait des tartelettes avec mes
enfants. Si vous le connaissez, vous savez que c'est un
des plus jolis hommes du monde, le plus honnête, le
plus poli, aimant à plaire et à faire plaisir, et d'une manière
qui lui est particulière; en un mot, il en sait assurément

plus que les autres sur ce sujet ; je vous en ferai demeurer
d'accord à Grignan, où je vais vous attendre, mon
cher cousin, avec une bonne amitié et une véritable
impatience.

154. — AU DUC DE CHAULNES

A Grignan, le 15ᵉ mai 1691.

Mais, mon Dieu ! quel homme vous êtes, mon cher
gouverneur ! on ne pourra plus vivre avec vous : vous
êtes d'une difficulté pour le pas, qui nous jettera dans de
furieux embarras. Quelle peine ne donnâtes-vous point
l'autre jour à ce pauvre ambassadeur d'Espagne ?
Pensez-vous que ce soit une chose bien agréable de reculer
tout le long d'une rue ? Et quelle tracasserie faites-
vous encore à celui de l'Empereur sur les franchises ?
Ce pauvre sbire si bien épousseté en est une belle
marque ; enfin vous êtes devenu tellement pointilleux,
que toute l'Europe songera à deux fois comme elle se
devra conduire avec Votre Excellence. Si vous nous
apportez cette humeur, nous ne vous reconnaîtrons plus.

Parlons maintenant de la plus grande affaire qui soit à
la cour. Votre imagination va tout droit à de nouvelles
entreprises ; vous croyez que le Roi, non content de
Mons et de Nice, veut encore le siège de Namur : point
du tout ; c'est une chose qui a donné plus de peine à
Sa Majesté et qui lui a coûté plus de temps que ses
dernières conquêtes ; c'est la défaite des *fontanges* à plate
couture : plus de coiffures élevées jusqu'aux nues, plus
de *casques*, plus de *rayons*, plus de *bourgognes*, plus de
jardinières ; les princesses ont paru de trois quartiers
moins hautes qu'à l'ordinaire ; on fait usage de ses
cheveux comme on faisait il y a dix ans. Ce changement
a fait un bruit et un désordre à Versailles qu'on ne saurait
vous représenter. Chacun raisonnait à fond sur cette
matière, et c'était l'affaire de tout le monde. On nous
assure que M. de Langlée a fait un traité sur ce changement pour envoyer dans les provinces : dès que nous
l'aurons, Monsieur, nous ne manquerons pas de vous
l'envoyer ; et cependant je baise très-humblement les
mains de Votre Excellence.

Vous aurez la bonté d'excuser si ce que j'ajoute ici
n'est pas écrit d'une main aussi ferme qu'auparavant :
ma lettre était cachetée, et je l'ouvre pour vous dire que

nous sortons de table, où avec trois Bretons de votre
connaissance, MM. du Cambout, de Trévigny, et du
Guesclin, nous avons bu à votre santé en vin blanc, le
plus excellent et le plus frais qu'on puisse boire;
Mme de Grignan a commencé, les autres ont suivi, la
Bretagne a fait son devoir : « A la santé de M. l'ambassadeur; à la santé de Mme la duchesse de Chaulnes. —
Tôpe à notre cher gouverneur; tôpe à la grande gouvernante. — Monsieur, je vous la porte; Madame, je vous
fais raison. » Enfin, tant a été procédé, que nous l'avons
portée à M. de Coulanges; c'est à lui de répondre.

155. — A LA COMTESSE DE GUITAUT

Ce 18ᵉ janvier 1693.

Je veux vous recommander d'abord votre santé, ma
chère Madame, et de profiter, par le repos et par le
régime, des remèdes que vous avez faits.

Voilà l'extrait du compte d'Hébert; vous verrez qu'il
s'est chargé des grains et qu'il les doit vendre. Voilà ce
que vous vouliez savoir; j'y ajoute que tout le plus tôt
qu'on les pourra vendre présentement, c'est assurément
le meilleur : c'est le conseil que mes amis de ce pays me
donnent; ils ne seront jamais plus chers qu'ils le sont,
et peuvent diminuer. L'avoine est à un prix excessif. Je
vous conjure donc, Madame, de donner vos ordres sans
balancer et sans retardement; et prenez pour vous le
conseil que je vous donne. Ayez la bonté de dire à
Hébert que j'ai reçu sa lettre de change de 1 500 ₶.
Il ne faut point croire ces gardeurs de grains pour l'éternité : c'est ainsi qu'il me parle; et suivant ma bonne
coutume de vous faire toujours part du style et des sentiments de mes ministres, je vous envoie la dernière lettre
d'Hébert, à qui vous aurez la bonté de donner vos
ordres, puisque vous savez de quoi il doit rendre compte;
il est chargé des grains, c'est assez. L'heure me presse :
je suis à vous, et vous êtes toujours pour moi la femme
qui ne se trouve point.

M. de Chandenier [293] a quitté sa belle retraite de
Sainte-Geneviève, pour aller dans un trou, près de
M. Nicole; si c'est dévotion, je l'honore; si c'est légèreté,
je m'en moque; mais de quoi n'est point capable l'humanité ?

M. DE RABUTIN CHANTAL.

156. — A LA COMTESSE DE GUITAUT

A Paris, ce mercredi 3ᵉ juin 1693.

Je vous ai laissée dans votre silence, Madame, respec-
tant et ménageant cette bonne tête, et sachant seulement de vos nouvelles. Vous ne pouviez rompre ce
silence, ma chère Madame, dans une occasion qui me fût
plus sensible. Vous saviez tout le mérite de Mme de La
Fayette ou par vous, ou par moi, ou par vos amis; sur
cela vous n'en pouviez trop croire : elle était digne d'être
de vos amies; et je me trouvais trop heureuse d'être
aimée d'elle depuis un temps très-considérable; jamais
nous n'avions eu le moindre nuage dans notre amitié.
La longue habitude ne m'avait point accoutumée à son
mérite : ce goût était toujours vif et nouveau; je lui
rendais beaucoup de soins, par le mouvement de mon
cœur, sans que la bienséance où l'amitié nous engage y
eût aucune part; j'étais assurée aussi que je faisais sa plus
tendre consolation, et depuis quarante ans c'était la
même chose : cette date est violente, mais elle fonde bien
aussi la vérité de notre liaison. Ses infirmités depuis
deux ans étaient devenues extrêmes; je la défendais
toujours, car on disait qu'elle était folle de ne vouloir
point sortir; elle avait une tristesse mortelle : quelle folie
encore! n'est-elle pas la plus heureuse femme du monde?
Elle en convenait aussi; mais je disais à ces personnes, si
précipitées dans leurs jugements : « Mme de La Fayette
n'est pas folle, » et je m'en tenais là. Hélas! Madame, la
pauvre femme n'est présentement que trop justifiée : il
a fallu qu'elle soit morte pour faire voir qu'elle avait
raison de ne point sortir et d'être triste. Elle avait un
rein tout consommé et une pierre dedans, et l'autre pul-
lulant : on ne sort guère en cet état. Elle avait deux
polypes dans le cœur, et la pointe du cœur flétrie : n'était-
ce pas assez pour avoir ces désolations dont elle se
plaignait? Elle avait les boyaux durs et pleins de vents,
comme un ballon, et une colique dont elle se plaignait
toujours. Voilà l'état de cette pauvre femme, qui disait :
« On trouvera un jour... » tout ce qu'on a trouvé. Ainsi,
Madame, elle a eu raison pendant sa vie, elle a eu raison
après sa mort, et jamais elle n'a été sans cette divine
raison, qui était sa qualité principale. Sa mort a été
causée par le plus gros de ces corps étrangers qu'elle

avait dans le cœur, et qui a interrompu la circulation et
frappé en même temps tous les nerfs, de sorte qu'elle n'a
eu aucune connaissance pendant les quatre jours qu'elle
a été malade. Mlle Perrier, qui est une personne admirable, ne l'a quittée ni jour ni nuit, avec une charité dont
je l'aimerai toute ma vie; elle vous pourra dire que tout
cela s'est passé comme je vous le dis, et que, pour
notre consolation, Dieu lui a fait une grâce toute particulière et qui marque une vraie prédestination : c'est
qu'elle se confessa le jour de la petite Fête-Dieu, avec
une exactitude et un sentiment qui ne pouvait venir que
de lui, et reçut Notre-Seigneur de la même manière.
Ainsi, ma chère Madame, nous regardons cette com-
munion, qu'elle avait accoutumé de faire à la Pentecôte,
comme une miséricorde de Dieu, qui nous voulait
consoler de ce qu'elle n'a pas été en état de recevoir le via-
tique. J'ai senti dans cette occasion un fonds de religion,
qui aurait redoublé ma douleur si je n'avais point été
soutenue de l'espérance que Dieu lui a fait miséricorde.
Voilà, ma chère Madame, ce que je n'ai pu m'empêcher
de vous dire; vous me le pardonnerez par les sentiments
que vous savez bien que j'ai pour vous, qui m'ont
poussée à vous ouvrir mon cœur sur un sujet qui le
touche si fort : j'aurais encore bien plus abusé de vous si
vous aviez été ici. Après cela, il faut démonter mon
esprit pour faire réponse à votre lettre.

Je vous plains bien d'avoir trouvé vos affaires en l'état
que vous me marquez; j'en suis surprise, je ne l'eusse
jamais pensé, et je comprends votre rompement de tête
dans l'application dont vous avez eu besoin pour
débrouiller cette confusion. Je voudrais que vous trou-
vassiez un moyen pour ne pas pousser plus loin un
épuisement qui est plus important que vous ne pensez.
Ainsi, ma chère Madame, faites-vous soulager, et ne
méprisez pas ce que je vous dis.

Il est vrai que l'antipathie naturelle de Boucard et
d'Hébert est étonnante et m'a fort déplu; elle me
fait trouver heureuse d'avoir amodié ma pauvre petite
terre.

Pour notre chapelle [294], sans autre détour, je vous
conjure, Madame, d'en parler à M. Tribolet, qui est fort
honnête homme; et s'il était en état avec M. Poussy de
lui pouvoir dire de ma part que je sais qu'il ne sert point
la chapelle comme il le devrait, présentement que le
revenu en est plus grand, *et ce que je souhaiterais qu'il fît,*

je pourrais par lui, qui comme curé a droit de se mêler dans cette affaire, parvenir ou à lui faire faire son devoir, ou à en mettre un autre de la main de notre curé, qui le ferait beaucoup mieux. Ce petit bénéfice est au-dessous de l'opinion qu'a M. Poussy de lui : ainsi je crois qu'il ne serait pas difficile de le porter à s'en défaire. Songez tout doucement à cela, ma chère Madame : cette affaire ne vous fera point mal à la tête.

Pour cette tierce [295] que je dois prendre du côté de Courcelles, c'est une négligence de Boucard qui n'est pas pardonnable; il en a eu d'autres encore plus importantes. Je ne sais comme un homme de cette lenteur et de cette indifférence pour mes intérêts, peut blâmer autant qu'il fait un homme à qui on n'a rien de pareil à reprocher; je lui écrirai sur cela. J'ai assez vu M. de Montal à Paris, pour qu'il puisse croire qu'il m'a parlé de ce procès. Est-ce aimer les intérêts d'une personne que d'abuser ainsi de sa confiance ? Je m'en vais tâcher de redonner quelque sentiment à Boucard sur toutes ces choses, et lui dirai de conférer avec M. Tribolet, qui m'a écrit plusieurs fois, et à qui je trouve bien de l'esprit. Si tout cela vous revient, vous aurez la bonté et la charité d'ordonner. Je vous rends mille grâces de votre aimable lettre; elle récompense le temps passé; je n'y trouve rien à souhaiter que de n'écrire point toujours en *tourniolant* comme vous faites : que n'écriviez-vous comme moi et comme du temps de nos pères ? Vous ne me dites point quand vous reviendrez.

Je viens d'écrire à Boucard un galimatias de M. de Montal et de cette tierce que me doit cette Mme Druys, qui l'empêchera de rien soupçonner, et je le prie, ma chère Madame, de vous parler de cette affaire et de M. Poussy : tout cela vous reviendra; et je mande à Hébert de me dire combien M. Poussy dit de messes à Bourbilly, afin qu'il fasse voir que ce n'est pas lui qui m'a donné l'avis : enfin je suis bien fine. Je sais que la femme de Boucard n'est pas si *exacte* que lui, c'est ce qui me donne du chagrin; je leur demande l'argent des grains qu'Hébert leur a envoyés pour vendre.

Ma fille vous fait mille et mille très-humbles compliments, et moi, ma chère Madame, je suis en vérité toute à vous.

LA M. DE SÉVIGNÉ.

Je vous recommande la diligence, car le mois de juillet est proche, et ceux qui attendent mon argent ont grand'soif; faites un peu agir M. Tribolet; cela hâtera la conclusion.

157. — A LA COMTESSE DE GUITAUT

Mercredi des cendres 1694.

Vous ne voulez donc pas venir au sermon du P. de La Rue à Saint-Paul ? C'est pourtant un jésuite qui a fort contenté les courtisans à Versailles. Si vous ne voulez pas, et que vous aimiez mieux un de vos chanoines, ou M. Nicole ou M. Letourneur, faites-moi donc tenir ici deux mille francs que mon fermier me garde entre ses mains et qu'il n'ose confier aux marchands de Semur, qui n'osent plus se fier à ceux de Paris et qui savent que présentement, sans aucune pudeur, on refuse ainsi toutes les lettres de change. Ces vendeurs de moutons sont des vilains qui m'ont fait enrager, et je ne puis pas même attendre jusqu'à Pâques, car mes besoins sont aussi pressants que ceux des pauvres à qui je donne du blé. Que ferai-je donc, ma chère Madame ? Vous êtes mon secours en toutes occasions : ne pouvez-vous point, vous qui savez que mon argent est là, me le faire donner ici par le moyen de M. de Caumartin ? Que sais-je ce que je dis! Enfin, Madame, ayez pitié de moi, consolez-moi au moins, exhortez-moi au jeûne, afin de diminuer mes besoins. Je vous envoie M. Boucard, pour trouver quelque remède *prompt* à mes peines. Je suis absolument à vous, plus entêtée de votre mérite que jamais, par la connaissance que j'ai des autres femmes. Enfin, vous me paraissez comme il n'y en a point.

Mon curé est-il content de mon obéissance ?

158. — A MADAME DE GRIGNAN

Paris, mercredi 31ᵉ mars 1694.

Pour moi, ma bonne, je ne veux plus du tout m'attrister et me chaîner [296]; je trouve que vous avez fort bien fait de partir : vous aviez une raison que vous avez oubliée et qui nous fermait la bouche. Et puis vous allez pour voir M. de Grignan; vous courez à lui, ma bonne, et nous courrons après vous. Je ne suis plus occupée que de finir les petites affaires dont je suis embarrassée, et me disposer insensiblement à partir dans le commencement de mai. Vous voyez bien, ma bonne, qu'il n'y a point de temps où je puisse prendre le loisir de vous regretter : cela retarderait mon départ! Quand je sens quelque tristesse, en regardant votre appartement ou en rentrant dans ma chambre, quand je suis blessée de ne plus voir, de ne plus entendre cette aimable femme qui remplit tout, qui éclaire tout, qui paraît si nécessaire à la société, que j'aime si naturellement, je chasse cette première pensée ; et la seconde est de sentir une véritable douceur de penser que je m'en vais la trouver, que je ne fais plus rien que dans cette vue : voilà, ma chère bonne, l'état où je suis.

Monsieur le Chevalier fait, de son côté, des merveilles, mais des merveilles solides, dont le pauvre marquis sera ravi, et vous bien soulagée.

Je ne croyais pas que mon souvenir vous pût attraper dans ces hôtelleries ; j'y avais passé si légèrement que je croyais mes traces effacées : je vous en suis plus obligée, ma chère Comtesse, de me retrouver ainsi en courant. Je fais mille amitiés à ma chère Pauline. Je remercierai Sanzei des bonnes perdrix de sa mère. Je voudrais bien que vous eussiez trouvé partout la permission de manger des œufs frais : je crains les carpes et les arêtes. Mon fils vous fait cent mille protestations : il fait l'affligé du parti que je prends sans balancer. Il me prie de faire ses compliments à M. de Rochebonne : il se souvient de toutes les obligations qu'il a au mari et à la femme.

Vous voyagez d'une manière à conserver votre santé et votre équipage : n'est-ce pas un plaisir ? Corbinelli est ravi que vous aimiez son livre [297] ; que ne vous dit-il point de l'adoration qu'il a pour vous ? Je lui dis toujours que vous le souhaitez à Grignan. Il a dîné gras avec Monsieur le Chevalier : c'était un levraut de Bâville ; moi, j'avais un poisson noble, et je donne quelquefois à dîner, non pas proprement comme M. du Coudray, mais trop bien pour une personne grêlée. Je crois que Monsieur l'Archevêque se lassera à la fin de payer si longtemps ses dettes : c'est un état violent. Vous avez vu l'abbé de Pomponne : Monsieur son père n'était pas content de son départ.

Ma chère bonne, j'abuse de votre amitié en ne vous disant rien qui vous puisse divertir. Nous voyons assez souvent M. du Coudray : je lui ai fait voir *la Comtesse de Tende* [298], dont il est charmé. Vous ne seriez pas trop charmée d'une satire de Perrault [299], sur celle de Despréaux : la préface en prose est ce qu'il y a de meilleur.

Je ne sais pourquoi vous prenez du mal de l'abbé Têtu; je crois que vous lui faites trop d'honneur : c'est une bonne insomnie, ce sont des nuits affreuses, qui le font trembler de devenir insensé; il est dans une faiblesse épouvantable. Pour moi, je suis frappée de ce mal, et crois que la crainte de perdre la raison est le plus grand des maux.

Vous parlez parfaitement bien de l'*Avertissement* de M. Du Bois, vous en jugez équitablement, et vous le louez comme il mérite de l'être : je lui ferai voir son éloge.

Nous venons, Monsieur le Chevalier et moi, de chez Mme de Coulanges : elle a une colique de vents, qui la fait vomir, qui n'est pas une petite maladie pour elle; c'est un mal de famille. La marquise de La Trousse y avait été et sa petite fille, fort jolie. Cette marquise se plaint que vous n'ayez pas voulu lui dire adieu.

Je vous embrasse bien tendrement, ma chère Comtesse. Je fais mille amitiés à Mme de Rochebonne; je vous en demande une petite pour mon abbé Charrier. Je remercie ma chère Martillac de son petit billet; elle sait le plaisir qu'elle me fait. Comment se porte le pauvre Soleri ?

159. — A MADAME DE GRIGNAN

Lundi 19ᵉ avril 1694.

Je crois que présentement, ma chère bonne, je ne me tromperai pas quand je vous croirai à portée de pouvoir embrasser M. de Grignan pour moi. Le miracle que le ciel vient de faire pour dissiper cette flotte [300], si bien concertée avec les troupes qui devaient venir du côté des montagnes pour dévorer la Provence, me persuade que M. de Grignan est revenu dans son château, où il a trouvé assurément une très-bonne compagnie. Ce même hôte divin avec qui on ne compte jamais assez, et sans qui on ne saurait rien faire de bien, vous aura sans doute inspirés pour choisir entre l'or et les pie es [301]; il en arrivera ce qui est écrit où vous savez.

C'est enfin aujourd'hui que finit la longue magnificence de la noce de Mlle de Louvois. Il y a deux mois qu'elle est exposée au public : j'admire qu'elle n'ait pas

été pillée, comme ces grands festins dont la vue fait
succomber à la tentation. M. de Reims a donné, outre
beaucoup de louis d'or qui ont accompagné ceux de
Madame la Chancelière et de Mme de Bois-Dauphin et
de ceux d'un des coins de la cassette de pierreries de
la maréchale de Villeroi, deux pendeloques que vous
avez sans doute vues et admirées à feu Mademoiselle,
qu'on estimait douze mille écus ; il les a eues pour treize
mille francs, et les jette encore à deux des quatre ou six
oreilles que je souhaite à sa nièce : enfin cette pauvre
créature, importunée comme Midas de l'or dont elle est
chargée, est présentement chez sa grand-mère la chancelière, avec toute sa noble compagnie, où on lira et signera
le contrat. A huit heures, on sera chez Mme de Louvois,
où M. de Langlée, pour la soulager, prend le soin du souper. Ce sont cinq tables de vingt personnes chacune,
servies comme chez *Psyché :* on a jeté six cents pistoles
pour faire que ce soit un petit repas bien propre.
Mme de Coulanges n'est point priée chez la chancelière,
elle me mande qu'elle en est toute étonnée ; c'est que les
parents des alliances ont tenu un si grand terrain, que
les tantes à la mode de Bretagne ont été cassées et suf-
foquées. Le seul M. de La Rochefoucauld [302], avec un peu
de dureté et d'inhumanité, refuse l'honneur de sa présence à cette grande fête, où tous les ducs, les d'Estrée,
les Armagnac, les Brissac et autres se font un plaisir de
se montrer. On trouve qu'une femme couverte de tant
de millions, la plus honnête, la plus attachée à leur
maison, qui a fait tomber tant de présents chez elle du
temps de M. de Louvois, qui n'est point coupable du
petit tour de feu Langlade, qui s'appelait une trom-
perie en ce temps-là et qui est réparée par de si grands
biens présentement, qui leur donne de si beaux garçons,
sans compter les années qui se sont passées depuis cette
offense à leur orgueil, joint aux lois du christianisme,
on trouve que tant de raisons devaient obliger ce duc à
faire une visite à Mme de Louvois et à se montrer à sa
noce. Pour moi, qui honore M. de La Rochefoucauld,
je suis fâchée que le temps ne lui fasse point oublier une
chose qui doit être entièrement effacée. Je vous manderai la suite ; car quelque lassitude qu'on ait de tout cela,
cette fête tient un si grand terrain, qu'on s'en trouve
toujours importunée, malgré qu'on en ait : tous les
autres mariages n'ont duré qu'un moment et sont oubliés,
celui-là seul se fait faire place.

Ma chère Pauline, vous y pouvez manger votre pain à la fumée du rôt; mais je ne vous conseille pas de regretter le milord qui a épousé Mlle de Gramont. S'il était joli comme ses laquais, il faudrait se pendre; mais de l'humeur dont je vous connais, vous ne vous seriez point accommodée d'un si vilain mâtin, et votre aimable réputation aurait été mal récompensée d'un si bizarre établissement.

Au reste, ma bonne, puisque Pauline me fait souvenir du P. Paulinier, je suis obligée de vous dire qu'il ne s'est point du tout mêlé ni du café ni de mon jeûne. Il sait assez que vous êtes ma fille pour ne point entrer dans ces détails : ôtez donc ce paquet de dessus son dos, avec les autres que vous y avez mis avec assez d'injustice, ne vous en déplaise. Il est vrai que sur la fin du carême, je pense en moi-même que, ne vous ayant plus et ne pouvant pas me faire mal en me privant de ce plaisir, c'était jeûner un peu moins mal; et le nom de ce Père me vint, pour dire que je lui ferais ma cour; mais tout cela se passa intérieurement, et je le contai en badinant à Pauline, je ne sais pourquoi : voilà la pure vérité. Depuis Pâques, je prends des bouillons pour me préparer à une purge; et puis le café me consolera de tout et me conduira jusqu'à vous.

Mon Dieu, ma chère bonne, quelle pensée que celle que ce Rhône, que vous combattez, qui vous gourmande, qui vous jette où il veut! Les barques, ces cordages, ces chevaux qui vous abîmaient dans un instant s'ils eussent fait un pas : ah, mon Dieu! que tout cela me fait mal! Un bon patron vous eût mise à couvert dès qu'il aurait vu la bise si mutine; tout dépend de là : j'en avais un qui n'aurait pas fait un pas dans tous les périls que vous me représentez. Quand je pensais que vous étiez à Anconne et sur la terre, après tant d'orages, dans le temps que vous m'écriviez, je ne pouvais trop remercier Dieu d'une si précieuse grâce : nous verrons bientôt comme nous nous démêlerons de ce fleuve si fier et si peu traitable.

Ce n'est que d'aujourd'hui que Monsieur le Chevalier a bien voulu me dire tout ouvertement que nous partirions ensemble : j'en ai eu une véritable joie, et je me dispose avec plaisir à faire ce voyage comme je l'ai imaginé. Sans lui, je vous assure que je ne l'aurais pas entrepris : je connais les périls d'aller seule, et j'eusse épargné à M. de La Garde toute sa bonne réception qu'il me prépare. Avec une telle compagnie j'espère donc que tout ira fort bien, s'il plaît à Dieu. Voilà un billet de Corbinelli : il a bien regret à moi, et je lui dis, comme vous me disiez : « Qui m'aime me suive. »

Je suis ravie de la quantité de souvenirs que vous m'envoyez : je les distribuerai avec plaisir; j'en avais besoin; envoyez-m'en une poignée pour des femmes : des Troche, des Coulanges, des *Divines;* je ne trouve rien en mon chemin qui ne me parle de vous.

Nous revîmes hier M. du Coudray; il avait assez bien dîné avec ses amis en partant du Coudray. Il est aimable; il est aisé de l'aimer; l'amitié qu'il a pour vous, réverbère sur moi, car Monsieur le Chevalier marche tout seul. Il me dit une chose qui me jeta dans mon baquet plus d'une heure. Il pâmait de rire. Il vous écrivit un fort joli fagotage de toutes sortes d'ingrédients : Pauline trouvera sa part. Je vous conjure que mon cher comte trouve la sienne ici, et M. de La Garde; je le prie de trouver bon que je le compte pour beaucoup dans la joie que je vais chercher à Grignan.

M. et Mme de Chaulnes parlent souvent de la belle Comtesse. Le courrier qui est allé à Rome pour M. de La Châtre, vous a porté une lettre. Ils attendent à tout moment qu'on les envoie en Bretagne : j'envoie mille choses à mon fils, pour briller à Nantes.

Ma chère bonne, je ne vous répéterai point ennuyeusement tout ce que je suis pour vous. Si vous m'aimez, comme je le crois, je suis trop bien payée.

160. — A COULANGES

A Grignan, le 9ᵉ septembre 1694.

J'ai reçu plusieurs de vos lettres, mon cher cousin; il n'y en a point de perdues : ce serait grand dommage; elles ont toutes leur mérite particulier et font la joie de toute notre société; ce que vous mettez pour adresse sur la dernière, en disant adieu à tous ceux que vous nommez, ne vous a brouillé avec personne : *Au château royal de Grignan.* Cette adresse frappe, et donne tout au moins le plaisir de croire que dans le nombre de toutes les beautés dont votre imagination est remplie, celle de ce château, qui n'est pas commune, y conserve toujours sa place, et c'est un de ses plus beaux titres : il faut que je vous en parle un peu, puisque vous l'aimez.

Ce vilain degré par où l'on montait dans la seconde cour, à la honte des Adhémars, est entièrement renversé et fait place au plus agéable qu'on puisse imaginer; je ne dis point grand ni magnifique, parce que, ma fille n'ayant pas voulu jeter tous les appartements par terre, il a fallu se réduire à un certain espace, où l'on a fait un chef-d'œuvre. Le vestibule est beau, et l'on y peut manger fort à son aise; on y monte par un grand perron; les armes de Grignan sont sur la porte; vous les aimez, c'est pourquoi je vous en parle. Les appartements des prélats, dont vous ne connaissez que le salon, sont meublés fort honnêtement, et l'usage que nous en faisons est très-délicieux. Mais puisque nous y sommes, parlons un peu de la cruelle et continuelle chère que l'on y fait, surtout en ce temps-ci; ce ne sont pourtant que les mêmes choses qu'on mange partout : des perdreaux, cela est commun; mais il n'est pas commun qu'ils soient tous comme lorsqu'à Paris chacun les approche de son nez en faisant une certaine mine, et criant : « Ah, quel fumet! sentez un peu; » nous supprimons tous ces étonnements; ces perdreaux sont tous nourris de thym, de marjolaine, et de tout ce qui fait le parfum de nos sachets; il n'y a point à choisir; j'en dis autant de nos cailles grasses, dont il faut que la cuisse se sépare du corps à la première semonce (elle n'y manque jamais), et des tourterelles, toutes parfaites aussi. Pour les melons, les figues et les muscats, c'est une chose étrange : si nous voulions, par quelque bizarre fantaisie, trouver un mauvais melon, nous serions obligés de le faire venir de Paris, il ne s'en trouve point ici; les figues blanches et sucrées, les muscats comme des grains d'ambre que l'on peut croquer, et qui vous feraient fort bien tourner la tête si vous en mangiez sans mesure, parce que c'est comme si l'on buvait à petits traits du plus exquis vin de Saint-Laurent; mon cher cousin, quelle vie! vous la connaissez sous de moindres degrés de soleil : elle ne fait point du tout souvenir de celle de la Trappe. Voyez dans quelle sorte de détails je me suis jetée : c'est le hasard qui conduit nos plumes; je vous rends ceux que vous m'avez mandés, et que j'aime tant; cette liberté est assez commode, on ne va pas chercher bien loin le sujet de ses lettres.

Je loue fort le courage de Mme de Louvois d'avoir quitté Paris, contre l'avis de tous ceux qui lui voulaient faire peur du mauvais air : eh! où est-il, ce mauvais air? qui leur a dit qu'il n'est point à Paris? Nous le trouvons

quand il plaît à Dieu, et jamais plus tôt. Parlez-moi bien
de vos grandeurs de Tonnerre et d'Ancy-le-Franc; j'ai
vu ce beau château et une reine de Sicile sur une porte,
dont M. de Noyon vient directement. Je vous trouve trop
heureux : au sortir des dignités de M. le duc de Chaulnes,
vous entrez dans l'abondance et les richesses de Mme de
Louvois; suivez cette étoile si bienfaisante tant qu'elle
vous conduira. Je le mandais l'autre jour à Mme de Coulanges; elle m'a parlé de Carette : ah! quel fou!

Comment pourrons-nous passer de tout ceci, mon
cher cousin, au maréchal d'Humières, le plus aimable, le
plus aimé de tous les courtisans ? Il dit à M. le curé
de Versailles : « Monsieur, vous voyez un homme qui
s'en va mourir dans quatre heures et qui n'a jamais
pensé ni à son salut ni à ses affaires. » Il disait bien vrai,
et cette vérité est digne de beaucoup de réflexions; mais
je quitte ce sérieux, pour vous demander sur un autre
ton sérieux si je ne puis pas assurer ici Mme de Louvois
des mes très-humbles services; elle est si honnête qu'elle
donne toujours envie de lui faire exercer cette qualité.
Mandez-moi qui est de votre troupe, et me payez avec
la monnaie dont vous vous servez présentement. Je suis
aise que vous soyez plus près de nous, sans que cela me
donne plus d'espérance; mais c'est toujours quelque
chose. M. de Grignan est revenu à Marseille; c'est signe
que nous l'aurons bientôt. La flotte [303] qui est vers Bar-
celone fait mine de prendre bientôt le parti que la saison
lui conseille. Tout ce qui est ici vous aime et vous
embrasse, chacun au prorata de ce qui lui convient, et
moi plus que tous. M. de Carcassonne est charmé de
vos lettres.

161. — A MADAME DE COULANGES

A Grignan, le 3ᵉ février 1695.

Ah! he me parlez point de Mme de Meckelbourg [304] :
je la renonce. Comment peut-on, par rapport à Dieu et
même à l'humanité, garder tant d'or, tant d'argent, tant
de meubles, tant de pierreries, au milieu de l'extrême
misère des pauvres dont on était accablé dans ces derniers
temps ? mais comment peut-on vouloir paraître aux
yeux du monde, ce monde dont on veut l'estime et
l'approbation au-delà du tombeau, comment veut-on lui

paraître la plus avare personne du monde ? Avare pour les pauvres, avare pour ses domestiques, à qui elle ne laisse rien; avare pour elle-même, puisqu'elle se laissait quasi mourir de faim; et en mourant, lorsqu'elle ne peut plus cacher cette horrible passion, paraître aux yeux du public l'avarice même ? Ma chère Madame, je parlerais un an sur ce sujet; j'en veux à cette frénésie de l'esprit humain, et c'est m'offenser personnellement que d'en user comme vient de faire Mme de Meckelbourg; nous nous étions fort aimées autrefois, nous nous appelions sœurs : je la renonce, qu'on ne m'en parle plus.

Parlons de notre hôtel de Chaulnes, c'est justement le contraire : ce sont des gens adorables, et qui font un usage admirable de leur bien; ce qu'ils reçoivent d'une main, ils le jettent de l'autre; et quand ils n'avaient point les lingots de Saint-Malo, ils savaient fort bien prendre sur eux-mêmes pour soutenir les grandes places où Dieu les a destinés; les pauvres se sentent de leur magnificence, enfin ce sont des gens qu'on ne saurait trop aimer, et honorer, et admirer. J'en suis tellement entêtée, que je loue même Mme de Chaulnes d'avoir appris l'amitié à Monsieur : c'est une science que les personnes de l'élévation de Monsieur n'ont pas le bonheur de connaître. Je suis fort aise qu'on ne m'oublie point dans cet hôtel; je vous conjure, mon aimable amie, de ne m'y point oublier vous-même. Pauline vous embrasse, et ne saurait plus se passer de vos douceurs.

Nous sommes encore dans des visites de noces; des Mmes de Brancas, des Mmes de Buous, dames de conséquence, qu'on avait priées de ne point venir, ont rompu des glaces, ont pensé tomber dessous, ont été en péril de leur vie, pour venir faire un compliment : voilà comme on aime en ce pays; en fait-on de même à Paris ? cependant, je me contente à moins, et je vous jure que j'aurai une joie fort sensible de vous revoir.

162. — A CHARLES DE SÉVIGNÉ
ET AU PRÉSIDENT...

De Grignan, le mardi 20e septembre 1695
Réponse au 7e.

Vous voilà donc à nos pauvres Rochers, mes chers enfants! et vous y trouvez une douceur et une tranquillité exempte de tous devoirs et de toute fatigue, qui fait respirer notre chère petite marquise. Mon Dieu, que vous me peignez bien son état et son extrême délicatesse! j'en suis sensiblement touchée, et j'entre si tendrement dans toutes vos pensées, que j'en ai le cœur serré et les larmes aux yeux. Il faut espérer que vous n'aurez dans toutes vos peines que le mérite de les souffrir avec résignation et soumission; mais si Dieu en jugeait autrement, c'est alors que toutes les choses *impromises* arriveraient d'une autre façon; mais je veux croire que cette chère personne, bien conservée, durera autant que les autres; nous en avons mille exemples : Mlle de La Trousse n'a-t-elle pas eu toute sorte de maux ? En attendant, mon cher enfant, j'entre avec une tendresse infinie dans tous vos sentiments, mais du fond de mon cœur. Vous me faites justice quand vous me dites que vous craignez de m'attendrir en me contant l'état de votre âme; n'en doutez pas, et que je n'y sois infiniment sensible. J'espère que cette réponse vous trouvera dans un état plus tranquille et plus heureux. Vous me paraissez loin de penser à Paris pour notre marquise; vous ne voyez que Bourbon pour le printemps : conduisez-moi toujours dans tous vos desseins, et ne me laissez rien ignorer de tout ce qui vous touche.

Rendez-moi compte d'une lettre du 23e d'août et du 30e. Il y avait aussi un billet pour Galois, que je priais M. Branjon de payer : répondez-moi sur cet article. Il est marié, le bon Branjon; il m'écrit sur ce sujet une fort jolie lettre. Mandez-moi si ce mariage est aussi bon qu'il me le dit; c'est une parente de tout le parlement et de M. d'Harouys : expliquez-moi cela, mon enfant. Je vous adressais aussi une lettre pour notre abbé Charrier : il sera bien fâché de ne vous plus trouver. Et M. de Toulon! vous dites fort bien sur ce bœuf, c'est à lui à le dompter, et à vous à demeurer ferme comme vous êtes. Renvoyez la lettre de l'abbé à Quimperlé.

Pour la santé de votre pauvre sœur, elle n'est point du tout bonne. Ce n'est plus de sa perte de sang, elle est passée; mais elle ne s'en remet point, elle est toujours changée à n'être pas reconnaissable, parce que son estomac ne se rétablit point et qu'elle ne profite d'aucune nourriture; et cela vient du mauvais état de son foie, dont vous savez qu'il y a longtemps qu'elle se plaint. Ce mal est si capital, que, pour moi, j'en suis dans une véritable peine. On pourrait faire quelques remèdes à ce foie; mais ils sont contraires à la perte de sang, qu'on craint toujours qui ne revienne, et qui a causé le mauvais effet de cette partie affligée. Ainsi ces deux maux, dont les remèdes sont contraires, font un état qui fait beaucoup de pitié. On espère que le temps rétablira ce désordre : je le souhaite, et si ce bonheur arrive, nous irons promptement à Paris. Voilà le point où nous en sommes et qu'il faut démêler, et dont je vous instruirai très-fidèlement.

Cette langueur fait aussi qu'on ne parle point encore du retour des guerriers. Cependant je ne doute pas que l'affaire ne se fasse : elle est trop engagée; mais ce sera sans joie; et même si nous allions à Paris, on partirait deux jours après, pour éviter l'air d'une noce et les visites dont on ne veut recevoir aucune : *chat échaudé*, etc.

Pour les chagrins de M. de Saint-Amant [305], dont il a fait grand bruit à Paris, ils étaient fondés sur ce que ma fille ayant véritablement prouvé, par des mémoires qu'elle nous a fait voir à tous, qu'elle avait payé à son fils neuf mille francs sur dix qu'elle lui a promis et ne lui en ayant par conséquent envoyé que mille, M. de Saint-Amant a dit qu'on le trompait, qu'on voulait tout prendre sur lui et qu'il ne donnerait plus rien du tout, ayant donné les quinze mille francs du bien de sa fille (qu'il a payés à Paris en fonds, et dont il a les terres qu'on lui a données et délaissées ici), et que c'était à Monsieur le marquis à chercher son secours de ce côté-là. Vous jugez bien que quand ce *côté-là* a payé, cela peut jeter quelques petits chagrins; mais cela s'est passé : M. de Saint-Amant a songé en lui-même qu'il ne lui serait pas bon d'être brouillé avec ma fille. Ainsi il est venu ici, plus doux qu'un mouton, ne demandant qu'à plaire et à ramener sa fille à Paris, ce qu'il a fait, quoiqu'en bonne justice elle dût nous attendre; mais l'avantage d'être logée avec son mari dans cette belle maison de M. de Saint-Amant, d'y être bien meublée, bien nourrie pour rien, a fait consentir sans balancer à la laisser aller jouir de tous ces avantages; mais ce n'a pas été sans larmes que nous l'avons vue partir, car elle est fort aimable, et elle était si fondue en pleurs en nous disant adieu, qu'il ne semblait pas que ce fût elle qui partît pour aller commencer une vie agréable, au milieu de l'abondance. Elle avait pris beaucoup de goût à notre société. Elle partit le premier de ce mois avec son père.

Croyez, mon fils, qu'aucun Grignan n'a dessein de

vous faire des finesses, que vous êtes aimé de tous, et
que si cette bagatelle avait été une chose sérieuse, on
aurait été persuadé que vous y auriez pris bien de l'intérêt, comme vous avez toujours fait.

M. de Grignan est encore à Marseille : nous l'attendons bientôt, car la mer est libre, et l'amiral Russell,
qu'on ne voit plus, lui donnera la liberté de venir ici.

Je ferai chercher les deux petits écrits dont vous me
parlez. Je me fie fort à votre goût. Pour ces lettres [306] à
M. de la Trappe, ce sont des livres qu'on ne saurait
envoyer, quoique manuscrits. Je vous les ferai lire à
Paris, où j'espère toujours vous voir; car je sens mille
fois plus l'amitié que j'ai pour vous, que vous ne sentez
celle que vous avez pour moi. C'est l'ordre, et je ne
m'en plains pas.

Voilà une lettre de Mme de Chaulnes, que je vous
envoie entière, par confiance en votre sagesse. Vous vous
justifierez des choses où vous savez bien ce qu'il faut
répondre, et vous ne ferez point d'attention à celles qui
vous pourraient fâcher. Pour moi, j'ai dit ce que j'avais
à dire, mais en attendant que vous répondissiez vous-
même sur ce que je ne savais pas; et j'ai ajouté que je
vous manderais ce que cette duchesse me mandait. Ecrivez-lui donc tout bonnement comme ayant su de moi ce
qu'elle écrit de vous. Après tout, vous devez conserver
cette liaison : ils vous aiment et vous ont fait plaisir; il
ne faut pas blesser la reconnaissance. J'ai dit que vous
étiez obligé à l'Intendant; mais je vous dis à vous, mon
enfant : Cette amitié ne peut-elle compatir avec vos
anciens commerces et du premier président et du procureur général ? Faut-il rompre avec ses vieux amis,
quand on veut ménager un intendant ? M. de Pommereuil
n'exigeait point cette conduite. J'ai dit aussi qu'il vous
fallait entendre, et qu'il était impossible que vous n'eussiez pas fait des compliments au procureur général sur
le mariage de sa fille. Enfin, mon enfant, défendez-vous,
et me dites ce que vous aurez dit, afin que je vous
soutienne.

Ceci est pour mon bon président [307] :
J'ai reçu votre dernière lettre, mon cher président :
elle est aimable comme tout ce que vous écrivez.

Je suis étonnée que Dupuis ne vous réponde point;
je crains qu'il ne soit malade.

Vous voilà trop heureux d'avoir mon fils et notre

marquise. Gouvernez-la bien, divertissez-la, amusez-la, enfin mettez-la dans du coton, et nous conservez cette chère et précieuse personne. Ayez soin de me faire savoir de ses nouvelles; j'y prends un sensible intérêt.

Mon fils me fait les compliments de Pilois et des ouvriers qui ont fini le labyrinthe. Je les reçois, et je les aime, et les remercie. Je leur donnerais de quoi boire, si j'étais là.

Ma fille et votre idole vous aiment fort; mais moi par-dessus tout. Adieu, mon bon président : mon fils vous fera part de ma lettre. J'embrasse votre tourterelle.

163. — A COULANGES

A Grignan, le 15ᵉ octobre 1695.

Je viens d'écrire à notre duc et à notre duchesse de Chaulnes, mais je vous dispense de lire mes lettres : elles ne valent rien du tout; je défie tous vos bons tons, tous vos points et toutes vos virgules, d'en pouvoir rien faire de bon; ainsi laissez-les là; aussi bien je parle à notre duchesse de certaines petites affaires peu divertissantes. Ce que vous pourriez faire de mieux pour moi, mon aimable cousin, ce serait de nous envoyer, par quelque subtil enchantement, tout le sens, toute la force, toute la santé, toute la joie que vous avez de trop, pour en faire une transfusion dans la machine de ma fille. Il y a trois mois qu'elle est accablée d'une sorte de maladie qu'on dit qui n'est point dangereuse et que je trouve la plus triste et la plus effrayante de toutes celles qu'on peut avoir. Je vous avoue, mon cher cousin, que je m'en meurs et que je ne suis pas la maîtresse de soutenir toutes les mauvaises nuits qu'elle me fait passer; enfin son dernier état a été si violent qu'il en a fallu venir à une saignée du bras : étrange remède, qui fait répandre du sang quand il n'y en a déjà que trop de répandu! c'est brûler la bougie par les deux bouts. C'est ce qu'elle nous disait; car au milieu de son extrême faiblesse et de son changement, rien n'est égal à son courage et à sa patience.

Si nous pouvions reprendre des forces, nous prendrions bien vite le chemin de Paris : c'est ce que nous souhaitons; et alors nous vous présenterions la marquise de Grignan, que vous deviez déjà commencer de

connaître sur la parole de M. le duc de Chaulnes, qui a
fort galamment forcé sa porte et qui en a fait un fort joli
portrait. Cependant, mon cher cousin, conservez-nous
une sorte d'amitié, quelque indignes que nous en soyons
par notre tristesse : il faut aimer ses amis avec leurs
défauts ; c'en est un grand que d'être malade. Dieu vous
en préserve, mon aimable ! J'écris à Mme de Coulanges
sur le même ton plaintif qui ne me quitte point ; car le
moyen de n'être pas aussi malade par l'esprit, que l'est
dans sa personne cette Comtesse que je vois tous les jours
devant mes yeux ? Mme de Coulanges est bien heureuse
d'être hors d'affaire ; il me semble que les mères ne
devraient pas vivre assez longtemps pour voir leurs filles
dans de pareils embarras ; je m'en plains respectueuse-
ment à la Providence.

Nous venons de lire un discours qui nous a tous
charmés, et même M. l'archevêque d'Arles qui est
du métier : c'est l'oraison funèbre de M. de Fieubet par
l'abbé Anselme. C'est la plus mesurée, la plus sage, la
plus convenable et la plus chrétienne pièce qu'on puisse
faire sur un pareil sujet ; tout est plein de citations de la
sainte Écriture, d'applications admirables, de dévotion,
de piété, de dignité, et d'un style noble et coulant.
Lisez-la : si vous êtes de notre avis, tant mieux pour nous ;
et si vous n'en êtes pas, tant mieux pour vous, en un
certain sens : c'est signe que votre joie, votre santé et
votre vivacité vous rendent sourd à ce langage ; mais
quoi qu'il en soit, je vous donne cet avis, puisqu'il est
sûr qu'on ne rit pas toujours : c'est une chanson qui dit
cette vérité.

164. — AU PRÉSIDENT DE MOULCEAU

A Grignan, mardi 10ᵉ janvier 1696.

J'ai pris pour moi les compliments qui me sont dus,
Monsieur, sur le mariage de Mme de Simiane [308], qui ne
sont proprement que d'avoir extrêmement approuvé
ce que ma fille a disposé dans son bon esprit il y a fort
longtemps. Jamais rien ne saurait être mieux assorti :
tout y est noble, commode et avantageux pour une fille
de la maison de Grignan, qui a trouvé un homme et une
famille qui comptent pour tout son mérite, sa personne
et son nom, et rien du tout le bien ; et c'est uniquement

ce qui se compte dans tous les autres pays : ainsi on a profité avec plaisir d'un sentiment si rare et si noble. On
ne saurait mieux recevoir vos compliments que M. et
Mme de Grignan les ont reçus, ni conserver pour votre
mérite, Monsieur, une estime plus singulière. Nous
n'avons qu'un sentiment sur ce sujet, et vous avez fait
dans nos cœurs la même impression profonde que vous
dites que nous avons faite sur vous : ce coup double est
bien heureux ; c'est dommage qu'on ne s'en donne plus
souvent des marques. Votre style nous charme et nous
plaît, il vous est particulier, et plus que nous ne saurions
vous le dire, dans notre goût : c'est dommage que
nous n'ayons encore quatre ou cinq enfants à marier ;
il est triste de penser que nous ne reverrons jamais une
seule de vos aimables lettres. Les traits que vous donnez
à celle qui cache la moitié de son esprit et au degré de
parenté de l'autre, nous font voir que vous seriez un
bon peintre, si c'était encore la mode des portraits.

C'est à vous, Monsieur, qu'il faut souhaiter une longue
vie, afin que le monde jouisse longtemps de tant de
bonnes choses ; pour moi, je ne suis plus bonne à rien ;
j'ai fait mon rôle, et par mon goût je ne souhaiterais
jamais une si longue vie ; il est rare que la fin et la lie
n'en soit humiliante ; mais nous sommes heureux que
ce soit la volonté de Dieu qui la règle, comme toutes les
choses de ce monde : tout est mieux entre ses mains
qu'entre les nôtres.

Vous me parlez de Corbinelli : je suis honteuse de
vous dire que m'écrivant très-peu, quoique nous nous
aimions toujours cordialement, je ne lui ai point parlé
de vous ; ainsi son tort n'est pas si grand.

La Marquise de Sévigné.

165. — A COULANGES

A Grignan, le 29ᵉ mars 1696.

Toutes choses cessantes, je pleure et je jette les hauts
cris de la mort de Blanchefort, cet aimable garçon,
tout parfait, qu'on donnait pour exemple à tous nos
jeunes gens. Une réputation toute faite, une valeur
reconnue et digne de son nom, une humeur admirable
pour lui (car la mauvaise humeur tourmente), bonne pour

ses amis, bonne pour sa famille; sensible à la tendresse de
Madame sa mère, de Madame sa grand'mère, les aimant,
les honorant, connaissant leur mérite, prenant plaisir à
leur faire sentir sa reconnaissance, et à les payer par là
de l'excès de leur amitié; un bon sens avec une jolie
figure; point enivré de sa jeunesse, comme le sont tous
les jeunes gens, qui semblent avoir le diable au corps;
et cet aimable garçon disparaît en un moment, comme
une fleur que le vent emporte, sans guerre, sans occasion, sans mauvais air! Mon cher cousin, où peut-on
trouver des paroles pour dire ce que l'on pense de la
douleur de ces deux mères, et pour leur faire entendre
ce que nous pensons ici? Nous ne songeons pas à leur
écrire; mais si dans quelque occasion vous trouvez le
moment de nommer ma fille et moi, et MM. de Grignan,
voilà nos sentiments sur cette perte irréparable.
Mme de Vins a tout perdu, je l'avoue; mais quand le
cœur a choisi entre deux fils, on n'en voit plus qu'un.
Je ne saurais parler d'autre chose.

Je fais la révérence à la sainte et modeste sépulture de
Mme de Guise, dont le renoncement à celle des rois
ses aïeux mérite une couronne éternelle. Je trouve
M. de Saint-Géran trop heureux, et vous aussi d'avoir à
consoler Madame sa femme : dites-lui pour nous tout ce
que vous trouverez à propos. Et pour Mme de Miramion,
cette mère de l'Eglise, ce sera une perte publique.

Adieu, mon cher cousin : je ne saurais changer de ton.
Vous avez fait votre jubilé. Le charmant voyage de
Saint-Martin a suivi de près le sac et la cendre dont vous
me parliez. Les délices dont M. et Mme de Marsan
jouissent présentement, méritent bien que vous les
voyiez quelquefois et que vous les mettiez dans votre
hotte; et moi, je mérite d'être dans celle où vous mettez
ceux qui vous aiment; mais je crains que vous n'ayez
point de hotte pour ces derniers.

NOTES

> Vous savez mon cher cousin, ou si c'est à
> un lecteur indifférent auquel je parle, il saura
> que c'est ici une mère qui écrit à sa fille tout
> ce qu'elle pense comme elle l'a pensé sans
> avoir jamais pu croire que ses lettres tom-
> bassent en d'autres mains que les siennes. Son
> style négligé et sans liaisons est cependant si
> agréable et si naturel que je ne puis croire qu'il
> ne plaira aux gens d'esprit et du monde qui en
> feront la lecture.
>
> « Un agrément qui serait à désirer à ces
> *Lettres*, c'est la clef de mille choses qui s'é-
> taient dites ou passées entre elles ou devant
> elles qui empêcherait que rien n'en échappât :
> je ne l'ai point trouvée ; cependant un lecteur
> intelligent et attentif remédie à tout cela et y
> trouve du sens de reste pour s'en contenter. »
>
> (Lettre de Pauline de Simiane
> à son cousin Bussy-Rabutin
> jointe à l'envoi des *Lettres*
> de sa grand-mère. Cette
> lettre figure à la première
> page du manuscrit Capmas.)

1. Le poète Ménage « prétendait être admirablement bien avec Mme de Sévigné la jeune et Mlle de La Vergne aujourd'hui Mme de Lafayette » (Tallemant des Réaux). Mme de Sévigné semble répondre à un poème de Ménage : *Rechûte* (in *Poemata*, édition de 1680, page 211).
« Affranchi de vos fers, sorti de vos liens,
Hélas, qui le croirait ? je me vis dans les siens (...)
Elle fut, il est vrai, moins aimable et moins belle
Mais elle fut aussi moins fière et moins cruelle. »

2. L'abbé Fouquet, frère du Surintendant des Finances; leur histoire est dans *L'Histoire amoureuse des Gaules*.

3. Jeannin de Castille, trésorier de l'Epargne. Le thème du jeu et celui de l'argent sont essentiels dans la *Correspondance*.

4. « Académistes » : jeunes gens sortis de « l'Académie », où l'on apprenait à se battre et à monter à cheval.

5. Christine de Suède.

6. Médecin fameux du temps.

7. L'arrestation du Surintendant Fouquet avait marqué la prise du pouvoir personnel par Louis XIV.

8. La signature du formulaire condamnant Jansénius. Autre manière pour le roi d'étouffer toute forme d'opposition, fût-elle dissimulée sous les opinions religieuses.

9. Une expédition française en Algérie, qui s'était soldée par un échec.

10. Antiphrase. Le P. Annat est ce jésuite raillé par Pascal dans *Les Provinciales*.

11. La mère de Fouquet venait de guérir la Reine par un emplâtre de sa composition.

12. « Tobie » : surnom d'Olivier d'Ormesson, rapporteur au procès de Fouquet et cousin de Mme de Sévigné.

13. Mme du Plessis-Guénégaud (voir Index).

14. *Puis :* surnom donné au Chancelier Séguier.
Petit : Colbert, qui allait profiter de la chute de Fouquet.

15. Vers italiens : « Le vin dans un banquet, ne donne pas autant de joie que le deuil des ennemis. »

16. Le médecin et le valet de chambre de Fouquet.

17. Virgile (*Enéide*, I) : « Une telle colère est-elle possible dans l'âme des dieux ? »

18. Fresnes est la maison de campagne de Mme du Plessis-Guénégaud. Mme de Caderousse et sa sœur sont ses filles. M. d'Andilly, un ami janséniste, de la famille de M. de Pomponne. Mme de Motteville, la mémorialiste.

19. « Qui offense, ne pardonne pas. »

20. Mme d'Epoisse : la comtesse de Guitaut, châtelaine d'Epoisse non loin du château de Bussy, en Bourgogne.

21. Jacques de Neuchèse, évêque de Chalon, oncle de Bussy et de Mme de Sévigné.

22. Le fameux portrait dit de « Mme de Cheneville » dans *L'Histoire amoureuse*.

23. On avait trouvé des lettres de la Marquise dans la cassette de Fouquet. Ses amis s'étaient empressés de défendre sa réputation.

24. Mme de la Baume, amie de Bussy, avait fait librement circuler le manuscrit de Bussy. Le manuscrit parlait des « yeux bigarrés » de Mme de Sévigné.

25. Puisque Bussy, exilé, ne faisait pas partie de la promotion. Rappel plutôt cruel.

26. Bussy venait d'entreprendre *La Généalogie des Rabutins* (v. Lettre 22).

27 Vers de Corneille dans *Cinna*.

28. Françoise-Marguerite avait épousé en janvier 1669 le comte de Grignan, deux fois veuf. Il venait d'être nommé lieutenant général du Roi en Provence.

29. Henriette d'Angleterre, belle-sœur du Roi, amie de Mme de la Fayette.

30. Vers de Benserade, dans le *Ballet des Arts*, où naguère avait dansé Mme de Grignan.

31. « En attendant, je vous baise les mains. »

32. Couvent de la Visitation. Cet ordre avait été fondé par Jeanne de Chantal.

33. *Merlusine :* la comtesse de Marans, amie « tolérée », bientôt tête de Turc.

34. Marie-Blanche de Grignan, laissée en garde à sa grand-mère.

35. Nièce de Mazarin, très originale, qui fuyait son mari, M. de la Meilleraye.

36. Au faubourg Saint-Germain, tête à tête avec Mme de la Fayette.

37. Mariage de Mlle d'Harcourt et du duc de Cadeval. Mademoiselle n'assiste pas à ce mariage, étant fâchée avec sa sœur, la duchesse de Guise.

38. Vers de Corneille dans *Le Cid*.

39. M. d'Uzès : l'évêque d'Uzès.

40. D'Olonne et Courcelles étaient des cocus célèbres.

41. Expression de jeu de cartes : mauvaise rentrée.

42. On croyait à l'efficacité de ce remède contre la rage.

43. « Contre lequel ne valent ni heaume ni bouclier » (Berni, *Roland furieux*, II, 10).

44. Ninon de Lenclos avait déjà été la maîtresse du mari de Mme de Sévigné.

45. Bourdaloue, jésuite, prédicateur favori de Mme de Sévigné.

46. Livry, dont l'abbé de Coulanges, le « bien Bon » avait le bénéfice était une campagne près de Paris où la Marquise aimait séjourner.

47. Vers d'un madrigal de M. de Montreuil qui avait beaucoup célébré Mme de Sévigné dans ses vers.

48. Mme d'Arpajon, de plus ancienne noblesse, avait plus le droit de servir Mademoiselle, une Altesse Royale.

49. Segrais, auteur de *Romans* et *Nouvelles*, secrétaire de Mademoiselle.

50. Il y a dans *Don Quichotte* un royaume de ce nom. Une princesse en est frustrée par un mauvais géant. *Micomicon :* Lauzun ?

51. La Champmeslé.

52. La femme, selon la Bible, née d'une côte de l'homme. Mme de Grignan était la troisième épouse du comte.

53. Condé était gouverneur de Bourgogne. Le « fils » de Mme de Marans, comtesse ridicule, c'est la Rochefoucauld.

54. Les sœurs de Sainte-Marie, à Aix.

55. La Champmeslé.

56. Siège manqué de Lérida en Espagne (1646). On s'en était bien moqué.

57. Médecin fameux.

58. L'épigramme est de Racine.

59. Benoît fabriquait des « figures » de cire.

60. Il est question, dans une lettre, de chanoines de Guinée, qui, célébraient nus les offices.

61. Dans *Les Métamorphoses* d'Ovide, Médée rajeunit son beau-père Eson en le faisant bouillir dans un chaudron.

62. Marphise : petite chienne. Hélène : femme de chambre. Hébert : maître d'hôtel. Gourville, factotum des Condé, attaché à La Rochefoucauld.

63. C'est-à-dire une maison de plaisirs.

64. La comédie des *Visionnaires*, de Desmarets de Saint-Sorlin.

65. Le chevalier de Grignan, jeune frère du comte.

66. M. de Beringhen, Premier Ecuyer du Roi.

67. Dans le *Soleil Levant* de Saint-Amant, le poète devance l'Aurore pour voir Sylvie. Malicorne est un château appartenant aux Lavardin, près du Mans. Les petites filles sont celles du Marquis.

68. Vers de la Fontaine : *L'Aigle et le Hibou* (*Fables*, V, 18).

69. Mme de Grignan était de nouveau enceinte.

70. Vaillant : régisseur des Rochers. Plus bas : Mlle du Plessis, voisine un peu ridicule, autre tête de Turc. La princesse de Tarente, princesse d'origine allemande, autre voisine. Pilois est le jardinier en chef.

71. « Avide de gloire » et « belle chose, ne rien faire », allusion aux échecs amoureux de Charles.

72. L'abbé de Pontcarré.

73. Arnolphe, dans *L'Ecole des femmes* de Molière : le soupir est dans la scène fameuse du « petit chat est mort ».

74. Nicole : moraliste de Port-Royal, très apprécié de Mme de Sévigné (voir Lettre 42).

75. Comme le nez de Mme de Sévigné.

76. Les Etats : Assemblées qui se réunissaient à date irrégulière dans les provinces, et où se traitaient les affaires du pays, en particu-

lier le paiement de l'impôt. (Etats de Provence, Etats de Bretagne, cf. *Les Grands Jours d'Auvergne*, d'après les *Mémoires* d'E. Fléchier.)

77. L'abbé de Villars (1638-1673).

78. Golier est une femme de chambre. Adhémar, un beau-frère de Mme de Grignan.

79. Vers célèbre de Marot.

80. « De l'ardeur vient l'ardeur. » Plus bas : « Je ne crains pas les hauteurs. »

81. Par ironie, la Champmeslé.

82. *Pulchérie*.

83. Mme de Marcy et Mlle de Grancey.

84. La comtesse de Fiesque.

85. Barbin, libraire à la mode. *La Princesse de Montpensier*, parue en 1662, sous le nom de Segrais, était en fait de Mme de La Fayette.

86. Grande bourgeoise de beaucoup d'esprit, célèbre par ses mots d'humour « rosse ».

87. Le cardinal de Retz.

88. Vers de *Tartuffe*.

89. Service funèbre du chancelier Séguier, père de Mme de Verneuil.

90. Lulli.

91. Le Saint-Pilon : une chapelle sur la montagne de Sainte-Baume.

92. Veuve du jardinier de Livry.

93. « Terres » dans la connaissance du cœur, selon la phraséologie précieuse.

94. C'est à Lambesc que se tenait l'Assemblée des Communautés de Provence. Mme de Sévigné avait accompagné son gendre.

95. Mme de Sévigné y séjourne avec son gendre.

96. En provençal : enfants.

97. M. de Marsillac, fils de La Rochefoucauld. Mme de Thianges et M. de Vivonne, sœur et frère de Mme de Montespan.

98. Orange relevait de l'autorité des Princes de ce nom. M. de Grignan venait de faire victorieusement le siège de la ville.

99. Le « syndicat » : il s'agit de la nomination d'un fonctionnaire provençal destiné à représenter la noblesse locale. La « gratification » c'est de l'argent pour la garde de M. de Grignan.

100. Financier, ami des arts.

101. Guilleragues, ami de Racine, auteur présumé des *Lettres portugaises*.

102. Nymphes des bois.

103. Vers célèbres de Malherbe.

104. Mlle de Bussy devenait Mme de Coligny.

105. Oncle maternel de Mme de Sévigné.

106. Corbinelli avait écrit *Les Anciens réduits en maximes*.

107. Le cardinal de Retz venait de se décider à quitter le monde.

108. Où Mme de Sévigné s'était séparée de sa fille.

109. C'est-à-dire ceux du comte de Grignan.

110. Le cardinal de Retz.

111. Nièce et neveu de Turenne.

112. « Mme de Sévigné, qui est le bréviaire du Nord, y a fait connaître par hasard Turenne. Sans elle, on n'eût pas su à Varsovie et à Pétersbourg, non seulement comment il est mort, mais encore qu'il avait vécu » (Prince de Ligne).

113. Pertuis : capitaine des gardes de Turenne.

114. Varangeville, secrétaire de Monsieur, frère du Roi, s'était brouillé avec Lorraine, le favori de Monsieur.

115. Vers de Quinault, dans *Thésée*.

116. Vers de Racine, dans *Iphigénie*.

117. Vraisemblablement des statuettes offertes par le bien-Bon aux Grignan.

118. « L'absence guérit toute blessure » (Guarini). Puis : « Plaie d'amour ne guérit jamais. »

119. Grimaldi, archevêque d'Aix : saint prélat. M. de Marseille, moins cher à Mme de Grignan, avait, lui, été nommé ambassadeur en Pologne.

120. En provençal : « craintes ».

121. Charles, guidon à l'armée, souhaitait acheter la charge de chevalier.

122. L'hôtel de ville d'Aix-en-Provence.

123. « Ami de la paix et du repos. » Plus bas : « Il fit un vœu et fut libéré », puis : « Le danger passé, il se moque du saint. » « Quanto » est le surnom de Mme de Montespan.

124. Josèphe : *L'Histoire des Juifs*.

125. La petite personne, c'est aussi « le petit bouchon » pour qui Mme de Sévigné s'était prise d'affection. Une fille des Rochers.

126. Auteur des *Gestes des Castillans* et d'une *Description des Indes orientales*.

127. Expression médicale : passer par le remède du « mercure », pour transpirer.

128. Vers de Sarrasin.

129. L'abbé Rahuel, intendant des Rochers.

130. « Comme je l'espère ! »

131. La petite Marie-Blanche, à cinq ans, venait d'entrer au couvent de la Visitation, à Aix.

132. Ex-duchesse de la Vallière.
Quanto : Mme de Montespan.

133. Marie-Blanche mise au couvent.

134. Le Renaud du Tasse.

135. Conte de La Fontaine, d'après une nouvelle de Boccace.

136. Mme Scarron, devenue Mme de Maintenon.

137. D'après *L'Alceste* de Quinault.

138. Cf. La Rochefoucauld. Expressions analogues dans la *Réflexion de l'amour et de la mer*.

139. Le chanoine : Mme de Longueval (cf. Lettre 77).

140. Ami et factotum de Mme de La Fayette. Adamas est un personnage de *L'Astrée* d'Honoré d'Urfé.

141. « Dans l'un, dans l'autre camp. »

142. S'agit-il d'un portrait de Mme de Grignan ?

143. Le petit Bon : Le comte de Fiesque ?
La Souricière : Mme de Lyonne ?

144. Dangeau : joueur célèbre. A laissé un *Journal*, très utilisé par Saint-Simon.

145. Expression à la mode, d'après un épisode de *L'Amadis de Gaule*.

146. « La cour inique » : expression de *La Jérusalem délivrée* du Tasse. Plus bas, autre expression du même : « Dont l'épée assure toute victoire. »

147. Le chevalier de Grignan.

148. Le comte de Lude. Ancien amoureux de la Marquise qui aurait eu un faible pour lui.

149. « Profondeur », terme de saint Paul.

150. Le Père Bauny et Escobar, jésuites raillés par Pascal dans *Les Provinciales*.

151. Beaulieu surveillait le portrait original de Mme de Grignan.

152. Passage obscur. Allusion probable à la doctrine cartésienne des couleurs.

153. Mme de Bagnols, maîtresse de Charles, venait de quitter Paris, pour Lyon.

154. La comtesse de Soissons.

155. La petite Pauline de Grignan.

156. De Sainte-Marie, par souvenir de la Mère de Chantal.

157. Par le prince d'Orange.

158. C'est-à-dire en poste.

159. Dom Robert, métaphysicien. « Eplucher des écrevisses » une expression de Charron dans *La Sagesse*, pour qualifier des propos oiseux.

160. Arnoux et Guintandri : chanteurs de la Collégiale de Grignan.

161. C'est-à-dire « aller vite ».

162. La maison de la rue Courtaud-Villaine que Mme de Sévigné allait quitter pour l'Hôtel de Carnavalet.

163. Un curé janséniste, sans doute.

164. La vallée de Josaphat ou du Jugement dernier.

165. Saint-Hérem était gouverneur de Fontainebleau.

166. Racine et Boileau venaient d'être nommés historiographes du Roi.

167. C'est-à-dire « renchérit sur moi ».

168. Type de niais aux spectacles de foire.

169. Retz.

170. Ferme de Bourbilly, château de Mme de Sévigné, près d'Epoisse.

171. La fille de Monsieur, Marie-Louise d'Orléans, épousait le Roi d'Espagne. Mlle de Grancey était nommée dame d'atours.

172. Les Etats de Bretagne, présidés par le duc de Chaulnes.

173. Sorte de médecin anglais, très apprécié pour ses remèdes miraculeux.

174. Voir « L'éducation » de La Fontaine (*Fables*, VIII, 24).

175. Le cordon bleu des chevaliers de l'Ordre du Saint-Esprit.

176. Mlle de Louvois allait épouser le petit-fils de La Rochefou-cauld.

177. Allusion à la rivalité des Colbert et des Louvois.

178. Voir la Lettre 12.

179. Le discours *De la Justesse* de Méré, attaque Voiture et ses *Lettres*, dont Mme de Sévigné admirait le naturel.

180. Mme de Montespan et Mme de Maintenon.

181. Charles de Sévigné.

182. C'est-à-dire gentilhomme attaché au Dauphin.

183. Riche cadeau dans une pauvre enveloppe.

184. Vers de Coulanges.

185. Un conte assez gaillard de La Fontaine porte ce titre.

186. M. de Montausier avait été nommé gouverneur du Dauphin.

187. Mme de La Fayette.

188. Vers de l'opéra d'*Atys*, de Quinault et Lulli.

189. Mlle de Fontanges ?

190. « Enivrée. »

191. Marie-Blanche de Grignan, cloîtrée.

192. « Découragés », d'après un terme de vénerie. Reversis : jeu de cartes.

193. Mlle d'Alerac préférait le monde. Sa sœur, la retraite.

194. G. de la Roquette, modèle probable de Molière pour Tartuffe. Le texte du sermon tiré des *Proverbes* : « La beauté est trompeuse, la femme craignant Dieu sera louée. »

195. La Rochefoucauld et Mme de Longueville s'étaient aimés.
196. « La moitié suffit. »
197. Expression du *Médecin malgré lui* de Molière, souvent citée par la Marquise.
198. Allusion aux mauvaises relations de Mme de Grignan et de sa gouvernante.
199. Héroïne du Tasse. *Luogo d'incanto* : « Lieu enchanté ».
200. « Dame Baleine. »
201. Marie-Blanche. Une de ses tantes était abbesse à Aubenas.
202. D'après *Isis* de Quinault.
203. La Rochefoucauld.
204. Le Père Senault, oratorien. « Votre Père », c'est Descartes.
205. De Malebranche.
206. Maîtresse de l'archevêque de Paris.
207. *Le Monde par dedans*, de Quevedo (1627).
208. « Devant » : Mme de Montespan; « derrière » : Mlle de Fontanges.
209. Sorte de taffetas.
210. Petite monnaie.
211. Gogo : Mlle de Montgobert. Grotte près du château de Grignan.
212. Vers de *La Pharsale* de Lucain, dans la traduction de Brébeuf.
213. Chambre de Mme de Grignan à l'hôtel de Carnavalet.
214. Le coche d'eau.
215. Mlle de Fontanges.
216. Le pape Innocent XI, venait de condamner 65 propositions des casuistes.
217. Adverbe inventé par sainte Jeanne de Chantal.
218. Vers de l'opéra *Bellérophon*.
219. Maladie vénérienne contractée sous le dais d'une grande dame.
220. Pavillons.
221. « Le ciel s'obscurcit en vain de nuages. »
222. « Collations. »
223. « Honneur et gloire à Dieu seul. »
224. Les opinions religieuses de Mme de Sévigné risquaient donc de nuire à la carrière des Grignan.
225. M. de La Trousse voulait marier sa fille à Bouligneux et faire avoir à celui-ci la charge de Charles de Sévigné.
226. « Tous les travaux sont suspendus. »
227. M. de Vendôme était le gouverneur de Provence. Grignan, seulement lieutenant général du Roi.
228. Exilé à Montpellier, Vardes venait d'être rappelé.
229. Corbinelli.
230. Celui de Mlle d'Alerac.
231. L'histoire de la marquise d'Alègre a aussi été racontée par Saint-Simon.
232. Vers du *Tartuffe* de Molière.
233. Vers de *Venceslas* de Rotrou.
234. C'est-à-dire de l'argent.
235. Survivance de la charge de M. de Grignan.
236. Exilée par le Roi.
237. Mme de Mazarin.
238. « Tant que cela va. »
239. Premier livre, d'Arnaud d'Andilly. Le second, de Gilbert Brunet.
240. Au couvent des Filles-Bleues, au Marais.
241. Il s'agit du mariage manqué de Mlle d'Alerac, fille de Grignan.

242. Charles de Sévigné, gendre de Mauron, soutenait ses intérêts. Mme de Tarente, ceux de ses adversaires.

243. Pour Mlle d'Alerac.

244. Vers du *Cid*.

245. 1685 est la date de la révocation de l'Edit de Nantes.

246. Allusion à une correspondance scandaleuse sur la Cour de France, entretenue par les Princes de Conti ?

247. Fille de Bussy.

248. " Je m'en estime. "

249. Anecdote de Pline (*Lettres*, III, 16) : Une Romaine se suicide par honneur et invite son mari à l'imiter. " Petus, cela ne fait pas de mal. "

250. Condé s'était battu contre les troupes royales pendant la Fronde.

251. Par le protestant Abbadie, livre goûté par la Marquise, capable d'apprécier à la fois le janséniste Nicole et le jésuite Bourdaloue.

252. Procureur.

253. Vers de Bussy-Rabutin.

254. Le petit marquis de Grignan, au siège de Philisbourg.

255. C'est-à-dire le remède des cordeliers, cf. : l'Anglais : le remède de l'Anglais.

256. Vers d'une chanson de Coulanges.

257. M. le grand écuyer de France, de la Maison de Lorraine.

258. Gouverneur du petit marquis.

259. La Fontaine, *Le Chêne et le Roseau*.

260. M. de Nemours est le héros de *La Princesse de Clèves*. La citation qui suit est de Corneille (*Pompée*, II, 3).

261. Sortes de virgules que Mme de Sévigné place dans ses lettres, non par souci de ponctuation, mais pour attirer l'attention sur un point.

262. White Hall, plus loin : Saint James.

263. " Cela fait trembler. "

264. Bossuet.

265. Le lieutenant civil Le Camus.

266. C'est-à-dire à devenir gouverneur d'un prince.

267. Impropriété souvent reprise avec humour par Mme de Sévigné.

268. Molière, *L'Ecole des Femmes* (V, 5).

269. Etoffe.

270. Molière, *Le Médecin malgré lui* (I, 5).

271. Mme de Rochebonne, sœur du comte de Grignan avait beaucoup d'enfants. D'après Ovide, d'autre part, Deucalion et Pyrrha repeuplèrent la terre en lançant des pierres qui devenaient hommes.

272. Un portrait de M. de Grignan.

273. Vers d'*Isis* de Quinault et Lulli.

274. " En dépit. "

275. Marignane.

276. Le frère de M. de Grignan, évêque de Carcassonne avait entrepris et laissé en suspens des travaux au château familial.

277. Maître d'hôtel des Grignan.

278. " Moyens termes. "

279. M. de Noailles était nommé gouverneur du Roussillon.

280. M. de Chaulnes était chargé de restituer le Comtat Venaissin au Pape.

281. La règle de l'Abbaye de Thélème, dans Rabelais.

282. Le duc de Chaulnes n'avait pu obtenir pour Charles de Sévigné la députation auprès du Roi.

283. C'est-à-dire *Les Provinciales* de Pascal.

284. De Nicole.

285. Terme de blason.

286. Le procès de canonisation de Jeanne de Chantal était ouvert. Elle fut canonisée au siècle suivant.

287. « Un rire amer. »

288. Par suite de difficultés financières, le comte était obligé de renoncer aux revenus de sa charge et de se retirer à Grignan pour deux ans.

289. « Paresseux. »

290. Le comte de Lude avait aimé Mme de Sévigné et en avait peut-être été aimé. Il était mort en 1685.

291. M. de Seignelai était fils de Colbert.

292. Maison de campagne de M. et Mme de Coulanges.

293. Ancien premier capitaine des gardes du corps.

294. Chapelle du château de Bourbilly.

295. Droit seigneurial.

296. Après deux ans et demi de séjour à Paris, Mme de Grignan venait de rejoindre la Provence. C'est la dernière séparation. Fin mai, Mme de Sévigné partait à son tour pour Grignan.

297. Corbinelli venait de publier *Les Anciens Historiens latins en maximes*.

298. Ouvrage, encore inédit à l'époque, de Mme de La Fayette.

299. La satire de Boileau : *Contre les femmes*. Celle de Perrault : *L'Apologie des femmes*.

300. Une flotte anglo-hollandaise dispersée par la tempête.

301. Allusion au mariage du jeune marquis avec la fille d'un intendant.

302. Le fils de l'auteur des *Maximes* avait marié son fils à la fille aînée de Louvois.

303. Flotte anglo-hollandaise.

304. Sœur du maréchal de Luxembourg.

305. Beau-père du marquis de Grignan.

306. Lettres de jansénistes à M. de la Trappe.

307. Le beau-fils de Charles, le président de Mauron.

308. Pauline de Grignan venait d'épouser M. de Simiane.

MADAME DE SÉVIGNÉ JUGÉE PAR...

L'histoire de la fortune littéraire de Mme de Sévigné reste à faire.

De son temps, c'est la femme d'esprit, la femme du monde brillante dont ses contemporains ont fait l'éloge. Si elle appartient à la littérature, c'est à celle des autres d'abord, en portrait ou en personnage de roman.

Madame de La Fayette :

Vous êtes naturellement tendre et passionnée; mais à la honte de notre sexe, cette tendresse vous a été inutile et vous l'avez renfermée dans le vôtre, en le donnant à Mme de La Fayette.

Votre cœur est sans doute un bien qui ne se peut mériter. Il y a des gens qui vous soupçonnent de ne le montrer pas toujours tel qu'il est. Vous êtes la plus civile et la plus obligeante personne qui ait jamais été, et par un air libre et doux, qui est dans toutes vos actions, les plus simples compliments de bienséance paraissent en votre bouche des protestations d'amitié.

> Portrait composé en 1659 par « un inconnu », en fait par Mme de La Fayette elle-même (in *Recueil de portraits* dédié à Mademoiselle, Paris, de Sercy et Barbin, 1659).

Tallemant des Réaux :

Elle chante, elle danse, et a l'esprit fort vif et fort agréable [...]. Ces esprits de feu, pour l'ordinaire n'ont pas grand cervelle. Elle dit : « M. de Sévigné m'estime et ne m'aime point; moi, je l'aime et ne l'estime point. »

Elle est brusque et ne peut se tenir de dire ce qu'elle croit joli, quoique assez souvent ce soient des choses un peu gaillardes ; même elle en affecte et trouve moyen de les faire venir à propos.

> (*Historiettes*, Bibliothèque de la Pléiade, II, 429 1960.)

Dans la *Clélie*, Mme de Sévigné est représentée sous le nom de Princesse Clarinte :

Mlle de Scudéry :
Elle aime la gloire plus qu'elle-même ; et ce qu'il y a d'avantageux pour elle, c'est qu'elle a tant de jugement qu'elle a trouvé le moyen sans être ni sévère, ni sauvage, ni solitaire, de conserver la plus belle réputation du monde. [...] Ce que j'admire encore plus, c'est que, quand il le faut, elle se passe du monde et de la Cour et se divertit à la campagne avec autant de tranquillité que si elle était née dans les bois [...]. Et jamais nulle autre personne n'a su mieux l'art d'avoir de la grâce sans affectation, de l'enjouement sans folie, de la propreté sans contrainte, de la gloire sans orgueil et de la vertu sans sévérité.

> (*Clélie*, IIIe partie, p. 1325, édition A. Courbé, 1654.)

Dans le tome IV de la *Clélie*, Mlle de Scudéry, par la bouche de Plotine, fait l'éloge de la « lettre galante », une lettre assez proche de la manière de Mme de Sévigné.

C'est en celles-là où l'esprit doit avoir toute son étendue, où l'imagination a la liberté de se jouer et où le jugement ne paraît pas si sévère qu'on ne puisse quelquefois mêler d'agréables folies parmi des choses plus sérieuses. On y peut donc railler ingénieusement ; les louanges et les flatteries y trouvent agréablement leur place ; on y parle quelquefois d'amitié comme si on y parlait d'amour ; on y cherche la nouveauté. On y peut même dire d'innocents mensonges ; on passe d'une chose à une autre sans aucune contrainte, et ces sortes de lettres étant à proprement parler une conversation de personnes absentes, il se faut bien garder d'y mettre une certaine espèce de bel esprit qui a un caractère contraint, qui sent les livres et l'étude. [...] Il ne faut pourtant pas laisser d'y pratiquer un certain art qui fait qu'il n'est presque rien qu'on ne puisse faire entrer à propos dans les lettres de cette nature et que depuis le proverbe le plus populaire jusques aux vers de la Sibylle, tout peut servir à un esprit adroit...

(*Clélie*, IV, 1138, *id.*)

Somaize :

Elle est plus propre à la joie qu'au chagrin; cependant il est aisé de juger par sa conduite que la joie chez elle ne produit pas l'amour; car elle n'en a que pour celles de son sexe et se contente de donner son estime aux hommes... Elle a une promptitude d'esprit la plus grande au monde à connaître les choses et à les juger.

Mais si son visage attire les regards, son esprit charme les oreilles et engage tous ceux qui l'entendent ou qui lisent ce qu'elle écrit.

(*Grand Dictionnaire des Précieuses*, texte de 1661, Paris, Jannet, 1856.)

Bussy-Rabutin :

Dans *L'Histoire amoureuse des Gaules*, Mme de Sévigné est représentée sous le nom de Mme de Cheneville, dans un portrait assez malveillant :

Il n'y a point de femme qui ait plus d'esprit qu'elle, et fort peu qui en aient autant; sa manière est divertissante; il y en a qui disent que, pour une femme de qualité, son caractère est un peu trop badin.

Si on a de l'esprit, et particulièrement de cette sorte d'esprit, qui est enjoué, on n'a qu'à la voir, on ne peut rien avec elle; elle vous entend, elle entre juste dans tout ce que vous dites, elle vous devine et vous mène d'ordinaire bien plus loin que vous ne pensez aller; quelquefois aussi on lui fait voir bien du pays; la chaleur de la plaisanterie l'emporte, et en cet état, elle reçoit avec joie tout ce qu'on veut bien dire de libre, pourvu qu'il soit enveloppé; elle y répond même avec usure, et croit qu'il irait du sien si elle n'allait pas au-delà de ce qu'on lui a dit [...] Elle aime l'encens; elle aime d'être aimée, et pour cela, elle sème afin de recueillir; elle donne de la louange pour en recevoir.

(*Histoire Amoureuse des Gaules*, texte de 1660, édition Garnier-Flammarion. Collection « GF » Paris, 1967.)

En 1685, Bussy corrige ainsi ce portrait :

Qui voudrait ramasser toutes les choses que Marie de

Rabutin a dites en sa vie, d'un ton fin et agréable, naturellement et sans affecter de le dire, il n'aurait jamais fait...
on ne s'ennuyait jamais avec elle, enfin elle était de ces
gens qui ne devraient jamais mourir...

> (*Histoire généalogique de la Maison de
> Rabutin*, Dijon, Rabutot, 1866.)

Le XVIIIe siècle découvre avec la publication des
Lettres, au-delà de la légende, un écrivain original, dont
l'œuvre intéresse l'histoire, mais qui renouvelle aussi la
littérature de l'expression des sentiments.

Saint-Simon :
Mme la marquise de Sévigné, si aimable et de si
excellente compagnie, mourut quelque temps après à
Grignan, chez sa fille, qui était son idole et qui le méritait
médiocrement... Cette femme par son aisance, ses grâces
naturelles, la douceur de son esprit, en donnait par sa
conversation à qui n'en avait pas, extrêmement bonne
d'ailleurs, et savait extrêmement de toutes sortes de choses,
sans vouloir à jamais paraître savoir rien.

> (*Mémoires*, Bibliothèque de la Pléiade,
> I, 288. Gallimard.)

Voltaire :
Mme de Sévigné, la première personne de son siècle
pour le style épistolaire, et surtout pour conter des
bagatelles avec grâce [...]. Ses lettres, remplies d'anec-
dotes, écrites avec liberté et d'un style qui peint et anime
tout, sont la meilleure critique des lettres étudiées où l'on
cherche l'esprit.

> (*Le Siècle de Louis XIV*, édition Gar-
> nier-Flammarion. Collection « GF »,
> 1966.)

Condillac :
« Une âme qui sent ne cherche pas la précision : elle
analyse au contraire jusque dans le moindre détail, elle
saisit des idées qui échapperaient à tout autre, et elle
aime à s'y arrêter. C'est ainsi que Mme de Sévigné développe tout ce que l'amour qu'elle avait pour sa fille lui
faisait éprouver.
Cette profusion serait un défaut si on la trouvait
(toute) dans quelqu'une de ses lettres. Mme de Sévigné
ferait une plus grande faute si elle s'arrêtait sur des
circonstances qui doivent échapper à une âme qui sent

et qui demanderaient, pour être remarquées une âme qui réfléchit.

> (*Traité de l'Art d'écrire*, texte de 1750, Paris, Dufart, 1812.)

Avec le XIXe siècle commence la controverse. Pour ou contre Mme de Sévigné ? Peut-elle encore parler aux temps modernes issus de la Révolution française ?

Napoléon :

Je crois que je préfère les *Lettres* de Mme de Maintenon à celles de Mme de Sévigné ; elles disent plus de choses. Mme de Sévigné certainement restera toujours le vrai style, elle a tant de charmes et de grâce ; mais quand on a beaucoup lu, il ne reste rien. Ce sont des œufs à la neige dont on peut se rassasier sans charger son estomac.

> (*Mémorial de Sainte-Hélène*, Editions Garnier Frères, « Classiques Garnier », III, 403, 1961.)

Lamartine :

« Cette femme du fond de sa masure des Rochers, est l'écho d'un siècle. [...] Ce livre, écrit par une femme qui écoutait aux portes d'une Cour, est très aristocratique ; c'est ce qui fait que ce livre, quoique éminemment national, ne sera jamais populaire. [...] Elle s'efforce d'intéresser et d'amuser, afin qu'on lui pardonne d'attendrir.

Mme de Sévigné, à la féerie près, est le Pétrarque de la prose en France. Comme lui, sa vie n'a été qu'un nom et elle a ému des milliers d'âmes des palpitations d'un seul cœur. Comme lui, elle ne doit sa gloire qu'à un seul sentiment.

Les chefs-d'œuvre de l'esprit humain cèdent le pas à cette conversation éternelle. C'est le classique des portes fermées.

> (*Mme de Sévigné*, Paris, Michel Lévy, 1864.)

G. Lanson :

Elle allait naturellement aux gens qui avaient en eux de quoi alimenter son intelligence [...].

On a voulu la comparer, l'égaler même à Montaigne, c'est folie. Elle n'a pas son originalité ; la source des idées n'est pas en elle, tout son mérite est dans l'application. La qualité essentielle et dominante de Mme de Sévigné, c'est l'imagination qu'elle avait extrêmement vive. Dans Mme de Sévigné, partout apparaît cette faculté comme directrice souveraine et même unique des pensées.

Le pathétique de Mme de Sévigné n'est pas un épanchement irrésistible de tendresse ou de sympathie... Il naît du saisissement de voir se peindre dans les faits particuliers les grandes vérités que les livres ont fait comprendre à sa raison.

Elle écrivait naturellement : ce qui ne veut pas dire négligemment. Le plus souvent, même avec sa fille, Mme de Sévigné, surveille son inspiration, choisit et fait l'effort pour dégager ses qualités et les grâces qu'elle se reconnaît.

(*Choix de Lettres du XVIIe siècle*, Hachette, 1918.)

Mais c'est encore grâce à des romanciers que Mme de Sévigné doit un regain d'actualité au XXe siècle. En France, Marcel Proust; en Grande-Bretagne, Virginia Woolf; aux Etats-Unis, Thornton Wilder.

Marcel Proust :

Tout en lisant, je sentais grandir mon admiration pour Mme de Sévigné. Il ne faut pas se laisser tromper par des particularités purement formelles, qui tiennent à l'époque, à la vie de salon et qui fait que certaines personnes ont fait leur Sévigné quand elles ont dit : « Mandez-moi, ma bonne », ou « Faner est la plus jolie chose du monde! »

Ma grand-mère qui était venue à celle-ci par le dedans, par l'amour pour les siens, pour la nature, m'avait appris à en aimer les vraies beautés qui sont tout autres. Je me rendis compte que c'est de la même façon [qu'Elstir] qu'elle nous présente les choses, dans l'ordre de nos perceptions, au lieu de les présenter par leurs causes... En relisant la lettre où apparaît le clair de lune : « Je ne pus résister à la tentation, je mets toutes mes coiffes et casaques qui n'étaient pas nécessaires, je vais dans ce mail dont l'air est bon comme celui de ma chambre, je trouve mille coquecigrues, des moines blancs et noirs, plusieurs religieuses grises et blanches, du linge jeté par-ci, par-là, des hommes ensevelis tout droits contre des arbres... » je fus ravi par ce que j'eusse appelé un peu plus tard (ne peint-elle pas les paysages de la même manière que lui les caractères ?) le côté Dostoïevski des *Lettres* de Mme de Sévigné.

(*A la recherche du temps perdu*, I, 653, Bibliothèque de la Pléiade. Éditions Gallimard.)

Virginia Woolf :

Cette grande dame, cette robuste et féconde épistolière qui, à notre époque, aurait sans doute été une romancière parmi les plus grands, prend plus de place dans la conscience vivante des lecteurs d'aujourd'hui que tout autre personnage de son époque disparue... Elle créait son être non par des pièces de théâtre, non par des romans, mais par lettres, touche par touche, par répétitions, amassant les bagatelles de chaque jour, les écrivant comme elles lui venaient en tête.

Les quatorze volumes de ses *Lettres* sont un vaste espace ouvert semblable à l'un de ses grands bois : les sentiers s'entrecroisent avec les ombres complexes des branches, des silhouettes rôdent dans les clairières, passent du soleil à l'ombre, disparaissant du regard, ne se fixant jamais à une attitude.

Et puis nous vivons dans sa présence, et comme c'est l'usage avec les gens vivants, dans une demi-conscience d'elle. Elle continue de parler, nous l'écoutons vaguement. Et soudain quelque chose qu'elle vient de nous dire nous secoue. Nous nous en saisissons et l'ajoutons à son caractère qui se développe, change, c'est alors qu'elle semble, comme la vie, inépuisable.

Les livres sont sa résidence habituelle de sorte que Joséphos ou Pascal ou les absurdes romans interminables de l'époque ne sont pas tant lus par elle que gravés dans son cerveau. Leurs vers, leurs histoires montent à ses lèvres ensemble avec ses propres pensées [...]. Il y a toujours un point de départ à ses impressions, de là le mordant, la profondeur et la comédie qui jettent tant de lumières sur ses exposés. Il n'y a rien de naïf en elle. Elle n'est d'aucune façon une simple spectatrice.

> (*The Death of the Moth and Other Essays*, London, The Hogarth Press, 1942.)

Dans *Le Pont du roi Saint Louis*, T. Wilder met en scène une grande dame péruvienne, la marquise de Montemayor, séparée de sa fille bien-aimée obligée de résider en Espagne. Il n'est pas difficile, sous le maquillage, de reconnaître en Mme de Sévigné l'origine de ce personnage de roman.

Thornton Wilder :

Un siècle après sa mort, ses Lettres étaient devenues un des monuments de la littérature [...] Mais ses biographes se sont égarés [...] ils ont cherché à la parer d'une foule de charmes, à retrouver dans sa vie et dans sa personne quelques-unes des beautés qui abondent dans ses lettres, alors que toute connaissance véritable de cette femme extraordinaire doit procéder de cette idée fondamentale : la rabaisser, la dépouiller de toutes les beautés, sauf une... Toute son existence s'était retirée dans le centre brûlant de son cerveau. Sur ce théâtre se déroulaient des dialogues sans fin avec sa fille, des réconciliations impossibles, des scènes éternellement renaissantes de remords et de pardon.

Elle aurait inventé son génie si elle ne l'avait possédé de naissance, tant il était nécessaire à son amour d'attirer l'attention, et peut-être l'admiration de son enfant si éloignée d'elle. Elle se contraignit à aller dans le monde pour en glaner les ridicules, elle apprit l'observation à ses yeux, elle lut les chefs-d'œuvre de sa langue pour en découvrir les effets, elle se glissa dans la compagnie des gens réputés pour leur conversation...

La Marquise aurait été bien étonnée d'apprendre que ses Lettres seraient immortelles. Plus d'un critique pourtant l'a accusée d'avoir toujours eu les yeux fixés sur la postérité, et on en a signalé un bon nombre qui ont toutes l'air d'être un morceau de bravoure. Il leur paraît impossible (qu'elle) se soit donnée autant de peine pour éblouir le public. Comme son gendre, ils l'ont méconnue. Le Comte se délectait de ses lettres, mais il pensait que quand il en avait goûté le style, il en avait extrait toute la richesse et toutes les intentions, sans y voir non plus que la plupart des lecteurs — la signification d'ensemble, qui était l'expression d'un cœur.

> (*Le Pont du roi Saint Louis*, traduction de Maurice Rémon, (c) Albin Michel 1929, Le Livre de Poche, Paris, 1973.)

On continue pourtant de douter de la qualité littéraire d'une œuvre involontaire.

A. Rousseaux :

Pour l'amateur de langage et de style, c'est un régal. On ne fait pas mieux dans l'art de dire. Mais

Mme de Sévigné est la prisonnière effervescente de cet art-là. C'est que le mot vrai porte en lui la seule vérité impérieuse de ce monologue intarissable.

Non que Mme de Sévigné ne soit pas sincère; elle l'est éperdument, dans ce vertige dont elle ne saurait se passer.

C'est par des reflets brillants qu'elle sait correspondre aux grandeurs. A ce prix, son amour pour sa fille, comblé de ces effusions scintillantes, pouvait attester que l'amour dans sa vie n'était pas un mot lui aussi.

Aucune œuvre littéraire n'a mieux mérité le nom de feu d'artifice. Mais pour aucune ce nom dangereux n'a mieux signifié que faire œuvre d'art est parfois le moyen de supplice plutôt que d'accomplir.

> (« Psychanalyse de Mme de Sévigné », in *Le Monde classique*, Paris, Albin Michel, 1956.)

Ces dernières années un renouveau des études sévignistes s'est amorcé depuis les prises de position de Bernard Bray et de Roger Duchêne (voir bibliographie) : celui-ci présentant les *Lettres* comme expression spontanée de l'amour maternel, celui-là comme une création savamment élaborée. Œuvre-document ou pure littérature ? Le débat est loin d'être clos.

INDEX DES PRINCIPAUX PERSONNAGES
DES LETTRES

maine de Louis XIV. Très mêlée à la Fronde, a laissé des *Mémoires*. Très fréquentée pendant un temps par Mme de Sévigné.

MAINTENON (Mme de). Née Françoise d'Aubigné (1635-1719). A été très liée avec Mme de Sévigné après 1660, une fois veuve du poète Scarron. Devenue gouvernante des enfants du Roi et de Mme de Montespan, puis épouse morganatique du Roi, voit très peu la Marquise.

MARSEILLE (M. de). Voir FORBIN-JANSON.

MARANS (Mme de). Amie très moquée de Mme de Sévigné et de Mme de La Fayette. Amoureuse de M. de La Rochefoucauld. Dite " Merlusine ".

MARTILLAC (Mlle de). Gouvernante chez les Grignan, secrétaire de la comtesse.

MERI (Mlle de). Fille de la marquise de La Trousse, cousine de Mme de Sévigné, souvent malade et capricieuse.

MONTGOBERT (Mlle de). Autre gouvernante chez les Grignan.

MOULCEAU (M. de). Président de la Chambre de Comptes de Montpellier ; ami et correspondant de Mme de Sévigné.

PILOIS. Jardinier des Rochers, très apprécié de Mme de Sévigné.

PLESSIS (Mlle du). Voisine de la marquise aux Rochers. Admiratrice passionnée de Mme de Sévigné qui se moque beaucouq d'elle.

PLESSIS-GUÉNÉGAUD (Mme du). Amie de Mme de Sévigné qui la fréquente beaucoup pendant sa jeunesse à sa maison de campagne de Fresnes et à son hôtel parisien, l'hôtel de Nevers qui, selon le père Rapin, est un des lieux de la " cabale janséniste ". Dite parfois « Amalthée », d'après le roman du *Grand Cyrus* où elle porte ce nom.

POMPONNE (marquis de). Ancien ami de Fouquet et de Mme de Sévigné. Fils d'Arnauld d'Andilly et neveu du Grand Arnauld.
Ambassadeur puis Secrétaire d'Etat aux Affaires étrangères. Disgracié en 1679. Dit parfois " Adamas ".

RETZ (cardinal de). Frondeur célèbre (1613-1679). A laissé des *Mémoires*, peut-être dédiés à Mme de Grignan, dont il est un petit oncle à la mode de Bretagne. Très aimé de la Marquise.

ROCHEBONNE (comtesse de). Sœur du comte de Grignan.

SAINT-AUBIN (Charles de Coulanges, seigneur de). Oncle de Mme de Sévigné.

SANZEI (Mme de). Sœur de M. de Coulanges, cousine et amie de Mme de Sévigné.

SCUDÉRY (Mlle de). Romancière célèbre (1607-1701). Amie de la Marquise.

SÉVIGNÉ (Charles de). Fils de Mme de Sévigné (1648-1713). Marié à Mlle de Mauron, mort sans postérité. Dit parfois " le pigeon " ou " le frater ".

TARENTE (princesse de). D'origine allemande, tante de la seconde Madame, belle-sœur de Louis XIV. Voisine et amie de Mme de Sévigné aux Rochers. Dite " la bonne princesse ". Comme Mme de Sévigné, avait une fille qu'elle aimait beaucoup et qui vivait loin d'elle.

TETU (abbé). Académicien très mondain. Ami de Mme de La Fayette et de Mme de Sévigné.

UXELLES (Mme d'). Amie de la Marquise, vraie gazetière comme Mme de Lavardin.

VILLARS (Mme de). Femme de l'ambassadeur du Roi en Espagne, surnommée Orondate. Ses *Lettres* écrites d'Espagne étaient déjà fameuses de son temps.

VINS (Mme de). Amie de la Marquise et parente de M. de Pomponne.

TABLE DES MATIÈRES

MADAME DE SÉVIGNÉ
LETTRES

PQ1925
A6 R34
1976
5697952   thee

GF Flammarion

05/10/117197-X-2005 – Impr. MAURY Eurolivres, 45300 Manchecourt.
N° d'édition FG028217. – 2ᵉ trimestre 1976. – Printed in France.